HEYNE BÜCHER

Von Colin Forbes
sind als Heyne-Taschenbücher erschienen:

Target 5 · Band 01/5314
Tafak · Band 01/5360
Nullzeit · Band 01/5519
Lawinenexpreß · Band 01/5631
Focus · Band 01/6443
Endspurt · Band 01/6644
Das Double · Band 01/6719
Die Höhen von Zervos · Band 01/6773
Gehetzt · Band 01/6889
Fangjagd · Band 01/7614
Hinterhalt · Band 01/7788
Der Janus-Mann · Band 01/7935
Der Überläufer · Band 01/7862
Cossack · Band 41/9
Nullzeit/Lawinenexpress/Target 5 · Band 23/14
Tafak/Focus/Endspurt · Band 23/28

COLIN FORBES

DER JUPITER-FAKTOR

Roman

WILHELM HEYNE VERLAG
MÜNCHEN

HEYNE ALLGEMEINE REIHE
Nr. 01/8197

Für Jane

Titel der Originalausgabe
THE GREEK KEY
Erschienen bei William Collins & Co., Ltd., London 1989
Aus dem Englischen übersetzt
von Christel Wiemken

Wilhelm Heyne Verlag GmbH & Co. KG, München
Printed in Germany 1991
Umschlagillustration: Photodesign Mall, Stuttgart
Umschlaggestaltung: Atelier Ingrid Schütz, München
Gesamtherstellung: Elsnerdruck, Berlin

ISBN 3-453-04600-5

Vorbemerkung des Autors

Diesem Roman liegen Fakten zugrunde, die mir über einen seltsamen, brutalen, vor mehr als vierzig Jahren begangenen Mord berichtet wurden. *Dieser Mord konnte bis heute nicht aufgeklärt werden.*

Es geschah 1944 in Kairo, in einem merkwürdigen dreieckigen Gebäude in der Nähe des Nilufers. Nicht nur das Gebäude selbst war merkwürdig: es beherbergte eine bunte Mischung von Angehörigen des Heeres, der Marine und der Luftwaffe und geheimen Einheiten, von deren Aufgaben die anderen Bewohner des Gebäudes keine Ahnung hatten.

Die Geschichte setzt sich in der Gegenwart fort, und alle Fakten werden vor dem Leser ausgebreitet, damit er herausfinden kann, wer verantwortlich war – aber ich betone, daß die hier geschilderten Charaktere Erfindungen des Autors sind und in keiner Beziehung zu irgendwelchen lebenden Personen stehen. Auch die Insel Siros, wie sie hier beschrieben wird, gibt es nicht.

Vorspiel

Kairo, Februar 1944. Staff-Sergeant Higgins – von seinen Freunden »Higgy« genannt – hatte nicht die geringste Ahnung, daß er das letzte Mal in dem ächzenden Fahrstuhl stand, der langsam zum vierten Stock des Antikhana-Gebäudes hinauffuhr.

Um zehn Uhr abends herrschte innerhalb der Mauern des dreieckigen Hauses eine Stille wie in einer Gruft. Das einzige Geräusch war das gespenstische Ächzen des alten Fahrstuhls, der an menschenleeren Fluren vorbei nach oben kroch. Durch das Eisengitter der Kabine hindurch konnte Higgins die Steintreppe sehen, die um den zentralen Fahrstuhlschacht herumführte. Er hatte das Gefühl, als wäre sonst niemand im Hause – niemand außer dem sudanesischen Portier, der im Erdgeschoß hinter seinem Schreibtisch saß.

Das war nicht weiter verwunderlich; vermutlich war er der erste, der zurückkehrte. Die paar Soldaten, die hier schliefen, waren in kleinen Hütten auf dem Dach untergebracht. Und sie kehrten nur selten vor elf vom Trinken und Essen in Kairo zurück. Was ihn betraf, so ging er gern früh schlafen . . .

Er stutzte, als er die Tür der Kabine zuschob, nachdem der Fahrstuhl ruckend zum Stillstand gekommen war. Die Beleuchtung auf den Gängen, die um die drei Seiten des Gebäudes herumliefen, wurde um sieben abgeschaltet. Woher kam dann das Licht, das in den Gang fiel?

Er zögerte, lauschte. Normalerweise wäre er zielstrebig auf eine der drei Wendeltreppen zugegangen, die in den Ecken des Gebäudes aufs Dach führten. Das Licht fiel unter einer geschlossenen Tür am Ende des Ganges heraus. Dort waren die Griechen untergebracht.

Er hatte keine Ahnung, was Ionides, der aus dem von den Deutschen besetzten Griechenland entkommen war, eigentlich tat. Irgend etwas, was mit Propaganda zu tun hatte, hieß es. Er mußte vergessen haben, das Licht auszuschalten, bevor er sich in sein Quartier begab. Vielleicht arbeitete er auch noch.

Higgins zog seine khakifarbene Drillichhose hoch und ging ruhig den gefliesten Gang entlang. Der erste Anhauch von Unbehagen überfiel ihn, als er glaubte, aus dem Zimmer neben dem letzten, das gleichfalls von den Griechen benutzt wurde, ein Geräusch zu hören; die beiden Räume waren durch eine Innentür miteinander verbunden. Aber durch diese zweite Tür fiel kein Licht heraus. Wer käme auf die Idee, im Dunkeln umherzutappen?

Er blieb stehen, packte den Türgriff, drehte ihn langsam, drückte. Die Tür bewegte sich nicht, war verschlossen. Er wunderte sich. Er hatte noch nie erlebt, daß diese Tür verschlossen war, wenn einer der Griechen hier arbeitete.

Higgins ging ein paar Schritte weiter und blieb vor der zweiten Tür stehen. Dahinter, am Ende des Ganges, klaffte das schwarze Loch der zum Dach führenden Wendeltreppe. Er streckte die Hand nach dem Türgriff aus, drehte ihn, trat ein. Dann erstarrte er.

Im letzten Augenblick kam ihm der Gedanke, es könnte Ionides' Kollege Gavalas sein, der Überstunden machte. Aber es war tatsächlich Ionides. Und er bot keinen schönen Anblick.

Higgins fehlte es nicht an schlachterprobtem Mut. Als ehemaliger Panzerkommandant hatte er miterlebt, wie Freunde in der Wüste zu Tode geröstet wurden bei etwas, was sie zynisch »Aufbrühen« nannten. Nicht das normale Aufbrühen von Tee – der grauenhafte Vorgang, wenn ein Panzer, von einer deutschen Granate getroffen, in Flammen aufging. Von den in ihre Stahlkiste eingeschlossenen Männern kam nur selten einer lebend heraus.

Das Büro, dessen vergitterte Fenster auf das Viertel der Einheimischen auf der anderen Straßenseite hinausgingen, sah aus, als wäre ein Hurrikan darüber hinweggefegt. Schubladen waren herausgerissen, ihr Inhalt auf dem Boden verstreut worden. Aktenschränke waren umgestürzt. Auf den weißen Wänden waren karminrote Flecke.

Inmitten des Chaos lag der junge, schwarzhaarige Ionides, unter ihm ein Haufen Papiere. Er war blutüberströmt, seine dunklen Augen starrten blicklos zur Decke, sein Kopf war fast vom Rumpf getrennt, sein Gesicht brutal zerhauen. Überall war Blut – der Schreibtisch, an dem er vermutlich gearbeitet hatte, war damit bespritzt. Die Flecke an der Wand waren gleichfalls Blut.

Higgins zitterte. Er schloß die Tür zum Gang. Einsachtzig groß, kräftig gebaut, achtundzwanzig Jahre alt, stand er reglos da und starrte auf das Grauen, das sich vor ihm ausbreitete. Dann fiel ihm das Geräusch wieder ein, das er aus dem verschlossenen Raum gehört hatte. Er starrte auf die Verbindungstür. Großer Gott! Der Wahnsinnige, der dies getan hatte, mußte da drinnen sein.

Panik ergriff ihn. Sein erster Impuls war, die Tür zum Gang aufzureißen und wie vom Teufel gejagt die Wendeltreppe zum Dach hinaufzulaufen. Seine Kehle fühlte sich an wie ausgedörrt. Seine Hände zitterten. Die Stille aus dem Raum jenseits der Verbindungstür war tückisch, erweckte in ihm den Drang, zu schreien.

Die Stille dauerte an; nicht die Andeutung eines Geräuschs von jenseits der geschlossenen Verbindungstür. Higgins holte tief Luft. War es Einbildung gewesen, von dem leeren Gebäude überreizte Nerven? Hatte er überhaupt etwas gehört? Er schaute herunter und sah abermals das grauenhafte Etwas, das kurz zuvor noch ein lebendiger Mensch gewesen war. Ein dreißig Zentimeter langes Lineal aus schwarzem Ebenholz lag auf dem Boden. Er hob es auf, bekam sich wieder etwas besser in den Griff, ging auf die geschlossene Verbindungstür zu. Immer noch kein Laut.

Er hatte eine Mordsangst. Er war zwar immer mehr davon überzeugt, daß der Nebenraum leer war, aber wenn der Mörder noch darin war, würde er den Schweinehund nicht entkommen lassen. Ionides war ein netter Kerl gewesen, immer zu einem Schwätzchen und einem Scherz aufgelegt. Higgins hielt das Lineal wie einen Knüppel und griff mit der Linken nach dem Türknopf.

Wenn der Mörder drinnen war, dann hielt er wahrscheinlich das Messer in der Hand, mit dem er Ionides so schrecklich verstümmelt hatte. Der Zustand, in dem sich das Büro befand, ließ erkennen, daß Ionides um sein Leben gekämpft hatte. Nein, dachte Higgins, sollte der Mörder noch da sein, dann lasse ich den Schweinehund nicht entkommen.

Er stieß die Tür ein paar Zentimeter weit auf. Das Zimmer dahinter war dunkel. Er griff mit der linken Hand hinein, fand den Lichtschalter, drückte darauf. Licht überflutete das zweite Büro, und er stieß die Tür auf, bis sie an die Wand stieß. Sein rechter Fuß verhakte sich in etwas. Ein zusammengedrehtes Bündel Papiere, ein ganzer Haufen, und auf allen Blättern waren dunkelrote Flecke. Blut.

Er tat einen Schritt in das Büro, das Gavalas oft benutzt hatte. Er hatte Gerüchte gehört, denen zufolge Gavalas auf Urlaub war. Soweit er sehen konnte, gab es in diesem Raum keine Anzeichen für Unordnung. Er packte das Lineal fester und trat ein.

Er durchquerte das leere Büro, in dem nichts auf den grauenhaften Kampf auf Leben und Tod hindeutete, der sich nebenan abgespielt hatte. Er mußte sofort Bericht erstatten. In seinem benommenen Zustand versuchte er, die auf den Gang hinausführende Tür zu öffnen, ohne den Schlüssel im Schloß zu drehen. *Sie war offen.*

Die Bedeutung dieser Tatsache traf ihn wie eine zweite Schockwelle. Die Tür war verschlossen gewesen, als er versucht hatte, sie vom Gang

aus zu öffnen. Die Bestätigung, daß sich der Mörder noch Minuten – Augenblicke – nach der Ausführung seiner gräßlichen Tat in dem dunklen Raum versteckt hatte, war für Higgins zuviel.
Er spürte, daß er nahe daran war, sich in die Hose zu machen. Er riß die Tür auf, rannte zur nächsten Toilette, verriegelte die Tür. Hinterher wußte er nicht mehr, wie lange er auf der Toilette gesessen hatte.

Er kehrte über die Steintreppe durch das menschenleere Gebäude nach unten zurück. Die Fahrstuhlkabine konnte eine Todesfalle sein. Der sudanesische Portier unterdrückte ein Gähnen, als er am Fuß der Treppe auftauchte, starrte auf das schwarze Lineal, das Higgins noch immer in der Hand hielt, richtete sich auf und rückte seinen roten Fes zurecht.
»Wer hat das Haus verlassen, seit ich hereingekommen bin?« fragte Higgins.
»Niemand, Sir. Ich hätte es gesehen. Jeder muß an meinem Schreibtisch vorbei . . .«
»Das weiß ich. Wer ist ins Haus gekommen?«
»Niemand, Sir«, wiederholte der Sudanese in fehlerfreiem Englisch. »Sie sind im Augenblick der einzige Mensch im Haus.«
»Sie haben geschlafen, Selim«, behauptete Higgins.
»Nein, Sir«, protestierte Selim. »Ich habe immer nachts Dienst. Ich schlafe am Tage.«
»Dann rufen Sie den SIB an. Jetzt gleich. Es ist dringend.«
»Den SIB?«
»Special Investigation Branch, Sie Idiot.« Higgins bedauerte die Beleidigung, sobald er sie ausgesprochen hatte. »Stellen Sie nur die Verbindung her«, sagte er. »Jemand ist ermordet worden. Ich rede mit den Leuten, wenn Sie sie an der Strippe haben.«
Er ließ sich auf einer Steinstufe nieder, während der Sudanese das Telefon benutzte. Er fühlte sich ausgelaugt, ausgepumpt. Um zu verhindern, daß Selim sah, wie seine Hände zitterten, umklammerte er das Ebenholzlineal wie ein Schraubstock. Und während er wartete, stellte er sich immer wieder dieselbe Frage. Wie hatte jemand unbemerkt in das Gebäude kommen können, obwohl es keinen anderen Eingang gab als die große Doppeltür neben Selims Schreibtisch?

Second Lieutenant Samuel Partridge vom SIB saß neben seinem Chef, Captain Orde Humble, der den Jeep langsam auf das schmutziggraue Antikhana-Gebäude zusteuerte. Es war der Morgen nach dem spätabendlichen Anruf von Sergeant Higgins, und es würde wieder ein herrlicher, sonniger Tag werden.

»Mir ist, als wären wir erst vor fünf Minuten hiergewesen«, bemerkte Partridge, als eine Pferdedroschke mit einem arabischen Kutscher vor dem Gebäude anhielt.
»Genau drei Stunden«, knurrte Humble und parkte den Jeep am Bordstein.
Partridge, ein Mann mit nur einem Stern, zwanzig Jahre alt, wünschte sich wieder einmal, er hätte den Mund gehalten. Humble war sechsundfünfzig, ehemals Scotland Yard, enttäuscht und pessimistisch. Er versäumte nie eine Gelegenheit, Partridge in seine Schranken zu verweisen. Männer mit nur einem Stern – die Niedersten der Niederen. Nicht, daß es Partridges Schuld gewesen wäre, daß er schon in so jungen Jahren dem SIB zugeteilt worden war. Senkfüße schaffte man sich nicht aus freien Stücken an. Ein Stabsarzt, dem dieser physische Defekt aufgefallen war, hatte ihn aus seinem Regiment herausgeholt. »Mit solchen Füßen können Sie keine Armeestiefel tragen, mein Junge...«
Eine attraktive blonde Frau Ende Zwanzig mit einem breitrandigen Strohhut, einem blauen Kleid und hochhackigen Schuhen bezahlte den Droschkenkutscher und stieg die breiten Stufen zu der geschlossenen großen Doppeltür des Gebäudes hinauf. Partridge spürte, wie ihm das Adrenalin in die Adern schoß, als er ihre schneeweiße Haut betrachtete.
Humble sprang aus dem Jeep und schnitt ihr den Weg ab. Sie musterte ihn arrogant, streckte die Hand nach der Türglocke aus. Unter dem Schirm der Militärmütze erwiderte ein faltiges Gesicht den Blick, zynische Augen, der dünne Mund eines Mannes, der im Laufe der Zeit gelernt hatte, seine Worte zu wählen.
»Läuten Sie nicht. Sie gehen nicht hinein. Wer sind Sie überhaupt?«
»Die Frau von Flying Officer Malloy. Seine Einheit ist hier stationiert. Und darf ich fragen, mit welchem Recht Sie mich herumkommandieren? Und wer ist der junge Mann, der gerade aus Ihrem Jeep steigt?«
Mit wohlgefälligem Interesse beobachtete sie, wie Partridge das Fahrzeug verließ. Eine aus dem Nichts aufgetauchte Horde arabischer Gassenjungen drängte sich um den Jeep.
»Das ist mein Recht. SIB.« Humble schwenkte seinen Ausweis vor ihrem Gesicht. »Gestern abend ist in diesem Haus ein ganz besonders unerfreulicher Mord verübt worden.«
»Tatsächlich? Da hat sich wahrscheinlich irgendein Araber eingeschlichen. Ich habe versucht, meinen Mann anzurufen, aber der Mann in der Vermittlung hat sich geweigert, das Gespräch durchzustellen. Unverschämter Kerl.«

»Er handelte auf Befehl, Madame. Zur Zeit sind keinerlei Kontakte erlaubt. Am besten kehren Sie gleich in Ihr Quartier zurück.« Er steckte zwei Finger in den Mund und pfiff eine vorbeifahrende Pferdedroschke heran. »Damit können Sie zurückfahren.«
»Sie sind ganz schön arrogant. Ich werde mich beschweren ...«
Während sie die Stufen wieder hinabstieg, gab Partridge dem Anführer der Gassenjungen ein paar Piaster. »Paß auf den Jeep auf, bis wir zurückkommen. Wenn alles in Ordnung ist, bekommst du noch einmal soviel.«
Das war eine unerläßliche Vorsichtsmaßnahme. Sonst konnte es passieren, daß die Räder verschwunden waren, wenn sie zurückkehrten. Er hatte von der Unterhaltung zwischen Humble und Mrs. Malloy jedes Wort gehört. Auf der Treppe gingen sie aneinander vorbei. Sie warf ihm unter halbgeschlossenen Lidern einen Blick zu, dann verschwand sie.
»Ein merkwürdiger Laden ist das«, beschwerte sich Humble, als er den Daumen auf den Klingelknopf drückte. »Läßt zu, daß Frauen wie die da zu Besuch kommen. Unsere erste Station ist Colonel Grogan. Ein richtiger Eisenfresser nach allem, was ich gehört habe. Er ist der Chef von diesem Propagandahaufen hier.«
»Die attraktive Frau, mit der Sie gesprochen haben ...« setzte Partridge an.
»Mit einem Burschen von der Royal Air Force verheiratet. Flying Officer Malloy. Und sie hatte etwas mit Ihnen im Sinn. Wenn Sie wissen, was ich meine.« Humble machte mit seinen Fingern eine obszöne Geste, die Partridge widerwärtig fand.
»Ich wollte sagen«, setzte Partridge seinen Satz fort, als Humble abermals läutete, »ich fand es merkwürdig, daß sie nicht einmal fragte, wer ermordet worden ist.«
»Wer weiß schon, was im Kopf einer Frau vor sich geht?«
Die Tür wurde von einem Gemeinen des SIB geöffnet. »Sie sind noch dabei, das Mordzimmer zu untersuchen«, informierte er Humble. »Bisher haben sie noch nichts gefunden, das uns viel weiterhilft, Sir«, fuhr er fort, als er sie zum Fahrstuhl begleitete. »Der Leichnam wurde schon vor ein paar Stunden abgeholt.«
»Ich weiß. Sie brauchen nicht mit hinaufzukommen. Colonel Grogan ist im dritten Stock? Wir werden ihn finden.«
»Hat sich der Pathologe schon geäußert?«
»Er hat die ganze Nacht an dem *corpus delicti* gearbeitet. Alles, was er bis jetzt sagen will, ist, daß das Messer, mit dem Ionides hingeschlachtet wurde, ein Kommandotrupp-Messer gewesen sein könnte. *Könnte*«,

knurrte er. »Bisher habe ich noch nie eine eindeutige Antwort von einem dieser Typen bekommen.«
Colonel Grogans Tür lag dem Fahrstuhl gegenüber an dem um das ganze Gebäude herumlaufenden Gang. Humble klopfte an die obere Füllung, eine Stimme bellte heraus: »Kommen Sie rein, machen Sie die Tür zu, Sie sind zwei Minuten zu spät dran.«
»Was daran liegt, Sir, daß wir zwei Minuten warten mußten, bis wir in diesen Kasten eingelassen wurden.«
»Setzen Sie sich. Dieser Kasten, wie Sie ihn nennen, ist eines der sensibelsten Propagandazentren im Nahen Osten. Und mit wem spreche ich?«
Humble stellte sich und seinen Begleiter vor, zeigte seinen Ausweis, den Grogan flüchtig betrachtete, bevor er sich wieder zurücklehnte. Humble schätzte ihn mit einem Blick ab. Ein Berufssoldat, der alle verachtete, die nur »Zivildienst taten«, wozu er auch seine Besucher zu rechnen schien.
Seiner Schätzung nach war Grogan Ende Fünfzig. Das dichte weiße Haar war bis kurz über dem knochigen Schädel gestutzt, das glattrasierte Gesicht schroff, die Miene ausdruckslos. Er saß so gerade auf seinem Stuhl, als hätte er einen Ladestock verschluckt.
»Und was wollen Sie?« fragte er.
»Nun, Sir, wir untersuchen einen ganz besonders abscheulichen Mord, der in diesem Gebäude verübt worden ist...«
»Kommen Sie zur Sache. Ich habe nicht ewig Zeit.«
»Bis jetzt haben wir Sergeant Higgins befragt, der die Leiche gefunden hat. Er konnte uns nicht viel sagen. Aber ich wurde informiert, daß unter den Einheiten, die Sie beaufsichtigen...«
»Die ich befehlige!« fauchte Grogan.
»Ganz recht, Sir. Ich wurde informiert, daß es eine Geheimeinheit gibt unter einem Colonel Maurice Barrymore...«
»Half-Colonel. Zeitweiliger Rang. Lieutenant-Colonel Barrymore ist der Mann, von dem Sie reden.«
Großer Gott, dachte Humble, kein Wunder, daß sie ihm einen Schreibtischjob tausend Meilen hinter den Linien gegeben haben. Ein Typ aus dem Ersten Weltkrieg. Auf, Jungs, ran an den Feind. Ohne Rücksicht auf Verluste – Sie übernehmen das Maschinengewehr. Er änderte seine Taktik.
»Ich muß mit diesem Lieutenant-Colonel Barrymore und seinen Leuten sprechen. Meines Wissens sind sie gerade von irgendeinem Ausbildungskursus zurückgekehrt und erst seit zwei Tagen wieder hier in Kairo...«

»Viel Glück.« Grogan stand auf. »Sie warten auf Sie. Aber ich kann mir nicht vorstellen, wieso Sie an ihnen interessiert sind.«
»Ich brauche meine Gründe nicht darzulegen, Sir.«
»Aha.« Grogan warf ihm einen kurzen Blick zu. »Folgen Sie mir.«
Steifen Schrittes und mit kerzengeradem Rücken ging er ihnen auf dem Gang voraus, ein Veteran von tausend Appellen. Er bog in einen anderen Gang ein, blieb vor einer geschlossenen Tür stehen, öffnete sie und trat ein. Dann verabschiedete er Humble und Partridge mit einer entlassenden Geste.
»SIB. Sie sind dran.«
Ohne ihnen einen Blick zu gönnen, ging er hinaus und schloß die Tür hinter sich. Die drei Männer, die sich in dem Zimmer befanden, starrten ihre Besucher schweigend an. Die Fenster – gleichfalls vergittert – gingen auf die Straße hinaus, in der der Jeep parkte, stellte Partridge fest, während Humble sie vorstellte.
»Dann sollten Sie sich vielleicht setzen«, schlug der Half-Colonel vor, der hinter einem Schreibtisch saß. »Obwohl wir nicht viel Zeit erübrigen können. Wir haben zu tun.«
»Wir gleichfalls, Sir«, knurrte Humble. »Zum Beispiel einen gräßlichen Mord aufzuklären ...«
Partridge, der sich neben seinem Chef niedergelassen hatte, musterte die drei Männer. Lieutenant-Colonel Barrymore hatte mit schleppender Stimme gesprochen, war dunkelhaarig mit einem adretten Schnurrbart, hatte ein schmales Gesicht mit einer Adlernase. Es kostete ihn keine Mühe, eine Aura von befehlsgewohnter Autorität auszustrahlen.
Den Unterlagen zufolge war er erst einundzwanzig Jahre alt, aber nach der Art, wie er sich gab, hätte Partridge ihn für einen Mann in den Dreißigern gehalten. Er lehnte sich in seinem Drehstuhl zurück und ließ ein kurzes Offiziersstöckchen zwischen seinen kräftigen Fingern kreisen. Dann deutete er mit dem Stöckchen auf die beiden Männer, die auf Stühlen beiderseits des Schreibtisches saßen.
»Captain Robson. Company Sergeant Major Kearns. Angehörige meiner Einheit.«
»Was für eine Einheit ist das, Colonel?«
»Geheimsache.« Er benutzte die Spitze seines Stöckchens, um ein beschriebenes Blatt Papier über den Schreibtisch zu schieben. »Das erklärt es.«
Partridge musterte die anderen beiden Männer, während Humble den Brief überflog. Robson war zweiundzwanzig, schwerer gebaut als der Lieutenant-Colonel. Er war braunhaarig, trug gleichfalls einen

Schnurrbart, aber einen struppigen, und gab sich wesentlich entspannter. Sein Arm lag über der Rückenlehne des Stuhls, seine Miene war umgänglich. Er erinnerte Partridge an einen Landarzt. Auch er sah älter aus, als er war.

Kearns war hochgewachsen, mager, glattrasiert und hatte keinen Muskel bewegt, seit sie das Zimmer betreten hatten. Seine braunen Augen kamen Partridge vor wie Glasmurmeln. Er saß sehr aufrecht da, mit ausdruckslosem Gesicht und zusammengepreßten Kiefern. Die Haut aller drei Männer war in der Farbe von Mahagoni gebräunt.

»Ein paar Fragen kann ich Ihnen trotzdem stellen. Und genau das werde ich tun. Das gehört zu meinem Job«, erklärte Humble und schob den Brief wieder über den Schreibtisch, einen von einem General im Hauptquartier unterschriebenen Brief.

»Dann sollten wir es hinter uns bringen«, schlug Barrymore in einem seidigen Tonfall vor. »Die Sache fängt an, mich zu ärgern.«

»Leider kann sich Ionides über nichts mehr ärgern. Sie haben ihn natürlich gekannt? Sie alle? Da Ihre beiden Einheiten im gleichen Gebäude untergebracht sind?«

Humble ließ seinen Blick über die drei Männer schweifen. Kearns Miene veränderte sich nicht, Barrymore klopfte mit der Spitze des Stöckchens an seine kleinen weißen Zähne. Es war Captain Robson, der antwortete.

»Nicht persönlich. Meines Wissens steckte er irgendwo im Stockwerk über uns. Soweit ich weiß, habe ich den Mann nie zu Gesicht bekommen. Schreckliche Geschichte. Irgendwelche Hinweise darauf, wer es getan hat?«

»Die Untersuchung ist im Gange.« Humble wendete sich an Kearns, der Partridge musterte wie ein Henker, der für den Strick Maß nimmt. Erst zwanzig Jahre alt; vermutlich der jüngste Company Sergeant Major in der britischen Armee.

»Wie steht es mit Ihnen?«

»Wie mit Captain Robson.« Es war etwas Bissiges in seiner Stimme. Vermutlich ein Schinder auf dem Exerzierplatz, dachte Humble. Was ihn an Kearns faszinierte, war seine absolute Reglosigkeit. Er richtete seinen Blick auf Barrymore.

»Und wie steht es mit Ihnen, Sir? Ich habe gehört, daß es spezielle Einheiten gibt, die sich in Griechenland einschleichen und die dortige Widerstandsbewegung unterstützen. Und Ionides war Grieche.«

»Daran besteht wohl kein Zweifel. An Ihrer letzten Bemerkung.« Barrymore unternahm keinen Versuch, seinen Sarkasmus zu verbergen. »Die Antwort ist nein. Und jetzt haben wir Ihnen wohl alles gesagt, was wir können. Ich bin dafür, dieses Gespräch zu beenden. Sie haben den Brief gelesen . . .«

»Der Sie ermächtigt, keinerlei Fragen zu beantworten, die mit der militärischen Sicherheit zusammenhängen. Nein, ich bin noch nicht ganz fertig, Colonel Barrymore. Ich habe mir sagen lassen, daß Sie drei vor achtundvierzig Stunden nach Kairo zurückgekehrt sind. Das bedeutet, daß Sie alle letzte Nacht in der Stadt waren. Wo befanden Sie sich zwischen neun und elf? Gestern abend. Und das hat mit militärischer Sicherheit nicht das geringste zu tun.«

»Wenn Sie es unbedingt wissen müssen . . .« Barrymore hörte sich an, als hätte er Mühe, ein Gähnen zu unterdrücken. »Wir holten alle drei auf einem Hausboot auf dem Nil wohlverdienten Schlaf nach. Der Standort ist geheim.«

»Gibt es Zeugen, die das bestätigen können?«

Trotz der Sonnenbräune erschien ein Anflug von Röte auf Barrymores Gesicht. Er erhob sich, und Humble sah zum ersten Mal, daß die Beine seiner khakifarbenen Drillichhose in glänzenden Reitstiefeln steckten. Er ging zur Tür und öffnete sie.

»Ich bin es nicht gewohnt, mich vor Untergebenen beleidigen zu lassen. Darf ich davon ausgehen, daß das Gespräch beendet ist? Daß Sie beide jetzt gehen? Bitte sehr.«

Humble erhob sich, nickte Partridge zu. Sie verließen den Raum. Als sie auf den Fahrstuhl zugingen, wurde die Tür hinter ihnen geschlossen.

»Das habe ich wohl verpatzt«, stellte Humble fest. »Bin regelrecht hineingestolpert. Und habe ihm genau den Vorwand geliefert, den er brauchte, um uns hinauswerfen zu können. Was halten Sie von ihnen?«

»Ein merkwürdiges Trio. Ich werde einfach das Gefühl nicht los, daß da eine Menge Spannung unter der Oberfläche war.«

»Was durchaus der Fall sein kann, wenn sie gerade von einer Mission auf den griechischen Inseln zurückgekehrt sind. Sie gehören zur Special Operations Executive – und werden überdies für Kommandounternehmen eingesetzt.«

»SOE? Das erklärt . . .«

»Das erklärt vieles«, unterbrach ihn Humble; sie hatten auf den Fahrstuhl verzichtet und gingen die Treppe hinunter. »Es erklärt, warum irgend so ein Schreibtischgeneral in Grey Pillars Barrymore einen Brief in die Hand gegeben hat, der ihm erlaubt, die Antwort auf alle Fragen zu verweigern. Es erklärt, warum er mich kurzerhand hinauswerfen konnte. Und ihr Alibi können wir auch nicht überprüfen. Dieses Hausboot ist der Ort, an dem der SOE seine Unternehmungen plant. Es heißt *Tara*. Warum, weiß ich nicht – aber nicht einmal wir haben dort Zutritt.«

Partridge wartete, bis sie wieder im Jeep saßen, bevor er seine Frage stellte. Zuerst zahlte er den Anführer der Gassenjungen aus, der das Fahrzeug bewacht hatte. »Nicht genug!« kreischte der Junge. *»Imshi! Yallah!«* brüllte Partridge. Die Jungen rannten laut fluchend und schimpfend davon.

»Ist Ihnen aufgefallen, wie Captain Robson seine Aussage, er hätte Ionides nicht gekannt, formulierte? *So weit ich weiß, habe ich den Mann nie zu Gesicht bekommen.*«

»Das ist Ihnen auch nicht entgangen? Sie lernen dazu. Damit hat er einen Ausweg, wenn wir einen Zeugen auftreiben, der gesehen hat, wie sich die beiden unterhielten. Haben Sie eine Idee, wie der Mord verübt worden ist?« fragte er, als er den Jeep anrollen ließ.

»Nach unserem Besuch gestern abend scheint es unmöglich. Der einzige Weg nach draußen führt durch den Vordereingang – bewacht von dem sudanesischen Portier. Unsere Leute haben den Kasten von oben bis unten durchsucht. Und niemanden gefunden. Alle Fenster sind vergittert. Von einigen Räumen in den oberen Stockwerken kann man zwar auf Balkone gelangen, aber die hängen zehn Meter über der Erde. Trotzdem muß der Mörder hinter dieser verschlossenen Tür gewesen sein, die Higgins zu öffnen versuchte, bevor er ins Nebenzimmer ging.«

»Und wir haben Blutspuren im Badezimmer gefunden. Wahrscheinlich hat Higgins ziemlich lange auf der Toilette gesessen. Daraus ist ihm kein Vorwurf zu machen – aber die Spuren dürften von dem Mörder stammen, der sich gesäubert hat, bevor er sich unsichtbar machte.«

»Es sei denn, der sudanesische Portier war bestochen.«

»Ich habe mit Selim gesprochen. Ich habe im Laufe der Zeit genügend Verhöre angestellt, um zu wissen, daß er nicht gelogen hat. Wissen Sie was, Partridge? Ich glaube, diesen Fall werden wir nicht lösen.«

»Das ist pure Zeitverschwendung. Ist Ihnen das klar?« knurrte Humble, als er den Jeep an den Bordstein vor dem Antikhana-Gebäude lenkte. Es war dunkel, die Straße menschenleer.

Partridge warf einen Blick auf die Uhr. »Zehn. Genau die Zeit, um die Higgins am Abend des Mordes zurückkehrte. Ich möchte erst einmal außen herumgehen. Und dann hinein – wie Higgins.«

»Das können Sie allein machen, mein Junge. Ich warte hier. Und passen Sie an der Rückseite auf. Das Viertel der Einheimischen . . .«

Partridge sprang auf das Pflaster und entfernte sich langsam von den Eingangsstufen. Obwohl es dunkel war, spendeten die Straßenlaternen genügend Licht. Er schaute im Gehen empor, sah die vorspringenden Balkone mit ihren Eisengittern.
Es war sehr still. Seine eigenen Fußtritte waren das einzige Geräusch. Niemand unterwegs. Wahrscheinlich war es am Abend des Mordes nicht anders gewesen. Er bog um die erste Ecke des Gebäudes; die Nebenstraße war eine düstere Schlucht. Er öffnete die Klappe seines Holsters, legte die Hand auf den Kolben des Dienstrevolvers. Ein flaues Gefühl im Magen. Die Stille wurde bedrückend, unheimlich.
Er bog um die nächste Ecke, ging noch langsamer, versuchte, kein Geräusch zu machen. Jenseits der schmalen Gasse rechts vor ihm ragten die schäbigen Mietshäuser der Einheimischen auf. Alles stockfinster. Er blickte wieder empor. Das Dach des Gebäudes war eine verschwommene Silhouette vor dem fernen Hintergrund eines mit Sternen übersäten Himmels. Er hörte ein schlurfendes Geräusch, und seine Hände waren feucht. Eine halbverhungerte Katze lief über die Straße.
Als er seine Runde beendet hatte, sah er Humble am Steuer und das Glühen einer Zigarette dicht vor seinem Mund. Er stieg die Stufen hinauf, drückte auf die Glocke. Ein SIB-Wachtposten öffnete den rechten Türflügel. Partridge zeigte seinen Ausweis, trat ein, nickte dem Sudanesen hinter dem Schreibtisch zu.
»Niemand im Hause?« fragte er den Wachtposten.
»Doch, Sir. Colonel Barrymore ist noch in seinem Büro. Professor Seton-Charles arbeitet auch noch. Und Sergeant Higgins sitzt auf der Treppe.«
»Warum?«
»Das sollten Sie ihn vielleicht selbst fragen, Sir.«
Der massige ehemalige Panzerkommandant saß außer Sichtweite auf der sechsten Stufe, vornübergebeugt, mit ineinander verkrampften Händen; als Partridge erschien, machte er einen sehr verlegenen Eindruck und erhob sich.
»Tut mir leid, Sir. Aber ich kann einfach nicht allein nach oben gehen. Ich warte auf Schepper Wilson, meinen Stubenkameraden.«
»Gehen wir zusammen hinauf. Ich will gleichfalls aufs Dach.« Partridge versuchte, den stämmigen Sergeanten zu beruhigen. »Warum Schepper?«
»Sein Spitzname. Nichts Boshaftes. Er wirft ständig irgendwelche Dinge um. So eine Art Elefant im Porzellanladen. Alle mögen ihn. Es ist nur ein Spaß, wenn wir ihn Schepper nennen.«
»Ich finde es sehr vernünftig, daß Sie auf Begleitung gewartet haben«,

versicherte ihm Partridge, als sie gemeinsam die Treppe hinaufstiegen. »Wahrscheinlich hätte ich an Ihrer Stelle dasselbe getan. Schließlich haben wir den Kerl noch nicht erwischt. Arbeitet Colonel Barrymore oft so spät?«

»Er ist noch hier?« Higgins schien überrascht. »Meines Wissens ist das noch nie vorgekommen. Nicht, daß einer von uns eine Ahnung hätte, was dieser Haufen tut. Wir nennen sie die Heimlichtuer.«

»Schauen wir bei ihm herein, bevor wir aufs Dach gehen.«

Ohne anzuklopfen öffnete Partridge die Tür zu dem Büro, aus dem Licht herausfiel. Barrymore saß über eine Akte gebeugt an seinem Schreibtisch. Er sah auf, klappte schnell die Akte zu und legte eine Hand flach darauf.

»Ich sah das Licht«, erklärte Partridge schnell.

»Was zum Teufel bilden Sie sich ein? Sie kommen in mein Büro, ohne anzuklopfen.«

»Das habe ich gerade erklärt. Ich sah das Licht und dachte, daß vielleicht jemand vergessen hätte, es auszuschalten. Und ich rieche Rauch. Ist das Mineralwasser, Sir?«

Neben dem Schreibtisch stand ein metallener Papierkorb, aus dem sich Rauch emporkräuselte. Partridge hatte auf einen großen Glaskrug gezeigt, der neben einem Trinkglas auf dem Schreibtisch stand. »Ja. Ihre detektivischen Fähigkeiten sind überwältigend.« Dann bemerkte Barrymore Higgins, der auf dem Flur stand. Er sprang auf, ging auf ihn zu. »Was haben Sie hier zu suchen? Herumschnüffeln?«

Barrymore hatte Partridge den Rücken zugewandt, als dieser nach dem Krug griff und seinen Inhalt über die im Papierkorb brennenden Papiere goß. Er bückte sich und holte einen unverbrannten Fetzen mit ein paar lesbaren Worten heraus. *Bericht über Unternehmen Siros.* Dann drehte er sich zur Tür. »Higgins begleitet mich. Wir sind auf dem Weg zum Dach.«

»Dann setzen Sie Ihren Weg gefälligst fort.«

Als Partridge mit der Mütze unter dem Arm auf den Gang zurückkehrte, knallte Barrymore die Tür hinter ihm zu. Dann wendete er sich wieder seiner Akte zu, warf weitere Blätter in den Papierkorb und steckte sie in Brand.

Partridge näherte sich mit Higgins einer Ecke des Gebäudes, als eine Tür geöffnet wurde. Aus einem der Büros trat ein schlanker Mann in einem hellen Zivilanzug heraus und schloß die Tür hinter sich ab. »Wer ist das?« flüsterte Partridge.

»Professor Guy Seton-Charles. Wissenschaftler mit Geheimauftrag.«

Dreiundzwanzig Jahre alt, erinnerte sich Partridge aus seinem Studium der Personalakten. Wegen schlechter Augen im Militärdienst nicht verwendungsfähig. Der dünngesichtige Mann kam ihnen mit einer grünen Akte unter dem Arm entgegen. Alles an ihm war dünn. Die Hände, das lange, intelligente Gesicht. Er trug eine randlose Brille.
»Auf ein Wort, Sir.« Partridge holte seinen Ausweis hervor. »SIB. Wir sind bis jetzt noch nicht dazu gekommen, mit Ihnen zu sprechen. Was präzise ist Ihre Funktion hier?«
»Es ist schwierig, über irgendetwas eine präzise Aussage zu machen. Jedes Problem hat verschiedene Aspekte. Ich beschäftige mich mit der Propaganda auf dem Festland.«
»Auf dem Festland?«
»Griechenland. Die großen Bosse sehen das natürlich völlig falsch. Die wirklichen Guerillas, die die Deutschen bekämpfen, sind die linken ELAS *andartes*. Die republikanische EDES ist ein völlig nutzloser Haufen. Aber wie kann ich die Leute hier davon überzeugen? Obwohl die ELAS kommunistisch ist?«
Er sprach mit pedantischer, nörgelnder Stimme und hatte offensichtlich vor, einen Vortrag zu halten. Partridge unterbrach ihn.
»Propaganda? Griechenland? Dann müssen Sie mit Ionides zusammengearbeitet haben.«
»Niemals, mein Freund. Keine Ahnung, warum diese beiden – Gavalas und Ionides – überhaupt hier waren. Haben sich vermutlich selbst irgendeinen Job geschaffen ...«
»Wir müssen weiter«, unterbrach ihn Partridge. »Wir reden später weiter.« Er strebte auf das Ende des Ganges zu. »Komischer Typ.«
»Bei uns hat er einen Spitznamen. Kuckuck.« Higgins kicherte.
»Ich gehe voran«, schlug Partridge taktvoll vor und begann, die steinerne Wendeltreppe emporzusteigen. Sie war sehr schmal mit engen Windungen und unbeleuchtet. Er ertastete sich seinen Weg mit einer Hand an der Wand und stand dann plötzlich auf dem Dach.
Es war flach und von einer hüfthohen, mit einem Eisengeländer gekrönten Mauer umgeben. Higgins strebte auf eine in einer Reihe von blockhausähnlichen Hütten zu, die auf dem Dach aufgestellt worden waren. Er holte einen Schlüssel hervor, schloß auf, schaltete das Licht an und zeigte Partridge sein Quartier. An beiden von der Tür zu einem Fenster an der Rückseite führenden Seitenwänden standen Feldbetten mit säuberlich zusammengefalteten Armeedecken. Higgins deutete auf das rechte Bett.
»Dort schläft Schepper. Wir hatten Glück, daß wir früh genug eintrafen, um noch eine Hütte zu erwischen. Besser als eine Unterkunft in

der Kasr-el-Nil-Kaserne auf der anderen Straßenseite. Ein Irrenhaus, in dem man keine ruhige Minute hat. Ich führe Sie herum. Gibt nicht viel zu sehen. Außer den Pyramiden.«
Partridge machte sich auf den Weg zur hinteren Dachkante. Er hörte, wie Higgins hinter ihm seine Tür verschloß. Das grausige Erlebnis hatte den ehemaligen Panzerkommandanten schwer erschüttert. Partridge legte eine Hand auf das etwa zwanzig Zentimeter hohe Eisengeländer auf der Mauer, ergriff es, vergewisserte sich, daß es fest saß, und blickte darüber hinweg. Die dunkle Gasse mit den schäbigen Mietshäusern der Einheimischen glich einer tiefen Schlucht. Es war sehr still, als sich Higgins zu ihm gesellte und seine Bemerkung machte.
»Ich habe gehört, daß Sie noch nicht lange hier sind, Sir. Das Betreten dieses Viertels ist verboten. Aus sehr guten Gründen. Gott weiß, wie viele Männer stockbesoffen dort hineingetorkelt sind. Sie kommen nie wieder heraus. Ihre Leichen werden Tage später von Patrouillen der Militärpolizei gefunden. Kehle durchgeschnitten. Brieftasche verschwunden.«
»Also gehört schon eine ganze Menge Mut dazu, selbst stocknüchtern dort hineinzugehen?«
»Nüchtern – und bewaffnet – würde man es wahrscheinlich überleben. Sehen wir uns lieber etwas Erfreulicheres an.«
Gemeinsam gingen sie zu der Mauer an der Vorderfront des Gebäudes. Humble saß rauchend am Steuer des Jeep. Higgins deutete nach Süden.
»Dort sind sie.«
In der Ferne sah Partridge im Licht des abnehmenden Mondes die dunklen Silhouetten der Pyramiden von Gise. Er zupfte an seinem Hemd. Er schwitzte, aber die Temperatur schien plötzlich gefallen zu sein.
»Großer Gott! Sehen Sie sich das an! Da kommt er«, rief Higgins.
Etwas, das aussah wie eine schwarze Wolke, löschte den Mond und die Pyramiden darunter aus. Partridge hatte den Eindruck, als wälze sich der Rauch von einem riesigen Waldbrand auf die Stadt zu. Es war ein Anblick, den er zeit seines Lebens nicht wieder vergaß.
»*Khamsin*. Sandsturm. Haben Sie schon einen erlebt?« fragte Higgins. »Da steht Ihnen etwas bevor. In zehn Minuten hat diese Wolke Kairo eingehüllt wie ein Londoner Waschküchennebel. Sehen Sie zu, daß Sie zu Ihrem Jeep kommen – wenn Sie Glück haben, schaffen Sie es gerade noch, Ihr Hauptquartier zu erreichen...«
Humble wartete mit laufendem Motor, als Partridge die Stufen vor dem Gebäude heruntereilte. Er funkelte ihn an und legte den Gang ein, als Partridge aufsprang.
»Ich wollte gerade ohne Sie losfahren. Ein *Khamsin* kommt.«

»Woher wissen Sie das?« fragte Partridge, als der Jeep ohne Rücksicht auf die Geschwindigkeitsbegrenzung durch die leeren Straßen jagte.
»Dieser Wind, der Ihr Hemd flattern läßt, Sie Schwachkopf. Wo waren Sie so lange?«
»Ich glaube, ich weiß jetzt, wie der Mörder ungesehen entkommen konnte.«
»Großartig! Und wissen Sie auch, wer der Mörder ist?«
»Nein. Keine Ahnung ...«
»Auch großartig! Ich glaube, ich habe recht gehabt. Wir werden diesen Fall nicht lösen.«
Und Humble hatte recht gehabt. Bis zu einem gewissen Grade. Der Fall wäre vermutlich nie gelöst worden, wenn da nicht ein Mann gewesen wäre, der noch nicht einmal geboren war, als sie durch die Straßen von Kairo rasten. Ein Mann namens Tweed. Mehr als vierzig Jahre später.

ERSTES BUCH
Das tödliche Moor

ERSTES KAPITEL

Wieder ein Regentag in London. Tweed stand am Fenster seines Büros im ersten Stock und blickte über Park Crescent hinweg auf den Regent's Park. Seine Assistentin und vertraute Mitarbeiterin Monica saß hinter ihrem Schreibtisch und musterte den stellvertretenden Leiter des Secret Intelligence Service.

»Einen Penny für Ihre Gedanken«, sagte sie. »Nach Ihrem abwesenden Blick zu urteilen sind Sie ganz weit weg.«

»Harry Masterson«, erwiderte er. »Warum macht er ausgerechnet in Griechenland Urlaub? Schließlich ist er Chef des Sektors Südosteuropa. Man sollte meinen, daß ihm daran läge, diesen Teil der Welt so weit wie möglich hinter sich zu lassen.«

»Er spricht fließend Griechisch – unter anderem.«

»Und Sie haben ihn am Tag vor Beginn seines Urlaubs in der Bond Street gesehen. Mit einer attraktiven Frau, die Sie für eine Griechin hielten.«

»Also ist alles ganz offensichtlich. Harry ist geschieden, hat eine Menge Freundinnen. Diesmal ist es eine Griechin. Vielleicht hatte sie Heimweh und wollte nach Griechenland zurück.«

»Das überzeugt mich nicht.« Tweed, ein gedrungener, glattrasierter Mann Anfang Vierzig, ließ sich hinter seinem Schreibtisch nieder, nahm seine Brille ab und putzte die Gläser mit einem Taschentuch. Das tat er oft, wenn ihn etwas beunruhigte. »Harry kann überhaupt nicht richtig Urlaub machen«, fuhr er fort. »Er hat mir einmal erzählt, daß er sich schon nach drei Tagen langweilt, wenn er kein Problem hat, in das er sich verbeißen kann. Und jetzt ist er schon drei Wochen dort.«

»Und hat nichts von sich hören lassen?«

»Er hat von sich hören lassen – wenn das der richtige Ausdruck ist. Das hier habe ich heute morgen bekommen. Mit der Post.«

Er schloß eine Schublade auf und holte ein Päckchen heraus, das die Form einer Zigarrenkiste hatte. Die Verpackung war intakt, obwohl das Päckchen geöffnet worden war. Monica erhob sich und trat neben ihren Chef. Die Adresse war in Mastersons schwungvoller Schrift geschrieben, mit dem Vermerk »Persönlich«. Die Briefmarken stammten aus

Griechenland. Tweed hatte das Packpapier an allen vier Kanten der Oberseite säuberlich aufgeschnitten und nahm nun das obere Stück ab. Darunter steckte eine Zigarrenkiste.
»Von Harry Masterson. Das gefällt mir nicht«, sagte Tweed ingrimmig. »Es sieht aus wie zusammengetragenes Beweismaterial in irgendeiner Sache, an der er arbeitet. Und er schickt es mir für den Fall, daß ihm etwas zustößt.«
»Ist das nicht eine zu pessimistische Schlußfolgerung? Was ist in der Kiste?«
»Sehen Sie selbst.« Tweed klappte den Deckel hoch. »Diese Frau, mit der Sie ihn vor seiner Abreise nach Athen in der Bond Street gesehen haben. Ist es diese hier?«
Die Kiste enthielt eine Kollektion von Papieren und Fotos und ein kleines Notizbuch. Er suchte eines der Fotos heraus und legte es auf den Schreibtisch.
»Ja, das ist sie«, sagte Monica. Sie betrachtete das Foto genauer. »Da bin ich ganz sicher. Sie sieht schlanker aus in einem weißen Kleid. Gute Figur. Als ich sie sah, trug sie einen Mantel. Wo mag das Foto aufgenommen worden sein? Sieht aus wie ein Ort in Griechenland.«
»Auf der Rückseite steht Zea. Wo immer das sein mag. Kommt Ihnen an diesem Foto etwas merkwürdig vor?«
»Hinter ihr ist ein Hafen mit einer ganzen Menge teuer aussehender Boote. Und die Gebäude im Hintergrund stehen an der Flanke eines Berges. Was soll daran merkwürdig sein?«
»Ich bin ganz sicher, die Frau wußte nicht, daß Harry ein Foto von ihr machte. Sie betrachtet ein Buch. Ich glaube, er hat es heimlich aufgenommen. Schon das hat einiges zu besagen. Ich habe das Gefühl, er traute ihr nicht...«
»Sprechen Sie nicht in der Vergangenheit von ihm...«
»Herein«, rief Tweed, als jemand an die Tür klopfte. Ein schlanker, blondhaariger, sehr selbstsicherer Mann Anfang Dreißig trat ein. »Wie immer genau zur rechten Zeit, Marler«, sagte Tweed. »Sie kennen Griechenland und sprechen Griechisch.« Er reichte ihm das Foto. »Das hat Harry Masterson irgendwo in Griechenland aufgenommen. Haben Sie eine Idee, wo das sein könnte?«
Marler betrachtete das Foto, drehte es um, lächelte trocken. »Wenn das von Harry stammt, paßt alles zusammen. Ein hübsches Mädchen, ein kleiner Hafen, sehr exklusiv, Millionärsjachten. Bekanntlich lebt Harry gern auf großem Fuß, und das Beste ist für ihn gerade gut genug. Das ist Zea, ein Sporthafen an der Küstenstraße, die von Piräus aus nach Süden führt.«

»Warum exklusiv?« fragte Tweed. »Von den schwimmenden Palästen abgesehen? Heutzutage können sich auch Drogenschieber solche Boote leisten – wenn sie zur ersten Garnitur gehören.«

»Weil gleich hinter Zea der Königliche Jachtclub liegt. Seit Griechenland eine Republik ist, heißt er offiziell nur noch Jachtclub.« Er holte sich von Monicas Schreibtisch eine Lupe. »Ich wette um fünf Pfund, daß bei einigen von ihnen immer noch die Buchstaben KJC am Heck stehen. Nehmen Sie die Wette an?«

»Nein. Ich habe keine Lust, noch mehr Geld an Sie zu verschwenden.«

»Sie hätten die Wette verloren.« Marler schaute durch die Lupe. »Sie stehen auf zweien der Jachten, die da vor Anker liegen. Ein hübsches Stückchen Angabe«, bemerkte er mit seiner kultivierten Stimme. Dann legte er die Lupe hin. »Und um was geht es eigentlich, wenn ich mir die Frage erlauben darf?«

»Ich mache mir große Sorgen wegen Harry.«

»Und welche guten Gründe haben Sie dafür?«

Marler, gekleidet in einen makellosen hellen Leinenanzug, blaugestreiftes Hemd, dazu passende blaue Krawatte und handgearbeitete Schuhe mit festen, schweren Kappen – »sehr nützlich, um einen Gegner in die Eier zu treten« –, ließ sich in Tweeds Sessel nieder, zündete sich eine seiner teuren King-Size-Zigaretten an und schlug die Beine übereinander. Er saß da wie der Inbegriff eines völlig entspannten Menschen und fixierte Tweed mit seinen eiskalten blauen Augen.

»Grund Nummer eins: Warum entscheidet er sich dafür, in einem Teil seines Arbeitsbereichs Urlaub zu machen? Ja, ich weiß, daß er die Sonne liebt, aber die hätte er in der Karibik auch haben können. Grund Nummer zwei: Er schickt sonst immer eine unverschämte Postkarte. Keine Karte. Grund Nummer drei: Statt dessen schickt er diese Zigarrenkiste mit Material, das aussieht wie Hinweise auf eine Sache, der er nachgeht. Grund Nummer vier: Harry langweilt sich leicht – und wenn ihm jemand mit einem Problem kommt, das ihn reizt, dann zögert er keine Minute, sich hineinzustürzen.«

»Ist das die Zigarrenkiste? Darf ich mal sehen?«

»Bedienen Sie sich. Schauen Sie zu, was Sie mit dem Inhalt anfangen können. Nach meinem Gefühl ist diese Sendung ein schlimmes Vorzeichen.«

»War irgendeine Notiz oder ein Brief dabei?«

»Nein. Monica hat ihn mit der Frau, deren Foto sie da haben, in der Bond Street gesehen.«

»Wann war das?« fragte Marler.

»Vor drei Wochen. Am Tag bevor er nach Athen flog, nehme ich an.«
»Sie nehmen es an?« Monica hob eine Braue. »Diese Fotos passen irgendwie nicht zusammen. Einige sind offensichtlich in Griechenland aufgenommen, andere hierzulande. Wo, weiß ich nicht.«
»Aber ich«, sagte Tweed. »Dies hier, vor dem Royal Oak Inn. Den kenne ich. Winsford. Ein Ort im Exmoor. Aber was hat Somerset mit Griechenland zu tun? Irgendwie ergibt das keinen Sinn.«
»Es sei denn, er hat nicht die ganzen drei Wochen in Griechenland verbracht. An dem Tag, an dem Monica ihn sah, könnte er ins Exmoor aufgebrochen sein und erst später nach Griechenland. Die Vermutung liegt nahe, daß irgend etwas, das die Griechin ihm erzählte, ihn nach Somerset führte. Und etwas, das er dort entdeckte, führte ihn nach Griechenland. Ein regelrechter Bluthund, unser Harry. Nimmt eine Fährte auf und läßt nicht locker.«
»Ja«, warf Monica ein, »zeitlich könnte das hinkommen. Daß er von der griechischen Frau erwas erfuhr, das ihn zu einer Fahrt nach Somerset veranlaßte.«
»Ich frage mich nur, was das gewesen sein könnte?« murmelte Tweed und betrachtete die nicht-griechischen Fotos. »Das sieht aus wie Watchet, eine kleine Hafenstadt am Bristolkanal. Einmal die Hauptstraße, einmal der Hafen. Ich erinnere mich an diese Reihe von Laternenpfählen mit dem kleinen Hügel am Ostrand des Hafens. Und das ist Dunster High Street, ganz eindeutig. Der Vordereingang vom Luttrell Arms, dem besten Hotel in Dunster. Ein weiteres Foto von einem Herrenhaus im Tudorstil hinter einer Steinmauer. Kommt mir auch bekannt vor. In der Nähe vom Doone Valley, wenn ich mich recht erinnere.«
Marler hatte die Zigarrenkiste geleert und beschäftigte sich mit ihrem Boden. Er hob eine dünne, auf den Boden gedrückte Holzplatte hoch und zog ein zusammengefaltetes Blatt Papier heraus.
»Haben Sie das schon gesehen«, fragte er. »Die Bühne wird größer. Hier, bitte.«
Tweed betrachtete das aufgeschlagene Blatt. Harrys unverwechselbare Handschrift. *Brigadier Willie Davies. Ministry of Defence.* Harry hatte also dem Verteidigungsministerium einen Besuch abgestattet, vermutlich vor seinem Abflug nach Griechenland, vielleicht sogar vor der Fahrt nach Somerset. Auf dem Blatt Papier standen noch zwei weitere Worte. *Somerset Levels.*
Tweed spürte ein Prickeln im Genick, ein durch nichts zu erklärendes Gefühl bevorstehenden Unheils. Er wurde sich bewußt, daß Marler und Monica ihn musterten.
»Irgend etwas stimmt nicht«, sagte Monica.

»Hoffen wir das Beste.« Er reichte Monica das Blatt. »Ich glaube, wir haben Ihnen noch nicht gesagt, Marler, daß uns Brigadier Davies von allen Leuten im Verteidigungsministerium am freundlichsten gesonnen ist. Außerdem gehört er demselben Club an wie Harry. Sie standen sich sehr nahe.«

»Befreundet, meinen Sie?« fragte Marler. »Über ihre beruflichen Beziehungen hinaus? Diese Geschichte wird immer merkwürdiger. So viele lose Fäden. Und was zum Teufel ist mit Somerset Levels gemeint?«

»Das ist eine der gottverlassensten und einsamsten Gegenden von ganz England. Das Gebiet zwischen Taunton und Glastonbury, wo Torf gestochen wird. Zur Zeit Karls I. stand es bei Flut unter Wasser. Jetzt hat man Gräben gezogen – sie sehen aus wie Kanäle. Eine öde Marschlandschaft. Ich begreife das alles nicht – zu viele lose Fäden, wie Sie sagten.«

Er erhob sich und trat ans Fenster. Es regnete nicht mehr. Jetzt schien die Maisonne. Das Pflaster begann abzutrocknen, nur hier und da waren noch feuchte Stellen. Er stand mit hinter dem Rücken verschränkten Händen da. Monica wußte, daß er im Begriff war, eine Entscheidung zu treffen.

»Ich möchte, daß Harry sofort aus Griechenland zurückbeordert wird. Gehört sein Stellvertreter für Griechenland, Patterson, nicht zur Britischen Botschaft?«

»Ja«, erwiderte Monica prompt. »Harry hat ihn vor ein paar Monaten ausgesucht. Patterson spricht Griechisch und ist viel im Archipel herumgereist. Sie gehen davon aus, daß Harry mit ihm Kontakt aufgenommen hat?«

»Was er vermutlich nicht getan hat«, bemerkte Marler. »Wenn er einer Sache inoffiziell nachgegangen ist, dann hat er wahrscheinlich auf eigene Faust gehandelt. Aber warum das Verteidigungsministerium? Oder handelte es sich dabei auch um etwas, was ihm diese Griechin erzählt hat? Wieso sind Sie übrigens so sicher, Monica, daß die Frau Griechin war?«

»Als wir uns begegneten, sagte er etwas in einer fremden Sprache. Die Frau wirkte verärgert. Daraufhin sagte Harry: ›Die Griechen haben für alles einen Ausdruck.‹ Rückblickend habe ich fast den Eindruck, als wollte er mir einen Hinweis geben.«

»Akzeptiert«, pflichtete ihr Marler bei. »Die Frau ist Griechin.«

»Und jetzt«, sagte Tweed auf dem Rückweg zu seinem Drehstuhl ungeduldig, »rufen Sie in Athen an. Ein direkter Befehl an Harry. Er soll auf der Stelle zurückkommen, sobald man ihn ausfindig gemacht hat.«

Monica wollte gerade nach dem Hörer greifen, als das Telefon zu läuten begann; gleichzeitig betrat eine schwarzhaarige, gutgebaute Frau das Büro. Marler sprang auf, lächelte und bot Paula Grey, Tweeds Assistentin, seinen Sessel an. Er nahm eine theatralische Pose ein und streckte die Hände aus.

»Lothario bietet Ihnen seinen bequemen Sessel an. Wie kommt es, daß Sie jedesmal, wenn ich Sie zu Gesicht bekomme, noch hinreißender aussehen?«

»Geschwätz«, erwiderte Paula ungerührt. »Meinen Sie etwa, ich wüßte über Ihre Weibergeschichten nicht Bescheid?«

Sie wollte gerade die Beine übereinanderschlagen, doch dann versteifte sie sich. Sie schaute zu Monica hinüber, die am Telefon sprach. Monica forderte Tweed mit einer Kopfbewegung auf, seinen Hörer abzunehmen, und sagte mit zitternder Stimme:

»Athen am Apparat ... Larry Patterson für Sie.«

Tweed nahm den Hörer ab. Im Büro wurde es sehr still. Sie beobachteten Tweed, dessen Miene nichts zu entnehmen war. Mit ruhiger, beherrschter Stimme stellte er mehrere knappe Fragen, sagte fünfmal »Ja, natürlich«, dankte Patterson für seinen Anruf und legte den Hörer auf. Dann beugte er sich über seinen Schreibtisch, verschränkte die Hände, starrte darauf und sagte schließlich mit monotoner Stimme:

»Das ist eine Nachricht, die sich nicht bemänteln läßt. Harry Masterson ist tot. Er wurde heute am Fuß einer Klippe namens Kap Sunion gefunden, soweit ich verstanden habe, irgendwo südöstlich von Athen. Die Klippe ist sehr steil und ungefähr hundert Meter hoch. Die Leiche wird heimgeflogen.«

»Oh, großer Gott, nein! Nicht Harry ...«

Es war Monica, die diese Worte ausstieß wie ein geschundenes Tier. Ihre Augen füllten sich mit Tränen. Paula sprang auf, legte einen Arm um sie und half ihr auf die Beine und aus dem Zimmer heraus. Die Stille war bedrückend, nachdem die Tür ins Schloß gefallen war.

»Nach allem, was Patterson mir sagte, muß er am frühen Morgen am Rand abgeglitten sein«, fuhr Tweed fort. »Gegen neun Uhr hat ein Boot der Küstenwache, das nach Drogenschmugglern Ausschau hielt, die Leiche auf den Felsen am Strand entdeckt.«

»Ausgemachter Blödsinn!« sagte Marler mit rauher Stimme. »Das jedenfalls hätte Harry gesagt, wenn man mich dort gefunden hätte. Ich kenne die Gegend.«

»Ich höre«, sagte Tweed mit unverändert monotoner Stimme, während er einen Bleistift zwischen den Fingern kreisen ließ.

»Kap Sunion liegt etwa zwei Autostunden von Athen entfernt. Es ist

die Südspitze von Griechenland. Auf dem höchsten Punkt des Kaps steht der Poseidontempel. Ein einsamer Ort, wenn keine Touristen da sind. Hinter dem Tempel ist der Boden mit struppigem Gras bedeckt, und er fällt ganz allmählich zum Rand der Klippe hin ab. Man kann ohne weiteres sehen, daß man sich dem Ende von allem nähert.«
»Also?« drängte Tweed.
»Harry hatte seine fünf Sinne beisammen – besser als die meisten von uns. Der Gedanke, daß er abgeglitten sein könnte, ist völlig absurd.«
»Also?« wiederholte Tweed.
»Harry wurde ermordet. Daran besteht überhaupt kein Zweifel. Und ich würde gern wissen, was zum Teufel wir deswegen zu tun gedenken.«

ZWEITES KAPITEL

Sofort handeln. Eine Maxime, die Tweed von Winston Churchill übernommen hatte.
Tweed hatte für den Nachmittag etwas einberufen, was er einen »Kriegsrat« nannte. In einem Zimmer, das Howard, Tweeds Vorgesetzter, als »Konferenzraum« bezeichnete, hatten sich sechs Menschen um einen großen, rechteckigen Tisch versammelt.
Wie zwei feindliche Parteien saßen sich Howard am einen und Tweed am anderen Ende des Tisches gegenüber. Außerdem zugegen waren Paula Grey, die rechts von Tweed saß, den Notizblock griffbereit vor sich. Neben Marler saß Bob Newman, Auslandskorrespondent und enger Vertrauter Tweeds. Pete Nield, ein erfahrener Agent, saß Marler und Newman gegenüber. Spannung und Meinungsverschiedenheiten lagen in der Luft.
»Ziehen wir in dem Spiel um diesen tragischen Unfall nicht einen Haufen voreiliger Schlüsse?« fragte Howard mit seiner getragenen, würdevollen Stimme.
»Es ist kein Spiel«, fauchte Tweed. »Und Mastersons Tod sieht nicht aus wie ein Unfall . . .«
»Einen Moment, wenn ich bitten darf . . .« Howard, einsachtzig groß mit rundlichem Gesicht, in einem maßgeschneiderten, marineblauen Chester-Barrie-Anzug, streckte die Arme aus und brachte seine goldenen Manschettenknöpfe zum Vorschein.
O Gott, dachte Tweed, warum mußte er unvermutet auftauchen und an dieser Zusammenkunft teilnehmen? Er fixierte Howard, während er sprach.

»Also bitte.«
»Ich wollte darauf hinweisen, daß Patterson sich bereits in Athen befindet. Er könnte sich umsehen, uns einen Bericht schicken. Und was natürlich nicht persönlich gemeint ist – warum beehrt uns Mr. Newman mit seiner Anwesenheit?«
»Weil ich ihn hergebeten habe. Weil er Griechenland kennt. Weil er fließend Griechisch spricht und mit Marler hinfliegt.«
»Nicht nötig«, warf Marler mit seiner kultivierten Stimme ein. »Sie wissen, daß ich allein arbeite.«
Eine schwere Stille legte sich über den Raum. Tweed ließ zu, daß sie sich ausbreitete, während er betont langsam die vor ihm liegenden Fotos ausbreitete. Newman, Anfang Vierzig, kräftig gebaut, glattrasiert mit dichtem, sandfarbenem Haar und einem kraftvollen Gesicht, beobachtete Tweed mit belustigter Miene.
»Ich muß sagen«, ergriff Howard schließlich das Wort, »ich begreife wirklich nicht, was Newman, so fähig er sein mag, in einer solchen Sache tun könnte.«
Tweed ging zum Angriff über. »Er stellt nicht das geringste Sicherheitsrisiko dar, wie Sie sehr wohl wissen. Patterson ist erst seit kurzer Zeit in Athen. Holen wir ein paar Meinungen ein.« Er wendete sich an Newman. »Bob, Sie kannten Harry Masterson. Können Sie sich vorstellen, daß er über den Rand einer Klippe stolpert?«
»Er war schlau wie ein Fuchs. Aber ich würde gern in Griechenland ein paar Tatsachen zusammentragen. Ich halte mich an Tatsachen.«
»Marler?« fragte Tweed.
»So unwahrscheinlich, daß schon der Gedanke absurd ist.«
»Paula?«
»Ich habe gehört, daß er einmal ziemlich vollgetankt eine Party verließ und mit einer Flasche Champagner auf dem Kopf auf dem Mittelstrich der Walton Street entlangging. Die Flasche blieb oben. So sicher auf den Beinen wie eine Gemse. Völlig ausgeschlossen.«
»Pete?«
»Auf gar keinen Fall.«
»Sind Sie nun überzeugt?« fragte Tweed Howard. »Wenn es Mord war und wir nicht schnell handeln, wird Mrs. Thatcher wissen wollen, warum wir nichts unternommen haben.«
»Ich dulde keine Erpressung«, erwiderte Howard steif.
»Wer tut das schon? Aber Sie haben meine Frage nicht beantwortet.«
»Also«, setzte Howard mit forscher Miene an, »zuerst ist er ein Fuchs, und dann eine Gemse ...«
»Ich finde das keineswegs lustig«, fauchte Tweed.

»Und was schlagen Sie vor?« Howards Verärgerung zeigte sich in einem Anflug von Röte auf seinem rundlichen Gesicht. »Ich behaupte nach wie vor, daß Marler allein fliegen sollte. Newman ist in dieser Sache überflüssig – obwohl mir natürlich klar ist, daß er uns in der Vergangenheit wertvolle Dienste geleistet hat ...«

»Sehr großzügig von Ihnen«, unterbrach ihn Tweed. Das Problem lag darin, daß Howard genau wußte, daß Newman vermögender war, als er es je sein würde. Sein Bestseller *Kruger: The Computer That Failed* hatte dem Auslandskorrespondenten ein Vermögen eingebracht. Tweed sprach mit entschiedener Stimme.

»Marler und Newman fliegen zusammen nach Griechenland. Masterson ging allein – und Sie wissen, was mit ihm passiert ist.« Er warf einen Blick auf Paula, die seine Anweisungen bereits notierte.

»Während Marlers Abwesenheit kann sein Stellvertreter Harris den deutschen Sektor übernehmen. Einverstanden, Marler?« Als Marler nickte, fuhr er fort. »Die Untersuchung muß sich auf zwei sehr unterschiedliche Gebiete konzentrieren. Griechenland. Erledigt. Newman erstattet mir über Pattersons Scramblertelefon in der Athener Botschaft Bericht.«

»Warum nicht Marler?« nörgelte Howard.

Tweed, in voller Fahrt, ignorierte die Unterbrechung. »Ich selbst werde mit Paula ins Exmoor fahren und mich dort umsehen. Pete Nield fährt mit, aber in seinem eigenen Wagen. Er wird so tun, als kennte er uns nicht. Er wird bewaffnet sein.«

»Warum?« wollte Howard wissen.

»Weil ich nicht weiß, in was wir hineingeraten. Ein Mann ist bereits ermordet worden.«

»Das muß erst bewiesen werden«, widersprach Howard.

»Alle, die ich gefragt habe, sind davon überzeugt. Ich ziehe alle Eventualitäten in Betracht und gehe kein Risiko ein. Wir brechen morgen auf – bevor die Fährte kalt wird. Der Inhalt der Zigarrenkiste, die Harry geschickt hat, wird von unseren Experten im Keller untersucht. Außerdem möchte ich, daß jemand sich Harrys Cottage in Sussex ansieht. Wie heißt es?«

»Clematis Cottage, in der Nähe von Apfield«, sagte Paula, die weiterhin Notizen machte.

»Ich setze mich mit Jim Corcoran vom Sicherheitsdienst in Heathrow in Verbindung. Er soll die Passagierlisten von allen Griechenland-Flügen der letzten drei Wochen überprüfen.« Tweed warf einen kurzen Blick auf Howard, der in Schweigen verfallen war. »Wenn wir herausfinden können, mit welcher Maschine Masterson geflogen ist, erfahren wir vielleicht den Namen der Griechin, mit der Monica ihn in der Bond Street gesehen hat.« Er wendete sich an Paula. »Was ist mit Monica?«

»Harry Butler hat sie nach Hause gebracht. Er wird ihr darüber hinweghelfen. Soll er sich um Clematis Cottage kümmern?«

»Gute Idee. Und sagen Sie ihm, er soll nach einem Kajütkreuzer sehen, der ein paar hundert Meter südlich vom Cottage vor Anker liegt. Er muß am ersten Weg rechts abbiegen.«

»War das alles?« fragte Howard mit einem Anflug von Sarkasmus.

»Nein. Unsere Leute im Keller sollen bis heute abend Fotos von Harry Masterson kopieren. Newman und Marler werden sie brauchen, wenn sie ihm in Griechenland nachspüren. Und ich brauche gute Vergrößerungen von dem Foto mit der Griechin in Zea. Ein paar für Newman und Marler, und weitere, die ich nach Sommerset mitnehmen kann.«

»Ich glaube, ich gehe jetzt.« Howard erhob sich. »Es gibt noch andere Dinge, denen ich meine Aufmerksamkeit widmen muß. Ich kann diesen ganzen Kram nicht mit einer Aktennotiz genehmigen ...«

»Wodurch Sie etwas mehr Zeit für die Dinge gewinnen, denen Sie Ihre Aufmerksamkeit widmen müssen.« Tweed lächelte. »Danke für Ihre Mitarbeit und Teilnahme an dieser Sitzung.«

Howard zog sich zurück und schloß die Tür hinter sich, als wäre sie aus Glas. Am Tisch breitete sich ein Gefühl der Erleichterung aus.

»Zwei wichtige Punkte habe ich bisher unerwähnt gelassen«, erklärte Tweed seinen Mitarbeitern. »Harry hat uns einen Hinweis auf einen Freund im Verteidigungsministerium geliefert. Ich hoffe, ihn sprechen zu können, bevor Sie heute abend verschwinden. Ich kann mir nicht vorstellen, warum Harry ihn aufgesucht hat.«

»Und der zweite Punkt?« fragte Marler.

»Endstation.« Tweed ließ seinen Blick um den Tisch schweifen. »Hört sich an wie das Schlüsselwort zu einem Kreuzworträtsel. Kann sich jemand etwas darunter vorstellen? Dieses Wort steht – in Harrys Handschrift – auf der Rückseite einer englischen Postkarte. Nur dieses eine Wort. *Endstation.*«

»Damit könnte vielleicht Cockfosters gemeint sein, die letzte Station der Picadilly-Linie der Untergrundbahn«, meinte Paula.

»Was weder zu Exmoor noch zu Griechenland passen würde.«

»Die Tatsache, daß er es auf eine *englische* Postkarte geschrieben hat, deutet auf einen Zusammenhang mit Somerset«, bemerkte Newman.

»Harry liebte solche kleinen Tricks. Und vielleicht rechnete er damit, daß die Zigarrenkiste abgefangen werden könnte.«

»Also?« fragte Nield.

»Deshalb lieferte er sämtliche Hinweise verschlüsselt. Als eine Art Puzzle, von dem er hoffte, daß Tweed daraus schlau werden würde.«
»Puzzle ist genau der richtige Ausdruck für das, was er mir geschickt hat«, bemerkte Tweed. »Paula, Sie buchen für morgen einen Flug für Marler und Newman nach Athen ...«
»Bereits notiert ...«
»Aber niemand begibt sich irgendwohin oder verläßt London, bevor ich mit Brigadier Willie Davies gesprochen habe. Wir müssen wissen, warum Harry im Verteidigungsministerium war.«

In Begleitung eines Beamten wanderte Tweed durch die endlosen Gänge und vorbei an Türen, auf denen die Namen von Offizieren standen. In der Hand hielt er den Laufzettel, den er wieder abliefern mußte, bevor er aus dem Ministerium herausgelassen wurde.
Brigadier Davies, ein hochgewachsener Mann mit rotem Gesicht und Rangabzeichen von der gleichen Farbe, erhob sich hinter seinem Schreibtisch, als Tweed eintrat und die Tür hinter sich schloß. Sie reichten sich die Hand.
»Lange her seit Ihrem letzten Besuch«, bemerkte Davies mit seiner energischen Stimme. »Nehmen Sie Platz. Lange her«, wiederholte er und ließ sich wieder nieder, »und dann steht Ihr Verein auf einmal hier Schlange.«
»Sie meinen Harry Masterson?«
»Den großen Mann persönlich.« Davies zupfte an seinem rötlichen Schnurrbart, fuhr sich mit der Hand über sein gelichtetes Haar von der gleichen Farbe. »Aber da Sie das Gespräch genehmigt haben, wissen Sie ja Bescheid. Bringt einen immer zum Lachen, dieser Harry. Sagt die unmöglichsten Dinge.«
»Sie sagen, ich hätte das Gespräch genehmigt?«
»Natürlich haben Sie.« Davies schob ein mit der Maschine beschriebenes Blatt Papier über den Schreibtisch. Tweed warf einen Blick darauf. Ein gedruckter Briefkopf. General and Cumbria Assurance Company – der Deckname des SIS am Park Crescent. Der Brief war kurz.
Lieber Willie – ich wäre Ihnen überaus dankbar, wenn Sie Harry in dieser Angelegenheit unterstützen würden. Darunter Tweeds Unterschrift. Gefälscht. Typisch Harry, dachte Tweed wehmütig. Verstieß gegen sämtliche Gesetze, um sich das zu beschaffen, worauf er aus war.
»Seither ist eine Menge passiert. Mein Gedächtnis scheint nachzulassen.« Er überlegte sich seine nächsten Worte sehr genau. »Das Problem ist, daß er irgendwohin abgeflogen ist, ohne mir einen Bericht zu hin-

terlassen. Und zwar allem Anschein nach unmittelbar nach seinem Besuch bei Ihnen. Könnten Sie mich ins Bild setzen? Was er Sie fragte, was Sie ihm erzählt haben?«

»Merkwürdiger Fall. Liegt über vierzig Jahre zurück.« Davies erhob sich, zog einen Schlüsselbund aus der Hosentasche und schloß einen grünen Aktenschrank auf. »Ich brauchte einige Zeit, um die Akte für Harry zu finden.« Er lächelte, als er einen blauen Aktendeckel mit einem roten Etikett herausholte und ihn Tweed reichte. »Immer noch geheim.«

Tweed legte die Akte ungeöffnet auf den Schreibtisch. Die getippte Aufschrift auf der Vorderseite lieferte in verblichenen Buchstaben eine kurze Information. *Kommandounternehmen Insel Siros, Griechenland. Februar 1944.*

»Wenn es Ihnen nichts ausmacht, Willie – gleich nachdem ich den Brief für Harry geschrieben hatte, mußte ich ins Ausland«, log er gewandt. »Mir wäre sehr geholfen, wenn Sie mir sagen würden, wonach Harry Sie gefragt hat. Ich bin mir nämlich nicht sicher, wieviel er über diese Geschichte wußte.«

»Oh, er war über die Fakten bestens informiert.« Davies verschränkte die Hände hinter seinem langen Hals. »Ich könnte Ihnen Kaffee anbieten, aber warum sollte ich einen Freund vergiften wollen? Harry sagte, zuerst einmal brauchte er Einzelheiten über das Kommandounternehmen, das vier Leute im Februar 1944 auf Siros durchgeführt haben. Vermutlich wissen Sie, daß Siros eine große Insel in den Kykladen ist, ein strategisches Sprungbrett nach Piräus, dem Hafen von Athen. Wenn Kuriere von Kairo zum griechischen Festland unterwegs waren, um mit der griechischen Widerstandsbewegung Kontakt aufzunehmen, reisten sie über Siros. Übrigens war die Widerstandsbewegung auch auf der Insel selbst sehr aktiv. War natürlich von den Deutschen besetzt. Und das Hauptquartier des Oberbefehlshabers für die gesamten Kykladen, General Hugo Geiger. All das wußte Harry bereits, bevor er die Akte einsah. Und noch einiges mehr. Ich fragte mich, wie er an diese Informationen gekommen war.«

»Erzählen Sie mir von dem, was er noch wußte.«

»Vier Mann waren an dem Kommandounternehmen beteiligt. Von der Special Operations Executive. Befehligt von einem Lieutenant-Colonel Barrymore. Die anderen waren Captain Robson, Company Sergeant Major Kearns und ein Grieche.«

»Ein Grieche?«

»Das wußten Sie nicht? Ein Mann namens Andreas Gavalas. Er war in einem Kaik mit Hilfsmotor geflüchtet und einige Monate zuvor in Kairo eingetroffen. Wurde mitgenommen, weil er Siros gut kannte. Die Leute von der Widerstandsbewegung gehörten übrigens der republikanischen EDES an. Nicht zu verwechseln mit der ELAS, dem kommunistischen Haufen. Barrymore hatte ein Vermögen in Diamanten bei sich, das er einem Kurier aus Athen aushändigen sollte. Es war das letzte Mal, daß Kairo die EDES finanzierte. Schon kurze Zeit später arbeiteten sie ausschließlich mit der ELAS zusammen. Es hatte sich herumgesprochen, daß die Leute von der ELAS zwar Kommunisten waren, aber wirklich gegen die Deutschen kämpften.«

»Und das war alles, was Harry wußte?«

»Nein. Merkwürdige Geschichte. Er wußte über die Tragödie Bescheid. Sobald sie auf Siros an Land gegangen waren, wurden die Diamanten Gavalas ausgehändigt, der sie an seinen griechischen Kontaktmann weitergeben sollte. Die drei Männer von der Kommandoeinheit kehrten durch eine Schlucht zur Küste zurück und fanden Gavalas, der mit einem Messer im Rücken tot dalag.« Davies' Miene nahm einen grimmigen Ausdruck an. »Einem der Messer, die an die Kommandoeinheiten ausgegeben wurden.«

»Sie können doch nicht meinen, daß einer ...«

»Von den drei Männern? Nein. Barrymore rief seine Leute sofort zusammen und ließ sich ihre Waffen zeigen. Alle drei, er eingeschlossen, hatten ihre Messer bei sich.«

»Merkwürdig, wie Sie sagten. Weshalb hat der Mörder das Messer nicht herausgezogen?«

»Nun, das ist verständlich. Offensichtlich war es mit sehr viel Kraft in Gavalas gestoßen worden. Haben Sie schon jemals versucht, ein Messer aus einer Leiche herauszuziehen? Das kann sehr schwierig sein – wenn es tief eingerammt wurde. Barrymore versuchte es, und er schaffte es nicht. Daraufhin haben sie sich schleunigst aus dem Staube gemacht.«

»Und das alles wußte Harry, bevor er die Akte einsah?«

»Ich glaube, er wollte mir zu verstehen geben, daß er nicht auf blauen Dunst hin handelte, daß er eine ganze Menge über den Mord auf Siros wußte.«

»Und wurde der Mörder jemals gefunden?«

»Nicht, daß ich wüßte.« Davies machte eine weit ausholende Handbewegung. »Es gab einfach zu viele Verdächtige. Die Leute von der EDES, die wußten, daß Gavalas kommen würde. Die Deutschen, die die Insel besetzt hielten und vermutlich ständig patrouillierten.«

»Und die Diamanten – waren sie übergeben worden, nachdem Barrymores Leute Gavalas sich selbst überlassen hatten?«

»Nein, das war nicht der Fall.« Davies schürzte die Lippen.
»Also hätte Barrymore, als er Gavalas tot auffand, als erstes nachsehen müssen, ob er die Diamanten bei sich hatte.«
»Was er auch tat. Sie waren verschwunden.«
»Was war dieses ›Vermögen an Diamanten‹ damals wert? Gibt es darüber irgendwelche Unterlagen?«
»Hunderttausend Pfund. Gott weiß, was es heute wert sein mag. Das war das, was Harry mir erzählte, bevor er die Akte in die Hand nahm. Er saß auf demselben Stuhl wie Sie und las darin. Was mich verblüffte, war seine nächste Bitte. Davon erzähle ich Ihnen, wenn Sie die Akte gelesen haben.« Davies lächelte zynisch. »Sie dürfen die Akte natürlich nicht mitnehmen, keine Fotokopie und keinerlei Notizen machen. Das ist Vorschrift.«
»Ich weiß.« Tweed blickte auf und bemerkte das zynische Lächeln. Er begriff. Davies wußte genau, daß man Tweed ein fotografisches Gedächtnis nachsagte. Er brauchte ein langes Dokument nur einmal zu lesen und konnte sich hinterher an alles erinnern. Jedes Wort hatte sich seinem Gedächtnis eingeprägt.
Fünf Minuten später schob Tweed die Akte wieder über den Schreibtisch. Dann saß er mit verschränkten Händen da und stellte seine Frage.
»Und was war das für eine Bitte von Harry, die Sie verblüffte?«
»Er fragte, ob ich ihm den gegenwärtigen Wohnsitz von Barrymore, Robson und Kearns mitteilen könnte – sofern sie noch am Leben wären. Aber ich glaube nicht, daß ich noch weiter gehen kann, Tweed. Das betrifft eine andere Abteilung. Fragen Sie lieber Harry, wenn Sie ihn wiedersehen.«
»Das geht nicht, Willie.« Tweed hielt einen Moment inne. »Harry ist tot.«

Davies versteifte sich, sein Gesicht erstarrte. Er öffnete eine Schublade, holte einen Aschenbecher und eine Schachtel Zigaretten heraus und steckte sich eine an. Dann ließ er die Schachtel wieder in die Schublade fallen.
»Ich rauche in letzter Zeit fast gar nicht mehr. Sie haben mich hereingelegt, Tweed. Das ist sonst nicht Ihre Art...«
»Ich dachte, Sie würden andernfalls nicht mit der Sprache herausrükken. Es ist durchaus möglich, daß er ermordet wurde. Deshalb habe ich das Buch mit den Spielregeln fortgeworfen. Ich werde herausfinden, wie er gestorben ist, mit allen mir zu Gebote stehenden Mitteln. Sie würden dasselbe tun, wenn Sie an meiner Stelle wären.«

»Da haben Sie recht«, gab Davies zu. »Darf ich fragen, wann und wo?«
»In Griechenland. Angeblich soll er an einer hundert Meter hohen Klippe südöstlich von Athen abgeglitten sein.«
»Völlig absurd! Niemals!« Davies drückte die Zigarette aus und trommelte mit seinen dicken Fingern auf der Schreibtischplatte. »Nicht Harry. Und Sie geben keine Ruhe, bis Sie herausgefunden haben, was wirklich geschehen ist?«
»Nein, das tue ich nicht.«
Davies stand auf, trat nochmals an den Schrank, schloß ihn auf, holte eine dünne blaue Akte heraus und legte sie vor Tweed hin. Dann setzte er sich wieder und preßte die Lippen zusammen, bevor er sprach.
»Sie können den Anhang zu dieser Akte lesen. Dafür gelten dieselben Vorschriften – aber das brauche ich Ihnen ja nicht zu sagen. Als Harry mich um diese Information bat, glaubte ich nicht, daß ich sie ihm liefern könnte. Ich setzte mich mit dieser anderen Abteilung in Verbindung, in der gewisse Unterlagen aufbewahrt werden. Barrymore und Kearns sind nämlich nach dem Krieg noch ein paar Jahre in der Armee geblieben. Das Mädchen, das derartige Unterlagen überprüft, ist eine wahre Tigerin. Gibt niemals auf. Ich gab ihr alle drei Namen – Robson und Kearls ebenso wie Barrymore. Barrymore fand sie mühelos. Dann besorgte sie sich ein Telefonbuch der Gegend, in der er wohnt. Darin fand sie alle drei Adressen. Aber lesen Sie selbst.«
Ein einziges Blatt Papier. Tweed starrte darauf, traute seinen Augen kaum. Alle drei wohnten in Somerset. »Die letzten beiden stammen aus dem Telefonbuch«, erklärte Davies.
»Nach so langer Zeit wohnen alle drei in der Exmoor-Gegend?«
»Seltsam, nicht wahr? Und seltsam ist auch, daß Harry in Griechenland gestorben ist – nach dem, was Sie mir erzählten, keine hundert Meilen von der Insel Siros entfernt.«
Tweed klappte die zweite Akte zu und stand langsam auf; Gedanken schossen durch seinen Kopf. Er dankte Davies, sagte, sie müßten bei Gelegenheit ein Glas zusammen trinken. Bevor er die Tür öffnete, drehte er sich noch einmal um.
»Als ich hereinkam, sagten Sie, die Leute von meinem Verein stünden bei Ihnen Schlange.«
»Das war nicht ganz präzise ausgedrückt. Sie waren früher bei Scotland Yard. Da habe ich unterbewußt eine Verbindung hergestellt.«
»Was meinen Sie damit?«
»Ein paar Tage nach Harry hatte ich noch einen Besucher – einen ehemaligen Chefinspektor vom Yard namens Partridge.«

… Partridge vom Morddezernat? Jetzt im Ruhestand. Den kenne ich.«

»Nun kann ich Ihnen auch den Rest erzählen. Partridge hat hier natürlich keinerlei Anspruch auf Informationen. Aber er ist ein Mann, der weiß, was er will. Und da er so kurz nach Harry kam – nun, um es kurz zu machen, er erkundigte sich gleichfalls nach den gegenwärtigen Adressen von Barrymore, Robson und Kearns. Schließlich habe ich sie ihm gegeben.«

»Darf ich fragen, weshalb er sie haben wollte?«

»Er beschäftigte sich noch immer mit einem Mord, der vor über vierzig Jahren begangen wurde und der nie aufgeklärt wurde. Jetzt, da er im Ruhestand ist, bringt er es nicht fertig, zu Hause herumzusitzen und Gemüsebeete anzulegen. Ein überaus tatendurstiger Mann.«

»Der Mord an Gavalas auf Siros?«

»Nein. Und das wird Ihnen einen Schlag versetzen. Mir hat es jedenfalls einen versetzt. Nach dem, was Harry erzählte. Und deshalb habe ich die drei Adressen herausgerückt, nehme ich an. Aber ich bin sicher, daß da kein Zusammenhang bestehen kann.«

»Ein Zusammenhang womit?«

»Dem Tod von Gavalas auf Siros und der Ermordung eines anderen Griechen in einem Gebäude in Kairo, in dem verschiedene Geheimeinheiten stationiert waren. Ich glaube, Ionides war der Name, den er nannte.«

DRITTES KAPITEL

»Jim Corcoran hat von Heathrow aus angerufen«, berichtete Paula, als Tweed in sein Büro zurückkehrte. »Wir haben die Information, die Sie brauchen. Corcoran hat es aus dem Computer. Harry ist mit Swissair Flug 805 über Zürich nach Athen geflogen. Vor zehn Tagen.«

»Womit er weitere zehn Tage Zeit gehabt hätte, um sich im Exmoor umzusehen. Und ich weiß jetzt, warum er dorthin fuhr.«

»Ich habe noch mehr. Harry buchte zwei Plätze in dieser Maschine. Raten Sie mal, wie der Passagier auf dem Sitz neben ihm hieß?«

»Ich bin nicht in der Stimmung für Ratespiele. Und ich habe selbst einen Haufen Material, das ich Ihnen diktieren muß ...«

»Neben ihm saß eine Christina Gavalas.«

»Was? Es fängt an, zusammenzupassen.«

»Wie?«

»Das weiß ich noch nicht genau. Fertig zum Diktat? Akte eins.«

Tweed stand völlig reglos mit halb geschlossenen Augen da, während er sich den Inhalt der Siros-Akte wieder ins Gedächtnis rief. Paula hielt alles in ihrem Stenoblock fest, vermerkte eine neue Überschrift für Akte zwei und notierte die drei Adressen, die Tweed herunterspulte.
»Nur zwei Kopien«, schärfte er ihr ein. »Eine für Newman und Marler. Die andere für uns.«
»Geht in Ordnung. Newman und Marler können ihre Tickets in Heathrow abholen, wenn sie morgen fliegen.«
»Genau das werden sie tun. Ich habe auf dem Weg hierher mit ihnen gesprochen. Sorgen Sie dafür, daß sie die erste Kopie der Siros-Akte so schnell wie möglich bekommen.«
Er saß an seinem Schreibtisch, als die Tür aufging und Monica hereinkam. Als Paula aufsprang, winkte sie ab. »Alles in Ordnung. In der vordersten Linie zu sein, ist besser, als zu Hause Trübsal zu blasen.« Sie ging zu ihrem Schreibtisch. »Kann ich etwas tun?«
»Ja«, sagte Tweed. »Rufen Sie im Yard an – Superintendent Jack Richardson. Beste Grüße von mir. Ich brauche die Adresse von Chefinspektor Sam Partridge vom Morddezernat, jetzt im Ruhestand.«
»Aber bevor Sie anrufen«, sagte er, als Monica sich hinter ihrem Schreibtisch niederließ, »möchte ich eine schnelle Antwort auf eine Frage. Ein möglicherweise wichtiger Hinweis aus Harrys Zigarrenkiste. Ein einziges Wort. Fertig? *Endstation.*«
»Der Name für irgendein Unternehmen. Ein Codename.«
»Ergibt keinen Sinn«, warf Paula ein. »Es hätte der Codename für das Kommandounternehmen auf Siros sein können, aber in der Akte findet sich keinerlei Hinweis auf irgendeinen Codenamen. Außerdem hat Harry das Wort auf eine *englische* Postkarte geschrieben. Das deutet auf Somerset.«
Sie musterte Monica. »Ist das alles nicht ziemlich schmerzlich für Sie? Sie haben Harry gut gekannt. War es vernünftig, so bald zurückzukommen?«
»Solange ich etwas tun kann, das hilft, den Mistkerl zu erwischen, der Harry auf dem Gewissen hat. Ich will meinen Teil dazu beitragen. Ich rufe im Yard an.« Sie griff nach dem Hörer.
Tweed war auf dem Weg zur Tür. »Da ist noch etwas, was Newman und Marler wissen müssen. Es gibt noch jemanden, der sich für die Siros-Akte interessiert. Partridge. Wetten, daß er sich jetzt in Griechenland aufhält?«
»Halten Sie es für eine gute Idee, daß Newman zusammen mit Marler nach Athen fliegt?« fragte Paula, nachdem Tweed das Zimmer verlassen hatte. »Die beiden sind doch wie Hund und Katze. Geraten sich

über jede Kleinigkeit in die Haare. Bob ist Anfang Vierzig, Marler kaum dreißig.«
»Damit haben Sie den Nagel auf den Kopf getroffen«, erklärte Monica.
»Ja, die beiden mögen sich nicht, da haben Sie recht. Aber während Marler leicht übers Ziel hinausschießt und seinen eigenen Kopf durchsetzen will – genau, wie Bob bis vor einiger Zeit –, ist Bob härter, zäher, vorsichtiger geworden. Sie könnten ein ideales Gespann abgeben, wenn sie dort auf sich allein gestellt sind. Und ich glaube, genau davon geht Tweed aus.«
»Wodurch hat sich Bob verändert? Was hat ihn so hart gemacht? Schließlich war er Auslandskorrespondent. Ist es noch, wenn ihn eine Story interessiert.«
»Es war das, was er hinter dem Eisernen Vorhang in der DDR erlebt hat. Er hat mit einer Widerstandsgruppe im Untergrund gearbeitet. Es war eine schwere Zeit, aber er ist durchgekommen. So, und jetzt muß ich anrufen ...«
Monica legte gerade den Hörer auf, als Tweed ins Zimmer zurückkehrte. Sie wartete, bis er sich an seinem Schreibtisch niedergelassen und etwas auf seinem Block notiert hatte.
»Wußten Sie, daß Sie in Ihrer Zeit bei Scotland Yard einen Spitznamen hatten? Quecksilber-Tweed hat man Sie genannt. Hat mir Superintendent Richardson erzählt.«
»Das ist lange her.« Tweed machte eine wegwerfende Handbewegung. »Was ist mit Partridge?«
»Ich habe seine Telefonnummer in Cheam. Ich hielt es für richtiger, erst anzurufen, wenn Sie zurück sind.«
»Ja, ich möchte selbst mit ihm sprechen.«
Monica wählte eine Nummer, führte ein kurzes Gespräch und legte dann die Hand auf die Muschel.
»Partridge ist nicht da. Es ist Mrs. Partridge ...«
»Ich weiß nicht, ob Sie sich an mich erinnern«, sagte Tweed an seinem eigenen Apparat, »mein Name ist Tweed ...«
»Ich kenne Sie. Es muß eine Ewigkeit her sein ...« Sie hatte eine kultivierte Stimme. »Sam hat beim Yard mit Ihnen zusammengearbeitet. Wir sind uns einmal auf einer Party begegnet. Ich erkenne Ihre Stimme wieder ...«
»Tut mir leid, daß ich Sie belästige. Aber ich muß dringend mit Sam sprechen.«
»Er ist nicht da, Mr. Tweed. Und ich weiß nicht, wo er steckt ...«
Tweed runzelte die Stirn; er hatte einen Anflug von Besorgnis aus ihrer Stimme herausgehört.

»Stimmt etwas nicht, Mrs. Partridge? Wie kommt es, daß Sie nicht wissen, wo Sam sich aufhält?«
»Sie wissen doch, wie Sam ist. Der Ruhestand behagt ihm nicht. Dazu ist er zu tatendurstig, zu ruhelos. Er beschäftigt sich mit irgendeiner alten Mordsache. Ich mache mir Sorgen. Bevor er abreiste, hat er etwas gesagt, was er nie zuvor zu mir gesagt hat.«
»Und was war das?«
»Er sagte, ich sollte auf keinen Fall die Tür öffnen, wenn ein Fremder davorstünde. Vor allem dann nicht, wenn er wie ein Ausländer aussähe. Er hat sogar einen Spion in die Haustür einbauen lassen, bevor er aufbrach.«
»Und wohin ist er aufgebrochen, wenn ich fragen darf?«
»Ich sagte es bereits – ich habe keine Ahnung. Er hat seinen Koffer selbst gepackt. Mit genügend Sachen für mehrere Wochen.«
»Welche Art Kleidung hat er eingepackt?«
»Einiges von dem Drillichzeug, das er einst bei der Armee getragen hat. Und einen Haufen normale Kleidung – von der Art, wie er sie hierzulande trägt.«
Tweed hielt inne, überlegte sich seine nächsten Worte. »Mrs. Partridge, bitte regen Sie sich über meinen Anruf nicht auf. Es geht um eine Sache, die mit meiner Arbeit als Versicherungsdetektiv zu tun hat. Ehefrauen sind sehr schlau, wenn es um ihre Männer geht. Sie entdecken oft einen Hinweis auf das, was sie vorhaben. Haben Sie irgendeine Vermutung, wohin er verschwunden sein könnte?«
»Sie denken doch nicht etwa an eine andere Frau?«
Herr im Himmel, dachte Tweed, sind alle Ehen so? Sind sich die Frauen ihrer Männer niemals hundertprozentig sicher? Mrs. Partridge sprach weiter.
»So ist Sam nicht. Ich würde es wissen, wenn da irgend etwas wäre.«
»Ich habe mich ungeschickt ausgedrückt. Sie haben völlig recht – Sam ist wie der Felsen von Gibraltar. Es ist sein *Ziel*, das mich interessiert. Ich muß dringend mit ihm Verbindung aufnehmen.«
»Ah, jetzt verstehe ich, was Sie meinen. Aber es tut mir leid, Mr. Tweed. Ich habe wirklich nicht die geringste Ahnung, wo er sich aufhalten könnte.«
»Hier oder im Ausland?« beharrte Tweed, obwohl es ihm zuwider war.
»Auch das weiß ich nicht. Er ist vor zwei Wochen abgereist, und seither habe ich kein Wort von ihm gehört. Allerdings hat er mich darauf hingewiesen, daß das der Fall sein könnte. Ich wünschte, ich könnte Ihnen helfen . . .«

»Schon gut. Ich bin sicher, Sie werden bald von Sam hören. Übrigens würde ich an Ihrer Stelle seinen Rat befolgen. Keinem Fremden, insbesondere keinem Ausländer, die Tür öffnen. Ich habe keine Ahnung, warum er das gesagt hat – aber Sam weiß im allgemeinen, wovon er redet. Er wird es Ihnen erklären, wenn er zurückkommt. Seien Sie vorsichtig.«

Er legte den Hörer auf und starrte ins Leere. Paula tippte die Siros-Akte; ihre schlanken Finger glitten über die Tasten.

»Um was ging es eigentlich?« fragte Monica. »Und wer ist dieser Partridge? Wie paßt er ins Bild?«

»Er suchte Brigadier Davies auf, nachdem Harry bei ihm gewesen war. Wollte die Adressen der drei Leute wissen, die an dem Kommandounternehmen auf Siros beteiligt waren. Diesen Teil der Geschichte werden Sie verstehen, wenn Paula Ihnen die Akte zeigt, bevor Newman und Marler sie erhalten. Wie Partridge ins Bild paßt? Ich wollte, ich wüßte es. Es ist eine höchst seltsame Geschichte. Partridge erzählte Davies, er untersuchte den Mord an einem Griechen namens Ionides, der vor über vierzig Jahren in Kairo verübt wurde.«

»Großer Gott!« Paula hielt einen Moment inne. »Also zwei Morde. Und beide an Griechen.«

»Und Partridge schärfte seiner Frau ein, keinem Ausländer die Tür zu öffnen. Keinem Griechen? Partridge ist vom Angesicht der Erde verschwunden, ist vor ungefähr vierzehn Tagen abgereist. Mit unbekanntem Ziel. Irgendwie habe ich das unheimliche Gefühl, daß Harry da in etwas hineingeraten ist, das selbst für ihn zu groß war.«

»Aber Sie werden herausfinden, um was es geht«, erklärte Monica.

»Wir versuchen es zumindest. Paula und ich fahren morgen nach Somerset. Sie halten hier die Stellung. Ich bleibe mit Ihnen in Verbindung – für den Fall, daß Newman sich melden sollte.« Er ballte die Faust. »Einer von uns muß etwas zutage fördern.«

VIERTES KAPITEL

»Noch zehn Minuten bis zur Landung«, sagte Newman und schaute aus dem Fenster der DC 9 der Swissair, während die Maschine sich zur Seite neigte und auf Ostkurs ging.

»Und wir haben so gut wie nichts in der Hand«, bemerkte Marler.

Aus einer Höhe von dreißigtausend Fuß blickte Newman in die Tiefe. Sie hatten das Saphirblau der Adria hinter sich gelassen und flogen nun über eine Landschaft aus kahlen, nur stellenweise mit Macchie bewachsenen Bergen. Das Terrain zwischen den Bergketten bestand aus rauhen Schluchten. Eine Wildnis aus Stein. Sie waren über Griechenland.

Die Luft war unwahrscheinlich klar, die Sonne strahlte vom Himmel. Ihm war, als brauchte er nur hinauszugreifen, um die Gipfel der höchsten Berge berühren zu können. Er warf einen Blick auf Marler, der mit verschränkten Armen und ausdrucksloser Miene neben ihm saß.

»Wenn ich unterwegs wäre, um für eine Story zu recherchieren, hätte ich das Gefühl, mehr in der Hand zu haben, als ich normalerweise habe. Wir müssen Christina Gavalas ausfindig machen – die Frau, mit der Harry nach Athen geflogen ist. Wir haben Abzüge von seinem Foto, die wir herumzeigen können, um herauszufinden, in welchem Hotel er gewohnt hat. Wir müssen Andreas Gavalas nachforschen, dem Mann, der vor mehr als vierzig Jahren an dem Kommando-Unternehmen beteiligt war. Wir müssen der Insel Siros einen Besuch abstatten. Und wir haben Nick...«

»Wen?«

»Das ist ein Grieche, der davon lebt, daß er Touristen vom Hotel Grande Bretagne aus in seinem Mercedes durchs Land kutschiert. Nick ist ein alter Freund von mir. Sehr zuverlässig, sehr zäh. Er weiß eine Menge von dem, was in diesem Land vor sich geht.«

»Wenn man Sie hört, könnte man denken, es handelte sich um ein Kinderspiel. Sonst noch etwas?«

»Wir müssen nach Kap Sunion fahren. Ich möchte mir die Klippe ansehen, über deren Rand Harry angeblich gestolpert ist. Und wir haben Chefinspektor Peter Sarris vom Athener Morddezernat. Ich habe ihm einmal einen Gefallen getan – also schuldet er jetzt mir einen.«

»Wissen Sie was, Newman?«

»Nein. Aber Sie werden es mir bestimmt verraten.«

»Wir haben keinen Scheißdreck in der Hand. Und wir hätten jemanden mitbringen sollen, der die Beinarbeit für uns macht.«

»Wenn es erforderlich werden sollte, übernehme ich das, während Sie sich in der Bar des Grande Bretagne erholen«, sagte Newman.

»Ich finde, Tweed überstürzt die Sache. Ich arbeite lieber auf einer soliden Faktenbasis.«

»Er muß schnell handeln, bevor Howard Harrys Tod als Unfall abschreibt.«

»Und genau das könnte es durchaus gewesen sein.«

»Sie vergessen die Zigarrenkiste, die er geschickt hat. Er wußte, daß er auf einem Drahtseil balancierte«, sagte Newman knapp. »Daß er es vielleicht nicht überleben würde.«

»Das Problem ist, daß ich Harry kaum kannte«, erklärte Marler; er sprach leise, obwohl die Sitze vor ihnen leer waren.
»Aber ich kannte ihn. Und die Maschine hat zur Landung angesetzt. Ende des Gesprächs.«
»Endstation«, erwiderte Marler zynisch.

Als sie die angerollte Treppe hinunterstiegen, prallte die Hitze gegen sie wie eine schwere Tür. Newman sah sich schnell um. Die kahlen Berge ragten nicht weit vom Flughafen entfernt empor. Das Licht war gleißend. Früher Nachmittag. Marler machte eine Handbewegung, als sie mit den anderen Passagieren auf den Flughafenbus zugingen.
»Nicht mit Heathrow zu vergleichen.«
»Das hat seine Vorteile.«
Aber Marler hatte natürlich recht, dachte er, als sie den wartenden Bus bestiegen, der sie zum Ankunftsgebäude bringen sollte, das kleiner war als ein einziger Hangar des Londoner Flughafens. Sie brachten Paß- und Zollkontrolle ohne irgendwelche Probleme hinter sich und stiegen Minuten später in ein gelbes Taxi.
»Hotel Grande Bretagne«, sagte Newman auf Englisch zu dem Fahrer, »und wir haben es eilig.«
Marler warf Newman einen Blick zu, als sich das Taxi in Bewegung setzte. Die zweite Anweisung hatte der Fahrer nicht verstanden; das hatte seine wegwerfende Geste deutlich gemacht. Marler notierte einen Punkt zugunsten seines Begleiters. Newman verriet nicht, daß er fließend Griechisch sprach.
Das Grande Bretagne ist ein sehr solide wirkendes Gebäude an einer Ecke des Platzes der Verfassung, von den Griechen Syntagma genannt. Das Hotel sieht aus, als stünde es bereits generationenlang da – was es auch tut. Drinnen wanderten sie über den Marmorfußboden zur Rezeption.
»Wir haben Zimmer reservieren lassen«, sagte Newman. »Aber zuerst hätte ich gern den Empfangschef gesprochen.«
»Sie sprechen mit ihm, Sir«, informierte ihn der Mann hinter dem Tresen in einwandfreiem Englisch.
Newman zog einen Umschlag aus der Innentasche seines Jacketts, holte ein Foto von Harry Masterson heraus und legte es auf den Tresen.
»Ich bin auf der Suche nach meinem Stiefbruder Harry Masterson. Er soll hier gewohnt haben. Möglicherweise ist er inzwischen abgereist.«
Der Empfangschef betrachtete das Foto mit ausdruckslosem Gesicht. Dann schien er nach den richtigen Worten zu suchen.

»Es tut mir sehr leid, aber dieser Herr hat sehr viel Ähnlichkeit mit einem Mann, der kürzlich in Kap Sunion abgestürzt ist. Es war ein Bild von ihm in den Zeitungen. Es kann sein, daß ich mich irre, aber es war der Name angegeben, den Sie eben nannten.«

»Es muß sich um jemand anderen handeln«, widersprach Newman. »Hat er hier gewohnt?«

»O nein, Sir. Daran würde ich mich erinnern. In Anbetracht von ...«

»Partridge«, sagte Marler. »Sagt Ihnen dieser Name etwas?«

»Ja, das tut er, Sir.« Der Empfangschef wendete seine Aufmerksamkeit Marler zu. »Während meiner Lehrzeit war ich in England, um die Sprache zu lernen. Ich arbeitete im Gleneagles Hotel in Schottland. Dort gingen die Gäste viel auf die Jagd auf Rebhühner oder Partridges. Vermutlich erinnere ich mich deshalb an den Namen dieses Gastes.«

»Darf ich fragen, wann er hier war? Er ist ein alter Freund von mir«, log Marler gewandt.

»Lassen Sie mich nachsehen.« Sie warteten. Ein kleiner Mann im dunklen Anzug eines Hotelangestellten lungerte in der Nähe des Tresens herum und beäugte das Foto von Masterson. Newman starrte ihn an, und er verzog sich. Der Empfangschef kehrte zurück.

»Ich hatte recht. Mr. Samuel Partridge.«

»Das ist er«, sagte Marler. »Netter Mann. Er erzählte mir, daß er wahrscheinlich hier wohnen würde. Das beste Hotel in Athen.«

»Danke, Sir. Mr. Partridge blieb acht Tage. Er traf vor zwei Wochen ein und reiste dann wieder ab. Wollte zum Flughafen, wenn ich mich recht erinnere.« Er wendete sich wieder an Newman. »Aber Mr. Masterson nicht. Er wohnte nicht bei uns. Würden Sie jetzt bitte die Anmeldeformulare ausfüllen?«

»Natürlich«, sagte Newman und begann zu schreiben. »Dieser kleine Mann, der eben am Tresen stand? Wer ist das?«

»Oh, eine Aushilfe.« Der Empfangschef machte eine resignierte Handbewegung. »Im Sommer müssen wir zusätzliche Leute einstellen. Leider, unter uns gesagt. Viele von ihnen haben kein Verständnis für die Maßstäbe, die wir hier setzen.« Er lächelte mit einer gewissen Genugtuung. »Ab September wird Giorgios nicht mehr hier arbeiten ...«

Nachdem er in seinem Zimmer seinen Koffer ausgepackt hatte, ging Marler über den Flur zu Newman. Der Auslandskorrespondent hatte die Hände auf die Hüften gestützt und schaute aus dem Fenster auf die Akropolis mit dem Parthenon.

»Ein Punkt für mich, finde ich«, sagte Marler nachdrücklich, während er sich in einem Sessel niederließ. »Weil ich herausgefunden habe, daß Chefinspektor Partridge hier aufgekreuzt ist, um sich umzusehen.«

»Er sei Ihnen gegönnt.« Newman schien mit seinen Gedanken woanders zu sein. »Und Nick wird auch bald hier sein. Ich hatte Glück, seine Karte steckte in meiner Brieftasche, die mit seiner Privatnummer, die er mir gab, als ich das letzte Mal hier war.«
»Wollen wir wetten, daß sich Partridge jetzt auf Siros herumtreibt? Was ist los? Sie wirken irgendwie abwesend.«
»Ist Ihnen das nicht aufgefallen?«
»Was sollte mir auffallen?«
»Ein Punkt für mich. Der Empfangschef erkannte Harry auf dem Foto wieder, das ich ihm zeigte, weil er ein Bild von ihm in den Zeitungen gesehen hatte. Ich möchte wissen, woher dieses Bild stammt? Schließlich hatte er erst Nachrichtenwert, als man seine zerschmetterte Leiche am Fuß von Kap Sunion gefunden hatte.«

Giorgios durchquerte das Restaurant und schlich sich zum Seitenausgang des Hotels hinaus. An diesem Ausgang tat kein Portier Dienst. Er begab sich eilig zur gegenüberliegenden Seite des Syntagma-Platzes, wo eine Reihe von Telefonhäuschen stand. Er betrat eines davon, wählte eine Nummer und trommelte mit seinen dünnen Fingern nervös auf den Münzkasten, während er wartete. Wenn er zu lange wegblieb, würde diesem verdammten Empfangschef seine Abwesenheit auffallen. Er sprach Griechisch, als sich eine kehlige Stimme meldete.
»Giorgios. Ich dachte, Sie sollten erfahren, daß im Hotel gerade zwei Engländer eingetroffen sind. Sie stellen Fragen wegen Masterson. Sie haben ein Foto von ihm.«
»Vor nur zwei Wochen hat ein anderer Engländer hier herumgeschnüffelt. Dieser Partridge. Das wird gefährlich. Haben Sie die Namen von den beiden neuen Männern?«
»Nein. Aber ich kann sie aus dem Register heraussuchen. Allerdings erst, wenn der Empfangschef weg ist.«
»Besorgen Sie sie«, befahl die Stimme.
»Es kann früher Abend werden . . .«
»Besorgen Sie sie«, wiederholte die Stimme auf Griechisch. »Rufen Sie mich an, sobald Sie die Information haben. Und alles, was Sie sonst über die beiden herausfinden können. Es könnte sein, daß wir zu drastischen Maßnahmen greifen müssen.«

Giorgios schwitzte, als er auf den Eingang zum Restaurant zueilte. Und es war nicht nur die Hitze – das Thermometer zeigte 32 Grad. Er befürchtete, daß der Empfangschef jemanden auf die Suche nach ihm geschickt haben könnte, damit er irgendeine Arbeit erledigte.

Er verlangsamte seine Schritte, als er das Restaurant durchquerte und durch die in das Foyer führende Tür trat. Ein hochgewachsener, schwergebauter Mann in den Vierzigern, in ein sauberes weißes Hemd und makellose Jeans gekleidet, näherte sich vom Haupteingang her der Rezeption. Er hörte ganz deutlich, was der Neuankömmling auf Griechisch sagte.

»Ein Mr. Newman erwartet mich. Er ist vor ungefähr einer Stunde angekommen. Würden Sie ihn bitte wissen lassen, daß ich hier bin.«

»Wird gemacht, Nick. Dieses Jahr wird es schon früh heiß. Er ist in Zimmer . . .«

Die Zimmernummer entging Giorgios, aber er notierte in Gedanken zwei Tatsachen. Wenn das einer der Männer war, um derentwillen er angerufen hatte, dann hatte dieser bereits einen Namen. Newman. Er beschäftigte sich mit einer Pflanze in einem großen Kübel, verrückte ihn um ein paar Zentimeter. Der Empfangschef legte den Telefonhörer auf, sagte etwas, das er nicht hören konnte, und Nick ging auf die Treppe zu.

Hinter ihm stieg Giorgios die mit einem dicken Teppich belegten Stufen hinauf. Er war zuvor bereits den beiden Männern gefolgt, nachdem er am Fahrstuhlanzeiger festgestellt hatte, in welches Stockwerk sie fuhren. Er war die Treppe hinaufgerannt und gerade noch rechtzeitig angekommen, um zu sehen, wie Newman sein Zimmer gezeigt wurde. Zu weit hinten am Gang, als daß er die Nummer hätte feststellen können. Und er hatte es nicht gewagt, Marler zu folgen.

Der Grieche, den der Empfangschef Nick genannt hatte, bog in einen langen Gang ein, blieb vor einer Tür stehen und klopfte an. Die Tür wurde geöffnet, und Giorgios hörte deutlich, wie der Mann, der an der Rezeption das Foto vorgezeigt hatte, ihn auf Englisch begrüßte. Er ging die Treppe wieder hinunter und überlegte, unter welchem Vorwand er seine Frage stellen konnte.

»Ich glaube, ich kenne den Mann, der eben gekommen ist, ein Freund von einem Cousin von mir.« Der Empfangschef starrte ihn kalt an. »Er hat meinem Cousin einen Gefallen getan, wenn es derselbe Mann ist.«

»Was sollte Ihresgleichen mit einem Mann wie Nick zu schaffen haben? Er fährt einen Mercedes. Eine Nummer zu groß für Sie. Stehlen Sie mir nicht die Zeit. Sehen Sie das Gepäck dort drüben? Halten Sie sich bereit, es zum Taxi zu tragen, wenn es vorfährt, um unsere Gäste zum Flughafen zu bringen . . .«

Während sie sich die Hand reichten, blickte Marler in Nicks dunkle Augen. Fester Griff. Von Grau durchzogenes, kurz geschnittenes Haar. Ein entschlossenes Kinn. Ein Anflug von Humor in den Mundwinkeln. Marler war gut darin, einen Mann schnell abzuschätzen. Beachtlich, war das Wort, das ihm durch den Kopf schoß.
»Das Reden übernimmt Bob«, sagte er und ließ sich in seinen Sessel sinken.
»Setzen Sie sich«, forderte Newman Nick auf. »Wir sind wegen Harry Masterson hier, der unten an Kap Sunion ermordet wurde.«
»Sie meinen also, daß er ermordet wurde?« Nick setzte sich und schlug die kraftvollen Beine übereinander. »In den Zeitungen stand, es wäre ein Unfall gewesen.«
»Ach ja – ehe ich es vergesse, Nick. Offiziell spreche und verstehe ich diesmal kein Griechisch. Sie meinen, es wäre ein Unfall gewesen?«
»Ich sagte, die Zeitungen waren dieser Ansicht. Sie glauben, er wäre betrunken gewesen. Ich habe ihn selbst betrunken erlebt.« Nick lächelte trocken. »Eines Abends brachte ich eine Bekannte ins Hilton und trug ihren Koffer hinein. Hinter dem Foyer ist ein großer Sitzbereich auf mehreren Ebenen. Eine Menge Leute hatten sich angesammelt. Sie beobachteten etwas. Masterson war auf ein Geländer geklettert, nicht breiter als meine Hand, und wanderte darauf entlang wie ein Seiltänzer, in jeder Hand eine Champagnerflasche. Rechts von ihm lag die nächste Etage drei Meter unter ihm. Er wanderte das ganze Geländer entlang, dann sprang er nach links auf den Fußboden der oberen Etage. Diese Vorstellung haben eine Menge Leute gesehen, und sie erinnerten sich an sie, als sie ein paar Tage später von seinem Tod erfuhren.«
»Und er war betrunken?« fragte Newman nach, der es kaum glauben konnte.
»Nein.« Nick lächelte wieder trocken.
»Aber Sie sagten doch, er wäre betrunken gewesen.«
»Ich weiß genug über das Trinken – und über Betrunkene –, um feststellen zu können, ob jemand wirklich über den Durst getrunken hat oder nur eine Schau abzieht. Masterson spielte den Betrunkenen. Fragen Sie mich nicht, warum.«
»Hat er im Hilton gewohnt?«
»Ich habe keine Ahnung.«
»Und Sie glauben, sein Tod wäre kein Unfall gewesen?«
»Nein. Ich habe seine Vorstellung im Hilton genau beobachtet. Er war behende wie eine Gemse. Ein massiger Mann, aber überaus gewandt und reaktionsschnell. So jemand stolpert nicht über den Rand einer Klippe.«

Newman öffnete einen Aktenkoffer, zog einen steifen Umschlag heraus und entnahm ihm drei Fotos von Masterson. Er behielt sie in der Hand, während er seine Frage stellte.

»Ich muß wissen, wo er gewohnt hat. Kennen Sie zwei Männer, denen Sie vertrauen können – wirklich vertrauen?«

»Wofür, Mr. Newman?«

»Sie sollen mit diesen Fotos die Runde durch die Athener Hotels machen und herausfinden, wo er gewohnt hat. Er könnte einen anderen Namen angegeben haben.«

»Ja. Sollen Sie seinen Namen erwähnen? Nein? Natürlich werden ihn einige Leute nach dem Foto in den Zeitungen erkennen.« Nick betrachtete den Abzug, den Newman ihm gegeben hatte. »Ich könnte selbst herumfragen – einen Teil der Hotels übernehmen. Dann ginge es schneller.«

»Eines verstehe ich nicht«, sagte Newman, nachdem er ihm zwei weitere Abzüge ausgehändigt hatte. »Ich muß unbedingt herausfinden, wie sein Foto in die Zeitungen kam. Das reimt sich einfach nicht zusammen. Niemand interessierte sich für ihn, bis er sehr tot war.«

»Das stimmt nicht.« Nick schlug die Hände zusammen. »Es ist mir gerade wieder eingefallen. Es passierte, als Masterson im Hilton seinen Geländerspaziergang mit den Champagnerflaschen unternahm.«

»Was passierte?«

»Da ist so ein widerlicher Fotograf, der abends die Runde durch die Hotelrestaurants macht. Er stand im Foyer, als Masterson seine Vorstellung gab. Und er hatte seine Kamera bei sich.«

»Und?«

»Es hätte böse ausgehen können, aber Masterson hatte starke Nerven. Dieser Idiot von einem Fotografen machte eine Blitzlichtaufnahme. Masterson taumelte, dann gewann er sein Gleichgewicht wieder und ging weiter. Die Zuschauer haben vor Schrecken gekeucht.«

»Das muß wahrhaftig ein Idiot gewesen sein.«

»Aber wahrscheinlich haben die Zeitungen von ihm das Foto bekommen«, fuhr Nick fort. »Diese Fotografen sind alle auf ein bißchen Extraverdienst aus. Er machte die Aufnahme, als Masterson den Leuten zulächelte – und dementsprechend sah das Bild in den Zeitungen aus. Aber mehr als diese eine Aufnahme konnte er nicht machen«, setzte Nick ingrimmig hinzu.

»Hat ihn jemand daran gehindert?«

»Ja. Mehrere Leute haben lautstark protestiert. Der Empfangschef kam angerannt und machte dem Fotografen die Hölle heiß. Kann ich sonst noch etwas für Sie tun?«

»Fahren Sie uns zum Hafen von Zea, dann weiter nach Kap Sunion.«
»Haben Sie so viel Zeit?« fragte Nick. »Zwei Stunden hin und dann wieder zurück. Und es wäre besser, wenn wir die Fahrt noch eine Weile aufschieben würden. Der Verkehr.«
»Gut, dann also in zwei Stunden. Haben Sie Ihren Mercedes noch?«
»Einen neuen. Er steht vor der Tür. Vielleicht sollte ich hinausgehen und sehen, ob die Parkuhr richtig funktioniert.«
»Noch zwei Fragen, Nick. Sagt Ihnen der Name Ionides etwas?«
»Kaum. Das ist ein häufig vorkommender Name. Ich kenne zwei Leute, die so heißen. Beide haben einen Laden. Und die andere Frage?«
»Christina Gavalas«, warf Marler ein. »Sagt Ihnen dieser Name etwas?«
»Sie machen Witze.« Nick war belustigt. »Sie kennen Griechenland und haben doch bestimmt schon von Petros Gavalas gehört.«
»Sie meinen den legendären Anführer der Widerstandsbewegung im Zweiten Weltkrieg?« fragte Newman. »Den Zusammenhang habe ich nicht gesehen.«
»Christina ist seine Enkelin. Sie haßt ihn. Die Familie Gavalas hat eine merkwürdige Geschichte. Vielleicht sollte ich warten, bis wir nach Zea unterwegs sind, bevor ich sie Ihnen erzähle. Wenn sie in die Geschichte verwickelt ist, dann steht Ihnen einiges bevor, meine Herren.«

FÜNFTES KAPITEL

Nachdem er das Zimmer verlassen und die Tür hinter sich geschlossen hatte, warf Nick einen Blick nach rechts auf die der Treppe entgegengesetzte Seite des Flurs. Ein kleiner Mann im schwarzen Anzug eines Hotelangestellten stand da und tat, als beschäftigte er sich mit einem Fenster.
Nick wendete den Blick schnell wieder ab und ging die Treppe hinunter und vor das Hotel, wo sein Mercedes in der gleißenden Sonne parkte. Er schob einen Finger unter den Kragen, um ihn zu lockern. Die Hitze schien noch größer geworden zu sein. Die Sonne strahlte von einem Himmel herab, der so blau war wie das Mittelmeer.
Er polierte die Karosserie, die bereits funkelte wie Glas, als der kleine Mann im schwarzen Anzug durch die Tür des Restaurants herauskam und um die Ecke bog. Er rauchte eine Zigarette und blieb stehen, um den Mercedes zu bewundern.
»Ein prima Wagen. Wollen Sie mit einem der Gäste eine Fahrt machen?«

»Man kann nie wissen, wann sich ein Geschäft bietet.« Nick hörte mit dem Polieren auf und musterte den kleinen Mann, denselben, der hinter ihm herumgelauert hatte, als er den Empfangschef gebeten hatte, Newman wissen zu lassen, daß er da war. Dunkle Augen, die über einer schmalen Frettchennase zu dicht beieinanderstanden. Ein dünner schwarzer Bart über vollen, wollüstigen Lippen.
»Wie heißen Sie – und warum tun Sie nicht Ihren Dienst im Hotel?« fragte Nick.
»Ich heiße Giorgios. Und nachmittags steht mir eine Pause zu. Meinen Sie, es macht Spaß, bei dieser Hitze zu arbeiten?«
»Suchen Sie sich einen anderen Job, wenn Ihnen dieser nicht gefällt. Schließlich werden Sie dafür bezahlt. Und jetzt verschwinden Sie. Ich habe zu tun, auch wenn Sie vielleicht herumtrödeln können.«
Nick wendete dem kleinen Mann den Rücken zu und polierte weiter; dabei beobachtete er im Rückspiegel, wie Giorgios die kleine Anhöhe zum Restauranteingang hinaufging, an der Ecke stehenblieb, einen Notizblock aus der Tasche zog und etwas notierte, bevor er verschwand. Er hatte die Zulassungsnummer des Mercedes aufgeschrieben.

Um nicht bemerkt zu werden, wartete Giorgios eine halbe Stunde später hinter der Ecke, bevor er in einer Schar von Fußgängern die Straße überquerte. Nick beschäftigte sich nach wie vor mit seinem Wagen.
Giorgios ging an der entgegengesetzten Seite des Platzes entlang, an der das rosafarbene Gebäude stand, das einst das Königliche Schloß gewesen war. Jetzt, wo Griechenland eine Republik war, war es der Sitz des Parlaments.
Auf dem Platz der Verfassung gibt es einen Park mit einer Vielzahl von Bäumen und Sträuchern, der durch ein hohes Gitter von dem dahinterliegenden Gehsteig getrennt ist. Giorgios bewegte sich schnell in einer Richtung, die seiner bisherigen genau entgegengesetzt war, und schlüpfte dann in eine Telefonzelle. Dort wählte er die gleiche Nummer wie zuvor. Und wieder mußte er warten, bis sich jemand meldete.
Er sah auf die Uhr. Seine Pause war fast vorüber. Zumindest war der Empfangschef nach Hause gegangen, dieser Widerling, der ihn immer herumkommandierte. Dann meldete sich die kehlige Stimme.
»Hier ist Giorgios. Ich habe die Namen der beiden Männer. Newman und Marler...« Er buchstabierte sie. »Ich glaube, sie wollen mit einem Mercedes mit einem griechischen Fahrer irgendwohin fahren. Die Zulassungsnummer des Wagens ist...«
»Irgendwelche Anzeichen dafür, daß sie gleich losfahren wollen?« fragte die Stimme.

»Nein. Der Fahrer ist immer noch dabei, seinen Mercedes zu polieren. Aber sie können jederzeit aufbrechen. Ein silberfarbener Mercedes.«
»Ich kann veranlassen, daß Männer aus Athen in zehn Minuten dort sind. Vielleicht komme ich später selbst.«
»Hoffen wir, daß sie rechtzeitig kommen. Ach ja, da wäre noch etwas.«
»Ja?«
»Das ist schwere Arbeit. Vielleicht sogar ein bißchen gefährlich. Ich hätte gern etwas mehr Geld.« Giorgios schluckte. »Zwanzigtausend Drachmen – wenn ich weitermachen soll.«
»Seien Sie heute abend am üblichen Ort in der Plaka.« Die Verbindung war unterbrochen, bevor Giorgios »Danke« sagen konnte.
Er war überrascht, wie einfach es gewesen war.

31 Grad Celsius. Sie saßen auf dem Rücksitz von Nicks Mercedes und fuhren den Singrou-Boulevard entlang. Es war früher Abend, und die Sonne gleißte nach wie vor von einem Himmel herab, der so klar war wie ein Meer ohne Schiffe. Nick wischte sich mit einem Taschentuch den Schweiß vom Handrücken und von der Stirn.
»Die Singrou ist die längste Straße von Athen«, bemerkte er. »Wie Sie sehen, haben hier die großen Autofirmen ihre Ausstellungsräume. BMW und was es sonst noch gibt.«
Newman warf abermals einen Blick in den Rückspiegel. Marler, der jetzt einen leichten Leinenanzug trug, achtete sehr darauf, nicht den Kopf zu wenden.
»Irgendein Problem?«
»Es könnte sein, daß wir verfolgt werden«, erwiderte Nick.
»Der schwarze Mercedes mit den dunkelgetönten Scheiben?« fragte Newman.
»Genau der. Wir werden es genauer wissen, wenn wir nach Piräus abbiegen. Vielleicht hat jemand damit gerechnet, daß Sie kommen würden.«
Schnurgerade erstreckte sich der von staubigen Pappeln gesäumte Singrou-Boulevard scheinbar endlos in die Ferne. Nick behielt seine bisherige Geschwindigkeit bei und warf immer wieder einen kurzen Blick in den Rückspiegel.
»Haben Sie Tatsachen, die diese Vermutung bestätigen könnten?« wollte Marler wissen.
»Die Tatsache, daß einer der Männer, die als Aushilfen im Grande Bretagne arbeiten, auf dem Flur herumlungerte und tat, als beschäftigte er sich mit einem Fenster, als ich Mr. Newmans Zimmer verließ. Die Tat-

sache, daß er kam und mich auszuholen versuchte, als ich den Wagen für diese Fahrt bereitmachte. Die Tatsache, daß er sich meine Zulassungsnummer notiert hat. Was vielleicht erklärt, daß dieser schwarze Mercedes hinter uns Geschwindigkeit und Abstand beibehält.«

»Haben Sie eine Ahnung, wer dieser Typ sein könnte?« fragte Newman.

»Er heißt Giorgios. Den Nachnamen weiß ich nicht. Er ist ein kleiner Widerling mit einem schmalen schwarzen Schnurrbart.« Nick deutete einen kurzen Strich über der Oberlippe an. »Dunkles Haar. So, nun wollen wir sehen, was der schwarze Mercedes tut. Hier biegen wir rechts ab nach Piräus. Links geht es nach Kap Sunion.«

Er drehte das Steuer und lächelte. »Immer noch hinter uns. Wenn er uns nach Zea folgt, wissen wir es ganz genau ...«

»Wie weit ist es vom Syntagma-Platz bis nach Piräus?« fragte Marler.

»Zehn, zwölf Kilometer. Wir haben Piräus erreicht ...«

Die Gebäude beiderseits der Straßen waren niedriger als die in Athen. Nick deutete auf leere Grundstücke zwischen ihnen, Überbleibsel von den Bombenangriffen auf Piräus im Krieg. Sie überquerten den größten Platz der Stadt mit dem beeindruckenden Rathaus, das aussah wie ein antiker Tempel. Dann bogen sie ab und gelangten auf die Straße, die am Haupthafen entlangführte.

Sie kamen an großen Autofähren vorbei, deren Ladeluken offenstanden; hinter ihnen gähnten dunkle Höhlen.

»Die großen Fährschiffe fahren nach Kreta, Korfu und Rhodos. Das kleine dort legt bald nach Siros ab.«

Newman schaute hinüber. Der Name des Schiffes war auf dem massigen Heck deutlich zu erkennen. *Odysseus*. Die letzten Autos und Lastwagen schoben sich in drei Reihen die Rampe hinauf.

»Wie lange fährt man bis Siros?«

»Zwei Stunden.«

Marler betrachtete den Wall aus Gebäuden an der dem Hafen gegenüberliegenden Straßenseite. Vierstöckige Häuser mit den Namen der verschiedenen Schiffahrtslinien; die meisten waren ihm bekannt. Nick, der ihn in seinem Rückspiegel beobachtete, lächelte wieder und deutete auf die Gebäude.

»Hier haben viele Linien ihre Hauptniederlassung. Andere sind in Panama registriert. Einige der großen Herren haben Jachten, die Zea anlaufen. Auch Petros Gavalas hat eine kleine Jacht dort liegen – diese Leute würden sie als Ruderboot bezeichnen. Und unsere Freunde sind immer noch hinter uns.«

»Der schwarze Mercedes?« fragte Newman, hütete sich jedoch, nach hinten zu blicken.

»Ja. Und wir sind zu oft abgebogen, als daß es ein Zufall sein könnte. Warten wir ab, was er tut, wenn wir in Richtung Zea fahren.«

Sie hatten die großen Gebäude der Schiffahrtslinien hinter sich gelassen und fuhren jetzt auf einer schmalen, gewundenen Straße, die dem Verlauf der Küstenlinie folgte. Auf der dem Land zugewandten Seite standen viele kleine, alte Mietshäuser. Sie waren frisch gestrichen, auf ihren Balkonen standen Töpfe und Kübel mit blühenden Pflanzen.

»In Zea zu wohnen, kostet ein Vermögen«, sagte Nick. »Hier können sich nur die ganz reichen Leute eine Wohnung leisten ...«

Newman schaute durch die Windschutzscheibe nach vorn und entdeckte rechts einen Wegweiser. *Zea-Hafen.* Nick verlangsamte und bog in eine abfallende Straße ein, die zum Meer und auf eine Plattform unterhalb einer hohen Steinmauer hinabführte. In dem kleinen Hafen lag Rumpf an Rumpf – und jedes der Boote war Hunderte von Millionen Drachmen wert. Die Million-Dollar-Klasse.

Nick fuhr auf der Pier entlang, die sich um den exklusiven Hafen herumzog und ihn vor der See schützte. Dann wendete er und brachte den Wagen wieder in die Richtung, aus der sie gekommen waren. Er parkte direkt am Heck einer kleinen Jacht, *Venus III,* stieg aus und öffnete die hintere Tür.

»Das ist die Jacht von Gavalas«, erklärte er. »Ein ganz bescheidenes Schiffchen.«

»Wie kann er sich auch nur das leisten?« fragte Newman.

»Er kauft billig ein. Während der Ölkrise hat er die Jacht für ein Zehntel ihres Wertes von einem Mann gekauft, der dringend Bargeld brauchte. Petros ist gerissen.«

»Was ist mit dem schwarzen Mercedes?« erkundigte sich Marler, der neben Newman auf der Pier stand.

»Er hat bei einem der Häuser am Abhang halt gemacht. Ein Mann ist mit einem Geigenkasten ausgestiegen. Dann fuhr er davon.«

»Merkwürdig«, murmelte Marler und zündete sich eine Zigarette an.

»Wie bitte?« fragte Nick verständnislos. »Was meinen Sie?«

»Der Wagen ist uns vom Syntagma-Platz aus gefolgt. Die Leute konnten nicht wissen, wo wir hinwollten. Wir kommen hier an, und sie setzen einen Mann an einer der Wohnungen ab. Seltsamer Zufall.«

Newman eilte eine Treppe zu einem schmalen Sims unterhalb der an dieser Stelle hüfthohen Mauer empor. Der Blick über den Hafen raubte ihm fast den Atem. Die smaragdgrüne See, sehr still, funkelte im blendenden Widerschein der Sonne. Weiter draußen lag wartend eine ganze Flotte von Frachtern. Bei allen war der Bug dem Hafen zugewendet, und aus ihren Schornsteinen quoll träger Rauch.

»Kommen Sie um Gottes willen herunter«, rief Marler.

Newman drehte sich um, dann legte er die Arme auf die Mauer. Sie war so heiß, daß er es kaum aushalten konnte. Er blickte hinunter auf die Jachten. Dies war die Stelle, an der Masterson gestanden hatte, als er eines der Fotos aufnahm, die er nach London geschickt hatte. Auf der Pier unmittelbar oberhalb der Stelle, an der Marler wartete.

Er erkannte die alten Mietshäuser wieder, die Berge, die sich hinter ihnen erhoben, kahl, gelblich, nur stellenweise mit Gestrüpp bewachsen. Irgend etwas mußte hier sein, was einen Hinweis darauf lieferte, warum Masterson nach Zea gekommen war. Er stieg die Treppe wieder hinunter und wendete sich an Nick, der die Haube seines Wagens polierte.

»Da draußen liegt ein Haufen Schiffe, fast alles Frachter, die offenbar einlaufen wollen.«

»Der Haupthafen ist auf der anderen Seite«, erklärte Nick. »Sie warten darauf, daß ihnen die Kontrollstation die Erlaubnis zum Anlegen gibt.«

Newman bemerkte, daß Marler zur Brücke der *Venus III* hinaufschaute. Er folgte seinem Blick und hielt den Atem an. Neben der Brücke stand eine Frau mit einer Mähne aus glänzend schwarzem, in der Mitte gescheiteltem Haar. Sie war gut gebaut und trug ein weißes, gepunktetes Kleid mit einem schmalen Gürtel um die schlanke Taille. Ihre rechte Hand lag über ihren dichten Brauen und schirmte ihre Augen gegen die Sonne ab. Es war die Frau, die Masterson ohne ihr Wissen fotografiert hatte.

Marler erwiderte ihren Blick mit einem trockenen Lächeln. Dann hob er eine Hand und winkte ihr zu. Ihr Mund zuckte. Sie erwiderte das Winken, dann verschwand sie. Mit dem Putzlappen in der Hand starrte Nick auf die Stelle, an der sie gestanden hatte.

»Christina Gavalas«, sagte er leise. »Das ist sehr merkwürdig.«

»Ich muß mit ihr sprechen«, erklärte Newman entschlossen.

Eine Laufplanke verband das Heck des Bootes mit der Pier. Newman ging auf sie zu; Marler folgte ihm mit etwas gemächlicheren Schritten. Seine Bewegungen waren immer langsam und wohlüberlegt – außer in den Fällen, in denen es um Sekunden ging.

Als Newman die Laufplanke erreicht hatte, kamen drei Matrosen auf dem Deck um die Ecke. Sie trugen ärmellose weiße Sweatshirts und blaue Hosen, waren Ende Zwanzig und massig gebaut. Zwei von ihnen

hatten Marlspieker in den Händen. Einer von ihnen rief Newman etwas auf Griechisch zu und schwang seinen Marlspieker.
»Was hat er gesagt?« erkundigte sich Newman bei Nick, obwohl er jedes Wort verstanden hatte.
Nick legte warnend eine Hand auf Newmans Arm. »Er hat gesagt, daß wir nicht an Bord dürfen. Die Jacht ist Privatbesitz.«
»Sagen Sie ihm, er soll sich nicht so anstellen. Ich wollte nur die Frau zu einem Drink einladen.«
»Wir sollten lieber verschwinden«, erklärte Nick eindringlich. Auf Griechisch rief er: »Wir gehen schon. Meine Fahrgäste haben Ihr schönes Boot bewundert.«
Der Matrose schwenkte seinen Marlspieker, und die drei Männer zogen sich zurück. Marler schaute über die Boote hinweg auf die Mietshäuser oberhalb des kleinen Hafens. Er sah, wie etwas die Sonne reflektierte, als ob ein Semaphor aufblitzte.
»In den Wagen, schnell!« kommandierte er. »Keine Widerrede.« Er riß die hintere Tür auf und warf sich hinein. Newman tat dasselbe. »Nick«, fuhr Marler fort, »fahren Sie los.«
Nick reagierte blitzschnell. Für einen so großen Mann bewegte er sich überraschend behende. Er saß hinter dem Steuer, als das Tuten mehrerer Schiffssirenen über den Hafen hallte. Im gleichen Augenblick hörten sie hinter sich das Splittern von Glas. Die Kugel flog zwischen den Köpfen von Newman und Marler hindurch und dann durch das offene Fenster der Beifahrertür wieder hinaus.

SECHSTES KAPITEL

Nick beschleunigte auf der schmalen Plattform, bremste, bog in den zur Hauptstraße hinaufführenden Weg ein. Newman und Marler hatten beide den Kopf gedreht. Die Heckscheibe war zersplittert, hatte ein kleines Loch.
»Er hat vom Dach eines dieser Mietshäuser aus geschossen«, bemerkte Marler.
»Wir fahren hinauf?« fragte Nick. »Und schnappen uns den Kerl, bevor er sich aus dem Staub machen kann?«
»Nein!« erwiderte Newman. »Biegen Sie links ab. Zurück zu dem Platz mit dem Rathaus. Bringen Sie uns an einen Ort, an dem wir reden und an dem Sie den Wagen verstecken können.«
»Ich kenne ein kleines Lokal mit einem Trümmergrundstück daneben. Wenn ich dort parke, wird niemand den Wagen finden.«

»Tun Sie das«, sagte Newman. Dann wendete er sich an Marler. »Haben Sie deshalb versucht, mich von der Mauer herunterzuholen?«
»Natürlich, teuerster Freund.« Marler war so gelassen, als gehörte so etwas zu seinem Alltag. Er zupfte an dem Ziertaschentuch in seinem Jackett. »Normalerweise sind Sie schneller von Begriff. Sie wirkten irgendwie abwesend, als Sie die Treppe hinaufstiegen. Und dann standen Sie dort auf dem Sims wie eine Zielscheibe in einer Schießbude. Liegt das vielleicht an der Hitze?«
Seine Stimme klang spöttisch. Er griff in die Tasche und setzte eine Hornbrille auf. »Die haben mich nur einmal gesehen. Das nächste Mal werden sie mich nicht so leicht erkennen.«
»Mit dieser Brille sehen Sie aus wie Michael Caine.«
»Mit Schmeichelei erreichen Sie bei mir gar nichts. Die Gläser sind nur Fensterglas.«
»Sie haben mit diesem Schuß gerechnet?«
»Mit etwas dergleichen. Der schwarze Mercedes folgt uns. Nick berichtet, daß ein Mann mit einem Geigenkasten ausgestiegen ist, dann fährt der Wagen davon. Ein Geigenkasten! Nicht sonderlich einfallsreich. Hätten Sie sie für Musiker gehalten? Ein Geigenkasten«, wiederholte er. »Genau das richtige für den Transport eines auseinandergenommenen Armalite-Gewehrs. Sie sind nur am Leben, weil er seine Waffe zusammensetzen mußte, bevor er damit schießen konnte. Ich sah, wie sich die Sonne in seinem Zielfernrohr spiegelte – deshalb die Aufforderung, schleunigst im Wagen zu verschwinden. Er war ein besserer Schütze, als ich dachte. Und sehr gerissen.«
»Wieso?« fragte Nick.
»Er hatte Glück, und er machte davon Gebrauch. Diese Schiffssirenen übertönten das Geräusch des Schusses.«
»Trotzdem haben sie einen großen Fehler gemacht«, sagte Newman.
»Und welchen?« erkundigte sich Marler.
»Daß sie diesen Schuß abgaben, natürlich. Jetzt *wissen* wir, daß Harry Masterson ermordet wurde.«

Das kleine Lokal lag an einer Nebenstraße; die Tische und der Tresen hatten Kunststoffplatten. Nur der Fußboden wirkte ein wenig luxuriöser – er war von Wand zu Wand mit echtem Marmor ausgelegt. Nick hatte für alle Ouzo bestellt. Newman verlangte eine große Flasche Mineralwasser.
»Wir können es uns nicht leisten, zu viel Flüssigkeit zu verlieren«, bemerkte er und wischte sich mit einem seidenen Taschentuch den Schweiß aus dem Genick. »Das Wichtigste zuerst. Dieses Loch, das die

Kugel in Ihr Heckfenster geschlagen hatte, könnte für uns alle unangenehm werden. Läßt sich dagegen etwas tun?«

»Sie wollen die Polizei nicht über das Attentat informieren?« fragte Nick; seine kräftigen Arme lagen auf der Tischplatte.

»Das könnte in diesem Stadium die Dinge komplizieren. Es sei denn, Sie bestehen darauf.«

»Ich habe viele Freunde.« Nick trank die Hälfte seines Ouzo. »Ich kenne einen Mechaniker, der das heute abend noch in Ordnung bringen wird. Er setzt ein neues Fenster ein und stellt keine Fragen. Okay?«

»Okay«, erklärte Newman. »Die Rechnung geht natürlich an mich. Nächste Frage. Als Christina Gavalas auf dem Deck der *Venus III* auftauchte, sagten Sie, ›das ist sehr merkwürdig‹. Warum?«

Nick hielt inne, füllte ihre Gläser aus dem Krug auf dem Tisch wieder auf. »Es ist ein bißchen – kompliziert. Ist das das richtige Wort?«

»Erzählen Sie, dann kann ich Ihnen diese Frage beantworten.«

»Petros ist achtzig Jahre alt, ein grausamer Tyrann. Beten Sie, daß Sie ihm nicht begegnen. Er wurde 1907 geboren und heiratete, als er siebzehn war. Seine erste Frau hatte zwei Söhne, Andreas und Stefan. Zweieiige Zwillinge. Auch Andreas und Stefan heirateten sehr jung – sie waren erst achtzehn. In ihrem Fall lag das vermutlich am Krieg. Das war 1943 oder 1944. Nachdem Andreas auf Siros ermordet worden war, brachte seine Frau Christina zur Welt – Petros' Enkelin. Sind Sie bisher mitgekommen?«

»Durchaus«, sagte Newman. »Fahren Sie fort.«

»Zu jener Zeit kämpfte Petros auf der Seite der Kommunisten – der ELAS-Partei. Andreas haßte sie. Er flüchtete nach Kairo und schloß sich der antikommunistischen EDES-Organisation an. Petros war wütend. Bezeichnete ihn als Verräter. Aber Blut ist dicker als Wasser. Als Andreas auf Siros ermordet worden war, schwor er, seinen Mörder ausfindig zu machen. Dann kam die zweite Tragödie.«

»Und was war das?«

»Sein Zwillingsbruder Stefan haßte seinen Vater gleichfalls und flüchtete auch nach Kairo, um sich der EDES anzuschließen. Dort wurde auch er ermordet. *Seine* Frau brachte gleichfalls Zwillinge zur Welt, Dimitrios und Konstantin. Auch sie waren zweieiig. Aber das Potential war erschöpft. Sie arbeiten als Bauern auf Petros' Farm im Teufelstal.«

»Eine ganze Menge Haß«, bemerkte Marler.

»Es kommt noch schlimmer. 1950, nach dem Ende des Bürgerkriegs zwischen EDES und ELAS – bei dem Griechenland beinahe vor die Hunde gegangen wäre –, heiratete Petros nach dem Tod seiner ersten

Frau ein zweites Mal. Seine zweite Frau hatte einen Sohn, Anton. Wie sich herausstellte, war Anton äußerst intelligent – vielleicht, weil Petros damals zweiundvierzig war und seine Frau achtundzwanzig. Begreifen Sie jetzt, wie sich in dieser Familie so viel Bitterkeit aufstauen konnte?«

»Wie reagierte Christina?« fragte Marler.

»Sie ist eine prachtvolle Frau, aber zwischen zwei Gefühlen hin- und hergerissen. Griechische Familientreue – und Abscheu gegenüber Petros, der sie schlecht behandelt hat. Wie ich bereits sagte – es ist kompliziert. Aber deshalb kam es mir merkwürdig vor, als ich sie auf der *Venus III* sah. Petros hält dieses Boot nur, um die Millionäre dort im Auge zu behalten – darauf zu warten, daß einer von ihnen unbedingt Geld braucht. Dann kann er vielleicht ein weiteres gutes Geschäft machen. Er hat mehrere Farmen. Eine in der Nähe von Kap Sunion.«

»Er ist also reich?« drängte Newman. »Was für Farmen sind das?«

»Die im Teufelstal liegt ganz abgelegen im Landesinnern zwischen Athen und Kap Sunion. Es ist gefährlich, dort herumzuwandern. Er baut Feigen und Oliven an. Sein Hauptquartier ist ein altes Farmhaus in unzugänglichem Gelände, nur über einen Feldweg zu erreichen, der von der Hauptstraße nach Kap Sunion abgeht. Es gibt sogar Gerüchte, denen zufolge er eine in Betrieb befindliche Silbermine besitzt. Aber das weiß ich nicht – ob sie in Betrieb ist.«

»Damit ich sicher bin, daß ich richtig verstanden habe«, mischte sich Marler in das Gespräch. »Petros war Kommunist. Sein Sohn Andreas wurde auf Siros ermordet. Soweit okay?«

»Okay«, pflichtete ihm Nick bei.

»Und dieser ungebärdige alte Petros ist Kommunist, obwohl er ein reicher Mann ist?« fragte Newman.

»Jetzt nicht mehr, nach dem, was ich gehört habe. Nach dem Bürgerkrieg wollte Petros von Politik nichts mehr wissen. Er dauerte von 1946 bis 1949. Es wurde eine Menge Blut vergossen. Als er zu Ende war, erklärte Petros, alle Politiker könnten in der Hölle schmoren. Er beschäftigte sich mit der Landwirtschaft und damit, reich zu werden, aber den Mord an seinen Söhnen hat er nie vergessen.«

»Wann und wo wurde Stefan getötet?« fragte Newman.

»Ein Gerücht besagt, er wäre bei einer Messerstecherei in Alexandria umgekommen. Es gibt noch andere Versionen.«

»Und Christina kann sich nicht entscheiden, ob sie zu Petros halten oder ihn hassen soll?«

»Das jedenfalls erzählt man sich in Athen.«

Marler stöhnte. »Die einzige Tatsache, die bei alledem herauskommt,

ist die, daß Petros – und Christina – noch immer wegen Andreas' Tod auf Siros verbittert sein könnten. Schließlich war Andreas ihr Vater.«
»Das entspricht genau dem, was ich gehört habe«, pflichtete Nick ihm bei. »Und jetzt sollten wir vielleicht nach Athen zurückkehren, damit ich das Fenster reparieren lassen kann.« Er leerte sein Glas und warf einen Blick auf Newman. »Wir verzichten auf Kap Sunion – nach dem, was in Zea passiert ist? Für heute?«
»Zurück nach Athen. Vielleicht können wir an einem der nächsten Tage diesen Petros besuchen. Ich würde ihm gern ein paar Fragen stellen.«
Nick grinste. »Haben Sie gute Waffen mitgebracht?«
»Nein. Keine.«
»Wenn Sie ins Teufelstal wollen, müssen Sie bewaffnet sein. Alle Leute von Petros haben Gewehre. Ich sagte es bereits – die Gegend ist äußerst gefährlich. Und vermutlich wollen Sie lebend wieder herauskommen. Zurück nach Athen ...«

Newman bemerkte einen Zug, der auf einem erhöht angelegten Bahnkörper fuhr. Er kam zwischen den Gebäuden in Sicht, als sie den Hafen hinter sich ließen.
»Ist das die Stadtbahn, Nick?«
»Ja. Sie kommt von der anderen Seite von Athen. In dieser Richtung ist Piräus die letzte Haltestelle.«
Newman warf einen Blick auf Marler. »Endstation?«
»Wer weiß?« Marler rückte seine Hornbrille zurecht, lehnte den Kopf zurück und schloß die Augen.
Newman sah aus dem Fenster, als ein Motorradfahrer auf gleiche Höhe mit ihnen kam. Er trug einen orangefarbenen Sturzhelm und eine Schutzbrille mit getönten Gläsern und starrte ein paar Sekunden lang direkt in ihren Wagen. Dann gab er Gas, fuhr weiter und suchte sich zwischen den Fahrzeugen vor ihnen hindurch seinen Weg.
»Wenn es Ihnen nichts ausmacht«, sagte Nick, als sie in den Singrou-Boulevard einbogen, »setze ich Sie in der Nähe des Syntagma-Platzes ab. Dieses Fenster ist zu auffällig. Ich möchte den Wagen in die Werkstatt bringen, bevor ein Polizist es entdeckt. Und dann habe ich noch etwas zu tun. Ich will mit Giorgios reden. Er soll mir erzählen, für wen er arbeitet – wer uns in diesem schwarzen Mercedes folgte.«
»Vielleicht möchte er das nicht erzählen«, meinte Marler.
»Ich habe meine eigenen Überredungsmethoden. Seine Adresse lasse ich mir an der Rezeption geben. Ach ja, bevor wir nach Piräus abfuhren, habe ich mich mit zwei Männern in Verbindung gesetzt. Jeder hat ein

Foto von Masterson. Inzwischen müßten sie in etwa zwanzig Hotels nachgefragt haben. Bald werden wir wissen, wo Mr. Masterson gewohnt hat. Kann ich Sie hier absetzen? Bis zum Grande Bretagne sind es nur fünf Minuten.«
»Natürlich.« Newman hatte seine Brieftasche herausgeholt. »Es wird Zeit, daß Sie Geld bekommen – für die Fahrt, die Reparatur des Fensters und Bezahlung für Ihre Männer.«
»Später.« Nick stieg aus und öffnete die hintere Tür. »Das nenne ich Organisation. Sie haben sich mit dem Umtausch Ihrer Reiseschecks beeilt.«
Er spielte auf die Bestimmung an, derzufolge Touristen nicht mehr als dreitausend Drachmen einführen dürfen. Newman hatte im Hotel einen großen Betrag eingetauscht. Als sie in der immer noch beträchtlichen Hitze auf dem Gehsteig standen, legte Newman eine Hand auf Nicks Arm.
»Wir wären gern dabei, wenn Sie diesen Giorgios aufsuchen. Ich möchte ihm auch ein paar Fragen stellen.«
»Das tun wir am besten spät am Abend. Dann ist er entspannt und rechnet nicht mit Schwierigkeiten. Soll ich Sie um zehn abholen? Wenn ich feststellen sollte, daß das nicht die geeignete Zeit ist, rufe ich vorher an.«
»Zehn Uhr. Bis später.«
Sie gingen die Straße entlang, als Nick davonfuhr. Zu ihrer Rechten erstreckte sich ein Park hinter einem eisernen Zaun, vor dem Kioske standen, an denen Zeitungen verkauft wurden. Vor anderen standen Menschen Schlange, um Plastikflaschen mit Mineralwasser zu kaufen.
Ein Motorrad rollte an ihnen vorüber. Newman runzelte die Stirn, beobachtete, wie sich der Fahrer seinen Weg durch den zähflüssigen Verkehr bahnte. Die Maschine verschwand in Richtung Syntagma-Platz.
Als sie das Grande Bretagne erreicht hatten, gab Newman Marler seinen Zimmerschlüssel. »Warten Sie oben in meinem Zimmer. Ich komme gleich nach ...«
Newman blieb einen Moment im Foyer stehen, dann stieß er die Tür auf und schaute hinaus. Dichter Verkehr. Er ließ seinen Blick schnell über den ganzen Platz schweifen. Was er suchte, fand er etwas weiter hügelabwärts.
Das Motorrad stand neben einer Parkuhr, und der Fahrer saß noch darauf. Derselbe Fahrer mit dem orangefarbenen Sturzhelm und der Schutzbrille mit getönten Gläsern, der sie in Piräus überholt und später,

als sie den Rest ihres Weges zu Fuß zurücklegten, die Maschine geschickt zwischen den Fahrzeugen hindurchgesteuert hatte.
Der Motorradfahrer nahm den Sturzhelm ab und legte ihn auf die Lenkstange. Es war eine Frau, die nun beide Hände hob und eine Kaskade von glänzendem schwarzem Haar über ihre Schultern drapierte. Christina Gavalas war eingetroffen. Es begann, wärmer zu werden, und das betraf nicht nur die Außentemperatur. Newman schloß die Tür und fuhr hinauf in sein Zimmer.

Zehn Uhr abends. Auf die Minute pünktlich führte Nick sie zu seinem geparkten Wagen. Newman und Marler hatten in dem eichengetäfelten Restaurant zu Abend gegessen. Es war noch hell, als sie einstiegen und der Mercedes den Hügel hinabrollte, auf dem jetzt fast kein Verkehr mehr war.
»Er wohnt in der Plaka, dieser Giorgios«, teilte Nick ihnen mit. »Das ist die Altstadt von Athen. Sie liegt am Fuß der Akropolis und zieht sich ein Stück die Flanke des Berges hinauf.«
»Ich weiß«, sagte Newman. »Haben Sie irgendwelche Informationen, wo Masterson gewohnt haben könnte?«
»Nein, seltsamerweise nicht. Meine Männer haben in allen großen Hotels nachgefragt. Er muß irgendwo anders gewohnt haben. Könnte er in irgendeinem billigen Hotel abgestiegen sein?«
»Nicht unser Harry«, sagte Newman entschieden. »Er wußte ein bißchen Luxus zu schätzen. Lebte gern auf großem Fuße. Vielleicht wollten die Hotels nicht mit Informationen über ihre Gäste herausrücken.«
»Meine Männer sind geschickt. Sie haben eine teure Armbanduhr bei sich, erklären, sie hätten sie zusammen mit einer auf seinen Namen ausgestellten Kreditkarte gefunden und wollten sie zurückgeben. Und sie lesen keine Zeitung, also wissen sie nicht, daß er tot ist. Sie bekommen eine Antwort. Nein, er hat nicht bei uns gewohnt.«
Die Dämmerung brach herein. Die Sonne war hinter der Akropolis verschwunden. Nick war in ein Gewirr aus schmalen, gewundenen Gassen eingebogen, in denen er kaum Platz zum Ausweichen gehabt hätte, falls ihm ein anderes Fahrzeug entgegengekommen wäre. Die Wagenfenster waren heruntergekurbelt, und durch die offenen Türen der Restaurants und Cafés drangen klagende *bouzuki*-Weisen heraus. Manchmal war es auch westeuropäische Popmusik. Jede zweite Tür schien in ein Restaurant zu führen. Auf den Gehsteigen wimmelte es von Einheimischen und Touristen.
Nick bog auf einen kleinen, an drei Seiten von dicht an dicht stehenden

Gebäuden umgebenen Platz ein. An der vierten Seite war ein offenes, mit Steinen übersätes Gelände. Auf der Akropolis zeichnete sich der Parthenon als Silhouette vor dem sich verdunkelnden Himmel ab.

»Monastiraki-Platz«, erklärte Nick. »Wir lassen den Wagen hier und gehen zu Fuß zu Giorgios' Behausung. Auf diese Weise überraschen wir ihn. Und es ist schwer, sonst einen Parkplatz zu finden.«

»Praktisch unmöglich«, bemerkte Marler.

Nick führte sie durch eine schmale Gasse und bog dann in eine breite, wie eine Rampe abfallende Straße mit noch mehr Restaurants und noch mehr *bouzuki*-Musik ein. Newman und Marler folgten ihm. Plötzlich blieb Nick stehen und hob eine Hand.

»Da ist irgendetwas passiert. Sehen Sie die Menschenmenge dort? Wir müssen vorsichtig sein.«

»Wo wohnt er?« fragte Newman.

»In der Gasse, die da vorn rechts abgeht. Sehen Sie diesen Wagen?«

Das Polizeifahrzeug war leer und stand mit zwei Rädern auf dem ausgetretenen Gehsteig. Die Menge füllte die ganze Straße, rührte sich nicht von der Stelle, starrte in die Gasse, auf die Nick gedeutet hatte. Sie schlossen sich der Menge an. Newman trat beiseite, stieg die zwei Stufen hinauf, die zu einem Restaurant führten, um über die Köpfe hinwegsehen zu können. Er hielt den Atem an.

Ein makabrer Anblick. Unter einer alten, an der Wand eines Hauses in der Gasse angebrachten Metallaterne stand ein großes Weinfaß. Aus ihm ragten zwei Beine heraus, in den Knien eingeknickt. Die Beine waren mit einer schwarzen Hose bekleidet, die hochgerutscht war und den Blick auf gebräunte Haut freigab.

»Was ist los?« fragte Marler, der zu Newman getreten war.

»Sehen Sie selbst ...«

In der engen Gasse wimmelte es von uniformierten Polizisten. Einige von ihnen bildeten einen Kordon, um die Menge zurückzuhalten. Zwei standen beiderseits des Fasses. Newman und Marler konnten beobachten, wie sie die Beine ergriffen und langsam den Rest des Körpers herauszogen. Von dem zum Vorschein kommenden Kopf hing schwarzes Haar herab.

Nick trat dicht neben Newman und flüsterte: »Ich gehe hinüber. Ich kenne ein paar von den Polizisten. Bin gleich zurück ...«

Als er sich einen Weg durch die Menge bahnte, hatten die beiden Polizisten den Leichnam mit dem Gesicht nach oben auf das Kopfsteinpflaster gelegt. Nick sprach mit einem der Polizisten, die den Kordon bildeten, wurde durchgelassen, betrat die stufenförmig ansteigende Gasse und machte neben dem Faß halt.

»Sah ein bißchen unerfreulich aus«, bemerkte Marler und zündete sich eine Zigarette an. »Haben Sie es gesehen?«
»Sein Haar? Strähnig und klatschnaß. Als sie ihn herauszogen, tropfte irgendeine Flüssigkeit von seinen Schultern.«
»Und da es ein Weinfaß ist, kann man wohl davon ausgehen, daß es Wein enthält.«
Ein paar Minuten später reichte Nick den beiden Polizisten die Hand und bahnte sich einen Weg zurück durch die Menge. Als er Newman und Marler erreicht hatte, wischte er sich mit einem Taschentuch den Schweiß von der Stirn.
»Es ist Giorgios. Er hat keinen leichten Tod gehabt. Die Polizei vermutet, daß er gepackt und mit dem Kopf voran in das Faß gesteckt wurde. Es ist mehr als halb voll mit Wein. Er ist darin ertränkt worden. Wurde vermutlich festgehalten, bis er aufgehört hatte, sich zu wehren. Ertränkt. Dann hat man ihn so liegen gelassen, mit über den Rand hängenden Beinen. Offenbar hat jemand beschlossen, an ihm ein Exempel zu statuieren. Um Ihnen den Mund zu stopfen.«
»Der Hinweis ist jedenfalls unmißverständlich«, bemerkte Marler gelassen.
»Lassen Sie uns von hier verschwinden«, sagte Newman.
Er fühlte sich ziemlich elend, als sie zum Wagen zurückkehrten. Die Geschäfte hatten noch geöffnet, Geschäfte, in denen, soweit Newman sehen konnte, ein Haufen billiger Kram verkauft wurde. Weidenkörbe, Ledertaschen, Schwämme. Die Geschäfte waren zwischen den Tavernen eingeklemmt. Die *bouzuki*-Musik war lauter geworden, ließ Newman an ein Leichenbegängnis denken. Noch mehr Menschen drängten sich auf der Straße. Plötzlich war die Plaka zu einem Alptraum geworden.
»Zurück ins Hotel, Nick«, sagte er, als sie wieder in den Mercedes eingestiegen waren. »Zurück zu Zivilisation und Ruhe.«
Aber Ruhe war das letzte, das ihnen beschert wurde, als sie ins Grande Bretagne zurückkehrten.

SIEBTES KAPITEL

Marler und Nick standen auf dem Flur, während Newman die Tür aufschloß und ins Zimmer trat. Sie folgten ihm. Newman stand stocksteif und mit grimmiger Miene da.
Zwei Männer in Zivil durchsuchten das Zimmer, wühlten in Schubladen, überprüften den Kleiderschrank. Ein dritter Mann, gleichfalls in

Zivil, saß in einem Sessel und rauchte eine Zigarette. Ein Mann mit Hakennase, in den Dreißigern, dunkelhaarig, schlank und hochgewachsen. Chefinspektor Peter Sarris vom Morddezernat, sein alter Freund, musterte ihn fast ausdruckslos. Er machte keinerlei Anstalten, aufzustehen und Newman die Hand zu reichen. Ein schlechtes Zeichen.
»Darf ich fragen, was zum Teufel hier vor sich geht?« erkundigte sich Newman.
»Sie nehmen alle auf einzelnen Sesseln Platz. Nicht auf der Couch. Niemand sagt etwas, wenn er nicht gefragt wird. Dies ist eine Morduntersuchung. Was hier vor sich geht?« fuhr er in dem gleichen gelassenen Tonfall fort. »Das ist doch offensichtlich, Bob. Wir durchsuchen Ihr Zimmer. Und bevor Sie fragen – ich habe einen Durchsuchungsbefehl.«
»Also tut lieber, was Seine Lordschaft befiehlt«, wies Newman seine Begleiter an.
»Für Sarkasmus besteht keine Veranlassung«, fuhr Sarris in einwandfreiem Englisch fort.
»Ich meine, ich habe allen Grund dazu. Erwarten Sie etwa, daß mir das gefällt? Und sagen Sie Ihren Leuten, sie sollen gefälligst alles so hinterlassen, wie sie es vorgefunden haben.«
»Achtet darauf, daß ihr nichts durcheinanderbringt und alles so laßt, wie es vorher war«, sagte Sarris auf Griechisch zu seinen Leuten; dann ging er wieder zu Englisch über.
»Nur Sie dürfen sprechen, Bob. Von wo sind Sie gerade zurückgekehrt?«
»Sie kennen die Antwort auf diese Frage. Aus der Plaka.«
»Und woher sollte ich das wissen?« erkundigte sich Sarris.
»Weil der Polizei-Volvo, der vor der Gasse parkte, in der Giorgios' Leiche gefunden wurde, ein Funkgerät hatte. Einer der Polizisten musterte mich. Ich bin sicher, daß er mich erkannt hat. Schließlich war mein Foto früher oft genug in den Zeitungen. Und ich vermute, daß Giorgios irgend etwas bei sich hatte, das erkennen ließ, daß er im Grande Bretagne arbeitete. Einer der uniformierten Polizisten nahm Verbindung mit dem Präsidium auf, erstattete Ihnen Bericht ...«
»Das genügt«, sagte Sarris schnell. »Ich weiß, daß Sie ein erstklassiger Auslandskorrespondent sind, aber Sie hätten auch einen guten Detektiv abgegeben ...«
»... und das ist Marler, mein Assistent, der bei mir das Handwerk lernt ...« Newman redete sehr schnell, bevor Sarris ihn unterbrechen konnte. »Nick hat mich schon bei früheren Besuchen hier gefahren ...«

»Ich sagte, Sie sollen den Mund halten . . .«
». . . und heute nachmittag haben wir mit ihm einen friedlichen Ausflug nach Piräus und zum Hafen von Zea gemacht . . .«
»*Sie sollen den Mund halten!*« Sarris war wütend aufgesprungen und erteilte seinen Beamten auf Griechisch Anweisungen. »Einer von euch begleitet den Engländer hier auf sein Zimmer. Dieser Grieche, Nick, wird unverzüglich in einen Streifenwagen verfrachtet und ins Präsidium gebracht.« Als sich seine Männer in Bewegung setzten, baute er sich vor Newman auf. »Noch ein Wort von Ihnen, und Sie finden sich in einer Zelle wieder.«
»Und wie lautet die Anklage?« erkundigte sich Newman.
»Verdacht der Beihilfe zum Mord . . .«
»Welchem Mord? Dem an Harry Masterson?«
Newman feuerte die Worte ab, als Marler und Nick aus dem Zimmer befördert wurden. So rechtzeitig, daß sie noch hören konnten, was er sagte. Sarris wartete, bis die Tür geschlossen war, dann bot er Newman eine Zigarette an, nahm selbst eine und ließ sich wieder in den Sessel sinken.
»Mußte das sein?«
»Was? Ich dachte, Sie wären auf Informationen aus.«
»Sie sind ein Fuchs.« Sarris' Stimme klang resigniert. »Ein ganz gerissener Fuchs. Wenn Sie aufgeraucht haben, begleiten Sie mich ins Präsidium.«
»Warum Zeit verschwenden? Fahren wir los . . .«

Sarris trat gerade noch rechtzeitig aus dem Hotel, bevor Nick in einem Polizeifahrzeug fortgebracht wurde. »Wo ist Ihr eigener Wagen?« fragte er.
»Parkt ein Stück weiter unten. Der silberfarbene Mercedes . . .«
»Sie fahren mit ihm ins Präsidium. Einer meiner Leute begleitet Sie.«
Sarris fuhr selbst mit Newman in einem nicht als Polizeifahrzeug gekennzeichneten Wagen. Sobald er angerollt war, begann er freundschaftlich zu plaudern.
»Mir bleibt leider nichts anderes übrig, Bob. Wie lange ist es her, seit Sie zum letzten Mal hier waren?«
»Zwei, drei Jahre. Ich weiß es nicht mehr genau«, erwiderte Newman unverbindlich.
»Ich bin mir klar darüber, daß es nicht einfach sein wird, Sie zu verhören. Vielleicht ist einer Ihrer Begleiter entgegenkommender. Wir werden sie einzeln verhören . . .«

»Wundervoll.«
»Mit ein bißchen Kooperation wäre allen geholfen.«
»Nicht, nachdem Sie mein Zimmer durchsucht haben, ohne auf mich zu warten.«
»Wir haben ein neues Polizeipräsidium. Sehr modern. Mit den neuesten Apparaten ausgerüstet.«
»Wie schön für Sie.«
»Es steht am Alexandras-Boulevard. Wurde vor ungefähr einem Jahr gebaut.«
»Wenn man Sie hört, könnte man denken, Sie reden vom Hilton.«
»Es gibt einige Ähnlichkeiten. Allerdings nicht mit dem Athen Hilton. Einem der Hotels, in dem sich die von Ihnen angeheuerten Schnüffler nach Harry Masterson erkundigt haben.«
»Reden Sie weiter . . .«
Sarris gab es auf. Er fuhr geschickt durch die Nacht. Scheinwerfer tauchten auf, huschten an ihnen vorbei. Sie waren jetzt auf dem Alexandras-Boulevard. Nicht weit vom Fußballstadion auf der anderen Straßenseite entfernt stand ein mit weißem Marmor verkleidetes Gebäude. Ein sehr moderner, rechteckiger und zwölf Stockwerke hoher Bau mit einer riesigen Eingangshalle ragte in den Nachthimmel empor. Für Regierungsgebäude war in Athen immer noch genügend Platz vorhanden, dachte Newman, als er Sarris in die Halle folgte.
An der linken Seite war ein Empfangsschalter. Ein uniformierter Polizist setzte eiligst seine Mütze auf. Sarris führte Newman in den Hintergrund der Halle, wo vier Fahrstühle nebeneinander lagen. Sein Büro im achten Stock ging auf den Boulevard hinaus. Sarris benutzte die Gegensprechanlage, um Kaffee zu bestellen.
»So«, sagte er zu Newman, der ihm an der anderen Seite des Schreibtischs gegenübersaß, »können wir jetzt ganz von vorn anfangen?«
»Wir sind in Athen angekommen . . .«

4 Uhr morgens. Sarris, in zerknitterten Hemdsärmeln, ließ Anzeichen von Ermüdung erkennen. Der Aschenbecher war randvoll mit Zigarettenstummeln. Nur einer davon stammte von Newman.
»Also«, faßte Sarris zusammen, »läuft es auf folgendes hinaus. Sie kamen her, um Mastersons tödlichem Unfall nachzuspüren, weil Sie eine Story dahinter vermuteten. Marler kam mit, um das Handwerk zu lernen, obwohl er in seinem Paß als Versicherungsagent bezeichnet wird?«
»Ich sagte es bereits. Er hat die Nase voll von seinem Job. Er wünscht sich ein etwas abwechslungsreicheres Leben.«

»Der Ermordete, Giorgios, interessierte sich vom Augenblick Ihrer Ankunft im Grande Bretagne an für Sie. Er sah das Foto, das Sie dem Empfangschef zeigten. Später versuchte er, Ihren Fahrer Nick auszuholen. Sie dachten, er könnte etwas wissen. Also erkundigte sich Nick beim Empfang nach seiner Adresse. Sie fuhren mit Ihren beiden Begleitern hin, um ihm ein paar Fragen zu stellen. Sie kamen zu spät.«

»Ende der Geschichte.«

»Sie hätten Rechtsanwalt werden sollen, Bob. Sie haben eine Art, die Fakten mit dem, was ich weiß, in völlige Übereinstimmung zu bringen...«

»Vermutlich deshalb, weil sie tatsächlich übereinstimmen.« Newman trank noch mehr Kaffee. Seine fünfte Tasse. »Damit dürfte alles zur Sprache gekommen sein – außer dem, was Harry Masterson widerfuhr. Ein Unfall, sagten Sie.«

»Damit habe ich die offizielle Verlautbarung zitiert. Er wurde ermordet.«

Newman starrte den Griechen mit der Tasse in der Hand an. Zum ersten Mal, seit das Verhör begonnen hatte, war er verblüfft.

»Sie ändern Ihre Ansicht aber schnell, Peter.«

Sarris stand auf und reckte sich; dann beugte er sich über den Schreibtisch, stützte beide Handflächen darauf und erwiderte Newmans Blick. Sein Tonfall änderte sich, wurde grimmig, und er spie die Worte fast aus.

»Glauben Sie etwa, ich wäre senil geworden? Mord ist mein Beruf, mein Metier. Man erwartet von mir, daß ich einen Mord erkenne, wenn ich einen vor mir sehe. Glauben Sie etwa, ich verbrächte meine Tage auf diesem Stuhl hier? Irrtum. Ich war in Kap Sunion. Kein Mensch, der so viel Grütze im Kopf hat wie Masterson, torkelt an dieser Klippe herum und fällt dann hinunter. Und ich habe Masterson zufällig kennengelernt.«

»Wann? Wo?«

»An jenem Abend im Hilton, als er so tat, als wäre er stockbesoffen, als er seinen tollkühnen Spaziergang auf dem Geländer oberhalb des Foyers unternahm. Ich war zu einer Party eingeladen. Als ich das Hilton betrat, begann Masterson gerade mit seiner Vorstellung. Ich beobachtete ihn. Hinterher stellte ich ihn zur Rede, fragte ihn, was zum Teufel er sich dabei gedacht hätte. Betrunken? Er war fast so nüchtern wie ich nach all diesem Kaffee. Ich habe mich vielleicht zehn Minuten lang mit ihm unterhalten. Er war intelligent, zäh, hellwach und mit allen Wassern gewaschen. Und die Frau fraß ihm regelrecht aus der Hand.«

»Die Frau? Eine bestimmte Frau?«

»Christina Gavalas konnte gar nicht genug von ihm bekommen. Mehr Kaffee? Sie scheinen ein wenig erschüttert zu sein ...«

Ein paar Minuten später stand Sarris am Fenster. Er hatte die Vorhänge geöffnet. Das erste Licht, Vorbote der Dämmerung, fiel auf die schlafende Stadt. In der Ferne ragte der Gipfel des Lykabettos als massige Silhouette empor.

»Warum?« fragte Newman. »Warum die offizielle Version, es wäre ein Unfall gewesen?«

»Das Touristengeschäft ist in Griechenland heilig. Die Touristen bringen Milliarden ausländischer Währung ins Land – ein Artikel, an dem bei uns ein gewisser Mangel herrscht ...«

»Himmel, doch nicht etwa wieder das Hai-Syndrom?«

»Wie bitte?«

»*Der weiße Hai*, ein Film über einen Hai in der Nähe eines Badeorts in Amerika. Der Bürgermeister wollte von irgendwelchen Haien nichts hören. Weil sonst die Touristen ausgeblieben wären.«

»Ja, ich erinnere mich. Und ich verstehe, was Sie meinen. Ja, da besteht eine gewisse Ähnlichkeit. Mord – besonders Mord an einem Engländer – könnte schlechte Reklame sein. Die Engländer fallen hier ein wie die Lemminge.«

»Und deshalb haben Sie den Fall zu den Akten gelegt«, sagte Newman bitter.

»Für diese Beleidigung werden Sie sich entschuldigen.« Sarris machte abrupt kehrt, stürmte zu seinem Schreibtisch zurück und ließ sich mit steifem Rücken auf seinem Stuhl nieder. »Für mich ist der Fall nicht abgeschlossen. Ich lasse mir von leisetretenden Politikern keine Vorschriften machen ...«

»Ich entschuldige mich. Ohne jeden Vorbehalt.«

»Es wird schon Tag.« Sarris machte eine resignierte Handbewegung. »Wir sind beide müde. Aber jetzt verstehen Sie vielleicht, weshalb ich Sie hierherbringen mußte. Mehrere Informanten hatten mir mitgeteilt, daß Männer die Runde durch die Hotels machten, Mastersons Foto vorzeigten und herausfinden wollten, wo er gewohnt hatte. Ich hatte einen von ihnen auf diesem Stuhl hier, beschuldigte ihn der Beihilfe zum Mord. Er erklärte, Nick wäre sein Auftraggeber. Ich rief im Grande Bretagne an. Dort erfahre ich, daß Sie derjenige sind, der Nick angeheuert hat. Dann bekomme ich einen Anruf von einem meiner Leute, die in der Plaka einen besonders brutalen Mord untersuchen – und er sagt mir, er hätte Sie erkannt. Glauben Sie jetzt, daß ich tue, was getan werden muß?«

»Okay, Peter. Sie handeln schnell, das muß man Ihnen lassen. Haben Sie je von Petros Gavalas gehört?«
»Warum?«
»Ich habe in London meine Schularbeiten gemacht, bevor ich hierherkam. Sie sind nicht der einzige, der seine Arbeit gründlich tut.«
»Und dabei haben Sie herausgefunden, daß die Höhle des Löwen nördlich von Kap Sunion liegt – wo Masterson ermordet wurde?« Sarris war zu einem Aktenschrank gegangen. Er schloß ihn auf, suchte eine Akte heraus, entnahm ihr ein Hochglanzfoto und legte es vor Newman auf den Tisch. »Petros.«
Newman betrachtete das Foto eingehend. Selten hatte ein Bild einen solchen Eindruck auf ihn gemacht. Es war eine Aufnahme von Kopf und Schultern; der Blick des Aufgenommenen war der Kamera abgewendet. Ein bejahrter, altersloser Mann, wie ein Prophet des Alten Testaments. Eine große, krumme Hakennase, die Augen groß und funkelnd unter dichten Brauen, ein langes Gesicht mit massigem Unterkiefer. Ein buschiger Schnurrbart über einem schmalen, breiten Mund, fest zusammengepreßte Lippen.
»Er wußte nicht, daß er fotografiert wurde?«
»Nein«, gab Sarris zu. »Wir haben ein Teleobjektiv benutzt und die Aufnahme aus einem nicht gekennzeichneten Polizeifahrzeug heraus gemacht.«
»Es liegt also etwas gegen ihn vor?«
»Nein, nichts.« Sarris zog sein Hemd aus der linken Achselhöhle heraus. Obwohl das Fenster hinter der Jalousie geöffnet war und ein Ventilator an der Decke wirbelte, war das Zimmer wie ein Backofen.
»Weshalb haben Sie dann sein Foto?«
»Wir glauben, daß es Scherereien geben könnte. Eines Tages. Er hat eine große Farm mit vielen Hektar Land dort in der Wildnis und herrscht darüber wie über ein privates Königreich. Bewaffnete Männer zu Pferde patrouillieren durch dieses Reich, um Eindringlinge fernzuhalten. Sie behaupten, sie trügen die Waffen, um Raubzeug abzuschießen – Vögel, die die Feigen fressen. Er haßt die Engländer. Macht sie für den Tod seines Sohnes Andreas auf Siros verantwortlich. Eine explosive Situation.«
»Und seine Enkelin Christina war mit Masterson zusammen?«
»An jenem Abend im Hilton? Ja. Warum, weiß ich nicht. Vielleicht hatte sie eine Schwäche für ihn. Sie ist eine sehr schöne Frau. Und jetzt sollten Sie vielleicht zusammen mit den anderen in Ihr Hotel zurückkehren.«
Sarris nahm das Foto, steckte es wieder in die Akte, verschloß den

Schrank. Dann schenkte er sich weiteren Kaffee aus einer frischen Kanne ein, die ein Mädchen gebracht hatte.
»Können Sie nicht irgendetwas unternehmen, wenn Sie glauben, daß Masterson ermordet wurde?«
»Was zum Beispiel?« Sarris breitete die Hände aus. »Ich habe keine Beweise. Niemand hat ihn in Kap Sunion gesehen. Der Pathologe war keine große Hilfe.«
»Was hat er herausgefunden?«
»Ich sagte es bereits. Keine Beweise. Als das Schiff der Küstenwache seinen Leichnam von den Felsen am Fuße der Klippe barg, bestand er praktisch nur aus einem Haufen zersplitterter Knochen – fast zu Brei zerschlagen, wie mir der Pathologe sagte. Ich habe ihn gesehen. Kein schöner Anblick. Er konnte nur eines mit Bestimmtheit sagen. Bei dem Aufprall war der Magen heil geblieben – und sein Inhalt. Keine Spur von Alkohol. Nur Mineralwasser.«
»Schlafenszeit.« Newman stand auf. »Die anderen können auch gehen?«
»Ja.« Sarris lächelte trocken. »Ihre Geschichten stimmen mit dem überein, was Sie mir erzählt haben. Sie können alle heimfahren. Vielleicht sollten Sie und Marler tatsächlich heimfahren – nach London.«
»Schieben Sie uns ab?« fragte Newman, als er die Tür öffnete.
»Ich wollte, ich könnte es.« Sarris lächelte, schlug Newman auf die Schulter. »Seien Sie vorsichtig. Griechenland könnte Ihrer Gesundheit schaden . . .«

Nick fuhr mit dem Mercedes den Alexandras-Boulevard entlang, als die Morgendämmerung die ersten Streifen aus leuchtendem Rot und Gold an den Himmel malte. Über einer Bank verschwindenden Nachtdunkels wölbte sich ein reines Tiefblau, so intensiv wie das Licht einer Flamme; es verhieß einen weiteren glühendheißen Tag.
»Bringen Sie uns irgendwohin, wo es sehr still und ruhig ist, Nick«, sagte Newman. »Wo wir uns ungestört unterhalten können.«
»Lykabettos«, erwiderte Nick. »Sehr hoch, sehr ruhig – um diese Tageszeit . . .«
Er bog vom Alexandras-Boulevard ab. Bald hatten sie eine Straße erreicht, die in steilen Serpentinen um die unteren Abhänge des Lykabettos herumführte. Sie fuhren höher und höher hinauf. Und während sie hinauffuhren, wich Athen unter ihnen zurück, wurde die Aussicht weiter. Newman schaute aus dem Fenster. Schon jetzt war das Panorama beeindruckend. Sie fuhren noch höher hinauf. Nick drehte ununterbrochen das Lenkrad, steuerte den großen Wagen um infernalische

Haarnadelkurven, drückte auf die Hupe für den Fall, daß ihnen ein anderes Fahrzeug entgegenkam. Niemand war ihnen begegnet, als Nick am Rande eines Steilhangs halt machte.

»Hier endet die Straße«, sagte Nick und stieg rasch aus, um die Tür zu öffnen, aber Newman kam ihm zuvor, stieg gleichfalls aus und atmete tief die frische, klare Luft ein. Marler und Nick traten neben ihn.

»Wie sind Sie zurechtgekommen, Nick – mit dem Verhör?« fragte Newman.

»Ich habe die Wahrheit gesagt.« Nick lächelte. »Einen Teil davon. Ich habe ihnen erzählt, daß ich Sie gefahren habe, als Sie letztes Mal hier waren. Daß ich Sie nach Piräus gefahren habe, um Ihnen die See zu zeigen, daß wir uns die Jachten in Zea angesehen haben und dann zurückfuhren. Gott sei Dank, daß das Heckfenster bereits repariert war. Es wäre schwierig gewesen, das Kugelloch zu erklären.«

»Der Gedanke ist mir auch gekommen. Fahren Sie fort.«

»Ich habe ihnen erzählt, daß Sie mir Fotos von Masterson gaben, damit ich herausfinde, wo er gewohnt hat. Ihr Hinweis auf ihn, kurz bevor wir das Zimmer verließen, hat mir zu verstehen gegeben, daß ich darüber sprechen durfte. Ich habe ihnen erzählt, daß sich Giorgios entschieden zu sehr für Ihre Angelegenheiten interessierte, daß Sie ihn fragen wollten, warum er das tat. Deshalb hätte ich mir von einem der stellvertretenden Empfangschefs seine Adresse besorgt; ich behauptete, ich schuldete ihm Geld. Als wir ankamen, stellten wir fest, daß er tot war. Ich hielt mich an die einfachen Tatsachen.«

»Die wundervoll mit dem übereinstimmten, was ich Sarris erzählte. Wie sind Sie zurechtgekommen, Marler?«

»Ich kam zurecht. Erzählte ungefähr dieselbe Geschichte wie Nick. Hielt mich an die einfachen Tatsachen. Antwortete nur auf das, was ich gefragt wurde. Keine zusätzlichen Informationen. Aber daß Sie behaupteten, ich wäre Ihr Assistent, hat mir nicht sonderlich gefallen.«

»Daran werden Sie sich gewöhnen.« Newman schaute hinunter. »Gott, was für ein Anblick!«

Das riesige Auge der Sonne funkelte bereits auf Athen herab. Ein Areal aus weißen, dicht an dicht stehenden Gebäuden breitete sich vor ihnen bis zum Horizont, verschmolz mit Piräus, das einst eine Stadt für sich gewesen war. Erst in dieser Höhe begriff man, wie riesig Athen war.

In weiter Ferne konnte Newman eine hufeisenförmige Schüssel ausmachen – das neue Stadion, an dem sie auf dem Weg nach Piräus vorbeigekommen waren. Dahinter schimmerte schon jetzt das Mittelmeer in dunstigem Blau. Doch was Newman am meisten verwunderte, war die *Dichte* dieser Stadt, in der drei Millionen Menschen lebten.

»Wo zum Teufel ist die Akropolis?« fragte Marler.
»Ich zeige sie Ihnen . . .«
Nick ging zum Wagen, kehrte mit einem Fernglas zurück, stellte es ein. Dann deutete er hinunter auf eine Stelle mitten in diesem endlosen Häusergewimmel. »Dort. Sie können den Parthenon erkennen.«
»Unglaublich.« Marler betrachtete den antiken Tempel durch das Fernglas. Nick sprach weiter.
»Die meisten Leute, die zum ersten Mal nach Athen kommen, glauben, die Akropolis wäre die höchste Erhebung. Aber der Lykabettos überragt alles andere wie ein alter Vulkan. Und wir sind noch nicht einmal auf dem Gipfel.«
Nick deutete in die Höhe, und Newmans Blick folgte seinem Finger. Der Berg ragte noch wesentlich höher empor, und auf seinem Gipfel stand eine Kirche mit einer braunen Kuppel.
»Die Kirche des heiligen Georg«, erklärte Nick. »Man kann von Kolonaki aus mit der Seilbahn hinauffahren.«
»Kolonaki? Daran erinnere ich mich von meinem letzten Besuch hier. Ist das nicht das Viertel für Leute mit dicken Brieftaschen?« fragte Marler und gab Nick das Fernglas zurück.
»Christina Gavalas hat eine Wohnung in Kolonaki«, sagte Nick.
»Irgendwo dort unten ist der Schlüssel«, sinnierte Newman, während er den Blick über das riesige Häusergewirr schweifen ließ. »Der Schlüssel zu dem Mord an Masterson.«

Nick brachte sie über eine andere, ebenso haarsträubende Serpentinenstraße in die Stadt zurück. Auf den Straßen war es noch sehr still. Vor einigen Geschäften spritzten Frauen die Gehsteige mit Schläuchen ab. Sobald sie den Rücken gedreht hatten, schrumpfte das Wasser zu feuchten Flecken und war kurz darauf vollständig verdunstet.
»Das wird wieder ein heißer Tag werden«, bemerkte Nick. »Und wir werden weiter schwitzen. Zum Grande Bretagne?«
»Sie dürfen schwitzen«, sagte Newman. »Ich werde schlafen.«
Sie näherten sich dem Syntagma-Platz über den Vassilissis-Sofias-Boulevard, einer Straße, die, wie sich Newman erinnerte, vom Hilton aus direkt auf den Platz führte. Dem Hilton würden sie später einen Besuch abstatten.
An der Einfahrt zum Platz mußte Nick vor einer roten Ampel halten, und Newman beugte sich vor und starrte durch die Windschutzscheibe. Nick nickte.
»Es ist derselbe Wagen . . .«
»Mit derselben Nummer . . .«

Der schwarze Mercedes mit den bernsteinfarben getönten Scheiben stand auf der dem Haupteingang des Grande Bretagne gegenüberliegenden Straßenseite. Hinter dem getönten Glas konnte Newman zwei Männer auf den vorderen Sitzen ausmachen und zwei weitere im Fond. Nick brachte den Wagen vor der Hoteltreppe zum Halten. Newman stieg langsam aus, richtete sich hoch auf und starrte auf den schwarzen Mercedes.

Eines der vorderen Fenster glitt langsam herab, automatisch gesteuert. Ein Kopf beugte sich vor, richtete den Blick über die Straße direkt auf Newman, der ganz still dastand, die Hände in den Hosentaschen.

In Lebensgröße hatte er sogar noch mehr Ähnlichkeit mit einem Propheten des Alten Testaments als auf dem Foto, das Sarris ihm gezeigt hatte. Bejahrt und alterslos. Die grausame Hakennase. Die durchdringenden Augen unter den buschigen Brauen, die zerklüftete Stirn. Ihre Blicke prallten über die Breite der Straße hinweg aufeinander. Newman spürte puren, unversöhnlichen Haß. Dann glitt das Fenster langsam wieder hoch, entzog das Starren von Petros Gavalas seinem Blick. Der schwarze Mercedes glitt vom Bordstein weg und verschwand.

ACHTES KAPITEL

Der schwarze Mercedes fuhr den Singrou-Boulevard hinunter. Petros Gavalas saß neben dem Fahrer, seinem Enkel Dimitrios. Er war ein sehr großer Mann und hatte seinen Sitz weit zurückgeschoben, um Platz für seine Beine zu haben – so weit, daß der Mann hinter ihm mit verkrampften Knien dasaß. Als sie sich der Stelle näherten, an der sich die Straße gabelte, sprach er mit seiner kiesigen Stimme.

»Bieg nach Piräus ab, Dimitrios.«

»Ich dachte, wir wollten zur Farm zurück ...«

»Später. Ich muß von der Wohnung in Zea aus ein paar Anrufe erledigen. Du bist ein Idiot«, fuhr er fort. »Ich habe dir gesagt, du sollst den Fahrer erschießen – um Griechen davon abzuhalten, den Engländern zu helfen. Du hast daneben geschossen.«

»Aber bei Giorgios haben wir ins Schwarze getroffen«, erwiderte Dimitrios, während er den Wagen auf die nach rechts abzweigende Straße lenkte. Er kicherte zufrieden. »Der hat sich ein für allemal an Wein sattgetrunken.«

»Das kommt davon, wenn jemand mehr Geld verlangt, als vereinbart war. Und er war Grieche. Er hätte es besser wissen müssen. Jetzt weiß er es.«

»Sollen wir die beiden Engländer töten?« fragte Dimitrios.
»Noch nicht, Schwachkopf.« Petros verlagerte das Gewicht seines massigen Körpers; die Hitze machte ihn nervös. »Ich habe bereits Anweisungen gegeben. Sie werden Tag und Nacht überwacht. Warten wir erst einmal ab, was sie vorhaben. Sie täten gut daran, der Farm nicht zu nahe zu kommen. Und sie wären sehr unklug, wenn sie anfingen, Fragen wegen Andreas zu stellen. Und ich würde ihnen in ihrem Interesse empfehlen, nicht einmal in die Nähe von Siros zu kommen.«
»Spielt das eine Rolle? Wenn sie nach Siros fahren?«
Er hatte das Falsche gesagt. Petros versetzte Dimitrios einen Schlag auf den Arm. Er wäre fast von der Straße abgekommen. Petros fluchte, drehte den Kopf und funkelte seinen Enkel an.
»Jeder Engländer, der nach Siros fährt, kann etwas mit dem großen Verrat zu tun haben, der vor mehr als vierzig Jahren dort begangen wurde. Irgend jemand wird dafür bezahlen. Mit seinem Leben ...«

Marler ließ sich ein Bad ein, sobald er wieder in seinem Zimmer angekommen war. Er zog sich aus, schlüpfte in einen Bademantel und wartete darauf, daß die Wanne voll wurde. Ihm taten sämtliche Glieder weh. Während des Verhörs hatte er auf einem harten, unbequemen Stuhl gesessen. Wie es üblich war ...
Das leise Klopfen an der Tür erschreckte ihn. In seinem Kopf begannen sämtliche Alarmglocken zu schrillen. Er ergriff die Haarbürste mit dem Ebenholzrücken, die er immer mitnahm, hielt sie in der rechten Hand. Dann stellte er sich an die Wand und riß die Tür auf.
Eine Frau stand davor, eine Frau mit einer Mähne aus glänzendem schwarzem Haar, eine Frau Anfang Vierzig, eine Frau in engen Jeans, die ihre langen, schlanken Beine betonten, und einer weißen, am Hals offenen Bluse, die den Ansatz ihrer vollen Brüste sehen ließ. Christina Gavalas.
»Wollen Sie mich nicht hereinbitten, Mr. Marler?« fragte sie mit trägem Lächeln. »Die Leute könnten reden, wenn sie uns hier zusammen stehen sehen.«
»Also gut, kommen Sie herein. Wenn es sein muß.«
»So ein herzlicher Empfang«, bemerkte sie, als er die Tür zumachte und abschloß. »Ich fand, es wäre an der Zeit, daß wir uns ein bißchen unterhielten.« Sie warf einen Blick auf das Bett. »Ich bin etwas müde. Mir ist es gleich, wo wir uns unterhalten.«
»Mir geht es nicht anders.«
Marler hatte die Hände auf die Hüften gestützt; sein Verstand arbeitete auf Hochtouren, als sie ihre Umhängetasche abnahm und auf den Fri-

siertisch legte. Sie streckte die Hand nach der Bürste aus, die er in der Hand hielt. »Darf ich? Ich sehe katastrophal aus.«
Sie stand vor dem Spiegel, bürstete kraftvoll ihr Haar, betrachtete ihn im Spiegel. Dann legte sie die Bürste hin, drehte sich um, legte ihm die Arme um die Schultern, verschränkte die Hände in seinem Genick, küßte ihn auf den Mund und drückte ihren kräftigen Körper gegen den seinen. »Womit habe ich diese Ehre verdient?« fragte Marler, als sie ihren Kopf zurückzog, ohne die Hände in seinem Genick zu lösen. Er blickte in ihre grünlichen Augen, mit ausdruckslosem Gesicht, das keine Spur von Erregung erkennen ließ. Sie wölbte ihre dichten Brauen, senkte die Lider, bot ihm ihre offenstehende Bluse dar. Marler reagierte nicht. Die Initiative sollte von ihr ausgehen. Ihre rechte Hand schob sich unter seinen Bademantel, betastete seine nackte Brust, glitt abwärts.
»Sie haben mir gefallen, als ich Sie in Zea sah. Ich dachte, ich hätte Ihnen auch gefallen. Sie haben gewinkt.«
Ihr Englisch war einwandfrei. Ihre Technik, einen Mann zu erregen, war gut. Die wandernde Hand ließ sich Zeit. Sie bedachte ihn wieder mit ihrem trägen Lächeln. Dann zog sie die Hand zurück, nahm ihre Ohrringe ab und warf sie auf den Frisiertisch.
»Die brauchen wir nicht, oder?«
»Wenn Sie es sagen.«
»Diese kühlen, gelassenen Engländer. Ich liebe sie ...«
Ohne den Blick von ihm abzuwenden, trat sie einen Schritt zurück, knöpfte ihre Bluse auf, warf sie auf den Boden. Sie trug nichts darunter. Sie beobachtete, welche Wirkung sie erzielte, während sie ihre Jeans öffnete, sie an ihren Beinen heruntergleiten ließ, sie auf die Bluse warf. Sie schleuderte ihre flachen Schuhe von den Füßen, Schuhe, in denen man schnell laufen und sich fast geräuschlos bewegen konnte, stellte Marler fest. Er hob beide Hände, legte sie auf ihre nackten Schultern und warf sie rücklings auf das Bett. Er ließ seinen Bademantel fallen, folgte ihr und lag dann auf ihr, während sie sich wand und kicherte.

»Ich heiße Christina«, sagte sie zehn Minuten später, als sie nebeneinander lagen.
»Christina wie?«
Marler zündete sich eine Zigarette an, nach der ihn im Grunde nicht verlangte, starrte an die Decke, während sie sich an ihn drückte. Ihre schwarze Mähne lag ausgebreitet auf dem Kissen.
»Spielt das eine Rolle? Erzähl mir etwas über den Mann, mit dem ich hier im Bett liege.«

»Ich lerne das Handwerk eines Zeitungsreporters. Vorher war ich bei einer Versicherung beschäftigt. Habe mich dabei zu Tode gelangweilt.«
»Und an welcher Story arbeitest du gerade?« Sie schob sich dichter an ihn heran, ihre Hand lag auf seinem flachen, harten Bauch.
»An dieser und jener.« Er stützte sich auf einen Ellenbogen und blickte mit grimmiger Miene auf sie herunter. »Ich möchte wissen, mit wem ich gespielt habe. Christina wie?« wiederholte er.
»Spielt das eine Rolle?« Sie schmollte.
Er sprang aus dem Bett, befahl ihr, aufzustehen. Überrascht tat sie, was er verlangte. Sie schaute ihn an, bedachte ihn mit dem gleichen trägen Lächeln.
»In welchem Verhältnis stehst du zu Petros?« fragte er. »Hat er dich geschickt?«
»Petros? Wenn ich verhört werden soll, kann ich das auch im Polizeipräsidium haben – wie du . . .«
Sie bückte sich, um nach ihren Kleidern zu greifen. Marler legte die Hand unter ihr Kinn und zog sie wieder hoch. »Ich habe deine Frage beantwortet, jetzt beantwortest du meine.«
»Ich gehe . . .«
Marler hob die rechte Hand und gab ihr damit eine harte Ohrfeige. Sie taumelte unter dem Schlag und fiel zurück aufs Bett. Ihre Augen funkelten. Er sah jetzt, daß sie schwarz mit grünlichen Flecken waren. Sie sprang auf. Bevor sie etwas sagen konnte, schlug er sie abermals, noch härter, auf die andere Seite ihres Gesichts. Jetzt hatte sie zwei rote Striemen. Sie sprang wieder auf, kam mit gekrümmten Fingern auf ihn zu. Sie war zu einer wütenden Wildkatze geworden. Bevor ihre Finger sein Gesicht zerkratzen konnten, packte er ihre beiden Handgelenke, zwang sie herunter. Sie zielte mit einem Knie auf seine Hoden. Er drehte sich zur Seite, fing den Stoß mit dem Oberschenkel ab, ließ plötzlich beide Hände sinken und schlug sie abermals, diesmal mit voller Kraft. Sie sackte auf dem Bett zusammen und starrte wütend zu ihm herauf.
»In welchem Verhältnis stehst du zu Petros Gavalas? Du wirst diese Frage beantworten, bevor du verschwindest. Ich habe dich nicht hergebeten . . .«
»Warum beißt du dich nicht selbst in den Hintern?«
Jetzt sprach sie nicht mehr ihr einwandfreies Englisch. Sie war in Griechisch verfallen, und er stellte fest, daß sie ihn genau beobachtete. Ein zäher Kunde, diese Frau. Sie hatte ganz schön Prügel bezogen, und trotzdem sondierte sie weiter.

»Wie bitte?«
»Nichts«, erwiderte sie auf Englisch.
Sie versuchte aufzustehen, und er benutzte eine Hand, um sie wieder auf das Bett zu drücken, wobei er die Finger in ihre Schulter grub. Ihrer beider Körper glänzten vor Schweiß von dem, was sie vorher zusammen getan hatten, von dem anschließenden Kampf. Die Hitze staute sich im Zimmer, und Marler kam sich ausgedörrt vor.
»Kann ich etwas zu trinken haben?« fragte sie.
»Nein. In welchem Verhältnis stehst du zu Petros Gavalas?« fragte er noch einmal.
»Ich bin seine Enkelin...«
»Das weiß ich. Das meine ich nicht, und das weißt du. Hat er dich geschickt, damit du Informationen aus mir herausholst – ganz gleich, mit welchen Mitteln?«
»Das würde er niemals tun! Kein Grieche würde das von seinem eigenen Fleisch und Blut verlangen...«
»Also bist du von dir aus gekommen? Weil du die Engländer magst? Ich entsinne mich, daß du das sagtest.«
»Ich hasse die Engländer«, zischte sie und strich sich das Haar aus dem Gesicht. »Ich will mich anziehen...«
»Als du kamst, konntest du deine Kleider nicht schnell genug loswerden. Und wenn du die Engländer haßt – warum hast du dich dann mit Harry Masterson eingelassen, als er hierherkam?«
»Mit wem?« Sie wich zurück, als Marler auf sie zufuhr. Er packte sie bei ihrem langen Haar, zerrte sie daran wieder aufs Bett herunter und ließ sich mit zusammengepreßten Lippen auf ihrem Bauch nieder, so daß sie sich nicht bewegen konnte. Er riß an ihrem Haar, und sie öffnete den Mund, um zu schreien. Sofort lag seine Hand flach über ihren Lippen und übte so viel Druck aus, daß sie ihre Zähne nicht dazu benutzen konnte, um ihn zu beißen. Ihre dunklen Augen waren voller Haß.
»Harry Masterson«, wiederholte er. »Hör auf zu lügen. Man hat dich mit ihm im Hilton gesehen. Und auch an anderen Orten. Jetzt nehme ich meine Hand fort. Wenn du zu schreien versuchst, schlage ich dich k. o.«
Er sprang plötzlich auf, ging zu seinem Jackett, zog eine Zigarette aus dem Päckchen und zündete sie an. Diese unerwartete Änderung seiner Taktik brachte sie aus dem Gleichgewicht. Sie stand erschöpft auf, griff langsam nach ihren Jeans, stieg hinein, zog sie hoch, beobachtete ihn. Richtete sich auf, machte den Reißverschluß zu, oberhalb der Taille immer noch nackt. Sie sprach ihre Drohung ganz gelassen aus.
»Ich werde dich der Vergewaltigung beschuldigen. Die griechische Poli-

zei hat nichts für Ausländer übrig, die griechische Frauen vergewaltigen.«

»Da steht das Telefon. Verlange nach Chefinspektor Sarris. Ich bin sicher, er wird sich gern mit dir unterhalten. Er wird hören wollen, wie du in Zea einem Scharfschützen ein Zeichen gegeben hast, der versuchte, mich zu töten. Die Kugel ist haarscharf an meinem Kopf vorbeigegangen.«

»Wovon redest du? Da ist kein Schuß gefallen. Den hätte ich gehört...«

Zum ersten Mal war Marler sicher, daß sie die Wahrheit sprach, aber er ließ sich seine Überraschung nicht anmerken. Sie griff nach ihrer Bluse und ließ sie in der Hand herabhängen.

»Du hättest es vielleicht fertiggebracht«, sinnierte Marler.

»Was fertiggebracht?«

»Masterson so verrückt nach dir zu machen, daß er auf dich hereinfiel. Als du ihn nach Kap Sunion locktest, wo man ihn umbringen konnte.«

»Nein! Nein! Das habe ich nicht getan! Wofür hältst du mich eigentlich?«

»Die Frage ist leicht zu beantworten.« Er zog seine Brieftasche aus dem Jackett, holte ein Bündel von Fünfhundert-Drachmen-Scheinen heraus, sah sie an. »Wieviel? Was ist deine Taxe? Für...« Er deutete auf das Bett.

»Du Schwein! Du widerlicher Mistkerl!«

»Das kann ich dir sogar schriftlich geben«, erklärte Marler gelassen.

Sie steckte die Füße in die Schuhe, schlüpfte in ihre Bluse, knöpfte sie hastig zu. Dann warf sie einen Blick in den Spiegel. Ihr Haar war eine wirre Masse. Marler reichte ihr die Bürste, zu der er gegriffen hatte, bevor er ihr die Tür öffnete. Sie nahm sie, bürstete ihr Haar und beobachtete ihn wie zuvor im Spiegel, während er seinen Bademantel wieder anzog. Jetzt lag ein unsicherer Ausdruck auf ihrem Gesicht. Es verwirrte sie, daß er immer wieder ganz bewußt seine Taktik änderte. Er verschwand im Badezimmer, kehrte mit einem Glas Wasser zurück.

»Du hast gesagt, du wärest durstig. Wenn ich dir das nächste Mal Fragen stelle, beantworte sie gefälligst. Dann werden wir bestens miteinander auskommen.«

Sie trank das Wasser mit zwei großen Schlucken, gab ihm das Glas zurück. »So ein Mann wie du ist mir noch nie begegnet. Harry war...« Sie brach ab.

»Harry war anders«, beendete Marler den Satz. »Bevor du verschwindest – warum hast du dich mit ihm eingelassen?«

»Er hat gefährliche Fragen gestellt.«
»Zum Beispiel?«
»Über den Mäander.«
»Was ist das?«
»Bete zu Gott, daß du es nie herausfindest. Bis später, Marler.«

»Hört sich an, als hätte sie einiges auszustehen gehabt. Genau wie ich jetzt«, knurrte Newman. »Ich habe fest geschlafen, als Sie an meine Tür hämmerten.«
»Ich dachte, Sie wollten über die neueste Entwicklung der Dinge informiert werden«, erwiderte Marler ohne eine Spur von Reue. »Daß Sie sich darauf verlassen, daß Ihr Assistent Sie über alles unterrichtet.«
Noch halb verschlafen und mit wirrem Haar zog Newman den Gürtel seines Morgenrocks fester und trank einen Schluck von dem Kaffee, den Marler hatte kommen lassen. Er schürzte die Lippen, während er in Gedanken noch einmal Marlers Bericht über sein Abenteuer mit Christina Revue passieren ließ.
»Sie haben Ihren Spaß dabei gehabt«, sagte er schließlich.
»Pure Pflichterfüllung...«
»Lassen Sie das Tweed nicht hören. Die Bemerkung, die sie fallen ließ, ist bezeichnend – ›wenn ich verhört werden soll, kann ich das auch im Polizeipräsidium haben – wie du...‹ *Wie du*. Sie wußte, daß Sarris uns dorthin gebracht hat. Aber ich habe nicht gesehen, daß uns ein Motorradfahrer mit orangefarbenem Sturzhelm folgte.«
»Mir war, als hätte ich diesen schwarzen Mercedes bemerkt, als ich in dem Polizeifahrzeug saß«, erklärte Marler.
»Tatsächlich?« Newman trank mehr Kaffee. »Das würde beweisen, daß sie in der Tat Petros' Befehle ausführt, daß er sie auf uns angesetzt hat. Was bedeutet, daß sie gelogen hat, als sie abstritt, von Petros beauftragt zu sein.«
»Oh, sie lügt wie gedruckt. Das ist ihre zweite Natur.«
»Von zweierlei abgesehen, sagten Sie. Sie hörte in Zea keinen Schuß – was durchaus möglich ist, weil die Schiffsirenen tuteten. Und sie war nicht die Person, die Masterson nach Kap Sunion lockte. Diese Geschichte steckt voller Tücken. Und was in aller Welt ist der Mäander?«
»Er könnte der Schlüssel zu diesem Geheimnis sein.«
»Wenn wir herausfinden, wie er aussieht. Und jetzt gehe ich wieder ins Bett.«
»Und wie sieht unser nächster Schritt aus?«
»Nick und seine Helfer sollen weiter herauszufinden versuchen, wo

Masterson gewohnt hat. Außerdem könnten wir versuchen, uns nach dem Mäander zu erkundigen. Irgend jemand muß wissen, was damit gemeint ist. Kurz gesagt, wir rühren so lange im Topf herum, bis etwas an die Oberfläche kommt. Und sehen uns vielleicht in Kap Sunion um. Bei der Gelegenheit könnten wir auch festzustellen versuchen, wo der alte Petros sein Hauptquartier hat.«

»Ich glaube, in einem Topf habe ich schon gerührt. Er heißt Christina Gavalas. Als sie ging, hatte sie nicht viel für uns übrig. Was der Zweck der Übung war.«

»Übung ist genau das richtige Wort.«

»Haben Sie Newman im Fall Giorgios alles erzählt, Chef?« fragte sein Assistent Kalos.

»Was meinen Sie mit alles?« erkundigte sich Sarris.

Er unterdrückte ein Gähnen und warf einen Blick hinab auf den Verkehr, der sich auf dem Alexandras-Boulevard staute. Neun Uhr morgens. Es würde noch schlimmer werden. Er bewegte seine schmerzenden Finger. Die ganze Nacht durchzumachen, war ziemlich anstrengend.

»Das Messer, das ihm unter dem Schulterblatt in den Rücken gerammt wurde.«

»Nein, das habe ich nicht erwähnt. Darüber bewahren wir Stillschweigen. Ich habe dafür gesorgt, daß Newman den Pathologen nicht zu Gesicht bekam. Dieses Messer gibt mir zu denken. Es ist irgendwie sinnlos.«

»Weil er zuerst in dem Weinfaß ertränkt und das Messer später eingerammt wurde? Das Fehlen von Blut beweist, daß es so war.«

»Richtig. Und es ist die Art Messer, die im Krieg von den englischen Kommandotrupps benutzt wurde. Im Heeresmuseum gibt es so eins. Ich habe sie miteinander verglichen. Das Messer, das in Giorgios steckte, ist eine exakte Nachbildung. Makaber. Ob das irgendeine symbolische Geste war?«

»Oder etwas, das von der wahren Identität des Mörders ablenken sollte?«

»Kann sein. Ich hoffe nur, daß Newman nicht auf die Idee kommt, im Teufelstal herumzuschnüffeln. Petros Gavalas herrscht über sein Land wie ein mittelalterlicher Baron.«

»Und was ist mit den Unfällen, die sich in dieser Gegend ereignet haben? Wanderer und Bergsteiger, die nie wieder aufgetaucht sind?«

»Es ist mir nie gelungen, dem alten Gauner etwas nachzuweisen – aber ich bin ganz sicher, daß seine Leute sie in irgendwelche Schluchten geworfen haben. Niemand, der in sein Reich eindringt, kommt lebend wieder heraus. Er gehört noch zur alten Schule. Stammt aus Makedonien, und dort herrschen rauhe Sitten. Ja, ich kann nur hoffen, daß Newman die Finger davonläßt . . .«

Zwei Uhr nachmittags. 32 Grad Celsius. Newman hatte geduscht und sich rasiert, sein Verstand war hellwach, er hatte im Speisesaal des Hotels mit Marler zu Mittag gegessen. Nun befanden sie sich in seinem Zimmer, zusammen mit Nick, der prompt eingetroffen war.

»Wir machen uns an die Arbeit«, erklärte Newman. »Ich sagte bereits zu Marler, daß wir im Topf herumrühren müssen. Nicht nur, bis er zu sieden beginnt – ich will, daß er überkocht.«

»Das Wetter kocht jetzt schon über«, bemerkte Nick und wischte sich den Schweiß von der Stirn.

»Wir fahren nach Kap Sunion«, fuhr Newman fort. »Ich bin sicher, daß man uns folgen wird. Das würde beweisen, daß wir auf dem richtigen Weg sind. Unterwegs erkundigen wir uns in den wichtigsten Hotels der Badeorte; vielleicht finden wir heraus, wo sich Masterson verkrochen hatte. Wir stellen unverblümte Fragen nach dem Mäander.«

»Was ist das?« fragte Nick. »Hört sich an wie ein Nachtklub . . .«

»Genau das wollen wir herausfinden. Und nach dem, was passiert ist, wird Christina eine Mordswut auf uns haben. Vielleicht tut sie einen falschen Schritt. So, und jetzt wollen wir fahren.« Er ergriff eine große Plastikflasche mit Mineralwasser, und sie verließen das Zimmer.

Nick eilte voraus, während Newman und Marler den leeren Gang entlangwanderten. Wenn er es vermeiden konnte und eine Treppe vorhanden war, benutzte Newman nie den Fahrstuhl; eine Fahrstuhlkabine konnte sich als Falle erweisen.

»Wissen Sie was, Marler? Ich glaube, wir übersehen etwas. Irgend etwas direkt vor unserer Nase.«

»Warum die Zweifel?«

»Diese Geschichte steckt voller Tücken und unerklärbaren Widersprüchen. Warum war Christina an Bord der *Venus III* – obwohl sie den Besitzer der Jacht, ihren Großvater, angeblich haßt? Wer zahlt für ihre teure Wohnung in Kolonaki? Wir müssen ihr dort einen Besuch abstatten.« Er korrigierte sich. »*Ich* muß sie dort besuchen. Mir erzählt sie vielleicht mehr, als sie Ihnen erzählt hat.«

»Ich habe Ihnen Appetit gemacht«, sagte Marler zynisch.

»Was war es, das Masterson herausgefunden hatte? Es muß etwas gewesen sein, das jemanden veranlaßte, ihn zu ermorden. Welche Beziehung bestand zwischen ihm und Christina? Denken Sie daran – sie

haben sich in London kennengelernt. Warum erschien Masterson im Verteidigungsministerium und erkundigte sich nach dem Kommandounternehmen auf Siros vor mehr als vierzig Jahren?«
»Hören Sie auf. Mir wirbelt der Kopf.«
»Ich wollte, wir hätten einen Mann hier, der ein Meister ist, wenn es darum geht, jemanden aufzuspüren, eine Fülle von Fäden zu entwirren.«
»Sie meinen ...«
»Tweed. Ich wünschte, Tweed wäre hier ...«

NEUNTES KAPITEL

Ein graues Wolkenmeer lag über dem Land wie eine erstickende Decke; nirgendwo war auch nur eine Andeutung von Blau zu sehen. Ein feiner Sprühregen nieselte auf die einsame Landschaft herunter, legte sich auf die Windschutzscheibe des Mercedes 280 E, den sich Tweed von Newman ausgeliehen hatte. Er fuhr langsam die schmale Landstraße entlang, die sich erhöht durch die öde Marschengegend zog. Keine Menschenseele war zu sehen. Um zwei Uhr nachmittags hatten sie die trübselige Welt für sich allein.
»Sind wir auf dem richtigen Weg?« fragte Paula und versuchte, sich anhand des Meßtischblattes zu orientieren. »Ich weiß nicht, wo wir sind.« Sie schaute zum Fenster des Beifahrersitzes hinaus.
»Wir stecken mitten in den Somerset Levels, der Gegend, auf die Masterson auf dem Blatt Papier in der Zigarrenkiste hinwies, die er uns aus Athen schickte«, erklärte Tweed. »Bis vor ein paar Jahrhunderten wurde sie vom Meer überflutet. Heute wird hier Torf gestochen. Ich möchte ein Gefühl für die Atmosphäre bekommen.«
Er brachte den Wagen zum Stehen, ließ aber den Motor laufen, während er den Blick über die Ödnis schweifen ließ. Paula, die einen Anorak über einer Bluse und einem Faltenrock trug, zitterte.
»Irgendwie ist mir diese Gegend unheimlich. Sehen Sie – dort drüben unter den Weiden steht so etwas wie ein Haus.«
»Einer der Höfe – ein Torfstecherhof.«
Neben der Straße verlief ein Graben mit stehendem Wasser. Paula kurbelte ihr Fenster herunter und rümpfte die Nase, als ein fauliger Geruch in den Wagen drang. Sie öffnete die Tür und stieg aus, um den Graben aus der Nähe zu betrachten.
Seine Oberfläche war mit giftiggrünem Schleim überzogen. Stellenweise war schwarzes Wasser zu sehen. In der Ferne erhob sich das bau-

fällige Gebäude, das Tweed als Hof bezeichnet hatte. Das Dach war in einem schiefen Winkel abgesackt. Aus einem dicken Schornstein quoll Rauch. Ein anderer Geruch stach ihr in die Nase, und sie rümpfte sie abermals angewidert.

»Das ist der Torfgeruch. Dort, neben dem Hof, können Sie die Stelle sehen, an der er gestochen wird. Da kommt jemand ...«

Tweed brach ab und faßte das Lenkrad fester. Paula richtete den Blick wieder auf die Ansammlung von elenden Schuppen. Zwei Männer kamen auf sie zu; sie gingen hintereinander auf einem Graspfad, der zu der Stelle führte, an der sie parkten.

Beide trugen schmutzige alte Tuchjacken, schmierige Mützen und schlammverkrustete Cordhosen, die in Gummistiefeln steckten. Beide hatten ein langstieliges Gerät geschultert. Das eine war eine Art gefährlich aussehender Hacke, das andere ein langer Spaten, der eher wie eine eiserne Schöpfkelle aussah. Beide kamen zielstrebig und mit vorgeschobenen breiten Schultern auf sie zu; primitive Gesichter fixierten die Eindringlinge.

»In den Wagen, schnell!« befahl Tweed.

Der Mercedes rollte bereits an, als sie die schwere Tür zuschlug, und beschleunigte dann. Paula atmete erleichtert auf. Tweed setzte die Scheibenwischer wieder in Gang.

»Kein erfreulicher Anblick, diese beiden Männer«, sagte Paula.

»Ein paar üble Kunden«, pflichtete Tweed ihr bei. »Diese Torfstecher hier bilden eine geschlossene, völlig von der Außenwelt abgeschnittene Gemeinschaft. Ich kenne die Gegend gut. Bin in Blundell in der Nähe von Tiverton zur Schule gegangen. Mir war jede Minute zuwider, die ich dort verbringen mußte – es war wie in einem Gefängnis. In meiner Freizeit war ich immer mit dem Rad unterwegs – auch in dieser Gegend. Bin wie ein Irrer diese elende Straße entlanggestrampelt. Sie hat mir schon damals Angst eingejagt.«

»Und weshalb sind Sie dann hier herumgeradelt?«

»Kinderei. Fand es toll, mir selbst angst zu machen. Wissen Sie was ...« Er ließ den Blick über die dunkle Marschlandschaft schweifen. »Hier könnte man gut eine Leiche verstecken.«

»Ich bin froh, daß Sie den Motor nicht abgestellt hatten. Hier scheint es eine Menge Weiden zu geben.«

»Das ist die zweite Industrie hier. Sehen Sie die Büschel, die dort an dem von der Straße wegführenden Graben wachsen? Das sind Triebe von gekappten Weiden. Sie werden abgeschnitten und dann zu Weidenkörben verarbeitet. Oder zu Stuhlsitzen. Auf diese Weise haben die Leute das ganze Jahr über Arbeit. Wenn sie die Weidenschößlinge auf-

gebraucht haben und auf die Ernte des nächsten Jahres warten, stechen sie Torf. Das ist hier schon seit Jahrhunderten üblich. Vor allem in der viktorianischen Zeit war Weidengeflecht sehr beliebt.«
»Und wo sind wir jetzt?« Sie beschäftigte sich abermals mit der Karte. »Ich hasse es, nicht zu wissen, wo ich bin.«
»Das geht jedem guten Navigator so. Der nächste zivilisierte Ort dürfte Westonzoyland sein. Wir sind von der A 372 abgebogen und nach Norden gefahren. Wir nähern uns der A 39. Dort biegen wir links in Richtung Bridgwater ab und dann westwärts über Williton nach Dunster.«
»Ja, jetzt habe ich es. Was war in dem Päckchen von Harry, das heute morgen aus Athen eingetroffen ist?«
»Sehen Sie im Handschuhfach nach. Wieder ein wildes Durcheinander von Hinweisen. Nachdem ich einen flüchtigen Blick darauf geworfen hatte, war ich genauso schlau wie vorher. Sehen Sie zu, was Sie damit anfangen können.«
Sie beschäftigte sich mit dem Inhalt des gepolsterten Briefumschlags; auch hier war die Adresse in Harry Mastersons unverwechselbarer Handschrift geschrieben. Während Tweed die Scheinwerfer einschaltete, um entgegenkommende Fahrzeuge zu warnen, zog sie einen Gegenstand heraus, betrachtete ihn genauer, löste einen Clip, legte sich den Gegenstand ums Handgelenk und schloß den Clip wieder.
»Ein Armband. Warum in aller Welt kann er das geschickt haben?« überlegte sie.
»Ich habe keine Ahnung.«
»Es ist sehr hübsch. Haben Sie das eingelegte Muster gesehen?«
»Nein. Ich sagte doch, daß ich nur einen flüchtigen Blick darauf werfen konnte, bevor wir losfuhren.«
»Es ist ein Mäander.«

Durch ein Loch in der tiefhängenden Wolkendecke bewegte sich ein Strahl Sonnenlicht wie ein Scheinwerfer über die langgestreckten braunen Kämme in der Ferne. Tweed wies mit einer Kopfbewegung auf sie hin, als sie sich auf einer heckengesäumten Straße einer kleinen Ortschaft näherten.
»Vor uns liegt das Exmoor. Eine einsame Gegend, die sich die drei Männer ausgesucht haben, die vor langer Zeit auf Siros landeten. Und weshalb haben sie sich alle in der gleichen Gegend niedergelassen?«
»Fragen wir sie doch...«
»Genau das habe ich vor. Jetzt ist es nicht mehr weit bis Dunster.«
Sie passierten einen Wegweiser, der auf eine schmale Straße zu ihrer

Rechten deutete. *Watchet.* Tweed gab einen undefinierbaren Laut von sich, und Paula sah ihn an.
»Ihnen ist etwas eingefallen.«
»Watchet. Bevor wir losfuhren, habe ich einen Blick in den Reiseführer geworfen. Es ist der einzige Hafen zwischen hier und Land's End. Ich meine, der einzige richtige Hafen, in dem auch Handelsschiffe anlegen. Von hier aus werden Schrott und Altpapier nach Skandinavien verschifft. Und raten Sie mal, wohin noch?«
»Der Karte zufolge müssen wir hier abbiegen. Und wie soll ich das erraten?«
»Ich weiß, wo wir abbiegen müssen. Ich erinnere mich an diese Straße. In Watchet legen hin und wieder Schiffe an, die zwischen dem Bristolkanal und Portugal verkehren. Hier biegen wir ab...«

Im Luttrell Arms wartete Tweed, bis sie ihre Zimmer bezogen hatten, bevor er die Treppe hinunterging, um mit dem Geschäftsführer zu sprechen. An der Tür jedes Zimmers stand ein Name. Tweed hatte *Avill,* ein großes und behagliches Zimmer mit einer Tür, die auf einen Garten hinausging. Der Geschäftsführer, ein hochgewachsener, umgänglicher Mann in schwarzem Anzug, stand an der Rezeption und schaute auf, als Tweed ein Foto auf den Tresen vor ihm legte.
»Könnten Sie mir bitte einen Gefallen tun?« fragte Tweed. »Hat dieser Mann kürzlich bei Ihnen gewohnt?«
Der Geschäftsführer betrachtete das Foto von Harry Masterson, ohne eine Miene zu verziehen. Dann sah er Tweed an.
»Wir geben grundsätzlich keine Auskünfte über unsere Gäste. Ich bin sicher, daß Sie Verständnis dafür haben. Wenn jemand käme und sich nach Ihnen erkundigte...«
»Special Branch.«
Tweed legte den im Keller des Hauses am Park Crescent gefälschten Ausweis neben das Foto. Der Geschäftsführer betrachtete ihn interessiert. Er sprach mit gelassener, entschiedener Stimme – der Art von Stimme, die er benutzte, um unleidliche Gäste zu beschwichtigen.
»Ich habe von Ihrer Organisation gehört. Dies ist das erste Mal, daß ich es mit einem ihrer Angehörigen zu tun habe.«
»Deshalb wäre ich Ihnen dankbar, wenn Sie meine Fragen beantworten würden. Die Sache ist vertraulich. Es geht um die nationale Sicherheit.«
»Oh je.« Der Geschäftsführer schwieg einen Moment. Tweed steckte den Ausweis wieder in seine Brieftasche – es konnte sein, daß jemand hinzukam, obwohl das Hotel leer zu sein schien. »Ich erkenne ihn wie-

der«, sagte der Geschäftsführer schließlich. »Er hat vor ungefähr drei Wochen hier gewohnt ...«
»Wie lange?«
Halt sie am Reden – wenn sie einmal angefangen haben, den Mund aufzumachen.
»Fünf Tage, Mr. Tweed.«
»Unter welchem Namen?«
»Harry Masterson. Ein netter Mann, gut gekleidet. Ein Scherzbold – er brachte mich zum Lachen.«
»Und diese Person?«
Tweed steckte das Foto von Masterson wieder ein und ersetzte es durch die Vergrößerung des Bildes von Christina Gavalas, das sich in der Zigarrenkiste befunden hatte.
»Da steckt doch hoffentlich kein Skandal dahinter?« erkundigte sich der Geschäftsführer.
»Ich sagte, die Sache ist vertraulich.«
»Natürlich. Ja, sie begleitete ihn. Sie hatten getrennte Zimmer«, fügte er schnell hinzu. »Mr. Masterson wohnte übrigens in dem Gartenzimmer, das ich Ihnen gegeben habe, dem besten im Hause.«
»Und die Frau?«
»Hatte dasselbe Zimmer wie Ihre Miss Grey. *Gallox*.«
»Welchen Namen hat sie angegeben?«
»Christina Bland. Sie trug einen Trauring. Verstehen Sie, weshalb ich einen kleinen Skandal befürchtete? Eine Ausländerin, meiner Meinung nach.«
»Sie brauchen sich keine Sorgen zu machen. Was taten sie, während sie hier waren? Mir ist klar, daß das eine schwierige Frage ist – aber schließlich muß jeder an der Rezeption vorüber, wenn er die Treppe herunterkommt. Waren sie viel unterwegs?«
»Ein Paar, das man nicht so leicht vergißt.« Der Geschäftsführer musterte Tweed, als wollte er sich vergewissern, daß er kein Hochstapler war. »Ja, sie waren fast ständig unterwegs. Sie frühstückten hier – ich bediene mit, wenn das Personal dienstfrei hat – und baten dann jeden Tag um ein Lunchpaket. Dann bekamen wir sie bis lange nach dem Dinner nicht wieder zu Gesicht. Die Haustür wird um elf abgeschlossen; wer später kommt, muß läuten. Zweimal habe ich sie selbst nach Mitternacht eingelassen. Ich dachte, sie hätten vielleicht Freunde hier im Exmoor, bei denen sie zu Besuch waren. Aber das ist bloße Vermutung. Das alles bleibt unter uns?«
»Sie haben mein Wort darauf.« Tweed hielt inne, lächelte. »Und Sie lassen nichts über die Natur meines Jobs verlauten?«

»Aber gewiß doch, Mr. Tweed. Die Privatangelegenheiten unserer Gäste sind uns heilig.« Er schaute etwas verlegen drein. »Bei Ihnen liegen die Dinge natürlich anders.«
Tweed nahm das zweite Foto, steckte es in seine Brieftasche zurück und tat, als wollte er gehen. Dann wendete er sich noch einmal an den Geschäftsführer, als wäre ihm nachträglich ein Gedanke gekommen.
»Kennen Sie zufällig einen dieser drei Männer? Sie stehen gleichfalls mit der Sache in Verbindung, die ich untersuche. Ein Lieutenant-Colonel Barrymore, ein Captain Robson, ein Mann namens Kearns? Ich habe ihre Adressen. Barrymore zum Beispiel wohnt in Quarme Manor in Oare.«
Der Geschäftsführer knöpfte gemächlich den mittleren Knopf seines schwarzen Jacketts zu. Er braucht Zeit zum Nachdenken, vermutete Tweed. Also habe ich ihm etwas zum Nachdenken gegeben.
»Wieder absolut vertraulich, das versichere ich Ihnen.«
»Das ist ein seltsamer Fall, den Sie da untersuchen, wenn ich das sagen darf.«
»Sehr seltsam, sehr schwerwiegend, sehr dringlich.«
»Also – diese drei Männer sind befreundet. Jeden Samstag essen sie hier zu abend. Immer an dem gleichen ruhigen Tisch am hinteren Ende des Speisesaals. Kommt mir vor wie eine Art Ritual.«
»Sie waren letzten Samstag hier? Vorgestern abend?« fragte Tweed schnell.
»Nein. Der Colonel hält sehr auf Form. Ruft immer an, um den Tisch zu bestellen. Die letzten drei Wochen waren sie nicht hier. Vielleicht verreist. Aber ich betone, das ist nur eine Vermutung.«
»Ich danke Ihnen.« Tweed schwieg einen Moment, dann blickte er dem Geschäftsführer direkt in die Augen. »Wenn Sie morgen früh aufwachen, werden Sie sich möglicherweise wegen dem, was Sie mir erzählt haben, Sorgen machen. Tun Sie es nicht. Machen Sie sich keine Sorgen. Heute haben wir Montag. Wenn ich am Samstag noch hier sein sollte, werde ich woanders essen. Falls sie dann wieder kommen, haben Sie mich nicht im gleichen Raum. Wir nehmen Rücksicht auf die Gefühle anderer Leute.«
»Es scheint so. Ich hatte immer den Eindruck, den Sie mir hoffentlich nicht übelnehmen, daß Ihre Abteilung wesentlich rücksichtsloser wäre.«
»Im Gegenteil, wir haben festgestellt, daß wir die besten Ergebnisse erzielen, wenn wir ganz besonders diskret vorgehen. Und die Ortspolizei sollte nicht wissen, daß ich hier bin. Ich möchte jedes Gerede über meine Anwesenheit in dieser Gegend vermeiden.« Tweed beugte sich

vor. »Die ganze Sache bleibt unter uns beiden. Also, schlafen Sie gut.«

»Danke, Sir. Und wenn es nicht völlig unangebracht ist – ich hoffe, Sie genießen Ihren Aufenthalt hier. Ich werde mir keine Sorgen machen.«

Tweed ging wieder nach oben und klopfte an die Tür des Zimmers *Gallox.* »Wer ist da?« rief Paula.

»Ich bin's«, sagte Tweed, und sie forderte ihn zum Eintreten auf.

»Sehen Sie sich das an«, sagte sie, als er ins Zimmer kam. »Ist das nicht wundervoll?«

Sie hatte sich auf der Kante eines riesigen Himmelbettes mit einem großen Baldachin niedergelassen. Es gab dem geräumigen Zimmer eine mittelalterliche Atmosphäre. Die Matratze war so hoch, daß ihre Füße in der Luft baumelten.

»Darin sollten Sie eigentlich genügend Platz haben«, bemerkte Tweed und ließ sich in einem Sessel nieder. »Ich habe mich gerade mit dem Geschäftsführer unterhalten. War nicht ganz einfach. Ich mußte ihm meinen Special Branch-Ausweis zeigen, sonst hätte er keinen Ton von sich gegeben.«

»Ich mag ihn. Er hat etwas von einer Dickens-Figur an sich.«

»Und er ist ein sehr integrer Mann ...« Tweed erzählte ihr von ihrem Gespräch. Sie hörte zu und beobachtete ihn, und er wußte, daß sich jedes seiner Worte ihrem Gedächtnis einprägte.

»Höchst merkwürdig«, bemerkte sie. »Wir fanden es schon ungewöhnlich, daß diese drei Männer sich in derselben Gegend niedergelassen haben. Und nun stellt sich heraus, daß sie nach all diesen Jahren immer noch engen Kontakt miteinander haben. Warum?«

»Sie könnten Freunde geblieben sein«, meinte Tweed. »Sie haben im Zweiten Weltkrieg zusammen gekämpft. Da kommt das gelegentlich vor. Aber ich glaube, da steckt mehr dahinter – das Problem ist nur, daß ich mir nicht vorstellen kann, was es sein könnte.«

»Also wo fangen wir an?«

»Wir fahren die Küstenstraße entlang nach Quarme Manor. Ich habe auf der Karte nachgeschaut. Nach Oare müssen wir auf eine Seitenstraße abbiegen. Aber erst, nachdem wir in aller Ruhe unseren Tee getrunken haben.«

»Hat das Sinn? Der Geschäftsführer sagte doch, sie wären alle irgendwohin verreist.«

»Ich möchte feststellen, ob Barrymore – um mit ihm anzufangen – wirklich verreist ist. Und wenn, wo er sich aufhält – wenn es uns gelingt ...«

»Das ist ja eine schauderhafte Straße«, erklärte Paula nachdrücklich.
»Porlock Hill. Eine der teuflischsten in ganz England.«
Die Straße war so steil, als führte sie an der Flanke eines Berges empor. Von der kaum zu bewältigenden Steigung abgesehen wand sich die Straße und führte um eine nicht einsehbare Kurve nach der anderen. Und zudem driftete vom Moor her ein grauer Nebel herüber und legte sich in dichten Schwaden über die Fahrbahn.
Tweed fuhr mit Fernlicht, um etwa entgegenkommende Fahrzeuge zu warnen, gewärtig, beim ersten Anzeichen von Licht aus der entgegengesetzten Richtung abzublenden. Paulas Rücken war wie der von Tweed gegen die Rückenlehne des Sitzes gepreßt, als säßen sie in einem startenden Flugzeug. Sie passierten eine Straße, die rechts abzweigte, und Tweed deutete mit einem Kopfnicken darauf.
»Das ist die sogenannte Mautstraße. Auch ein Vergnügen eigener Art – sie führt wie eine Wasserrutschbahn mit einem Steilhang an einer Seite zur See hinunter.«
Sie hatten Minehead umfahren, bevor sie auf die steile Straße eingebogen waren. Paula schlug sich auf den Bauch. »Zumindest werde ich keinen Hunger bekommen. Dieser Tee mit Sahne war phantastisch. Wenn das so weitergeht, ist es um meine schlanke Linie geschehen. Wir dürfen die Abzweigung nach Oare nicht verpassen«, warnte sie.
Sie hatten den Kamm des Hügels erreicht und fuhren jetzt auf einer ebenen Strecke. Kein Verkehr in beiden Richtungen. Der Nebel wurde dichter; es war fast stockfinster geworden. Die Scheinwerfer fielen auf ein Wirtshausschild. Culbone Inn.
»Ich erkundige mich hier nach der Abzweigung«, sagte Tweed und lenkte den Wagen von der Straße auf eine breite Auffahrt.
Fünf Minuten später kehrte er zurück und setzte sich wieder ans Steuer.
»Die nächste Abzweigung, hat man mir gesagt. Ungefähr anderthalb Kilometer vor uns. Leicht zu verfehlen. Und die Straße nach Oare ist sehr schmal.«
»Hört sich großartig an. Genau das, was wir brauchen – für einen Wagen dieses Formats. Wie groß ist Oare?«
»Kaum mehr als ein Weiler. Weit auseinandergezogen, soweit ich mich erinnere. Zwei große Häuser. Oare Manor und Quarme Manor, das stattliche Heim von Colonel Barrymore.«
»Und was genau haben wir vor?« Paula beugte sich vor, so weit der Sicherheitsgurt es erlaubte, und versuchte, die Abzweigung auszumachen. In dieser Höhe wurde der Nebel dünner. Durch das Fenster kam eine kalte Brise von der See. Sie drückte auf den Knopf, um es zu schließen.

»Es ist scheußlich kalt. Kann ich die Heizung anstellen?«
»So hoch Sie wollen.«
Während sie die Heizung anstellte, warf Paula einen Blick auf Tweed. Ihm schienen weder Kälte noch Hitze etwas auszumachen. Er trug ein neues Tweedjackett, eine graue Flanellhose und eine Jägermütze, mit der er eigentlich etwas lächerlich hätte aussehen müssen. Aber sie stand ihm, ließ ihn irgendwie imponierend erscheinen. Er erriet ihre Gedanken.
»Ich habe mich so angezogen, daß ich in die Gegend passe. Wenn ich hier in einem Londoner Anzug herumliefe, würde jeder mit Fingern auf mich zeigen.«
»Halt! Hier müssen wir abbiegen ...«
Er hatte gerade einen Blick in den Rückspiegel geworfen – etwas, das er alle zehn Sekunden tat. Er drehte das Lenkrad, und sie begannen, hügelabwärts zu rollen. Die Landstraße war so schmal, daß sich die Räder des Mercedes fast auf den Grasbanketten zu beiden Seiten befanden. Hinter ihnen lagen von dichten Hecken gekrönte Böschungen. Die engen Kurven, in denen die steile Serpentinenstraße abwärts führte, machten den Weg vollends unübersichtlich. Aber zumindest hatte sich der Nebel aufgelöst, und nun fuhren sie durch gespenstisches Zwielicht immer tiefer und tiefer hinunter. Unten angekommen, durchquerten sie die Furt eines Baches, erreichten eine Kreuzung. Paula versuchte sich auf der Karte zu orientieren, als Tweed rechts abbog.
»Jetzt sind wir bald in Oare«, sagte er. »An diese Furt erinnere ich mich. Nach dem, was mir der Wirt im Culbone Inn sagte, müßten wir Quarme Manor bald erreicht haben. Es liegt irgendwo rechts.« Der Mercedes rollte fast im Schrittempo die gewundene Straße entlang. Vor ihnen ragten in der Ferne die langgestreckten Kämme des Moors auf wie erstarrte Flutwellen.
»Vor ein paar Minuten fragten Sie, was wir vorhaben«, fuhr Tweed fort. »Wir werden herauszufinden versuchen, weshalb Harry Masterson hierherkam, welche Entdeckung es war, die ihn veranlaßte, nach Athen zu fliegen. Mit anderen Worten: welche Verbindung besteht zwischen Exmoor und Griechenland? Und wer hat Harry ermordet?«
Während der Mercedes weiter vorankroch, blickte er ständig durch die Windschutzscheibe. »Wir sind da. Dort ist Quarme Manor.«

Paula saß allein im Wagen. Tweed hatte ihn in eine der Buchten gelenkt, die die Straße in Abständen so verbreiterten, daß Fahrzeuge ausweichen und entgegenkommenden Platz machen konnten. Er hatte sie angewiesen, alle Türen verschlossen zu halten, solange er fort war.

»Wo wollen Sie hin?« hatte sie gefragt.
»Erst die Umgebung von Quarme Manor erkunden, dann feststellen, ob jemand zu Hause ist . . .«
Die schwere Stablampe, die sie immer bei sich hatte, wenn sie unterwegs waren, lag auf ihrem Schoß. Es war noch hell, und sie konnte aufs Moor hinabsehen. Sie hatte die Heizung abgestellt und ihr Fenster eine Handbreit geöffnet. Plötzlich versteifte sie sich, beugte sich vor.
Ihr Blick war auf einen Kamm hinter und oberhalb von Quarme Manor gerichtet. Es herrschte eine gespenstische Stille. Der Wind hatte sich gelegt. Und obwohl das Haus von einem dichten Wäldchen umgeben war, hatte sie keine einzige Vogelstimme gehört.
Der Reiter auf dem Kamm hob sich als Silhouette von dem blaßgrauen Himmel ab. Obwohl er reglos im Sattel saß, konnte sie erkennen, daß er sehr groß war. Vor sich hatte er etwas mit einem langen Lauf, das er quer über das Pferd und parallel zum Boden hielt. Ein Gewehr.
Wo zum Teufel steckte Tweed? Sie beobachtete den Reiter, der so still hielt, daß er eine Bronzestatue hätte sein können. Konnte das Lieutenant-Colonel Barrymore sein, der da über seinen Besitz wachte? Dann bewegte sich der Reiter, nicht aber das Pferd.
Er hob das Gewehr an die Schulter, brachte den Schaft in die richtige Position und neigte den Lauf im Winkel nach unten. Er zielt auf etwas – auf jemanden, der sich irgendwo auf dem Grundstück oder gerade außerhalb davon bewegte. Oh, mein Gott . . . Tweed war das Ziel!
Sie hob den Hebel, der die Tür verriegelte, sprang aus dem Wagen, die Stablampe in der Hand. Sie hob sie mit beiden Händen wie einen Revolver, schaltete sie ein und zielte mit ihr direkt auf den Reiter. Der Lichtstrahl durchschnitt das Zwielicht. Sie wußte, daß er den Reiter nicht erreichen konnte; trotzdem ließ sie das Licht immer wieder aufblitzen.
Der Reiter bewegte sich im Sattel. Das Gewehr beschrieb einen Bogen, war jetzt auf den Wagen gerichtet. Sie ging hinter dem Mercedes in Deckung, wartete auf den Schuß. Nichts . . . Sie hob den Kopf, gewärtig, sofort wieder Deckung zu suchen. Es gab nichts mehr zu sehen. Der Hügelkamm war leer. Der Reiter war verschwunden. Sie hatte ihn abgelenkt. Zitternd stieg sie auf der Fahrerseite wieder in den Wagen, schloß leise die Tür und verriegelte sie.

Nachdem Tweed den Wagen verlassen hatte, war er die einsame Landstraße entlanggegangen. Als er näher kam, stellte er fest, daß Quarme Manor ein riesiger Steinbau aus der elisabethanischen Zeit mit zwei von den Enden abgehenden Flügeln war. Aus dem ziegelgedeckten

Dach ragten die unverwechselbaren Schornsteine jener Zeit auf. Bald nahm ihm eine hohe Steinmauer, die sich um das ganze Anwesen herumzog, den Blick auf das Haus. Hohe schmiedeeiserne Gittertore. Eine Tafel. *Quarme Manor.*
Nirgendwo Licht. Es hätte Licht brennen müssen, wenn jemand drinnen war. Das zweigeschossige Gebäude war in Düsternis gehüllt, und die Bäume, die hinter der Mauer aufragten, ließen es noch düsterer erscheinen. Das Haus, ein besonders schönes Beispiel elisabethanischer Baukunst, stand massig und unverrückbar da und schien regelrecht aus dem Moor emporgewachsen zu sein. Sämtliche von Spitzbogen gekrönten Sprossenfenster waren dunkel.
Er wanderte den Feldweg entlang, der dem Verlauf der Mauer folgte. Die Stille war so intensiv, daß er sie fast *hören* konnte. Die Gummisohlen seiner handgenähten Schuhe machten keinerlei Geräusch. Er kam an eine Stelle, an der die Mauer im rechten Winkel von dem Feldweg abbog und sich einen steilen Hang zum Kamm eines hinter dem Haus liegenden Hügels emporzog. An der Mauer führte nur ein schmaler Fußpfad entlang. Er begann, auf ihm emporzusteigen.
Er mußte den Kopf gesenkt halten. Der Pfad war tückisch, mit schlüpfrigen Steinen unter dem braunen Gestrüpp toten Farnkrauts vom vorigen Jahr. Er spürte Feuchtigkeit im Gesicht, weichen Morast unter den Füßen. Er hielt einen Moment inne und richtete den Blick auf eine weitere dichte Baumgruppe – diesmal außerhalb der Mauer und jenseits des Pfades. Aus dem Augenwinkel heraus nahm er eine Bewegung wahr. Er schaute zum Kamm des Hügels hinauf, der aussah, als wäre er mit Säbelhieben geformt worden. Nichts. Er hätte schwören können, daß sich dort etwas bewegt hatte.
Als er die Stelle erreicht hatte, an der die Mauer abermals abknickte und nun parallel zu ihrer Vorderseite an der Landstraße verlief, erkundete er sie weiter, bis er eine Öffnung fand. Sie wurde durch ein breites, mit einem Vorhängeschloß gesichertes Gittertor verschlossen. Er beugte sich nieder.
Vor dem Tor war der Boden gerodet, und in der feuchten Erde waren deutliche Hufabdrücke zu sehen. Ein Hintereingang zu Quarme Manor, der seinem Besitzer direkten Zugang zum Moor gewährte. Und erst vor kurzem war hier jemand geritten. Er blickte zwischen den Gitterstäben hindurch auf das Grundstück.
Ein Kiesweg führte um eine ausgedehnte, mit einer Reihe von Ziersträuchern bepflanzte Rasenfläche herum. Der Rasen war gemäht, die Sträucher säuberlich beschnitten. Eine derartige Pflege kostete Geld. Er kehrte auf dem Weg zurück, den er gekommen war.

Das linke der beiden Gittertore an der Landstraße ließ sich aufdrücken. Unter seinen Füßen knirschte der Kies der Auffahrt. Unter dem großen Vordach fand er einen Klingelzug in Form einer altertümlichen Kette. Er zog daran, hörte es drinnen läuten. Ein Licht wurde eingeschaltet und erhellte ein rautenförmiges Fenster hinter einem Eisengitter in der massiven, mit Nägeln beschlagenen Tür. Dann ging das Licht in der unter dem Vordach hängenden Laterne an. Das kleine Fenster wurde geöffnet. Bevor es wieder zugeschlagen wurde, konnte Tweed einen Blick auf das knochige Gesicht einer Frau erhaschen. Die Tür wurde bei vorgelegter Kette einen Spaltbreit geöffnet.

»Was wollen Sie?« fragte die alte Frau.

»Ich möchte zu Colonel Barrymore.«

»Ist nicht zu sprechen.«

»Wollen Sie damit sagen, daß er unterwegs ist?«

»Ist nicht zu sprechen.«

Sie wiederholte den Satz, als wäre er ihr eingeprägt worden. Sie war Ende Sechzig, hochgewachsen, mit glatt an den Schädel gebürstetem grauem Haar und feindseliger Miene. Sie war im Begriff, die Tür wieder zu schließen, als Tweed dringlicher auf sie einzureden begann.

»Er wird mich sehen wollen. Wann erwarten Sie ihn zurück?«

»Name?«

»Ich werde ihm sagen müssen, daß Sie alles andere als hilfsbereit waren. Und das wird ihm nicht gefallen ...«

»Rufen Sie vorher an ...«

Sie wollte gerade die Tür schließen, als sie beide das Geräusch eines näherkommenden Wagens hörten. Er machte vor dem Tor halt, und eine schattenhafte Gestalt sprang behende heraus und öffnete beide Torflügel. Bevor ihn die Scheinwerfer blendeten, sah Tweed, daß es ein karminroter Daimler war. Der Mann am Steuer warf einen Blick auf ihn, dann setzte der Wagen seine Fahrt fort und verschwand um die Seite des Hauses herum. Vermutlich zur Garage.

»Ist das Colonel Barrymore?« fragte Tweed die Frau, die nach wie vor an der Tür stand.

»Fragen Sie ihn selbst. Er hält nichts von Fremden vor seiner Tür.«

»Den Eindruck habe ich allmählich auch«, erwiderte Tweed trocken.

Er drehte sich um, als er von der Seitenfront des Hauses her das Knirschen von Stiefeln auf Kies hörte. Ein hochgewachsener, schlanker, eleganter Mann Ende Sechzig erschien und blieb dann stehen, um Tweed mit herablassender Miene zu mustern. Sein dichtes schwarzes Haar war in die hohe Stirn gebürstet, und unter seiner Adlernase saß ein schmaler, dunkler Schnurrbart.

Er trug einen Schaffellmantel gegen die Abendkühle und eine Kavalleriehose aus Köper; sie steckte in Reitstiefeln, die funkelten, als wären sie aus Glas. Die Stimme war so barsch und lässig, als hätte er einen jungen Subalternen vor sich.

»Wer sind Sie? Wenn Sie etwas verkaufen wollen, können Sie gleich wieder verschwinden. Und ist das Ihr Mercedes, der da draußen auf der Straße steht?«

»Welche Frage zuerst?« erkundigte sich Tweed freundlich. »Und mein Wagen steht in einer Ausweichbucht. Sogar mit Ihrem Daimler kommen Sie mühelos an ihm vorüber. Dazu sind Ausweichbuchten da...«

»Ich habe dieser dummen Person gesagt, sie soll beiseitefahren, und sie hat sich geweigert...«

»Sie ist nicht dumm, und sie hatte völlig recht daran getan, sich nicht einschüchtern zu lassen.« Tweed zog seinen Ausweis hervor. »Und bevor Sie weiterreden, sollten Sie zur Kenntnis nehmen, wer ich bin. Und da wir gerade von Legitimation reden – wer sind Sie?«

»Colonel Barrymore.«

Er trat unter die Laterne, um den Ausweis zu betrachten, dann schaute er auf. »Schon gut, Mrs. Atyeo. Ich kümmere mich selbst um diese Sache.« Er wartete, bis sie verschwunden war, dann gab er Tweed den Ausweis zurück und musterte ihn eindringlich. »Special Branch? Etwas außerhalb Ihrer ausgetretenen Pfade, meinen Sie nicht?«

»Das ist Siros auch.«

Barrymore versteifte sich, richtete sich noch höher auf und machte eine ruckartige Kopfbewegung. »Dann kommen Sie wohl besser herein. Warten Sie in meinem Arbeitszimmer, bis ich so weit bin.«

Im Schien der Laterne registrierte Tweed, daß die Haut des Colonels mahagonifarben gebräunt war. Er zog ganz gemächlich die Glacéhandschuhe aus, die er trug, indem er einen Finger nach dem anderen ergriff. Der Colonel führte selbst die kleinsten Bewegungen langsam und bedächtig aus.

»Vorher gehe ich und hole meine Assistentin«, sagte Tweed. »Sie wird Notizen machen...«

Er hatte sich auf den Weg gemacht, bevor Barrymore reagieren konnte. Paula hatte lange genug allein im Wagen gesessen. Sie war erleichtert, als er kam, informierte ihn schnell über den Reiter auf dem Hügelkamm.

»Das war eine sehr gute Idee«, sagte er dankbar. »Daß Sie die Taschenlampe aufblitzen ließen. Merkwürdig – Colonel Barrymore hatte Reitstiefel an.«

»Der Mann, der mit seinem Daimler neben mir anhielt und mich rüde anherrschte, ich sollte verschwinden?«
»Genau der. Er hatte doch bestimmt genügend Platz, um an Ihnen vorbeizukommen?«
»Massenhaft. Was halten Sie von Seiner Lordschaft?«
»Genau der richtige Ausdruck. Gehen wir hinüber. Wir haben es mit einem regelrechten Eisenfresser zu tun. Etwas an ihm ist merkwürdig. Ich glaube, kaltblütig wäre das treffendste Wort . . .«

ZEHNTES KAPITEL

»Gehen Sie da hinein. Es werden keine Notizen gemacht. Ich komme, wenn ich soweit bin.«
Barrymore drehte ihnen den Rücken zu und verschwand durch eine Tür. Sie standen in einer mit Steinplatten ausgelegten Halle. Im Hintergrund führte eine große, um einen Absatz herumschwenkende Treppe ins Obergeschoß. Mrs. Atyeo hatte eine schwere Kassettentür geöffnet und stand neben ihr.
»Da drin sollen Sie warten.«
»Trägt er immer Reitstiefel?« erkundigte sich Tweed, als er auf die geöffnete Tür zuging.
»Die gehören zu seiner Uniform. Er ist Colonel.«
»Und daran läßt er keinen Zweifel aufkommen, wie es scheint.«
Tweed trat ein, gefolgt von Paula mit ihrem Notizblock; das Armband, das sie Mastersons letztem Päckchen entnommen hatte, am Handgelenk. Mrs. Atyeos Miene veränderte sich. Sie wurde bleich, starrte auf das Armband und wich an die Wand zurück, um Paula durchzulassen. Dann schloß sie hinter ihnen die Tür.
»Er scheint wirklich ein Eisenfresser zu sein«, bemerkte Paula. »Und aus irgendeinem Grund hat Mrs. Atyeo fast einen hysterischen Anfall bekommen, als sie dieses Armband bemerkte.«
»Ich möchte wissen, warum. Tragen Sie es weiter. Setzen Sie sich mit griffbereitem Notizblock dort drüben hin. Damit sitzen Sie abseits von seinem Schreibtischstuhl. Vielleicht bringt das den Colonel etwas aus dem Gleichgewicht.«
Das Arbeitszimmer war gleichzeitig Bibliothek. Drei seiner Wände waren mit Büchern bedeckt. Die Tür, die in den Raum führte, war in eine Bücherwand eingelassen und innen mit grünem Stoff bespannt. Die vierte Wand bestand aus hohen Sprossenfenstern, die auf den Garten und das dahinterliegende Moor hinausgingen.

»Nicht sonderlich behaglich«, bemerkte Paula, während sie den Blick über den hohen, steiflehnigen Stuhl hinter dem Schreibtisch schweifen ließ, den massiven Eichenblock, aus dem der Schreibtisch bestand, die nackten Holzblöcke, die den Fußboden bildeten. Der Raum enthielt keinerlei Polstermöbel. Sie versuchte, auf dem harten Stuhl eine halbwegs bequeme Position zu finden. Tweed betrachtete die Bücher.

»Was ein Mann liest, verrät eine Menge über ihn. Militärgeschichte des Zweiten Weltkriegs, die Feldzüge Wellingtons, ein Haufen Reisebücher. Nichts über Griechenland . . .«

»Mit Schnüffeln beschäftigt, wie ich sehe.«

Die Stimme kam aus der Richtung der gut geölten Tür, die sich lautlos geöffnet hatte. Tweed drehte sich langsam zu dem Colonel um. Er trug jetzt ein dunkles Seidenhemd, eine Regimentskrawatte, seine Kavalleriehose und die Reitstiefel.

Tweed ließ sich vor dem Schreibtisch nieder und schwieg, während Barrymore um den Schreibtisch herumwanderte, sich steif aufgerichtet auf seinen Stuhl setzte und die Beine übereinanderschlug. Der Mann bewegte sich wie eine Katze. Das war es, dachte Tweed – katzenhaft in seinen Bewegungen und Gesten.

»Nun?« Er wartete auf Tweeds Antwort, aber sein Besucher saß nur da und musterte ihn. »Und ich sagte, keine Notizen.«

»Und ich sagte, Special Branch«, fauchte Tweed. »Nach diesem Gespräch muß ein Protokoll angefertigt werden. Wenn Sie Einwände erheben, können wir jederzeit geradewegs nach London fahren und Sie dort einem formellen Verhör unterziehen. Sie kennen unsere Befugnisse.«

»Dann fangen Sie endlich an.«

Barrymore öffnete eine Schublade und holte ein Lineal heraus. Er hielt es mit beiden Händen, und während des Gesprächs bog er es langsam und ließ es dann wieder in seine ursprüngliche Form zurückkehren. Ersatz für ein Offiziersstöckchen.

»Sie haben eine schöne Sonnenbräune, Colonel«, bemerkte Paula, bevor Tweed etwas sagen konnte.

»Bin gerade aus der Karibik zurück.« Er richtete seinen Blick auf sie, musterte ihre schlanken Beine, die wohlgeformten Brüste, die sich unter ihrem Kaschmirpullover abzeichneten. Ihren Anorak hatte sie über die Stuhllehne gehängt. Er ließ sich Zeit mit seiner Musterung. »Da gibt es ein paar sehr hübsche Inseln«, fuhr er fort. »Nicht die, zu denen Pauschalreisen führen. Inseln mit Hotels wie exklusiven Clubs. Die letzten Bastionen für einen zivilisierten Urlaub. Eingeborenes Personal, das einem jeden Wunsch erfüllt. Alle Gäste überprüft. Zutritt nur auf Empfehlung. Kein Touristengewimmel. Es würde Ihnen gefallen. Ich habe Ihren Namen nicht mitbekommen.«

»Paula Grey.« Sie preßte die Lippen zusammen.

»Siros«, sagte Tweed plötzlich. »Während des Krieges führten Sie ein Kommandounternehmen auf diese Insel?«

»Tat ich das?«

»Es steht jedenfalls in den Akten des Verteidigungsministeriums.«

»Man hat Ihnen erlaubt, dort Akten einzusehen?«

»Uns ist keine Tür verschlossen. Zumal wenn es um den Mord an einem Regierungsbeamten geht . . .«

»Um welchen Mord?«

Das Lineal war wie ein Bogen gekrümmt, fast bis zum Zerbrechen gespannt. Dann gab der Colonel nach, ließ es wieder gerade werden. Seine Augen waren dunkel unter halbgesenkten Lidern. Auf seinem Gesicht zeigte sich nicht die Spur eines Ausdrucks, während er Tweed musterte.

»Den Mord an Harry Masterson. Sie haben ihn kennengelernt? Er war in dieser Gegend – mit einer Griechin.«

»Er war hier.« Barrymore hielt einen Moment inne. »Stellte einen Haufen dämlicher Fragen. Wer war diese Griechin?«

»Wir kommen vom Thema ab. Sie befehligten dieses Kommandounternehmen auf Siros. Berichten Sie mir, was dort geschah – was schiefging. Und wer daran beteiligt war.«

»Irgendjemand wußte, daß wir kommen würden. Kairo war eine regelrechte Gerüchteküche. Wir hatten ein Vermögen an Diamanten dabei, die wir griechischen Widerstandskämpfern übergeben sollten. Damit sie ihre Aktionen finanzieren konnten. Zwei erstklassige Leute waren dabei. Captain Oliver Robson und Company Sergeant Major Kearns. Dazu ein Grieche, der die Insel kannte. Andreas Gavalas. Er sollte die Klunkern übergeben. Irgendjemand hat sie ihm abgenommen. Unternehmen abgebrochen.«

»Haben Sie nicht etwas ausgelassen?«

»Möglich. Nach mehr als vierzig Jahren. Haben Sie noch mehr Fragen?« Er warf einen Blick auf die Uhr. »Ich habe eine lange Fahrt hinter mir und würde jetzt gern ein Bad nehmen.«

Er unterdrückte ein Gähnen, hielt die Hand vor den Mund. Lange, schlanke Finger, fast die einer schönen Frau. Paula hielt jedes seiner Worte in Kurzschrift auf ihrem Block fest. Sie blickte auf. Tweed wartete abermals. Sie warf einen Blick auf einen Beistelltisch neben ihrem Ellenbogen. Ein Exemplar der *Times* lag darauf, so gefaltet, daß die Seite mit den Privatannoncen obenauf lag.

»Andreas Gavalas wurde ermordet«, sagte Tweed schließlich.
»Streng geheim. Man hat Sie doch nicht etwa diese Akte lesen lassen?«
»Das war das bedeutsamste Ereignis bei diesem Unternehmen. Erzählen Sie mir davon.«
»Unerfreulich. Eine meiner wenigen Pannen. Die vier Männer des Trupps mußten sich trennen. Es gab einen Alarm. Irgendjemand – ich weiß nicht mehr, wer es war – sagte, eine deutsche Patrouille wäre gesichtet worden. Wir gingen in Deckung. Der Alarm war falsch gewesen. Als wir Gavalas fanden, hatte er ein Messer im Rücken – die Diamanten waren verschwunden. Wir machten uns schleunigst auf den Rückweg zum Strand, wo ein Motorboot auf uns wartete. Dann in der Nacht zurück nach Mersah Matruh. Das ist ein Hafen an der afrikanischen Küste, dicht hinter der ägyptischen Grenze.«
»Ich weiß, wo Mersa Matruh liegt. Was für ein Messer?«
Barrymore hieb mit dem Lineal auf den Tisch. »Wenn Sie die Akte gelesen haben, wissen Sie das doch. Oder wollen Sie eine Rätselstunde abhalten? Ein Kommandomesser. Peinlich. Ich habe Robsons und Kearns' Ausrüstung überprüft. Beide hatten ihre Messer. Habe ihnen mein eigenes gezeigt. Sonst noch etwas? Ich hoffe nicht.«
»Eine letzte Frage. Würden Sie mir bitte – mit ein paar Worten – sagen, wie Sie die Charaktere von Captain Robson und Company Sergeant Major Kearns beurteilen?«
Damit hatte Barrymore am allerwenigsten gerechnet. Paula registrierte die Verblüffung auf seinem sonst so verschlossenen Gesicht. Der Colonel legte die Hände übereinander, in seine Augen trat der konzentrierte Ausdruck eines Mannes, der sich an ein lange zurückliegendes Ereignis erinnert.
»Robson wurde mir vom Medical Corps zugeteilt. In kniffligen Situationen unerschütterlich wie ein Felsen. Vorsichtig. Schaute immer erst genau hin, bevor er seinen Fuß niedersetzte. Geriet niemals in Panik. Hartnäckig.«
»Und Kearns?«
»Von Natur aus mutig. Flink auf den Beinen und im Denken. Konnte impulsiv sein, aber das spielte keine Rolle. Hatte einen sechsten Sinn für Gefahr. In Notfällen überaus wagemutig. Zeit, daß Sie verschwinden.«
Tweed erhob sich, ließ sich keinerlei Verärgerung über die abrupte Verabschiedung anmerken. Wie das Ende einer Truppeninspektion. Paula schob den Notizblock in ihre Umhängetasche und folgte Tweed zur Tür, ohne noch einen Blick auf Barrymore zu werfen.

Tweed öffnete die Tür, trat beiseite und ließ sie in die kahle Halle vorausgehen. Dann blickte er zurück. Barrymore saß an seinem Schreibtisch wie eine Statue, mit nach wie vor übereinandergelegten Händen, einen entrückten Ausdruck auf dem markanten Gesicht. Plötzlich schien er sich bewußt zu werden, daß sie gingen. Er erhob sich, blieb hinter dem Schreibtisch stehen und verbeugte sich formell, sprach aber kein weiteres Wort, als Tweed die Tür schloß.
Mrs. Atyeo wartete in der Halle. Sie löste die Hände von ihrer dünnen Taille, auf der sie geruht hatten, ging zur Haustür, schob Riegel zurück, blickte durch das rautenförmige Fenster, löste die schwere Kette, öffnete die Tür und wartete, bis sie an ihr vorbei in den Abend hinausgetreten waren.
Sie blieben einen Moment unter der Laterne am Vordach stehen, während die Tür hinter ihnen geschlossen wurde. Sie hörten, wie die Riegel wieder zugeschoben, die Kette vorgelegt, ein Schlüssel im Schloß gedreht wurde. Inzwischen war es dunkel geworden.
Tweed nahm Paulas Arm, und sie wanderten langsam die Auffahrt entlang. Er wartete, bis sie wieder im Wagen saßen, bevor er seufzte und seine Frage stellte.
»Welchen Eindruck hatten Sie von Barrymore?«
»Widerlicher Kerl. Wie ein Satyr. Ist Ihnen aufgefallen, wie er mich angesehen hat? Hat mich mit seinen lüsternen Augen regelrecht ausgezogen. Ich hatte das Gefühl, nackt zu sein. Sehr von sich selbst überzeugt. Ich kann mir vorstellen, wie er zu Pferde seine Truppe inspiziert und mit einem Ausdruck zynischer Herablassung ganz langsam die Front entlangreitet. Und er bewegt sich irgendwie merkwürdig – wie eine Schlange. Hat seine Handschuhe mit katzenhafter Anmut ausgezogen ...« Sie brach ab und zitterte. »Ich bin froh, daß wir wieder zusammen im Wagen sind.«
»Sie haben doch nicht etwa geglaubt, ich ließe Sie in einer so einsamen Gegend allein zurück?«
Tweed schaute in den Rückspiegel. Plötzlich erstarrte Paula, dann fuhr ihr Kopf herum. Ein schlanker, hutloser Mann war von hinten neben dem Wagen aufgetaucht. Er neigte sich zum Fenster hinab. Sie stieß den Atem aus, öffnete das Fenster. Pete Nield lächelte und zupfte an seinem kleinen, dunklen Schnurrbart.
»Wie steht die Schlacht?« erkundigte er sich.
»Wo in aller Welt kommen Sie denn her?« fragte Paula.
»Pete ist uns in meinem Cortina seit London ständig gefolgt. Ich sagte Ihnen, daß er mit von der Partie sein würde. Seit ich Sie alleingelassen habe, hat er ein Stückchen hinter Ihnen geparkt.«

»Auf der Straße?«
»Nein«, erwiderte Nield. »Ich habe den Wagen hinter einem auf ein Feld führendes Gatter abgestellt. Dann habe ich dicht hinter Ihnen in einer Hecke gehockt. Ich wäre zur Stelle gewesen, wenn der Typ in dem Daimler, der neben ihnen hielt, irgend etwas versucht hätte.«
»Und wo haben Sie in Dunster gesteckt?«
»Ich habe am anderen Ende des Ortes geparkt. Bis jetzt habe ich mich im Luttrell Arms noch nicht eingetragen – aber ich habe telefonisch Bescheid gegeben, daß ich erst spät eintreffen würde. Niemand wird auf die Idee kommen, daß wir zusammengehören. Im Hotel, meine ich.«
»Sie haben mir noch nicht gesagt, was Ihnen an dem Colonel auffiel. Nur, daß Sie ihn nicht mögen. Das ist irrelevant. Pete, steigen Sie hinten ein und hören Sie gut zu. Ich möchte, daß ihr beide die Situation ganz klar seht. Fertig, Pete?«
»Herrlich bequem hier hinten. Hübsch, einmal festzustellen, wie die andere Hälfte der Menschheit lebt.«
»Masterson kam hierher ins Exmoor mit der Griechin Christina. Die drei Männer, die vor über vierzig Jahren an einem Kommandounternehmen auf Siros, einer von den Deutschen besetzten Kykladeninsel, beteiligt waren, leben im Exmoor. Ich zweifle nicht daran, daß Harry Masterson das wußte. Von Christina ...«
»Vermutung«, warf Paula ein.
»Zuhören! Unsere Hauptaufgabe besteht darin, alle drei Männer zu verhören. Und *jedes* Wort, das diese Männer äußern, ist wichtig. Einem von ihnen könnte etwas herausrutschen. Irgend etwas war höchst merkwürdig an diesem Unternehmen auf Siros. Also, Paula – Sie waren dabei, als Barrymore seine Version zum besten gab.«
»Er war sehr braungebrannt«, sagte sie langsam. »Es ist durchaus möglich, daß er gerade aus Griechenland zurückgekehrt ist ...«
»Jetzt kommen wir der Sache schon näher. Sie müssen wissen, Pete, daß dieser Colonel sich sehr knapp auszudrücken pflegt. Typischer Heeresoffizier. Aber als Paula seine Sonnenbräune erwähnte, wurde er regelrecht gesprächig – berichtete relativ ausführlich über seine Ferien in der Karibik, allerdings ohne irgendwelche Orte zu erwähnen. Das war der einzige Moment, in dem er etwas aus sich herausging.«
»Sie meinen, er hat gelogen?« fragte Pete.
»Wenn wir wieder in London sind, wird Paula ein Protokoll mit den Aussagen aller drei Männer tippen – einschließlich ihrer Versionen dessen, was sich auf Siros abgespielt hat. Dann können Sie es lesen und sich selbst ein Urteil bilden.«
»Außerdem haben Sie ihn gefragt, wie er die anderen beiden beurteilt«,

erinnerte sich Paula. »Der Grund dafür leuchtete mir nicht recht ein.«
»Es ist durchaus möglich, daß die ganze Geschichte letzten Endes auf der *Psyche* dieser drei Männer basiert. Wäre einer von ihnen imstande zu morden? Und ist Ihnen aufgefallen«, fragte er Paula, »daß Barrymore, als ich von einem Mord sprach, fragte, ›von welchem Mord‹? Das hörte sich an, als dächte er an mehr als nur *einen* Mord. An wen hätte er denken können – abgesehen von Andreas Gavalas, der an dem Unternehmen auf Siros beteiligt war?«
»An Harry Masterson?« vermutete Nield.
»Oder vielleicht an einen weiteren Mord, der gleichfalls vor mehr als vierzig Jahren begangen wurde und der bei meinem Besuch im Verteidigungsministerium kurz zur Sprache kam. Zurück in Ihren Wagen, Pete. Wir müssen uns den nächsten Angehörigen des Trios vorknöpfen.«
»Und wer wäre das?«
»Captain Oliver Robson. Er wohnt auf der anderen Seite von Oare. Ich habe mir in diesem Wirtshaus in Culbone beschreiben lassen, wie man hinkommt. Robson trinkt dort gelegentlich ein Glas Bier . . .«

ELFTES KAPITEL

Nach der Düsternis von Quarme Manor sah der moderne, L-förmige Bungalow an der Flanke des Hügels aus, als gehörte er einer anderen Welt an. Was, dachte Tweed, als er den Wagen zum Halten brachte, ja tatsächlich der Fall war. Ein großer Sprung aus dem fünfzehnten ins zwanzigste Jahrhundert.
Das Gebäude, das am oberen Rand einer geteerten Auffahrt oberhalb der Straße stand, war strahlend hell erleuchtet. An der Vorderfront zog sich auf ganzer Länge eine breite, steingepflasterte Terrasse entlang. An einer Steinmauer unterhalb der Terrasse waren in regelmäßigen Abständen dekorative Außenlampen angebracht, die ihr Licht über den bis zur Hecke an der Straße abfallenden, nicht sonderlich gepflegten Rasen warfen. Das weißgestrichene Tor stand offen.
Tweed betrachtete den großen Bungalow sehr eingehend. Die Vorhänge waren zurückgezogen, aber es war unmöglich, von unten einen Blick durch die großen Fenster zu werfen. Scheinwerferlicht flutete von allen Ecken aus in die Dunkelheit, erleuchtete alle nur denkbaren Zugänge. Tweed fuhr langsam durch das Tor, schaute nach rechts und links.
»Sie werden wissen, daß wir kommen«, bemerkte er.

»Sie meinen, der Wagen ist nicht zu überhören?« fragte Paula.
»Nein. In den Torpfosten sitzen Fotozellen. Als wir durch dieses so einladend offenstehende Tor fuhren, haben wir einen Lichtstrahl unterbrochen, und der wird einen Alarm im Haus ausgelöst haben.«
»Vielleicht ist es nur vernünftig, Vorsichtsmaßnahmen zu ergreifen, wenn man so isoliert am Rande des Moors wohnt.«
»Wozu auch die Spähkameras gehören, die unter den Dachtraufen sitzen? Hier wurden alle nur erdenklichen Sicherheitsvorkehrungen getroffen. Ich beginne zu sehen, was Colonel Barrymore und Captain Robson gemeinsam haben. Als ich die Runde um Quarme Manor machte, bevor ich zum Vordereingang zurückkehrte, fiel mir auf, daß die hohe Mauer von Stacheldraht gekrönt war. Und darunter verlief ein gerade gespannter Draht, der bestimmt unter Strom stand. Erinnern Sie sich, wie die Haustür gesichert war? Beide Häuser sind die reinsten Festungen.«
»Und das ist es, was ihre Besitzer gemeinsam haben?«
»Nein. Beide haben eine Mordsangst vor gefährlichen Eindringlingen. In einem Maße, das mir fast pathologisch vorkommt...«
Er brach ab. Er hatte den Wagen am oberen Ende der Auffahrt zum Stehen gebracht. Die Haustür wurde geöffnet. Im Rahmen der dunklen Öffnung – das Licht drinnen war ausgeschaltet worden – stand die Silhouette eines Mannes. Mit einer halbautomatischen Schrotflinte, die genau auf den Mercedes gerichtet war.
»Ich werde ihn zu nehmen wissen«, sagte Tweed.
»Gott, was für ein Empfang«, flüsterte Paula. »Das ist ja noch schlimmer als in Quarme Manor.«
»Guten Abend.« Tweed hatte sein Fenster geöffnet. »Wir suchen Captain Robson. Auf der Namenstafel steht *Endpoint*.«
»Wer sind Sie? Was wollen Sie?«
Ein Anflug von schottischem Akzent. Die Stimme klar, ohne eine Spur von Hysterie, beherrscht.
»Special Branch. Mein Name ist Tweed. Wir haben gerade Colonel Barrymore einen Besuch abgestattet.«
Tweed ließ es klingen, als hätte Barrymore sie nach *Endpoint* verwiesen. Er wartete auf eine Reaktion, sprach nicht weiter. Schweigen ist eine wirksame Waffe.
»Dann sollten Sie lieber hereinkommen.« Die Schrotflinte wurde gesenkt, aber nach wie vor schußbereit gehalten, als sie aus dem Wagen stiegen und die Terrasse überquerten. »Haben Sie einen Ausweis?«
»Den wollte ich Ihnen gerade zeigen. Ich hole den Ausweis aus meiner Brusttasche...«

»Es ist eine sehr einsame Gegend hier. Man hat schon zweimal versucht, einzubrechen. Ich bin Robson.«
Während Robson, die Schrotflinte unter dem Arm, den Ausweis betrachtete, musterte ihn Tweed. Mittelgroß, massig gebaut, aber alles Muskeln und Knochen. Und wie der Colonel war auch er sonnengebräunt. Seinen rundlichen Kopf bedeckte ein wirrer Schopf aus braunem Haar, und er trug einen struppigen Schnurrbart von der gleichen Farbe. Seine Hemdsärmel waren bis zu den Ellenbogen aufgekrempelt, und das Hemd stand am Hals offen, aber seine leicht abgetragene graue Hose hatte messerscharfe Bügelfalten.
»Dann sollten Sie wohl mit hineinkommen.« Er gab den Ausweis zurück. »Special Branch? Sind Sie sicher, daß Sie an der richtigen Adresse sind? Wir wollen hineingehen und es uns im Wohnzimmer bequem machen.«
»Oh, das ist meine Assistentin Paula Grey«, stellte Tweed vor.
»Willkommen.«
Robson warf ihr kaum einen Blick zu, als er die Haustür schloß und durch die Diele auf eine offenstehende Tür zuging. Eine braunhaarige, etwa gleichaltrige Frau mit einer Schürze über dem Kleid tauchte auf.
»Wer ist es, Oliver?«
Tweed registrierte eine Spur von Ängstlichkeit in ihrer Stimme. Sie hatte ein weißes Gesicht und strahlte eine Aura übertriebener Ängstlichkeit aus. Robson deutete auf sie.
»Meine Schwester May. Kümmert sich um mich. Hält die Karre am Laufen. Ich wüßte nicht, was ich ohne sie täte. Alles in Ordnung, May. Sie kommen von Barrymore. Wir setzen uns ins Wohnzimmer.«
Schon in dem Augenblick, in dem sie in die Diele traten, war Paula die Wärme entgegengeprallt. An der gestrichenen Wand standen zwei altmodische Heizkörper. Das Wohnzimmer war ein großer, langgestreckter Raum mit einem von Wand zu Wand reichenden Wiltonteppich. Gemütlich aussehende Sessel und Couches standen herum, und unter einem großen Schirm aus poliertem Kupfer knisterten brennende Holzscheite.
»Nehmen Sie Platz, wo immer Sie mögen. Das ist gleichzeitig mein Arbeitszimmer.«
Er setzte sich auf einen alten Drehstuhl hinter einen Schreibtisch mit einer zerkratzten Platte. Neben einem Stapel Zeitungen stand ein Glas mit etwas, das aussah wie Whisky. Robson stand wieder auf, als sie sich niederließen.
»Ich vergesse meine gute Erziehung. Was darf ich Ihnen anbieten? Scotch oder lieber ein Glas Weißwein?«

Paula hatte sich dicht neben dem Schreibtisch niedergelassen. Als sie das Armband an ihrem Handgelenk zurechtschob, starrte er sie plötzlich an. Seine rechte Hand zuckte, warf das Glas um. Flüssigkeit rann über die Kante des Schreibtisches herab.
»Entschuldigung. Äußerst ungeschickt von mir ...« Er zog eine Schublade auf, holte einen Lappen heraus und machte sich ans Aufwischen. »Bin gerade aus dem Urlaub zurück und erst halb wieder da.«
»Das habe ich vermutet, als ich sah, wie braun Sie sind«, bemerkte Tweed. »Hierzulande können Sie sich diese Bräune kaum geholt haben. Waren Sie weit fort?«
»Bin an der marokkanischen Küste herumgeschippert. Agadir und Casablanca ... Allein. May kann das Meer nicht ausstehen. Ist hiergeblieben, um das Fort zu bewachen. Drinks?«
Sowohl Tweed als auch Paula, die ihr Notizbuch griffbereit im Schoß liegen hatte, baten um Wein. Robson füllte zwei Gläser mit Montrachet. Dann kehrte er hinter seinen Schreibtisch zurück und zog einen Tabaksbeutel und eine Pfeife heraus.
»So, es kann losgehen.«
»Ich untersuche die näheren Umstände eines Mordes, der vor mehr als vierzig Jahren begangen wurde«, begann Tweed. »Als Sie im Nahen Osten Dienst taten.«
»Das ist lange her – diese grausige Geschichte bei unserem Unternehmen auf Siros. Wir standen unter dem Befehl von Barrymore – aber das wissen Sie ja, wenn Sie gerade von ihm kommen. Weshalb ist das jetzt wieder wichtig geworden?«
»Weil jemand anders, der sich damit beschäftigte, kürzlich ermordet worden ist. Haben Sie Harry Masterson gekannt?«
Robsons Daumen, der gerade Tabak in den Pfeifenkopf stopfte, blieb ein oder zwei Sekunden in der Luft stehen. Paula bemerkte es. *Vorsichtig* war eines der Worte, die Barrymore bei der Beschreibung von Robson gebraucht hatte.
»Ja, er hat mich aufgesucht. Umgänglicher Mann. Der Typ, der Herz und Seele jeder Party ist. Stellte ein paar merkwürdige Fragen. Was geht hier eigentlich vor? Kürzlich ermordet worden, sagten Sie?«
»Eben das versuche ich herauszufinden. Könnten Sie mir mit Ihren eigenen Worten berichten, was auf Siros geschah?«
»Wessen Worte sollte ich sonst benutzen?« Robson lächelte trocken.
»Und wenn Sie nichts dagegen haben, wird Miss Grey Ihre Aussagen notieren – für das Protokoll.«
»Was sollte ich dagegen haben? Natürlich darf sie Notizen machen. Special Branch. Sie haben vermutlich ein System. Aber ich nehme an,

mir steht eine Kopie des Protokolls zu. Siros.« Er setzte sich bequemer hin, zündete seine Pfeife an, musterte Tweed mit nachdenklichen hellblauen Augen, die unter gekrümmten Brauen saßen. Was für ein Gegensatz zu Barrymore, dachte Paula. Der Inbegriff von Entspanntheit. Und das Haus spiegelt seine zwanglose Persönlichkeit.

»Siros«, wiederholte Robson, tat einen Zug aus seiner Pfeife, »die wichtigste Insel der Kykladen. Geformt wie ein riesiger Bumerang. Steile Klippen an der Südküste – ziehen sich bis zum Ida empor. Heißt genau so wie der höchste Berg Kretas. Keine Ahnung, warum. Siros war das Hauptquartier von General Hugo Geiger, dem Oberbefehlshaber der deutschen Besatzung auf den Kykladen.«

»Lebt Geiger noch?« fragte Tweed.

»Keine Ahnung. Und wenn, dann dürfte er die erste Jugend weit hinter sich gelassen haben. Wie unsere kleine Gruppe ... Also, die griechische Widerstandsbewegung hatte gleichfalls auf Siros ein Hauptquartier. Sie hielt es für eine kluge Taktik, sich genau vor der Nase der Deutschen zu verbergen. Wir hatten ein Vermögen an Diamanten bei uns, das wir den Leuten von der Widerstandsbewegung aushändigen sollten ...«

»Wer ist ›wir‹?«

»Der Colonel natürlich. Ich selbst. Sie werden es kaum glauben, daß ich damals einer Kommandoeinheit angehörte. Ich bin Arzt. Bei den Leuten von der Widerstandsbewegung fehlte es an ärztlicher Versorgung. Außerdem Company Sergeant Major Kearns, tüchtiger Mann. Und schließlich der Grieche, Gavalas. Er war derjenige, der mit seinen Leuten Kontakt aufnehmen sollte. Er war nach Kairo entkommen. Er war es, der die Diamanten bei sich trug. Um eine lange Geschichte kurz zu machen, wir landeten in der Nacht mit einem Motorboot an der Südküste, kletterten einen steilen Hohlweg in den Bergen empor – dort, wo die Deutschen am wenigsten mit einer Landung rechneten. Das Terrain war äußerst unwegsam. Irgendjemand – ich weiß nicht mehr, wer – schlug Alarm. Eine deutsche Patrouille. In einer solchen Situation ist jeder sich selbst der Nächste. Wir zerstreuten uns, trafen uns später am vereinbarten Ort wieder – und Gavalas fehlte.«

»Er hatte die Diamanten übergeben?«

»Das wußte niemand. Unwahrscheinlich. Unser Treffpunkt befand sich etliche Kilometer entfernt am Nordhang des Ida. Wir gingen auf die Suche nach Gavalas. Es war ziemlich dramatisch – grauenhaft. Barrymore fand ihn. Tot. Unter seinem linken Schulterblatt ragte ein Messer heraus. Und die Diamanten waren verschwunden. Wir machten uns auf den Rückweg zu dem wartenden Motorboot. Wir konnten nichts mehr tun.«

»Und das Messer?« drängte Tweed.
»Das machte die Sache noch grauenhafter. Ein Kommandomesser. Der Colonel ging der Sache nach. Wir alle hatten unsere Messer noch – der Colonel eingeschlossen. Später fragten wir uns, ob das Messer vielleicht einem Angehörigen der beiden Kommandotrupps abgenommen worden sein könnte, die bei früheren Unternehmen auf Siros ums Leben gekommen waren.«
»Von wem?«
»Vielleicht jemand von der Widerstandsbewegung. Oder gar einem deutschen Soldaten. Irgend jemand muß eine hübsche Sammlung besessen haben. Sechs von unseren Leuten sind auf Siros gefallen.«
»Und der Wert der Diamanten?« erkundigte sich Tweed.
»Hunderttausend Pfund. Damals.« Robson drückte die Glut in seiner Pfeife an, warf einen Blick auf Paula, die sich Kurzschriftnotizen machte.
»Noch eine Frage, bevor wir gehen. Ich wüßte gern, wie Sie den Charakter und das Temperament von Barrymore und Kearns beurteilen.«
»Wir waren ein gutes Team. Kearns hat ein Haus in Richtung Simonsbath, nur einen Steinwurf von hier entfernt. Der Colonel ist ein Mann, der genau weiß, was er will, eiskalt in kritischen Situationen. Der beherrschteste Mensch, der mir je begegnet ist. Bemerkenswert. Jeder Gefahrensituation gewachsen, so absonderlich sie auch sein mag. Immer auf der Hut.«
»Und Kearns?«
»Der geborene Company Sergeant Major. Noch sehr jung damals – aber das waren wir ja alle. Der sprichwörtliche Mann der Tat, aber gleichzeitig ein hervorragender Planer – etwas, was nur selten zusammenkommt. Konnte in jedem Spiel drei Züge vorhersehen. Kann es noch heute. Ich glaube, das wäre es in etwa. Noch ein Glas Wein?«
»Danke, aber ich glaube, wir haben schon genug von Ihrer Zeit in Anspruch genommen.« Tweed erhob sich. »Dürfte ich vielleicht Ihre Toilette benutzen?«
»Natürlich. Ich hätte sie Ihnen gleich bei Ihrer Ankunft zeigen müssen.«
Paula hatte den Notizblock wieder in ihre Umhängetasche gesteckt und war an eines der großen Fenster getreten. Pete Nield würde irgendwo dort draußen Wache halten, und sie versuchte, ihm zu signalisieren, daß sie bald kämen. Robson kehrte ins Zimmer zurück und trat neben sie.
»Ich bin mein Lebtag Junggeselle gewesen«, bemerkte er, während er

mit seiner erloschenen Pfeife hantierte. »Nicht aus freien Stücken. Einmal war ich bis über beide Ohren in eine Debütantin verliebt. Können Sie sich das vorstellen?«
»Durchaus. Und was passierte, wenn ich fragen darf?«
»Warum nicht? Das ist schon lange her. Ich bildete mir ein, daß sie meine Gefühle erwiderte. Sie ließ mich allein vor dem Altar stehen. Hört sich an wie ein alter Witz, aber es ist Tatsache. Ein Telegramm traf ein. *Tut mir leid, Oliver, es hat keinen Sinn. Tut mir sehr leid. Diana.* Und Diana war eine Göttin der griechischen Mythologie. Ging auf und davon und heiratete einen Baronet. Das hat mir die Frauen verleidet. Anwesende ausgenommen.«
»Das muß ein schrecklicher Schlag gewesen sein.«
»Es hat mich ein bißchen getroffen. Sie war eine *blöde Gans.*« Diese Bemerkung stieß er mit einem derartigen Nachdruck hervor, daß Paula ihm einen Blick zuwarf. Seine Augen waren wie Steine, der Mund zu einem Ausdruck bitterer Ironie verzerrt. »Ihr Baronet besaß keinen Pfennig. Mußte sich Arbeit suchen ...«
»Danke, daß Sie so entgegenkommend waren«, sagte Tweed, als er zurückgekommen und an Robsons andere Seite getreten war. Er klopfte an die Scheibe des großen Fensters. »Muß bei Tage eine schöne Aussicht sein.«
»Ja, das ist es. Freier Blick über das Moor. Und ich freue mich, wenn ich Ihnen behilflich sein konnte. Ich bringe Sie zur Tür.«
»Es ist herrlich warm in Ihrem Haus«, sagte Paula. Es war die erste Bemerkung, die ihr einfiel, und sie hatte den Eindruck, daß es Robson peinlich war, seine Gefühle gezeigt zu haben.
»Hier draußen muß man eine Ölzentralheizung haben. Die Nachteile haben wir während der Ölkrise gespürt. Da haben wir praktisch nur in diesem Zimmer hier gelebt, das einen Kamin hat ...«
In der Diele stand die halbautomatische Schrotflinte in einem Schirmständer; die beiden Läufe zeigten zur Decke. Griffbereit für den nächsten Besucher, dachte Tweed.
Die Tür fiel hinter ihnen ins Schloß, und sie stiegen in den Wagen. Bevor Tweed den Motor startete, warf er noch einen Blick auf den Bungalow, die Spähkameras. Die Bildschirme mußten sich in einem Raum befinden, den er nicht gesehen hatte. »Irgendetwas ist seltsam an diesem Haus«, sagte er, griff vor, um den Zündschlüssel zu drehen, und lehnte sich dann wieder zurück. »Schauen Sie zum Dach hinauf, zum hinteren Ende der langen Seite des Bungalows. Als wir ankamen, konnten wir es nicht sehen, weil es finster war und die Scheinwerfer ihr Licht verstrahlten.«

Paula sah durch die Windschutzscheibe. Über das Dach des Bungalows ragte eine dicke, runde Säule empor, die sie an einen Leuchtturm erinnerte, zumal sich an ihrem oberen Ende ein rundes Geländer befand und die Kuppel dahinter verglast war. Sie war gewärtig, jeden Augenblick ein langsam rotierendes Licht zu sehen.

»Während wir drinnen waren, ist der Mond aufgegangen«, erklärte Tweed. »Deshalb können wir das Ding jetzt deutlich sehen. Es sieht aus wie ein Wachtturm. Als ich zur Toilette ging, führte mich seine Schwester May durch den ganzen Bungalow zum Hauptbadezimmer des Hauses. An den Wänden hingen Fischernetze mit diesen Glaskugeln, mit denen die Fischer ihre Netze nahe der Oberfläche halten. Und Angeln, über Kreuz angebracht wie Schwerter. Ein Mann der See, dieser Captain Robson.«

»Da ist jemand in dem Turm. Ich kann gegen das Mondlicht seinen Schatten sehen.«

»Zeit, zu verschwinden.«

»Weshalb haben Sie ihn mit einem Wachtturm verglichen?« fragte sie, während sie die Auffahrt hinunterrollten und auf die Straße einbogen, auf der sie gekommen waren.

»Auf meinem Weg zur Toilette bin ich an der Basis dieser Säule vorbeigekommen. Sie hatte eine Rundbogentür. Geschlossen. Dahinter muß eine Wendeltreppe liegen. Wachtturm? Weil ich glaube, daß Robson ihn dazu benutzt, die Zugänge zu seinem Haus unter genauer Beobachtung zu halten. Der Hügelkamm im Moor, den wir hinter Quarme Manor gesehen haben, verläuft oberhalb von *Endpoint*.«

»Beide machten den Eindruck, als warteten sie darauf, daß irgendeine Gefahr eintritt – Barrymore mit der Mauer und dem Elektrodraht, den Sie sahen. Und nun Robson mit all diesen teuren Sicherheitsvorkehrungen. Einrichtungen, wie man sie zum Schutz einer Villa in Beverly Hills vermutet.«

»Als erwarteten sie Nemesis persönlich«, sagte Tweed.

ZWÖLFTES KAPITEL

Nachdem Tweed noch einen Blick auf die Karte des Exmoors geworfen hatte, fuhr er auf der Straße zurück, auf der sie gekommen waren, und bog dann in eine von Quarme Manor wegführende Landstraße ein. Paula musterte sein Gesicht, während das Scheinwerferlicht den Windungen der von Hecken gesäumten Straße folgte. Sie waren ringsum vom Moor umgeben, die Dunkelheit hatte etwas Gespenstisches an sich.

»Pete ist nach wie vor hinter uns, wenn es das ist, worüber Sie nachdenken«, bemerkte sie. »Ich habe vor kurzem die Lichter seines Wagens gesehen.«

»Ich dachte über den Namen von Robsons Haus nach. *Endpoint.*«

»Ziemlich naheliegend. Die Straße endet genau unterhalb seines Bungalows.«

»Das habe ich bemerkt. Aber mir ist etwas anderes eingefallen. Eine dieser Notizen, die Harry Masterson aus Athen geschickt hat – so verschlüsselt, daß, wie er glaubte, nur ich sie verstehen würde. *Endstation.* Kommt *Endpoint* ziemlich nahe, finden Sie nicht?«

»Mein Gott! Dieser Gedanke ist mir überhaupt nicht gekommen. Wollte Harry mit dem Finger auf Robson zeigen?«

»Wer weiß? Es ist noch früh am Tage.«

»Es ist allmählich spät am Abend. Wohin fahren wir jetzt?«

»Wir statten dem dritten Angehörigen des Trupps, der vor so langer Zeit auf Siros landete, einen Besuch ab. Company Sergeant Major Kearns. Sofern es uns überhaupt gelingt, in dieser Dunkelheit sein Haus zu finden. Ich habe die Stelle, an der ich es vermute, auf der Karte eingezeichnet. Dirigieren Sie mich.«

»Vielleicht ist ihm ein überraschender Besuch um diese Stunde nicht recht...«

»Dann ist er vielleicht weniger auf der Hut. Seltsam, daß die drei so dicht beieinander wohnen.«

»Vielleicht sind sie die ganzen langen Jahre hindurch Freunde geblieben.«

»Und das hört sich an, als wären Sie ebenso wenig davon überzeugt, wie ich es bin...«

Es war schwieriges Fahren, sogar während der Mond sein gespenstisches Licht auf die Landschaft warf. Das Licht wurde noch gespenstischer, als Nebel vom Moor herüberzudriften begann. Hinter dem phosphoreszierenden Leuchten konnte Paula nach wie vor die Hügelkämme erkennen, die sich wie riesige Wellen durch das Exmoor ziehen.

Es kamen ihnen keine Fahrzeuge entgegen. Sie fuhren durch keine Dörfer. Auf ihrem Weg nach Simonsbath sahen sie nicht einmal ein isoliert dastehendes Wohnhaus. Sie waren völlig allein in der trostlosen Wildnis. Tweed lenkte den Wagen eine lange, gewundene Straße hinab; er hatte das Fernlicht eingeschaltet, um ihnen etwa entgegenkommende Fahrzeuge zu warnen.

»Was in aller Welt ist das?« fragte Paula plötzlich.

Völlig unvermutet waren weiter unten am Abhang Lichter aufgetaucht, mehrere dicht nebeneinanderliegende Lichter rechts von der

Straße. Tweed runzelte die Stirn, fuhr ganz langsam weiter. Soweit er die Karte im Gedächtnis hatte, waren sie noch etliche Kilometer von Simonsbath entfernt. Jetzt war die Straße von Bäumen gesäumt, und die Lichter wurden abwechselnd von den Stämmen verdeckt und leuchteten zwischen ihnen auf. Er brachte den Wagen zum Stehen und schaute durch die Windschutzscheibe.

»Es ist eine kleine Siedlung aus modernen Bungalows. Stehen mächtig dicht beieinander. Vermutlich in den letzten zehn bis fünfzehn Jahren gebaut.«

»Und ich glaube, wir haben direkt vor dem Haus von Kearns angehalten«, bemerkte Paula.

Auf einer Lichtung zwischen den Bäumen zu ihrer Linken stand auf halber Höhe eines Abhangs ein altes, zweigeschossiges Steinhaus, umgeben von einer hohen Steinmauer mit zwei massiven, zwei Meter hohen Holztoren. Tweed holte seine Taschenlampe aus dem Handschuhfach, bat Paula, ihr Fenster zu öffnen, schaltete die Lampe ein. Auf einer großen Metallplatte stand *Woodside House.* »Ja, das ist es«, pflichtete er ihr bei.

Er ließ das Licht über die massiven Holztore wandern. Beide Tore waren zur Straße hin mit einem Gitter gesichert. Tweed langte nach hinten und ergriff den schweren Spazierstock, den er in Dunster gekauft hatte. Später wußte er nicht zu sagen, was ihn dazu bewogen hatte.

»Wir wollen uns einmal umsehen«, sagte er, schaltete den Motor aus und zog den Zündschlüssel heraus.

Er schloß den Wagen ab, bevor er um ihn herumging und neben Paula trat, die die Tore betrachtete. Den Stock in der rechten und die Taschenlampe in der linken Hand, lenkte er den Lichtstrahl an den Rand des rechten Tores und entdeckte daneben einen Klingelknopf. Er drückte den Daumen fest darauf; dann warteten sie.

Sie hörten, wie in einiger Entfernung von dem Tor eine Tür geöffnet wurde, die in der schweren Stille der nebelverhangenen Nacht laut knarrte. Entschlossene Schritte kamen näher, auf etwas, das sich anhörte wie ein kopfsteingepflasterter Hof. Plötzlich mordete ein wütendes Geknurr die Stille, gefolgt von Gebell.

»Mein Gott, was ist das?« fragte Paula.

»Ein Wachhund.«

»Hört sich an, als wäre er halb verhungert – und hielte uns für eine gute Mahlzeit.«

»Wer ist da?«

Eine kultivierte Stimme, knapp, befehlsgewohnt. Sie kam durch eine kleine Klappe, die im rechten Tor geöffnet worden war.

»Mein Name ist Tweed. Sind Sie Mr. Kearns?«
»Ja. Was wollen Sie?«
»Special Branch. Ich muß mit Ihnen sprechen. Jetzt.«
»Können Sie sich ausweisen?«
»Natürlich. Einen Augenblick.« Das unsichtbare Tier knurrte, kratzte mit den Pfoten an der Innenseite des Tores. Es konnte es nicht abwarten, herausgelassen zu werden. Paula zitterte. Tweed holte seinen Ausweis hervor, hielt ihn vor die Luke im Tor, ließ das Licht seiner Taschenlampe darauffallen.
»Bleiben Sie ganz still stehen, wenn ich das Tor öffne. Wenn Sie sich bewegen, werden Sie in Stücke gerissen.«
»Reizend«, murmelte Paula fast unhörbar.
Die Klappe wurde zugeschlagen. Das Geräusch zurückgleitender Riegel, eines Schlüssels, der im Schloß gedreht wurde. Dann schwang das rechte Tor nach innen, aber das schwere Eisengitter versperrte ihnen nach wie vor den Weg. Taktvoll schaltete Tweed seine Taschenlampe aus. Außerdem wollte er sein Nachtsichtvermögen zurückgewinnen. Er spürte, wie Paula sich neben ihm versteifte.
Vor ihnen stand die Gestalt eines hochgewachsenen Mannes, der mit der linken Hand einen Schlüssel ins Schloß des Gitters steckte. Mit der rechten Hand hielt er einen riesigen Hund an der Kette. Das Tier regte sich abermals auf, bellte und knurrte, zerrte an der Kette.
»Ruhig, Wolf«, befahl die kultivierte Stimme. »Kommen Sie herein. Er ist harmlos . . .«
»Wie man sich doch irren kann . . .« bemerkte Tweed trocken.
»Und wer ist diese Frau? Die gehört doch wohl kaum zu Ihrer Behörde. Sie kann im Wagen warten.«
»Sie kommt mit mir hinein. Sie wird auf keinen Fall hier in der Mitte von Nirgendwo allein im Wagen warten. Und sie gehört zu unserer Behörde. Paula Grey, meine Assistentin . . .«
Kearns war damit beschäftigt, Gitter und Tor wieder zuzumachen und beides zu verschließen. Währenddessen ging Tweed den gepflasterten Abhang hinauf auf das Haus zu, das an die hundert Jahre alt sein mußte. Paula hielt mit ihm Schritt, um einigen Abstand zwischen sich und Wolf zu bringen, einen deutschen Schäferhund, wie sie inzwischen hatte feststellen können.
»Warten Sie hier«, sagte Tweed, als sie die zur Haustür emporführenden Stufen erreicht hatten. »Ich bin gleich wieder da.«
Auf seinen gummibesohlten Schuhen strebte er rasch auf die Ecke des massigen Gebäudes zu. Am vorderen Ende eines breiten Weges lagen frische Pferdeäpfel. Als er die Ecke umrundet hatte, stand er vor einer

Stalltür, deren obere Klappe offenstand. Ein Pferdekopf blickte ihm entgegen, reckte sich weiter aus der Luke heraus, wieherte leise. Tweed streckte eine Hand aus und streichelte seinen Hals. Das glatte Haar war schweißnaß. Es war hart geritten worden, und vor gar nicht langer Zeit.

»Lassen Sie ihn in Ruhe. Was haben Sie hier zu suchen?«

Kearns Stimme war barsch, ungehalten. Er bewegte sich genauso lautlos wie Tweed. Tweed lächelte entschuldigend, machte eine wegwerfende Geste.

»Ich habe Pferde gern«, log er. »Das ist ein hübsches Tier ...«

»Kommen Sie mit zurück zur Haustür.« Der Schäferhund knurrte wütend und versuchte, Tweed anzufallen, der unwillkürlich seinen Spazierstock hob. Das Tier, an einer elastischen Kette gehalten, hatte Tweed fast erreicht, bevor Kearns ihn zurückriß. »Wenn Sie hier herumwandern, nimmt Wolf Sie auseinander«, erklärte Kearns gelassen.

Tweed folgte Kearns in einigem Abstand. Er schaltete die Taschenlampe ein, als müßte er sich seinen Weg suchen. Neben dem gepflasterten Bereich war der Boden bis an die Steinmauer heran mit ungemähtem Gras und Unkraut bewachsen. Der Strahl seiner Taschenlampe wurde von etwas Metallischem reflektiert. Er blieb stehen und stocherte vorsichtig mit seinem Stock. Metall prallte knirschend auf Metall. Zwei säbelähnliche Klingen mit gesägten Schneiden hatten in das untere Ende seines Stockes eingeschnitten. Kearns fuhr herum.

»Was glauben Sie, womit zum Teufel Sie da herumgespielt haben?«

»Sagen Sie es mir.«

»Sie haben gerade eine Falle ausgelöst. Wir halten Hühner, und wir haben ständig Ärger mit Raubzeug aus dem Moor – Füchsen und so. Das hätte Sie ein Bein kosten können.«

»Also gehen wir hinein. Wie Sie vorschlugen ...«

Drinnen war eine kahle Diele kümmerlich mit einer Vierzig-Watt-Birne beleuchtet. Der Holzfußboden war auf Hochglanz gebohnert, Türen gingen von der Diele ab, und eine breite Eichentreppe führte zu einem Absatz und dann im rechten Winkel weiter nach oben. Aus einer Tür im Hintergrund trat eine blonde Frau Ende Dreißig; sie rauchte eine Zigarette, die in einer Elfenbeinspitze steckte.

Sie hatte eine gute Figur und trug eine hochgeschlossene taubenblaue Bluse und einen cremefarbenen Faltenrock. Sie bedachte Tweed mit einem nachdenklichen Blick; Paula ignorierte sie. Kearns preßte die Lippen zusammen.

»Meine Frau Jill. Wir haben ungebetene Gäste.«

»Darf ich Ihnen etwas anbieten?« fragte sie, ohne den Blick von Tweed zu wenden. »Kaffee? Vielleicht einen Drink...«
Ihre Stimme war sanft und rauchig, aber es war Kearns, der ihre Frage beantwortete.
»Nicht nötig. Sie bleiben nicht lange. Kommen Sie mit in die Messe«, forderte er Tweed auf.
»Er meint das Eßzimmer«, erklärte Jill. Sie fuhr mit einer Hand über ihr schulterlanges Haar.
»Hier herein«, fuhr Kearns fort. »Setzen Sie sich. Beide.«
Das rechteckige Eßzimmer war mit Eiche getäfelt, enthielt einen eichenen Eßtisch und wurde von einer weiteren Vierzig-Watt-Birne in einer altmodischen, über dem Tisch hängenden Schirmlampe erhellt. Der Raum war durchdrungen von einer Atmosphäre spartanischer Düsternis. Tweed und Paula ließen sich am Tisch nieder; Kearns blieb neben ihnen stehen.
»Zuerst möchte ich noch einmal Ihren Ausweis sehen«, erklärte er.
Tweed reichte ihm die Karte und musterte Kearns, während dieser den Ausweis studierte. Kearns war gut einen Meter achtzig groß, ein magerer und sehniger Mann mit glattrasiertem Gesicht und kräftiger Knochenstruktur. Er stand vor einem Kamin, in dem zwar Scheite lagen, aber kein Feuer brannte. Paula unterdrückte ein Zittern. Es war kühl.
Kearns war in den Sechzigern, aber er hatte sich gut gehalten. Sein Haar war noch dunkel, sein Gesicht tief gebräunt. Jede seiner Bewegungen ließ vollkommene Selbstsicherheit erkennen, und seine Augen glichen braunen Murmeln. Auf dem Exerzierplatz zu Hause, dachte Tweed.
Er trug eine dunkle Hose mit scharfen Bügelfalten und einen marineblauen Kaschmirpullover mit Rollkragen. An seinen dunkelbraunen Schuhen waren Schmutzspuren, die einzige Beeinträchtigung seiner sonst makellosen Erscheinung. Er ließ den Ausweis auf den Tisch fallen, so daß Tweed die Hand ausstrecken mußte, um ihn wieder an sich nehmen zu können.
»Kommen Sie zur Sache«, sagte Kearns.
»Ich untersuche einen unaufgeklärten Mord, der vor über vierzig Jahren im Nahen Osten begangen wurde.«
»Ach, dieser makabre Mord an Ionides in Kairo. Da kann ich Ihnen nicht weiterhelfen. Wieso kommen Sie jetzt darauf zurück?«
»Weil möglicherweise ein Zusammenhang besteht mit dem Mord, der kürzlich an einem meiner Leute begangen wurde. In Griechenland. Auf Kap Sunion. Kennen Sie das?«
»Nein.«

Kearns stand mit leicht gegrätschten Beinen da und hielt die Hände hinter seinem geraden Rücken verschränkt. Er warf einen Blick auf Paula, die Notizen machte. Sie hatte sich bei Kearns' Antwort keinerlei Überraschungen anmerken lassen. Dies war die erste Erwähnung von Ionides.

»Sie sind zu zweit«, erklärte Kearns. »Zahlenmäßige Unterlegenheit ist schlechte Taktik. Ich brauche auch einen Zeugen ...« Er ging schnell zu der geschlossenen Tür, öffnete sie und rief: »Jill, komm zu uns herein. Setz dich einfach hin und hör zu. Du hast ein gutes Gedächtnis.« Er stellte seine Besucher kurz vor.

Er kehrte zu seiner Position vor dem Kamin zurück, und Jill, nach wie vor rauchend und mit einem Porzellanaschenbecher ausgerüstet, setzte sich ans Kopfende des Tisches. Sie musterte Paula, die ihren Blick unverwandt erwiderte. Die Federn werden gesträubt, stellte Tweed fest.

»Ich kann mir nicht vorstellen, wie ein kürzlich begangener Mord mit der Ionides-Geschichte zusammenhängen könnte«, erklärte Kearns.

»Erzählen Sie mir von Ionides. Sie gebrauchten das Wort ›makaber‹.«

»Da gibt es nicht viel zu erzählen. Wir waren gerade von einem Einsatz zurückgekehrt ...«

»Wir?«

»Ein Drei-Mann-Kommando mit einer Mission auf einer der griechischen Inseln. Antikhana – so hieß das Gebäude, in dem Ionides eines Abends ermordet wurde – war unser offizielles Hauptquartier. Dort wußte niemand, was wir in Wirklichkeit taten. Vorgeblich waren wir mit Propaganda beschäftigt. Nicht einmal der für dieses Gebäude zuständige Offizier – Colonel Grogan – wußte über uns Bescheid.«

»Erzählen Sie mir mehr über Ionides.«

»Ein Grieche, der sich tatsächlich mit Propaganda beschäftigte – Flugblätter drucken ließ, die an die Leute von der Widerstandsbewegung verteilt wurden. Zwei Tage nach unserer Rückkehr war Ionides allem Anschein nach noch spät abends an der Arbeit, allein im Gebäude – das war eine Gewohnheit von ihm. Irgendjemand fetzte ihn in Stücke. Alle Wände waren mit Blut bespritzt. Er muß um sein Leben gekämpft haben – in dem Zimmer herrschte ein völliges Durcheinander. Ionides hatte Wunden am ganzen Körper, der Kopf war fast vom Hals getrennt. Irgendein Wahnsinniger muß sich eingeschlichen haben – und wieder herausgekommen sein. Die Special Investigation Branch – das Gegenstück zu Ihrer Behörde beim Militär – konnte den Fall nicht aufklären.«

»Haben Sie je einen Harry Masterson kennengelernt?«

»Er ist hier aufgekreuzt. Hatte etwas von einem Spaßvogel an sich. Ich habe ihn vor die Tür gesetzt.«
»Sie sind sehr braungebrannt«, bemerkte Tweed und wechselte damit unvermutet das Thema.
»Kein Wunder. Bin gerade vom Windsurfen in Spanien zurückgekehrt.«
»Ihre Frau hat offensichtlich die Sonne gemieden ...«
»Sie ist nicht mitgefahren. Haßt die Hitze, liebt die Kälte. Gehört das zu Ihrem Thema? Ich habe nicht die ganze Nacht Zeit.«
»Aber ich. Und unser Thema ist Mord. Möglicherweise drei Morde. Von wo waren Sie kurz vor dem Mord an Ionides zurückgekehrt?«
»Ich sagte es bereits. Von einem Drei-Mann-Unternehmen auf einer griechischen Insel. Siros.«
»Und die Namen der anderen beiden Männer?« warf Tweed schnell ein.
»Der leitende Offizier, Colonel Barrymore. Ein Captain Robson, Sanitätsoffizier.«
»Und nach so langer Zeit wohnen Sie alle drei in der gleichen Gegend. Im Exmoor. Ich finde das seltsam – sogar merkwürdig.«
»Das ist leicht zu erklären. Barrymore und ich blieben nach dem Krieg bei der Armee. In derselben Einheit. Robson wurde kurz nach Kriegsende demobilisiert. Ließ sich hier als Arzt nieder. Wir hielten Verbindung. Als Barrymoore und ich aus der Armee ausschieden, wußten wir nicht recht, wohin. Robson erbot sich, hier in der Gegend nach Häusern für uns Ausschau zu halten. Er kannte sich aus. Barrymore und ich ließen ihn wissen, was wir uns leisten konnten. Ist das alles?«
»Nicht ganz. An dem Unternehmen auf Siros war auch ein Grieche beteiligt.«
»Ach ja, Gavalas.« Kearns verlagerte sein Gewicht, ließ Anzeichen von zunehmender Langeweile, sogar Ungeduld erkennen. »Er sollte die Verbindung zu den Leuten von der Widerstandsbewegung herstellen, mit denen wir uns dort treffen sollten. Er behauptete, sie zu kennen. Ich hatte meine Zweifel. Es gab einen Moment, in dem wir glaubten, die Deutschen hätten uns entdeckt. Wir zerstreuten uns. Als wir wieder zusammenkamen, fehlte Gavalas. Wir fanden ihn in einer Schlucht. Anscheinend hatte er sich in ihr versteckt. Er war tot. Ein Messer im Rücken. Ein Kommandomesser obendrein. Der Colonel nahm die Sache in die Hand. Vergewisserte sich, daß Robson und ich unsere Messer noch hatten. Zeigte uns sein eigenes. Immer pedantisch genau, der Colonel. Nicht, daß wir geglaubt hätten, daß einer von uns den Griechen umgebracht hätte. Weshalb sollten wir?«

»Wegen Diamanten im Wert von hunderttausend Pfund, die verschwunden waren.«
»Die dürfte der Mörder an sich genommen haben. Auf Siros wimmelte es damals von merkwürdigen Typen. Das brachte der Krieg so mit sich.«
»Was er für Gavalas mit sich brachte, war der Tod. Reiten Sie viel, Mr. Kearns?«
»Das tun wir alle. Einer der Gründe, warum wir im Exmoor leben. Und nun . . .«
»Was heißt alle?« erkundigte sich Paula.
»Der Colonel und Dr. Robson. Und was ich sagen wollte, bevor Sie mich unterbrachen – ist das alles?« Er schaute erst zu Tweed und warf dann einen unübersehbaren Blick auf seine Armbanduhr.
»Noch eine letzte Frage. Was für merkwürdige Typen? Sie sagten, auf Siros hätte es von ihnen gewimmelt.«
»Republikanische Griechen, kommunistische Griechen, royalistische Griechen, Mönche aus dem Kloster. Und die deutsche Besatzung. Und nun . . .«
Er ging um den Tisch herum zur Tür, öffnete sie und trat hinaus auf die Diele.
Jill Kearns, die sich eine frische Zigarette angesteckt hatte, beugte sich über den Tisch zu Tweed. »Sind Sie irgendwo in der Nähe abgestiegen?« flüsterte sie.
»Im Luttrell Arms in Dunster. Dort können Sie mich erreichen, wenn Sie irgendwelche Probleme haben«, erwiderte Tweed ebenso leise. Dann hob er die Stimme. »Ich glaube, wir sind hier nicht mehr erwünscht, Paula.«
Kearns stand neben der geöffneten Haustür. Irgendwo in der Nähe hörte Paula Wolf knurren und an einer Tür kratzen. Als sie ins Haus gekommen waren, hatte Kearns den angeketteten Hund Jill übergeben.
»Leben Sie wohl«, sagte Kearns steif.
»Bevor wir gehen«, erklärte Tweed verbindlich, »wüßte ich gern noch, wie Sie Colonel Barrymore und Captain Robson beurteilen.«
Kearns verzog den dünnen Mund. »Der Colonel ist ein erstklassiger Offizier. Kann Schwierigkeiten schon aus einer Meile Entfernung riechen.« Einen Augenblick lang sah er Tweed direkt an. »Weiß sofort, was er zu unternehmen hat. Ohne jedes Zögern. Captain Robson war kein Berufssoldat. Neigte eher dazu, Schwierigkeiten aus dem Wege zu gehen. Aber in Notfällen sehr entschlossen.«
»Und was hat es mit dieser Siedlung aus neuen Häusern ein Stück die Straße hinunter auf sich? Sie wirken irgendwie fehl am Platze.«

»Warum? Gehören Geschäftsleuten, soweit ich gehört habe. Arbeiten vermutlich in Taunton oder Bristol. Leben gern auf dem Land. Woher soll ich das wissen? Ich lasse Sie jetzt hinaus . . .«
Tweed und Paula schickten sich an, ihm den Abhang hinab zu folgen. Bevor er durch die Tür trat, warf Tweed noch einen Blick zurück. Jill Kearns sah ihnen nach, die Zigarettenspitze in der Hand. Sie nickte ihm zu.
»Gute Nacht«, sagte Tweed. »Entschuldigen Sie, daß wir so spät noch gestört haben.«
»In dieser gottverlassenen Wildnis ist jede Störung willkommen.«
Als sie Kearns erreichten, hatte er das Holztor und das Gitter geöffnet. Er trat beiseite und ließ sie hinausgehen, ohne noch ein weiteres Wort zu sprechen. Das Gitter schlug hinter ihnen zu, dann das Holztor. Sie standen auf dem Grasbankett, und Tweed hörte entschlossene Schritte, die sich in Richtung auf das Haus entfernten.
»Puh!« Paula stieß den Atem aus. »Das war vielleicht ein Typ. Stellen Sie sich vor, Sie müßten mit ihm leben.«
Sie stiegen in den Wagen, in dem es sehr kühl war. Tweed schaltete die Heizung ein und trommelte leicht mit den Fingern auf dem Lenkrad. Sein Blick war auf die Bungalowsiedlung gerichtet, deren Lichter durch den Nebel schimmerten.
»Welchen Eindruck haben Sie von ihm?« fragte Tweed, während er den Motor startete.
»Der geborene Spieß. Könnte noch heute bei der Armee sein und seinen Leuten verächtliche Befehle zubrüllen. Sehr selbstbewußt. Wäre überall zu Hause. Ein regelrechter Eisberg.«
»Und seine attraktive Frau?«
»Eine Männerjägerin. Ständig darauf aus, ihrer Sammlung eine neue Trophäe hinzuzufügen.«
»Das ist ziemlich gehässig. Nicht das, was ich von Ihnen gewohnt bin . . .«
»Ich habe beobachtet, wie sie Sie angesehen hat, während Sie Kearns verhörten.«
»Sie ist etliche Jahre jünger als er – und sie muß sich in diesem gräßlichen alten Kasten sehr einsam fühlen.«
»Ah, ihre Wirkung auf Sie hat bereits eingesetzt.« Paula warf Tweed, der den Wagen den Abhang hinab steuerte, einen Blick zu. »Sie Teufel, Sie wollen mich auf den Arm nehmen. Ich gebe zu, daß die Ehe mit einem geborenen Spieß nicht sonderlich erfreulich sein dürfte.«
»Ich finde, er hat seine Sache recht gut gemacht und eine clevere Schau abgezogen. Bis dicht an die Grenze der Selbstkarikatur.«

»Worauf wollen Sie hinaus, Tweed?«
»Mr. Kearns ist wesentlich verschlagener, als Sie zu glauben scheinen. Er hat uns eine Maske dargeboten.«
»Da wir gerade von Masken reden – ich mache mir Gedanken über diese merkwürdige Gruppe von Bungalows«, bemerkte sie. »Irgendwie sehen sie nicht echt aus. Wir sollten sie etwas genauer in Augenschein nehmen. Ich habe das Gefühl, als sähen sie irgendwie zu gut aus, um wahr zu sein.«
Tweed drosselte das Tempo noch stärker, als sie die Zufahrt zu der Siedlung passierten, und Paula zählte sechs Bungalows, je drei auf jeder Seite einer Sackgasse. In allen waren die Vorhänge zugezogen und die Räume dahinter beleuchtet. Alle waren mit den üblichen Statussymbolen junger und ehrgeiziger leitender Angestellter auf dem Weg nach oben ausgestattet. Jede Veranda wurde von Kutschenlaternen flankiert; weitere Laternen schmückten die Eingangspforten der Auffahrt; urnenförmige Kübel mit immergrünen Sträuchern wirkten wie kleine Ausrufezeichen.
»Wie aus der Ausstellung ›Das ideale Heim‹, die alljährlich im Olympia stattfindet«, sagte Paula. »Wie ich bereits sagte – irgendwie sehen sie nicht echt aus.«
»Und Kearns, der praktisch Tür an Tür mit ihnen wohnt, behauptet, nichts über sie zu wissen. Schwer zu glauben.«
»Mir leuchtet das ein. Er ist ein Mann, der sich selbst genügt...«
»Und außerdem ist er ein guter Schauspieler. Was ist?«
Sie hatten die Bungalows hinter sich gelassen. Die Straße wand sich jetzt auf ebener Strecke durch das Moor, nach beiden Seiten hin offen. Keine Hecken. Im Licht des Mondes waren dunkle Abhänge zu erkennen; sie zogen sich zu hohen Kämmen empor, die sich gegen den Nachthimmel abzeichneten. Paula hatte sich versteift und spähte zum linken Fenster hinaus.
»Da ist wieder dieser gespenstische Reiter!«
»Wo?« Tweed drosselte die Geschwindigkeit und blickte gleichfalls den Abhang hinauf, wo durchsichtige Schleier aus bleichem Nebel langsam über das Moor waberten und seltsame Formen annahmen. Tweed war skeptisch. Ein Nebelschwaden sah aus wie ein Kentaur, dann löste er sich wieder auf. »Ich kann keinen Reiter sehen...«
»Dort oben, in der Einbuchtung des Kammes. Und er hat sein Gewehr bei sich. Er zielt auf uns...«
Alles passierte gleichzeitig. Ein Cortina kam von hinten heran, überholte sie und kam vor dem Mercedes zum Stehen. Auf dem Kamm saß in einer kleinen Senke ein Mann auf einem Pferd, so reglos wie sein

Tier, mit erhobenem Gewehr. Tweed drückte den Fuß aufs Gaspedal, schwenkte aus, um den vor ihnen haltenden Cortina zu umfahren. Sie hörten einen kurzen Knall und gleichzeitig das Splittern von Glas. Paulas Kopf fuhr herum.
»Beide seitlichen Heckfenster sind kaputt ...«
»Kugel«, sagte Tweed knapp.
Er fuhr ein Stückchen weiter bis zu einer Stelle, an der die Straße zu beiden Seiten von kleinen Wäldchen abgeschirmt wurde. Im Rückspiegel sah er Pete Nield hinter dem Cortina kauern; er hatte beide Hände erhoben und zielte den Abhang hinauf. Der harte Knall dreier schnell hintereinander abgegebener Schüsse hallte durch die Dunkelheit. Nield erhob sich, setzte sich wieder ans Steuer seines Wagens, fuhr vor und hielt neben dem Mercedes an. Tweed ließ sein Fenster herunter.
»Diesmal hat er versucht, Sie umzubringen«, bemerkte Nield. »Wie zum Teufel hat er es nur geschafft, die Strecke vom Doone Valley bis hierher so schnell zurückzulegen?«
»Haben Sie ihn erwischt?« fragte Tweed gelassen. Neben ihm preßte Paula die Hände zusammen, um sie am Zittern zu hindern.
»Nein. So weit reicht die Schußweite eines Revolvers nicht. Ich habe ihn nur verscheucht, bevor er es noch einmal versuchen konnte. Habe gesehen, wie er in einer Mulde zwischen den Hügeln verschwand. Aber Sie haben meine Frage noch nicht beantwortet. Wie kann er von Doone Valley hierhergekommen sein?«
»Er könnte die Gegend gut kennen, viel im Exmoor geritten sein.« Tweed legte die Hände aufs Lenkrad. Paula war erstaunt über seine Reaktion – während sie immer noch zitterte, war er völlig ruhig und gelassen. »Außerdem scheint der Mond«, fuhr Tweed fort. »Ein Reiter, der sich hier auskennt, hätte ohne weiteres querfeldein reiten können, während wir langsam im Halbkreis herumfuhren.«
»Also könnten es Barrymore oder Robson gewesen sein«, vermutete Paula. »Kearns hat uns erzählt, daß sie alle viel reiten ...«
»Oder sogar Kearns selbst. Es wird Zeit, daß wir nach Dunster kommen und etwas essen.« Er löste die Handbremse und warf ihr dabei einen Blick zu. »Vergessen Sie eines nicht – Kearns wohnt am nächsten, und das Pferd, das ich in seinem Stall sah, war noch gesattelt. Aber der Versuch, mich zu erschießen, beweist, daß wir uns am rechten Ort befinden.«

Der Reiter erschien mitten auf der Fahrbahn, als sie sich auf einer stillen, von Hecken gesäumten Landstraße Dunster näherten.
Er saß reglos auf seinem Pferd und hatte eine Hand hoch erhoben; die andere hielt die Zügel. Im Licht seiner Scheinwerfer konnte ihn Tweed ganz deutlich sehen. Er blendete auf, und der Mann senkte seine Hand so weit, daß er mit ihr die Augen abschirmen konnte.
Pete Nields Cortina, der sich jetzt dicht hinter dem Mercedes befand, überholte. Nield fuhr mit einer Hand am Steuer, mit der anderen zog er seine .38er Smith & Wesson aus dem Holster. Er sprang aus dem Wagen, hob beide Hände und richtete die Waffe auf den Mann.
»Nicht schießen!«
Tweed hatte seinen eigenen Wagen zum Stehen gebracht, sprang heraus und lief vorwärts. Neben Nield blieb er stehen und musterte den Reiter, der sich so reglos verhielt wie eine Bronzestatue. Tweed blinzelte, nicht sicher, ob ihm seine Augen einen Streich spielten oder nicht. Dann wendete er sich an Nield, bevor er weiter vorging.
»Die Waffe brauchen Sie nicht. Kaum zu glauben. Ich weiß, wer das ist...«
Er trat an die Flanke des Pferdes und streckte eine Hand nach oben. Der Reiter ergriff die Hand. Die beiden Männer starrten sich gegenseitig an. Der Reiter war ein untersetzter Mann in den Sechzigern mit einem braunen Schnurrbart und dichtem Haar von der gleichen Farbe.
»Chefinspektor Sam Partridge«, sagte Tweed.
»Ex-Chefinspektor. Jetzt im Ruhestand. Sie haben mich ganz schön übers Moor jagen lassen. Wo sind Sie abgestiegen?«
»Im Luttrell Arms in Dunster.«
»Ich auch. Das einzige anständige Hotel in der ganzen Gegend. Ich werde mich Ihnen beim Abendessen anschließen, wenn ich darf. Man kennt mich dort schlicht als Mr. Partridge. Fahren Sie zu, ich komme nach.«
»Wir warten in der Bar auf Sie«, entgegnete Tweed, kehrte zu seinem Wagen zurück und bedeutete Nield, gleichfalls weiterzufahren.
»Was hat das alles zu bedeuten?« fragte Paula, als der Reiter wendete und Richtung Dunster davontrabte. »Und wer ist der Mann? Er hat versucht, Sie zu töten.«
»Da waren mehr als ein Reiter im Moor unterwegs.« Tweed saß am Steuer, sein Blick folgte dem entschwindenden Partridge.
»Mehr als einer?«
»Der Mann, der versuchte, mich zu töten, und dieser Herr. Ex-Chefin-

spektor Sam Partridge vom Morddezernat. Ich kenne ihn aus der Zeit, als ich vor meinem Eintritt in den SIS beim Yard arbeitete.«
»Irgendwie verstehe ich das alles nicht recht.«
»Ich auch nicht. Der lange Arm des Zufalls ist bis zum Zerreißen gespannt. Irgendwo muß in dieser ganzen Geschichte doch eine Logik stecken. Partridge ist nach Harry Masterson im Verteidigungsministerium gewesen und hat mit Brigadier Willie Davies gesprochen, dem Mann, den ich aufgesucht habe.«
»Ich verstehe immer noch nicht...«
»Als Partridge mit Davies sprach, erzählte er ihm, ihn beschäftigte noch immer ein Mord, der vor über vierzig Jahren an einem Mann in Kairo begangen wurde.«
»In Kairo? Aber Gavalas wurde doch auf Siros getötet.«
»Richtig. Seltsam, nicht wahr? Zwei Morde, die vor fast einem halben Jahrhundert begangen wurden. Ich beschäftige mich mit dem einen, Partridge mit den anderen. Er wohnt auch im Luttrell Arms.« Er startete den Motor. »Wir setzen uns mit ihm zusammen, wenn wir ins Hotel zurückgekehrt sind. Dürfte eine interessante Unterhaltung werden, glauben Sie nicht auch?«

Sie saßen an einem ruhigen Ecktisch am hinteren Ende des Speisesaals. Tweed hatte um einen Tisch gebeten, an dem sie sich ungestört unterhalten konnten. Der in seinen dunklen Anzug gekleidete Geschäftsführer des Luttrell Arms hatte sie an diesen Tisch geleitet, Paula den Stuhl zurechtgerückt und dann Tweed ein paar Worte zugeflüstert.
»Das ist der Tisch, an dem die drei Herren aus der Nachbarschaft an den Samstagabenden immer sitzen.«
»Welche drei Herren?« fragte Paula, nachdem der Geschäftsführer gegangen war.
»Barrymore, Robson, Kearns...«
Tweed warf einen Blick auf Partridge, der ihm am Tisch gegenübersaß. Paula saß neben Tweed, während Nield neben Partridge Platz genommen hatte. Sie musterte den einstigen Scotland Yard-Beamten. Sein Gesicht unter dem dichten braunen Haar war wettergegerbt und hatte die gesunde Farbe eines Mannes, der sich viel im Freien aufhält. Der Blick seiner grauen Augen war stetig, seine Nase wirkte fast kämpferisch, aber sein Wesen und seine Sprechweise waren mild. Die geschürzten Lippen und der kraftvolle Unterkiefer verliehen ihm ein etwas verbissenes Aussehen. Kein Mann, der leicht aufgibt, dachte Paula.
»Die drei Männer, die meine Hauptverdächtigen sind«, bemerkte Partridge.

»Und wessen verdächtigen Sie sie?« erkundigte sich Tweed und hob den Blick von der Speisekarte. Er bemerkte, daß Partridge zögerte, auf Paula und Nield schaute. »Meine Begleiter sind absolut vertrauenswürdig«, versicherte er ihm.

»Des Mordes an einem Griechen namens Ionides im Jahre 1944 in Kairo.«

»Das ist sehr lange her«, bemerkte Paula.

»Ich war damals kaum zwanzig und habe nie recht verstanden, warum ich dem SIB zugeteilt wurde – der Special Investigation Branch«, erklärte er Paula. »Das militärische Gegenstück zu Scotland Yard. Mein Vorgesetzter war ein Schwachkopf. Bildete sich ein, alles zu wissen, aber soweit ich es beurteilen konnte, hatte er von nichts eine Ahnung. Bevor er zur Armee kam, war er bei der Polizei in Manchester gewesen ...«

Er brach ab, als die Kellnerin erschien, um ihre Bestellung entgegenzunehmen. Paula musterte ihn abermals. Er trug eine Flanelljacke und eine alte graue Hose, und auf dem Bord neben ihm lag eine vielgetragene karierte Mütze. Die ideale Kleidung für einen Mann, der mit der Landschaft von Exmoor verschmelzen möchte. Tweed trank einen Schluck Wasser und ermutigte dann Partridge zum Weiterreden, bevor dieser fragen konnte, was Tweed im Exmoor tat.

»Erzählen Sie mir ein bißchen mehr über den Mord an diesem Griechen. Sie sagten, er hätte Ionides geheißen.«

»Was nicht sein wirklicher Name war. Darauf komme ich später noch.« Partridge stützte die Ellenbogen auf den Tisch und begann zu reden – fast, als wäre er von seinem Thema besessen, stellte Tweed fest.

»Es war ein gräßlicher Mord. Wurde spät abends in einem merkwürdigen Gebäude verübt, das Antikhana genannt wurde. Nicht weit vom Nil entfernt und an das Viertel der Einheimischen angrenzend. Ionides war aus dem von den Deutschen besetzten Griechenland entkommen und arbeitete offiziell an Propagandamaterial, das dann in sein Land zurückgeschmuggelt wurde. Ein britischer Sergeant, der auf dem Dach einquartiert war, fand die Leiche. Alles war mit Blut bespritzt – die Wände, die Möbel, der Fußboden. Der Mann war mit einem Messer in Stücke gehauen und der Kopf fast vom Hals getrennt worden.« Partridge warf einen Blick auf Paula. »Entschuldigung, ich möchte Ihnen nicht den Appetit verderben.«

»Ich habe einen kräftigen Magen. Fahren Sie fort.«

»Mein Vorgesetzter, Captain Humble, war mit der Untersuchung beauftragt. Brachte nichts heraus. Allem Anschein nach hatte sich zur Zeit des Mordes niemand in dem Gebäude aufgehalten. Es gab nur einen Eingang – und der wurde von einem sudanesischen Portier bewacht. Die Eingangstür wurde immer abends um sechs verschlossen. Dem Pathologen zufolge lag die Mordzeit zwischen acht und zehn Uhr. Also hätte der Mord theoretisch überhaupt nicht begangen werden können.«

»Die Fenster?« warf Tweed ein. »Hätte der Mörder durch ein Fenster aussteigen können?«

»Unmöglich. Sie waren alle vergittert. Die Sicherheitsvorschriften waren damals äußerst streng. Der Fall blieb bis heute ungelöst.«

»Und weshalb streifen Sie jetzt im Exmoor herum?«

Partridge wartete, während die Getränke und die Vorspeisen serviert wurden. Er trommelte leise mit den Knöcheln seiner linken Hand auf den Tisch, rührte seine Suppe nicht an und begann wieder zu reden, sobald sie allein waren.

»Das ist ein bißchen kompliziert. Drei Männer, die zusammen einen Kommandotrupp bildeten, waren offiziell in diesem Gebäude stationiert. Zwei Tage vor dem zweiten Mord kehrten sie von einem gescheiterten Unternehmen auf einer Insel namens Siros zurück.«

»Einen Augenblick, Sam«, unterbrach ihn Tweed. »Da komme ich nicht mit. Sie sagten ›der *zweite* Mord‹ und ›*gescheitertes* Unternehmen‹...«

»Beides hängt eng zusammen. Das Unternehmen scheiterte, weil diesem aus drei Männern bestehenden Trupp ein Grieche namens Gavalas zugeteilt worden war, der den Leuten von der Widerstandsbewegung auf Siros ein Vermögen an Diamanten aushändigen sollte. Sie brauchten dringend Geld. Auf Siros wurde Gavalas ermordet – von hinten erstochen. Die Diamanten, die er bei sich gehabt hatte, waren verschwunden. Also war das Unternehmen gescheitert. Zwei Tage später waren die drei Männer wieder in Kairo – *vor* dem Mord an Ionides. Sehen Sie, worauf ich hinauswill?«

»Ich lasse mich nicht auf Vermutungen ein, Sam. Das sollten Sie aus unserer gemeinsamen Zeit beim Yard wissen.«

»Humble führte eine Routineuntersuchung des Mordes an Ionides durch und legte den Fall dann zu den Akten. Bekam irgend etwas anderes zu tun. Mich hat die Geschichte nicht losgelassen. Die Brutalität, mit der der Mord im Antikhana-Gebäude verübt worden war. Ich habe in meiner freien Zeit weitergewühlt. Und seit damals bin ich überzeugt, daß einer der drei Männer des Kommandotrupps beide Griechen ermordet hat. Gavalas auf Siros und Ionides in Kairo. Diese drei Männer waren Barrymore, Robson und Kearns.«

Tweed löffelte den Rest seiner Suppe und dachte dabei nach. Nield, der die ganze Zeit geschwiegen hatte, war mit seinem Krabbencocktail fertig. Partridge hatte seine Suppe kaum angerührt, Paula war noch mit ihrer Pastete beschäftigt. Außer ihnen saßen nur noch drei Paare bei einem späten Abendessen.

»Sam«, setzte Tweed an, »Sie sind Ihr ganzes Leben lang Detektiv gewesen. Bis jetzt habe ich noch nicht einen Fetzen von Beweismaterial zu hören bekommen, das Ihre bizarre Theorie stützen könnte.«

»Ich sagte doch, ich habe weitergewühlt. Ich habe mir mit einem Bluff Zutritt zu Grey Pillars verschafft – so hieß das oberste Hauptquartier. Mit Hilfe eines Bekannten, den ich dort hatte, konnte ich geheime Akten einsehen. Ich fand heraus, daß Stefan Ionides – Sie erinnern sich, daß ich sagte, daß das nicht sein richtiger Name war – in Wirklichkeit Stefan Gavalas hieß und der Bruder von Andreas Gavalas war.«

VIERZEHNTES KAPITEL

Drei Menschen saßen in Tweeds Hotelzimmer, das Gartenzimmer genannt wurde, weil von ihm aus eine Tür in den Hotelgarten führte. Es lag ein Stockwerk über dem Straßenniveau. Es war zehn Uhr abends, und die Vorhänge vor der verschlossenen Gartentür waren zugezogen.

Paula saß mit übergeschlagenen Beinen in einem Sessel und hielt eine Tasse Kaffee auf dem Schoß. Nield hatte es sich mit einem Kognak auf einer Couch bequem gemacht. Nur Tweed saß aufrecht auf einem Stuhl mit gerader Rückenlehne, weil er sich in dieser Position besser konzentrieren konnte.

»Ich glaube, ich verziehe mich ins Bett. Ich bin müde vom vielen Herumreiten«, hatte Partridge gesagt, als sie den Speisesaal verließen.

»Also waren offensichtlich zwei Reiter im Moor unterwegs, während wir dort herumfuhren«, bemerkte Nield. »Der eine war Partridge, der andere Mr. X.«

»Ich war ganz schön wütend, als Partridge sagte, er wäre der Reiter hinter Quarme Manor gewesen«, erklärte Paula. »Mit dem Gewehr auf Sie zu zielen – auch wenn es nicht geladen war.«

»Er benutzte das Zielfernrohr, um festzustellen, wer da herumlief«, erinnerte Tweed sie. »Es muß ein ganz schöner Schock für ihn gewesen sein, als er mich erkannte.«

»Aber der andere Reiter in der Nähe von Kearns' Haus hat versucht, Sie zu töten«, betonte Nield. »Es ist Mr. X., den wir ausfindig machen müssen.«

»Diese Geschichte, die Partridge uns erzählt hat – über die Familie Gavalas, die noch immer auf Rache sinnt –, geht mir nicht aus dem Kopf«, sagte Tweed. »Und was er über den alten Petros Gavalas erzählte, der mit einer eisernen Rute über seine Familie herrscht, gefällt mir ganz und gar nicht. Es hörte sich an, als wäre er ein ziemlich gewalttätiger Mensch.«
»Ist es denkbar, daß jemand nach so langer Zeit noch auf Blutrache sinnt?« warf Paula ein.
»Die Griechen haben einen starken Familiensinn. Und ein ebenso starkes Gefühl für die Ehre der Familie«, erklärte ihr Tweed. »Partridge zufolge wurden zwei Söhne des alten Petros ermordet. Es ist durchaus denkbar, daß er noch immer auf der Suche nach den Mördern oder dem Mörder ist. Marler und Newman, die beide Griechenland gut kennen, könnten uns hier Informationen aus erster Hand liefern. Vielleicht haben sie uns einiges zu berichten, wenn sie nach London zurückkehren.«
»Aus Athen haben sie sich noch nicht gemeldet?« fragte Paula.
»Nein. Ich habe Monica am Park Crescent angerufen, während Sie sich in Ihrem Zimmer frisch angemalt haben.«
»Angemalt?« Paula lächelte spitzbübisch. »Immerhin nimmt der Herr zur Kenntnis, daß ich mich frischgemacht habe.« Ihr Ausdruck wurde wieder ernst. »Aber nichts von dem, was wir erfahren haben, gibt uns irgendwelche Hinweise darauf, wie der arme Harry Masterson . . .«
Sie brach ab, als jemand leise an die Tür klopfte. In Sekundenschnelle war Nield auf den Beinen und hielt die Waffe in der Hand. »Darum kümmere ich mich.«
Auch Tweed war aufgesprungen. »Gehen Sie hinter dem Bett in Deckung«, wies er Paula an. Er schaltete das Deckenlicht aus, so daß das Zimmer nur durch die Stehlampe schwach erhellt war, rückte seinen Stuhl an die Wand und setzte sich wieder. Nield bewegte sich so lautlos wie eine Katze auf die Tür zu, stellte sich neben dem Türrahmen an die Wand, griff nach dem Schlüssel, drehte ihn behutsam, packte mit der Linken die Klinke der Tür und riß sie dann auf.
Ein erschrockener Partridge, noch voll angekleidet, stand davor. Er warf einen Blick auf Nield, der gerade seine Waffe wieder wegsteckte. Tweed forderte ihn zum Eintreten auf, und Nield machte die Tür zu und verschloß sie wieder.
»Sehr vernünftig«, bemerkte Partridge. »Entschuldigen Sie, daß ich so spät noch störe. Aber mir ging so vieles im Kopf herum – Dinge, von denen ich Ihnen noch nichts erzählt hatte. Ein Mann namens Harry Masterson wurde ermordet. Während ich Griechenland einen Besuch abstattete . . .«

»Was ist mit diesem Harry Masterson?« fragte Tweed, nachdem der Zimmerservice Kaffee gebracht hatte. Es würde eine lange Nacht werden.
»Was es mit ihm auf sich hatte, konnte ich nicht herausbringen, aber ich stellte fest, daß er Christina Gavalas den Hof machte – das ist Petros' Enkelin. Allem Anschein nach sind sie gemeinsam nach Athen geflogen. Also ging ich der Sache nach.«
»Warum? Wenn Sie diesen Masterson nicht kannten?«
»Weil die Stelle, an der er abstürzte – ein Ort namens Kap Sunion – nicht weit vom Eingang zum sogenannten Teufelstal entfernt ist. Und im Teufelstal liegt Petros' Farm, ganz versteckt in den Bergen, in der Nähe einer aufgegebenen Silbermine.«
»Ist das nicht ein bißchen weit hergeholt?« sondierte Tweed.
»Meinen Sie? Masterson war viel mit Christina Gavalas zusammen – und der Ort, an dem er ermordet wurde ...«
»Woher wissen Sie, daß Masterson ermordet wurde? Beweise, Sam – haben Sie Beweise? Ließ der Zustand der Leiche darauf schließen?«
»Nein. Er wurde von einem Boot der Küstenwache gefunden, das vor Kap Sunion nach Drogenschmugglern Ausschau hielt. Mastersons Leiche lag auf den Felsen. Er war an die hundert Meter tief herabgestürzt.«
»Ich warte immer noch auf irgendwelche Beweise«, beharrte Tweed.
»Vor ein paar Jahren lernte ich bei einem Seminar über Verbrechensbekämpfung einen Inspektor Sarris vom Athener Morddezernat kennen. Ich suchte ihn auf. Er erzählte mir, daß sie zwar keine konkreten Anhaltspunkte hätten, aber Sarris war überzeugt, daß es Mord war.«
»Weshalb?«
»Er hatte Masterson irgendwo beobachtet. Sagte, er wäre ganz einfach nicht die Art Mann gewesen, die über den Rand einer Klippe hinwegstolpert. Stört es Sie, wenn ich meine Pfeife anstecke? Schließlich wollen Sie hier schlafen ...«
»Tun Sie es. Sie können besser denken, wenn Sie rauchen, Sam. Ich kann ja später die Tür zum Garten öffnen. Sonst noch etwas?«
»Ja. Da ist ein Grieche, der im Exmoor herumreitet – Anton Gavalas, ein Sohn von Petros aus zweiter Ehe. Gerüchten zufolge hat er sich in Watchet von einem portugiesischen Schiff aus an Land geschlichen.«
Tweed beugte sich vor. »Woher haben Sie Ihr Wissen über diesen Anton?«
»Sarris erzählte mir von ihm, kurz bevor ich abflog. Sie behalten die Familie Gavalas im Auge. Ich war beim Hafenmeister in Watchet. Er sagte, daß tatsächlich Schiffe aus Portugal dort anlegen. Sie liefern

Kork an und laden dann Altpapier zur Wiederaufbereitung – in Watchet gibt es eine Papierfabrik. Dann stieß ich auf eine Straßensperre.«

»Und wie sah die aus?«

»Der Hafenmeister. War regelrecht empört, als ich andeutete, jemand könnte sich ohne sein Wissen an Land geschlichen haben. Wies darauf hin, daß er von seinem Büro aus den ganzen Hafen überblicken kann.«

»Und Sie meinen nach wie vor, daß Anton illegal ins Land gekommen ist?«

»Ich habe Jim Corcoran angerufen, den Chef des Sicherheitsdienstes in Heathrow. Er hat alle Passagierlisten überprüft – ich deutete an, daß es möglicherweise um Drogenschmuggel ginge. Keine Spur von einem Anton Gavalas. Vielleicht ist er an irgendeinem Ort wie Manchester gelandet, aber ich bezweifle es.«

»Wie konnten Sie wissen, daß es sich um Anton handelt?« drängte Tweed.

»Sarris zeigte mir etliche Fotos von ihm.« Partridge schaute ihn überrascht an. »Ich dachte, in dieser Hinsicht hätten Sie mir einiges voraus.«

»Sie wissen doch von früher, wie ich bin.« Tweed machte eine wegwerfende Handbewegung. »Ein Pedant, für den nur präzise Tatsachen zählen. Sie haben Anton also gesehen? Hier?«

»Er ritt im Exmoor herum. In der Umgebung des Doone Valley. Beobachtete Barrymores Haus, Quarme Manor, mit einem Fernglas. Dann weiter zu Robsons Bungalow. Dasselbe Verfahren. Später querfeldein zu Kearns' Haus. Er weiß, wo die drei Männer wohnen.«

»Und wissen Sie, wo Anton sein Standquartier hat?«

»Nein, keine Ahnung. Obwohl ich mir alle Mühe gegeben habe, es herauszufinden.«

»Ich hätte gern seine Beschreibung – es sei denn, Sie haben eines dieser Fotos.«

»Sarris wollte keines aus der Hand geben.« Er schloß die Augen, sog an seiner Pfeife. »Ende Dreißig. Haar, schwarz wie die Sünde. Kleiner Schnurrbart von derselben Farbe. Hakennase – wie Petros. Ungefähr einssiebzig groß. Meiner Ansicht nach ein Mann, mit dem nicht gut Kirschen essen ist. Erstklassiger Reiter.«

»Und woher wissen Sie das?« fragte Tweed.

»Ich bin ihm gefolgt. Habe ihn eines Tages zufällig gesehen, als ich im Moor unterwegs war. Ich achtete immer darauf, daß ich außer Sichtweite blieb, aber eines Tages stellte er mich. Ein gerissener Bursche. Ich ritt um einen großen Felsblock herum, und da war er – wartete auf mich. Erkundigte sich in höhnischem Ton, warum ich ihn verfolgte. Er spricht ausgezeichnet Englisch. Sarris erzählte mir, daß er eine Reitschule besucht hat, als er in Deutschland war – irgendwo in Bayern, in der Nähe der Bahnlinie von München nach Lindau am Bodensee.«

»Aber warum sollte er ausgerechnet im Exmoor herumstreifen?«

»Offensichtlich von Petros geschickt, damit er die drei Männer ausfindig macht, die an dem Kommandounternehmen auf Siros beteiligt waren. Petros ist immer noch darauf versessen, sich an dem Mann zu rächen, der vor so langer Zeit seine Söhne Stefan und Andreas umbrachte.«

»Und in gewisser Hinsicht tun Sie dasselbe. Auch Sie versuchen immer noch, den Mörder ausfindig zu machen. Das ist Torheit, Sam...«

»Es gibt meinem Ruhestand einen Sinn.«

»Aber das muß Sie doch ein Vermögen kosten«, wendete Tweed ein. »Können Sie sich das denn leisten?«

Partridge lächelte, sog geräuschvoll an seiner Pfeife. »Wenn ich nur meine Pension hätte, nein. Die reicht gerade so weit, daß meine Frau und ich behaglich leben können. Wir stellen keine großen Ansprüche. Aber ich habe von einem Onkel einen Haufen Geld geerbt, praktisch aus heiterem Himmel. Damit finanziere ich meine Jagd. Diesen unaufgeklärten Mord im Antikhana-Gebäude habe ich nie vergessen können. Hat mich gewissermaßen mein ganzes Leben verfolgt...«

Er hörte auf zu sprechen. Paula hatte die Beine voneinander gelöst und langte hinunter, um über eine juckende Stelle an ihrem Knöchel zu streichen. Das Armband, das bis dahin unter dem Ärmel ihrer Bluse verborgen gewesen war, glitt über ihr Handgelenk. Sie blickte auf. Partridge schaute unverwandt und mit erstarrter Miene auf ihr Handgelenk. Dann bemerkte er, daß sie ihn beobachtete, lächelte und wendete den Blick ab.

»An Ihrer Stelle würde ich diese ganze Geschichte vergessen, Sam«, riet Tweed.

»Eigentlich bin ich hergekommen, um Ihnen dies hier zu geben.« Partridge zog einen verschlossenen Briefumschlag aus der Innentasche seines Jacketts und reichte ihn Tweed. »Das ist für Sie – für den Fall, daß ich eines Morgens nicht wieder aufwache. Da drin ist die Adresse und der Schlüssel zu einem Schließfach. Fast genau gegenüber von Harrods in London. Nicht zu öffnen, so lange ich noch lebe und strampeln kann. Einverstanden?«

»Wenn Sie darauf bestehen...«

»Das tue ich.« Er überprüfte seine Pfeife, stellte fest, daß sie ausgegangen war, steckte sie in die Tasche und erhob sich. »So, und jetzt gehe ich endgültig zu Bett. Entschuldigen Sie mein Eindringen. Aber es tat gut, sich einmal wieder mit Ihnen zu unterhalten – fast wie in alten Zeiten im Yard.«

»Bevor Sie gehen, Sam . . .« Tweed hielt den Briefumschlag hoch. »Geben Sie mir wenigstens einen Anhalt, was ich finden werde, wenn ich eines Tages Veranlassung haben sollte, dieses Schließfach zu öffnen.«

Partridge zögerte. Tweed drängte. »Wir haben einmal zusammengearbeitet – im Morddezernat. Da habe ich ein gewisses Recht auf eine Antwort.«

»Ich habe ein Dossier über diese drei Männer angelegt. Alle Einzelheiten stehen in einem Notizbuch in diesem Schließfach. Dabei möchte ich es belassen.«

»Fair genug . . .«

Pete Nield hatte seinen dunklen Schnurrbart befingert und den ehemaligen Detektiv gemustert. Jetzt sprach er und verlieh seinen Worten mit einem ausgestreckten Zeigefinger Nachdruck.

»Mr. Partridge, Sie behaupten, auf dem Kamm oberhalb von Quarme Manor hätten sie Ihr Zielfernrohr benutzt, um einen Blick auf Tweed zu werfen, und ihn auf diese Weise erkannt. Außerdem behaupten Sie, Ihr Gewehr wäre nicht geladen gewesen. Dann erzählten Sie uns, daß Sie diesem Anton Gavalas über das Moor gefolgt sind. War der Grieche bewaffnet?«

Partridge wendete sich Nield zu und runzelte die Stirn. »Ja. Er hatte ein Gewehr bei sich, das in einer Scheide steckte. Das habe ich durch mein Zielfernrohr deutlich gesehen . . .«

»Und zu jener Zeit war Ihr Gewehr geladen – weil Sie den Griechen für gefährlich hielten?«

»Ja, das war es.«

»Und Sie behaupten immer noch, das Gewehr, mit dem Sie auf Tweed zielten, wäre ungeladen gewesen – obwohl Sie wußten, daß Sie jederzeit auf den im Moor herumreitenden Griechen stoßen konnten?«

»Es war nicht entsichert.« Partridge hielt inne. »Aber Sie haben recht. Es war geladen. Aber es war mir irgendwie peinlich, Tweed wissen zu lassen, daß . . .«

»Schon gut, Sam«, unterbrach ihn Tweed. »Sie haben einen langen Tag hinter sich. Sie sollten jetzt schlafen gehen. Wir sehen uns morgen früh.«

»Gute Nacht allerseits.«

Damit verließ Partridge das Zimmer. Nield schloß hinter ihm ab. Dann kehrte er zu seinem Sessel zurück, goß frischen Kaffee ein und reichte die Tassen herum.

»Er ist ein netter Mann«, bemerkte Paula. »Ich glaube, er steht unter großer Anspannung.«
»Er ist außerdem ein Lügner«, erklärte Nield gelassen. »Er hat gelogen, als er behauptete, sein Gewehr wäre nicht geladen gewesen, als er es auf Tweed richtete. Wer weiß, was passiert wäre, wenn Sie nicht Ihre Taschenlampe benutzt und ihn abgelenkt hätten?«
»Sie verdächtigen doch nicht etwa Partridge?« fragte Paula ungläubig.
Nield lächelte sie an. »Ich verdächtige jedermann. So lange, bis seine Unschuld ganz eindeutig bewiesen ist. Dazu hat Tweed mich angestellt. Und vergessen Sie nicht, er hat selbst zugegeben, daß er in Kairo war, als Ionides – Stefan Gavalas – in Stücke gehauen wurde.«
»Das hätte er nicht zugegeben, wenn er etwas damit zu tun gehabt hätte«, widersprach sie.
»Er ist intelligent genug, um zu wissen, daß Tweed das früher oder später herausfinden würde. Vielleicht steht er deshalb unter Anspannung, weil wir auf der Bildfläche erschienen sind.«
»Ich muß zugeben, es war sehr geschickt, wie Sie herausgebracht haben, daß sein Gewehr geladen war.«
»Simple Logik. Wenn er nur hätte herausfinden wollen, was vor sich ging, hätte er ein Nachtglas benutzen können. Aber nein, er hatte ein Gewehr.«
Paula warf einen Blick auf Tweed, der diesem Gespräch schweigend zugehört hatte. Er hatte den Kopf an die Wand gelehnt und die Augen geschlossen; er war meilenweit weg. Sie beugte sich vor, schlug ihm leicht auf die Hand. Er riß die Augen auf.
»Einen Penny für Ihre Gedanken. Meinetwegen auch ein Pfund. Und Sie sehen aus, als machten Sie sich Sorgen.«
»Das tue ich. Um Sam. Er ist von einer fixen Idee besessen. Und das ist für einen Detektiv – oder einen Spion – ein überaus gefährlicher Geisteszustand. Trübt das Urteilsvermögen. Und das ist nicht alles.«
»Ich höre ...«
»Diese ganze Geschichte über eine griechische Blutrache. Die gefällt mir ganz und gar nicht. Dieser alte Schurke Petros – es ist durchaus möglich, daß er sämtlichen Familienangehörigen eingebleut hat, sie hätten in ihrem Leben nur eine einzige Aufgabe. Den Mann ausfindig zu machen und an ihm Rache zu nehmen, der Stefan und Andreas umgebracht hat – *falls* es ein und derselbe Mann war. Und wenn Sams Behauptung zutrifft, dann hat Petros für seine fixe Idee die zweite Generation eingespannt. Daher die Ankunft von Anton im Exmoor. Ich kann mir gut vorstellen, was für eine Art Mensch dieser Petros ist. Es geht ein blutrünstiger und grausamer Geruch von ihm aus.«

»Normalerweise drücken Sie sich weniger melodramatisch aus«, bemerkte Paula.
»Dies ist auch keine normale Situation. Vergessen Sie nicht, daß erst vor ein paar Stunden jemand auf den Mercedes geschossen und versucht hat, mich zu töten. Und wenn wir nicht aufpassen, könnte es weitere Morde geben . . .«
»Gut, daß Sie mich daran erinnern«, warf Nield ein. »Morgen früh bringe ich den Mercedes in eine Werkstatt in Minehead und lasse neue Fenster einsetzen. Ich werde dem Mechaniker sagen, irgendein Jäger im Moor hätte einen Schuß ins Blaue abgegeben.«
»Da ist noch zweierlei, Tweed«, erklärte Paula. »Ist Ihnen aufgefallen, wie Partridge reagiert hat, als das Armband unter meiner Manschette hervorglitt? Er hat wie gebannt auf den Mäander gestarrt.«
»Wahrscheinlich hat er Ihre Beine betrachtet«, scherzte Nield. »Ein Anblick, der jeden Mann bannen kann . . .«
»Lassen Sie den Unsinn! Das zweite betrifft die drei Männer, die wir besucht haben. Barrymore, Robson und Kearns – alle drei waren braungebrannt.«
»Richtig«, pflichtete Tweed ihr bei. »Und alle drei haben uns wortreich berichtet, wo sie gewesen sind. Sogar Barrymore, der nicht gerade gesprächig war. Interessant ist, daß alle drei behaupteten, in Gegenden gewesen zu sein, die schwer zu überprüfen sind – Marokko, die Karibik . . .«
»Was, wie ich bereits sagte, bedeutet, daß einer von ihnen durchaus in Griechenland gewesen sein könnte, als Harry Masterson starb.«
»So ist es. Und sie waren genau in der Zeit abwesend, in der Masterson ermordet wurde. Das ist natürlich reine Spekulation.«
»Aber es ist höchst merkwürdig, daß sie alle gleichzeitig verreist waren«, beharrte Paula.
»So merkwürdig ist das nicht«, wendete Nield ein. »Schließlich haben wir Mai – die Zeit, in der Leute, die ungebunden sind, am liebsten verreisen. Auf diese Weise entgehen Sie dem Massenandrang im Sommer.«
»Und das ist noch nicht alles«, sagte Tweed.
»Mir reicht es für heute.« Paula unterdrückte ein Gähnen. »Aber sagen Sie mir, was Sie noch auf Lager haben.«
»Ich möchte so bald wie möglich Sams Geschichte über Anton Gavalas nachgehen.«
»Wie in aller Welt wollen Sie das anstellen?« fragte sie, während sie die Kaffeetassen einsammelte und auf ein Tablett stellte.
»Wir werden bei nächster Gelegenheit nach Watchet fahren. Dann fra-

ge *ich* den Hafenmeister. Hat in letzter Zeit ein Schiff aus Portugal angelegt? *Ich* habe mehr Befugnis als Sam, der nicht mehr im Dienst ist. Ist ein Mann, auf den die Beschreibung Antons zutrifft, an Land gekommen?«

»Schlafen Sie gut.« Paula beugte sich nieder und küßte Tweed auf die Wange. »Vergessen Sie alles.«

»Ich werde es versuchen.« Tweed lächelte ingrimmig. »Ich rechne mit neuen Entwicklungen. Möglicherweise höchst unerfreulichen.«

FÜNFZEHNTES KAPITEL

Am nächsten Morgen ging Paula die alte Eichentreppe hinunter; Nield holte sie ein. Beide hatten zusammen mit Tweed gefrühstückt. Paula war noch einmal hinaufgegangen, um ihren Mantel zu holen, während Tweed bei seinem Kaffee im Speisesaal saß.

»Ich fahre nach Minehead und lasse den Mercedes reparieren«, teilte Nield ihr mit. »Sie machen einen nachdenklichen Eindruck.«

»Es ist Tweed. Er macht sich Sorgen. Er hat sich vor dem Frühstück nach Partridge erkundigt. Der Geschäftsführer sagte ihm, daß Partridge schon zeitig gefrühstückt und sich dann auf den Weg zum Stall gemacht hätte. Er wollte wieder im Exmoor herumreiten. Tweed wäre es lieber, wenn er die Finger von dieser Sache ließe – oder mit uns zusammenarbeitete.«

»Unser Mr. Partridge ist ein Mann, der gern auf eigene Faust arbeitet. Und er ist, wie Tweed sagte, von der fixen Idee eines vierzig Jahre alten Mordes besessen. Ein Besessener ist vernünftigen Argumenten nicht zugänglich.«

»Da haben Sie vermutlich recht...«

Sie öffnete die Tür zum Speisesaal einen Spalt breit, hielt dann inne und machte sie leise wieder zu. Dann zog sie den Gürtel ihres Regenmantels fester und warf Nield unter ihren dichten Brauen hervor einen Blick zu.

»Sie vergeudet nicht viel Zeit. Ich habe sie gleich für eine Männerjägerin gehalten.«

»Wen?«

»Sie kämen nie auf die Idee, wer bei Tweed am Tisch sitzt. Kearns' hinreißende blonde junge Frau Jill. Kurz bevor wir Woodside House verließen, fragte sie Tweed, wo wir abgestiegen wären.«

»Tweed wird mit ihr umzugehen wissen. Vielleicht holt er ein paar Informationen aus ihr heraus.«

»Das kann durchaus sein.« Sie zögerte. »Wäre es Ihnen recht, wenn ich mit nach Minehead fahre, Pete? Ich kann Tweed eine Nachricht hinterlassen.«
»Ich freue mich, wenn ich Gesellschaft habe ...«

Tweed hatte still dagesessen, seinen Kaffee getrunken und zu analysieren versucht, was er bisher erfahren hatte, als Jill Kearns den Speisesaal betrat. Sie entledigte sich ihrer Wildlederhandschuhe und ihres Kamelhaarmantels und ließ sich Tweed gegenüber nieder.
»Ich hoffe, ich komme nicht zu früh. Stuart – mein Mann – ist ins Moor geritten, und die Gelegenheit erschien mir günstig, herüberzukommen und Sie zu besuchen.«
Sie trug einen enganliegenden taubenblauen Rollkragenpullover, der ihre wohlgeformten Brüste voll zur Geltung brachte. Sie benutzte ihre schlanken Hände, um das schulterlange Haar zurückzuwerfen, steckte eine Zigarette in die Elfenbeinspitze und hielt dann inne, bevor sie sie anzündete.
»Stört es Sie? Daß ich rauche, während Sie frühstücken?«
»Durchaus nicht. Ich trinke nur Kaffee.«
»Und außer uns ist niemand anwesend, also haben wir eine ideale Gelegenheit, einander besser kennenzulernen.«
»So ist es ...«
Tweed lächelte ihr ermutigend zu. Sie hatte eine gutgeformte Nase und volle, leuchtend rot geschminkte Lippen. Unter blonden, gewölbten Brauen saßen auffallend blaue Augen. Sie strahlte Lebendigkeit aus, und er schätzte ihr Alter auf knapp über Dreißig. Ungefähr halb so alt wie Kearns. Und sehr sexy.
»Ich will Ihnen zuerst einiges über mich selbst erzählen«, begann sie mit der weichen, rauchigen Stimme, an die er sich vom voraufgegangenen Abend erinnerte. »Während des Krieges führte mein Vater eine Staffel der RAF im Nahen Osten. Anschließend arbeitete er als Berater der ägyptischen Regierung. Ich bin in Kairo geboren.« Sie neigte den Kopf zur Seite und schaute ihn direkt an. »Ist das nicht fürchterlich langweilig für Sie?«
»Ganz im Gegenteil. Mich interessiert immer, was eine schöne Frau über sich zu erzählen hat.« Sie quittierte das Kompliment mit einem Kopfnikken und einem verschmitzten Lächeln. »Bitte fahren Sie fort.«
»Meine Mutter war Clementine Hamilton. Geboren in Dublin ...«
»Bei dem Namen klingelt etwas.« Er wartete.
»Mein Bruder, David Hamilton, gehört dem Unterhaus an. Ich wurde spät geboren. Meine Mutter war vierzig.«

»War? Wollen Sie damit sagen . . .«
»Meine Eltern sind beide tot. Ein Verkehrsunfall. Sie steckten in einem Blechchaos auf der M 25 . . .« Sie sprach schnell weiter, bevor Tweed etwas sagen konnte. »Schon gut. Das ist schon etliche Jahre her. Dann heiratete ich Stuart – oder er heiratete mich, um genauer zu sein. Seine erste Frau war beim Schwimmen ertrunken. Sicher ist Ihnen der Altersunterschied zwischen meinem Mann und mir aufgefallen. Ich fand jüngere Männer oberflächlich, sogar langweilig. Stuart habe ich im Grunde gar nicht richtig gekannt. Er sieht sehr gut aus – aber gutes Aussehen ist nicht alles.«
»Vermutlich nicht«, erwiderte Tweed zurückhaltend.
Sie streckte den rechten Arm über den Tisch und legte ihre Hand auf seine. Ihre Hand war warm, ihre Finger geschmeidig, als sie sich zwischen die von Tweed schoben.
»Ich brauche einen Verbündeten, jemanden, dem ich mich anvertrauen kann . . .«
»Ich fürchte, dafür bin ich vielleicht nicht der Richtige . . .« setzte Tweed an.
»Jemanden außerhalb dieses engen gesellschaftlichen Zirkels im Exmoor. Warten Sie«, drängte sie, als er fortfahren wollte. »Bitte, lassen Sie mich weiterreden. Ich habe Angst. Irgend etwas ist nicht in Ordnung. Helfen Sie mir. Bitte.«
Sie gab seine Hand frei, aber ihre Augen ruhten nach wie vor auf ihm. Blau? Eher wie Lapislazuli. Einen Augenblick lang hatte Tweed das Gefühl, im Geiste neben dem Tisch zu stehen und seine eigenen Reaktionen zu beobachten. Diese Frau hatte es auf ihn abgesehen, ließ ihren ganzen Charme spielen, übte eine fast hypnotische Wirkung aus.
Tweed trank mehr Kaffee und starrte dann einen Moment auf den Grund der Tasse. Sein Verstand lief auf Hochtouren. Er wählte seine Worte sorgfältig.
»Was macht Ihnen angst?«
»Die Atmosphäre. Es ist, als müßte irgend etwas Schreckliches passieren.« Sie drückte ihre Zigarette aus, steckte eine frische in die Spitze, zündete sie mit einem goldenen Dunhill-Feuerzeug an. Tweed griff sich vom Nachbartisch eine saubere Tasse und Untertasse, stellte sie vor sie hin und schenkte Kaffee ein. Sie sagte »Nein, danke«, als er ihr Sahne anbot, und trank die Hälfte des dampfendheißen schwarzen Kaffees. »Danke, Tweed. Das habe ich gebraucht.« Er hatte das Gefühl, daß sie bereits recht vertraut miteinander waren, als er seine nächste Frage stellte.
»Ich verstehe immer noch nicht recht – welche Atmosphäre?«

»Zum einen ist da das Moor. Das Eingeschlossensein in Woodside bei Nacht – durch hohe Mauern von der Welt abgeschnitten. Wie in einem Gefängnis. Und keine andere Gesellschaft als mein Hund Wolf.«

»Und zum anderen, Mrs. Kearns?«

»Jill. Bitte nennen Sie mich Jill. Dann sind da Stuarts merkwürdige Freunde. Dr. Robson und dieser Colonel Barrymore. Wußten Sie, daß sie vor langer Zeit derselben Einheit angehörten? Irgendwie scheint es, als gehörten sie noch immer einer Einheit an. Sie treffen sich zweimal die Woche. Einmal hier zum Abendessen. Samstags. Und jeden Mittwoch im Royal Oak in Winsford zum Lunch.«

»Heute ist Mittwoch...«

»Ich weiß. Und deshalb wird Stuart wohl erst am späten Nachmittag zurückkehren. Deshalb konnte ich es riskieren, herzukommen – in der Hoffnung, Sie zu sehen. Und, Tweed...« Sie lehnte sich vor und kam ihm so nahe, daß er einen Hauch ihres Parfums riechen konnte. Etwas Teures. Er fühlte sich leicht benommen. »Sie werden alle im Royal Oak sein«, fuhr sie mit ihrer sanften, rauchigen Stimme fort. »Es ist seltsam – der Colonel, Barrymore, benimmt sich nach wie vor, als wäre er ihr Vorgesetzter. Er ist widerlich. Die Art, auf die er manchmal meine Beine betrachtet. Ich weiß genau, was er denkt.«

»Hören Sie«, setzte Tweed mit entschiedener Stimme an, »nichts von dem, was Sie bisher sagten, liefert eine Erklärung dafür, weshalb Sie glauben, etwas Schreckliches – das ist das Wort, das Sie gebrauchten – könnte geschehen.«

»Sie sind alle so auf der Hut – irgendwie hat es den Anschein, als fürchteten sie sich vor irgend etwas. Stuart hat diese gefährlichen Menschenfallen rings um das Haus herum eingegraben...«

»Menschenfallen?«

»So ist es.« Sie hob ihre Zigarettenspitze und vollführte damit eine elegante Bewegung. »Er behauptet, sie sollten Raubzeug fernhalten, aber das ist absurd. Das tut schon die hohe Mauer. Das Tor ist immer verschlossen. Stuart bleibt die halbe Nacht auf, wandert in seinem Arbeitszimmer herum. Wenn ich noch wach bin, kann ich ihn hören. Begreifen Sie, warum ich einen Freund brauche, einen Verbündeten?«

»Aber wieso sind Sie auf mich verfallen? Ihr Bruder David...«

»Wir stehen uns nicht nahe. Er hat sehr viel zu tun. Ich habe einmal versucht, mit ihm zu sprechen, und er sagte, das wäre alles Einbildung – ich hätte einen jüngeren Mann heiraten sollen. Danach sind wir uns ein wenig in die Haare geraten.«

»Trotzdem – wieso gerade ich?«

»Sie gehören zur Special Branch.« Sie hielt inne, ihre Lippen öffneten sich zu einem warmen Lächeln. »Aber es ist mehr als nur das. Vom ersten Augenblick an wußte ich, daß ich Ihnen vertrauen kann. Haben Sie vor, mich im Stich zu lassen?«

»Das habe ich nicht gesagt. Können Sie nicht für eine Weile aus dem Exmoor verschwinden? Einige Zeit bei einer Freundin verbringen, vielleicht in London?«

»Das würde Stuart nicht zulassen. Er *erwartet* von mir, daß ich in Woodside bleibe. Schließlich bin ich seine Frau ...«

»Dann reden Sie mit ihm darüber – wie Sie mit mir geredet haben ...«

Sie schüttelte den Kopf. Die Masse ihres blonden Haares wogte. Tweed fragte sich unwillkürlich, wie es sich anfühlen mochte, wenn er mit seiner Hand durch diesen blonden Dschungel führe ... Sein Mund verspannte sich. Wahnsinn. *Eines dürfen Sie nie vergessen, Tweed. Lassen Sie sich nie mit einer Frau ein, die in einen Fall verwickelt sein könnte, an dem Sie arbeiten. Das kann katastrophale Folgen haben.* Sein Mentor, als er beim Yard eingetreten war.

»Das kann ich nicht«, sagte sie mit Nachdruck. »Er hat sich völlig abgekapselt. Er war schon immer viel zu sehr in sich verschlossen. Das ist mir erst klar geworden, als wir verheiratet waren. Zu spät. Darf ich wiederkommen, wenn sich die Lage verschlimmert?«

»Falls ich dann noch in Somerset bin. Weshalb leben diese drei Männer so nahe beieinander? Ihr Mann, Robson und Barrymore?«

»Robson ist Arzt. Er wurde nach dem Ende des Krieges aus der Armee entlassen. Sie hielten Verbindung. Als Stuart und Barrymore den Dienst quittierten, half ihnen Robson, Häuser zu finden. Von alledem habe ich erst erfahren, nachdem ich Stuart geheiratet hatte. Irgendwie hat mir diese merkwürdige Situation nie gefallen. Aber jetzt sollte ich mich auf den Weg machen ...«

Tweed erhob sich prompt, warf einen Blick auf die Uhr. »Und ich habe eine Verabredung. Ich kann Ihnen nichts versprechen ...«

Sie glitt in ihren Mantel, ließ ihn offen, schob ihre Brüste vor, während sie das blonde Haar über den Kragen drapierte. Dann ging sie rasch um den Tisch herum, schlang beide Arme um ihn, drückte sich fest an ihn und küßte ihn.

»Was nicht ist, kann noch werden«, sagte sie.

Dann war sie verschwunden.

Das Telefon läutete, als Tweed in sein Zimmer zurückkehrte. Er beeilte sich, weil er fürchtete, das Läuten würde in dem Moment aufhören, in dem er nach dem Hörer griff. Er hob auf, sagte »Hallo?« Der Geschäftsführer war am Apparat, sagte, er hätte ein Gespräch für ihn.

»Sind Sie das, Tweed?«
Die Stimme von Partridge. Hörte sich an, als wäre er gerannt, bevor er zum Hörer gegriffen hatte.
»Ja, Sam.« Ein Klicken, das ihm verriet, daß der Geschäftsführer aus der Leitung gegangen war. »Ich glaube, jetzt können Sie sprechen. Wo sind Sie?«
»Winsford. Sie nehmen die Straße, auf der Sie mich getroffen haben. Fahren weiter, bis Sie auf der rechten Seite einen Wegweiser sehen. Wir treffen uns im Royal Oak zum Lunch. Paßt Ihnen halb eins?«
»Ich werde da sein. Bleiben Sie vom Moor weg, Sam. Wir sollten zusammenarbeiten. Ich kann Ihnen etwas über Masterson erzählen...«
»Tatsächlich?« Die Stimme klang nach wie vor gehetzt. »Da ist eine Sache, die Sie noch wissen sollten. Antikhana. Sie wissen, wo das ist? Was vor langer Zeit dort passierte?«
»Bin im Bilde.« Partridge war überaus vorsichtig, traute dem Telefon nicht. »Sprechen Sie weiter...«
»Irgend etwas störte mich an Selim, dem Sudanesen, der an jenem Abend als Portier Dienst tat. Mein Vorgesetzter hat ihn verhört. Oberflächlich. Ich habe ihn mir gründlich vorgeknöpft. Er verheimlichte etwas. Daran bestand überhaupt kein Zweifel. Kurz darauf war Selim verschwunden. Ich glaube, jemand benutzte eine Möhre und einen Stock. Die Möhre – Geld. Der Stock – Angst. Wurde nie wieder gesehen. Gerüchten zufolge war er nach Khartum zurückgekehrt. Ich gehe jede Wette darauf ein, daß er als Leiche den Nil hinabgetrieben ist. Und jetzt muß ich weiter...«
»Bleiben Sie vom Moor weg«, wiederholte Tweed.
»Wir sehen uns beim Lunch...«
Die Verbindung war unterbrochen. Tweed legte langsam den Hörer wieder auf. Irgendwie beunruhigte ihn dieser Anruf. Er wanderte mit hinter dem Rücken verschränkten Händen im Zimmer hin und her. Später ging er hinaus in den Garten, um etwas frische Luft zu schöpfen. Er stand auf einem gepflegten Rasen und blickte hinauf zu der alten Burg, die am anderen Ende der High Street auf einer Anhöhe thronte. Jenseits der Gartenmauer erstreckten sich grüne Felder. Eine überaus friedvolle Atmosphäre. Aber von innerem Frieden war er meilenweit entfernt.

Tweed blickte abermals auf die Uhr. Fünfzehn Minuten vor zwölf. Er hatte beim Zeitungshändler ein Stück die Straße hinunter eine Karte vom Exmoor erstanden und sie genau studiert. Seiner Schätzung nach würde er in dreißig Minuten bequem nach Winsford kommen. Er würde bis zwölf Uhr darauf warten, daß Paula und Nield von Minehead zurückkehrten; wenn sie nicht erschienen, würde er eine Nachricht hinterlassen und allein losfahren. Jemand klopfte leise an seine Tür.

»Es ist schnell gegangen«, berichtete Paula, als sie, gefolgt von Nield, ins Zimmer trat. »Beide Fenster sind durch neue ersetzt.«

»Das ist tatsächlich schnell gegangen.«

»Ich fand einen Mercedeshändler«, erklärte Nield. »Mit einer Werkstatt nebenan. Ich habe den Leuten ein gutes Trinkgeld gegeben, bevor sie anfingen. Sie haben mit vier Mann daran gearbeitet. Fahren wir jetzt nach Watchet?«

»Nein. Es ist etwas dazwischengekommen . . .«

»Sie ist auf alle Fälle dazwischengekommen«, bemerkte Paula leicht spöttisch. »Es sieht aus, als hätten Sie sich auf einen Nahkampf mit dem Feind eingelassen.«

Sie griff nach Tweeds rechter Schulter, holte mit den Fingern etwas von seinem blauen Jackett und hielt es hoch. Ein langes blondes Haar. »Nur gut, daß wir nicht früher zurückgekommen sind.«

»Hinsetzen«, befahl Tweed. Er ärgerte sich über seine Unvorsichtigkeit. Er hatte sich Jill Kearns' Lippenstift vom Mund gewischt, aber er hätte gründlicher in den Spiegel schauen müssen. »Ich habe eine Menge zu berichten und wenig Zeit dazu. Wir sollen uns um halb eins mit Partridge in Winsford treffen . . .«

Es gab einen knappen Bericht über seine Begegnung mit Jill Kearns; er erinnerte sich an jedes Wort ihrer Unterhaltung. Paula und Nield saßen da und hörten aufmerksam zu, als er sie anschließend über Partridges Anruf informierte.

»Und jetzt sind Sie auf dem laufenden«, schloß er.

»Sie vergeudet nicht viel Zeit«, bemerkte Paula, dann schlug sie die Hand vor den Mund. »Entschuldigung, das war ziemlich gehässig. Es hat den Anschein, als wäre sie eine Frau, die tatsächlich Angst hat. Aber wovor hat sie Angst?«

»Oder eine erstklassige Schauspielerin«, erklärte Tweed. »Von Kearns geschickt, um herauszufinden, um was es mir in Wirklichkeit geht.«

»Ganz meine Meinung«, warf Nield ein. »Aber weshalb sollten wir davon ausgehen, daß es Kearns war, der sie geschickt hat? Es wäre denkbar, daß sie mit einem der beiden anderen – Barrymore oder Robson – ein Verhältnis hat.«

»Was seid ihr doch für Zyniker«, sagte Paula.

»Pete könnte recht haben«, sagte Tweed. »Irgend jemand könnte sie auf Angeltour geschickt haben.«

»Aber welchen Eindruck hatten Sie in Wirklichkeit von ihr?« drängte Paula. Sie beugte sich vor und fixierte Tweed.
»Ich habe noch nicht genug Fakten. Ich befinde mich in einer neutralen Zone. Und jetzt wird es Zeit, daß wir nach Winsford aufbrechen. Wir verfahren wie zuvor. Paula fährt mit mir im Mercedes, Sie folgen uns mit dem Cortina. Im Royal Oak setzen Sie sich an einen anderen Tisch. Sie gehören nicht zu uns. Gehen wir...«
»Heute ist Mittwoch«, sagte Paula plötzlich. »Das ist der Tag, an dem diese drei Männer sich zum Lunch im Royal Oak treffen.«
»Ich weiß. Und es ist bestimmt kein Zufall, daß Partridge vorgeschlagen hat, daß wir uns dort treffen. Sam weiß genau, was er tut. Und wenn wir da sind, kennen wir ihn nicht, bis er an unseren Tisch kommt. Es ist sein Spiel. Soll er es auf seine Art spielen.«

Tweed war beim Wegweiser nach Winsford von der Hauptstraße nach Dulverton abgebogen. Der Tag war wolkenverhangen und kühl, die gewundene Straße vor ihnen völlig leer. Paula saß neben Tweed und ließ den Blick über die langgestreckten Kämme des Exmoors schweifen.
»Sehen Sie«, sagte sie, »da kommt er wieder.«
Tweed blickte nach rechts. Über den Grat eines hohen Kammes rollte eine Welle wie ein Brecher auf einer aufgewühlten See. Der Nebel kroch tiefer, löschte den oberen Teil der Abhänge aus, drang unerbittlich immer weiter vor. Paula zitterte. Irgend etwas war unheimlich an der Art, wie dieser graue Dunst das Moor verschlang.
»Ich hoffe zu Gott, daß Partridge in Winsford angekommen ist«, bemerkte Tweed. »Wenn ich mir vorstelle, daß er sich darin verirrt...«
»Halten Sie das für wahrscheinlich?«
»Es könnte sein. Andererseits dürfte er das Exmoor inzwischen sehr gut kennen, nachdem er so viel darin herumgeritten ist. Wahrscheinlich weiß er, welche Täler nach Winsford hinabführen. Aber irgendwie plagt mich der Gedanke, daß er sich überhaupt dort aufhält. Mir wird erst wohler sein, wenn ich ihn im Royal Oak vor einem Glas Bier sitzen sehe.«

Partridge bemerkte, wie in größerer Höhe die ersten Nebelschwaden erschienen, Schwaden, die zu einer dichten grauen Welle verschmolzen, die auf ihn zurollte. Zeit, sich auf den Weg nach Winsford zu machen. Er wendete sein Pferd und wollte gerade eine Schlucht hinabreiten, die ihn auf die Hauptstraße führen würde, als er das andere Pferd sah.
Es stand reiterlos da, hatte den Kopf gesenkt und fraß an einem Grasbü-

schel. Die Zügel lagen auf dem Widerrist. Der Reiter lag mit dem Gesicht nach unten und dem Kopf auf einem Felsbrocken auf dem Boden. Seine Reitkappe saß schief, war zweifellos verrutscht, als das Pferd ihn abgeworfen hatte. Oder war ihm schlecht geworden, war er vom Pferd gestürzt und mit dem Kopf auf den harten Felsbrocken aufgeschlagen?
Partridge warf einen flüchtigen Blick auf den Nebel, der jetzt schon sehr dicht herangekommen war. Er stieg ab und ging auf den am Boden liegenden Mann zu. Es würde ein schönes Stück Arbeit sein, ihn nach Winsford zu bringen. Er würde versuchen müssen, den bewußtlosen Mann über den Rücken seines eigenen Pferdes zu legen. Wenn er überhaupt noch am Leben war...
Der Gedanke veranlaßte ihn, sich zu beeilen. Der Mann mußte beim Aufschlagen auf diesen Felsbrocken zumindest einen Schädelbruch erlitten haben. Das war Granit, das härteste aller Gesteine. Als er die am Boden liegende Gestalt erreicht hatte, waberte der Nebel über ihr. Er spürte die feuchte Kälte auf seinem Gesicht. Er trat über die Gestalt, beugte sich nieder, um sie genauer zu untersuchen...
Du Idiot! Plötzlich war sich Partridge instinktiv der Gefahr bewußt. *Zügel auf dem Widerrist*... Niemand, der von einem Pferd stürzte, hatte Zeit, sie dorthin zu legen. Er richtete sich auf, und die Gestalt erwachte zum Leben. Nebel wirbelte um Partridges Kopf herum, als Hände wie Schraubstöcke seine Knöchel packten und ihn zu Fall brachten. Er stürzte schwer, bekam keine Luft. Er ignorierte den Schock, versuchte, sich auf die Ellenbogen zu stützen und sich herumzurollen. Er war Sekunden zu spät dran. Er spürte einen dumpfen Schmerz unter dem linken Schulterblatt, als das Messer eingerammt wurde. Dann versank er in einem bodenlosen Abgrund von Dunkelheit.

»Was für ein hübscher Ort«, sagte Paula.
Sie näherten sich dem Royal Oak, nachdem sie mehrere strohgedeckte Häuschen passiert hatten. Auch das alte Gasthaus hatte ein Strohdach, das tief heruntergezogen war, bis dicht an die Bogenfenster und das Wirtshausschild mit einer aufgemalten alten Eiche heran. Davor parkten mehrere Wagen.
Winsford war ein weit auseinandergezogenes Dorf. Es lag an einer Stelle, an der mehrere Straßen zusammentrafen, und schmiegte sich behaglich in eine Senke zwischen hügeligen grünen Feldern. Als sie in den Ort einfuhren, sah Paula stattliche Koniferen, deren Form an Pfefferstreuer erinnerte. Eine Oase der Zivilisation inmitten des rauhen Moores, das von hier aus unsichtbar unter einer dichten Nebeldecke lag.
»Gehen wir hinein und essen wir etwas«, sagte Tweed, als er den Wagen

parkte. Im Rückspiegel sah er, wie Nields Cortina eintraf und auf der anderen Seite einer kleinen Grünfläche anhielt.

Die Fassade des Royal Oak war in einem bräunlichen Farbton frisch gestrichen. Es mußte schon seit Jahrhunderten hier stehen, dachte Tweed, nachdem er den Wagen abgeschlossen hatte und mit Paula auf das Gasthaus zuging. Paula schlug ihren Mantelkragen hoch; die Luft war sehr kühl.

Sie betraten einen großen, niedrigen Raum, der mehrfach unterteilt war; breite Durchgänge führten von einem Teil zum anderen. Die Bar war gut besetzt, und ein riesiger Mann in einem am Hals offenen Hemd bediente seine Gäste und unterhielt sich mit ihnen. Fast ausschließlich Einheimische, vermutete Tweed. Im Kamin prasselte ein Feuer, die Atmosphäre war heiter und gelöst.

»Wo kommen die alle her?« flüsterte Paula.

»Ich vermute, sie sind mit dem Pferd oder dem Wagen aus der weiteren Umgebung gekommen. Sie haben einige der einsamen Behausungen gesehen, in denen die Menschen in diesem Teil der Welt leben.«

»Keine Spur von Partridge«, flüsterte sie abermals.

»Er wird bald kommen. Im allgemeinen ist er pünktlich . . .«

Sie ergriff seinen Arm. »Aber jemand anders ist gekommen.«

Kearns kam hereinmarschiert, als befände er sich auf dem Exerzierplatz. Er trug Reitkleidung – blaßgraue Jodhpurs, die in glänzenden Stiefeln steckten, und einen bräunlichen Anorak – und begrüßte den Wirt, indem er seine Gerte schwenkte. »Was haben Sie heute anzu bieten?«

»Hallo, Sir. Nett, Sie wiederzusehen. Wie wäre es mit Hühnerpastete mit Pilzen? Und einen doppelten Scotch wie gewöhnlich?«

»In Ordnung . . .«

»Hier ist Ihr Drink. Das Essen wird gleich gebracht. Wir haben Ihren Tisch freigehalten.«

Paula ergriff abermals Tweeds Arm. »Der Clan versammelt sich.«

Oliver Robson, gleichfalls in Reitkleidung, aber im Vergleich zu Kearns etwas schäbig gekleidet, betrat lächelnd den Raum und wechselte mit mehreren Leuten ein paar Worte. Der Wirt entdeckte ihn sofort und rief über den Kopf seiner Gäste hinweg: »Guten Tag, Doktor. Ich kann mir nicht vorstellen, daß Sie auf dem Moor so braun geworden sind. Nicht in diesem Jahr. Nett, Sie wiederzusehen . . .«

Er informierte Robson über das Tagesgericht, und Robson nickte liebenswürdig und bestellte ein Glas Weißwein. Er gab sich sehr zurückhaltend, dachte Paula. Tat fast, als wäre er schüchtern. Er nahm sein Glas und ließ sich neben Kearns nieder, der aufrecht dasaß und überall-

hin schaute, nur nicht in die Richtung von Tweed und Paula. Die beiden Männer saßen an einem Fenstertisch mit einem dritten, noch leeren Stuhl.
»Setzen Sie sich an den Tisch dort«, wies Tweed Paula an. »Haben Sie Hunger?«
»Die Hühnerpastete riecht gut«, erwiderte sie, als eine Kellnerin mit einem Tablett an ihnen vorbeiging. »Und ein Glas von dem Weißwein. Der dritte Mann ist eingetroffen . . .«
Sie ließ sich an einem kleinen runden Zweiertisch nieder, nachdem sie ihren Regenmantel über die Lehne des zweiten Stuhls gehängt hatte. Barrymore, gleichfalls in Reitkleidung, war auf seine steife und förmliche Art hereingekommen. Der Wirt begrüßte ihn als »Colonel«, und Barrymore nickte, als er ihm das Tagesgericht anbot. Er ließ sich auf dem Stuhl zwischen Kearns und Robson nieder, ohne ein Wort zu sprechen, und schaute sich um. Wie der Herr Aufsichtsratsvorsitzende persönlich, dachte Paula.
Tweed bahnte sich einen Weg an die Bar, gab seine Bestellung auf und wartete, bis der Wein eingeschenkt worden war. Etwas veranlaßte ihn, einen Blick über die Schulter zu werfen. Barrymore hatte schnell gehandelt. Er beugte sich über Paula, hatte eine Hand auf ihre Schulter gelegt und redete auf sie ein. Paula sah kalt und abweisend zu ihm auf.
Tweed wendete sich wieder der Bar zu und bezahlte die Getränke. Er ergriff die beiden Gläser, bahnte sich abermals einen Weg durch die Menge und sah gerade noch, wie sich Barrymore wieder an seinem eigenen Tisch niederließ. Paulas makelloser Teint war leicht gerötet; er spürte Verärgerung.
»Sie haben einen Bewunderer«, zog er sie auf, nachdem er sich gesetzt hatte.
»Lüsternes Schwein. Er hatte die Frechheit, mich nach Quarme Manor einzuladen. Zum Tee, und vielleicht anschließend zu einem Drink, sagte er.«
»Ich bin sicher, daß Sie der Situation gewachsen waren . . .«
»Ich habe ihm gesagt, wenn er wollte, könnte er mich bei Gelegenheit im Luttrell Arms anrufen. Dort gäbe es auch Tee.« Sie hielt inne und trank einen Schluck Wein. »Aber wenn Sie meinen, ich könnte vielleicht etwas aus ihm herausholen . . .«
»Nein! Daß Sie mit diesem Mann allein sind, kommt überhaupt nicht in Frage. Andererseits – wenn er Sie tatsächlich in Dunster anrufen sollte, liegt die Entscheidung bei Ihnen. Aber treffen Sie sich nur an einem öffentlichen Ort mit ihm. Er starrt Sie immer noch an.«

»Ich weiß. Er betrachtet meine Beine. Er erinnert mich an einen Satyr. Und Pete tut das seine.«

Nield hatte sich auf einem Stuhl nicht weit von dem Tisch niedergelassen, an dem die drei Männer saßen. Er hatte ein Glas Bier vor sich stehen und ließ den Blick durch den Raum schweifen.

»Er hat sie schnell identifiziert«, bemerkte Paula.

»Ich habe ihm die drei Männer beschrieben. Er hat ein feines Gehör. Trotz dieses Stimmengewirrs wird er uns berichten können, worüber sie gesprochen haben.« Tweed warf einen Blick auf die Uhr. »Partridge hat sich verspätet. Das sieht ihm gar nicht ähnlich ...«

»Vielleicht hat ihn der Nebel aufgehalten ...«

»Das ist sonst gar nicht seine Art, ganz und gar nicht.«

Sie hatten ihre Hühnerpastete verspeist und etwas von dem hervorragenden Weißbrot gegessen, als es draußen unruhig wurde. Erhobene Stimmen, das Geräusch rennender Füße. Irgend jemand rief etwas. Tweed stand auf.

»Bin gleich wieder da. Will nur sehen, was da los ist ...«

Das Stimmengewirr im Saal war plötzlich verstummt. Leute schauten aus den Fenstern. Tweed trat auf die Straße hinaus, schlüpfte im Gehen in seinen Mantel. Dann blieb er einen Moment stehen, um sich zu orientieren. Jenseits der kleinen Grünfläche stand ein Landrover. Dicht daneben parkte mit flackerndem Blaulicht ein Polizeifahrzeug. Uniformierte Polizisten drängten die sich ansammelnde Menge zurück. Tweed holte seinen Ausweis aus der Tasche, überquerte die Grünfläche. Das Gras unter seinen Füßen war weich und feucht. Ein uniformierter Inspektor hob die Hand.

»Bitte, bleiben Sie zurück, Sir.«

Tweed zeigte ihm den Ausweis; sein Blick ruhte auf dem langen, in Segeltuch eingeschlagenen Bündel, das auf der Ladefläche des Land Rovers lag. Der Inspektor, ein kleiner, stämmiger Mann, nahm den Ausweis, verglich das Foto mit seinem Inhaber und gab ihn zurück.

»Special Branch? Damit haben wir in diesem Teil der Welt selten zu tun. Ich bin Inspektor Farthing.«

»Vielleicht kann ich Ihnen helfen. Was ist in diesem Bündel?«

»Etwas sehr Unerfreuliches. Der Mann dort mit der Cordmütze hat ihn aus dem Moor heruntergebracht. Ein Einheimischer. Geht im Moor auf Kaninchenjagd. Er hat die Leiche in einer Felsspalte gefunden. Reiner Zufall. Das Kaninchen, das er gerade geschossen hatte, fiel in die Felsspalte. Nichts, womit man ihn identifizieren könnte. Keine Brieftasche. Keine Briefe.«

»Darf ich einmal sehen?«

»Natürlich. Ich hoffe, Sie haben starke Nerven, Sir ...«
Tweed näherte sich dem hinteren Ende des Landrovers, als Paula herankam. Er warnte sie, daß es unerfreulich sein könnte. Sie war empört.
»Das gehört zum Job. Behandeln Sie mich nicht wie eine Fünfjährige.«
»Das geht in Ordnung«, erklärte Tweed Farthing, der eine Hand auf Paulas Arm gelegt hatte. »Sie ist meine Assistentin.«
Er hörte ein würgendes Geräusch. Der Besitzer des Landrovers beugte sich über einen Graben. Gewandt sprang Tweed auf die offene Ladefläche des Wagens. Paula folgte ihm. Tweed bückte sich, schlug eine Seite des Segeltuchs zurück. Das, was von Partridges Gesicht übriggeblieben war, starrte ihm entgegen, mit offenen, blicklosen Augen. Jemand hatte wie ein Wahnsinniger mit einem Messer auf ihn eingehauen. Das Fleisch hing in Fetzen herunter, Nase und Augenbrauen waren fast vollständig verschwunden. Tweed konnte ihn fast nur anhand seiner Kleidung identifizieren. Paula sog den Atem ein, stopfte beide Hände in die Taschen ihres Regenmantels und ballte sie zu Fäusten.
»Ich kenne den Mann und kann ihn identifizieren«, sagte Tweed, nachdem er das Segeltuch sanft wieder über das brutal verstümmelte Gesicht gelegt hatte. Er sprach leise, und Farthing beugte sich nieder, um ihn zu verstehen. Die Menge der Neugierigen versuchte immer noch, dichter an den Landrover heranzukommen. »Sam Partridge«, sagte Tweed. Er hielt inne. »Ein pensionierter Chefinspektor vom Morddezernat von Scotland Yard.«
»Gott sei Dank, daß Sie gerade hier waren«, erklärte Farthing. »Sie werden es nicht sehen wollen, aber seine sämtlichen Finger fehlen. Glatt abgehackt. Wahrscheinlich liegen sie irgendwo auf dem Grund einer anderen Felsspalte. Und aus seiner Kleidung sind sämtliche Etiketten herausgerissen worden.«
»Irgend jemand hat sich sehr angestrengt in der Hoffnung, daß er nicht schnell gefunden werden würde – und später wäre die Identifizierung sehr schwierig gewesen.«
Farthing atmete schwer. »Dieser Fall dürfte ein ganz schönes Aufsehen erregen.«
»Zweifellos. Darf ich einen Vorschlag machen? Alle möglichen Leute sind aus dem Royal Oak herausgerannt, um zu gaffen. Aber drei Männer sitzen nach wie vor an ihrem Fenstertisch. Colonel Barrymore, Dr. Robson und Stuart Kearns. Schicken Sie einen Mann hinein. Sie sollen herauskommen und einen Blick auf die Leiche werfen ...«
»Beobachten Sie ihre Reaktionen«, flüsterte Tweed Paula zu, nachdem sie sich in den Hintergrund der Menge zurückgezogen hatten.
Kearns erschien als erster, schritt forsch auf den Wagen zu, stieg hinauf.

Farthing schlug das Segeltuch zurück, legte das brutal verstümmelte Gesicht frei. Kearns stand aufrecht da und blickte darauf herab. Auf seinem Gesicht war nicht die Spur eines Gefühls zu erkennen, als er den Kopf schüttelte. »Ich habe den Mann noch nie gesehen«, informierte er Farthing, sprang herunter und kehrte zum Gasthaus zurück.
Als nächster kam Robson, und Farthing begrüßte ihn etwas wortreicher. »Ich bin froh, daß Sie hier sind. Doktor. Sie sind der erste Arzt, der den Mann zu sehen bekommt. Er ist tot. Kennen Sie ihn?«
»Lassen Sie mich nachsehen, bevor wir irgend etwas annehmen«, erwiderte Robson mit völlig gelassener Stimme. Tweed konnte gerade noch hören, was er sagte. Robson beugte sich über die Leiche, legte die Finger auf die Halsschlagader, dann nickte er. »Ja, er ist tot. Daran kann kein Zweifel bestehen.«
»Ein Krankenwagen ist unterwegs«, erklärte Farthing. »Aber Sie haben uns schon früher wertvolle Hilfe geleistet. Haben Sie eine Vorstellung vom Zeitpunkt seines Todes?«
»Da kann ich nur raten.« Robson runzelte die Stirn. »Etwas ist seltsam – sehen Sie, wie wenig Blut ausgetreten ist? Obwohl das Gesicht verstümmelt ist. Er war tot, bevor der Mörder das tat.« Sein Ton war trokken und professionell. Er zog den Reißverschluß am Anorak des Toten ein Stück weit herunter. »Ich nehme an, Sie haben bemerkt, daß der Kopf fast vom Hals getrennt wurde? Sehen Sie sich das an.«
Farthing hatte einen bitteren Geschmack im Mund, als er sich neben Robson niederhockte. Quer über die Kehle verlief eine riesige rote Schnittwunde, zog sich außer Sicht weiter. »Wir müssen das Eintreffen der Gerichtsmediziner aus Taunton abwarten, bevor ich ihn weiter untersuchen kann«, erinnerte Robson den Inspektor.
»Anderseits muß er ohnehin in den Krankenwagen umgeladen werden, wenn der da ist«, erklärte Farthing.
»Dann werden wir noch ein Stückchen weitergehen und sehen, ob wir feststellen können, woran er gestorben ist. Nicht an diesem Schnitt durch die Kehle. Auch der hat fast nicht geblutet. Er war schon tot, als er ihm beigebracht wurde.«
Robson schlug das Segeltuch bis zur Taille des Toten zurück. Dann drehte er ihn sanft auf die Seite. Der Kopf rollte, als gehörte er einer Puppe mit gebrochenem Hals. Robson deutete auf das Rückenteil des Anoraks, auf einen breiten, blutverkrusteten Schlitz unterhalb des linken Schulterblattes.
»Ich vermute, das war der Todesstoß. Er wurde von hinten angegriffen. Ein Messer wurde ihm tief in den Rücken gerammt und hat das Herz durchstoßen. Daran ist er gestorben.«

Er brachte den Leichnam in die vorherige Lage und schlug das Segeltuch wieder darüber, als sie das ferne Heulen einer Sirene vernahmen.
»Der Krankenwagen dürfte bald hier sein. Also, Doktor, wann ist es passiert?«
»Das kann ich nur vermuten. Der Pathologe in Taunton wird Ihnen genauere Auskünfte geben können. Im Verlauf der letzten zwei Stunden, würde ich sagen. So, das Weitere liegt bei Ihnen . . .«
Er kehrte ins Royal Oak zurück, um sich die Hände zu waschen, als Colonel Barrymore erschien und auf die Menge zuging, die auseinanderwich, um ihn durchzulassen. Er kletterte auf den Landrover, stieß beide Hände in die Taschen und schaute auf den Leichnam herab, dessen Gesicht Farthing abermals freigelegt hatte. Hinter dem Landrover warteten Träger mit einer Bahre. Tweed beobachtete Barrymore genau, während dieser das Gesicht des Toten betrachtete.
»Da muß ein Wahnsinniger am Werk gewesen sein«, bemerkte Barrymore gelassen. »Nein, ich habe den Mann noch nie gesehen.«
Er sprang herunter und kehrte in das Gasthaus zurück, vermutlich um seine Mahlzeit zu beenden. »Kaltblütiger Bastard«, zischte Paula.
»Er dürfte im Krieg eine Menge Tote gesehen haben«, erinnerte sie Tweed.
Während das Segeltuchbündel auf die Bahre gelegt und zum Krankenwagen getragen wurde, schaute Paula sich um. Die Menge löste sich auf; einige strebten in das Royal Oak zurück, um vor der Sperrstunde noch ein Glas zu trinken, andere machten sich auf den Heimweg; nur einige Männer und Frauen standen noch herum, als wüßten sie nicht recht, was sie tun sollten, nachdem es nun nichts mehr zu sehen gab.
Über dem stillen Dorf schien jetzt eine makabre Atmosphäre zu liegen. Paula blickte zu dem bedeckten Himmel empor, ein bedrohlich düsteres Leichentuch; zum Moor hinüber, wo der Nebel allmählich zurückzuweichen begann und die Grate der kahlen braunen Kämme wieder zum Vorschein kamen. Irgendwo dort oben war ein grauenhafter Mord verübt worden. Plötzlich war ihr das Moor zuwider, und sie wendete sich an Tweed.
»Was tun wir nun? Ist Ihnen an der Reaktion dieser drei Männer auf den armen Partridge irgend etwas aufgefallen?«
»Mir ist aufgefallen, daß etwas fehlte.«
»Ich mag es nicht, wenn Sie in Rätseln sprechen.« Sie spielte mit dem Mäander-Armband. »Dieser Mord an Partridge erinnert an das, was wir über den ähnlich gräßlichen Mord an dem Griechen in Kairo während des Krieges gehört haben.«
»Was mich an etwas erinnert, das ich Farthing noch sagen sollte . . .«

Er beeilte sich, den Inspektor noch zu erreichen, der gerade in seinen Wagen stieg. Farthing wirkte ungeduldig.
»Daß wir diese drei Männer aus dem Royal Oak herausgeholt haben, hat nichts gebracht. Warum das Ganze?«
»Sie leben in der Gegend. Ich hielt es für möglich, daß sie Partridge einmal gesehen hatten. Aber da ist etwas, was Sie tun sollten. Haben Sie ein Notizbuch? Gut. Bitte notieren Sie.« Er wiederholte die Beschreibung, die Partridge ihm von Anton Gavalas gegeben hatte, buchstabierte seinen Namen. »Sie sollten nach ihm fahnden lassen. Partridge hat mir erzählt, daß er ihn im ganzen Exmoor herumreiten sah. Und einmal hat der Grieche Partridge gestellt und ihn beschuldigt, ihn zu verfolgen.«
»Wir gehen der Sache nach ...« Farthing griff nach dem Mikrofon seines Funkgeräts und überlas die Beschreibung, die er notiert hatte.
»Ich bin im Luttrell Arms, falls der für den Fall zuständige CID-Mann aus Taunton mit mir reden möchte.«
»In Ordnung ...«
Farthing gab den Befehl zur Fahndung nach Gavalas durch, während Tweed und Paula zu ihrem Mercedes zurückkehrten. Nield kam aus dem Royal Oak heraus und näherte sich dem Cortina.
Tweed fuhr sehr schnell nach Dunster zurück, einen grimmigen Ausdruck im Gesicht, als sie den Krankenwagen überholten. Paula warf ihm einen Blick zu, dann legte sie ihm sanft eine Hand auf den Arm. Er ließ sich zwar nichts anmerken, aber sie spürte, daß er versuchte, einen tiefsitzenden Schock zu verbergen.
»Es hat Sie schwer getroffen, nicht wahr?«
»Ich habe mit Sam im Yard zusammengearbeitet. Er war ein guter Freund, und ich habe sehr viel von ihm gelernt. Tatsachen, pflegte er zu sagen, konzentrieren Sie sich auf *Tatsachen*. Dann stellt sich die Lösung früher oder später von selbst ein. Er ging freigebig mit beruflichen Ratschlägen um. Das ist nicht immer der Fall. Und jetzt muß ich den Mann – oder die Männer – zur Strecke bringen, die Sam und Harry Masterson umgebracht haben. Um jeden Preis.«
Sie war beunruhigt. Sie hatte noch nie erlebt, daß er mit derartigem Nachdruck sprach; es hörte sich fast an, als wäre er bereit, gegen sämtliche Gesetze zu verstoßen. »Irgendwie habe ich das Gefühl, als wäre dies hier wichtig.« Sie bewegte das Armband. »Harry hätte dieses Mäander-Armband nicht geschickt, wenn es nicht auf irgend etwas hinweisen sollte. Ich wollte, ich wüßte, was es zu bedeuten hat.«
Es begann zu regnen. Tweed schaltete die Scheibenwischer ein. Das Moor verzog sich hinter einen Schleier aus feinem Sprühregen, ver-

schwand wie ein Ungeheuer, das sich in seinen Bau zurückzieht, dachte Paula. Ein hundsgemeiner Tag – in jeder Hinsicht. Feucht, kalt, ein Alptraumtag. Tweed sprach erst wieder, als sie Dunster erreicht hatten.

Er bog in die High Street ein, deren Pflastersteine aussahen, als schwitzten sie. Niemand war unterwegs; die Leute hatten sich in ihre Häuser zurückgezogen. Er lenkte den Mercedes auf einen der dem Hotel gegenüberliegenden Parkplätze.

»Sie könnten recht haben«, murmelte er. »Vielleicht liegt die Antwort nicht hier, sondern in Griechenland. Hoffen wir, daß Newman und Marler auf etwas stoßen.«

ZWEITES BUCH

Das Teufelstal

SECHZEHNTES KAPITEL

11 Uhr morgens. 40 Grad Celsius. Die Hitze sengte, als stünden sie unter einem Brennglas. Der wolkenlose Himmel über der Fähre war geschmolzenes Blau. Newman hob die Hand, wischte sich über die Stirn. Er war schweißgebadet, sein Hemd durchweicht. Die Autofähre nach Siros löste sich von ihrem Anleger in Piräus, beschrieb langsam eine Wendung um neunzig Grad und fuhr hinaus in den Golf.

Newman stand am Bug des Schiffes, über dem Autodeck und unterhalb der Brücke. Die Fähre nach Siros war klein im Vergleich zu den riesigen Fünfdeckern, die zwischen Piräus und Kreta und Rhodos verkehrten. Unter der Brücke erstreckte sich das Autodeck bis zum Heck; die offene Ladefläche war mit Lastern und Personenwagen gefüllt, die in Dreierreihen aufgefahren waren.

Nick hatte den Mercedes im Rückwärtsgang die Rampe hinauffahren müssen, so daß sein Kühler nun wie der aller anderen Fahrzeuge für die Ausschiffung auf Siros der Rampe zugewendet war. Marler, in ein offenes, locker über eine khakifarbene Drillichhose hängendes Hemd gekleidet, tauchte neben Newman auf und grinste.

»Wie gefällt Ihnen das Wetter, Genosse? Ein herrlicher Tag für einen Ausflug.«

»Wenn Sie meinen. Und auf den Genossen kann ich verzichten.«

»Nur so eine Redensart. Nehmen Sie mir's nicht übel.«

»Tue ich nicht.«

Marler schien die Hitze nicht das geringste auszumachen. Er legte die Hände auf die Reling und blickte auf die glatte See vor ihnen, auf der die Sonnenreflexe aussahen wie kleine Wellen aus Quecksilber. Newman hatte eine Weile zuvor gleichfalls die Hände auf die Reling gelegt, aber nur einen Augenblick. Es war, als berührte man rotglühendes Eisen.

»Was bezwecken wir mit diesem Ausflug nach Siros?« fragte Marler. »Vorausgesetzt natürlich, ich habe einen Anspruch darauf, ins Bild gesetzt zu werden.«

»Für Sarkasmus besteht keine Veranlassung«, brummte Newman.

»Ironie, nicht Sarkasmus. Großer Unterschied. Weshalb diese Änderung des Schlachtplans von einer Minute zur anderen? Etwas, das sonst eher Tweeds Art ist. Eigentlich wollten wir doch nach Kap Sunion fahren, wo Masterson seinen Kopfsprung machte.«

»Sie haben wirklich eine subtile Art, sich auszudrücken, Marler. Der Gegner – wer immer das sein mag – rechnet damit, daß wir Mastersons Spuren folgen. Statt dessen fahren wir nach Siros, wo vor über vierzig Jahren ein Mann namens Gavalas bei einem Kommandounternehmen ermordet wurde. Ich möchte die Stelle sehen, an der das passierte.«

»Sie glauben, da könnte es einen Zusammenhang mit Mastersons Tod geben?«

»Tweed hielt es für möglich. Und als Harry dem Verteidigungsministerium einen Besuch abstattete, war von diesem Kommandounternehmen die Rede.«

»Und wie in aller Welt sollen wir die Stelle finden, an der Gavalas ermordet wurde?«

»Mit Nicks Hilfe. Er kennt die Insel gut, hat Freunde dort. Aber wir müssen bei jedem Schritt auf der Hut sein...«

»Und vermutlich haben Sie deshalb veranlaßt, daß Nick für die nötige Ausrüstung gesorgt hat?«

»Genau deshalb«, pflichtete ihm Newman bei. Er zog seinen breitkrempigen Strohhut etwas herunter, um die Augen abzuschirmen. Marler, dem die sengende Hitze überhaupt nichts auszumachen schien, trug keine Kopfbedeckung, und sein blondes Haar schimmerte in der Sonne. »Achtung«, raunte Newman. »Nick kommt.«

»Es ist mächtig heiß«, beklagte sich Nick, nachdem er die Treppe vom Autodeck hinaufgestiegen war; er stand neben ihnen und wischte sich mit einem bereits durchweichten Taschentuch den Schweiß aus dem Genick. »Drinnen gibt es Getränke. Die einzige Möglichkeit, sich vor dem Austrocknen zu schützen. Ich bin nur heraufgekommen, um etwas frische Luft zu schnappen. Die gibt es unten nicht.«

»Bleiben Sie doch hier«, schlug Newman vor.

»Nein.« Nick schüttelte den Kopf. »Ich besorge mir eine Flasche Orangensaft und nehme sie mit. Ich bleibe lieber bei meinem Wagen. Sie wissen, warum...«

Zehn Minuten später stand Newman allein auf dem Bugdeck, eine frische Flasche Orangensaft in der Hand. Vier weitere Flaschen standen ungeöffnet auf einem Stuhl neben ihm. Bis sie nach zweistündiger Fahrt Siros erreicht hatten, würde er wahrscheinlich etliche Liter von dem Zeug in sich hineinschütten müssen. *Sie wissen, warum...* Er erinnerte sich an Nicks Worte.

Es war Newmans Idee gewesen, daß sie bewaffnet nach Siros fuhren. Er hatte die Kugel nicht vergessen, die im Hafen von Zea auf sie abgefeuert

worden war. Und irgend jemand, vermutete er, war in puncto Siros sehr empfindlich. Er war sich ziemlich sicher, daß sie etwaige Verfolger abgehängt hatten, indem sie in der letzten Minute auf die Fähre auffuhren, aber er war nicht der Mann, der unnötige Risiken einging.
Deshalb die Waffen und die Munition, die Nick von Gott weiß woher beschafft hatte. Ein Gewehr mit Infrarotvisier für Marler, einen der besten Schützen Europas; ein Lee-Enfield .303-Gewehr für ihn selbst; ein .38er Smith & Wesson-Revolver für Nick. Und alles gut versteckt, mit Klebeband am Unterboden des Mercedes befestigt. Und deshalb blieb Nick unten auf dem Autodeck. Um den Wagen und seine verborgene Fracht im Auge zu behalten.
Eine Stunde später glitt die Fähre über die Oberfläche des in einem unwahrscheinlichen Saphirblau leuchtenden Mittelmeeres. Newman schmerzten fast die Augen vom Daraufstarren, während er weiter Ausschau hielt, überlegte, ihr Vorgehen nach der Landung plante. An Backbord konnte er die Landspitze von Kap Sunion erkennen, wo Masterson gestorben war. Er hob den an einem Riemen um seinen Hals hängenden Feldstecher und richtete ihn auf das Kap.
Die Linsen erfaßten den fast unzerstörten Tempel des Meeresgottes Poseidon. Ein Bild der Vollkommenheit. Newman seufzte, ließ das Glas sinken, blickte wieder voraus. Er hatte Masterson gemocht.
Nachdem die Fähre das Kap passiert hatte, änderte sie den Kurs auf Südost und strebte den Kykladen entgegen. Siros war die nächstgelegene Insel der Gruppe, aber noch nicht in Sicht. Friede, vollkommener Friede, dachte Newman, während sich die Fähre durch den schimmernden Hitzeglast pflügte. Wahrscheinlich würde auch ihr Besuch auf Siros friedlich und ohne besondere Vorkommnisse verlaufen.

Tief im Herzen des Teufelstals, keine dreißig Kilometer nördlich von Kap Sunion, saß Petros Gavalas auf der Veranda seiner Farm. Er hatte gerade den Telefonhörer aufgelegt. Das sommerliche Summen von Insekten, die über dem Gras herumschwirrten, war das einzige Geräusch.
Das Farmhaus duckte sich unter eine überhängende Kalksteinklippe und war deshalb aus der Luft kaum zu sehen. Es lag in einer breiten Schlucht zwischen steilen, mit Gestrüpp bewachsenen Bergen. Petros beugte sich in seinem Korbsessel vor und brüllte mit kehliger Stimme seine Befehle heraus.
»Dimitrios! Christina! Her mit euch, aber schnell. Und Konstantin soll den Hubschrauber startklar machen. Los, beeilt euch! Ihr solltet schon längst hier sein, verdammt noch mal!«

Er wartete, bis seine beiden Enkelkinder vor ihm standen. Christina, in einen leichten Trainingsanzug gekleidet, blickte auf ihn herab, nahm ihre Zigarette aus dem Mund und fuhr sich mit einer Hand durch das lange schwarze Haar.
»War das Anton?« erkundigte sie sich. »Ist er auf dem Heimweg aus England?«
»Nein. Und Anton kann für sich selbst sorgen. Er hat etwas zu erledigen. Und ihr beide auch.«
Er musterte den schmalgesichtigen Dimitrios, der ihm oft als Fahrer diente. Er war vierundvierzig Jahre alt und hatte Petros' dunkle Augen und seinen grausamen Mund. In fünf Jahren würde Dimitrios mit der entsprechenden Ausbildung vielleicht fast so skrupellos sein wie Petros selbst, obwohl der alte Mann es bezweifelte. Er verzog das hakennasige Gesicht, fixierte Christina.
»Dieser Engländer, Marler. Du hast Informationen aus ihm herausgeholt. Hast du mit ihm geschlafen, du Hure?«
»Natürlich nicht«, log sie gewandt; sie wollte dem alten Bastard gegenüber nicht die Beherrschung verlieren. Er lebt immer noch im Jahre 1947, dachte sie. Seither hat sich die Welt gewandelt, aber er wird es nie zur Kenntnis nehmen. Petros beugte sich vor, streckte eine knorrige Hand aus, um ihren Arm zu ergreifen und zu verdrehen. Sie war zu schnell für ihn – mit einem Schritt war sie außerhalb seiner Reichweite.
»Ich habe es dir einmal gesagt. Das genügt«, fauchte sie. »Was haben wir zu erledigen? Und wer hat angerufen?«
»Pavlos – aus Piräus.« Petros ließ sich angewidert in seinem Sessel zurücksinken. »Er hatte Mühe, am Telefon durchzukommen. In diesem Land funktioniert überhaupt nichts mehr. Seit das Militär nicht mehr an der Macht ist...«
»Fang nicht schon wieder damit an«, fauchte sie. »Was ist passiert?«
»Oh, nichts Besonderes.« Er machte eine sarkastische Handbewegung. »Nur, daß diese beiden Engländer – Newman und dein Marler – sich in diesem Augenblick auf einer Fähre nach Siros befinden. Mit dem Hubschrauber seid ihr vor ihnen auf der Insel. Die Fähre hat Piräus um elf verlassen und wird kurz nach eins auf Siros anlegen. Jetzt ist es zwölf – also setzt eure Bleifüße in Bewegung. Christina – du bleibst außer Sichtweite. Wenn Dimitrios es für richtig hält, kannst du dich mit deinem Marler treffen und ihn in eine Falle locken.«
»Er ist nicht mein Marler. Das hast du jetzt bereits zweimal gesagt. Wenn du es ein drittes Mal tust, dann fliege ich nicht mit...«
»Du wagst es, dich meinen Befehlen zu widersetzen?« Petros stemmte

sich aus seinem Sessel hoch, ballte die Faust und bewegte sich auf sie zu.
»Ich werde dich grün und blau schlagen ...«
»Nie mehr!« rief sie. Blitzschnell zog sie aus einer an ihrem Gürtel befestigten Schneide ein Messer mit langer Klinge hervor und schwenkte es vor ihm. »Noch einen Schritt näher, und ich schlitze dich auf ...«
Petros stand fassungslos da. Er konnte nicht glauben, was da passierte. Eine Frau bedrohte ihn. Er wußte, daß Dimitrios ihn beobachtete, daß er es nicht riskieren konnte, einer Frau gegenüber das Gesicht zu verlieren; also änderte er seine Taktik. Er schlug sich auf die Schenkel, hob den großen Kopf, brach in dröhnendes Gelächter aus. Dann wendete er sich an Dimitrios.
»Da siehst du es! Sie ist eine echte Gavalas. Ein richtiges kleines Teufelsweib, meine Christina.« Er wendete sich wieder ihr zu. »Benutz dein Messer, um diesen Marler aufzuschlitzen, dann kaufe ich dir in Kolonaki ein hübsches Kleid. Und nun macht euch auf den Weg! Seid ihr bewaffnet, Dimitrios?«
»Konstantin hat Schrotflinten und Gewehre an Bord des Hubschraubers gebracht. Er dachte, daß wir sie vielleicht brauchen würden ...«
»Worauf wartet ihr dann noch? Wenn diese beiden Engländer auch nur in die Nähe der Stelle kommen, an der mein Sohn Andreas im Krieg ermordet wurde – dann tötet sie.«
Er brach ab, als das Dröhnen der Rotorblätter eines Hubschraubers jede weitere Unterhaltung unmöglich machte. Er ließ sich in seinen Sessel zurücksinken, während Dimitrios und Christina um die Hausecke herum verschwanden. *Stefan und Andreas, ich werde dafür sorgen, daß euer Tod gerächt wird.* Er verspürte große Befriedigung.
Er hatte vier Nachkommen – Dimitrios, Konstantin, Christina und Anton, und er war überzeugt, daß sie alle wie er von dem Gedanken besessen waren, daß die Mörder bestraft werden mußten. Er hatte ihnen diesen Gedanken von Kindheit auf eingebleut, und nur Christina machte ihm Sorgen. Frauen sollten nicht denken – nur gehorchen.
Petros ließ den Blick über das Farmhaus schweifen, während er darauf wartete, daß der Hubschrauber nach Siros startete. Es war ein großes Gebäude mit einer zehn Meter langen Veranda an der Vorderfront. Die einstmals weißen Mauern waren grau vor Schmutz. An einigen Stellen waren sie abgesackt und wurden von massigen Balken gestützt. Auf dem Dach waren zahlreiche Ziegel zerbrochen. Petros gab nie Geld für Reparaturen aus, wenn es nicht unbedingt erforderlich war.
Sein Geiz hatte dazu beigetragen, ihn reich zu machen. Geld auf der Bank. Das war Macht. Und er besaß noch eine zweite Farm droben im

Norden, in Makedonien. Eine Farm mit großen Rinderherden. Sie lieferten die Milch, die die Touristen liebten. Und die zur Herstellung des Käses diente, den die in den großen Hotels wohnenden Touristen gleichfalls liebten. Ziegenmilch, die Petros bevorzugte, war nicht nach dem Geschmack der Besucher mit den dicken Brieftaschen.

Der Sikorsky war gestartet und gewann an Höhe, während er an der Vorderfront des Farmhauses vorbeiflog. Konstantin, der Pilot, winkte. Petros winkte zurück. Sie würden ihre Arbeit tun. Und der Anblick des Sikorsky befriedigte ihn. Eine ausrangierte Militärmaschine, die er einem anderen Farmer für einen Spottpreis abgekauft hatte . . .

Petros hatte den Sikorsky haben wollen. Während einer sommerlichen Hitzewelle hatte er seine Enkelsöhne eines Nachts auf die Felder des Farmers geführt. Sie hatten seine Ernte mit Fackeln in Brand gesteckt. Der Farmer war ruiniert. Erst dann war Petros an ihn herangetreten und hatte ihm ein Angebot für den Sikorsky gemacht – ein Angebot, für das man nicht einmal einen Gebrauchtwagen bekommen hätte. Der Farmer, der unbedingt Geld brauchte, hatte ihm die Maschine verkauft. Ich bin ein guter Geschäftsmann, dachte Petros. Und nun werde ich abwarten, wie es auf Siros weitergeht.

An Bord der Fähre setzte sich Nick in seinen Mercedes und ließ den Motor an. Sie näherten sich Siros, und die Rampe würde bald gesenkt werden. Newman stand nach wie vor auf dem Bugdeck, als die Fähre langsam einen Halbkreis beschrieb, um mit dem Heck voraus anzulegen. Neben ihm stand Marler und zündete sich eine seiner King-Size-Zigaretten an.

»Hübsche Gegend«, bemerkte er.

Newman suchte den Hafenbereich mit seinem Feldstecher sorgfältig nach irgendwelchen Anzeichen eines Empfangskomitees ab. Die Insel war gebirgig, und in der Ferne ragte ein hoher Kalksteingipfel auf. Der Ida vermutlich. Die Flanken waren trocken und kahl, nur stellenweise mit Gestrüpp bewachsen.

Er blinzelte. In dem kleinen Hafen Siros drängten sich zweistöckige Häuser mit grellweiß gestrichenen Mauern dicht an dicht, zogen sich an der Flanke eines Berges empor, gleißten unter der sengenden Sonne. Die flachen, mit roten Ziegeln gedeckten Dächer stiegen stufenweise den Hang hinauf. Er folgte dem Verlauf mehrerer schmaler, zwischen Mauern verlaufender Straßen, die anscheinend im Zickzack bergauf führten. Ein Kaninchenbau.

Der Hafen war sichelförmig und lag zwischen zwei gerundeten Piers. In ihm lag eine kleine Flotte aus Fischerbooten und Kaiks mit Hilfsmotor. An einer Mauer hinter der einen Pier waren Dutzende von Fischernetzen zum Trocknen aufgehängt und schimmerten golden in der Sonne. Die Tavernen und Ladengeschäfte am Hafen machten einen verschlafenen Eindruck.

»Das ist ein Hafen, in dem gearbeitet wird«, bemerkte Newman, nachdem er seinen Feldstecher gesenkt hatte. »Ich glaube nicht, daß viele Touristen hierher kommen. Und ich mache mir immer noch Gedanken über diesen Hubschrauber, der vor einer Weile über uns hinweggeflogen ist.«

»Der kann Gott weiß wo gelandet sein«, erwiderte Marler beiläufig. »Und jetzt sollten wir zu Nick in den Wagen steigen . . .«

Es gab einen Ruck, als das Heck des Schiffes gegen einen steinernen Damm stieß. Die Rampe wurde gesenkt, Fahrzeuge begannen, sich in Bewegung zu setzen. Newman eilte die Kajüttreppe hinunter, dann verlangsamte er sein Tempo. Es war, als bewegte man sich in einem Backofen.

»In Griechenland muß man es langsam angehen lassen, mein Freund«, stichelte Marler, der gemächlich die Treppe hinabschritt.

»Und verraten Sie auf keinen Fall, daß ich Griechisch spreche«, mahnte Newman. »Auf diese Weise erfahren wir vielleicht etwas Interessantes.«

»Jawohl, Sir!« Newman warf einen Blick über die Schulter und sah Marler spöttisch salutieren.

Arroganter Bastard, dachte Newman, dann schluckte er seinen Ärger hinunter. Er durfte in diesem Inferno nicht die Beherrschung verlieren. Nick hatte den Mercedes heruntergefahren und wartete auf der Pier. Kleine Jungen umtanzten den funkelnden Wagen, berührten ihn und sprangen zurück, als Nick sie anfuhr.

»Wohin zuerst?« fragte Newman, nachdem er neben Nick Platz genommen und Marler sich auf dem Rücksitz niedergelassen hatte.

»Zu meinem Freund Spyros. Ich habe ihm von Athen aus einen Funkspruch geschickt. Er lebt weiter oben in den Bergen . . .«

Der Wagen hatte sich in Bewegung gesetzt, verließ den Hafenbereich und bog in eine der schmalen Seitenstraßen ein, die fast sofort anzusteigen begann und um enge Kurven herumführte. Sie wanden sich durch ein beiderseits von den sauberen, weißgetünchten Mauern der Häuser umschlossenes Labyrinth. Newman spürte, wie ihm der Schweiß den Rücken hinabrann. Die tunnelartigen Straßen, das Gleißen der weißgetünchten Mauern – alles machte die mörderische Hitze noch unerträglicher, obwohl Nick sämtliche Fenster geöffnet hatte.

»Wo stecken die Leute?« fragte Newman. »Bisher haben wir noch keine Menschenseele gesehen.«
»In den Häusern. Ruhen sich aus«, erwiderte Nick. »Sogar für Siros ist dies ein sehr heißer Tag. Wenn wir jemanden auf der Straße sehen, müssen wir uns fragen, wer das ist und warum er unterwegs ist. Haben Sie den alten Sikorsky mit den fast unleserlichen Kennzeichen gesehen, der über der Fähre hinweggeflogen ist?«
»Was ist damit?« fragte Newman. Er warf einen Blick auf Marler, der sich entspannt in seinem Sitz zurücklehnte und überhaupt nicht unter der Hitze zu leiden schien.
»Eine Frau mit einer dunklen Brille und einem Kopftuch saß darin und suchte die Fähre mit einem Feldstecher ab. Ich hatte den Eindruck, daß sie jemanden zu finden versuchte. Uns vielleicht?«
»Mit dem Problem können wir uns beschäftigen, wenn es sich stellen sollte«, entgegnete Marler.
»Hier ist eine gute Stelle zum Anhalten«, fuhr Nick fort. »Damit ich die Waffen unter dem Wagen hervorholen kann ...«
Sie hatten eine Kurve erreicht und in ihrer Mitte halt gemacht, so daß sie in beiden Richtungen freie Sicht über die nach wie vor leere Straße hatten. Nick glitt unter den Wagen, und es dauerte keine Minute, bis er erst Marler und dann Newman ihre Gewehre ausgehändigt hatte. Er kam wieder hervorgekrochen und schaute sich sorgfältig um, bevor er ein Hüftholster mit seinem Revolver auf den Beifahrersitz legte.
»Alles in Ordnung«, versicherte ihm Newman. »Wir haben die Straße bergauf und bergab genau im Auge behalten, während Sie unter dem Auto lagen.«
Nick schnallte sich das Holster um, während Marler sein Gewehr hob und durch das Infrarotgerät einen Fischer ins Visier nahm, der weit unter ihnen auf der Pier entlangging. Nick schlüpfte in ein leichtes Leinenjackett, das an einem Haken hinter dem Fahrersitz gehangen hatte. Er ließ es offen und lächelte Newman an.
»Damit dürfte mir zwar etwas warm werden – aber es verdeckt, was ich trage. Sie beide verbergen Ihre Gewehre unter der Reisedecke, die auf dem Boden vor den Rücksitzen liegt.«
»Und nun?« fragte Newman.
»Wir treffen Spyros, der oben auf uns wartet. Er führt uns zum Ida – zu der Stelle, an der im Krieg der Grieche ermordet worden ist.«
»Sie sind verschwunden«, sagte Dimitrios. »Eben fuhren sie noch die Straße hinauf, und jetzt sind sie weg. Wie haben sie das fertiggebracht?«
»Wahrscheinlich haben sie angehalten. Dort unten, wo die Straße um

eine enge Kurve herumführt. Wir können sie nicht sehen, weil uns die Kuppel der Kirche den Blick versperrt«, vermutete Christina.

Ihre Stimme klang rebellisch. Sie schüttelte ihre dunkle Mähne, erbittert über den sklavischen Gehorsam, den ihre Vettern Petros entgegenbrachten.

Konstantin zuckte die Achseln. Ihre Einstellung mißfiel ihm. Das war keine Arbeit für eine Frau. Wie Dimitrios war er dünn und knochig, und er trug einen Schnurrbart, dessen Enden sich um seinen schmalen Mund bogen. Er war sehr stolz auf diesen Schnurrbart: er machte ihn so unwiderstehlich, daß die Frauen umfielen. Auf den Rücken.

Sie standen auf der rauhen Betonterrasse eines Hauses oberhalb des Hafens von Siros. Durch seinen Feldstecher hatte Dimitrios beobachtet, wie Newman, Marler und Nick die Fähre verließen. Zuvor, als sie die Fähre überflogen, hatte Christina bestätigt, daß sie an Bord waren.

Das Haus gehörte Petros und stand leer. Heute war Mittwoch. Jeden Montag kam eine Frau und machte sauber. Vor dem Haus parkte ein verbeulter Cadillac, von dessen Karosserie die Farbe abblätterte. Petros hatte ihn für ein Butterbrot von einem Farmer gekauft, der Geld brauchte. Die Waffen, die sie in den Hubschrauber geladen hatten, lagen jetzt im Cadillac. In Kübel gepflanzte Sträucher mit blutroten Blüten schmückten die Terrasse. Christina setzte ihre Sonnenbrille wieder auf, zündete sich eine Zigarette an.

»Die Gewehre braucht ihr nicht«, erklärte sie ihnen.

»Wir benutzen sie, wenn sie in die Nähe des Ida kommen«, fauchte Konstantin sie an. »Weißt du nicht mehr, was Petros befohlen hat?«

»Befohlen! Ihr seid nichts als Marionetten, die er an seiner Schnur tanzen läßt. Wenn ihr den Engländern etwas antut, geht alles schief. Die Polizei macht Jagd auf euch. Vielleicht kommt sogar Sarris selbst. Er wartet schon lange auf eine Gelegenheit, euch in den Bau zu stecken. Und was wird aus mir? Falls es erforderlich wird, kann ich mich um Marler kümmern und ihn und die anderen von der Stelle wegführen, an der es passiert ist...«

Konstantin grinste widerwärtig und machte eine obszöne Geste. »Aha! Du und Marler. Petros hatte recht. Aber du wirst tun, was wir dir sagen...«

Seine linke Hand hatte ihren Arm gepackt. Er erstarrte. Mit der freien Hand hatte sie blitzschnell das Messer aus der an ihrem Gürtel befestigten Scheide gezogen. Er spürte die Spitze an seiner Kehle. Ihre schwarzen Augen funkelten vor Wut.

»Laß mich los, sonst schlitze ich dir die Kehle auf. Gott weiß, wie viele Frauen du schon aufs Kreuz gelegt hast, du Hurenbock...«

Er gab sie frei, trat einen Schritt zurück. Die Angst stand ihm deutlich im Gesicht geschrieben, als sie ihm folgte. Sein Rücken stieß an die Terrassenmauer, die nur hüfthoch war. Die gepflasterte Straße lag tief darunter. Sie setzte die Messerspitze auf sein Brustbein. Er atmete schwer. Sie war kräftig – wenn sie genügend Druck auf das Messer ausübte...

»Du wirst diese gemeine Geste nie wieder machen«, erklärte sie ihm. »Ihr werdet die Gewehre nicht benutzen. Wir werden eine andere Möglichkeit finden, um sie abzulenken. Hast du verstanden?«

»Ja, Christina. Um Gottes willen...«

Sie steckte das Messer plötzlich wieder in die Scheide, wendete sich ab. Auf ihrem Gesicht lag ein verächtlicher Ausdruck. Konstantin war ein Feigling, wie sie schon immer vermutet hatte. Dimitrios, der bereits seine Erfahrungen mit Christinas Temperament gemacht hatte, hatte sich nicht eingemischt, sondern beobachtete die Gegend durch seinen Feldstecher. Er senkte ihn rasch.

»Du hast recht gehabt«, erklärte er ihr. »Sie hatten sich hinter der Ecke dort versteckt. Warum? Können Sie uns entdeckt haben? Unmöglich. Sie fahren in unsere Richtung. Wir müssen schnell mit dem Cadillac losfahren, bevor sie hier ankommen, zum Ida hinauffahren und abwarten, was sie dann tun...«

Nick bog um eine weitere enge Kurve der im Zickzack verlaufenden Straße. Newman warf einen Blick aus dem Seitenfenster. Nick war ein hervorragender Fahrer: er hatte es um Haaresbreite vermieden, an der Wand eines Hauses entlangzuschrammen. Sie befanden sich jetzt bereits sehr hoch oben, und Newman erhaschte einen Blick auf das Meer, in dem sich die Farben auf schier unglaubliche Weise mischten: Saphir, Türkis, Lapislazuli. Das konnte keine Ansichtskarte wiedergeben. Der Wagen fuhr langsamer und hielt.

»Spyros«, sagte Nick.

Ein buckliger alter Mann in bäuerlicher Kleidung und mit einem Gesicht wie eine runzlige Walnuß unter einem breitkrempigen Strohhut saß vor einem Haus. Er bearbeitete ein Stück Holz mit einem Messer. Er erhob sich, rückte seinen Hut zurecht, öffnete die hintere Tür des Wagens und stieg neben Marler ein.

Nick fuhr bereits wieder, als er sie miteinander bekannt machte. »Spyros. Neben Ihnen sitzt Marler. Mein anderer Freund ist Bob Newman.«

»Es ist mir eine Freude, Sie beide kennenzulernen«, entgegnete Spyros auf Englisch und mit seltsam altmodischer Höflichkeit. »Wenn wir aus

Siros heraus sind, biegen Sie an der nächsten Abzweigung rechts ab und fahren den Berg hinauf.«
Er schlug das Tuch auseinander, in dem er das Stück Holz und das Messer eingeschlagen hatte, und schnitzte weiter, wobei er sorgfältig darauf achtete, daß die Späne nur auf das Tuch fielen. Marler betrachtete das Stück Holz. Es begann die Form einer Madonna anzunehmen. Zwischendurch schaute Spyros immer wieder den Berg hinauf, um festzustellen, wo sie sich befanden.
Plötzlich hatten sie das Labyrinth von Siros hinter sich gelassen. Die Straße vor ihnen war nicht mehr gepflastert, sondern nur noch ein mit weißem Staub bedeckter Weg, der sich den steil vor ihnen aufragenden Berg hinaufwand. Wenig später fuhren sie auf einem Sims entlang, dessen Breite für den Mercedes gerade eben ausreichte. Auf Nicks Seite ragte eine steile Kalksteinwand auf. Newman warf einen Blick aus seinem Fenster – der Berg fiel in eine tiefe Schlucht ab. Tief drunten breitete eine Gruppe von Olivenbäumen ihre verkrüppelten Äste aus, und dahinter erstreckte sich die See tintenblau in die Ferne.
»Sind Sie sicher, daß wir die ganze Strecke mit dem Mercedes befahren können?« erkundigte sich Newman in einem Ton, von dem er hoffte, daß er gelassen klang.
»Spyros hätte uns nicht kommen lassen, wenn es nicht möglich wäre.«
»Gut, daß wir Spyros haben . . .«
Newman blickte wieder in die Tiefe und spürte, wie ihm schwindlig zu werden begann. Er wendete den Blick ab, zwang sich, ihn auf den Weg zu richten, der sich in Spiralen um den Berg herumwand. An mehreren Stellen gingen Pfade ab, die in Bergschluchten hineinführten. Newman hätte alles darum gegeben, wenn er Nick hätte sagen können, er solle in eine der Schluchten einbiegen – fort von dem gräßlichen Abgrund, der immer tiefer und tiefer wurde. Hatte der alte Grieche seine Angst gespürt? Immer noch an seinem Holzstück schnitzend, sagte er plötzlich:
»Jetzt ist es nicht mehr weit. Wir haben die Schlucht bald hinter uns und sind dann in offenem Gelände.«
»Und dann?« drängte Newman.
»Dann erreichen wir die Stelle, an der Andreas Gavalas vor über vierzig Jahren gestorben ist.«

Der Cadillac, den Dimitrios fuhr, hatte die andere Route an der entgegengesetzten Seite des Berges eingeschlagen. In einem Olivenhain versteckt hatten sie beobachtet, wie Nick die seewärts gelegene Strecke emporfuhr.

»Sie wollen dahin, wo sie nichts zu suchen haben«, sagte Dimitrios. »Also sehen wir zu, daß wir vor ihnen da sind, und warten dann auf sie...«

Er war wie ein Verrückter die gewundene Straße hinaufgefahren, neben sich Konstantin, auf dessen Knien ein Gewehr und eine Schrotflinte lagen. Christina saß angespannt und stumm auf dem Rücksitz. Zu ihrer Linken fiel das Gelände ab, aber nicht in Form eines Steilhangs. Die weißgetünchten Häuser des Hafenstädtchens Siros sahen aus dieser Entfernung aus wie Klötze aus einem Kinderbaukasten.

»Hier biegen wir ab«, sagte Dimitrios und lenkte den Wagen in eine Schlucht, die sich zwischen hohen Kalksteinklippen hindurchwand. Die Räder holperten über Felsbrocken, der Wagen rumpelte.

»Warum?« fragte Christina.

»Wir sind ihnen jetzt voraus«, erklärte Dimitrios herablassend. »Wir werden feststellen, ob sie die ganze Strecke fahren. Und wenn sie es tun, dann machen wir hier kehrt und fahren den Berg hinauf. Da ist ein Punkt, von dem aus wir auf sie herabsehen und beobachten können, was sie tun.«

Er hatte an einer Stelle angehalten, an der die Schlucht etwas breiter war, und den Cadillac in die Richtung gewendet, aus der sie gekommen waren. Dann hatte er den Wagen so versteckt, daß er vom Ausgang der Schlucht aus nicht zu sehen war.

»Ein Punkt, von dem aus ihr auf sie herabsehen könnt?« fragte Christina. »Und ihr nehmt eure Gewehre mit? Warum?« Als Dimitrios aussteigen wollte, packte ihre Hand seinen Hemdkragen. »Was habt ihr vor?«

»Du hast doch gehört, was Petros befohlen hat. Sie erschießen, wenn es erforderlich wird. Und nun laß los, du verräterische Katze. Die andere Straße führt am Ende der Schlucht vorbei. Wenn sie bis hierher gekommen sind, müssen sie dort vorbeifahren.«

Sie hatten den Abgrund hinter sich gelassen, wie Spyros vorhergesagt hatte. Vor ihnen, unterhalb der steilen Flanke des Berges, erstreckte sich eine mit Gestrüpp bewachsene Ebene. Nick brachte den Wagen zum Halten. Newman stieg aus, streckte sich und trank einen weiteren Schluck Mineralwasser aus der großen Plastikflasche. Sie hatten noch sechs weitere, ungeöffnete Flaschen bei sich; Nick wurde nie müde, sie darauf hinzuweisen, daß Austrocknung die größte Gefahr darstellte. Newman verzog das Gesicht, schraubte den Deckel wieder auf. Das Wasser war lauwarm und geschmacklos.

Ein Stück vor ihnen fiel das flache, mit Gestrüpp bewachsene Plateau

steil ab. Eine ausgedörrte breite Rinne führte in zahlreichen Windungen zur fernen See hinunter. Sie war mit Kalksteinbrocken und kleineren Steinen übersät. Newman vermutete, daß sie im Winter ein reißender Strom sein würde; jetzt war sie knochentrocken.
»Wo?« fragte Marler auf seine direkte Art.
Spyros deutete mit seinem Messer auf die etwa zweihundert Meter entfernte Rinne. Marler schirmte die Augen mit der Hand ab und schaute an dem vor ihnen aufragenden Berg hinauf.
»Was in aller Welt ist das?«
Newman folgte seinem Blick. Auf dem Gipfel des Ida standen etliche alte Gebäude, die aussahen, als klammerten sie sich regelrecht an die Felskante. Die flachen Steinbauten waren in mehreren Ebenen übereinandergebaut und bildeten einen zusammenhängenden Komplex.
»Das Ida-Kloster«, erklärte Spyros. »Von dort aus kann man die ganze Insel überblicken. Während des Krieges hatte Hugo Geiger, der deutsche General, dort oben einen Ausguck postiert. Er respektierte die Mönche; er sagte, in diesem entsetzlichen Krieg sollten wenigstens ein paar Menschen in Frieden leben.«
»Wo?« wiederholte Marler seine Frage. »Wo genau ist dieser Andreas Gavalas gestorben?«
»Da drüben.« Spyros deutete mit seinem Messer auf die Rinne. »Ich zeige Ihnen die Stelle ...«
»Noch nicht.« Als der alte Mann aussteigen wollte, legte ihm Marler eine Hand auf die Schulter. »Alles zurück in den Wagen«, fuhr er fort und griff nach seinem Gewehr. Er steckte das Infrarotvisier in die Tasche, ebenso mehrere Ersatzmagazine. »Hinein mit euch, schnell«, befahl er. »Alle miteinander.«
»Darf ich fragen, warum?« erkundigte sich Newman.
»Sie dürfen. Ein oder zwei Kilometer zurück habe ich einen Blick auf einen dieser in eine Schlucht führenden Pfade geworfen. Ich sah eine Bewegung, einen Mann, der uns beobachtete. Er ging sofort in Dekkung. Bevor Sie sich ins Freie wagen, werde ich dort hinaufgehen.«
Er schaute auf die Bergflanke, die von tiefen Rissen durchzogen war; einige von ihnen boten einem Mann genügend Platz. Newman holte tief Luft; ihm wurde schon beim Gedanken an diese Felswand schwindlig.
»Sie bleiben auf dem Rücksitz, Bob«, wies ihn Marler an. »Auf dieser Seite des Wagens. Behalten Sie mich im Auge. Wenn ich mein Gewehr schwenke, können sie aussteigen. Aber keinesfalls vorher.«
Er hängte sich das Gewehr über die Schulter, bewegte die Füße in seinen gummibesohlten Kalblederschuhen, um zu testen, ob sie seinen Knö-

cheln genügend Halt boten. »Wenn ich das vorher gewußt hätte, hätte ich Bergstiefel mitgebracht. Aber es muß auch so gehen.«
»Seien Sie um Himmels willen vorsichtig«, drängte Newman.
»Auf den Gedanken, daß Sie sich Sorgen um mich machen könnten, wäre ich nie gekommen.«
Das war typisch für Marler – eine spöttische Bemerkung unmittelbar vor einem äußerst risikoreichen Unternehmen, dachte Newman. Sie setzten sich in den Wagen, und Newman hielt Ausschau. Marler hatte in dem engen Riß bereits sechs Meter hinter sich gebracht; er fand erst auf der einen Seite Halt für seine Füße, dann auf der anderen.

SIEBZEHNTES KAPITEL

»Wir klettern hier hinauf. Von dort können wir direkt auf die Stelle herabsehen«, sagte Dimitrios und schaltete den Motor aus.
Er war von der Bergstraße abgebogen und hatte den Cadillac rückwärts in eine Sackgasse gesetzt. Christina schaute durch das Heckfenster. Am Ende der Sackgasse führte eine breite Rinne zwischen Felsklippen in die Höhe. In den Stein waren primitive Stufen eingehauen.
»Was ist das?« fragte sie. »Wohin führt diese Treppe?«
»Die haben vor langer Zeit die Mönche angelegt.« Dimitrios grinste, ergriff sein Gewehr, öffnete die Tür und stieg aus. Konstantin folgte mit der Schrotflinte seinem Beispiel. Dann steckte Dimitrios seinen Kopf durch das hintere Fenster. »Du wartest hier, Christina. Wir steigen hinauf bis zu einem Punkt, von dem aus wir die Stelle einsehen können. Wenn du Schüsse hörst, sind wir bald wieder da. Dann machen wir uns auf die Rückfahrt ...«
»Ich habe dir doch gesagt, Dimitrios ...«
Ohne auf ihre Worte zu achten, stiegen sie bereits eilig die rohbehauenen Stufen hinauf. Dimitrios führte. Sie verschwanden hinter einer Biegung. Christina stieg aus, ließ die Tür offen, lief auf der Bergstraße zurück. Als sie freien Blick hatte, wußte sie ungefähr, wo sie sich befand. Sie setzte sich in Bewegung, lief in stetigem Trab die Straße hinauf.
Sie trug einen leichten Trainingsanzug und Turnschuhe. Im Laufen zog sie ihre Sonnenbrille aus der Tasche und setzte sie auf. Diese verdammten, kaltblütigen Bastarde. Ihre Arbeit machte ihnen Spaß; Petros hatte sie gut geschult. Sie waren echte Enkelsöhne dieses sadistischen alten Schurken.
Zehn Minuten später lief sie noch immer bergauf. Sie war jetzt nicht

mehr weit von der Stelle entfernt, an der die Steigung endete und das Gelände flach wurde und sich dann dem Meer auf der anderen Seite des Ida entgegenneigte. Gott gebe, daß sie noch rechtzeitig kam ...

Dimitrios hockte sich zwischen zwei mächtigen Felsbrocken nieder, legte das Gewehr in eine Gesteinsspalte und visierte. Drei Männer stiegen aus dem am Rande des Plateaus geparkten Mercedes aus. Neben Dimitrios brachte Konstantin seine Schrotflinte in Position.
Sie befanden sich ungefähr zwanzig Meter oberhalb der drei Männer. Beide Griechen waren hervorragende Schützen. Die Stelle, die Dimitrios ausgewählt hatte, wurde von den Mönchen zur Meditation benutzt. Hoch über ihnen thronte das Kloster auf den Felsen. Dimitrios warf einen Blick hinauf, dann schaute er wieder hinunter. Er hatte sich vergewissert, daß sie vom Gipfel des Ida aus nicht zu sehen waren, weil ein Felsüberhang jedem, der von oben herunterschaute, fast vollständig die Sicht nahm. Dieser Überhang befand sich rund siebzig Meter oberhalb der Stelle, an der sie auf der Lauer lagen.
»Warte, bis sie weit genug vom Wagen fort sind«, ermahnte Dimitrios seinen Bruder. »Dann haben sie keine Deckung, und wir können einen nach dem anderen umlegen.«
»Auf wen soll ich zielen?« fragte Konstantin.
»Auf gar keinen. Überlaß das mir. Wenn einer versucht, zum Wagen zurückzurennen, steht er auf deiner Abschußliste. Es kann jeden Augenblick so weit sein ...«

»Andreas wurde irgendwo am oberen Ende der Rinne tot aufgefunden«, erklärte Spyros.
Newman ging voraus, versuchte, den zahlreichen scharfen Felsbrocken auszuweichen, mit denen der Boden übersät war und die oft fast völlig unter struppigem Gras verborgen waren. Die Sonne brannte ihm ins Genick, und er band sich im Gehen ein Taschentuch um den Hals. In dieser Höhe war es sehr still. Kein Möwengeschrei. Eine Stille, die unheimlich war – und beunruhigend. Er war der erste, der das Geräusch laufender Füße vernahm.
Schwer atmend kam Christina um die Seite des Berges herum, sah sie, lief schneller, bis sie sie erreicht hatte. Newman blieb stehen und wartete voller Argwohn, das Gewehr locker in der rechten Hand. Was zum Teufel hatte eine hübsche Frau hier oben in dieser Wildnis zu suchen? Er mochte keine Fragen, auf die er keine Antwort wußte. Nick trat einen Schritt vor.
»Das ist Christina Gavalas«, informierte er Newman.

»Wer ist das? Sagen Sie es mir, schnell«, verlangte Christina.
Sie keuchte von der Anstrengung, ihre Brüste hoben und senkten sich unter dem Trainingsanzug. Newman ließ sie nicht aus den Augen. Sie glühte vor Leben. Und sie gehörte zum Feind.
»Robert Newman«, erklärte Nick. »Der Auslandskorrespondent ...«
»Und wo ist Marler?« fragte Christina besorgt.
»Ach, der mußte einem Ruf der Natur Folge leisten«, erklärte Newman leichthin. »Und was machen Sie hier oben ...«
»Sie sind in großer Gefahr. Da oben am Berg sind Männer mit Gewehren ...«
Sie brach ab, als sich aus der Richtung, aus der sie gekommen war, ein Mann näherte, mindestens einsachtzig groß, in einem schwarzen Gewand und mit einer hohen, zylindrischen Kopfbedeckung. Ein Priester der griechisch-orthodoxen Kirche. Sein Gesicht war von Altersfalten durchzogen, aber er hielt sich sehr aufrecht und bewegte sich kraftvoll. Er sprach Englisch.
»Willkommen auf dem Ida. Möchten Sie das Kloster besichtigen? Die Dame darf allerdings nicht hinein.«
Newman faßte einen schnellen Entschluß. Der Priester mußte Ende Siebzig sein. Hatte wahrscheinlich sein ganzes Leben auf der Insel verbracht, eingeschlossen die Zeit der deutschen Besetzung im Krieg.
»Wir sind auf der Suche nach der Stelle, an der vor über vierzig Jahren ein Grieche namens Andreas Gavalas gestorben ist.«
»Ermordet wurde«, korrigierte der Priester ihn ernst und strich sich über den schwarzen Bart. »Ich war hier, als es passierte.«
»Wollen Sie damit sagen, daß Sie es mit angesehen haben?« Newman hatte Mühe, sein Erstaunen zu verbergen. »Daß Sie wissen, wer Andreas umgebracht hat?«

»Der Teufel hole diesen Priester. Sein Risiko.« Dimitrios zielte mit seinem Gewehr sorgfältig auf Newmans Brust. »Kinderspiel«, sagte er.
Konstantin schlug den Gewehrlauf hoch. Irgendein Wunder bewirkte, daß Dimitrios nicht auf den Abzug drückte. Er starrte seinen Bruder wutentbrannt an. »Idiot! Warum hast du das getan? Wenn das noch einmal vorkommt, breche ich dir den Arm ...«
»Da unten ist ein Priester«, protestierte Konstantin.
»Na und? Seit wann hast du es mit der Religion? Petros glaubt nicht an Gott, und er hat uns beigebracht, daß die ganze Kirche nichts anderes ist als Betrug am Volk. Auf einen Priester mehr oder weniger kommt es nicht an.«

»Und Christina ist auch da unten. Bist du wahnsinnig? Wenn du schlecht zielst, könntest du *sie* treffen ...«
»Hast du schon einmal erlebt, daß ich schlecht ziele?« Er schaute hinunter. »Und nun sieh dir an, was du angerichtet hast. Sie sind auf dem Weg in die Rinne – zu dem Ort, den sie nach Petros' Befehl nicht erreichen dürfen.«
»Damit ist das Problem gelöst. Vergiß es.«
»Nein. Ich werde es nicht vergessen.« Dimitrios grinste bösartig, hob sein Gewehr und tippte mit dem schweren Kolben leicht gegen Konstantins Kinn. »Wenn du dich noch einmal einmischst, brauchst du einen neuen Unterkiefer. Hast du verstanden? Misch dich nicht noch einmal ein! Ein bewegliches Ziel? Kinderspiel. Und jetzt ...«
Er brachte das Gewehr wieder in Position, legte es unverrückbar in die Vertiefung des Felsbrockens, preßte den Kolben gegen seine Schulter, zielte sorgfältig, hatte den Finger am Abzug. Ein leichter Druck ...

Die Kugel schlug kaum zwei Zentimeter neben der Hand am Abzug gegen den Felsbrocken. Ein Steinsplitter schlitzte Dimitrios die Wange auf. Sein Gewehr fuhr hoch. Diesmal löste sich ein Schuß, ging in die Luft. Eine zweite Kugel traf den Fels zwischen den beiden Brüdern, die dicht nebeneinander hockten. Die dritte Kugel traf Konstantins Schrotflinte. Er ließ sie los, schrie auf. Die Waffe fiel über die Felskante. Sie hasteten aus ihrer Deckung heraus, als eine weitere Kugel den Absatz von Dimitrios' Schuh traf. Er machte einen entsetzten Luftsprung.
Dreißig Meter über ihnen, auf einem von der Felswand vorkragenden Sims, lud Marler nach. Er zielte in Sekundenschnelle, drückte auf den Abzug. Die fünfte Kugel riß einen Fetzen Stoff von Dimitrios' rechter Schulter. Bevor er Konstantin folgte, der bereits zur Treppe zurückhastete, riskierte er einen schnellen Blick nach oben.
Er sah Marler auf dem Sims unterhalb des großen Felsüberhangs. Konstantin schaute sich um, bemerkte den sekundenschnellen Blick, den sein Bruder nach oben warf.
»Komm«, schrie er. »Er hat uns fünfmal verfehlt. Mit dem nächsten Schuß wird er uns töten!«
»Dämlack!« brüllte Dimitrios und begann gleichfalls zu rennen. »Er hat absichtlich danebengeschossen ...« Dimitrios wußte genug vom Schießen, um zu erkennen, daß er es mit jemandem zu tun hatte, der ihm weit überlegen war. Als er außer Sichtweite des Simses angekommen war, fühlte er sich sicher, doch dann fuhr er entsetzt zusammen, als von allen Seiten Kugeln gegen die Felswände prallten und ihn mit scharfen Splittern überschütteten. Wie war das möglich?

»Erschießen, die Mistkerle!« drängte Christina wutentbrannt.
Newman stand mit gespreizten Beinen da, zielte mit seinem Gewehr bergauf und schoß weiter auf die von seinem Standort aus noch sichtbaren, flüchtenden Männer. Mit funkelnden Augen beobachtete Christina Marler, der sich jetzt seinen Weg von dem Sims herunter suchte, während ihre verhaßten Cousins auf der Treppe außer Sicht verschwanden. Newman lächelte, senkte sein Gewehr, lud nach.
»Sie sind ein lausiger Schütze«, teilte sie ihm mit. Sie hatte eine Hand auf die Hüfte gestützt.
»Meinen Sie?« Er lächelte abermals. »Ich habe absichtlich danebengeschossen – genau wie Marler. Es ist schon genug Blut vergossen worden. Und wir wollen Ihrer reizenden Familie keinen Anlaß für eine neue Blutrache geben.«
»Gesegnet seien die Friedfertigen«, sagte der Priester.
»Da bin ich nicht so sicher, Pater.« Newman lächelte wieder. »Ich könnte Ihnen beipflichten – solange die Friedfertigen am Leben bleiben. Was nur selten der Fall ist, wie die Geschichte beweist. So, und wo wurde Andreas Gavalas ermordet? Und was haben Sie gesehen?«
Der Priester führte sie in die breite Rinne, die sich zum Meer hinabwand. Nahe ihrem oberen Ende, wo in dem ausgetrockneten Flußbett jetzt Büschel aus verdorrtem Gras wuchsen, deutete er auf eine glattwandige Felsspalte, die gerade so groß war, daß ein Mann hineinpaßte. Das war Andreas' zeitweiliges Grab gewesen. Der Priester war während eines Meditationsspazierganges zufällig auf den Leichnam gestoßen. Unter dem linken Schulterblatt hatte der Griff eines Messers herausgeragt, und der Mann war tot gewesen. Als er zum Kloster zurückeilte, um Hilfe zu holen, hatte der Priester ein paar Mönche getroffen, die ihn zu der Felsspalte zurückbegleiteten. Der Tote war verschwunden.
Der Priester hatte General Geiger über den Vorfall informiert. Geiger hatte die einzige Patrouille, die in dieser Gegend Dienst tat, zur Rede gestellt. Später hatte er dem Priester mitgeteilt, er wäre ganz sicher, daß seine Leute mit dem Vorfall nichts zu tun hätten.
»Aber wer hat den Toten fortgeschafft?« fragte Newman. »Und haben Sie gesehen, wie sich der britische Kommandotrupp nach seiner Landung dieser Rinne zuwendete?«
»Ja. Ich habe ihn vom Kloster aus gesehen. Vielleicht haben mich meine Schritte deshalb in diese Richtung geführt. Anmaßende Neugier. Nicht gerade eine Tugend.«
»Aus wie vielen Männern bestand der Trupp?« fragte Newman weiter.
»Vier. Ich beobachtete sie durch einen Feldstecher, bevor ich meinen Spaziergang unternahm.«

»Vier Griechen, meinen Sie?« erkundigte sich Newman beiläufig.
»Nein. Drei englische Soldaten und ein Mann in bäuerlicher Kleidung, vermutlich Andreas Gavalas, der die Insel kannte. Ich wußte, daß es sich um Engländer handelte, weil sie grüne Tarnanzüge trugen.«
»Aber sind sie denn nicht von dem deutschen Ausguck entdeckt worden, der, soweit ich weiß, im Kloster postiert war?« zweifelte Newman.
»Wenn Sie sie kommen sahen, können sie den Deutschen doch nicht entgangen sein.«
»Die Engländer waren geschickt – und sie hatten Glück. Sie landeten, als ein dichter Seenebel die Küste einhüllte. Als ich durch mein Fernglas schaute, hatte sich der Nebel für kurze Zeit zerteilt. Genau zu diesem Zeitpunkt wurde der Beobachtüngsposten im Kloster abgelöst.«
»Und haben Sie je etwas flüstern gehört, wer Andreas' Leichnam fortgeschafft haben könnte?«
Der Priester zupfte an seinem Bart, seine Augen wichen denen Newmans aus. »Es ist ein Rätsel«, erwiderte er schließlich. »Und jetzt entschuldigen Sie mich bitte – ich muß zurück.«
»Diese ganze Geschichte ist höchst sonderbar«, sagte Newman.
Er ließ den Blick über das mit Gestrüpp bewachsene Plateau wandern. Nur sehr wenig Deckung für einen Kommandotrupp, der sich darauf verlassen mußte, daß der Nebel anhielt, bis sie im Schutz des Berges angekommen waren. Zweifellos hatte Andreas ihnen den Weg gezeigt. Marler kam flotten Schrittes auf sie zu, das Gewehr über der Schulter, und Newman blickte wieder in die Höhe. Was war das für ein Leben, wenn man den größten Teil seiner Tage in einer solchen Bergfestung auf halbem Wege zum Himmel eingesperrt war? Ein großer Vogel, vermutlich ein Adler, löste sich von einem Felsvorsprung und beschrieb hoch droben seine Kreise.
»Können Sie mich in Ihrem Wagen nach Athen mitnehmen?« fragte Christina Newman. »Meine Vettern haben mich in einem alten Cadillac hergebracht. Und jetzt sitze ich hier fest.«
»Bis nach Athen?« erkundigte sich Newman überrascht.
»Ich kehre nicht ins Teufelstal zurück – wo Petros nur darauf wartet, mich windelweich zu prügeln.« Sie trat näher an ihn heran,und ihre Augen waren unvorstellbar groß. »Ich zahle für meine Passage. Die letzte Fähre geht in zwei Stunden. Nehmen Sie mich mit? Bitte.«
»Und auf welche Weise wollen Sie zahlen?« fragte Newman ironisch in Erwartung einer bestimmten Antwort. Sie hatte die Stimme gesenkt, so daß nur er sie hören konnte.
»Mit Informationen. Über Harry Masterson.«
»Damit haben Sie Ihre Fahrkarte in der Tasche.«

Marler kam heran, klopfte Schmutz von seinem Jackett, grinste Christina an. »Sie kommen viel herum, kleine Dame.«
Sie ging ihm langsam entgegen, die Andeutung eines Lächelns im Gesicht. »Wir kennen uns bereits, wie Sie sich vielleicht erinnern ...«
»Wie könnte ich das vergessen.« Er lächelte sardonisch.
»Ich vergesse es auch nicht. Ich habe etwas für Sie, Marler. Ein Andenken. Das ist doch wohl das richtige Wort?«
Sie lächelte noch immer, als ihre rechte Hand hochfuhr und ihm mit all ihrer beachtlichen Kraft einen Schlag ins Gesicht versetzte. Die Ohrfeige ließ seinen Kopf zur Seite rucken. Sie lächelte abermals und betrachtete die rote Strieme, die sich quer über seine Backe zog.
»Jetzt sind wir quitt. So sagt man doch?« Sie wendete sich Newman zu. »So, jetzt können wir, wenn Sie so weit sind.«
Der Priester war ein paar Meter von ihnen entfernt neben Spyros stehengeblieben, als widerstrebte es ihm, sie zu verlassen. Seine Miene war ein Musterbeispiel für Unentschlossenheit. Doch plötzlich schien er zu einem Entschluß gekommen zu sein, und er kam herbei und trat dicht an Newman heran. Er holte tief Atem, bevor er sprach, und danach wanderte er rasch auf den Berg zu.
»Das Verschwinden dieser Leiche. Da war noch etwas auf der Insel, als sie abgeholt wurde. Vielleicht sollten Sie einmal in diese Richtung schauen. Ich meine den Mäander.«

ACHTZEHNTES KAPITEL

Für den Rückweg benutzte Nick die Straße an der entgegengesetzten Seite des Berges, und Newman war sehr erleichtert, als er sah, daß das Gelände daneben nur allmählich abfiel. Es war seine Idee gewesen, diese Straße zu nehmen, nachdem er mit Christina gesprochen hatte.
»Diese beiden schweren Jungs, Dimitrios und Konstantin«, hatte er Marler informiert, bevor sie sich auf den Rückweg machten, »werden mit ihrem Cadillac in den Ort hinunterfahren. Dort lassen sie den Wagen stehen und fliegen mit ihrem Hubschrauber zurück. Christina sagte, sie wären unmittelbar außerhalb des Ortes auf freiem Gelände gelandet. Sie waren in der Maschine, die über die Fähre hinwegflog.«
»Und wie sehen unsere Pläne aus?« wollte Marler wissen.
»Wenn wir den Cadillac einholen können, würde ich gern ein paar Worte mit ihnen reden – und Sie vermutlich auch. Diesmal mit den Fäusten. Wir müssen Petros den Spaß verderben, seine Schakale auf uns anzusetzen. Ich möchte nicht meinen gesamten Aufenthalt in Grie-

Sie fuhren eine enge, gepflasterte Straße entlang, die sich abermals zwischen den grellweiß getünchten Mauern der Häuser hindurchzog. Nick bog von der Straße auf eine Art geschwungener Rampe ab. Das Haus stand für sich allein; vor den Fenstern lagen graue Läden, die leuchtendrot gestrichene Vordertür war geschlossen. Mit dem Gewehr in der Hand sprang Marler aus dem Wagen und steckte dann den Kopf zum hinteren Fenster herein, um mit Spyros zu reden.
»Hat dieses Haus eine Hintertür?« fragte er eindringlich.
Newman bemerkte, daß er das Gewehr entsichert hatte. Er wirkte angespannt, auf dem Sprung. Spyros blickte zu ihm auf und machte eine Handbewegung.
»An der anderen Seite. Dort ist eine Terrasse mit einer Tür ins Haus. Eine Treppe führt hinunter zur Straße . . .«
»Was ist los?« fragte Newman, der gleichfalls mit dem Gewehr in der Hand ausgestiegen war.
»Irgend etwas stimmt hier nicht«, sagte Marler.
»Wie kommen Sie darauf?«
»Sechster Sinn.« Marler wendete sich wieder an Spyros. »Dieser Sarantis. Lebt er allein? Eine Frau? Dienstboten?«
»Nein. Er lebt allein. Eine Frau kommt jeden Tag . . .«
Müßte sie jetzt hier sein?«
larler schoß seine Fragen ab und warf dabei immer wieder einen Blick f die geschlossenen Fensterläden. Dann schaute er zum Dach hinauf d runzelte die Stirn. »Kommt man da irgendwie hinauf?« wollte er sen, noch bevor Spyros seine vorherige Frage beantwortet hatte. hatte die Atmosphäre gespürt; er hatte den Motor ausgeschaltet stand nun neben der Haube des Wagens, die rechte Hand in der des Revolvers unter dem losen Jackett.
rau kommt nur vormittags«, erwiderte Spyros. »Und hinten ist eppe, die aufs Dach führt . . .«
me das Dach«, erklärte Marler. »Bob, Sie übernehmen die Hin- ick, Sie warten an der Vordertür.«
bleiben mit Spyros im Wagen«, ermahnte Newman Chri- n folgte er Marler.
ertür ist nur angelehnt«, warnte Newman Nick. »Uhrenver- y? In genau achtzig Sekunden gehen wir beide hinein. Vor- Parole.«
f um die Hausecke herum, während Marler zwei Stufen auf eppe zum Dach hinaufrannte. Newman erreichte die Ter- r aus er die menschenleere Straße überblicken konnte. lten die Leute den ganzen Tag Siesta. Die Sonne brannte

chenland damit verbringen, ständig über die Schulter schauen zu müssen. Wenn wir wieder in Athen sind, möchte *ich* unter vier Augen mit Christina sprechen. Ich bin sicher, daß sie einiges zu erzählen hat.«
»Weshalb nicht ich? Ich kenne sie schon etwas länger . . .«
»Jawohl!« Newmans Stimme war ironisch. »Sie kennen Sie so gut, daß sie Ihnen eine geklebt hat.«
»Es war die einzige Methode, mit der ich sie zum Reden zu bringen hoffte . . .«
»Es war die einzige Methode, von der *Sie* glaubten, sie könnte sie zum Reden bringen – und sie hat nicht geredet.«
»Es besteht eine gewisse Möglichkeit, daß Sie recht haben«, gab Marler widerstrebend zu und betastete sein Gesicht. »Sie ist eine Augenweide, aber ihre Ohrfeige war nicht von schlechten Eltern . . .«
»Und Sie haben sie vollauf verdient. Gehen wir zum Wagen . . .«
»Darf ich fragen, worauf Sie bei Ihrer Unterhaltung mit ihr hinauswollen?«
»Christina hat Masterson in London kennengelernt, ihn vermutlich auf das Exmoor und diese drei Männer des damaligen Kommandotrupps hingewiesen. Warum? Das kann nur sie mir erzählen. Und deshalb, bester Freund«, fuhr Newman, Marler imitierend fort, »würde ich es zu schätzen wissen, wenn Sie diese Augenweide von nun an mir übrließen. Und auf der Rückfahrt sollten wir mit der Möglichkeit rechnen, daß die beiden Killer irgendwo im Hinterhalt lauern.«
Im Wagen verteilten sie sie sich so, daß sie auf das Schlimmste eingerichtet waren. Marler setzte sich vorn neben Nick, das geladene Gewehr auf dem Schoß. Christina nahm in der Mitte des Rücksitzes Platz, in den beiden Ecken saßen Newman und Spyros. Als Nick von dem Plateau herunterfuhr und den Wagen auf die entgegengesetzte Seite des Berges zusteuerte, versuchte der Bucklige, sich zu entschuldigen.
»Ich war Ihnen keine große Hilfe, Mr. Newman. Der Priester hat Ihnen alles erzählt.«
»Alles? Sind Sie sicher? Wer hat Andreas' Leiche fortgeschafft? Und was ist der Mäander?«
»Das dürfen Sie mich nicht fragen.« Der Bucklige schauderte, verkrampfte die altersfleckigen Hände. »Von diesen Dingen weiß ich nichts.«
»Aber ich.« Christina drückte ihre Schulter gegen die von Newman, wendete den Kopf und sah ihn an. »Vielleicht sollten wir beide uns später unterhalten, wenn wir allein sind.«
»Das wäre mir sehr recht.« Newman erwiderte ihren Blick. »Sie sprechen sehr gut Englisch.«

»Das habe ich meiner Mutter zu verdanken. Ich hatte das Glück, eine gute Erziehung zu bekommen. Und manchmal glaube ich, das ist der Grund dafür, daß meine Vettern – und Petros – mich hassen. Sie sind Bauern, und sie denken und handeln wie Bauern. Meine Mutter hat von einem entfernten Verwandten Geld geerbt. Sie brachte es heimlich auf die Bank. Petros war wütend. Eines Abends hat sie mich in einen Zug nach Zürich gesetzt. Dort bin ich zur Schule gegangen. Ich stellte fest, daß mir Sprachen leicht fielen. Neben Griechisch spreche ich Deutsch und Englisch. Anschließend habe ich Jura studiert. Doch dann machte ich einen Fehler.«

»Welchen?«

»Ich kam heim zum Begräbnis meiner Mutter. Petros bestand darauf, daß ich meine Ehrerbietung erweisen müßte, indem ich eine Weile im Teufelstal blieb. Und ich war so blöde, mich dazu bereitzuerklären. Die Zeit verging. Sie haben mich alle dazu gebracht, auf ihre Art zu denken. Aber jetzt habe ich für dieses und das nächste Leben die Nase voll von ihnen. Wir reden später weiter.«

Spyros hatte etwas unter seinem verbeulten Jackett hervorgeholt. Newman hörte ein merkwürdiges Geräusch, blickte an Christina vorbei. Spyros ließ die Perlen eines schwarzen Rosenkranzes durch die Finger gleiten. Sein Gesicht wirkte verängstigt. Newman schaute aus dem Fenster. Die Aussicht war grandios: ein Panorama, das sich über die ganze Insel bis hinab zu dem sichelförmigen Hafen erstreckte.

Die Atmosphäre im Wagen war gespannt. Vor dem Erreichen jeder Kurve beugte sich Marler vor, packte sein Gewehr fester, stets gewärtig, auf die Brüder Gavalas zu stoßen. Er hatte Nick darauf aufmerksam gemacht, daß er jede Sekunde damit rechnen mußte, blitzschnell anhalten zu müssen. Nick wischte immer wieder eine Hand trocken, um das Lenkrad sicher fassen zu können, und schaute angestrengt nach vorn, wenn er langsam eine Kurve nahm.

Die Perlen hatten aufgehört zu klicken. Newman verhielt sich ganz still. Spyros beugte sich vor, schaute in seine Richtung. Newman sah weiter aus dem Fenster, während der Wagen die steile, gewundene Straße hinabrollte. Jetzt konnte er schon die einzelnen im Hafen von Siros vor Anker liegenden Boote erkennen.

»Mein Cousin Sarantis ist Archäologe«, setzte Spyros an. »Ist das das richtige Wort?«

»Er macht Ausgrabungen – legt antike Stätten frei. In der Plaka in Athen arbeiten viele Archäologen«, ermutigte ihn Newman.

»So ist es. Aber Sarantis bevorzugt Orte, an denen nicht so viele Leute arbeiten. Wie Kap Sunion. Beim Poseidontempel.«

»Vernünftiger Mann.« Newman zwang sich, gelassen zu bleiben. »Und was ist mit Sarantis?«

»Er ist sehr alt. Genau wie ich. Aber er hat ein wundervolles Gedächtnis für Gesichter. Er war auf Kap Sunion, als der Engländer, Masterson, vor kurzem über die Klippe geworfen wurde.«

»Er hat es mit angesehen?«

»Nein. Aber er hat die zwei Männer gesehen, die kurz vor dem Mord auf den Tempel zugingen.«

»*Zwei* Männer? Sind Sie ganz sicher? Sie sagten, er wäre sehr alt«, erinnerte ihn Newman sanft.

»Er ist achtzig. Er erkannte Masterson nach dem Foto in den Zeitungen – der Mann, der über die Klippe geworfen wurde, hat er gesagt.«

»Und der zweite Mann?« drängte Newman. »Könnte er ihn beschreiben? Woher weiß er, daß Masterson hinuntergeworfen wurde – wenn er nicht sah, wie es passierte?«

»Ich glaube, er hat es gesehen, hielt es aber für zu gefährlich, es zuzu-
ben. Er hat ein gutes Gedächtnis für Gesichter«, wiederholte Spyro
die Art alter Menschen.

»Hat er Ihnen den zweiten Mann beschrieben?« fragte Newma

»Nein. Aber Sie können ihn fragen. Er würde es Ihnen erz
mag die Engländer. Aber gehen Sie bitte sanft mit ihm um. D
auf Kap Sunion sah, hat ihn sehr verängstigt.«

»Sie wissen, wo er in Athen wohnt?«

»Athen? Er lebt hier auf Siros. In einem Haus am ob
Ortes. Wir können ihn besuchen, bevor Sie mit der Fä
zurückkehren.«

»Ja, tun wir das«, stimmte Newman zu. »Vielleicht s
das gestolpert, wonach wir suchen. Durch puren
nach Siros kamen. Das ist mir mehrfach passiert
korrespondent arbeitete«, erklärte er Marler. »
wenn man ihn am wenigsten erwartet. Und
neue Perspektiven – die vielleicht bis ins Exm

»Das alles klingt mir eine Spur zu simpel«, b
wandt durch die Windschutzscheibe nach

Als sie sich dem Ortsrand des Hafens n
Griechisch an Spyros, der daraufhin e
schaute aus dem Fenster, scheinbar o
essieren; nichts in seiner Miene v
Spyros waren Bedenken wegen d
Nick versuchte, ihn zu beruhige

ihm ins Genick. Auch die Fenster an der Rückseite waren mit grauen Läden verschlossen. Newman erreichte eine blaugestrichene Tür.
Diese Tür stand halb offen. Irgendwo ein Stück die Straße hinunter, außer Sichtweite, wurde ein Wagen gestartet, fuhr schnell davon. Mußte nicht unbedingt etwas zu bedeuten haben. Er warf einen Blick auf die Uhr. Noch dreißig Sekunden. Er stand neben der Tür und lauschte. Das Geräusch des davonfahrenden Wagens war verstummt. Eine schwere, bleierne Stille senkte sich über die Terrasse. Aus dem einstöckigen Haus drang nicht der geringste Laut. Seinem Gefühl nach mußte es leer sein. Aber weshalb standen dann beide Türen offen?
Noch zehn Sekunden. Er packte sein Gewehr fester, hielt es auf Hüfthöhe. Dann hob er den rechten Fuß, stieß die Tür weit auf, sprang hinein und drückte sich an die Wand.
Ein Temperaturabfall von mindestens zehn Grad; augesprochen kühl nach der Hitze draußen. Er befand sich in einem großen, L-förmigen Raum. Eine Menge Polstermöbel – Sessel, Couches. Ein gewölbter Kamin nahm fast die gesamte gegenüberliegende Wand ein. Seine Augen fuhren herum, stellten sich auf die schwache Beleuchtung ein. An der rechten Wand ein Schreibtisch. Ein Haufen Papiere auf der Platte. Er konnte hören, wie sich Nick draußen bewegte. Sein Blick ruhte auf der Ecke mit dem Schreibtisch.
Ein Stuhl war umgestürzt. Auf dem gekachelten Fußboden lag ein toter alter Mann. Er lag auf dem Rücken, seine Augen starrten zu der rauh verputzten Decke empor. Die rechte Hand war ausgestreckt, die Finger gekrümmt bis auf den Zeigefinger, der wie in einer Geste des Protests auf Newman deutete. Nick erschien mit dem Revolver in der Hand, gefolgt von Marler, der sich lautlos wie eine Katze bewegte.
»Irgend jemand im Haus?« fragte Newman. Beide schüttelten den Kopf. »Holen Sie Spyros. Bereiten Sie ihn vor. Ich glaube, wir sind zu spät gekommen . . .«

»Mausetot«, verkündete Marler sachlich.
Er hatte sich neben dem Toten niedergehockt, nach dem Puls in der Halsschlagader getastet. Er blieb in der Hocke und schaute sich mit gerunzelter Stirn um. Newman stand da und blickte auf den alten Mann herab. Er deutete auf eine Schleifspur auf den Fliesen neben dem Schreibtisch.
»Schwer zu sagen, was passiert ist«, stellte er fest. »Das sieht aus wie die Spur seines Schuhs. Er könnte aufgestanden und ausgerutscht sein und sich dabei den Schädel eingeschlagen haben. Nein, ich glaube nicht. Seht euch sein Handgelenk an. Es ist gebrochen . . .«

»Das könnte passiert sein, als er ausrutschte. Dieser Fußboden ist sehr glatt. Da kann leicht ein Unfall passieren.«
»Und den Arm hat er sich dabei auch gebrochen?« fragte Newman.
Er konnte jetzt sehen, daß der Arm in einem unnatürlichen Winkel dalag – er war dicht am Ellenbogen gebrochen. Er sah auf, als Spyros eintrat, gefolgt von Nick und Christina. Spyros ging langsam auf den Toten zu, und seine Stimme zitterte.
»Ist er ...«
»Ja«, sagte Newman. »Er ist tot. Wer ist es?«
»Mein Freund Sarantis ... mein ältester Freund ...«
Tränen rannen über sein wettergegerbtes Gesicht. Christina schlang einen Arm um seine Schultern, drückte ihn an sich. Sie zog ein Taschentuch heraus, wischte ihm das Gesicht ab, redete flüsternd auf Griechisch auf ihn ein. Sie führte ihn zu einer der Couches, auf die er niedersank. Dann schaute er zu ihr auf.
»Sie sind sehr freundlich – Sie alle«, sagte er auf Englisch. »Es geht schon wieder.«
»Ich halte auf dem Dach Wache«, erklärte Marler. »Für den Fall, daß jemand kommen sollte. Ich meine, wir sollten nicht allzu lange hierbleiben.«
Dann war er fort. Christina verschwand für einen Augenblick, kehrte mit einem Glas Wasser zurück. Spyros nahm es dankbar entgegen und leerte es mit einem großen Schluck. Mit grimmiger Miene trat sie zu Newman und starrte auf den Toten herab.
»Ein weiterer Mord? Sie haben versucht, ihn zum Reden zu bringen?«
»Wer?« fragte Newman, der sein Gewehr griffbereit auf einen Sessel gestellt hatte.
»Dimitrios und Konstantin natürlich.«
»Wieso ›natürlich‹?«
»Deswegen.« Sie bückte sich und zog ein Taschentuch unter dem Toten hervor. Es war sehr bunt und rautenförmig gemustert. Auf einer hellen Fläche war ein dunkelroter Fleck, den Newman für getrocknetes Blut hielt. »Dimitrios hat so ein Taschentuch«, sagte sie kalt. »Dieses verdammte Schwein.«
»Ist es das einzige Taschentuch dieser Art in Griechenland?« fragte Newman.
»Nein. Es gibt sie in den Läden in Athen zu kaufen ...«
»Dann können Sie nicht sicher sein. Geben Sie es mir. Alles muß so bleiben, wie es war.«
Newman schob das Taschentuch an der gleichen Stelle, an der sie es

herausgezogen hatte, wieder unter den Toten. Dann sah er auf die Uhr. Spyros saß sehr still da, den Blick unverwandt auf Sarantis gerichtet, als wollte er den letzten Anblick seines Freundes unauslöschlich seinem Gedächtnis einprägen. Ein großer Fehler, dachte Newman, und einer, den nur allzuviele Leute machen.

»Sie sind hiergewesen«, beharrte Christina. »Wie ist er gestorben?«

»Unter großen Schmerzen«, flüsterte Nick, damit Spyros es nicht hörte. »Erst wurde sein Handgelenk gebrochen, dann sein Arm. Es kann sein, daß ihn der Schock getötet hat ...«

»Da habt ihr es!« erklärte Christina wütend. »Sarantis hat auf dem Plateau oben am Berg gearbeitet, wo wir heute waren. Sie wollten Informationen aus ihm herausholen, diese brutalen Kerle ...«

»Wir wissen nicht, wer ›sie‹ waren«, beharrte Newman. »Wir wissen nicht einmal, daß sie zu zweit waren.«

»Doch, das wissen wir«, zischte sie. Nick nickte zustimmend, als sie fortfuhr: »Gehen Sie in die Küche. Dort sind die Überreste einer schnellen Mahlzeit – *zwei* Teller auf dem Tisch, zwei schmutzige Messer, die Reste von zwei Stücken Käse und zwei Scheiben Brot. Zwei Weingläser ...«

Marler erschien, das Gewehr schußbereit in den Händen. »Ich finde, wir sollten schleunigst von hier verschwinden.«

»Ganz meine Meinung«, pflichtete ihm Newman bei. Er warf einen Blick auf Spyros. »Als ich die Hintertür erreicht hatte, hörte ich, wie ein Wagen in Richtung Hafen davonfuhr. Wann geht die nächste Fähre?«

Spyros sah auf die Uhr. »Vor ungefähr einer halben Stunde ist eine zusätzliche Fähre ausgelaufen. Heute ist ein Tag, an dem eine Menge Lastwagen Vorräte nach Siros bringen. Wenn Sie sofort losfahren, können Sie die letzte Fähre nach Athen noch erreichen. Die Fahrt dauert ungefähr eine halbe Stunde, und dann haben Sie noch etwa eine Viertelstunde bis zur Abfahrt.«

»Zeit für einen Bissen in einer der Kneipen am Hafen«, sagte Marler. »Ich bin halb verhungert.«

»Informieren wir die Polizei?« fragte Christina.

»Nicht von Siros aus«, entgegnete Newman. »Dann würden wir in die Sache verwickelt, und das könnte Tage oder sogar Wochen dauern. Vielleicht würden wir sogar verdächtigt. Ich möchte Sarantis nicht bewegen – aber wir haben nicht gesehen, in welchem Zustand sein Schädel ist. Es ist durchaus möglich, daß er einen Schlag auf den Kopf bekommen hat.« Er schaute zu Spyros hinüber. »Meinen Sie, daß Sie stillhalten können, bis die Polizei von sich aus eintrifft? Und selbst dann wäre es

vielleicht besser, wenn Sie sich aus dieser Tragödie heraushalten würden. In Ihrem eigenen Interesse ...«
»Ich ziehe es vor, ihn stillschweigend zu betrauern ...«
»Dann setzen wir Sie bei Ihrem Haus ab. Ich glaube nicht, daß man Sie belästigen wird. Nur dieser Priester weiß, daß wir auf Siros waren, und ich bezweifle, daß die Polizei auf die Idee kommt, auf den Ida hinaufzusteigen. Gehen wir ...«
»Und die Polizei?« beharrte Christina.
»Ich mache eine anonyme Meldung an das Präsidium in Athen«, erwiderte Newman. »Wir haben eine Menge zu bereden, Sie und ich, wenn wir wieder in der Stadt sind.«

NEUNZEHNTES KAPITEL

Vom Balkon von Zimmer 318 im Athen Hilton hatte man einen prachtvollen Blick über die Stadt. In der Ferne zeichnete sich der Parthenon klar vor dem Abendhimmel ab. Christina stand mit verschränkten Armen neben Newman auf dem Balkon.
»Herrlich«, sagte sie, »vor allem, wenn man bedenkt, wie lang der Weg des Menschen zur Zivilisation war. Zwei Schritte vor, ein Schritt zurück. Sie wissen, daß sie nach mir suchen werden«, setzte sie unvermittelt hinzu. »Meine widerliche Familie. Dafür wird Petros sorgen.«
»Genau deshalb habe ich Sie hierher gebracht und nicht ins Grande Bretagne. Und Sie haben sich unter einem angenommenen Namen eingetragen.«
»Sie werden mich trotzdem aufspüren. Sie machen die Runde durch die Hotels. Ein paar Drachmen wechseln den Besitzer. Sie haben Fotos von mir, die sie einem Pagen zeigen können, einem Mann an der Rezeption ...«
»Obwohl Sie in völlig anderer Aufmachung hier eingetroffen sind? Mit einer großen Sonnenbrille und einem Kopftuch, das Ihr Haar verdeckte?«
»Vielleicht haben Sie recht, Bob. Ich wollte, ich könnte mich so sorglos fühlen wie die Leute da unten am Pool.«
Sie blickte hinunter auf die Gäste, die es sich um den großen Swimmingpool herum bequem gemacht hatten, dessen Wasser dunkel türkisfarben in der Sonne schimmerte. Obwohl die Klimaanlage voll aufgedreht war, herrschte in dem großen Doppelzimmer hinter ihnen eine drückende Hitze. Newman musterte sie, während sie zum Pool hinabschaute.

Nachdem sie mit der Fähre nach Piräus zurückgekehrt waren, hatte Nick sie nach Kolonaki gefahren, in das Nobelviertel von Athen. Dort hatte er Newman und Christina abgesetzt und anschließend Marler zum Grande Bretagne zurückgefahren. Christina hatte sich ein paar neue Kleider und Wäsche gekauft, weil sich alles, was sie besaß, auf Petros' Farm befand. Newman hatte mit Reiseschecks bezahlt, und er hatte versprechen müssen, daß er sich die Auslagen von ihr erstatten ließ.

»Morgen früh kann ich zur Bank gehen«, hatte sie erklärt. »Meine Mutter hat mir das ganze Geld hinterlassen, das sie von ihrem Verwandten geerbt hat. Es ist noch eine Menge da, obwohl sie meine Ausbildung damit bezahlt hat ...«

Newman war auf eine Strapaze gefaßt gewesen. Wenn eine Frau Kleider kaufte, dauerte das Stunden über Stunden. Er stellte fest, daß er sich geirrt hatte. Christina war schnell von Entschluß, konnte einen raschen Blick auf ein Dutzend in Frage kommender Kleider werfen, sofort eines auswählen, es in Minutenschnelle anprobieren und dann kaufen. Bei dieser Einkaufstour kamen sie einander näher. Sie fragte Newman immer, ob ihm das gefiele, was sie ausgesucht hatte. Zweimal schüttelte er den Kopf, und sie hielt Ausschau nach etwas anderem.

Jetzt war sie mit ausreichend Kleidung für den Tag und einem Abendkleid ausgestattet. Nachdem sie sich umgezogen hatte, händigte sie ihm den Trainingsanzug aus, und er rollte ihn zusammen und stopfte ihn in eine Mülltonne vor dem Hotel. Sie würden damit rechnen, daß sie diesen Anzug trug, wenn sie nach ihr suchten.

»Essen wir zusammen zu Abend?« fragte sie, als sie auf dem Balkon standen. »Oder ist das zuviel verlangt?«

»Durchaus nicht. Ich hatte gehofft, daß wir zusammen essen würden. Wie wäre es mit dem Ta Nissia hier im Hause?«

»Wunderbar!« Ihre Augen glühten. »Und da Sie sich zu meinem Leibwächter ernannt haben – könnten Sie eine Zeitschrift oder dergleichen lesen, während ich ein Bad nehme?«

»Lassen Sie sich Zeit ...«

Er saß an dem großen, die ganze Wand einnehmenden Aussichtsfenster, als jemand anklopfte. Schnell und leise ging er zur Tür. Er öffnete sie, ohne die Kette zu lösen, und Marler streckte winkend eine Hand durch den Spalt.

»Peinlicher Augenblick?« näselte er. »Soll ich später wiederkommen? Nachdem Sie noch eine Stunde mit ihr allein gehabt haben?«

»Halten Sie den Mund und kommen Sie herein. Sie badet gerade, und dann gehen wir zum Essen hinunter.«

»Der Balkon«, sagte Marler knapp.
Er wartete, bis sie beide draußen waren, dann schob er die Tür zu und zündete sich eine Zigarette an. »Keinerlei Anzeichen für den Feind im Grande Bretagne bisher. Und«, kam er Newman zuvor, »niemand ist mir gefolgt. Ist Ihnen klar, daß Sie möglicherweise in eine tödliche Falle gegangen sind?«
»Was zum Teufel meinen Sie damit?«
»Ich habe den Eindruck, als hätte es Ihnen die schöne Christina angetan. Das ist okay, soweit es mich betrifft...«
»Sehr freundlich von Ihnen«, unterbrach ihn Newman sarkastisch. »Ein beruhigendes Gefühl, wenn man eine behördliche Genehmigung hat...«
»Lassen Sie mich ausreden. Es könnte durchaus sein, daß Petros das organisiert hat, um Sie in eine Falle zu locken. Dieses ganze Gerede, das sie von sich gegeben hat, daß sie sie haßt, daß sie hinter ihr her sein werden. Hatte sie Gelegenheit, ein Telefon zu benutzen, seit Sie uns verlassen haben?«
»Nein, hatte sie nicht.« Newman hob eine Hand. »Und bevor Sie noch mehr von Ihrem Atem verschwenden – glauben Sie etwa, dieser Gedanke wäre mir nicht selbst gekommen? Wenn es eine Falle sein sollte, werde ich mit weit offenen Augen hineinlaufen – um zu sehen, wo sie hinführt. Dieser Taktik hat sich Tweed schon des öfteren bedient.«
»Entschuldigen Sie, daß ich am Leben bin.« Marler blickte hinunter auf den in der Sonne daliegenden Swimmingpool. »Eine Menge Talent dort unten. Sehen Sie nur diese braune Schöne, die da im Gras liegt. Und da wir gerade bei diesem Thema sind – ich habe getan, was Sie vorgeschlagen haben. War in der Botschaft und habe mit Patterson Kontakt aufgenommen. Ein ziemlicher Schwachkopf, aber nachdem er sich meinen Ausweis angesehen hatte, ließ er mich über das Scramblertelefon mit Tweed sprechen. Sie sollen bei nächster Gelegenheit anrufen. Irgendwann heute abend. Denken Sie daran, daß wir London zwei Stunden voraus sind.«
»Das ist mir bekannt. Das Problem ist, daß Christina bewacht werden muß, wenn ich in die Botschaft gehe. Dazu sind Sie erwählt.«
»Dann sollten wir eine Zeit abmachen. Vor dem Zimmer ist eine große Diele mit Sesseln. Dort kann ich mich niederlassen – aber ich muß wissen, wann ich hier sein soll.«
»Seien Sie um Mitternacht unten an den Fahrstühlen. Wenn Sie mich herauskommen sehen, fahren Sie sofort nach oben.«
»Mitternacht? Sie scheinen noch viel vorzuhaben.«
Newman versetzte ihm einen harten Stoß auf den Arm. »Hauen Sie ab,

Marler. Und bevor Sie gehen – haben Sie Tweed über unseren Ausflug nach Siros informiert?«
»Natürlich. Er sagte, genau das hätte er gedacht, bevor ich anrief – daß der Schlüssel zu Mastersons Tod hier in Griechenland zu finden sein müsse.« Marler hob warnend einen Finger. »Und vergessen Sie nicht – der letzte Engländer, der sich mit der reizenden Christina eingelassen hat, war Masterson. Und der endete als Pfannkuchen am Fuß von Kap Sunion.«
»Wieder einmal Ihre subtile Art, sich auszudrücken. Ich mochte Harry. Und nun hauen Sie endlich ab, Marler ...«

Petros saß in seinem Korbsessel auf der Veranda seines Farmhauses im Teufelstal. Sein Hemd stand offen, so daß das Haar auf seinem massigen Brustkorb zu sehen war. Auf seinem Schoß lag eine Schrotflinte. Die Sonne war hinter einer steil aufragenden Felswand versunken, und das Tal war erfüllt von rauchblauen Schatten.
Sein Sohn und seine beiden Enkel standen vor der Veranda und erwiesen ihm ihren Respekt, indem sie Abstand hielten. Anton war der selbstsicherste von den dreien. Er trug nach wie vor seinen dunkelblauen englischen Straßenanzug, hatte aber die Krawatte gelockert und die oberen Knöpfe seines Hemdes geöffnet.
Verglichen mit seinen Neffen Dimitrios und Konstantin, die schäbige Bauernkleidung trugen, wirkte Anton zierlich und elegant. Er rauchte eine Zigarette, während er darauf wartete, daß Petros zu sprechen begann – etwas, was die anderen beiden nie gewagt hätten. Petros beugte sich vor.
»Anton ist tüchtig«, erklärte er mit seiner rauhen Stimme. »Er ist gerade aus England zurückgekommen, und die Engländer wissen nicht einmal, daß er dort war.«
»Aber die Paßkontrolle ...«, setzte Dimitrios an.
»Sag mir, sag diesen Schwachköpfen, wie du es angestellt hast«, forderte Petros ihn auf.
»Es war ganz simpel. Einfach so.« Anton schnippte mit den Fingern. »Eine englische Geste«, belehrte er seine Neffen mit einem überlegenen Lächeln, das sie wütend machte. »Du hast recht, Dimitrios. Ich konnte nach England einreisen, ohne irgendwo meinen Paß vorzeigen zu müssen.« Er hielt inne. Es amüsierte ihn, daß er Petros zum Narren gehalten hatte – einen ungebildeten alten Gauner, der kein Wort Englisch sprach. Anton, der – auf Petros' Kosten – eine gute Ausbildung erhalten hatte, verachtete insgeheim seinen Vater. »Aber ich glaube, es wäre unklug, etwas über die Route zu sagen, über die ich ins Land kam –

Dimitrios könnte es ausplaudern, wenn er wieder einmal zu viel getrunken hat.«
»Und jetzt hört mir zu, alle drei«, knurrte Petros. »Ich habe euch von Kindheit auf beigebracht, daß unsere Familienehre verlangt, daß wir uns an dem Mörder rächen, der unseren Namen entehrt hat. Euer Vater, Dimitrios und Konstantin, war mein Sohn Stefan, der während des Krieges in Ägypten ermordet wurde. Christinas Vater Andreas wurde auf Siros ermordet. Aber sie kümmert das wenig...«
»Das wissen wir«, murmelte Dimitrios und legte damit eine schwache Andeutung von Auflehnung an den Tag, aber Petros hörte es.
»Ruhe! Von euch will ich nichts hören. Ihr habt die Sache auf Siros heute gründlich verpfuscht. Wir reden später darüber.« Er lehnte sich zurück, und der Sessel quietschte. Dann sprach er mit halbgeschlossenen Lidern weiter.
»Anton. Sag uns, was du in England herausgefunden hast. Mach es kurz.«
»Dort gibt es eine einsame Gegend, die Exmoor heißt. Und auch einen Ort, wo es so ähnlich aussieht wie hier, das Doone Valley. Die drei Männer, die Andreas auf ihrem Kommandounternehmen nach Siros begleitete – Barrymore, Robson und Kearns –, wohnen nahe beieinander auf diesem Moor. Und das ist seltsam. Sie sind nicht miteinander verwandt...«
»Erzähl ihnen von den Häusern, in denen sie wohnen«, drängte Petros.
»Alle drei Häuser sind gut gesichert. Wie kleine Burgen in Erwartung eines Feindes. Bei dem einen überwachen Fernsehkameras alle Zugänge. Das zweite wird von einem scharfen Hund bewacht. Das dritte ist von Mauern mit Stacheldraht und einem einzelnen Draht umgeben. Das machte mich argwöhnisch. Ich erklomm die Mauer mit einer Katze und ließ die Katze dann auf den einzelnen Draht fallen. Ein Blitz flammte auf, die Katze kreischte, war tot. Der Draht ist elektrisch geladen. Sie fürchten sich – nach so langer Zeit...«
»Wie hast du diese Männer gefunden?« fragte Dimitrios.
»Christina ist nach England geflogen und hat eine Annonce in der Zeitung aufgegeben, die die Aufmerksamkeit eines Harry Masterson erregte...«
»Das reicht«, unterbrach ihn Petros mit jetzt weit geöffneten Augen. »Wir brauchen nicht in die Details zu gehen. Aber welcher von den dreien ist schuldig, wer hat unser Blut an den Händen? Oder waren sie alle drei an den beiden Morden beteiligt?«
»Das weiß ich nicht.« Anton machte eine resignierende Geste mit sei-

nen manikürten Händen – Händen, die sich sehr von denen seiner Neffen unterschieden; es war, dachte Petros, als gehörten sie verschiedenen Welten an. »Ich habe mich diskret in den Gasthäusern im Exmoor umgehört«, fuhr Anton fort. »Die drei Männer treffen sich zweimal in der Woche – in einem Lokal zum Mittagessen, in einem anderen zum Abendessen.« Sein Verhalten änderte sich, er wurde nervöser und sprach schneller. »Und dann passierte diese merkwürdige Sache. Ein Engländer namens Partridge wurde auf dem Moor ermordet.«

»Partridge, sagst du?« fragte Dimitrios, dem Antons verändertes Verhalten nicht entgangen war. »Wir wissen, daß ein Engländer, der so hieß, in Athen herumschnüffelte und Fragen stellte. Und anschließend ist er nach Siros gefahren.«

Anton warf einen Blick auf Petros, bevor er weitersprach. Der alte Mann deutete durch ein Nicken seine Zustimmung an. »Es war derselbe Mann. In einer Zeitung, in der über den Mord berichtet wurde, war ein altes Foto von ihm. Dort hieß es auch, er wäre fast sein gesamtes Leben Detektiv bei Scotland Yard gewesen. Beim Morddezernat.«

»Da war ein Mann dieses Namens in Kairo, als Stefan ermordet wurde«, erinnerte ihn Petros. »Das haben wir später herausgefunden. Er war einer der Militärdetektive, die angeblich Stefans Tod untersuchten. Er war damals sehr jung. Kommt der Name Partridge in England häufig vor?«

»Nicht, daß ich wüßte«, erwiderte Anton. Er sprach hastig weiter. »Deshalb bin ich so schnell zurückgekehrt. Sie machten Jagd auf den Mörder.«

»Und weshalb sollten sie dich verdächtigen?« fragte Dimitrios.

Anton zögerte wieder, warf einen Blick auf Petros. Der alte Mann runzelte die Stirn. Es war eine vernünftige Frage. »Antworte Dimitrios«, befahl er.

»Ich war gerade in einem anderen Teil des Moors unterwegs, als der Mord geschah«, erwiderte Anton. »Habe die Häuser der drei Männer beobachtet, die dem Kommandotrupp angehörten.«

»Ich verstehe.« Petros runzelte wieder die Stirn, und Anton trat von einem Bein aufs andere. Der alte Mann wendete sich den beiden Brüdern zu, entschlossen, sie seine Autorität spüren zu lassen, sie zu demütigen. »Und nun will ich wissen, wie ihr heute die Sache auf Siros verpfuscht habt. In allen Einzelheiten. Anton soll wissen, was für Idioten seine Neffen sein können ...«

Petros' Blick war in die Ferne gerichtet, während Dimitrios über die Ereignisse des Tages Bericht erstattete. Erst als er dazu kam, über den Besuch zu berichten, den sie dem Haus von Sarantis, dem Archäologen, abgestattet hatten, richtete er den Blick auf Dimitrios, der sich in seiner Haut nicht wohlzufühlen schien.

»Konstantin«, unterbrach er ihn plötzlich, »stimmt das alles, was Dimitrios erzählt hat?«

»Ja.« Der passivere der beiden Brüder hielt einen Moment inne. »Wir haben versucht, ihn zum Reden zu bringen. Er sollte uns sagen, was er von dem Ort wußte, an dem Andreas starb. Wir haben ihm erst das Handgelenk und dann den Arm gebrochen. Der alte Esel ist auf dem glatten Boden ausgerutscht und rücklings hingestürzt und hat sich auf den Fliesen den Schädel eingeschlagen.«

»Weiter.«

»Daraufhin haben wir uns schnell aus dem Staub gemacht. Wir wußten, daß es dir nicht recht gewesen wäre, wenn wir es mit der Polizei zu tun bekommen hätten ...«

»Also habt ihr in der Küche, wo ihr etwas gegessen habt, das Geschirr und das Besteck stehengelassen. Natürlich mit euren Fingerabdrücken darauf ...«

»Nein, Petros! Wir haben alles abgewischt. Die Messer, die Gläser. Wir hätten es wegräumen sollen, aber wir wollten so schnell wie möglich verschwinden.«

»Ihr habt ihn also zuerst beim Essen verhört, dann seid ihr mit ihm ins Wohnzimmer gegangen und habt mehr Druck ausgeübt?«

»Genau so war es.«

»Ich frage mich, ob ich euch glauben kann.« Er schwieg einen Moment. »Und diese beiden Engländer, über die uns Christina Bericht erstattet hat, Newman und Marler – das habt ihr auch verpatzt. Und nichts aus Sarantis herausgeholt.« Er hob die Stimme und brüllte sie an. »Muß ich denn überall dabeisein, damit ihr eure Sache ordentlich macht? Geht mir aus den Augen. Nein, wartet! Christina ist verschwunden. Wurde zuletzt mit diesen Engländern gesehen.« Seine Stimme klang giftig. »Morgen fahrt ihr nach Athen und findet sie. Laßt euch von ihr nicht sehen. Folgt ihr und berichtet mir, was sie tut, wo sie hingeht. Später werde ich dann entscheiden, was mit ihr geschieht. Und nun verschwindet. Kümmert euch um das Essen. Sofern ihr wenigstens dazu imstande seid ...«

Petros saß allein auf der Veranda, ein Lächeln ingrimmiger Befriedigung auf dem verrunzelten Gesicht. Man mußte immer wieder die Peitsche knallen lassen, damit die Familie wußte, wer das Sagen hatte. Er blickte auf, als Anton erschien und mit leiser Stimme sprach.

»Ist irgend jemand in die Nähe der Silbermine gekommen, während ich fort war, Papa?«

»Nein.« Er lächelte dünn. »Du machst dir unnötige Sorgen. Laß mich allein. Ich muß nachdenken.«
Trotz des leichten Tadels, den er ihm erteilt hatte, war Petros zufrieden – die Frage bewies, daß Anton seinen Verstand gebrauchte. Wenigstens einer von seinen Nachkommen war gut geraten – ausgerechnet der einzige Sohn seiner zweiten Frau. Der Frau, die wie die erste an Überarbeitung gestorben war – ständig von Petros zur Arbeit auf der Farm angetrieben. Schon als Anton noch ein Kind war, hatte Petros erkannt, wie intelligent er war. Er hatte sich krummgelegt und gespart, um ihm eine gute Erziehung zukommen zu lassen.
Während Dimitrios und Konstantin auf den Feldern arbeiteten, war Anton in ein exklusives Internat in der Nähe von Bern geschickt worden – weit weg von den Fleischtöpfen Athens. Ein Internat, in dem strenge Disziplin herrschte, in dem er Englisch und Deutsch gelernt hatte.
Aber Petros hatte darauf bestanden, daß er die Ferien immer zu Hause verbrachte, wo er Petros' eigener Version von Disziplin unterworfen war. Er hatte dem Jungen unerbittlich eingehämmert, daß seine Brüder Andreas und Stefan ermordet worden waren – daß die Familie eines Tages ihren Tod rächen mußte. Über dem Teufelstal hing eine giftige Wolke aus Haß.
Es war ein langer Weg gewesen. Zuerst der Bürgerkrieg zwischen den Kommunisten und den Antikommunisten. Er war kurz nach dem Krieg ausgebrochen, und es hatte drei Jahre gedauert, bis schließlich die kommunistischen Guerillas besiegt waren. So viele vergeudete Jahre.
Erst seit relativ kurzer Zeit war Petros imstande, sich voll und ganz auf seine Blutrache zu konzentrieren. Jetzt hatte er ein Stadium erreicht, in dem es ihm nicht mehr möglich war zu begreifen, daß diese Rache zu einer fixen Idee geworden war, die von seinem ganzen Denken Besitz ergriffen hatte. Unvermittelt schoß ihm ein Gedanke durch den Kopf. Die Kommunisten.
Weshalb war – nach so vielen Jahren – der Russe Oleg Sawinkow wieder in Athen aufgetaucht? Er war einer von der alten Garde, ein Stalinist. Und wie es hieß, war der neue Herr, Gorbatschow, ein Mann ganz anderer Art. Sawinkow, den sie früher den Henker genannt hatten, paßte nicht in das neue Schema, von dem Petros in den Wirtshäusern der Umgebung gehört hatte. Er suchte sie auf, um Dame zu spielen und zuzuhören, was die Leute redeten, vor allem aber, um als erster davon zu erfahren, wenn ein Farmer in Schwierigkeiten war. Jemand, dessen Land oder Vieh er für ein Almosen kaufen konnte.
Warum hatte Sawinkow seinen Namen in Florakis geändert? Der Russe

sprach fließend Griechisch. Und er hatte weiter unten an der Küste eine kleine Farm gekauft, die an Petros' Besitz angrenzte. Aber warum war er auf Petros zugekommen, als dieser in einem Wirtshaus allein am Tisch saß? Der Russe hatte ihm einen mit Drachmen vollgestopften Briefumschlag ausgehändigt. Eine große Summe – so groß, daß der sonst so geldgierige Petros sie nicht sofort akzeptiert hatte.
»Und was soll ich dafür tun?« hatte er rundheraus gefragt.
»Nur eines – was auch in Ihrem eigenen Interesse liegt. Dafür sorgen, daß kein Engländer die Insel Siros aufsucht und auf dem Ida herumschnüffelt.«
»Erwarten Sie, daß ich sie töten lasse?« hatte Petros gefragt.
»Das liegt bei Ihnen.« Sawinkow hatte mit den Achseln gezuckt. »Vielleicht genügt es, wenn Sie sie zusammenschlagen lassen. Sie könnten sich auch an ihrem Wagen zu schaffen machen – die Bergstraßen sind gefährlich.«
»Und wie setze ich mich mit Ihnen in Verbindung?« hatte Petros gefragt. »Indem ich zu Ihnen auf die Farm komme?«
»Auf keinen Fall. Und Sie kennen mich nur als Florakis. Deshalb bin ich es, der Ihnen das Geld gegeben hat ...«
Seither lag das Geld noch im selben Umschlag bei seiner Bank in Athen. Für diesen Akt hatte Petros seine gesamte Willenskraft aufbieten müssen. Aber vielleicht würde er eines Tages sämtliche Verbindungen zu dem Mann abbrechen wollen, der wie ein Gespenst aus der Vergangenheit aufgetaucht war. Dann würde er ihm das Geld vor die Füße werfen.
Aber warum, fragte er sich zum zwanzigstenmal, interessierte sich Sawinkow für den so weit zurückliegenden Mord an Andreas?

ZWANZIGSTES KAPITEL

In einem Zimmer, das in der Plaka, der Altstadt von Athen, oberhalb einer Taverne lag, dachte auch Oleg Sawinkow über die Vergangenheit nach. Er war ein Mann in den Sechzigern mit drahtig-schmalem Gesicht und ausdruckslosen grauen Augen. Er saß in Hemdsärmeln an einem Tisch und wischte sich die Schweißperlen von der Stirn.
Die Abendhitze, die sich in dem Kaninchenbau aus engen, gewundenen Gassen gestaut hatte, war mörderisch. Er trank noch mehr Mineralwasser; mit dem Trinken von Alkohol hatte er bereits vor vielen Jahren aufgehört. Vor vielen Jahren ... 1946 war er ein junger Mann von

zwanzig gewesen, den man in Griechenland unter dem Namen Der Russe oder Der Henker kannte und fürchtete. Von Stalin persönlich seines Talents wegen ins Land geschickt – seines Talents, Menschen umzubringen.

Auf der Konferenz von Jalta im Februar 1945 hatte sich Stalin bereiterklärt, Griechenland der britischen Einflußsphäre zu überlassen. Doch als die kommunistische ELAS versuchte, die Macht an sich zu reißen und es aussah, als würde sie das strategisch wichtige Land erobern – und damit Rußland eine wichtige Marinebasis in Piräus verschaffen –, wurde das Versprechen von Stalin stillschweigend gebrochen.

Sawinkow war von Bulgarien aus nach Griechenland eingeschmuggelt worden. Sein Auftrag war so brutal wie simpel gewesen: sämtliche Führer der rechtsgerichteten EDES, die gegen die Kommunisten kämpfte, zu töten. Das war ihm gelungen – bis zu einem gewissen Punkt. Fünf hochrangige EDES-Führer fielen seinem Präzisionsgewehr zum Opfer. Daher seine Beinamen – Der Russe und Der Henker.

Aber es war ihm nicht gelungen, die wichtigsten Leute der EDES zu erschießen, und es waren noch genug von ihnen übrig, die sich an die Spitze ihrer Truppen stellen und schließlich die Kommunisten schlagen konnten. Sawinkow hatte den vernünftigen Entschluß gefaßt, nicht nach Rußland zurückzukehren; Stalin verlangte hundertprozentige Erfolge.

Im Laufe der Zeit hatte Sawinkow gelernt, fließend Griechisch zu sprechen; er war mit dem Land verschmolzen und hatte auf einer abgelegenen Farm in Makedonien gearbeitet. Die Jahre waren vergangen, und er schien völlig in Vergessenheit geraten zu sein. Jedenfalls so lange, bis ihn aus der Sowjetischen Botschaft die diskrete Nachricht erreichte, eine wichtige Persönlichkeit wünschte ihn zu sprechen.

Über den Besuch von General Lutscharsky, einem der stellvertretenden Chefs des sowjetischen Generalstabs, wurde in der Presse nicht berichtet. 1986 besaß Sawinkow in der Nähe von Kap Sunion eine kleine Farm, auf der er Feigen und Oliven anbaute. Er hatte Geld gespart und bei einer kleinen Bank eine Hypothek aufgenommen, um das Land kaufen zu können. Den Antrag für das Darlehen hatte er unter dem Namen Stavros Florakis gestellt. Im Laufe der Zeit hatte er sich genügend falsche Papiere besorgt, um sich unter einer neuen Identität als Grieche ausgeben zu können.

Dabei war er ein Risiko eingegangen. Nach einigem Zögern hatte er sich mit einem der ehemaligen ELAS-Anführer in Verbindung gesetzt, der gleichfalls untergetaucht war, dem Mann, mit dem er während des Bürgerkriegs zusammengearbeitet hatte. Das Risiko war größer, als er angenommen hatte, da sein Wohltäter insgeheim nach wie vor mit der Sowjetischen Botschaft in Athen Verbindung hielt. Aber dieser Mann hatte keine Veranlassung dazu gesehen, ein Wort über Sawinkow zu verlieren – auch sein Verhältnis zu den Russen war etwas prekär gewesen. Bis 1986...

Florakis-Sawinkow trank noch mehr Mineralwasser. Er wußte, er würde nicht schlafen können. Die drückende Hitze würde die ganze Nacht hindurch anhalten, ebenso das Stimmengewirr und die *bouzouki*-Musik, die durch die feuchtheiße Luft und zum offenen Fenster hereindrangen.

1986. Eines späten Abends hatte ihn der ELAS-Führer, der ihm die falschen Papiere besorgt hatte, auf seiner Farm aufgesucht. Die Ankunft des Mannes war ein Schock für ihn – sie lieferte Sawinkow die erste Bestätigung dafür, daß man ihn beobachtet hatte, daß sie wußten, wo er zu finden war.

Er war aufgefordert worden, in Athen einen »wichtigen Gast« zu treffen, aber erst, nachdem man ihm eine Menge Fragen über seine Einstellung zu dem Führungswechsel in Moskau gestellt hatte. Sawinkow war offen gewesen – er hatte gehofft, wenn er freimütig redete, würde die Aufforderung, die ihn beunruhigte, vielleicht rückgängig gemacht werden.

Nein, mit Gorbatschows *perestroika* war er nicht einverstanden. Das war nicht der wahre Kommunismus, für den er im Bürgerkrieg sein Leben riskiert hatte. Es war eine gefährliche Abweichung vom Leninismus und so weiter. Zu seiner Überraschung wurde die Verabredung noch für den gleichen Abend getroffen. Sein Besucher würde ihn nach Athen fahren.

Ihr Ziel war, wie sich herausstellte, das Hilton. Er wurde in ein Zimmer im zweiten Stock geführt, wo ein Mann in einem leichten grauen Anzug die Tür öffnete und ihn hereinbat. Der Mann, schlank und hochgewachsen und mit dem Gesicht eines Fuchses, trug eine dunkle Brille und bot Sawinkow Wodka an. Er lehnte ab, erwähnte, daß er seit vierzig Jahren keinen Alkohol mehr angerührt hatte.

»Ich bin Oberst Gerasimow vom GRU«, hatte der Mann gesagt, als sie einander an einem kleinen runden Tisch gegenübersaßen.

General Lutscharsky war ganz sicher, daß sein Täuschungsmanöver nicht durchschaut werden würde. In den Zeitungen war niemals ein Foto von ihm erschienen, und die Öffentlichkeit im Ausland hatte von seiner Existenz keine Ahnung. Er schätzte seinen Besucher ab, während er sich ein Glas Wodka eingoß, eine Tatsache, der sich Sawinkow

vollauf bewußt war. Die Erwähnung des GRU hatte ihn – wie beabsichtigt – beruhigt, denn es war ein GRU-Oberst gewesen, der ihn 1946 über die bulgarische Grenze begleitet hatte.
»Wir sind sehr besorgt wegen Generalsekretär Gorbatschow und seiner wahnwitzigen Politik«, bemerkte Lutscharsky.
Er hatte keinerlei Bedenken, direkt zur Sache zu kommen. Doganis, der Sawinkow zu ihm gebracht hatte, würde ihn genau überprüft haben. Und für einen Mann von einundsechzig Jahren war Sawinkow in bester Verfassung – er sah eher aus wie vierzig. Schon jetzt war Lutscharsky sicher, daß sie den richtigen Mann ausgesucht hatten.
»Sie sind früher als Funker ausgebildet worden«, sagte Lutscharsky. »Ist das richtig?«
»Ja. Bevor ich 1946 nach Griechenland kam, um einen Auftrag auszuführen ...«
»Die Anführer der reaktionären Griechen zu töten.« Lutscharsky beugte sich vor. »Wir brauchen einen Mann, der auf Englisch Nachrichten über Funk übermitteln kann. Bin ich recht informiert, daß Sie diese Sprache fließend sprechen?«
»Ich habe sie gelernt, als ich in den hiesigen Hotels als Kellner arbeitete, um Geld für meine Farm zu verdienen. Ich bleibe in Übung, indem ich mich in der Touristensaison mit Engländern unterhalte.«
»Gut. Sie sind genau der Mann, den wir brauchen.« Lutscharsky lächelte, und der breitgezogene Mund ließ ihn noch fuchsartiger aussehen. Ein Verschwörertyp, dachte Sawinkow. »Sie werden mit dem neuesten Modell arbeiten. Doganis wird Sie im Gebrauch des Geräts unterweisen, Ihnen die Codes geben, die Wellenlängen, die Sendezeiten. Wie Sie wohl wissen, ist Griechenland England in der Zeit um zwei Stunden voraus.«

England? Sawinkow war überrascht. In früheren Zeiten hatte er sehr schnell denken können, und nun stellte er fest, daß sein Gehirn wieder auf Hochtouren zu arbeiten begann. Der Mann, der ihn durch die dunkel getönten Gläser hindurch beobachtete, war vermutlich in den Vierzigern. Er würde ihm beweisen, daß er es nicht mit irgendeinem dummen Bauern zu tun hatte.
»Das Senden über eine derart große Entfernung könnte technische Probleme aufwerfen.«
»Doganis sagte mir, daß es in der Nähe Ihrer Farm hohe und sehr einsame Berge gibt. Sie könnten einen Ihrer Esel dazu benutzen, das Funkgerät auf den Gipfel eines solchen Berges zu transportieren. Von dort aus wäre die Übermittlung völlig problemlos.«

»Ja, das stimmt.« Sie hatten alles sorgfältig durchdacht. Was Sawinkow in seinem Vertrauen bestärkte. Aber er mußte genau wissen, was er tat – und warum. Er versteifte seinen Rücken und blickte direkt auf die dunkle Brille.

»In der alten Zeit habe ich nie im Dunkeln gearbeitet. Ich muß wissen, worum es bei alledem geht, Oberst.«

»Ein Mann, der weiß, was er will«, bemerkte Lutscharsky. »Aber im Grunde habe ich es Ihnen bereits gesagt. Gorbatschow muß beseitigt werden, bevor er noch mehr Schaden anrichten kann. In der Sowjetunion gibt es ein paar Leute – sehr hoch oben –, die entschlossen sind, ihn durch einen linientreueren Mann zu ersetzen. Das Problem besteht darin, daß wir sehr vorsichtig sein müssen. Er hat seine Ohren überall – innerhalb der Sowjetunion. Deshalb haben wir eine Organisation außerhalb des Landes wieder ins Leben gerufen. Sie arbeitet teils in Griechenland, teils in England. Sie werden der Verbindungsmann sein. Doganis wird die Nachrichten übermitteln, die Sie senden sollen. Außerdem wird unser Mann in England Ihnen zu bestimmten, vorher vereinbarten Zeiten Botschaften zukommen lassen. Darum geht es. Und Doganis ist Ihr einziger Verbindungsmann. Sie dürfen nicht einmal in die Nähe der Sowjetischen Botschaft hier kommen.«

»Und mit wem nehme ich in England Verbindung auf?«

»Der Codename ist La Jolla – eine kleine Stadt in Amerika. Doganis wird Ihnen alles erklären. Ach ja, von hier aus fährt er Sie zu einem Zimmer über einer Taverne in der Plaka, das wir für Sie gemietet haben. Ich glaube, das ist alles.« Lutscharsky sah auf die Uhr.

»Ich kann mir nicht vorstellen, auf welche Weise das Gorbatschow stürzen soll. Und ich riskiere meine Freiheit. Der griechische Geheimdienst könnte mich aufspüren, und dann würde ich als Spion gelten.«

»Sie haben recht.« Lutscharsky schürzte die Lippen. Man hatte ihm berichtet, daß Sawinkow intelligent und selbstsicher war. Ein Gedanke kam ihm. »Wir wissen, daß Sie unverheiratet sind. Wie beschaffen Sie sich eine Frau, wenn Sie eine haben wollen? Haben Sie eine feste Freundin?«

»Nein. Der hätte ich mein Geheimnis anvertrauen müssen. Und wenn wir dann eines Tages miteinander in Streit gerieten, hätte sie mich vielleicht verraten. Ich habe eine alte Frau, die jeden Tag auf die Farm kommt und kocht, und zwei Männer, die auf meinem Land arbeiten. Wenn ich eine Frau brauche, komme ich hierher und gabele eine auf. Immer eine andere. Auf diese Weise gibt es keine Komplikationen.«

»Sehr vernünftig. Und würden Sie mich nun bitte entschuldigen?«
»Ich sehe immer noch nicht, wie Sie Gorbatschow durch jemand anderen ersetzen wollen – selbst mit Hilfe einer im Ausland operierenden Gruppe.«
Das war der entscheidende Punkt. Aber inzwischen war Lutscharsky zu einem Entschluß gelangt – Sawinkos Ausbildung, seine Verläßlichkeit, seine Hingebung an die Sache waren vom Zahn der Zeit nicht angenagt worden. Lutscharsky machte eine Handbewegung, als wollte er eine Fliege verscheuchen.
»Falls es erforderlich werden sollte, warten wir eine günstige Gelegenheit ab – nach Möglichkeit, wenn er sich im Ausland aufhält – und bringen ihn um. Widerstrebt Ihnen dieser Gedanke?«
»Warum sollte er? Ich habe schon früher Feinde unserer Sache umgebracht.«

Doganis hatte außerhalb des Zimmers auf ihn gewartet und ihn zu einem vor der Taxischlange außerhalb des Hotels geparkten Citroën geführt. Es war ein glutheißer Abend gewesen.
»Was ist aus dem Peugeot geworden, mit dem wir nach Athen gekommen sind?«
»Wir wechseln die Wagen. Und das sehr oft. Eine Sicherheitsmaßnahme. Steigen Sie ein. Wir fahren jetzt in die Plaka. Der Kofferraum ist verschlossen und enthält einen alten Koffer. Darin befindet sich das Funkgerät. Wir fangen noch heute abend mit dem Üben an ...«
Und es war in diesem Zimmer gewesen, in dem er jetzt saß und sich noch mehr Mineralwasser eingoß, wo Doganis vor einem Jahr aus einem schäbigen, abgeschabten Koffer ein großes, erstklassiges Funkgerät herausgeholt hatte. Sie hatten die halbe Nacht geübt. Sawinkow hatte bei ausgeschaltetem Gerät die Tasten betätigt. Er war überrascht gewesen, wie schnell er das Gerät in den Griff bekam – obwohl es sich ganz erheblich von dem unterschied, mit dem er 1946 gearbeitet hatte.
Noch im Laufe der gleichen Woche war Doganis wieder zu ihm auf die Farm gekommen, und das Üben war weitergegangen, bis er das Gerät mit verbundenen Augen hätte bedienen können. Den größten Schock hatte er an jenem ersten Abend hier in diesem Zimmer erlebt, als er Doganis nach der außerhalb Rußlands operierenden Geheimorganisation gefragt hatte.
»Oberst Gerasimow sagte mir, im Ausland wäre eine Organisation – ein Apparat – wieder ins Leben gerufen worden. Was bedeutet das? Ich muß wissen, was ich tue«, schloß er aggressiv.

»Es gibt keinen Grund, warum Sie es nicht wissen sollten. Es kann sein, daß wir einen Fremden mit einer Botschaft zu Ihnen schicken müssen. Damit wird er sich zu erkennen geben. Der Apparat, der wieder ins Leben gerufen wurde, ist der Mäander.«

EINUNDZWANZIGSTES KAPITEL

Newman geleitete Christina durch die große Bar des Hilton und dann die Treppe hinunter zum Ta Nissia, dem Hauptrestaurant des Hauses. Es lag eine Etage unter dem großen, marmorgefliesten Foyer. Auf der untersten Stufe blieb Christina stehen und ergriff Newmans Arm.

»Sehen Sie nur – da läuft einem ja das Wasser im Mund zusammen.«

Vor ihnen lag ein riesiger Herd mit offenem Feuer, und über dem Feuer drehten sich Spieße. Auf dem unteren steckte ein ganzes Spanferkel. Auf einem längeren darüber steckten Hühner, die sich langsam drehten; ein appetitlicher Geruch driftete ihnen entgegen.

»Dann brauchen wir ja die Speisekarte gar nicht mehr zu konsultieren«, scherzte Newman. »Ich habe einen Ecktisch reservieren lassen ...« Er nannte dem Maître d'hôtel seinen Namen, und dieser führte sie an einem gewaltigen kalten Buffet vorbei in einen geräumigen, völlig von der Außenwelt abgeschlossenen Raum.

Newman ließ sich neben Christina auf einer mit rotem Samt bezogenen Bank nieder – mit dem Rücken zur Wand, so daß er den ganzen Raum übersehen konnte. Während sie sich mit der Speisekarte beschäftigte, warf er einen Blick auf sie. »Sie sehen prachtvoll aus in diesem Kleid. Es steht Ihnen.«

Sie bedachte ihn mit einem mutwilligen Blick. »Vielleicht etwas zu enthüllend?«

»Mir gefällt es.«

Von all den Kleidungsstücken, die sie in Kolonaki gekauft hatten, war dies das einzige, das er nicht hatte begutachten dürfen. Ein trägerloses, tief ausgeschnittenes und eng anliegendes schwarzes Samtkleid. »Sie werden sich vorsehen müssen, daß Ihnen nichts in den Ausschnitt fällt«, bemerkte er mit einem raschen Blick auf den Ansatz ihrer wohlgeformten Brüste.

»Das würde Ihnen wohl Spaß machen.« Sie kicherte. »Ich habe mich entschieden. Keine Vorspeise. Brathuhn vom Spieß. Und es ist nett, mit einem Mann zusammen zu sein, der an alles denkt.« Sie deutete auf den Eiskübel, in dem, halb von einer weißen Serviette verdeckt, eine Champagnerflasche stand.

»Veuve Clicquot.« Er schaute zu dem Kellner auf, der bereitstand, um ihre Bestellung entgegenzunehmen. »Wir fangen gleich mit dem Champagner an – und wir können bestellen ...«
Sie wartete, bis sie wieder allein waren. »Ist dies das Vorspiel zu einem Verführungsversuch?«
»Das Thema haben Sie zur Sprache gebracht.« Er setzte sein Glas ab. »Zuerst möchte ich alles über Harry Masterson hören.«
»Ich dachte mir schon, daß die Sache einen Haken haben würde.« Sie seufzte. »Was wollen Sie wissen?«
»Alles. Von Anfang an. Beginnen Sie damit, wie Sie ihn kennengelernt haben.«
»Mir gefällt dieses Restaurant. Ich bin noch nie hiergewesen. Verrückt, nicht wahr.« Sie bedachte ihn mit einem verführerischen Lächeln. »Wahrscheinlich liegt es daran, daß ich hier zu Hause bin. Ein eigentümlicher Raum, sehr apart ausgestattet.«
Er schaute sich um. Die Wände bestanden aus massiven, rauhen braunen Steinen mit Nischen, in denen antike Gefäße standen – herrliche Vasen und Krüge. Sanftes Licht erhellte den Raum; die Fenster saßen sehr hoch und waren in die dicke Steinwand eingelassen. Es war acht Uhr, und erst wenige Tische waren besetzt, aber ständig kamen neue Gäste. Newman füllte ihre Gläser auf.
»Und nun Harry Masterson«, sagte er entschieden.
»Was sind Sie doch für ein beharrlicher Mann. Nun, es ist eine lange Geschichte ...«
»Wir haben den ganzen Abend Zeit.«
»Petros hatte mich noch unter der Fuchtel. Er behauptete, es wäre meine Pflicht, bei der Suche nach dem Mörder von Andreas und Stefan mitzuhelfen. Wir Griechen nennen es *philotimo*, eine Sache der Familienehre ...«
»Erzählen Sie weiter.«
»Er ging verschlagen vor – wie er es immer tut. Ich mußte zuerst nach Zürich fliegen. Da übernachtete ich und kaufte dann ein Rückflugticket nach London. Nach Zürich war ich mit der Swissair geflogen; den Flug nach London buchte ich bei British Airways. Dort nahm ich mir ein Zimmer im Strand Palace und gab in der *Times* eine persönliche Annonce auf.« Sie hielt einen Moment inne. »Petros hatte sie aufgesetzt. Die Annonce lautete: *Personen, die am Mäander interessiert und über Antikhana informiert sind, werden gebeten, mit mir Verbindung aufzunehmen. Irene.*«
Newman trank einen Schluck Champagner, um den Schlag zu verbergen, den diese Worte ihm versetzt hatten. Harry Masterson war

Tweeds Sektorenchef für den Balkan gewesen, und zu seinem Gebiet hatte Griechenland gehört. Außerdem erinnerte er sich, daß unter den Gegenständen, die Masterson an Tweed geschickt hatte, ein Armband gewesen war – ein Armband mit eingelegtem Mäandermuster.

»Was ist daraufhin passiert?« erkundigte er sich liebenswürdig.

»Petros dachte, daß sich vielleicht einer der drei Männer mit mir in Verbindung setzen würde – der Männer, die an dem Kommandounternehmen auf Siros beteiligt waren, bei dem Andreas ermordet wurde. Ein Colonel Barrymore, ein Captain Robson und Kearns, ein Company Sergeant Major. Wer sich auf die Annonce hin meldete, war vermutlich der Mörder. Das zumindest dachte Petros. Er war ganz sicher, daß sie herausfinden wollten, wer die Sache nach dieser langen Zeit wieder aufgriff.«

»Das mit dem Mäander verstehe ich nicht.«

»Darüber rede ich nicht. Das ist zu gefährlich. Für Sie . . .«

»Gefährlich ist alles . . .«

»Wollen Sie nicht wissen, wer die Nummer anrief, die ich in der Annonce angegeben hatte?« fragte sie.

»Doch, natürlich«, sagte er, obwohl er sicher war, die Antwort bereits zu kennen.

»Harry Masterson. Ich war völlig verblüfft. Dann dachte ich, es könnte einer der drei Männer sein, der einen falschen Namen angab. Vor allem wegen der Vorsichtsmaßnahmen, die ich ergreifen sollte, als er ein Treffen mit mir verabredete.«

»Was für Vorsichtsmaßnahmen?«

»Ich sollte ihn an einer bestimmten Stelle in Lincoln's Inn treffen, der Gegend, wo die ganzen Rechtsanwälte ihre Büros haben. Ich hatte Angst, als ich um elf Uhr morgens dort ankam. Keine Menschenseele zu sehen. All diese alten Höfe. Ich dachte, es wäre eine Falle. Sicherheitshalber hatte ich mich mit einer Sprühdose bewaffnet. Er war sehr geschickt. Er traf die Verabredung noch für den gleichen Morgen. Mir blieb nur eine knappe Stunde, um dorthin zu kommen.«

Ja, überaus geschickt, dachte Newman. Das war typisch für Harry – einen Treffpunkt auszuwählen, an dem er ihre Ankunft beobachten und sich vergewissern konnte, daß niemand ihr folgte. Dann kam ihm ein Gedanke.

»Wie konnte er wissen, daß Sie es waren?«

»Am Telefon hatte er mich gefragt, wo ich wäre, und ich mußte ihm eine Beschreibung von mir geben, was ich anhätte. Ich wartete zehn Minuten und glaubte schon, daß niemand kommen würde. In diesem Augenblick bog er um eine Ecke. Auch das war sehr geschickt. Mir war klar, daß er nicht einer der drei Männer sein konnte – dazu war er zu jung. Aber ich hielt es für möglich, daß einer von ihnen ihn geschickt haben konnte. Wir gingen ein Stück zusammen zu einem Lokal in der Fleet Street. Das Cheshire Cheese. Das Lokal war gut besucht. Da hatte ich das Gefühl, ich hätte nichts zu befürchten.«

Sie hielt inne und trank die Hälfte ihres Champagners. Das Restaurant begann sich zu füllen. Während er zuhörte, musterte Newman ständig die neuen Gesichter; besonders nach einem hielt er Ausschau – dem von Petros. Er würde ihn nach dem Foto erkennen, das Inspektor Sarris ihm gezeigt hatte; und erst recht nach dem Augenblick, in dem er Petros nach ihrer Rückkehr vom Polizeipräsidium in den frühen Morgenstunden zu Gesicht bekommen hatte.

»Wir befinden uns im Cheshire Cheese«, erinnerte er sie, nachdem ihr Brathuhn vom Spieß serviert worden war.

»Harry konnte gut mit Frauen umgehen. Ich hatte das Gefühl, er wäre in Ordnung, aber ich fragte trotzdem, wer er wäre, was er täte. Er sagte, er gehörte zu einem Sonderdezernat der britischen Geheimpolizei. Ich bat ihn, sich auszuweisen, und er zeigte mir eine Karte mit seinem Foto. Daraufhin erzählte ich ihm von den Morden an Andreas und Stefan, warum ich nach London gekommen war, von Barrymore, Robson und Kearns. Er sagte, er hätte die Möglichkeit, sie aufzuspüren. Ich konnte meinem Glück kaum trauen. Ich fragte ihn, weshalb er sich dafür interessierte.«

»Und er hat es Ihnen erzählt?« Newman war neugierig auf die Geschichte, die Harry als Antwort auf diese Frage erfunden hatte.

»Er sagte, es wäre möglich, daß die Sache mit einem ungelösten Fall zusammenhinge, mit dem er sich beschäftigte. Wir verabredeten uns für den nächsten Tag. Vorher wollte er noch ein paar Auskünfte einholen. Ich habe keine Ahnung, wohin er gegangen ist...«

Aber ich, dachte Newman. Zu Brigadier Willie Davies im Verteidigungsministerium. Er ließ sie in Ruhe essen, während er das, was sich ereignet hatte, in Gedanken noch einmal Revue passieren ließ. Jetzt wurde alles erschreckend deutlich – die Tragödie von Harry Masterson.

Harry hatte einen Monat Urlaub bekommen. Harry, der unverheiratet war, verabscheute Urlaub, langweilte sich schon nach vierundzwanzig Stunden. Er hatte die Annonce gesehen, die Christina in die *Times* gesetzt hatte, und sich auf gut Glück daraufhin gemeldet – vielleicht war es etwas, womit man die Zeit totschlagen konnte.

Von dem Augenblick an, in dem er Christina begegnet war, hatte ihn –

obwohl er die nötige Vorsicht nicht außer acht ließ – die Geschichte ebenso am Haken wie Christina selbst. Harry mochte die Frauen. Dennoch war er auf der Hut gewesen und hatte vorgegeben, zum Sonderdezernat zu gehören. Das hatte Christina beeindruckt, hatte sie zuversichtlich gemacht, daß er ihr helfen könnte. Aber Harry hätte sich jederzeit zurückziehen und behaupten können, er wäre für einen anderen Fall eingesetzt worden.

»Und wie ging es weiter?« fragte Newman, nachdem sie ihren leeren Teller beiseite geschoben hatte. »Und wir brauchen noch mehr Champagner...« Er signalisierte einem Kellner seinen Wunsch.

»Als er am nächsten Morgen im Strand Palace erschien, hatte er einen kleinen Koffer bei sich. Er sagte mir, ich sollte packen, wir wollten verreisen, er hätte nicht nur Barrymore ausfindig gemacht, sondern auch Robson und Kearns. Ich war sprachlos. Er sagte, wir würden in den Westen fahren, in eine Gegend, die Exmoor heißt.«

Sie erzählte weiter, daß sie in einem Hotel in Dunster abgestiegen waren. Dann hatte sich Harry auf den Weg gemacht, um die drei Männer aufzusuchen, deren Adressen er jetzt kannte.

»Hat er Verabredungen getroffen?« fragte Newman.

»Nein, er ging sehr geschickt vor. Er rief einen nach dem anderen an und behauptete, er müsse Erkundigungen für das Verteidigungsministerium einziehen und würde sie in Kürze aufsuchen. Dann legte er den Hörer auf, bevor sie irgendwelche Fragen stellen konnten. Auf diese Weise konnte er sicher sein, daß sie zu Hause waren, wenn er kam.«

»Und Sie haben ihm alles erzählt, was Sie über die beiden Morde wußten – den in Kairo und den auf Siros? Und über Petros' Rachefeldzug?«

»Ja.« Sie lächelte sehnsüchtig. »Harry konnte aus einer Frau jedes Geheimnis herausholen. Ich habe ihm mehr erzählt, als ich eigentlich wollte.«

»Und was passierte, nachdem er die drei Männer besucht hatte?«

»Er hatte einen von ihnen im Verdacht, aber er wollte mir nicht sagen, welchen. Er hat jedem von ihnen erzählt, die Identität des Mörders stünde jetzt fest, und er wäre auf dem Weg nach Athen, um sich mit dem dortigen Polizeichef in Verbindung zu setzen. Er dachte, der Schuldige würde uns folgen.«

Großer Gott, dachte Newman, und genau das hatte er erreicht. Und dafür mit seinem Leben bezahlt. Keine Rückendeckung. Das war Harrys tödlicher Schnitzer gewesen. Aber er war schon immer ein Einzelgänger gewesen, ein Mann mit einem Übermaß an Selbstvertrauen. Hatte er irgendeinen Hinweis hinterlassen?

»Hat er etwas darüber erzählt, wie die drei Männer ihn empfangen haben?«

»Sein Bericht über den Besuch bei Colonel Barrymore war sehr amüsant. Der hat versucht, ihn wie einen gemeinen Soldaten zu behandeln. Sie hatten eine heftige Auseinandersetzung, und schließlich hat Harry ihm erklärt, wenn viele Colonels so wären wie er, hätten wir den Krieg verloren. Dann sind wir hierher geflogen.«

»Und wie ging es weiter?«

»Das ist etwas, was ich nicht recht weiß.« Jetzt wirkte sie zum erstenmal etwas niedergeschlagen. »Wir stiegen im Astir Palace in Vouliagmeni ab. Das ist ein Badeort an der Straße nach Kap Sunion . . .« Und das ist der Grund, weshalb wir nicht herausbekommen konnten, in welchem Hotel er gewohnt hat, dachte Newman ingrimmig. Er beobachtete sie genau, während sie weitersprach. »Er sagte, er wollte Chefinspektor Sarris aufsuchen. Ob er es getan hat, weiß ich nicht. Er änderte immer wieder seine Pläne.« Sie trank noch mehr Champagner und lehnte sich an ihn. »Ich habe einen kleinen Schwips. Herrlich.«

Er änderte immer wieder seine Pläne. Newman wußte, warum Harry das getan hatte: damit Christina für den Fall, daß sie Informationen an irgend jemanden weitergab, nichts in der Hand hatte. Ganz offensichtlich hatte er ihr nie völlig vertraut.

»Was passierte dann?« drängte Newman.

»Eines Morgens sagte er mir bei einem zeitigen Frühstück, er wollte ins Teufelstal, verriet aber nicht, warum. Ich hatte ihm von der Silbermine erzählt. Ich glaube, er hatte vor, sie ausfindig zu machen. Das macht mir schwer zu schaffen. Möglicherweise bin ich für das verantwortlich, was mit ihm passierte.«

»Was für eine Silbermine?«

»Sie liegt am oberen Ende eines Berges im Teufelstal. Sie ist seit vielen Jahren stillgelegt. Kein Mensch arbeitet dort – aber Petros hat angeordnet, daß niemand sich ihr nähern darf. Warum, weiß ich nicht. Er hat sogar seinen Hirten befohlen, jeden zu erschießen, den sie dort oben entdecken.«

»Womit er gegen das Gesetz verstößt«, bemerkte Newman.

»Petros macht sein eigenes Gesetz. Harry interessierte sich sehr für diese Silbermine – wollte herausbekommen, weshalb sie verbotenes Gebiet war. Ich bin noch nie dort gewesen.« Sie schauderte, trank noch mehr Champagner.

»Als Harry also an jenem Morgen zu seiner letzten Fahrt aufbrach, hatte er vor, diese stillgelegte Silbermine ausfindig zu machen. Haben Sie eine Ahnung, wie es dort aussieht?«

»Dimitrios hat mir einmal einiges erzählt, als er betrunken war. Der Schacht ist nach wie vor offen. Er ist sehr tief und geht senkrecht nach unten, und der alte Korb, mit dem die Bergleute früher eingefahren sind, hängt nach wie vor am oberen Ende. Ich hatte ein schrecklich ungutes Gefühl dabei. Aber in der letzten Minute vor dem Aufbruch änderte Harry abermals seine Pläne. Jemand hat ihn angerufen. Er sagte, er würde vielleicht zuerst nach Kap Sunion fahren, um den Engländer zu treffen.«

»Welchen Engländer? Und um welche Zeit kam der Anruf?«

Newman beobachtete sie genau. Tischte sie ihm einen Haufen Lügen auf? Baute für ihn dieselbe Falle auf, die sie auch für Harry aufgebaut hatte? Sie war eine solche Schönheit mit ihrer Mähne aus glänzendem schwarzem Haar; ihre nackten Schultern schimmerten im Licht der Kerze auf ihrem Tisch. Eine Frau, die jedem Mann den Kopf verdrehen konnte.

»Wir frühstückten um sechs«, fuhr sie fort. »In der Nacht zuvor hatten wir beide nicht schlafen können. Der Anruf muß kurz vor sieben Uhr gekommen sein. Harry ging hinauf in sein Zimmer, um ihn entgegenzunehmen. Als er wieder herunterkam, machte er einen sehr zufriedenen Eindruck, sagte, seine Kriegslist hätte ihren Zweck erfüllt. Ich vermute, er meinte damit, daß er den drei Männern im Exmoor erzählt hatte, er flöge nach Griechenland. Der Anrufer hatte seine Stimme verstellt, aber Harry glaubte zu wissen, wer es war. Er wollte mir gegenüber nicht einmal eine Andeutung machen. Sagte, es wäre gefährlich . . .«

Und es war in der Tat gefährlich gewesen, dachte Newman ingrimmig. Es hatte mit Harrys Tod geendet. Aber er wurde nicht ganz schlau aus dem, was sie ihm erzählt hatte. Hatte Harry versucht, die Silbermine zu erkunden, bevor er nach Kap Sunion fuhr?

»Christina, wußte Harry genau, wo sich diese aufgegebene Silbermine befindet?«

»Ja. Er hatte in Athen eine Karte dieser Gegend gekauft. Er bat mich, ihre Position auf der Karte einzuzeichnen, was ich tat. Später wünschte ich, ich hätte es nicht getan. Harry hatte so eine Art, einen zu überreden . . .«

»Die habe ich auch.« Er legte eine Karte des gewaltigen Landzipfels zwischen Athen und Kap Sunion in großem Maßstab auf den Tisch. »Zeichnen Sie die Mine hier ein.«

Sie verschränkte die Hände im Schoß, wendete ihm das Gesicht zu. »Nein. Ich habe das einmal getan, und ein Mann ist gestorben. Ich fange an, Sie zu mögen, Bob . . .«

»Keine Ausflüchte«, sagte er brutal. »Markieren Sie die verdammte Karte. Und zwar auf der Stelle.«
»Es ist Ihre Beerdigung.« Ihre Augen blitzten. »Und schlagen Sie niemals wieder so einen Ton an.« Sie breitete die Karte aus, nahm den Stift, den er ihr hinhielt, betrachtete die Karte und zeichnete dann auf dem Gipfel eines Berges ein Kreuz ein.
»Petros ist verrückt«, warnte sie ihn. »Und Sie wären auch verrückt, wenn Sie sich auch nur in die Nähe des Teufelstals wagen würden.«
»Wann haben Sie Harry zum letztenmal gesehen? Lebend, meine ich«, beharrte er mit kalter Stimme.
»Sie Bastard ...« Ihre Stimme bebte, und sie war den Tränen nahe. »Als er das Frühstückszimmer verließ und zu seinem Mietwagen ging ...« Sie tastete in ihrer Abendtasche nach einem Taschentuch.
Er schlang einen Arm um sie, legte seine Hand auf ihre Schulter. »Kein Grund, die Fassung zu verlieren, Christina. Aber ich habe Harry gut gekannt, und ich muß alles wissen, was er tat – oder zu tun vorhatte. Wie wäre es mit Nachtisch? Diese Erdbeertorte sieht gut aus – vielleicht könnten Sie heute abend einmal nicht an Ihre Figur denken, auch wenn ich das nicht fertigbringe ...«
»Mit Schmeichelei können Sie bei mir vielleicht etwas erreichen ...« Er drückte ihre Schulter, und sie beruhigte sich wieder. »Ja, ich hätte gern ein Stück Torte. Und noch mehr Champagner.«
Er wartete, bis der Nachtisch serviert war und sie die gewaltige Portion mit Appetit verspeiste. »Um noch einmal zusammenzufassen«, sagte er. »Sie flogen auf Petros' Anweisung nach London, gaben die Annonce auf, lernten durch sie Harry kennen. Stimmt das so weit?«
»Genau«, versicherte sie ihm.
»Er fuhr mit Ihnen ins Exmoor, nachdem er den Wohnsitz von Barrymore, Robson und Kearns herausgefunden hatte. Er suchte jeden von ihnen auf, erzählte ihnen, er würde bald nach Griechenland fliegen. Sie flogen mit ihm. Wie dachten Sie über den Auftrag, den Petros Ihnen erteilt hatte, nachdem Sie hierher zurückgekehrt waren?«
»Verdammter Bolschewik. Ich hatte die Nase voll von Petros. Die Reise nach London – und das Zusammensein mit Harry – hatte alles zerrissen, was mich an Petros gebunden hatte. Nun war es mir völlig gleich, wer Stefan und Andreas ermordet hatte. Ich habe sie nie gekannt. Ich machte mir Sorgen um Harry. Und jetzt mache ich mir Sorgen um Sie. Was wollen Sie als nächstes unternehmen? Bitte ...«
Sie legte ihm eine Hand auf den Arm, wartete, bis er sich ihr zuwendete und küßte ihn dann voll auf den Mund. »Bitte«, wiederholte sie. »Ich war Ihnen gegenüber aufrichtig.«

»Also gut. Ich telefoniere mit einem Mann in London, nachdem ich Sie ins Bett gebracht habe. Und Marler wird Wache halten. Vor Ihrer Tür.«
»Mit wem wollen Sie telefonieren?« drängte sie.
»Mit meinem Chefredakteur«, log er. »Schließlich bin ich Auslandskorrespondent . . .«

ZWEIUNDZWANZIGSTES KAPITEL

Newman erreichte die Britische Botschaft gegen elf Uhr, lange nach Einbruch der Dunkelheit. Die große Villa am Vassilissis-Sofias-Boulevard war von einer Steinmauer umgeben und ragte hinter einer Kirche im türkischen Stil auf. Patterson, sein Verbindungsmann, war eine Nervensäge.
Ungeduldig stand Newman in der Diele, während der rundgesichtige Mann in den Vierzigern eingehend seinen Presseausweis und dann seinen Paß betrachtete. Der typische Bürokrat, dachte Newman, gebläht vom Gefühl seiner eigenen Wichtigkeit. Mit ausdruckslosem Gesicht und aufreizender Langsamkeit schlug er eine Seite des Passes nach der anderen auf.
»Herrgott«, fuhr ihn Newman an. »Sie wußten doch, daß ich kommen würde. Tweed hat es Ihnen gesagt . . .«
»Ich bin dafür verantwortlich, wer das Telefon benutzt«, entgegnete Patterson mit seiner eitlen Stimme.
»Es handelt sich schließlich nur um ein Telefon . . .«
»Um ein Scramblertelefon«, erklärte Patterson pompös. »Ich muß alle Gespräche eintragen und sehr vorsichtig sein, bevor ich zulasse, daß es jemand benutzt. Sie haben keinen diplomatischen Status . . .«
»Und den haben Sie auch nicht mehr, wenn Sie mir im Wege stehen. Vergessen Sie nicht – Sie sind auf Probe eingestellt.«
Der Schlag saß. Pattersons rundliches Gesicht rötete sich, er fuhr sich mit einer manikürten Hand über das glatt anliegende schwarze Haar. »Kein Grund, grob zu werden«, erklärte er weinerlich.
»Nur realistisch. Und jetzt lassen Sie mich endlich ans Telefon. Tweed wartet. Er geht gern zeitig nach Hause, um noch Akten durchzuarbeiten«, log Newman.
Das Telefon befand sich in einem kleinen Raum im Keller. Ein Tisch, darunter geschobene Stühle, und auf dem Tisch nichts außer dem Telefon mit dem roten Knopf. Newman setzte sich, griff nach dem Telefon und blickte dann auf Patterson, der wartend dastand.

»Seien Sie so freundlich, zu verschwinden. Dieses Gespräch ist vertraulich. Legen Sie Presseausweis und Paß auf den Tisch und machen Sie die Tür hinter sich zu.«
Dann drückte er den roten Knopf und wählte die Nummer vom Park Crescent. Nur Sekunden später meldete sich Paula. Sie schien erleichtert, seine Stimme zu hören.
»Wir haben uns schon gefragt, was in aller Welt mit Ihnen passiert sein könnte...«
»Gut zu wissen, daß man geliebt wird. Ist Tweed da? Ich spreche über Scrambler von der Botschaft in Athen aus...«
»Er ist da. Seien Sie vorsichtig...«
Trotz der späten Abendstunde klang Tweeds Stimme so frisch wie Seeluft. Newman stürzte sich ohne Umschweife in einen knappen Bericht über alles, was sich seit seiner Ankunft ereignet hatte. Tweed hörte zu, ohne ihn zu unterbrechen. Es dauerte fünf Minuten, bis Newman am Ende seines Berichtes angekommen war.
»Damit sind Sie auf dem laufenden. Aber der Lösung der Frage, wer Harry umgebracht hat, sind wir noch nicht nähergekommen.«
»Vielleicht doch. Sie haben einen direkten Draht zu diesem unheimlichen Gavalas-Clan – Christina. Ob man ihr trauen kann, müssen Sie beurteilen. Was glauben Sie?«
»Ich neige zu der Annahme, daß sie mit dem ganzen Pack gebrochen hat. Aber sicher bin ich mir nicht – sie ist mit allen Wassern gewaschen und könnte eine erstklassige Schauspielerin sein. Ein Jammer, daß Harry ihr nicht erzählt hat, wer der geheimnisvolle Engländer war, der ihn anrief. Könnte es einer von den drei Männern im Exmoor gewesen sein?«
»Ja. Als ich sie besuchte, waren alle drei gerade von Ferien im Ausland zurückgekehrt. Alle waren von der Sonne braungebrannt – was in Griechenland passiert sein könnte. Auch zeitlich käme es hin. Einer von ihnen könnte sich genau zu der Zeit, zu der Masterson ermordet wurde, dort aufgehalten haben. Irgendwie habe ich das Gefühl, als läge die Lösung in Griechenland. Dieses Kommandounternehmen auf Siros vor so vielen Jahren. Was mich irritiert, ist die verschwundene Leiche – wer hat den toten Andreas aus der Rinne herausgeholt? Und warum? Es ist möglich, daß ich selbst nach Griechenland fliege, wenn der richtige Moment gekommen ist. Was haben Sie als nächstes vor?«
»Die alte Silbermine im Teufelstal auskundschaften. Irgend etwas ist seltsam daran – an der Art, wie Petros versucht, Fremde von dieser Gegend fernzuhalten...«
»Tun Sie das nicht!« befahl Tweed in scharfem Ton. »Was ich von die-

sem Petros höre, gefällt mir ganz und gar nicht. Vielleicht können wir das später gemeinsam tun. Wenn Sie einen solchen Ort aufsuchen, brauchen Sie eine sehr gute Rückendeckung. Harry Butler und Pete Nield wären die richtigen Leute dafür. Im Moment befinden sich beide im Exmoor, schnüffeln herum und schnappen Klatsch über Barrymore, Robson und Kearns auf. Wie kommen Sie mit Marler zurecht?« fragte Tweed dann beiläufig.

»Er nervt. Aber ich weiß ihn zu nehmen. Und eines muß man ihm lassen – im Dschungel steht er seinen Mann. Ich halte Sie auf dem laufenden . . .«

»Legen Sie noch nicht auf.« Eine kurze Pause. »In diesem Stadium hat es den Anschein, als ginge es um einen von Petros gesteuerten Rachefeldzug gegen den Mörder seiner beiden Söhne Andreas und Stefan. Seine Hauptverdächtigen sind die Männer im Exmoor. Sehen Sie das auch so?«

»Anhand der wenigen Fakten, die wir bisher besitzen – ja. Zumal nach dem, was Sie mir über diesen Anton berichtet haben. Christina hat ihn nicht erwähnt, und das finde ich merkwürdig. Butler und Nield halten auch nach Anton Ausschau?«

»Anton ist verschwunden. Ich nehme an, er ist auf irgendeiner geheimen Route nach Griechenland zurückgeflogen. Jedenfalls nicht über Heathrow – ich habe vom dortigen Sicherheitschef die Passagierlisten überprüfen lassen.«

»Aber es stützt die Theorie der Blutrache.« Newman hielt inne, aber Tweed äußerte sich nicht. »Oder ist da noch etwas?«

»Ich habe den Verdacht, diese ganze Geschichte könnte viel größer, erheblich ernster sein, als wir bisher angenommen haben. Bisher kann ich mir nicht vorstellen, welche Verbindung zwischen Exmoor und Griechenland besteht.«

»Muß es da eine Verbindung geben?«

»Wenn es keine gibt, vergeuden wir unsere Zeit. Aber wer hat Masterson über eine Klippe in Griechenland gestoßen?« Tweed schwieg abermals einen Moment. »Nachdem er im Exmoor war? Irgend etwas ist uns bisher entgangen . . .«

Florakis – Oleg Sawinkow, der Henker – hockte auf dem Gipfel eines Berges oberhalb seiner Farm. Es war zwei Uhr nachts, und kurz zuvor hatte er eine verschlüsselte Nachricht erhalten, von der er vermutete, daß sie von der Sowjetischen Botschaft in Athen übermittelt worden war.

Seine Vermutung traf zu. Aber er wäre überrascht gewesen, wenn er gewußt hätte, daß die Hand, die die Mitteilung eingetippt hatte, die von Oberst Rykowsky, dem Militärattaché, gewesen war. Rykowsky hatte gewartet, bis das gesamte Botschaftspersonal außer Hauses war; deshalb die über Doganis mit Sawinkow getroffene Abmachung, sich um zwei Uhr morgens zum Empfang seiner Mitteilung bereitzuhalten.

Sawinkow hatte das Hochleistungsfunkgerät, das ihm ausgehändigt worden war, in einer kleinen Mulde auf dem Berggipfel aufgestellt. Die Teleskopantenne war ausgezogen. Mit Hilfe einer Stablampe warf er einen Blick auf die Uhr. Zeit für die Weitergabe der Nachricht nach England. Und um über diese große Entfernung funken zu können, brauchte er einen hochgelegenen Standort.

Sein knochiges Gesicht war angespannt vor Konzentration, als er das Rufsignal sendete, das sofort beantwortet wurde. Er begann, die Nachricht zu tippen und warf währenddessen immer wieder einen Blick auf die Uhr. Man hatte sich darauf geeinigt, daß eine Sendung die Dauer von drei Minuten keinesfalls überschreiten durfte.

Es war zwar unwahrscheinlich, daß Funkpeilwagen des griechischen Geheimdienstes so weit im Süden und in dieser Wildnis operierten, aber Doganis hatte immer wieder betont, daß er keine Entdeckung riskieren durfte.

»Gehen Sie kein Risiko ein. Sie sind der Achsnagel der gesamten Operation.«

»Welcher Operation?« hatte Sawinkow gefragt.

»Das weiß ich nicht, aber es ist eine große Sache, eine sehr große. Sie könnte den Lauf der Geschichte ändern. Mehr ist mir nicht gesagt worden.«

Diese Worte schossen Sawinkow durch den Kopf, als er die Übermittlung der Nachricht beendet hatte. Mit einem Gefühl der Erregung drückte er die Antenne nieder, steckte das schwere Funkgerät wieder in den schäbigen Koffer. Es war ein langer Abstieg bis hinunter zu seiner Farm, aber er würde lange vor Tagesanbruch wieder zu Hause sein.

Rund zweieinhalbtausend Kilometer nordwestlich von ihm begann eine andere Hand im Exmoor, die gerade aus Griechenland eingegangene Mitteilung zu entschlüsseln. Sie war in einem unknackbaren Einmalcode abgefaßt, und der Roman, auf den sich die Ziffernfolge bezog, war Sinclair Lewis' *Main Street*. Eine halbe Stunde später war die Mitteilung entschlüsselt und auf einem Block festgehalten, unter dessen oberstem Blatt eine steife Plastikscheibe lag, die verhinderte, daß sich die Schrift auf dem darunterliegenden Blatt abdrückte.

Sämtliche Vorbereitungen sollten sofort getroffen werden. Zwischenlandung des Zielobjektes in England vor und nach dem Washingtoner

Gipfeltreffen möglich. Wahrscheinlicher Zeitpunkt September oder Oktober dieses Jahres. Mäander.

DREIUNDZWANZIGSTES KAPITEL

»Gorbatschow muß verschwinden, er zerstört die militärische Überlegenheit, die wir im Laufe so vieler Jahre aufgebaut haben. Seine aberwitzige Politik ruiniert den Sowjetstaat«, erklärte General Lutscharsky erbittert.

Womit er die Macht der Roten Armee meinte, dachte Oberst Wolkow, sein getreuer Adjutant. Sie schlenderten Seite an Seite in voller Uniform durch einen der Moskauer Parks. Um sie herum spielten Kinder im warmen Sonnenlicht Ball, während sie einem der vielen gewundenen Pfade folgten.

Lutscharsky hatte für ihr Gespräch den Park gewählt, weil es dort unmöglich abgehört werden konnte. Er ging sehr aufrecht: seine Hände waren hinter dem Rücken verschränkt, der Kopf nachdenklich gesenkt.

Wolkow stellte seine Frage zögernd. Er war sich nicht sicher, ob Lutscharsky die Absicht hatte, ihn in Einzelheiten des Planes einzuweihen, aber seine Neugier gewann die Oberhand.

»Haben wir denn die geringste Aussicht, ihn durch einen anderen zu ersetzen? Im Politbüro sitzen jetzt fast nur noch Männer, die für ihn sind...«

»Ligatschew«, sagte der General knapp. »Er ist Nummer zwei. Er ist mit dem neuen Wahnsinn nicht einverstanden. Sobald Gorbatschow beseitigt ist, wird er seinen Posten übernehmen, und die Jasager im Politbüro werden auf seine Linie einschwenken.«

»Aber wie kann der gegenwärtige Generalsekretär seines Amtes enthoben werden?«

»Man kann ihn umbringen.«

Die Kaltblütigkeit dieser Aussage verblüffte Wolkow, und er schwieg einige Minuten. Sie setzten ihren Spaziergang fort. Lutscharsky nahm seine Mütze ab, fuhr sich mit der Hand durch das blonde Haar und genoß die Wärme der Sonne auf seiner Stirn.

»Aber es muß außerhalb Rußlands geschehen«, fuhr Lutscharsky fort, »wenn sich die Gelegenheit dazu bietet. Als ich Griechenland meinen inoffiziellen Besuch abstattete, habe ich die Räder in Bewegung gesetzt. Im Politbüro gibt es eine ganze Menge Anhänger des harten Kurses, die eine Wiederkehr der guten alten Zeit begrüßen würden. Glücklicherweise spielt uns Genosse Gorbatschow in die Hand. Er ist damit einverstanden, daß wir alles in unserer Macht Stehende tun, um im Mittelmeerraum mehr Einfluß zu gewinnen. Aber mit friedlichen Mitteln. Sie, Genosse, sollen gleichfalls nach Athen reisen, wie ich in Zivil – ein inoffizieller Besuch. Wir bieten der griechischen Regierung spezielle Handelskonzessionen an. Wenn Sie in Athen sind, übermitteln Sie Oberst Rykowsky, dem Militärattaché unserer dortigen Botschaft, mündlich meine Befehle. Wie diese Befehle lauten, erfahren Sie unmittelbar vor Ihrem Abflug nach Athen.«

»Warum Griechenland? Was passiert dort?«

Lutscharsky änderte die Richtung, strebte auf einen Pfad zu, der durch ein Birkenwäldchen führte. Er hatte zwei Männer in Zivil entdeckt, die ganz offensichtlich dem KGB angehörten. Einer von ihnen hatte einen Feldstecher umgehängt. Vielleicht konnte er von den Lippen lesen. Sie gelangten in das Wäldchen.

»Weil«, erklärte Lutscharsky, »es zu gefährlich ist, einen derartigen Coup hierzulande zu planen. Gorbatschow ist kein Schwachkopf. Er weiß, daß es eine Opposition gegen ihn gibt, und hat überall Augen und Ohren. Wir dürfen ihn nicht unterschätzen. Deshalb haben wir eine Organisation außerhalb Rußlands wieder ins Leben gerufen, eine Organisation, die viele Jahre untätig gewesen ist. Sie besteht aus Männern, die einst für Stalin arbeiteten und in Vergessenheit geraten sind. Männern im Schatten.«

»Und ihre Basis ist Griechenland?«

»Unter anderem«, erwiderte Lutscharsky geheimnisvoll. »Wir benutzen das Zellensystem des KGB. Jeder erfährt nur so viel, wie er unbedingt wissen muß. Wie Ihnen bekannt ist, herrscht in der Roten Armee große Unzufriedenheit. Wenn Gorbatschow aus dem Wege ist, wird die Armee wieder so viel Macht haben wie in der Zeit nach Stalins Tod.«

»Aber Sie sagten doch, daß diese im Ausland operierende Organisation aus Stalinisten besteht«, bemerkte Wolkow verwirrt.

»So ist es. Wir benutzen sie, dann werden sie beseitigt. Wenn es sich als notwendig erweist, werden sie die Sündenböcke für die Ermordung des Genossen Gorbatschow abgeben.«

»Sie meinen, sie tun die Arbeit für uns, und dann beschuldigen wir sie, dafür verantwortlich zu sein?«

»Vielleicht. Noch besser wäre es, wenn wir nach dem Tod Gorbatschows das Gerücht ausstreuen könnten, er wäre das Opfer von Vertretern des harten Kurses im Pentagon geworden. Wir werden unsere Karten so ausspielen, wie es sich im Verlauf des Spiels als am sinnvollsten erweist. Wir müssen nur die Gelegenheit abwarten – die sich in ein paar Monaten bieten könnte. Dieser Wahnsinnige kann nur außerhalb Ruß-

lands liquidiert werden. Dort können unsere Verbündeten sicherer operieren.«
»Ich stehe Ihnen zu Diensten, Genosse General«, erwiderte Wolkow, ein rundgesichtiger Koloß von einem Mann.
»Es ist durchaus möglich«, bemerkte Lutscharsky, während er seine Mütze so verrückte, daß sie in einem flotteren Winkel saß, »daß die Sache mit einer Beförderung für Sie endet.«
Immer eine Möhre vor der Nase des Esels baumeln lassen, dachte er. Weshalb sollte er darauf hinweisen, daß auch die, die hierzulande geholfen hatten, beseitigt werden würden, wenn der Coup gelungen war?

Tweed saß hinter seinem Schreibtisch in seinem Büro am Park Crescent und schaute zum Fenster hinaus. Auf der Schreibtischplatte lagen in säuberlichen Stapeln die Unterlagen, die er gerade zum drittenmal betrachtet hatte. Die Dinge, die Masterson ihm aus Athen geschickt hatte, und das Notizbuch von Partridge, das er aus dem Schließfach in Knightsbridge abgeholt hatte.
Paula arbeitete an ihrem Schreibtisch an einer Akte. Von Zeit zu Zeit warf sie einen Blick auf ihren Chef. In einer anderen Ecke des Raumes beugte sich Monica über einen Zettelkasten; ihr dunkles Haar war im Nacken zu einem Knoten geschlungen.
»Sind wir irgendwie weitergekommen?« fragte Paula schließlich. »Nach dem Anruf von Bob gestern abend?«
»Hört zu, alle beide.« Tweed richtete sich auf seinem Drehstuhl auf; seine Hände waren im Schoß verschränkt, die Augen hinter den Brillengläsern hellwach. »Wir wollen das, was wir haben, noch einmal kurz durchgehen. Und das ist verdammt wenig, soweit ich sehen kann.«
»Vielleicht ist es mehr, als wir wissen«, meinte Paula. »Im Grunde scheint alles mit zwei Morden angefangen zu haben, die weit weg von hier und vor sehr langer Zeit begangen wurden. Andreas Gavalas auf der Insel Siros und Stefan Ionides – von dem wir jetzt wissen, daß es sich um Stefan Gavalas gehandelt hat – in Kairo. Irgend jemand versucht, diese beiden Morde zu begraben.« Sie bemerkte Monicas Ausdruck. »Entschuldigung – das klang ein bißchen gefühllos ...«
»Aber es könnte zutreffen«, pflichtete Tweed ihr bei. »Sprechen Sie weiter.«
Er bediente sich, in abgewandelter Form, einer Taktik, die er oft zusammen mit ihr angewandt hatte. Wenn er an einem bestimmten Punkt eines Unternehmens angelangt war, faßte er die wichtigsten Details zusammen und benutzte Monica als Resonanzboden, um ihre Stichhaltigkeit zu überprüfen.

Jetzt hörte er zu, wie Paula die Situation erklärte – auf der Suche nach einem Schlüsselelement, das er vielleicht übersehen hatte. Etwas Simples; vielleicht einen Faktor, der mit dem, was sie wußten, nicht übereinstimmte. Paula fuhr fort.

»Wir haben Barrymore, Robson und Kearns aufgesucht – die drei Männer, die mit Andreas auf der Insel waren, als er ermordet wurde. Dieselben drei Männer befanden sich in Kairo, als man Stefan im Antikhana-Gebäude brutal hinschlachtete. Die Opfer waren Brüder. Und die Tatsache, daß diese drei Männer bei beiden Morden in der Nähe waren, bedeutet, daß der lange Arm des Zufalls bis zum Zerreißen gespannt ist. Soweit einverstanden?«

»Weiter ...« Tweed saß ganz gelöst da und hörte mit geschlossenen Augen zu, damit er sich das, was sie sagte, besser vorstellen konnte.

»Und nun haben wir zwei höchst merkwürdige Komplikationen, die nicht recht mit dem zusammenpassen wollen, was ich bisher sagte. Das geheimnisvolle Verschwinden von Andreas' Leiche ganz kurz nach seinem Tod auf Siros. Und die Ankunft von Anton Gavalas, der sich im Exmoor nach den drei Männern erkundigt, die damals dem Kommandotrupp angehörten.«

»An Anton ist noch etwas merkwürdig«, erklärte Tweed. »Die Art, wie er verschwunden ist – ohne eine Spur der von ihm benutzten Route zu hinterlassen. Wir haben uns beim Hafenmeister in Watchet erkundigt. Um die Zeit, in der Anton sich in Luft auflöste, hat kein Schiff den Hafen verlassen.«

»Steht etwas über ihn in Partridges Notizbuch?« fragte Paula.

»Ja. Partridge zufolge ist Anton ein gebildeter Mann und spricht fließend Englisch. Andererseits hat Newman berichtet, seine Neffen – Dimitrios und Konstantin – wären Bauerntypen. Und was für ein Spiel treibt Anton? Partridge hat notiert, Anton wäre ein Einzelgänger, dem eine Menge Geld zur Verfügung steht. Newman hat gesagt, Christina hätte Anton nicht erwähnt. Offensichtlich wollen sie, daß er der Mann im Hintergrund ist.« Er hielt inne, und Monica fragte sich, wer »sie« wohl sein mochten.

»Das ist es, was wir herausfinden müssen. Es ist durchaus möglich, daß Anton unabhängig von Petros auf eigene Faust handelt. Diese Geschichte mit der Blutrache ist kompliziert, riecht nach altem, gefährlichem Haß. Aber irgendwie habe ich den Eindruck, als benutzte irgend jemand diese Blutrache als Nebelschleier, um irgend etwas weitaus Tödlicheres dahinter zu verbergen. Und wer hat Masterson umgebracht?«

Es war Samstagabend im Luttrell Arms in Dunster. Samstags aßen sie immer zusammen zu Abend. An dem Ecktisch im hinteren Teil des Speisesaals saß Colonel Barrymore mit dem Rücken an der Wand, so daß er den ganzen Raum überblicken konnte. Dr. Robson saß neben ihm, während Kearns den beiden Männern gegenüber Platz genommen hatte. Sie waren beim Kaffee angelangt.

»Noch einen großen Scotch«, rief Robson.

»Natürlich, Sir. Kommt sofort«, versicherte der Geschäftsführer, der gerade an ihrem Tisch vorbeikam.

»Schwimmen wir damit nicht ein bißchen weit raus?« bemerkte Barrymore in herablassendem Ton und warf einen Blick auf den neben ihm sitzenden Mann.

Robsons Teint hatte viel von seiner Sonnenbräune verloren und wies jetzt eine rötliche Sonnenuntergangsfarbe auf. Es war sein vierter doppelter Whisky nach mehreren Gläsern Beaujolais. Er strich sich über sein dichtes braunes Haar, zupfte an seinem struppigen Schnurrbart, lächelte verbindlich. Wie gewöhnlich war er bester Laune.

»Ich dachte, wir wären hier, um den Abend zu genießen. Haben Sie schon einmal erlebt, daß bei mir der Film gerissen wäre?«

»Es gibt immer ein erstes Mal«, verkündete Barrymore in anmaßendem Ton. »Und wir haben über ernste Dinge zu reden. Haben Sie diesen Mann dort schon einmal gesehen – den mit dem dunklen Schnurrbart, dem schwarzen Haar und dem Hörgerät? Ich habe ihn heute morgen beim Beobachten von Quarme Manor ertappt. Habe ihn zur Rede gestellt.«

»Tatsächlich?« Robsons Stimme klang amüsiert, und Barrymore funkelte ihn an. »Wo war denn das?«

»Auf dem Kamm hinter meinem Haus. Zu Pferde.«

»Das ist ein freies Land – falls Sie es vergessen haben sollten.« Er kicherte. Seine blauen Augen leuchteten auf, als der Whisky gebracht wurde. »Danke.« Er hob das Glas und kippte die Hälfte seines Inhalts hinunter. »Das tut gut.« Er wendete sich an Barrymore. »Und was geschah, als Sie den Mann *zur Rede stellten?* Hört sich an, als hätten Sie geglaubt, einen Rekruten vor sich zu haben.« Er lächelte Kearns zu, der steif dasaß und seinen Blick mit ausdrucksloser Miene erwiderte.

»Hatte die Frechheit zu behaupten, er beobachtete Vögel«, erklärte Barrymore. »Deshalb der auf Quarme Manor gerichtete Feldstecher. Daraufhin ist er sehr schnell davongeritten, das kann ich Ihnen versichern.« Sein Tonfall änderte sich, wurde verbindlich. »Meine Herren, ich befürchte Probleme. Da war der Grieche, den Sie getroffen haben, Kearns.«

»Und wie können Sie sicher sein, daß es sich um einen Griechen gehandelt hat?« fragte Robson den ehemaligen Company Sergeant Major spöttisch. »Hat er seine Evzonen-Uniform getragen?«
»Ich finde das nicht lustig«, fuhr ihn Barrymore an. »Erzählen Sie«, befahl er Kearns.
»Also, Sir«, begann Kearns, wobei er den Blick auf den Colonel richtete, »da war einmal sein Aussehen. Olivenfarbene Haut, der Zuschnitt des Gesichtes. Ich habe genügend Griechen gesehen, um die Sorte zu erkennen. Als ich ihn ansprach, antwortete er auf Englisch, aber mit leichtem griechischem Akzent.«
»Nicht mit einem bulgarischen oder jugoslawischen?« erkundigte sich Robson. »Würden Sie den Unterschied heraushören?«
»Ja, ich glaube, das würde ich«, erwiderte Kearns steif.
»Und was hat er getan? Auch Vögel beobachtet?«
»Er sagte, daß er Ferien machte, daß er unwirtliche Gegenden liebte. Erkundigte sich nach dem Weg zum nächsten Gasthaus. Ich verwies ihn auf Simonsbath, meilenweit von der Stelle entfernt, an der wir uns begegneten. Um ihn auf die Probe zu stellen. Später sah ich, wie er durch ein Tal nach Winsford hinunterritt. Was genau der Weg zum nächsten Gasthaus war. Verstehen Sie, was ich meine, Sir?«
»Er kannte sich auf dem Moor aus, tat aber so, als wäre das nicht der Fall. Genau darüber müssen wir reden. Möglicherweise kreist der Feind uns ein. Wir müssen noch mehr Vorsichtsmaßnahmen ergreifen.«
Barrymore nippte an seinem Kognak, und Robson warf einen Blick auf den Schwenker. »Wird Zeit, daß ich mir auch so einen genehmige ...«
Peter Nield, der mit Harry Butler drei Tische von ihnen entfernt saß, rückte sein Hörgerät zurecht. Er war elegant gekleidet und trug einen marineblauen Anzug und eine große, mit Edelsteinen besetzte Nadel in seiner blaßroten Krawatte. Diese wie eine Blüte geformte Krawattennadel war ein Richtmikrofon. Von ihm führte ein unter seinem Hemd verborgener Draht zu einem winzigen Bandgerät in seiner Jackentasche. Er schaufelte einen Löffel Obstsalat in den Mund und hörte dabei genau zu.
Harry Butler, massig gebaut und glattrasiert, war lässiger gekleidet. Er trug ein Tweedjackett mit Lederflecken auf den Ellenbogen und eine graue Hose. Er lehnte sich vor und flüsterte in Nields »gutes« Ohr.
»Empfang einwandfrei?«
»Höre jedes Wort«, erwiderte Nield fast unhörbar und befingerte seinen adretten Schnurrbart.
Die Zauberkünstler im Keller des Hauses am Park Crescent hatten sich

selbst übertroffen. Obwohl an vier weiteren Tischen Gästen saßen, fing das Richtmikrofon jedes Wort auf, das an Barrymores Tisch gesprochen wurde. Es war für Nield kein Problem gewesen, das Mikrofon richtig einzustellen. Ein Mann, der seine Krawattennadel befingert, erregt kein Aufsehen . . .

»Sie wollen doch nicht nach allem, was Sie bereits gehabt haben, auch noch einen Kognak trinken?« erkundigte sich Barrymore sarkastisch. »Sie müssen noch heimfahren.«

»Das schaffe ich.« Robson lächelte wieder. »Das schaffe ich immer.« Er machte den Geschäftsführer mit einer Geste auf sich aufmerksam, deutete auf das Glas des Colonels und dann auf sich selbst. Der Geschäftsführer lächelte, gab zu verstehen, daß die Bestellung ausgeführt werden würde. »Dieser andere Mann«, fuhr Robson fort, »der Massigere neben dem Schlanken, den Sie *zur Rede gestellt* haben . . .« Seine Stimme klang spöttisch. »Hat der sich auch im Moor herumgetrieben?«

»Den habe ich vorher noch nie gesehen. Wie ich bereits sagte . . .«

»Trug der Schlanke sein Hörgerät, als Sie ihm begegneten?« beharrte Robson mit der Jovialität eines Mannes, der eine Menge Alkohol konsumiert hat.

Barrymore runzelte die Stirn, versuchte, sich die Szene wieder ins Gedächtnis zu rufen. »Ich glaube nicht. Aber er hätte es schließlich auch nicht gebraucht, während er im Moor unterwegs war. Und nun zum dritten Mal – ich meine, wir sollten unsere Verteidigungsanlagen überprüfen. Es schnüffeln entschieden zu viele Leute herum. Da war dieser Tweed, der bei uns allen aufgetaucht ist.«

»Special Branch«, bemerkte Kearns. »Das kam mir höchst merkwürdig vor. Trotz der Geschichte, die er auftischte. Ich hatte den Eindruck, daß hinter seinem Besuch noch etwas ganz anderes steckte. Dieser Mann beunruhigt mich.«

»Das ist nur einer von diesen Bürohengsten, die das Gefühl haben, etwas für ihr dickes Gehalt auf Kosten der Steuerzahler tun zu müssen.« Barrymore machte eine wegwerfende Handbewegung. »Ich wollte, ich hätte ihn in meinem Bataillon gehabt. Den hätte ich schön springen lassen.«

»Ich habe den Eindruck, Sir«, beharrte Kearns, »daß Tweed eine Zeitlang in der Armee gedient hat. Irgend etwas in seinem Wesen deutete darauf hin. Und er hatte seine Hausaufgaben gemacht. War über das Unternehmen Siros informiert. Und über den Mord an diesem Griechen Ionides im Antikhana . . .«

»Kaum relevant.« Barrymore machte abermals eine wegwerfende Bewegung.

»Sind Sie sicher, Sir? Ist Ihnen an der Leiche, die aus dem Moor nach Winsford heruntergebracht wurde, irgend etwas Merkwürdiges aufgefallen?«
»Was hätte mir auffallen sollen?« Der Colonel schnitt von einer Zigarre die Spitze ab und zündete sie mit einem Streichholz aus einem Heftchen an, während Kearns weitersprach.
»Die Brutalität, mit der jemand über den Mann hergefallen ist.« Kearns hielt einen Moment inne. »In Stücke gehauen. Genau wie damals Ionides.« Er wendete sich an Robson. »Sie haben die Leiche auf dem Landrover untersucht. Sind Sie nicht auch dieser Meinung?«
»Da hat jemand tatsächlich ganze Arbeit geleistet. Ich würde auf ein Messer mit breiter Klinge tippen. Aber ich habe ihn nur flüchtig untersucht.« Robsons Stimme klang plötzlich nüchtern, professionell. »Aber einen Zusammenhang mit Ionides kann ich beim besten Willen nicht sehen.« Er trank noch mehr von seinem großen Kognak. »Ich dachte, wir wären hier, um den Abend zu genießen.« Er kicherte. »Aber ihr alten Kämpfer könnt ja nie aus eurer Haut heraus.«
»Die Tatsache bleibt bestehen«, warf Barrymore gereizt ein, »daß wir es jetzt möglicherweise mit Feinden auf zwei Fronten zu tun haben. Den Griechen und den Leuten vom Special Branch. Ich hoffe zu Gott, daß es nicht der Mäander ist.«
»Nach all diesen Jahren?« spottete Robson und lächelte. »Unsinn. Sie leiden doch sonst nicht so leicht an Anfällen von Nervosität, Barrymore.«
»Ich leide nie an Anfällen von Nervosität, wie Sie es ausdrücken«, erklärte der Colonel kühl. »Ich habe nur vorgeschlagen, daß wir uns um unsere Verteidigungsanlagen kümmern sollten. Für alle Fälle ...«
»Noch mehr Stacheldraht ziehen«, spottete Robson. »Um Quarme Manor herum ein Minenfeld anlegen.« Er bekam einen Schluckauf. »Die Wache aufziehen lassen.«
»Ich meine es ernst«, sagte Barrymore.
»Das scheint mir auch so. Was mich betrifft, bleibt alles beim alten. Ich habe meine Praxis, um die ich mich kümmern muß. Haben Sie schon gewußt, daß in der Lokalzeitung ein Artikel über mich erscheinen soll? *Der einzige Landarzt, der zu seinen Patienten geritten kommt*, soll die Titelzeile lauten. Klingt gut.«
»Jill ist nach London gefahren«, sagte Kearns plötzlich.
»Warum?« wollte Barrymore wissen.
»Sie sagte, sie wollte einiges einkaufen.«
»Das hätten Sie nicht zulassen sollen.« Barrymores Stimme klang verärgert.

»Nun, Sir, das ist nicht so einfach ...«
»Sie haben den Fehler gemacht, eine jüngere Frau zu heiraten«, erklärte der Colonel ihm brutal. »Ehefrauen muß man unter dem Daumen haben. In der Armee wußten sie, wo sie hingehörten ...«
Pete Nield hatte seinen Kaffee ausgetrunken und schaute sich im Speisesaal um. Ein Paar brach gerade auf. Damit waren nur noch zwei Tische besetzt – der mit den drei Männern im hinteren Teil des Raums und der ihre. Er beugte sich vor und flüsterte Butler zu: »Zeit zu verschwinden, finden Sie nicht auch? Sonst fallen wir auf.«
»Ganz meine Meinung. Machen wir uns auf die Socken.«
Sie gingen hinaus in das verlassene Foyer, und Nield schlug einen Spaziergang an der frischen Luft vor. Sie traten durch die alte Haustür auf die menschenleere High Street hinaus. Auf der anderen Straßenseite lag der alte Garnmarkt mit seinen zahlreichen Dachflächen in tiefem Schatten. Der Mond warf ein bleiches Licht über die Stille. Ein Stück weiter die Straße hinunter parkte Barrymores Daimler.
»Wie ist die Aufnahme?« erkundigte sich Butler. Er schob die Hände in die Hosentaschen.
»Probieren wir es aus. Am besten vielleicht im Garnmarkt ...«
Sie traten unter das Dach, und Nield holte das Bandgerät aus der Tasche und stellte es auf ›leise‹. Dann drückte er auf den Knopf, der das Band zurückspulte, schaltete den Ton ein, und sie lauschten.
Noch einen großen Scotch ... Natürlich, Sir. Kommt sofort ... Schwimmen wir damit nicht ein bißchen weit raus ...
Nield schaltete ab und schaute durch einen der Torbogen hinaus auf die Stadt. Im Hintergrund ragte die Silhouette der alten Burg gespenstisch über die Gebäude empor. Die nächtliche Stille hatte etwas Unheimliches an sich.
»Hervorragend«, stellte Butler fest. »Die Tonqualität ist gut. Man kann genau hören, wer spricht.«
»Ich glaube, ich sollte heute nacht noch nach London fahren«, erklärte Nield. »Dann kann sich Tweed morgen früh das Band anhören. Und ich komme dann im Laufe des Tages zurück, wenn Sie einverstanden sind.«
»Ja, tun Sie das«, stimmte Butler zu. »Und während Sie weg sind, werde ich den Colonel im Auge behalten.«
»Warum gerade ihn?«
»Ein sechster Sinn, wie Tweed sagen würde ...«

Drei Personen saßen an Tweeds Schreibtisch, als er sich zum dritten Mal die Tonbandaufnahme anhörte. Monica war mit zur Seite gedrehtem Kopf in sich zusammengesunken, und ihre Stirn war vor Konzentration gerunzelt.

Paula saß aufrecht da und hielt ihren Block im Schoß, um Notizen zu machen. Beim dritten Abspielen des Bandes schaute sie nur aus dem Fenster und stellte sich die Gesichter der drei Männer vor, deren Unterhaltung beim Abendessen im Luttrell Arms sie jetzt lauschten.

Tweed war ganz entspannt. Er saß in seinem Drehstuhl zurückgelehnt, seine Hände ruhten auf der Schreibtischplatte. Er warf einen Blick auf Pete Nield, der an Paulas Schreibtisch saß, eine Zigarette rauchte und die anderen beobachtete. Tweed schaltete das Gerät aus.

»Sehr interessant, überaus aufschlußreich. Was sie sagten. Und das Verhältnis zwischen diesen drei Männern.«

»Der Hinweis auf den Mäander?« warf Paula ein.

»Möglicherweise das, aber noch etwas anderes. Pete, beschreiben Sie, wie die Sitzordnung war. Sind Sie mit Harry hereingekommen, als sie mit dem Essen begannen?«

»Nein. Wir haben es mit voller Absicht andersherum gemacht – um keine Aufmerksamkeit zu erregen. Harry erkundigte sich bei einem der Kellner, wann sie normalerweise kämen. Wir saßen bereits an unserem Tisch, als sie erschienen. Da noch weitere Tische besetzt waren, verschmolzen wir mit dem Hintergrund.«

»Und wie haben sie gesessen – von euch aus gesehen?«

Paula war etwas verblüfft. Sie konnte sich nicht vorstellen, welchen Grund Tweed für diese Frage hatte.

»Etwa zehn Minuten später kamen sie in den Speisesaal«, erklärte Nield. »Sie gingen an uns vorüber. Als sie hereinkamen, saßen wir mit dem Rücken zu ihnen. Sie kennen den Ecktisch, an dem sie immer sitzen?« Tweed nickte, und Nield fuhr fort. »Barrymore und Robson saßen mit dem Gesicht zu uns. Kearns wendete uns die ganze Zeit den Rücken zu. Deshalb ist seine Stimme etwas leiser.«

»So etwa hatte ich es mir vorgestellt. Etwas von dem, was sie sagten, könnte sehr wichtig sein und mir den Anhaltspunkt liefern, auf den ich gewartet habe.«

»Und Sie wollen uns nicht sagen, was das ist? erkundigte sich Paula.

»Im Augenblick nicht. Ich könnte mich irren.« Tweed lächelte. »Hören Sie das Band selbst noch ein paarmal ab. Vielleicht kommen Sie dann darauf.«

Paula warf einen Blick auf ihre Notizen, dann ballte sie in einer Geste der Verbitterung die Fäuste. »Mit Ihren vagen Andeutungen werden Sie mich eines Tages in den Wahnsinn treiben.«

Monica nickte mitfühlend. »Ich kann Sie gut verstehen. Dasselbe macht er schon seit Jahren mit mir.«

»Wenn Sie einverstanden sind«, sagte Nield, »dann fahre ich jetzt ins Exmoor zu Butler zurück. Hat sich an diesem Ende irgend etwas getan?«

»Bob Newman hat aus Athen angerufen...« Tweed gab ihm einen kurzen Bericht über ihr Gespräch und referierte die wichtigsten der Fakten, die Newman ihm mitgeteilt hatte. »Fällt einem von euch an dem, was er mir berichtet hat, irgend etwas Merkwürdiges auf? Im Hinblick auf die klare Beschreibung, die er von der Landschaft gab, in der Andreas Gavalas ermordet wurde?«

Drei leere Gesichter starrten ihn an. Paula schürzte die vollen Lippen und seufzte. »Da haben wir es schon wieder – noch mehr geheimnisvolle Andeutungen. Ich gebe es auf.«

»Ich habe zwei Fragen, auf die ich nur zu gern eine Antwort hätte.« Tweed beugte sich vor und stützte die Ellenbogen auf die Schreibtischplatte. »Die Geschichte auf Siros. Drei Männer eines Kommandotrupps – und Andreas – landen auf feindlichem Gebiet. Sie steigen eine gewundene Rinne empor. Diese Rinne kann von einem Kloster aus eingesehen werden, das wie ein Adlernest auf dem Gipfel des Ida thront. In diesem Kloster haben die Deutschen einen Ausguck postiert, der die Rinne überblicken kann. Warum in aller Welt hat sich der Kommandotrupp ausgerechnet für diese Rinne entschieden? Auf der Insel muß es doch Dutzende von Wegen gegeben haben, die weitaus sicherer waren.«

»Das ist wirklich seltsam«, pflichtete Paula ihm bei. »Ebenso wie die Tatsache, daß die Leiche verschwand.«

»Meine zweite Frage«, fuhr Tweed fort, »ist die, was mit den Diamanten passiert ist, die Andreas den Leuten von der griechischen Widerstandsbewegung auf Siros aushändigen sollte. Laut Brigadier Willie Davies vom Verteidigungsministerium hatten sie damals einen Wert von rund hunderttausend Pfund.«

»Gestohlen von dem Mann, der Andreas ermordete«, erklärte Paula prompt. »Vielleicht haben wir es mit einem simplen Raubmord zu tun.«

»Das glaube ich nicht«, widersprach Tweed. »Und ich habe einem der Diamantenhändler in Hatton Garden, den ich gut kenne, einen Besuch abgestattet. Ich habe ihn gefragt, wieviel ein Haufen Diamanten, der

1944 hunderttausend Pfund wert war, heute bringen würde? Ich war sprachlos.« Er hielt inne, schaute sich um. »Irgendwelche Vermutungen? Nein? Mein Bekannter konnte den Wert nur grob schätzen. Irgend etwas in der Größenordnung von einer Million Pfund Sterling.«

Im Büro breitete sich verblüfftes Schweigen aus. Nield verdrehte die Augen und dachte angestrengt nach. Paula schlug die Beine übereinander und tippte sich mit ihrem Stift an die Zähne, bevor sie schließlich als erste reagierte.

»Also müssen wir nach etwas – oder jemandem – Ausschau halten, das auf großen Reichtum hindeutet. Was ist mit Barrymore und Quarme Manor?«

Tweed schüttelte den Kopf. »Er hat es schon vor langer Zeit gekauft. Vermutlich für ein Butterbrot.«

»Er hat einen Daimler«, beharrte Paula.

»Eine alte Kiste«, warf Nield ein. »Sieht toll aus, brächte aber nicht viel ein. Eine glatte Million? Das einzige, was ich in der Gegend dort gesehen habe, ist diese kleine Ansammlung von Luxusbungalows in der Nähe von Kearns' Haus.«

»Wir suchen nach etwas, das auf einen der drei Männer hindeutet, deren Unterhaltung wir abgehört haben«, widersprach Paula.

Tweed hörte kaum zu. »Diese Sache mit der Stelle, an der sie auf Siros landeten. Und die verschwundene Leiche. Der Priester hat Newman erzählt, er hätte den Oberkommandierenden der deutschen Truppen nach Andreas gefragt. Keine seiner Patrouillen wußte etwas von ihm. Und Geiger war überzeugt, daß sie die Wahrheit sagten. Wer sonst auf der Insel hätte die Leiche verschwinden lassen können? Darauf gibt es nur eine Antwort.«

»Und die wäre?« fragte Paula.

»Es muß jemand von der griechischen Widerstandsbewegung gewesen sein. Aber von welcher Gruppe? Und welche Veranlassung hatten sie dazu? Jetzt besteht unsere nächste Aufgabe darin, Guy Seton-Charles einen Besuch abzustatten. Sie begleiten mich, Paula.«

»Und wer ist das?« erkundigte sie sich.

»Ein Name in Partridges Notizbuch. Ein Professor, der an der Universität Bristol Vorlesungen über Griechenland hält. Das Interessante an ihm ist die Tatsache, daß er sich zur Zeit des Mordes an Ionides im Antikhana-Gebäude befand.«

»Ob er uns weiterhelfen kann?« zweifelte Paula. »Nach so langer Zeit?«

»Genau das möchte ich herausfinden.« Tweed schwang mit seinem Stuhl in Richtung Nield herum. »Sie folgen uns in einem zweiten Wagen nach Bristol. Anschließend kehren Sie ins Exmoor zurück und geben Butler Rückendeckung. Ich möchte, daß die drei Männer wissen, daß Sie da sind. Ich will sie unter Druck setzen. Vielleicht veranlaßt das einen von ihnen zu einem falschen Schritt.«
»Dieser Taktik haben Sie sich schon des öfteren bedient«, bemerkte Monica. »Und sie funktionierte. Und jetzt wollen Sie dasselbe mit diesem Seton-Charles machen, nicht wahr?«
»Partridge ist auf etwas gestoßen«, bemerkte Tweed finster. »Ich bin ganz sicher, daß er ermordet wurde, weil er an den falschen Mann geriet. An welchen Mann?«

Der Zeitpunkt war günstiger, als Tweed sich hätte erhoffen können. Er näherte sich Professor Seton-Charles' Zimmer, als die Tür aufgerissen wurde und eine Brünette Anfang Zwanzig herausgestürmt kam. Sie hatte es so eilig, daß sie fast mit Paula, die neben Tweed herging, zusammengeprallt wäre. Ein automatischer Türschließer ließ die Tür hinter ihr ins Schloß fallen. Das intelligente Gesicht des sehr schlanken Mädchens war gerötet; es hielt einen grünen Aktendeckel in der Hand und stoppte abrupt ab.
»Es tut mir sehr leid – ich hätte Sie beinahe umgerannt.«
»Ich bin ziemlich sicher auf den Beinen«, erklärte Paula und lächelte.
»Sie sehen aus, als wären Sie wütend«, sagte Tweed schnell. »Hat der Professor schlechte Laune?«
»Dieser widerwärtige Bastard! Ich werde keine einzige seiner Vorlesungen mehr besuchen ...« Das Mädchen errötete abermals. »Oh, entschuldigen Sie – sind Sie mit ihm befreundet?«
»Kaum.« Tweed handelte aus einem Instinkt heraus. »Wir sind gekommen, um ihn zu verhören. Special Branch. Was mißfällt Ihnen an ihm?« fragte er freundlich.
»Alles! Er ist ein verdammter Trotzkist. Versucht, uns einer Gehirnwäsche zu unterziehen ...« Sie hielt inne. »Gott, ich sage immer wieder das Falsche.«
»Machen Sie sich keine Sorgen, wir werden Sie nicht zitieren.« Er drückte ihren Arm. »Und tun Sie mir bitte einen Gefallen. Wir sind nie hiergewesen. Einverstanden?«
»Natürlich. Und jetzt verziehe ich mich lieber.« Sie wendete sich zum Gehen, schaute dann noch einmal zurück. »Und ich kann den Mund halten. Machen Sie ihm die Hölle heiß.«
Tweed wartete, bis sie um die Ecke am Ende des Ganges verschwunden

war. Dann klopfte er an die Tür, an der in vergoldeten Buchstaben der Name *Prof. Guy Seton-Charles* stand. Die Tür wurde rasch geöffnet. Ein Mann begann hastig zu reden und brach dann ab, als er sie sah.
»Das ist mein letztes Wort, Louise. Sie haben einen Intelligenzquotienten von minus . . .«
»Special Branch.« Tweed zeigte seinen Ausweis. »Sie sind allein? Gut. Dürfen wir hereinkommen . . .« Noch während er sprach, betrat er das Zimmer, in das der Mann zurückwich; Paula folgte ihm und schloß die Tür hinter sich. »Sie sind Professor Seton-Charles? Das ist Miss Grey, meine Assistentin, die während des Verhörs Notizen machen wird.«
»Ein Verhör worüber?«
»Den unaufgeklärten Mord an einem Griechen mit Namen Ionides vor über vierzig Jahren in Kairo. Wir können uns an den Tisch dort setzen. Falls uns jemand stören sollte, sehen Sie zu, daß Sie ihn so schnell wie möglich wieder loswerden . . .«
Tweed zeigte sich von seiner amtlichsten Seite. Er holte zwei von den Klappstühlen, die in mehreren Reihen hinter dem Tisch angeordnet waren. Der Raum war sehr nüchtern: kahle, grauweiß gestrichene Wände; der Tisch, an dem der Dozent sitzen und vor den Studenten seine Vorlesung halten konnte; Fenster an der gegenüberliegenden Wand mit Blick auf eine rohe Betonmauer.
Seton-Charles war ein schlankgebauter Mann. Tweed schätzte ihn auf Anfang Sechzig. Sein Gesicht war blaß und rundlich, und auf seiner Adlernase saß eine randlose Brille. Die Augen, die sie musterten, waren kalt und ausdruckslos und auf der Hut. Er hatte gelichtetes braunes Haar, war glattrasiert, der Mund zu einem Ausdruck der Überlegenheit verzogen. Der Prototyp des von sich selbst eingenommenen Intellektuellen, lautete Tweeds Urteil.
Er war informell gekleidet und trug ein locker sitzendes kariertes Sportjackett, ein cremefarbenes Hemd, eine blaue Wollkrawatte und eine ausgebeulte graue Hose. Ein Mann, der keinen großen Wert auf seine äußere Erscheinung legte.
»Das ist ein unbefugtes Eindringen in meine Privatsphäre«, protestierte Seton-Charles mit nervöser Stimme.
»Oh, Sie können meine Befugnis auch schriftlich haben«, versicherte ihm Tweed, »aber dann müssen wir das Verhör in unserem Büro in London abhalten. Dann wäre vielleicht nicht zu verhindern, daß einiges an die Öffentlichkeit dringt . . .«
»Es wird an die Öffentlichkeit dringen«, fauchte der Professor. »Das kann ich Ihnen versichern . . .«
»Was? Die Untersuchung eines Mordes, zu der Sie vielleicht etwas bei-

tragen können? Das kratzt mich nicht.« Tweed hatte sich auf einem der Klappstühle niedergelassen. Er deutete auf den Stuhl hinter dem Schreibtisch. »Es sei denn, Sie wollen sich setzen und hören, weshalb wir hier sind. Entscheiden Sie sich.«

»Die Untersuchung eines Mordes? Wegen Ionides? Kommen Sie damit nicht ein bißchen reichlich spät?«

Sein Tonfall war aufsässig, spöttisch, aber Tweed stellte fest, daß er sich auf seinem Stuhl niedergelassen hatte, ein bedeutsames Zugeständnis. Als sich Paula auf den zweiten Stuhl setzte, ihren Notizblock herauszog, ihn auf ihren Schoß legte und mit gezücktem Stift wartete, runzelte Seton-Charles die Stirn.

»Soll sie etwa meine Antworten festhalten? Ziemlich bürokratisch und amtlich.«

»Die Angelegenheit ist amtlich.« Tweeds Ausdruck war grimmig.

»Und das alles wegen eines vierzig Jahre alten Mordes?«

»Der vielleicht in direktem Zusammenhang steht mit zwei ganz kürzlich begangenen Morden.«

Seton-Charles' grünliche Augen hinter den randlosen Brillengläsern flackerten. Tweed hatte den Eindruck, daß er etwas aus dem Gleichgewicht geraten war. Aber er erholte sich schnell wieder.

»Was für Morde? Wenn die Frage gestattet ist. Das hört sich alles sehr melodramatisch an.« Jetzt lag eine Spur von Sarkasmus in seiner Stimme.

»Darauf kommen wir vielleicht später. Kehren wir zuerst nach Griechenland zurück – und nach Kairo während des Krieges. Sie hatten einen Job und ein Büro im Antikhana-Gebäude. Weshalb waren Sie nicht in der Armee?«

»Bin bei der Musterung durchgefallen, wenn Sie es wissen müssen. Meine Augen.«

»Was für einen Job hatten Sie? Reden Sie, Professor. Ich kann gut zuhören. Und schließlich ist das Ihr Beruf – zu reden.«

»Ich habe mich schon als ganz junger Mann für Griechenland interessiert. Mein Fach ist Griechenlandkunde«, setzte er pedantisch hinzu. »Man sagte mir, ich könnte meinen Teil zu den Kriegsanstrengungen beitragen, indem ich in den Nahen Osten ging. Ich wurde in einen Truppentransporter verladen, der das Kap umfuhr, und landete in Kairo. Mein Job bestand darin, Propagandamaterial zu verfassen, das der griechischen Widerstandsbewegung Mut machte...«

»Welcher Partei?« warf Tweed ein.

»Oh, man ist über die Schlacht in höhren Kreisen informiert? Die Männer von der SOE – Special Operations Executive – in Kairo hatten nichts anderes im Kopf, als den rechten Flügel zu unterstützen. Wollten, daß der König wieder eingesetzt wurde, wenn die Deutschen geschlagen waren. Völlig falsche Seite, die Leute von der EDES. In London war man schlauer – vielleicht aufgrund meiner Berichte.« Ein wissendes Lächeln erschien auf seinem Gesicht. »Es war die ELAS-Organisation, die die Deutschen zu Dutzenden umbrachte ...«

»Die Kommunisten, meinen Sie«, warf Tweed ein. »Natürlich erst, nachdem Hitler in Rußland einmarschiert war.«

»Kein Grund, ausfallend zu werden ...«

»Ich habe nur eine Tatsache festgestellt. Sie schlugen vor, anstelle der EDES die Kommunisten aus der Luft mit Waffen zu versorgen. Stimmt das?«

»Ja. Ich sagte es bereits – sie waren diejenigen, die tatsächlich gegen den Feind kämpften, und London schloß sich meiner Ansicht an. Ich habe gehört, Churchill selbst hätte die Entscheidung getroffen. Schließlich war das Töten von Deutschen zu jener Zeit für ihn das Wichtigste in der Welt ...«

»Und Ionides war der Mann, mit dem Sie am engsten zusammenarbeiteten«, vermutete Tweed.

»Ich schrieb den Text für die Flugblätter auf Englisch. Ionides übersetzte sie in einwandfreies Griechisch. Das konnte ich damals noch nicht. Aber ich habe ihn nicht sonderlich gut gekannt. Wir arbeiteten über Sekretäre miteinander. Habe kaum jemals ein Wort mit ihm gewechselt. Ein sehr schweigsamer Mann, dieser Herr Ionides.«

»Wer hat ihn Ihrer Ansicht nach so brutal ermordet? Und warum?«

»Keine Ahnung. Mein Quartier lag in einem anderen Stadtteil von Kairo. An dem Abend, an dem es passierte, war ich nicht im Gebäude.«

»So ist es.« Tweed schaute hinaus auf die Betonmauer hinter dem Fenster, dann wechselte er ganz plötzlich das Thema. »Wo wohnen Sie, Professor?«

»Sie machen aber große Sprünge ...«

»Bitte beantworten Sie meine Frage.«

»Ich habe einen Bungalow in einer neuen Anlage in der Nähe von Simonsbath gekauft. Ziemlich exklusiv ...«

»Sie arbeiten hier in Bristol und wohnen im Exmoor?« Tweeds Stimme drückte Ungläubigkeit aus. »Warum?«

Seton-Charles seufzte, als wäre er mit seiner Geduld bald am Ende. Er sprach, als legte er einem Kind einen simplen Sachverhalt dar. »Auf der Schnellstraße fahren täglich eine Menge Leute zwischen einem Haus im Exmoor und Bristol hin und her. Geschäftsleute ebenso wie Professoren von der Universität, so seltsam das auch anmuten mag. Ich gehe

gern spazieren. Ich liebe das offene Land, das Moor. Möchten Sie eine Liste von Leuten, die ganz genau so leben wie ich? Ihre Assistentin könnte ihre Namen notieren, damit Ihr Bericht etwas umfangreicher wird.«
»Das wäre vielleicht nützlich«, pflichtete Tweed ihm liebenswürdig bei. »Und dazu die Berufe sämtlicher Leute, die in der Bungalowanlage wohnen.«
Seton-Charles' Gesicht wurde plötzlich ausdruckslos. Etwas wie Bösartigkeit blitzte hinter seinen Brillengläsern auf, verschwand dann wieder. Tweed war überrascht; deshalb schwieg er und zwang damit den anderen Mann zu einer Reaktion.
»Ich kenne die Leute in den anderen Bungalows nicht«, fauchte der Professor. »Habe keinen Kontakt mit ihnen. Ich nehme die Arbeiten meiner Studenten mit nach Hause und arbeite sie durch. In meiner freien Zeit wandere ich im Moor herum, wie ich bereits sagte. Ich meinte die Bourgeoisie, die in Luxusbehausungen in der Nähe von Taunton lebt.«
»Der Bungalow, in dem Sie wohnen, muß eine schöne Stange Geld gekostet haben«, bemerkte Tweed im Plauderton.
»Ich habe eine riesige Hypothek aufgenommen, falls Sie das irgend etwas angeht. Der Colonel war sehr hilfreich.«
»Der Colonel?«
Tweed hütete sich, einen Blick auf Paula zu werfen. Er spürte, daß sie erstarrt war; ihr Stift schien in der Luft zu hängen. Es dauerte nur einige Sekunden, dann entspannte sie sich wieder. Tweed wartete abermals ab. Seton-Charles beantwortete seine Fragen etwas langsamer.
»Colonel Winterton. Ihm gehörte das Land, auf dem die Bungalows gebaut wurden – er ließ ein paar alte Scheunen abreißen und bekam daraufhin die Baugenehmigung. Mit der Auflage, daß die Häuser nur eingeschossig sein durften.«
»Wo kann ich diesen Winterton finden?«
»Keine Ahnung. Ich bin ihm nie begegnet. Ich hatte nur mit seinen Angestellten in einem Büro in Taunton zu tun. Es war ein Komplettangebot – wo es erforderlich war, vermittelte er auch die Hypotheken. Er sah sich die Leute, denen er die Bungalows verkaufte, sehr genau an. Man mußte nachweisen, daß man bestimmten Anforderungen genügte.«
»Wie?«
»Von den anderen weiß ich nichts. Als er hörte, daß ich Professor an der Universität Bristol war, akzeptierte er mich. Ich vermute, die anderen sind Börsenmakler, Anwälte – Leute mit irgendwelchen langweiligen

Berufen. Sie fahren früher als ich zur Arbeit. Ich komme erst heim, wenn sie schon zurück sind. Wir haben keinen Kontakt miteinander.«

»Könnten Sie mir die Adresse von Wintertons Büro in Taunton geben?«

»Die können Sie gern haben. Aber das Büro existiert nicht mehr.«

»Was meinen Sie damit? Hören Sie auf, die Rolle des weltfremden Intellektuellen zu spielen.«

»Sie wissen auch nicht alles ...« Seton-Charles hielt einen Moment inne. Paula hätte schwören können, daß er sich wandelte wie ein Chamäleon, seine Fassung wiedergewann, sich dann abermals wandelte. In seinen Augen lag wieder etwas von dem kalten Glitzern. »Nachdem er alle Bungalows verkauft hatte, machte er sein Büro zu, und die ganze Firma löste sich in Luft auf.«

»Löste sich in Luft auf?« Tweeds Ton war scharf. »Erklären Sie das.«

»Die Angestellten waren nicht in Taunton zu Hause. Sie verschwanden. Es hieß, Winterton hätte seinen Profit eingesackt und wäre damit ins Ausland gegangen.«

»Die ganze Firma kann sich nicht in Luft aufgelöst haben«, widersprach Tweed. »An wen zahlen Sie Zinsen und Tilgung Ihrer Hypothek?«

»Oh, wir haben festgestellt, daß dafür die Pitlochry Insurance Company zuständig war. Winterton hatte lediglich als Vermittler fungiert, seine Kommission eingestrichen. Das war's. Ende der Fährte.«

Lag da ein befriedigter Ton in Seton-Charles' Stimme? Paula war sich nicht ganz sicher. Er saß an seinem Tisch, hatte die gepflegten Hände ineinander verschränkt. Wie ein Mann, der die Vorstellung genoß, alle Schlupflöcher verstopft zu haben.

»Sie sind häufig in Griechenland«, sagte Tweed plötzlich.

»Ich fliege hin und wieder nach Athen.« Er runzelte die Stirn, als hätte er nicht mit diesem Vorstoß gerechnet. »Ich habe Verbindungen zur dortigen Universität. Halte Seminare ab ...«

»Wann waren Sie zum letzten Mal dort?«

»Vor ein paar Wochen. Ich dachte, wir hätten angefangen mit dem Mord an Ionides vor mehr als vierzig Jahren.«

»Das haben wir getan.« Tweed erhob sich. »Womit wir an einem geeigneten Punkt angelangt wären, das erste Verhör zu beenden.«

»Das *erste* Verhör?«

»Genau das sagte ich«, erwiderte Tweed und verließ das Zimmer.

Sie warteten in dem von Newman ausgeliehenen Mercedes auf dem Parkplatz. Tweed saß hinter dem Lenkrad, Paula auf dem Beifahrersitz.

Niemand war in der Nähe; beiderseits von ihnen standen leere Wagen.
»Was halten Sie von ihm?« fragte Paula. »Und warum haben Sie ihn beleidigt, indem Sie ihm den weltfremden Intellektuellen an den Kopf warfen? Das ist doch sonst nicht Ihr Stil.«
»Um ihn nervös zu machen. Ich glaube, es hat funktioniert. *Sie wissen auch nicht alles.* So weit ist er gekommen, dann hat er unterdrückt, was er noch sagen wollte. Irgend etwas ist merkwürdig an dieser neuen Bungalowsiedlung in der Nähe von Kearns' Haus. Und Pete Nield, der oft den Nagel auf den Kopf trifft, hat gesagt, im Exmoor hätte er außer dieser Siedlung nichts gesehen, was eine glatte Million wert sein könnte. Etwas in der Art.«
»Wo ist Pete? Er ist uns wie verabredet vom Park Crescent aus in Ihrem Cortina gefolgt. Seither habe ich ihn nicht mehr gesehen.«
»Er parkt ein Stück die Straße hinunter. Auch wie verabredet. Ich möchte sehen, ob Seton-Charles den Köder schluckt.«
»Das verstehe ich nicht.« Sie lächelte ein wenig wehmütig. »Geschieht mir recht – warum arbeite ich auch für Sie? Aber ich begreife immer noch nicht, was an der Bungalowsiedlung merkwürdig sein soll.«
»Vielleicht nichts – aber Seton-Charles ist ein erfahrener Dozent und gewohnt, die Art von Fragen, die ich ihm stellte, zu parieren. Er beantwortete sie ziemlich knapp, doch dann ließ er sich herbei, ziemlich ausführlich über die Siedlung zu reden. Ich glaube, meine Frage nach seinem Wohnort hat ihm nicht gefallen. Und wen haben wir hier?«
»Professor Seton-Charles – und er hat es verdammt eilig.«
In einiger Entfernung suchte sich der Professor seinen Weg zwischen den geparkten Autos hindurch. Er hatte eine Aktentasche bei sich, und sein Haar flatterte im Wind. Für einen Mann in den Sechzigern bewegte er sich erstaunlich behende.
»Vielleicht hat es funktioniert«, bemerkte Tweed. »Druck. Jeder erinnert sich an die letzten Worte, die jemand gesprochen hat. Ich erklärte, dies wäre das erste Verhör, deutete damit an, daß ich wiederkommen würde. Noch etwas war seltsam an unserem Gespräch. Als ich zwei erst kürzlich begangene Morde erwähnte, machte er nur eine kurze Bemerkung. Es kommt so oft vor, daß man das *Fehlen* von etwas übersieht.«
»Nun, mir ist es nicht aufgefallen, aber ich machte Notizen. Wollen Sie schon wieder den Geheimnisvollen spielen?«
»Das Fehlen jeder späteren Bemerkung des Professors. Man sollte meinen, daß fast jeder Mensch darauf zurückkommt – nachfragt, wovon die Rede war, wer ermordet worden ist. Er hat es nicht getan ...«

»Er steigt in einen Volvo Kombi. Fahren wir hinterher?«
»Nein, das wäre zu auffällig...«
»Er ist Professor. Wenn er fährt, ist er mit seinen Gedanken bestimmt ganz woanders.«
»Seton-Charles«, erklärte Tweed, »hat einen Verstand wie eine Stahlfalle. Vielleicht hat er mit der Sache, der wir nachgehen, nichts zu tun, aber er muß überprüft werden. Sehr sorgfältig...«
Tweed wartete, bis der Volvo sich der Ausfahrt näherte, dann drehte er den Zündschlüssel. Er fuhr langsam vom Parkstreifen herunter und auf die Parkplatzstraße, während Seton-Charles mit Höchstgeschwindigkeit auf die Ausfahrt zuschoß. »Der hat's aber eilig«, bemerkte Paula. Tweed erreichte die Ausfahrt, nur wenige Sekunden nachdem der Volvo links abgebogen war. Tweed hielt den Mercedes an der Ausfahrt an und ließ seine Scheinwerfer aufleuchten. Sekunden später fuhr Nield an ihnen vorüber und folgte in Tweeds Cortina dem Volvo.
»Bestens«, erklärte Tweed befriedigt.
»Sie hatten mit Pete abgemacht, daß er draußen parkt?«
»Ja. Ich dachte mir, daß es uns vielleicht gelingen könnte, Seton-Charles so unter Druck zu setzen, daß er sofort losfährt. Pete wird feststellen, wo er hinfährt, mit wem er sich trifft, und mir Bericht erstatten.« Er warf einen Blick auf die Uhr. »Jetzt ist es drei – am frühen Abend können wir wieder am Park Crescent sein. Wir fahren nach London hinein, wenn die Pendler herausströmen.«
»Druck an allen Ecken und Enden«, bemerkte Paula, als sie den Parkplatz verließen. »Butler und Nield sorgen dafür, daß ihre Anwesenheit von den drei Männern des einstigen Kommandotrupps bemerkt wird. Nachdem Nield der Spur von Seton-Charles gefolgt ist. Meinen Sie, daß wir irgendwie weiterkommen?«
»Das wird sich zeigen. Ich warte darauf, daß sich jemand eine Blöße gibt. Hier oder in Griechenland.«

Monica blickte auf, als sie Tweeds Büro betraten. »Nield hat vor zehn Minuten angerufen...« Das Telefon begann zu läuten. »Vielleicht ist er das.« Ein kurzer Wortwechsel, dann deutete sie mit einem Nicken auf Tweeds Telefon.
»Bin eben hereingekommen, Pete«, sagte Tweed. »Irgendwelche Neuigkeiten?«
»Zielperson fährt geradewegs heim ins Exmoor, führt ein Telefongespräch von einer öffentlichen Zelle in der Nähe von Simonsbath. Was merkwürdig ist.«
»Warum?«

»Er hat natürlich Telefon in seinem Bungalow. Die Leitungen dort sind oberirdisch verlegt. Ein Drei-Minuten-Gespräch – und er achtet auf die Zeit.«
»Und dann?«
»Fährt er zu der Siedlung und in seine Garage. Er hat eines dieser elektronischen Geräte, mit denen man sie vom Wagen aus öffnen kann. Und mir ist noch etwas Merkwürdiges aufgefallen. Auf dem Dach seines Bungalows sitzt die tollste Antennenanlage, die ich je gesehen habe – einschließlich einer Satelliten-Schüssel. Ein ganzer Wust von technischem Gerät. Themenwechsel. In den Wirtshäusern ist die Rede davon, daß ein Hund, der im Exmoor herumstromerte, mit Partridges Brieftasche im Maul zurückgekommen ist. Hundert Pfund, alles Zehner, unangetastet. Fortlaufende Nummern. Das war's.«
»Gute Arbeit. Fahren Sie zu Butler nach Dunster. Starten Sie eine Belästigungskampagne gegen alle drei Männer. Setzen Sie sie unter Druck – aber aus einiger Entfernung. Und nicht ohne Rückendeckung.«
»Wird gemacht. Bis später, Chef.«
Tweed legte den Hörer auf, erhob sich und begann, im Zimmer hin und her zu gehen; dabei rieb er sich befriedigt die Hände.
»Die Dinge kommen in Bewegung. Es hat funktioniert, Paula. Seton-Charles hat irgend jemanden von einer öffentlichen Telefonzelle aus angerufen. Über das Verhör durch mich Bericht erstattet. Wir sind auf der richtigen Fährte.«
»Endlich«, sagte Monica.
»Und ich möchte, daß Sie Inspektor Farthing von der Polizei in Dunster anrufen«, sagte er zu ihr. »Partridges Brieftasche ist gefunden worden. Ich möchte eine Liste von allen Dingen, die sich darin befinden. Vielleicht hat jemand den verhängnisvollen Fehler gemacht, auf den ich gewartet habe.«

Auf dem Gipfel des Berges, auf dem er mit seinem Funkgerät arbeitete, hatte Florakis-Sawinkow gerade die neueste Codebotschaft nach England übermittelt. Das Tempo wurde schneller. Bislang hatte er Anweisung gehabt, Nachrichten aus Athen einmal wöchentlich zu empfangen. Jetzt kamen sie zweimal wöchentlich. Der Funkverkehr nahm zu.
Er wollte sich gerade abmelden, als er zu seiner Verblüffung einen Befehl in unverschlüsseltem Englisch erhielt. Er notierte die Botschaft. *Rufsignal ab sofort geändert in Colonel Winter.*

In Hemdsärmeln fuhr Newman die vielfach gewundene Küstenstraße entlang, auf der sonst kein Verkehr herrschte. Es war die Zeit der Abenddämmerung, die unerträglichste des ganzen Tages, in der die Erde ihre Wärme abstrahlte und die Atmosphäre feucht und erstickend war. Neben ihm saß Nick mit besorgter Miene; er schaute hinaus auf das Mittelmeer, das sich völlig glatt und indigoblau der Masse eines riesigen, aus dem Wasser aufsteigenden Felsens entgegenstreckte.
In der Ferne zeichnete sich ein wie ein Spielzeug aussehender Tempel auf dem Gipfel einer Klippe vor dem purpurfarbenen Himmel ab – die schlanken Säulen des Poseidontempels, in dessen Nähe Harry Masterson gestorben war. Auf dem Rücksitz des Wagens zog Christina ihre in Bergstiefeln steckende Hose hoch. Sie war schweißgebadet. Es war ein fast unerträglich heißer Tag gewesen, und ihre Nerven waren beim Gedanken an das, was sie vorhatten, zum Zerreißen gespannt.
»Sagen Sie mir, wenn wir anhalten müssen«, rief Newman über die Schulter. »Es kann nicht mehr weit sein.«
»Noch um die nächsten beiden Kurven. Der Bau, an dem wir gerade vorbeifahren, steht auf Land, das einem Farmer mit Namen Florakis gehörte. Er hat es an einen Bauunternehmer verkauft.«
Newman warf einen Blick auf das ruinenähnliche Gebilde auf der dem Land zugewandten Seite. In der Dämmerung sah es aus, als wäre dem Unternehmer das Geld ausgegangen und er hätte sein Vorhaben aufgegeben.
»Was ist das?« fragte er.
»Der Beginn einer neuen Hotelanlage«, erwiderte Nick. »Die ganze Küste wird mit neuen Touristenunterkünften verschandelt.«
Der Bau wirkte seltsam gespenstisch. Er bestand bisher nur aus einem zwei Stockwerke hohen Stahlskelett für mehrere Gebäude, durch das er auf die dahinter liegende Hügelflanke hindurchblicken konnte.
»Mir ist einfach nicht wohl bei dem Gedanken, daß Sie mit Christina ins Teufelstal wollen«, erklärte Nick noch einmal. »Petros läßt bei Tag und bei Nacht bewaffnete Hirten dort patrouillieren. Sie sind alle mit Gewehren ausgerüstet. Touristen, Amateur-Bergsteiger, die dort hineingingen, sind nicht wieder herausgekommen. Sie hatten ›Unfälle‹. Sie sind über Klippen abgestürzt und Gott weiß was noch. Ich muß Sie warnen ...«
»Danke, Nick. Sie haben mich gewarnt. Sie haben getan, was Sie konnten.«
»Dann bleiben Sie wenigstens der alten Silbermine fern. Bitte.«

»Natürlich. Das hatte ich ohnehin vor.«
Christina biß sich auf die Knöchel, um einen Widerspruch zu unterdrücken. Newmans Besuch im Teufelstal hatte ausschließlich den Zweck, die Silbermine ausfindig zu machen. Er hatte seinen Plan sowohl vor Nick als auch vor Marler geheimgehalten. Zuerst hatte sie seine Bitte, ihm den Weg ins Teufelstal zu zeigen, abgelehnt. Aber er hatte die Karte, auf der sie bei ihrem Abendessen im Hilton zwei Wochen zuvor die Position der Mine eingezeichnet hatte.

»Halten Sie hinter der nächsten Kurve an«, rief sie jetzt. »Sie können auf dem ebenen Gelände neben der Straße parken. Das gehört zwar zu Florakis' Farm, aber Farmer gehen zeitig ins Bett, weil sie schon bei Tagesanbruch aufstehen müssen.«
Newman bog von der Straße ab, beschrieb einen weiten Halbkreis und brachte den Wagen in der Richtung zum Stehen, aus der sie gekommen waren. Dann schaltete er den Motor aus. Eine bedrückende Stille senkte sich über die nahe der Straße aufragenden Berge. Das Fehlen aller Geräusche ließ Christina auf dem Rücksitz zittern. Der Mond ging auf, warf ein blasses Licht über die trockenen Bergflanken, die endlose See.
»Nick«, sagte Newman, »ich glaube, der Wagen würde weniger auffallen, wenn Sie zu dieser Baustelle zurückführen.« Er warf einen Blick auf Christina, die ausgestiegen und neben ihn getreten war. »Ich nehme an, daß wir den Rückweg dorthin unschwer finden werden, zumal der Mond scheint.«
»Ja, es ist eine gute Landmarke.«
»Und an welcher Stelle genau liegt der Eingang zum Teufelstal?«
»Wir müssen geradewegs durch diese Schlucht hindurch. Sie führt zwar durch Florakis' Land, aber nur ein kurzes Stück. Ich kann es Ihnen auf der Karte zeigen.«
Newman schlüpfte in sein Sportjackett, zog eine Stablampe aus der Brusttasche, schirmte sie mit der Hand ab und schlug die Karte auf. Christina deutete auf die Route durch die Schlucht, zeigte ihm, wo sie auf den Eingang zum Teufelstal stieß. Newman hielt seine Hand so, daß Nick das Kreuz nicht sehen konnte, mit dem die Silbermine markiert war.
»Wir sollten uns auf den Weg machen«, sagte er und stellte mit einem Blick auf die Uhr fest, daß es schon nach zehn war. Er öffnete das Handschuhfach, holte Nicks Revolver heraus, schob ihn in sein Hüftholster, steckte Reservemunition ein.
»Sie werden nicht einschlafen?« fragte er Nick. »Wir werden eine ganze Weile fort sein.«

»Keine Sorge. Ich kann die ganze Nacht wach bleiben. Und ich fahre zu dem Hotelbau zurück und warte dort auf Sie.«
»Dann bis später. Das Gewehr liegt vor dem Rücksitz – für alle Fälle.«
»Ich werde es in der Hand halten, bis Sie wieder da sind«, versprach Nick.

Nick parkte im Schatten des Stahlskeletts. Er war sehr vorsichtig und schirmte die Zigarette, die er rauchte, mit den Händen ab. Nur fünf Minuten, nachdem er eingetroffen war, bemerkte er die Scheinwerfer eines aus Athen kommenden Wagens. Er drückte die Zigarette aus. Es war seit mehr als einer Stunde das erste Fahrzeug, das er zu Gesicht bekam.
Der Wagen verlangsamte. Seine Scheinwerfer schwenkten über den Bauplatz, dann über seinen Mercedes. Er öffnete die Tür, faßte das Gewehr fester, schob den Lauf durch den Türspalt. Der Wagen hielt an.
Er setzte zurück, langsam, ganz langsam. Zum zweiten Mal stand der Mercedes im Licht seiner Scheinwerfer, diesmal länger. Nick saß ganz still da, hob den Lauf ein wenig höher, entsicherte das Gewehr. Der Wagen hatte angehalten. Die Scheinwerfer brannten nach wie vor, warfen ihr Licht an seinem Wagen vorbei auf den Bauplatz, der in ihrem Gleißen fast surrealistisch wirkte.
Nick hatte ein sehr scharfes Gehör. Er lauschte in die bedrückende Stille hinein – nach dem Aufgehen einer Autotür, dem Geräusch von Schritten auf dem mit lockeren Steinen übersäten Gelände. Nichts. Die Stille wurde noch bedrückender. Schweißtropfen rannen ihm über den Nakken. Er saß so reglos da wie eine Statue. Der Fahrer konnte doch kein Geist sein ...
»Hallo, Nick. Ich hätte Sie ohne weiteres erschießen können.«
Marlers Stimme, die durch das offene Fenster der Beifahrertür drang. Wie in aller Welt konnte sich ein Mensch so lautlos bewegen?

»Also los, Nick, wo sind sie hin? Newman und Christina? Ich bin euch von Athen her gefolgt, also wo sind sie? Wollen sie das Teufelstal erkunden?«
Nick griff nach der Flasche mit Mineralwasser, nahm einen großen Schluck. Marlers Auftauchen hatte ihm einen Schock versetzt. Und er konnte sich nicht entscheiden, ob er ihm die Wahrheit sagen sollte. Marler schien seine Gedanken lesen zu können. Er stützte einen Ellenbogen auf den Rahmen des offenen Fensters.
»Loyalität ist eine Tugend. Besonders für einen Griechen. Ich weiß das.

Ich weiß auch, daß Sie nicht wollen, daß Newman etwas passiert. Der letzte Mann, der sich mit Christina angefreundet hatte, landete am Fuß einer Klippe. Sie ist durch und durch eine Gavalas. Also sagen Sie es mir – Newman braucht Rückendeckung. Unbedingt. Es handelt sich um das Teufelstal.«

»Christina führt ihn zum Eingang zum Tal. Er will die alte Silbermine finden. Ich weiß es. Er hat zwar behauptet, er wollte es nicht, aber ich bin sicher, daß er das vorhat. Sie sind hinter der übernächsten Straßenbiegung eine Schlucht hinaufgestiegen.«

»Zeigen Sie mir die Stelle. Und zeichnen Sie die Silbermine ein.«

Marler ließ seine Karte der Gegend im großen Maßstab auf Nicks Schoß fallen. »Ich weiß nicht genau, wo die Mine liegt ...« protestierte Nick.

»Tun Sie es, so gut Sie können. Beeilen Sie sich. Ich fahre meinen Wagen neben Ihren. Bin in einer Minute wieder da ...«

Er parkte sein Fahrzeug dicht neben dem von Nick, schaltete die Scheinwerfer aus und ging zum Kofferraum. Dann erschien er wieder an Nicks Fahrzeug, und der Grieche war fassungslos. Marler trug Bergstiefel; über einer Schulter hing ein langes, in Schlingen gelegtes Seil, über der anderen ein Armalite-Gewehr.

»Sie sind ja bestens ausgerüstet«, sagte Nick.

»Ich sah, wie Newman und Christina Stiefel kauften. Den Rest habe ich erraten. Im Raten bin ich gut. Haben Sie die Stelle eingezeichnet?«

Er studierte die Karte, die Nick im Licht der Innenbeleuchtung markiert hatte. Er nickte, nahm die Karte, faltete sie wieder zusammen, schob sie in seine Tasche.

»Ich mache mich auf den Weg. Bis später ...«

»Es könnte gefährlich sein ...«

»Richtig. Für jeden, der mir dort oben über den Weg läuft.«

Newman stieg die Schlucht hinauf, gefolgt von Christina, die sich dicht hinter ihm hielt. Das Mondlicht war eine Hilfe. Er achtete sehr genau darauf, wo er hintrat, denn die Schlucht war mit losen Felsbrocken übersät, und Geräusche waren in der Nacht weithin zu hören. Es erleichterte ihn, daß auch Christina hinter ihm kein Geräusch machte. Und deshalb hörte er das leise Rumpeln abrutschender Steine.

Er blieb stehen, drehte sich um, ergriff Christinas Arm, legte einen Finger auf die Lippen. Anders als manche Frauen stellte sie keine Fragen, sondern hob nur eine ihrer dichten Brauen. Er hockte sich hinter einen Felsbrocken und drückte sie nieder; ihre Schultern berührten sich.

»Da ist jemand auf dem Berg«, flüsterte er.
»Ich habe nichts gehört – und ich habe ein feines Gehör ...«
Wieder rumpelnde Steine. Einer fiel über die Flanke der Schlucht und traf Newmans rechten Stiefel. Christina nickte. Newman hatte recht. Jemand näherte sich, und er war gar nicht weit von ihnen entfernt.
Sie hockten hinter dem großen Felsbrocken an einer Stelle, an der die Schlucht eine scharfe Biegung nach rechts machte. Gott sei Dank konnte derjenige, der dort oben herumschlich, nicht in die Schlucht hinabsteigen, dachte Newman, denn der Stein, der herabgestürzt war, bedeutete, daß er sich ein ganzes Stück weiter oben befand. Konnte er die Schlucht einsehen? Newman zog den Revolver aus dem Holster, und Christina ergriff seinen anderen Arm. Er blickte hinauf und erstarrte. Er wagte kaum zu atmen und hielt seinen ganzen Körper gespannt, damit sich nicht einmal ein kleines Steinchen lösen konnte.
Auf dem Bergkamm über ihnen bewegte sich die Silhouette eines Mannes. Im Licht des Mondes konnte Newman deutlich das knochige Profil erkennen, die große Nase, die eingesunkenen Wangen unter vorstehenden Wangenknochen, die Rundung des Mundes. Über einer Schulter hing ein Gewehr. In der anderen Hand trug er etwas – etwas Schweres. Newman runzelte die Stirn; er spürte, wie sich sein rechtes Bein zu verkrampfen begann, und biß die Zähne zusammen.
Christina hockte neben ihm und rührte sich gleichfalls nicht. Newmans Blick war auf den schweren Beutel gerichtet, den der Mann trug, der den Berg hinaufstieg – die Art, auf die der Mann sich zur Seite neigte, ließ erkennen, daß er schwer war. Aber es war kein Beutel. Es war rechteckig, sah aus wie ein Metallkasten. Newman war sicher, daß es sich um ein Funkgerät handelte – und die Größe bedeutete, daß man damit über weite Entfernungen senden konnte. Die Silhouette verschwand hinter dem Bergkamm.
»Das war Florakis«, flüsterte Christina. »Jemand hat ihn mir einmal in der Plaka gezeigt.«
»Sind Sie sicher? Bei diesem Licht ...«
»Ganz sicher. Ich konnte sein Profil deutlich erkennen. Und er befindet sich auf seinem eigenen Grund und Boden. Was in aller Welt kann er um diese Zeit hier vorhaben?«
»Keine Ahnung«, log Newman. »Machen wir uns wieder auf den Weg. Wie weit ist es noch bis zum Teufelstal?«
»Wir sind fast da. Noch ungefähr dreißig Meter weiter die Schlucht hinauf, dann überqueren wir den Paß. Danach geht es bergab ...«
Sie stiegen im Schatten der Schlucht weiter bergauf, dann wurde das Gelände flach. Vor ihnen lag ein Pfad, der in ein trockenes Tal zwischen

steilen, stellenweise mit Gestrüpp bewachsenen Abhängen hineinführte. Auf der einen Seite war der Kamm etwas niedriger. Christina deutete auf ihn. Newman folgte der Linie ihres ausgestreckten Arms und sah auf dem Kamm ein seltsames Gebilde, das aussah wie ein großer Schuppen ohne Wände. Der Raum zwischen den Stützen an allen vier Ecken war offen, und dahinter war der mondhelle Himmel zu sehen.
»Die alte Silbermine«, sagte Christina. »Von dem Steinhaufen dort unten führt ein Pfad direkt zu ihr hinauf. Er wurde früher von den Maultieren benutzt, die das Erz von der Mine herunterbrachten.«
»Sie kennen den Rückweg?« fragte Newman beiläufig.
»Ich kenne jeden Quadratzentimeter dieser Gegend. Als Kind bin ich hier immer herumgestromert. Ich bin diese Schlucht oft hinuntergeklettert, damit ich die Straße überqueren und im Meer schwimmen konnte.«
»Tut mir leid. Aber es ist nur zu Ihrem Besten...« Newman schwang herum und versetzte ihr einen Kinnhaken. Er fing sie auf, als sie zusammensackte, und ließ sie behutsam so auf die Erde sinken, daß ihr Kopf auf einem weichen Grasbüschel ruhte. Er überprüfte ihren Puls, stellte fest, daß er regelmäßig war. Er zog einen Zettel aus der Tasche, den er vorbereitet hatte, und steckte ihn in ihren Hosenbund. Dann begann er den Abstieg, um den Pfad zu erreichen, der zur Silbermine hinaufführte.

»Da kommt jemand den Pfad herauf«, sagte Dimitrios und entsicherte sein Gewehr.
»Das bildest du dir nur ein«, widersprach Konstantin. »Du siehst überall Gespenster. Wegen dem, was in der Mine ist...«
»Jemand steigt den Pfad herauf«, beharrte Dimitrios. »Ich sage dir, ich habe gesehen, wie sich etwas bewegte.«
»Ach, wirklich?« höhnte Konstantin. »Er hat gesehen, wie sich etwas bewegte – eine Ziege vielleicht?«
Wie er es regelmäßig tat, hatte Petros sie ausgeschickt – eine weitere Methode, sie zu Disziplin zu erziehen, sie unter seinem dicken Daumen zu halten. Und der Befehl, die ganze Nacht im Freien Wache zu halten, machte sie nur zäher. Petros hatte Dutzende von Gründen, sie seine Autorität spüren zu lassen.
»Heute nacht geht ihr hinauf und bewacht die Mine«, hatte er befohlen. »Eines Tages wird ein Eindringling auftauchen. Zu viele Leute haben ihre Nasen in mein Tal gesteckt. Und immer diese verfluchten Engländer. Erst dieser Partridge – und er ist euch entwischt. Dann kam Masterson. Und jetzt sind noch mehr gekommen. Dieser Newman, dieser

Marler. Warum plötzlich so viele? Bin ich der einzige, der riecht, daß Gefahr droht? Heute nacht haltet ihr Wache . . .«

Und so waren sie auf den Bergkamm hinaufgestiegen, nicht weit von der Stelle entfernt, an der die Mine wie ein häßliches, augenloses Denkmal aufragte. Über den Rand des Kammes hinwegblickend, konnte Konstantin Teile des Pfades einsehen; er führte bis zu einem Punkt, der nur ein paar hundert Meter von der Stelle entfernt war, an der sie warteten.

Einige Abschnitte des Pfades wurden vom Mond beleuchtet, andere lagen im tiefen Schatten überhängenden Gesteins. Er konnte nichts entdecken. Aus der Tasche seiner zerlumpten Jacke zog er eine Flasche Ouzo. Er streckte sie Dimitrios entgegen und verhöhnte seinen Bruder.

»Trink einen Schluck. Das beruhigt die Nerven eines alten Weibes . . .«

»Wenn du noch einmal so mit mir redest, drehe ich dir deinen schmutzigen Hals um. Wie einem Huhn.«

Aber Dimitrios nahm die Flasche, zog den Korken heraus und setzte sie an den Mund. Die Flüssigkeit gurgelte seine Kehle hinunter. Das tat gut. Er verkorkte die Flasche wieder. Plötzlich versteifte sich Konstantin.

»Was ist, Schwachkopf?«

»Dort unten ist jemand – ein Mann kommt den Pfad herauf. Ein kräftiger Mann, dem schwieriges Gelände nichts ausmacht.«

»Wo?«

Dimitrios blickte über den Rand, sah nichts – nur den gewundenen Pfad, der abwechselnd im Licht des Mondes und in tiefem Schatten dalag. Er lehnte sich noch etwas weiter vor. Sein Mund war zu einem dünnen Schlitz zusammengepreßt. Er steckte die Flasche in seine eigene Tasche, stützte sich mit beiden Händen auf den Felsen und starrte unverwandt hinunter.

»Jetzt siehst du Gespenster.« Er warf einen Blick auf seinen Bruder. »Was machst du da?«

Konstantin, der stillere und gelassenere der beiden Brüder, überprüfte seine Schrotflinte. Dann sah er Dimitrios an.

»In zehn Minuten wird er am oberen Ende des Pfades auftauchen. Dorthin gehen wir jetzt und legen uns in den Hinterhalt.«

»Und dann werfen wir seine Leiche in den Schacht . . .«

Marler hatte von dem Hotelbau aus, an dem Nick bei den geparkten Wagen wartete, eine Abkürzung genommen. Er war in einem Kamin an der fast senkrecht aufragenden Felswand hinaufgeklettert. Auf der Karte hatte er gesehen, daß er auf diese Weise den Paß wesentlich schneller erreichen konnte als auf der Route, die Newman und Christina eingeschlagen hatten.

Jetzt zog er sich auf den Kamm hinauf, und der Paß lag zehn Meter unter ihm. Er stieg schnell hinunter, erreichte den Eingang zum Paß, blieb dann stehen und lauschte mit zur Seite geneigtem Kopf. Da kam jemand. Er hörte die verstohlene Bewegung von Füßen, die über Geröll tappten. Neben dem Pfad ragte eine dicke, nadelförmige Felssäule auf. Er glitt dahinter.

Christina schäumte vor Wut. Ihr Kinn tat weh, aber das hatte nichts zu besagen. Als sie wieder zu Bewußtsein gekommen war, hatte sie den Zettel in ihrem Hosenbund gefunden. Die Botschaft war klar – bis zu einem gewissen Punkt. *Christina, dieser Ausflug ist zu gefährlich, als daß ich Sie weiter mitnehmen könnte. Entschuldigen Sie den Schlag aufs Kinn. Kehren Sie zu Nick zurück. Ich komme später nach. Bob.*

Dieser Idiot. Sie hätte ihm bei der Suche nach der Mine helfen, ihm zeigen können, wo er vom Pfad abbiegen mußte, um sie schneller zu erreichen. Sie kannte die Gegend, er nicht. Und mit ihren scharfen Augen hätte sie möglicherweise auf der Lauer liegende Hirten entdeckt ...

Der Arm legte sich um ihren Hals, hob ihre Füße vom Boden. Sie benutzte ihre Ellenbogen, um sie ihrem Angreifer ins Zwerchfell zu rammen, ihre Füße, um ihm gegen die Schienbeine zu treten. Sie wand sich wie eine Schlange, und der Druck auf ihre Kehle nahm zu. Die Stimme flüsterte ihr ins Ohr.

»Will dich nicht erwürgen. Laß locker. Ich laß dich jetzt los. Aber sei leise. Es könnte jemand in der Nähe sein. Fertig?«

Marlers Stimme. Sie hörte auf, sich zu wehren. Er gab sie frei. Sie fuhr herum. Seine Miene war ausdruckslos. Ihre Hand flog mit der Schnelligkeit einer zustoßenden Schlange hoch und versetzte ihm einen harten Schlag ins Gesicht. Sein Kopf bewegte sich nicht.

»Ist dir jetzt wohler? Jezabel ...«

»Warum nennst du mich so, du Mistkerl?«

»Weil du gerade Newman in eine Falle gelockt hat – genau, wie du es mit Masterson getan hast ...«

»Du verdammter Idiot!« Sie schwenkte Newmans Zettel. »Lies das. Er hat mir einen Kinnhaken versetzt, mich zurückgelassen, weil er für mich fürchtete ...«

»Fürchtete, daß du ihn verraten würdest ...«

»Lies den verdammten Zettel.«

Er zuckte die Achseln, nahm den Zettel, las ihn, sah sie dann an. »Okay. Sag mir, wo er hinwollte.«
»Zur Silbermine. Dieser Idiot. Ebensogut könnte er Selbstmord begehen.«
»Kaum. Jedenfalls hoffe ich, daß es nicht so ist. Kannst du mir sagen, wo genau diese Mine liegt?«
»Du kannst sie vom Ende des Passes aus sehen. Ich zeige sie dir . . .«
Ihre langen Beine flogen über den Boden. Marler hatte das Gewehr und das Seil geholt, die er hinter der Felsnadel deponiert hatte, und beeilte sich, sie einzuholen. Am Ende des Passes deutete sie abermals auf die Stelle, an der die Silbermine lag. Marler runzelte die Stirn, drehte sich dann zu ihr um. Sie wartete, die Hände auf die Hüften gestützt, mit verächtlicher Miene und funkelnden Augen. Er hob eine Hand, und seine schlanken Finger schlossen sich um ihr Kinn. Sie biß die Zähne zusammen, entschlossen, nicht zu stöhnen. Die Sanftheit, mit der er sie behandelte, war eine Überraschung. Er hob ihr Kinn, um es im Licht des Mondes betrachten zu können.
»Entschuldigung. Ich wollte nur sehen, wie hart er dich geschlagen hat. Nur eine kleine Prellung. Gerade genug, um dich mattzusetzen. Was meinst du – wie lange ist es her, seit er losgezogen ist?«
Sie warf einen Blick auf die Uhr. »Ich habe daraufgeschaut, kurz bevor wir hier ankamen. Ich muß etwa zehn Minuten lang bewußtlos gewesen sein. Höchstens fünfzehn.«
»Dann muß ich mich beeilen. Irgend etwas, was mir weiterhilft?«
Sie wiederholte, was sie Newman gesagt hatte. Sie zeigte auf die Stelle, an der der Pfad zur Mine hinaufführte. Aber diesmal versuchte sie, Marler zu erklären, wo er im oberen Drittel des Pfades abbiegen und damit schneller an eine direkt unterhalb der Mine gelegene Stelle gelangen konnte.
»Kapiert«, sagte Marler. »Tu mir einen Gefallen. Geh zurück zu Nick. Ich glaube, allein komme ich schneller voran. Und ich möchte mir nicht deinetwegen Sorgen machen müssen.«
»Heute nacht scheinen mich alle Männer zu lieben. Worauf wartest du noch, Marler? Beeil dich . . .«

Newman hatte aus dem Augenwinkel heraus die ganz schwache Andeutung einer Bewegung hoch über sich wahrgenommen. Einbildung? Er mußte an den Mann denken, der für ihn nur »der Sergeant« gewesen war. An die Zeit, als er eine Ausbildung beim SAS – dem Special Air Service, der britischen Elite-Einsatztruppe – absolviert hatte, weil er eine Artikelserie über ihn schreiben wollte. Der Sergeant hatte ihn durch das gesamte Programm geschleift. Und er hatte es überlebt. Gerade eben.

Auch wenn Sie nur vermuten, Sie hätte etwas gesehen, etwas gehört, etwas gerochen – gehen Sie immer vom Schlimmsten aus. Sie sind gesehen worden. Der Sergeant, der zäheste Mann, der Newman je begegnet war, der ihn geschliffen hatte, hatte noch etwas anderes gesagt. Versetzen Sie sich in den Gegner hinein. Setzen Sie sich auf seinen Stuhl. Was würden Sie tun, *wenn Sie er wären?* Sie müssen ihm in Gedanken voraus sein ...

Newman bewegte sich aus dem Mondlicht in den Schatten. Er blieb stehen, holte das kleine Nachtglas aus der Tasche, das er in Athen gekauft hatte. Sein Mund war trocken vor Durst und vor Angst. Seine Stiefel und seine Kleidung waren mit Kalksteinstaub bedeckt, der sich beim Aufstieg auf dem Pfad daraufgelegt hatte. Er hängte sich das Glas um den Hals, benutzte die Gelegenheit, sich gegen einen Felsen zu erleichtern. Dann nahm er einen kleinen Schluck aus der Flasche Mineralwasser in seiner Tasche. Nun ...

Er lehnte sich an den Felsen und hob das Fernglas, richtete es auf die Stelle, an der er die Bewegung wahrgenommen zu haben glaubte – auf dem Kamm des Berges, rechts neben dem Pfad. Er ließ das Glas langsam wandern, suchte den ganzen Kamm ab. Dann hielt er inne. Vor dem Nachthimmel zeichnete sich die Silhouette eines Mannes ab, der über eine Felsbrüstung herabschaute. Erwischt. Er hielt das Glas ganz still. Kein Zweifel. Einer der Wache haltenden Hirten. Und er befand sich oberhalb von ihm. Also genau überlegen.

Immer vom Schlimmsten ausgehen. Man hatte ihn entdeckt, gesehen, wie er den Pfad heraufkam. Was würde der Gegner daraufhin tun? An der Stelle auf ihn warten, an der der Pfad oben mündete. Die Lösung? Den Pfad verlassen. Sich nach links halten. So mühsam es auch sein mochte. Diagonal direkt auf die Mine zuhalten. Er steckte das Nachtglas wieder in die Tasche. Begann höher hinauf zu steigen, hielt sich im Schatten. Fast wäre ihm der Engpaß entgangen, der sich links von ihm den Berg hinaufzog.

Er sah reichlich steil aus, aber Felsvorsprünge bildeten eine Art Leiter. Er stieg in den Paß ein, fühlte sich sicher vor beobachtenden Augen. Es war wirklich genau so, als stiege man eine Leiter hinauf. Er setzte seine Stiefel auf einen Vorsprung nach dem anderen, zog sich höher und höher hinauf. Er spürte die Strapaze in den Wadenmuskeln, und die Anstrengung ließ den Schweiß literweise aus ihm herausströmen. Weiter. Er mußte bald oben sein.

Völlig unvermutet befanden sich sein Kopf und seine Schultern außerhalb des Engpasses. Er verhielt sich absolut still. Lauschte. Schnupperte. Nach dem Geruch eines Maultiers. Es war durchaus möglich, daß der Hirte auf einem Tier patrouillierte. Dann drehte er ganz langsam den Kopf. Er war direkt unterhalb des Bergkamms herausgekommen. Bleib darunter. Das war der Fehler, den der Hirte gemacht hatte. Er konnte den gespenstischen Umriß der Mine erkennen. Keine hundert Meter links von ihm.

Niemand sonst zu sehen oder zu hören. Er massierte beide Waden. Einen Krampf konnte er jetzt nicht brauchen. Er zog die Smith & Wesson aus dem Holster, näherte sich geduckt der Mine, achtete genau darauf, wohin er seine Füße setzte. Der Boden bestand aus pulverigem Staub, auf dem man leicht ausrutschen konnte. Die Mine kam näher.

»Der Kerl hat uns hereingelegt.«

Dimitrios stand am oberen Ende einer großen Felsspalte, von der aus er den gesamten Kamm überblicken konnte. Etwas unterhalb von ihm wartete Konstantin mit der Schrotflinte in den Händen. Dimitrios stieg zu ihm hinunter.

»Wie kommst du darauf?« fragte Konstantin.

»Ich habe ihn gesehen. Er hat die Mine fast erreicht. Wir müssen uns beeilen. Er ist vom Pfad abgebogen, auf einem anderen Weg heraufgekommen.«

»Dann los. Wenn er uns entgeht, spielt Petros verrückt.«

»Petros *ist* verrückt. Vielleicht erzählen wir ihm gar nicht, was passiert ist. Dieser Schacht ist sehr tief. Niemand braucht etwas zu erfahren. Solange du dein großes Maul hältst. Ich gehe voraus, du folgst mir. Er kann uns nicht mehr entwischen.«

Newman näherte sich dem gespenstischen Gebilde sehr vorsichtig. Es war durchaus möglich, daß dort ein zweiter Wachtposten auf der Lauer lag. Er widerstand der Versuchung, in den Schacht hineinzublicken, kroch langsam um die Brüstung herum, hielt an allen vier Ecken an. Er erinnerte ihn an die Ruine eines aus rostigem Eisen erbauten antiken Tempels. Er lugte um die letzte Ecke. Nichts.

Kein Förderkorb. Christina hatte gesagt, oben hinge ein Förderkorb. Aber sie war nie hier gewesen. Jemand mußte ihr von einem Korb erzählt und gelogen haben. Er schaute hinunter in einen riesigen eisernen Eimer, der an einer oben aufgewickelten Ketten-Förderhaspel hing. Er schaltete seine Stablampe ein. Ihr Licht fiel auf Reste von Erz. Er hatte den Eindruck, als würde das Licht von Silberadern reflektiert, aber das konnte Einbildung sein.

Newman war verblüfft. Warum wollte Petros unbedingt verhindern, daß sich jemand der Mine näherte? Zwischen dem riesigen Eimer – so groß, daß ein Mann darin hocken konnte – und der Seitenwand des Schachtes war eine breiter Spalt. Er leuchtete in den Schacht hinab. Das Licht drang nur eine kurze Strecke in die grundlose Schwärze ein. Ein modriger Geruch drang ihm in die Nase. Er ließ den Lichtstrahl herumwandern und entdeckte eine massige Kette, die unter dem Eimer lag. Und noch etwas, das er nicht identifizieren konnte ...

Er hörte das Geräusch von Füßen, die über den mit Geröll übersäten Boden eilten. Er blickte durch eine der offenen Wände und sah, wie sich zwei Männer näherten, noch ein paar hundert Meter entfernt. Aus der Richtung des Pfades. Dann waren sie nicht mehr zu sehen – vermutlich in einer Senke verschwunden. Aber die langen Läufe auf ihren Schultern waren ihm nicht entgangen. Männer mit Gewehren. Er sah sich schnell um.

Keine Deckung. Nirgendwo. Der Kamm hinter ihm war offen, so kahl wie der Hang, zu dem er abfiel. Und mit diesen Gewehren hatten sie eine größere Reichweite als er. Eine Handfeuerwaffe war außer auf kurze Entfernung völlig nutzlos. Er wurde ganz kalt, überlegte. Er beugte sich über den Schacht, ergriff den Rand des Eimers, versuchte ihn zu bewegen. Der Eimer war so schwer, daß er ihn nicht einmal um einen Zentimeter verschieben konnte. Er ließ sein Licht auf die Haspelkette fallen, an der er hing. Die Kettenglieder waren gewaltig. Aber schließlich hatte die Kette den Zweck gehabt, das Gewicht von Gott weiß wie vielen Tonnen Erz zu tragen.

Er schlüpfte in die Handschuhe, die er auch beim Erklettern des Engpasses getragen hatte. Ohne sie wären seine Hände jetzt völlig zerschunden – er hatte sich beim Aufstieg an rasiermesserscharfe Felskanten anklammern müssen. Er warf noch einen schnellen Blick in die Richtung, in der er die beiden Männer gesehen hatte. Sie konnten jeden Moment wieder aus der Senke auftauchen. Er ließ sich in den Schacht hinab, klammerte sich an den Rand des Eimers. Er bewegte sich ebensowenig wie der Felsen von Gibraltar. Jetzt kam der riskante Teil.

Von der Dunkelheit des Schachtes umhüllt, hielt er sich mit der linken Hand am Eimerrand fest und tastete mit der rechten nach der vom Boden des Eimers herabhängenden Kette. Er konnte sie gerade eben erreichen. Jeder Muskel in seinem Körper war aufs äußerste angespannt, als er mit aller Kraft an der Kette riß, sie testete. Sie hielt. Er holte tief Luft, ließ den Rand los und fiel. Eine Sekunde, bevor das ganze Gewicht seines Körpers an ihm riß, fand auch seine linke Hand Halt. Jetzt umklammerte er mit beiden Händen die Kette, die noch

mindestens zwei Meter tiefer herunterhing. Das wußte er, weil er beide Füße dazu benutzen konnte, sich festeren Halt zu verschaffen. Sein rechter Fuß ruhte auf einem der gewaltigen Kettenglieder. Sein linker glitt ab, hing im Raum. Er zog ihn hoch, tastete nach einem Halt und fand ihn dicht neben dem anderen Fuß. Dann hing er an der Kette. Der Eimer hatte sich nach wie vor nicht bewegt. Aber etwas Leichtes und zugleich Unnachgiebiges hatte sein Gesicht berührt. Er wußte nicht, was es war, und deshalb ging er noch ein Risiko ein.
Er hielt sich mit der rechten Hand fest und tastete mit der linken nach der Stablampe. Wie ein Ochse schwitzend schaltete er sie ein. Seiner Schätzung nach waren die beiden Männer noch nicht in der Nähe der Mine angekommen. Was er im Licht der Lampe sah, erschreckte ihn dermaßen, daß er fast den Halt verloren hätte.

An einer zweiten Kette unter dem Eimer hing ein mannsgroßes Skelett. Der Schädel war nur ein paar Zentimeter von Newmans Wange entfernt. Ein grinsender Schädel mit einem intakten Auge.
Seine in den Handschuhen steckenden Hände waren plötzlich glitschig vor Schweiß. Er hatte Angst, seine Hände könnten aus den Handschuhen rutschen und er in den Schacht hinabstürzen. Er packte die Kette fester. Das Auge zuckte, und Newman hätte sich fast in die Hose gemacht. Dann sah er, daß in der leeren Augenhöhle ein Insekt saß, ein Tier, das einer Gottesanbeterin ähnelte. Das Licht hatte es aufgestört. Das Insekt zuckte wieder, dann flog es aufwärts. Newman schaltete die Lampe aus, schob sie in die Tasche, packte mit der nun wieder freien Hand die Kette. Gerade noch rechtzeitig. Die Belastung der rechten Hand war kaum noch auszuhalten gewesen.
In den paar Sekunden, in denen das Licht darauf gefallen war, hatte er bemerkt, daß das Skelett von Draht zusammengehalten wurde, was erklärt, wie es hier hängen konnte. Was für ein Gefährte, neben dem er da hing! Newman konzentrierte sich auf den festen Halt seiner Hände und Füße. Dann hörte er Bewegungen am oberen Ende der Mine.
Zwei Stimmen, erregte Worte. Jemand beugte sich vor und schaute in den Schacht. Jetzt bewegten sie sich, wie um eine günstigere Position zu finden. Immer noch Wortwechsel.
Dann leuchtete der Strahl einer starken Taschenlampe in die Dunkelheit. Der Strahl wanderte langsam, drang in die Schatten ein. Der Winkel des Lichtstrahls veränderte sich. Newman schaute hinunter und fluchte innerlich. Der Strahl fiel auf seine herabhängenden Beine, tauchte sie von den Knien abwärts in Licht. Wieder ein Wortwechsel, dann ein Moment Stille, gefolgt von einem metallischen Klicken. New-

man erkannte das Geräusch. Ein Gewehr war entsichert worden. Der Lichtstrahl war jetzt zur Ruhe gekommen, lag genau auf seinen Beinen. Ihm wurde bewußt, daß er die Zähne fest aufeinanderpreßte. Die Schweine hatten vor, ihm in die Beine zu schießen. Und er konnte nicht das geringste tun. Außer darauf warten, daß er getroffen wurde, seine Hände von der Kette abglitten, er in den Schacht stürzte, sein Körper irgendwo tief drunten aufschlug . . .

Marler, kleiner als die beiden Männer, hielt sein Gewehr waagerecht auf der Höhe seiner Nase. Dann schwang er den Kolben nach links. Er knallte auf Dimitrios' Hinterkopf. Dimitrios sank zusammen, als Konstantin sich umzudrehen begann. Marlers Gewehr schwang zur anderen Seite, und der Lauf hieb mit voller Kraft gegen Konstantins Stirn. Auch Konstantin sackte zu Boden, ließ seine Schrotflinte fallen. Dimitrios' Taschenlampe war im Schacht verschwunden.

Marler beugte sich hinunter, schaltete seine eigene Taschenlampe ein. Dann rief er hinunter: »Jemand zu Hause?«

»Ja, ich. Hänge an einer Kette unter dem Eimer.«

»Bleiben Sie dort hängen. Ich brauche eine Minute. Schaffen Sie das?«

»Was zum Teufel können Sie tun?«

»Sie hochziehen.« Noch während er redete, hatte Marler zu dem in Schlingen gelegten Seil gegriffen, das er lautlos auf der Erde deponiert hatte, bevor er sich an die beiden Griechen heranschlich. Jetzt knüpfte er eine große Schlinge mit einem Gleitknoten. Er testete den Knoten, dann ergriff er seine Taschenlampe, die er auf die Brüstung gelegt hatte, richtete ihr Licht in den Schacht.

»Ich lasse ein Seil mit einer großen Schlinge herunter. Und einem Gleitknoten. Ich kann den unteren Teil Ihrer Beine sehen. Können Sie sie in die Schlinge schieben? Dann ziehe ich sie langsam höher. Sie muß um Ihre Brust, unter Ihre Achselhöhlen zu liegen kommen. Glauben Sie, daß Sie diese simple Turnübung schaffen?«

»Ich will's versuchen. Sobald Sie so weit sind. Ich habe Gesellschaft . . .«

Marler ignorierte die rätselhafte Bemerkung, nahm die Taschenlampe in die rechte Hand, ließ mit der linken die Schlinge hinunter. Als sie sich auf gleicher Höhe mit Newmans Füßen befand, mußte er sie von der Wand des Schachtes wegschwingen. Im Licht der Taschenlampe sah Newman, was er tat, wartete auf den Augenblick, von dem er hoffte, daß es der richtige war, und schwang seine Füße von der Kette fort. Marler ruckte an der Schlinge, und sie legte sich um Newmans Füße. Er

wies darauf hin, daß das Licht ausgehen würde, und ergriff das Seil mit beiden Händen. Er zog es langsam hoch, und Newman ließ ihn wissen, daß die Schlinge an seinem Körper hochglitt.
»Sagen Sie Bescheid, wenn sie unter den Armen ist.«
»Jetzt...«
»Nun wird's ein bißchen riskant«, rief Marler hinunter. »Ich brauche beide Hände, um Sie hochzuziehen. Wenn Sie die Kette loslassen, prallen Sie gegen die Schachtwand. Versuchen Sie, den Aufprall irgendwie abzufangen. Kinderspiel. Wenn Sie Glück haben.«
»Danke für das Vertrauensvotum...«
Marler hatte Füße und Knie gegen die Brüstung der Mine gestemmt. An mehreren Stellen hatte er Knoten in das Seil gemacht, um zu verhindern, daß es ihm durch die Hände rutschte. Und Newman wog ein paar Kilo mehr als er. Er ließ Newman wissen, daß er bereit war, und stellte sich darauf ein, das beträchtliche Gewicht zu halten. Newman rief zurück, daß er loslassen würde.
Die Schlinge lag fest unter seinen Achselhöhlen. Er ließ die Kette fahren und schwang nach außen. Die rechte Hand hatte er mit der Fläche nach vorn ausgestreckt. Sie prallte gegen die Wand. Der Schmerz war so grauenhaft, daß er einen Moment lang nicht die Kraft hatte, hinaufzurufen.
»Alles okay? Kann ich ziehen? Geben Sie Antwort«, keuchte Marler.
Das Gewicht war größer, als er erwartet hatte. Der Druck gegen die Brüstung schien seine Knie zu pulverisieren. Newman sagte etwas, das er nicht verstehen konnte. Kann mich nicht länger bei der Vorrede aufhalten, dachte Marler, und begann, das kaum zu haltende Gewicht hochzuziehen.
Newman schwebte mit dem Gesicht zur Schachtwand, stützte sich mit den Händen an ihr ab, um zu starkes Schaukeln zu verhindern. Sein Kopf erschien oberhalb der Brüstung. Marler wölbte seinen Körper rückwärts, zog noch einmal mit aller Kraft. Newmans Hände bekamen den Rand der Brüstung zu fassen, dann flog er darüber wie ein Korken aus einer Flasche und ließ sich neben den beiden bewußtlosen Griechen auf die Erde fallen.

»Der mit der Schrotflinte wollte Sie durchlöchern«, bemerkte Marler und deutete auf einen der Bewußtlosen. »Ich hörte ihre reizende Unterhaltung, als ich mich von hinten an sie anschlich. Froh, ins Land der Lebenden zurückgekehrt zu sein?«
»Das kann man wohl sagen. Wer sind diese beiden Figuren?« Newman setzte sich auf, lehnte den Rücken an die Brüstung, zog seine Hand-

schuhe aus und bewegte seine schmerzenden Finger. »Haben Sie ganze Arbeit geleistet – oder werden sie wieder zu sich kommen? Wenn ja, sollte ich ihnen vielleicht lieber eine Kugel in den Kopf schießen.«

»Tweed sagte mir, dieser Ausflug in die DDR hätte einen harten Mann aus Ihnen gemacht.« Marler durchsuchte die beiden Griechen. Er fand eine Flasche, entkorkte sie, roch daran, wischte mit einem Taschentuch die Öffnung sauber und reichte sie Newman.

»Sie brauchen eine Stärkung. Trinken Sie. Ouzo.«

»Danke.« Newman setzte die Flasche an den Mund, schluckte, würgte ein wenig. Als er sich erholt hatte, nahm er einen weiteren Schluck. Sein ganzer Körper schmerzte. Beine, Arme, Hände, Schultern. »Wer sind diese beiden Figuren?« fragte er noch einmal.

Marler überflog einen Brief, den er aus einem schmierigen Umschlag gezogen hatte. »Der hier ist Dimitrios, wie ich vermutete. Ein Brief von einer Freundin. Läßt an erotischer Deutlichkeit nichts zu wünschen übrig. Ich war mir ziemlich sicher, ihn von unserem kleinen Ausflug nach Siros her zu kennen. Der andere ist Konstantin. Die Brüder Gavalas.«

»Hoffen wir, daß sie mir nicht auf den Straßen von Athen begegnen. In ihrem Interesse.«

»Fühlen Sie sich besser? Wir haben einen langen Weg vor uns. Den Pfad hinunter und dann zurück zu der Stelle, an der Nick mit dem Wagen wartet.«

Newman zwang sich zum Aufstehen, stützte sich mit einer Hand an der Brüstung der Mine ab. Er trank noch einen Schluck Ouzo, dann nahm Marler ihm die Flasche weg.

»Das reicht. Wir wollen nicht, daß Sie betrunken sind. In einer Minute bin ich so weit.«

Marler entlud das Gewehr. Er warf die Patronen den Abhang hinunter, dann hielt er das Gewehr über den Schacht. »Vielleicht möchten Sie sich das anhören ...« Er ließ das Gewehr los, und es fiel an dem Eimer vorbei in das schwarze Loch. Newman wartete, und seine Hand krampfte sich um die Brüstung. Sekunden vergingen, bevor sie einen ganz leisen Aufprall hörten. Marler sah ihn an.

»Sie hätten sich den Knöchel verstauchen können, wenn Sie dort unten gelandet wären.«

»Ich wäre Mus gewesen. Können wir die beiden Ganoven so liegen lassen?«

Marler beugte sich über die Griechen, hob bei beiden ein Augenlid an. Dann richtete er sich auf. »Die sind noch eine ganze Weile außer Gefecht. Vielleicht habe ich einen Schädel gebrochen.« Er entlud die

Schrotflinte und ließ sie dem Gewehr folgen. Dimitrios trug unter seiner Jacke ein Messer in einer Scheide. Marler war im Begriff, es gleichfalls in den Schacht zu werfen, aber Newman hinderte ihn daran.
»Lassen Sie mich erst einen Blick darauf werfen.«
Er hob das Messer ins Mondlicht, und seine Miene war ingrimmig. »Das ist eines der Messer, die an die Kommandoeinheiten ausgegeben wurden. Ich wüßte zu gern, wie sie daran gekommen sind.« Er warf es in den Schacht. »Wobei mir einfällt – danke, daß Sie mir das Leben gerettet haben...«
»Gehört zum Service. Sie sind ein Idiot, wissen Sie das? Kommen ganz allein hier herauf. Ich bin Ihnen von Athen her gefolgt. Konnte mir vorstellen, was Sie vorhatten, Sie verrückter Hund.«
»Da könnten Sie recht haben. Machen wir uns auf die Socken. Aber ich habe das Geheimnis der Mine entdeckt.«
»Das höre ich gern. Ein kleines Melodrama. Zurück auf den Pfad...«

SECHSUNDZWANZIGSTES KAPITEL

Florakis ließ das Funkgerät in die Höhlung hinab, deckte einen flachen Stein darüber und ergriff die Schrotflinte, die er vor dem Besteigen des Berges in ihr deponiert hatte. Das Gerät war schwer. Und nun mußte er feststellen, was es mit den beiden Wagen auf sich hatte, die in der Nähe des Hotelbaus auf seinem Grund und Boden parkten.
Über der Küste des Mittelmeers zog die Morgendämmerung herauf, überflutete die glatte See mit einer Vielzahl phantastischer Farben. Nick saß am Steuer seines Mercedes und rauchte eine weitere Zigarette. Der Aschenbecher war randvoll mit Stummeln. Widerlich. Er löste ihn aus seiner Halterung, stieg aus, griff dann in den Wagen und holte sein Gewehr heraus. Man konnte nie wissen...
Christina saß wie eine Katze zusammengerollt auf dem Rücksitz und schlief. Nick wanderte leise zu einem Geröllhaufen, räumte ein paar Steine beiseite, leerte den Aschenbecher und legte dann die Steine wieder auf den Haufen. Er war noch in der Hocke, als er hörte, wie sich jemand aus der Richtung des Stahlskeletts näherte. Er blieb in der Hokke, das Gewehr schußbereit.
Florakis kam um die Ecke, die Schrotflinte in beiden Händen. Er blieb unvermittelt stehen, als er Nick entdeckte, der sich nun mit auf ihn gerichtetem Gewehr erhob.
»Guten Morgen«, sagte Nick.

»Was machen Sie hier auf meinem Land?« fauchte Florakis.
»Parke abseits der Straße. Sehen Sie irgendwelchen Schaden, den wir angerichtet haben?«
»Wir?«
Christina war aufgewacht, hatte den Wortwechsel gehört. Sie fuhr sich mit den Händen durch die Mähne, setzte sich auf und schaute zum offenen Fenster heraus. Florakis warf einen Blick in ihre Richtung, grinste vielsagend und richtete dann seine Aufmerksamkeit wieder auf Nick.
»Ich erhebe eine Gebühr für das Vögeln auf meinem Land...«
»Hüten Sie Ihre Zunge«, erwiderte Nick scharf. »Wer sind Sie überhaupt?«
»Stavros Florakis. Das ist mein Land«, wiederholte er. »Und jetzt verschwinden Sie, bevor ich ein Loch in Sie puste...«
»Bleiben Sie ganz still stehen«, warnte Nick. »Sie haben Ihren Rücken vergessen.«
Florakis versteifte sich, als er die Mündung von Marlers Gewehr im Genick spürte. Marler nickte mit dem Kopf, und Nick verstand. »Legen Sie die Flinte langsam auf die Erde, steigen Sie darüber hinweg und kommen Sie näher. Ein Dutzend Schritte. Dann bleiben Sie stehen.«
Florakis bückte sich, legte die Waffe hin, tat, was Nick befohlen hatte. Er stand völlig frei da, als Newman an ihm vorüberging, ohne in Nicks Schußlinie zu kommen. Er ging auf den Mercedes zu und bat Christina: »Geben Sie mir bitte das Mineralwasser. Ich bin ausgedörrt.«
Er trank aus der Flasche, drehte sich um, lehnte sich an den Wagen. Florakis musterte ihn mit ausdrucksloser Miene. Newman lächelte. Ja, dachte er, das ist der Mann, den wir auf unserem Weg durch die Schlucht gesehen haben, der Mann, der ein schweres Funkgerät trug.
»Wie heißt er?« rief er Nick zu. »Ich habe seinen Namen nicht richtig verstanden.«
»Stavros Florakis. Ihm gehört ganz Griechenland«, erwiderte Nick auf Englisch.
Ein zäher, drahtiger Bursche, dachte Newman. Sehr selbstsicher. Der typische griechische Hirte – wenn man davon absah, daß er ein Funkgerät einen Berg hinaufschleppte. Das faltige Gesicht ließ darauf schließen, daß er in den Sechzigern war. Newmans Gedanken schweiften ab. In den Sechzigern. Waren sie das nicht alle – Barrymore, Robson und Kearns? Und Tweed war auf der Suche nach einer Verbindung mit Griechenland – zwischen Athen und dem Exmoor. Im Zweiten Weltkrieg mußte Florakis also um die Zwanzig gewesen sein. Alt genug, um der Widerstandsbewegung anzugehören. Welcher? Der Instinkt, der ihn zu

einem der besten Auslandskorrespondenten der Welt gemacht hatte, ließ ihn auch jetzt nicht im Stich.
Er zog sein Taschentuch heraus, wischte die Öffnung der Flasche ab, drehte sich um, als wollte er etwas zu Christina sagen, und wischte die ganze Flasche sauber. Dann drehte er sich wieder um und lächelte.
»Nick, ich glaube, wir sollten uns bei Mr. Florakis für das unbefugte Parken auf seinem Land entschuldigen.« Er ging auf den Griechen zu, wobei er, immer noch lächelnd, die Flasche am Hals hielt. »Dieses Wetter macht Durst. Ich möchte ihm als eine Art Entschuldigung etwas zu trinken anbieten. Übersetzen Sie das bitte.«
Nichts in Florakis' Miene verriet, daß er jedes Wort von Newman verstanden hatte. Er hörte geduldig zu, während Nick Newmans Angebot auf Griechisch wiederholte. Florakis war nervös – all diese Leute, die hier aufgetaucht waren und gesehen hatten, daß er in der Morgendämmerung unterwegs war. Daß in Athen über seine nächtlichen Unternehmungen gesprochen wurde, war das letzte, das er sich wünschte.
Newman streckte ihm die Flasche hin, die er nach wie vor am Hals hielt. Auch Florakis fühlte sich knochentrocken; er hatte vergessen, seine Wasserflasche mitzunehmen. Er nickte dankend, ergriff die Flasche, nahm einen großen Schluck und gab sie Newman zurück, der sie abermals am Hals ergriff und mit ihr zum Wagen zurückkehrte.
»Nick«, rief er über die Schulter, als er beim Wagen angekommen war, »sagen Sie ihm, daß wir jetzt abfahren. Und daß wir woanders parken werden, wenn wir wieder einmal in diese Gegend kommen sollten.«
Während Nick übersetzte, beugte sich Newman zum Fenster hinab. »Christina«, flüsterte er, »geben Sie mir die Tüte, in der die Flasche verpackt war.« Er ließ die Flasche in die Tüte gleiten und stopfte den Rand der Tüte in den Flaschenhals. Jetzt hatte er Florakis' Fingerabdrücke.

»Wozu dieses Hantieren mit der Flasche?« fragte Christina, als Nick sie auf der Küstenstraße nach Athen zurückfuhr.
Newman saß neben ihr auf dem Rücksitz des Mercedes; Marler folgte dichtauf in seinem eigenen Wagen. Newman schaute aus dem Fenster und sah, wie die Sonne hinter den Bergen aufging und ihr strahlendes Licht auf das Meer warf, das jetzt aussah wie eine glatte Platte aus reinstem Perlmutter. Ein erstaunliches Land.
»Nur Spielerei«, erwiderte er.
»Und im Teufelstal – war das auch nur Spielerei? Hat Marler Sie gefunden? Haben Sie die Mine entdeckt? Und danke für den Kinnhaken. Das war ganz reizend von Ihnen.«

»Das reinste Quiz«, sagte Newman in scherzhaftem Ton. »So viele Fragen auf einmal.« Er betrachtete ihr Kinn. »Keine Spur von einem blauen Fleck. Ich habe Sie ganz sanft angetippt. Das ist doch nicht zu fassen. Da bewahrt man eine Frau vor etwas, was sich als Todesfalle erweisen kann, und sie hat eine Mordswut auf einen.«

Sie schob ihren Arm unter den seinen und drängte sich an ihn, so daß er den Druck ihrer festen Brüste spürte. »Ich kann mich nicht entsinnen, behauptet zu haben, ich hätte eine Mordswut auf Sie. Und Sie sind meinen Fragen ausgewichen.«

»Ja, das habe ich wohl getan.«

Er schaute wieder aus dem Fenster. Sie legten die Strecke nach Athen, von Kap Sunion aus siebzig Kilometer, in Rekordzeit zurück. Sie fuhren an einem Hotel an der Küste vorüber; Touristen wanderten am Strand entlang, badeten in der stillen See.

»Sie nützen jede Minute aus«, rief er Nick zu.

»Sie wissen, was sie tun«, erwiderte dieser. »Später am Morgen können sie nicht mehr an den Strand. Dann ist der Sand so heiß, daß er ihnen die Füße verbrennt wie ein rotglühender Ofen. Sie ziehen sich in ihre Zimmer zurück, legen sich nackt auf die Betten und schwitzen vor sich hin.«

»Eine herrliche Idee«, flüsterte Christina. »Vielleicht sollten wir uns im Hilton auch nackt aufs Bett legen und vor uns hinschwitzen.«

»Ich setze Sie dort ab«, sagte Newman kurz. »Nick, fahren Sie zum Hilton. Dort frühstücken Sie mit Christina. Wenn sie in ihr Zimmer geht, bitte ich Sie, sich auf dem Flur niederzulassen und Wache zu halten, bis ich wieder zurück bin. Ich werde mich mit einem anständigen Trinkgeld bedanken.«

»Lassen Sie das Trinkgeld. Ich passe auf sie auf.«

»Herzlichsten Dank«, fauchte Christina mit funkelnden Augen. Sie rückte von ihm ab und starrte aus dem Fenster.

»Da ist einiges, was ich erledigen, ein Chefredakteur, den ich besänftigen muß«, erklärte ihr Newman. »Sie sind jetzt vielleicht in größerer Gefahr als vorher – nach dem, was passiert ist. Und fragen Sie mich nicht, was das war.«

»Haben Sie Christina von dem Skelett erzählt?« fragte Marler, als sie vom Hilton abfuhren.

»Kein einziges Wort. Und über die Mine auch nicht ...«

»Was bedeutet, daß Sie klug werden. Sie trauen ihr nicht.«

»Unsinn. Das Wissen um solche Dinge ist gefährlich, Marler. Ihnen ist klar, wessen Skelett das ist?«

»Ich glaube schon. Sagen Sie es mir.«
»Der verschwundene Andreas. Ich vermute, daß Petros auf Siros war, als der Kommandotrupp landete. Er nahm die Leiche seines Sohnes mit. Er ist total verrückt. Er muß ihn begraben und nach dem Krieg die Überreste ins Teufelstal gebracht haben. Dort hat er die Knochen mit Draht verbunden – das Skelett in der Mine versteckt. Sie kennen Griechenland gut. Erklären Sie mir noch einmal, was es mit *philotimo* auf sich hat.«
»Und Sie sind sicher, daß das klug ist, was wir jetzt vorhaben? Zum Polizeipräsidium fahren und uns bei Chefinspektor Sarris melden?«
»Ich möchte, daß Florakis' Fingerabdrücke überprüft werden. Da haben wir einen Griechen in den Sechzigern, einen ausgesprochen zähen Burschen, der ein Funkgerät den Berg hinaufschleppt, um Höhe zu gewinnen. Das deutet auf Funkverkehr über große Entfernung. Mit wem nimmt er Kontakt auf? So heimlich? Glückliche Zufälle wie dieser sind mir bei meiner Arbeit als Auslandskorrespondent schon öfters begegnet. Man arbeitet an einer Sache, und dabei stolpert man über etwas viel Größeres. Ja, ich bin sicher, daß es klug ist.«
Um sieben Uhr morgens war noch sehr wenig Verkehr. Sie näherten sich dem Alexandras-Boulevard; in der Ferne ragte der hohe Gipfel des Lykabettos auf. Bis zum Polizeipräsidium war es nicht mehr weit.
»*Philotimo*«, erklärte Marler, »ist ein ethischer Kodex, der das gesamte Familienleben in Griechenland bestimmt. Niemand darf die Familie entehren. Wenn es jemand tut, muß die Schande ausgelöscht werden – in extremen Fällen durch den Tod des Schuldigen, selbst wenn dieser ein Angehöriger dieser Familie ist. Nur dann kann die Familie ihren Seelenfrieden finden. Petros ist genau der Typ von Mann, der von dieser Überzeugung durchdrungen ist – auf die brutalste und altmodischste Art. Genau der Mann, der vor nichts zurückscheut.«
»Der Mann, der darüber den Verstand verliert«, bemerkte Newman.
»Ich glaube, Petros ist der Ansicht, daß Andreas erst dann begraben werden kann, wenn der Mörder identifiziert und hingerichtet worden ist. Er ist regelrecht übergeschnappt. Rachsucht ist die zerstörerischste Kraft, die von einem Menschen Besitz ergreifen kann.«
»Und das ist der Hauptgrund für unseren Besuch bei Freund Sarris?«
»Nein. Ich möchte, daß die Fingerabdrücke auf der Flasche überprüft werden. Ich halte es für möglich, daß wir über etwas gestolpert sind, das noch diabolischer ist als Petros' Rachedurst.«

Der drahtige Mann. Der hakennasige, dunkelhaarige Sarris saß an sei-

nem Schreibtisch und hörte zu. Er ließ Newman keinen Moment aus den Augen und rauchte eine Zigarette nach der anderen. Aber er hörte zu, ohne Newman ein einziges Mal zu unterbrechen.
»Das war's«, schloß Newman. Seine Stimme war heiser vom Reden, von dem, was er in der Mine durchgemacht hatte. »Das Skelett in dem Schacht, die Flasche auf Ihrem Tisch mit Florakis' Fingerabdrücken. Das Funkgerät, das ich Florakis den Berg hinauftragen sah.«
»Petros hat kein Verbrechen begangen«, erwiderte Sarris und drückte eine weitere Zigarette aus. »Trotzdem – daß Sie mir gerade jetzt von einem möglichen Funkgerät berichten, ist merkwürdig.«
»Möglich?«
»Sie haben keinen Beweis dafür, daß das, was Florakis trug, tatsächlich ein Funkgerät war. Aber, wie ich bereits sagte, es ist merkwürdig, daß Sie mir gerade jetzt davon erzählen. Haben Sie schon einmal erlebt, daß Wochen, sogar Monate vergehen können, ohne daß man in einer Sache vorankommt? Und dann erhält man auf einmal einen Hinweis nach dem anderen.«
»Wovon sprechen Sie? Ich bin verdammt müde.«
»Trinken Sie noch eine Tasse Kaffee.« Sarris schenkte ihn ein und fuhr dann fort: »Ein Freund von mir ist Amateurfunker. Ich nehme an, die gibt es in England auch.«
»Ja, und manchmal sind sie eine große Hilfe – fangen SOS-Rufe aus weiter Entfernung auf und dergleichen mehr.«
»Mein Freund hat etwas Merkwürdiges aufgefangen. Jemand sendete eine Reihe von Zahlen – hörte sich an wie eine verschlüsselte Botschaft. Zum Schluß kamen ein paar Worte auf Englisch – von dem Mann, der die verschlüsselte Botschaft empfing.« Sarris beugte sich vor. »Also hat der Funker die verschlüsselte Botschaft vielleicht nach England gesendet.«
»Das ist pure Vermutung«, widersprach Newman. »Englisch wird heutzutage in der ganzen Welt gesprochen ...«
»Urteilen Sie selbst. Mein Freund hat einen Kassettenrecorder. Er hat den ganzen Text aufgenommen. Vielleicht wollen Sie ihn sich anhören ...«
Sarris drückte auf eine Taste seiner Gegensprechanlage, sprach schnell ein paar Worte auf Griechisch, lehnte sich zurück, zündete sich eine frische Zigarette an. »Die Kassette kommt gleich.«
Er trug einen hellen Leinenanzug und machte trotz der frühen Stunde einen hellwachen Eindruck. Er musterte seine Besucher, bis ein uniformierter Beamter eine Kassette brachte. Sarris nahm sie und steckte sie in ein Gerät auf einem kleinen Tisch.

»Hören Sie sich das an«, sagte er.
Von der Kassette kam ein völlig unverständliches Kauderwelsch. Newman warf einen Blick auf Marler, der aus dem Fenster sah und keinerlei Interesse für die Vorgänge an den Tag legte. Sarris schaute auf die Uhr. Nach zweieinhalb Minuten hob er warnend die Hand.
Das Kauderwelsch brach ab. Es folgte eine kurze Stille und dann laut und deutlich ein paar Worte auf Englisch. *Rufsignal ab sofort geändert in Colonel Winter.* Sarris schaltete das Gerät aus.
»Ist Ihnen dieser Colonel Winter schon einmal begegnet?«
»Nein, der Name sagt mir überhaupt nichts.«
»Schade. Ich denke daran, die Drogenfahndung zu informieren. Die Händler werden immer raffinierter. Lassen ihre Geschäftspartner durch verschlüsselte Funkbotschaften wissen, daß eine Sendung unterwegs ist. Die Drogenfahndung hat Funkpeilwagen. Vielleicht schickt sie ein paar davon hinunter nach Kap Sunion und versucht, diesem Florakis auf die Spur zu kommen.«
»Und die Fingerabdrücke auf der Flasche?«
»Die überprüfen wir anhand unserer Unterlagen. Aber das kann eine Weile dauern.«
»Sie können Florakis' Abdrücke isolieren? Ich habe Ihnen diese Postkarte gegeben, die ich Christina auf der Rückfahrt in die Hand gedrückt habe. Meine Fingerabdrücke haben Sie, und auf der Postkarte sind die von Christina. Wenn Sie ihre und meine außer acht lassen, haben Sie die von Florakis.«
»Das ist mir klar.« Sarris erhob sich. »Danke für die Information. Und nun werden Sie wohl zum Grande Bretagne zurückfahren wollen, sich rasieren, frühstücken, vielleicht ein paar Stunden schlafen. Schließlich sind Sie die ganze Nacht aufgewesen.«
»Ich hatte gehofft, mehr von Ihnen zu bekommen«, sagte Newman und erhob sich gleichfalls.
»Ich habe Ihnen die Funkbotschaft gegeben – die möglicherweise von Florakis ausgegangen ist.« Er hielt einen Moment inne. »Ich will Ihnen noch etwas geben. Ich sagte vorhin, daß manchmal alle Hinweise auf einmal zu kommen scheinen. Gestern hatten wir eine Frau hier, die uns eine höchst merkwürdige Geschichte erzählte. Eine Frau Florakis. Ungefähr sechzig. Vor kurzem hat sie eine Busreise nach Kap Sunion gemacht. Übrigens eine Witwe. Hat sehr jung geheiratet.« Er lächelte dünn. »Das scheint Sie zu interessieren.«
»Sprechen Sie weiter.«
»Ihr Mann, Stavros Florakis, kam 1947 während des Bürgerkriegs ums Leben. In einem Gefecht mit der kommunistischen ELAS. Zufällig hat

eine Freundin in der Nähe von Saloniki gesehen, wie er starb. Diese Frau sah auch, wie die Kommunisten den Toten durchsuchten, seine Papiere an sich nahmen und dann die Leiche in Brand steckten. Etwas, was Frau Florakis nicht begreifen konnte. Immer noch interessiert?«

»Spannen Sie mich nicht auf die Folter. Das erinnert mich an meinen Chefredakteur.«

»Wie ich sagte, hat Frau Florakis diese Busreise gebucht. Der Bus fährt von der Straße herunter und hält an einer Stelle an, wo ein neues Hotel gebaut wird. Von dort aus hat man einen guten Blick auf den Poseidontempel. Ein Mann erscheint mit einer Schrotflinte. Er bedroht den Fahrer, befiehlt ihm, von seinem Grund und Boden zu verschwinden. Der Busfahrer macht Einwände. Dann hört Frau Florakis den Mann mit der Schrotflinte brüllen: ›Ich bin Stavros Florakis. Dieses Land gehört mir, und Sie haben hier nichts zu suchen.‹ Sie kann den Mann ganz deutlich sehen. Er hat nicht die geringste Ähnlichkeit mit ihrem Ehemann. Dann fällt ihr wieder ein, was mit ihm passiert ist. Die Erinnerung schießt ihr in Sekundenschnelle durch den Kopf. Dann fährt der Bus weiter. Sie kommt her und erzählt mir klar und deutlich ihre Geschichte, aber ich bin nicht beeindruckt. Es gibt so viele Irre, die hier hereinmarschiert kommen. Um des guten Eindrucks willen lasse ich sie eine formelle Aussage machen, die wir zu den Akten legen. Und jetzt erzählen Sie mir etwas, das mich auf den Gedanken bringt, ich könnte mich geirrt haben.«

»Florakis ist ein Schwindler«, bemerkte Newman. »Wer ist er in Wirklichkeit?«

»Vielleicht – aber nur vielleicht – können wir seine wahre Identität mit Hilfe der Fingerabdrücke feststellen, die Sie so geschickt beschafft haben.« Er reichte Newman und Marler die Hand. »Wir sollten in Verbindung bleiben, meine Herren ...«

»Das war es, was Newman mir berichtet hat, Kalos«, schloß Sarris, verschränkte die Hände im Genick und lehnte sich auf seinem Stuhl zurück. »Was halten Sie davon?«

Kalos, sein tüchtiger Assistent, hatte eine völlig andere Figur als sein Chef. Er war klein und untersetzt, mit dicken Armen und Beinen, hatte einen langen Kopf und intelligente Augen. Ein Mann von Anfang Vierzig, der bei Beförderungen mehrfach übergangen worden war, was ihn jedoch nicht verbittert hatte. Sarris' private Meinung war, daß er seiner geringen Körpergröße wegen nicht befördert worden war. Äußerst unfair, und Sarris hatte getan, was in seinen Kräften stand, um ihm die Leiter emporzuhelfen. Aber wer wollte behaupten, das Leben wäre fair?

»Da haben wir wieder einmal Glück gehabt«, erklärte Kalos. »Wir haben diese Frau Florakis nicht ernst genommen – aber sie hat uns möglicherweise auf eine Schlüsselfigur in der Organisation hingewiesen, die die Drogenfahndung ausfindig zu machen versucht. Bisher ohne Erfolg. Es sei denn, die Sache hat mit Politik zu tun«, murmelte er. »Und nicht mit Drogen.«

Sarris richtete sich auf. »Was wollen Sie damit sagen?«

»Ich lasse meine Gedanken schweifen.« Kalos lächelte trocken. »Wie Sie wissen, gibt es höheren Orts Leute, die es nicht schätzen, wenn ein Mann seine Gedanken schweifen läßt. Sich niemals in eine Theorie verbeißen. Das ist meine unumstößliche Maxime, und zum Teufel mit denen da oben.«

»Sie sagten, ›es sei denn, die Sache hätte mit Politik zu tun‹. Wie kommen Sie darauf?«

»Im vorigen Jahr«, begann Kalos, nachdem er seine Masse zwischen die Lehnen eines verchromten Stuhls gezwängt hatte, »hatten wir Besuch von einem angeblichen Obersten Gerasimow aus Moskau. Wir wurden gebeten, ihn wie einen König zu bewachen – aber diskret mit Beamten in Zivil. Er verbrachte nur einen ganz kleinen Teil seiner Zeit in der Sowjetischen Botschaft, den größten Teil im Hilton. Dort hatte er drei Zimmer gemietet und wechselte ständig zwischen ihnen. Ich wurde neugierig und ließ ihn heimlich fotografieren ...«

»Ohne meine Genehmigung«, rügte ihn Sarris.

»Sie kennen mich. Als ich wegen dieses Drogenproblems inoffiziell in Belgrad war, zeigte ich das Foto einem Kroaten namens Pavelitsch von der Geheimpolizei. Ich machte ihn betrunken und zeigte ihm dann die Aufnahme. Er lachte, als ich sagte, es wäre ein Foto von Oberst Gerasimow vom GRU. Er sagte mir, das wäre General Lutscharsky, Stellvertretender Chef des Sowjetischen Generalstabs.«

»Ich entsinne mich. Sprechen Sie weiter«, drängte Sarris mit vielsagendem Lächeln.

»Jugoslawien reagiert sehr empfindlich auf Machtverschiebungen im Kreml. Die Regierung in Belgrad ist mit Gorbatschows Politik vollauf einverstanden. Aber Pavelitsch ist ein Verfechter des harten Kurses. Er erklärte mir, Lutscharsky wäre ›einer von uns‹.«

»Davon haben Sie mir kein Wort berichtet«, fuhr Sarris ihn an.

»Warum schlafende Hunde wecken? Sie steckten bis über beide Ohren in Arbeit. Der Mann von der Sowjetischen Botschaft, mit dem Lutscharsky während seines Besuchs in Athen die meiste Zeit verbrachte, war Oberst Rykowsky, der Militärattaché. Ein Experte auf dem Gebiet der Kommunikation.«

»Woher wissen Sie das?«
»Die griechische Putzfrau, die dort arbeitet, wenn ihr eigenes Personal auf Urlaub ist, hält meine Wohnung sauber.«
»Ganz zufällig natürlich.« Sarris saß jetzt vornübergebeugt und ließ sich kein Wort entgehen. »Ist Ihnen klar, daß Sie damit Ihren Aufgabenbereich bei weitem überschreiten, mein Freund?«
»Ich weiß gern, was wirklich vor sich geht.« Kalos fuhr sich mit einem dicken Finger um den offenen Hemdkragen und lächelte abermals trokken. »Und auf meine Beförderungsaussichten dürfte es sich kaum auswirken. Und jetzt erfahren wir, daß demnächst ein Oberst Wolkow aus Moskau zu Besuch kommen wird. Seltsam.«
»Weshalb?«
»Pavelitsch, der Kroate, war *sehr* betrunken, als wir uns unter vier Augen unterhielten. Er sagte zu mir: ›Sollte mich gar nicht wundern, wenn Sie eines schönen Tages noch einen Besuch aus Moskau erhielten. Lutscharskys getreuer Adjutant. Ein Oberst Wolkow. Auch ein guter Mann.‹ Übersetzung – auch ein Verfechter des harten Kurses. Das sind keine Männer, die an Gorbatschows Seite stehen. Und ich frage mich, weshalb sie hier in Athen auftauchen.«
Sarris dachte nach. Jugoslawien war eine Föderation mit Angehörigen von sechs verschiedenen Nationalitäten, zwischen denen es zum Teil erhebliche Meinungsverschiedenheiten gab. Kroatien, der Staat im Norden, war der aufrührerischste und zugleich derjenige, der den wirklich harten Männern im Kreml am nächsten stand. Gorbatschows Gegnern.
»Das sind doch alles nur Spekulationen«, meinte er, um seinen Assistenten auf die Probe zu stellen.
Kalos fuhr sich mit einer Hand über die dünnen braunen Stoppeln, die seinen Schädel bedeckten. »Sie haben recht. Bisher. Aber da ist noch etwas. In meiner freien Zeit mache ich mir oft das Vergnügen, dem Militärattaché, Oberst Rykowsky, zu folgen. Er wandert gern in der Plaka herum. Er glaubt, er hätte jeden abgeschüttelt, der ihn möglicherweise beschatten könnte. Dann trifft er sich mit Doganis und verbringt einige Zeit mit ihm.
»Doganis?«
»Ein führendes Mitglied des Mäander.«

»Wohin jetzt?« fragte Marler, als sie wieder in seinen Wagen eingestiegen waren.
»Zur Britischen Botschaft. Um diesen Fettkloß Patterson aus dem Bett holen, wenn es nötig ist.«
»Das geht auf Ihre Kappe.« Marler deutete mit einem Kopfnicken auf die Uhr am Armaturenbrett. »Hier ist es acht, in London also sechs Uhr morgens. Wer ist da schon am Park Crescent außer dem Nachtwächter?«
»Ich bin ziemlich sicher, daß Tweed da sein wird. Ich glaube, er hat inzwischen das Feldbettstadium erreicht.«
Sie wußten beide, was das bedeutete. Tweed pflegte einen neuen Fall ganz langsam anzugehen. Dann nahm das Tempo zu. Er schlug in seinem Büro ein Feldbett auf, arbeitete oft bis tief in die Nacht hinein und war immer erreichbar.
In der Botschaft am Vassilissis-Sofias-Boulevard nahm sie Patterson in Hemdsärmeln, unrasiert und verdrossen in Empfang. Er führte sie ohne ein Wort durch die Halle. Außer ihnen war niemand zu sehen. Newman rieb sich energisch die Hände.
»Das Scrambler-Telefon. Es ist dringend.«
»Wann wäre es das nicht? Und Sie hätten sich wenigstens rasieren können, bevor Sie in Ihrer Majestät Botschaft eindringen.«
Großer Gott! Wie konnte ein Mensch nur so aufgeblasen sein? Er grinste Patterson an. »Sie sehen selbst ganz schön mitgenommen aus. Haben Sie einen nächtlichen Zug durch die Stadt unternommen?«
»So etwas tue ich nicht. Im Gegensatz zu manchen anderen Leuten. Ich schließe Ihnen die Tür auf – Sie wissen ja Bescheid. Er darf nicht mit hinein.« Er wies mit dem Daumen auf Marler.
Marler sagte nichts, sondern zog seinen Geheimdienstausweis aus der Tasche, hielt ihn Patterson unter die Nase und zog ihn zurück, als dieser danach greifen wollte. Der Beamte biß sich auf die Lippen, holte ohne eine weitere Bemerkung ein Schlüsselbund aus der Tasche und schloß die zum Keller führende Tür auf. Newman schaltete das Licht ein und eilte die Treppe hinunter.
Marler rückte sich einen Stuhl zurecht. Newman hatte sich bereits niedergelassen und das Telefon zu sich herangezogen. Oben knallte Patterson die Tür ins Schloß. Newman drückte auf den roten Knopf, wählte die Nummer vom Park Crescent.
»Wer ist dort?« Tweeds Stimme, völlig wach.
»Newman. Entschuldigen Sie den frühen Anruf.«

»Das macht nichts. Ich bin sehr froh, von Ihnen zu hören. Ich war beunruhigt. Habe hier geschlafen, bin bei Tagesanbruch aufgestanden. Paula ist hier – sie konnte nicht schlafen und ist gerade gekommen. Sie kann mitschreiben, wenn Sie Fakten notiert haben wollen. So. Es kann losgehen . . .«
Er hörte zehn Minuten lang wortlos zu, während Newman ihm über alles Bericht erstattete, was sich seit ihrem letzten Gespräch ereignet hatte – auch über den Ausflug ins Teufelstal, und wie Marler ihm das Leben gerettet hatte. Er warf einen Blick über den Tisch und sah, wie Marler in einer wegwerfenden Geste die Hände spreizte.
»Sie hätten nicht allein losziehen dürfen«, erklärte ihm Tweed.
»Das ist mir jetzt klar. Okay. Soll nicht wieder vorkommen. Keine Ausflüge ohne Kindermädchen. Jetzt sind Sie auf dem laufenden.«
»Und vielleicht ein gutes Stück weiter – mit den Informationen, die Sie mir geliefert haben, und dem, was ich hier zusammengeklaubt habe. Jetzt halte ich wesentlich mehr Teile in der Hand und muß nur herauszufinden versuchen, wie sie zusammenpassen. Damit Sie Bescheid wissen – ich werde Peter Sarris anrufen und ihn bitten, nichts zu unternehmen. Noch nicht. Ich werde Sie decken. Und was haben Sie als nächstes vor?«
»Mir Christina noch einmal vorzuknöpfen und zu versuchen, mehr über ihr Verhältnis zu Masterson und ihre gemeinsamen Unternehmungen herauszubekommen. Deshalb bin ich schließlich hier – um festzustellen, was mit Masterson passiert ist. Es sieht aus, als wären es die Griechen gewesen. Petros und seine Blutrache. Er ist total übergeschnappt.«
»Und gefährlich. Seien Sie auf der Hut. Er wird Athen auf den Kopf stellen, um Christina aufzuspüren. Aber seien Sie Ihrer Sache nicht zu sicher. Es ist durchaus möglich, daß irgend jemand Petros als riesige Nebelwand benutzt – um unsere Aufmerksamkeit abzulenken.«
»Wovon?« fragte Newman.
»Das weiß ich nicht. Nur ein sechster Sinn. In diese Geschichte sind ein paar äußerst merkwürdige Typen verwickelt. Unter anderem ein Professor Guy Seton-Charles. Gegenwärtig lehrt er an der Universität von Bristol. Aber er hält auch Seminare an der Athener Universität ab. Griechenlandkunde.«
»Beschreibung?«
»Anfang Sechzig, sieht jünger aus. Schlank gebaut. Glattrasiert, gelichtetes braunes Haar. Adlernase. Etwa einssiebzig groß. Intellektueller Typ. Hochfahrendes Wesen. Auffälligstes Merkmal ist die randlose Brille, die er trägt. Zwanglose Kleidung.«

»Danach werde ich ihn erkennen. Anfang Sechzig – wie so viele von ihnen. Barrymore, Robson, Kearns, Florakis ...«

»Was wichtig sein könnte. Bringt sie zurück in die Zeit des Zweiten Weltkriegs, wo dies alles angefangen hat. Noch eine Anmerkung zu diesem Seton-Charles. Zu der Zeit, als Ionides ermordet wurde, war er im Antikhana-Gebäude in Kairo stationiert.«

»Beginnt sich da nicht ein Muster abzuzeichnen?« meinte Newman.

»Ja, aber vorerst ist es noch ein Kaleidoskop. Neue Ereignisse werfen es durcheinander, ergeben ein ganz anderes Bild. Noch etwas, bevor ich auflege. Und warnen Sie Marler – er kann sehr impulsiv sein. Petros ist ein überaus gefährlicher Mann. Diese verrückte Sache mit dem Skelett in der Mine. Ich bin sicher, daß Sie recht haben. Daß es die Überreste von Andreas sind. Seien Sie vorsichtig, alle beide. Und bevor wir Schluß machen – ist Ihnen sonst noch etwas aufgefallen?«

»Ihrer Fragestellung nach zu urteilen, vermutlich nicht.«

»Ihrer Beschreibung zufolge grenzt Florakis' Land an das von Petros – ist das nur ein seltsamer Zufall? Es könnte sich vielleicht lohnen, dem nachzugehen. Aber vorsichtig. Halten Sie mich auf dem laufenden ...«

Als Tweed den Hörer auflegte, ging die Tür auf und Monica kam herein. Sie begrüßte Paula, zog ihren Regenmantel aus, erklärte, sie würde Kaffee machen. Tweed wartete, bis sie mit dem Tablett zurückkehrte, und bat um schwarzen Kaffee. Er steuerte gewissermaßen noch mit Autopilot und war bemüht, die letzten Reste von Schläfrigkeit abzuschütteln.

»Ich bin früh aufgewacht«, sagte Monica, während sie die Tassen füllte. »Mir ging einfach zu viel im Kopf herum.«

»Ich kann Ihnen noch mehr liefern – so viel, daß Ihnen der Kopf wirbelt. Newman hat gerade angerufen ...«

Er gab ein knappes Resümee dessen, was er von Newman erfahren hatte. Die beiden Frauen hörten genau zu. Paula hielt einiges davon schriftlich fest, Monica verleibte es ihrem enzyklopädischen Gedächtnis ein. Als er fertig war, lehnte Tweed sich in seinem Stuhl zurück.

»Was halten Sie davon?«

»Florakis scheint die Schlüsselfigur zu sein«, sagte Paula prompt. »Sie haben nach einer Verbindung zwischen Griechenland und England gesucht. Vielleicht ist die Tatsache, daß er verschlüsselte Botschaften an irgendjemanden hierzulande übermittelt, dieses fehlende Glied. Dieser Hinweis auf Colonel Winter gibt mir zu denken. Colonel Barrymore?«

»Nicht unbedingt ...«

»Aber die Bandaufnahme, die Pete von der Unterhaltung im Luttrell Arms gemacht hat, ließ erkennen, daß Barrymore die anderen beiden behandelt, als wäre er immer noch ihr Vorgesetzter.«

»Colonel Winterton«, sagte Monica. »Der Mann, von dem Seton-Charles behauptete, er hätte die Bungalows in der Nähe von Kearns' Haus verkauft. Colonel Winterton, der verschwand, nachdem alle Bungalows an den Mann gebracht worden waren. Der Mann, der sich in Luft auflöste.«

»Haben Sie sich mit Pitlochry Insurance in Verbindung gesetzt?« fragte Tweed. »Der Firma, die tatsächlich die Hypotheken vergeben hat?«

»Ich habe gestern nachmittag angerufen, nachdem Sie gegangen waren. Der Manager wollte nicht mit Informationen herausrücken. Ich benutzte unsere Scheinfirma General & Cumbria Insurance, um ihn zum Reden zu bringen. Behauptete, uns läge eine Anfrage von einem Colonel Winterton wegen eines Immobilienkaufs vor, er hätte Pitlochry als Referenz angegeben ...« Sie begann zu würgen. »Kaffee – in den falschen Hals gekriegt ...«

Paula sprang auf, begleitete sie zur Toilette. Tweed dachte nach. Auf der Tafel am Hauseinang stand General & Cumbria Insurance Company. Die Tarnung erfüllte ihren Zweck. Sie gaben vor, einer Firma anzugehören, die sich auf den Schutz von sehr vermögenden Personen spezialisiert hatte. Zu ihrem offiziellen Aufgabenbereich gehörten auch Entführungsversicherung und Verhandlungen mit Entführern, wenn sie sich eines Kunden bemächtigt hatten. Das erklärte die vielen Auslandsreisen, die Tweed und seine Sektorenchefs unternahmen. Sie gehörten sogar dem Dachverband der Versicherungsunternehmen an – um die Tarnung komplett zu machen. Monica kehrte mit Paula zurück und betupfte sich den Mund mit einem Taschentuch.

»Alles wieder in Ordnung«, sagte sie und ließ sich an ihrem Schreibtisch nieder. »Ich wollte Ihnen von Pitlochry berichten. Der Manager sagte, Winterton hätte einen soliden und in geschäftlichen Dingen erfahrenen Eindruck gemacht. Der Manager gab zu, daß Winterton lediglich als Mittelsmann zwischen den Käufern der Bungalows und der Vergabe der Hypotheken durch Pitlochry fungiert hätte.«

»Ist er mit ihm zusammengetroffen?«

»Nein, das war das, was mir sehr merkwürdig vorkam. Alle Transaktionen wurden anhand von Briefen aus dem Büro in Taunton und Telefongesprächen mit Winterton abgewickelt.«

»Ist es Ihnen gelungen, irgend etwas darüber herauszubringen, wie er redete?«

»Ja, indem ich einen Scherz machte. Winterton hatte eine recht hochfahrende Art, sich auszudrücken. Ganz der Colonel, der vor seinem Bataillon steht – so formulierte es der Manager.«

»Irgendeine Nachsendeadresse?«

»Nein. Bei Pitlochry weiß niemand, wo er steckt.«

»Der Mann, der sich in Luft auflöste«, sagte Paula.

»Wieder eine Sackgasse«, bemerkte Tweed. »Wobei mir einfällt – wir haben immer noch keine Ahnung, was Masterson mit seinem Hinweis auf *Endstation* meinte. Ich bin mir ganz sicher, daß das ein wichtiger Punkt ist – entweder hier oder in Griechenland. Im Aushorchen von Leuten war Masterson der geschickteste Mann, der mir je begegnet ist. Er wollte mir etwas mitteilen. Aber was?«

»Da kommen wir fürs erste nicht weiter«, meinte Paula. »Aber ich habe etwas herausgefunden.« In ihrer Stimme lag ein Ton, der Tweed und Monica veranlaßte, sie verwundert anzuschauen. »Ich habe es nicht erwähnt, als wir dort waren. Ich wollte der Sache selbst nachgehen.«

»Welcher Sache?« fragte Tweed.

»Erinnern Sie sich an den Abend, an dem wir Colonel Barrymore aufsuchten? Ich saß seitlich von seinem Schreibtisch. Dort lag ein Exemplar der *Times*, mit den privaten Annoncen nach oben gefaltet. Ich habe mir das Datum gemerkt. Gestern war ich in Wapping und habe im Archiv nachgeforscht. Was meinen Sie, was ich gefunden habe?«

»Jetzt spielt sie ihr Spiel«, sagte Monica und kicherte.

»Und ich spiele mit. Was haben Sie gefunden?«

»Eine Annonce, die zu der Zeit aufgegeben wurde, als Christina Gavalas in England war, als Harry Masterson hier mit ihr herumreiste. Das war die Annonce.« Sie las aus einem kleinen Taschenkalender vor. »*Personen, die am Mäander interessiert und über Antikhana informiert sind, werden gebeten, mit mir Verbindung aufzunehmen. Irene.* Es war eine Telefonnummer angegeben. Ich habe unter dieser Nummer angerufen. Stellte sich heraus, daß es die des Strand Palace war. Ich behauptete, ich wäre die Schwester von Christina Gavalas. Hatte sie im Hotel gewohnt? Sie spielten nicht mit. Also sprang ich in ein Taxi, fuhr zum Strand und zog vor dem für die Reservierungen zuständigen Angestellten eine verführerische Schau ab – sehr unfein von mir. Ich glaube, er dachte, er hätte eine Eroberung gemacht. Er sah in seinen Unterlagen nach. Christina hat in der relevanten Zeit dort gewohnt.«

»Aber Irene ist der falsche Name«, warf Monica ein.

»Ich glaube, den benutzte sie, um sich zu schützen. Schließlich wußte sie nicht, wer sich melden würde.«

»Ganz meine Meinung«, sagte Tweed. »Tippen Sie die Annonce mit dem Datum und heften Sie das Blatt in die Akte. Sie haben gute Arbeit geleistet. Allerdings«, gab er zu, »war mir die Annonce bekannt. Newman hat mir am Telefon berichtet, daß Christina ihm bei einem Abendessen erzählt hat, wie sie Masterson kennengelernt hat. Er sah die Annonce und rief sie an.«

»Verbindlichsten Dank!« Paula warf ihren Bleistift hin. »Also habe ich nur meine Zeit vergeudet.«

»Durchaus nicht. Ich habe nicht bemerkt, daß die Zeitung auf Barrymores Schreibtisch lag – was bedeutet, daß er sich dafür interessierte. Und ich bin der Meinung, daß Sie und ich in allernächster Zeit wieder ins Exmoor fahren und zusehen sollten, wie Butler und Nield zurechtkommen. Inzwischen wissen wir mehr als beim vorigen Mal.«

Er verstummte, als das Telefon läutete. Monica ergriff den Hörer und sprach ein paar Worte. Dann legte sie die Hand über die Muschel und schaute zu Tweed hinüber.

»Wenn man vom Teufel spricht ... Pete Nield ist am Apparat.«

»Entschuldigen Sie, daß ich so früh anrufe. Aber ich wollte es wenigstens versuchen«, erklärte Nield. »Ich spreche von einer Telefonzelle aus. Wir haben Druck gemacht, und stellen Sie sich vor, was passiert ist. Die Jäger sind zu Gejagten geworden. Harry und ich werden von Barrymore und Kearns überwacht.«

»Wie meinen Sie das?« Tweeds Stimme klang scharf und bestürzt.

»Wir haben uns abwechselnd an sie gehängt und uns von ihnen sehen lassen – wir sind im Moor herumgeritten. Wenn wir jetzt hinaufreiten, tauchen sie sozusagen aus dem Nichts auf und hängen sich an uns! Das ist irgendwie unheimlich ...«

»Sie kennen das Moor besser, als Sie es je kennenlernen werden. Wie sah ihre Routine aus, bevor sie den Spieß umdrehten?«

»Robson ritt den ganzen Tag umher und besuchte seine Patienten. Er hält es stundenlang ohne Essen und Trinken aus. Seine Patienten leben über ein großes Gebiet verstreut. Abends nimmt er eine Mahlzeit zu sich, die vermutlich seine Schwester zubereitet hat. Dann zieht er sich in diesen Kommandoturm zurück und liest. Wenn es dunkel ist, zieht er die Vorhänge zu. Geht spät schlafen.«

»Und Kearns?«

»Reitet viel im Moor herum. Seine Frau Jill kommt nie zum Vorschein. Wir haben sie beide nicht zu Gesicht bekommen. Vielleicht sperrt er sie ein. Was Kearns betrifft, so reitet er zum Gipfel des Dunkery Beacon hinauf. Verbringt die Nacht dort oben. Gott weiß, was er da tut. Wir konnten nicht nahe genug herankommen. Merkwürdiger Typ. Ein Einzelgänger.«

»Dunkery Beacon? Das ist der höchste Punkt im Exmoor ...«

»So ist es. Wollen Sie etwas über Barrymore hören?«
»Natürlich.«
»Er ist jetzt ungefähr dreißig Meter von mir entfernt. In einem Zeitungsladen, der schon früh öffnet. Steht am Fenster und tut so, als läse er Zeitung. Aber er beobachtet mich. Er kam auf einem Pferd ins Dorf, das er ein Stück die High Street hinunter angebunden hat. Außerdem hat er ein Gewehr, das in einer am Sattel befestigten Scheide steckt.«
Tweed überlegte rasch. »Passen Sie auf. Butler ist im Luttrell Arms? Gut. Sie tun folgendes. Das, womit sie nicht rechnen. Sie verschwinden. Sie bezahlen Ihre Rechnung, dann fahren Sie beide nach Taunton. Dorthin kann Ihnen der Colonel auf dem Pferd nicht folgen. In Taunton leihen Sie neue Wagen. Völlig andere Modelle. Mieten Sie sich unter angenommenen Namen im größten Hotel in Taunton ein. Wechseln Sie Ihre Kleidung – kaufen Sie neue Sachen, die Ihr Aussehen völlig verändern. Dann nehmen Sie Professor Guy Seton-Charles aufs Korn. Folgen Sie ihm Tag und Nacht. Lassen Sie ihn nicht wissen, daß Sie ihm auf der Spur sind. Sie können sich morgen früh bei seinem Bungalow in dieser Siedlung an ihn hängen. Alles klar?«
»Wird gemacht.«
»Und lassen Sie Monica wissen, wie Ihr neues Hotel heißt, wie wir mit Ihnen Verbindung aufnehmen können. Und jetzt Tempo!«
Tweed knallte den Hörer auf die Gabel, dann begann er, mit einem Taschentuch seine Brillengläser zu putzen. Monica beobachtete ihn, blinzelte Paula zu. Sie kannte die Anzeichen.
»Es ist etwas passiert«, vermutete sie.
»Ja. Das Ausüben von Druck hat Resultate gebracht ...« Er berichtete ihnen, was geschehen war. »Vielleicht nähern wir uns dem kritischen Punkt.«
»Und was ist der Sinn der neuen Übung?« fragte Paula.
»Barrymore und Kearns aus der Fassung zu bringen. Sie werden von Butler und Nield beschattet. Plötzlich sind die Beschatter verschwunden. Ich wette, während der nächsten Woche werden Barrymore und Kearns das ganze Moor nach ihnen absuchen, sich fragen, wo zum Teufel sie geblieben sind. Außerdem ziehe ich Butler und Nield aus der Schußlinie. Vielleicht buchstäblich.«
»Da kann ich Ihnen nicht folgen«, sagte Paula.
»Die Sache mit dem Gewehr, das Barrymore bei sich hat, gefiel mir nicht. Auf dem Moor passieren Jagdunfälle. Und niemand kann beweisen, daß es kein Unfall war. Außerdem ist es psychologische Kriegführung.«
»Wie meinen Sie das?« fragte Paula.

»Wir lassen Exmoor eine Woche völlig in Ruhe. Und genau dann, wenn die Jäger denken, sie hätten ihre Gegner aus dem Felde geschlagen, tauchen wir beide auf und stellen ihnen weitere Fragen.«

George, der Tagwächter, brachte ihnen Frühstück, Sandwiches und Kaffee. Sie verzehrten es an ihren Schreibtischen. Gegen zehn bat Tweed Monica, ihn mit Chefinspektor Sarris von der Athener Mordkommission zu verbinden.
»Ich habe ihn auf einer Sicherheitskonferenz in Genf kennengelernt. Ein äußerst intelligenter Mann, aber ich muß ihn bitten, vorerst nichts zu unternehmen. Der Zeitpunkt ist noch nicht gekommen. Wenn er nicht da ist, versuchen Sie Kalos an den Apparat zu bekommen...« Tweed buchstabierte den Namen. »Sarris tüchtiger Assistent. Hat ein Gedächtnis wie ein Computer – besonders, was griechische Geschichte angeht.«
Tweed wendete sich wieder der Akte mit der Aufschrift *Ionides* zu. Monica teilte ihm mit, daß alle Leitungen nach Griechenland besetzt waren. »Vermutlich Reisebüros, die Ferienreisen buchen. Ich versuche es weiter.«
»Tun Sie das. Inzwischen rufen Sie noch einmal in Brown's Hotel an. In Dunster habe ich mit Jill Kearns verabredet, daß wir uns treffen würden, wenn sie nach London kommt. Ich sagte ihr, ich würde regelmäßig im Hotel anrufen, um zu erfahren, ob sie angekommen ist.«
»Ich rufe täglich an. Gestern war sie noch nicht da...«
»Nield hat berichtet, sie wäre aus dem Exmoor verschwunden, sie hätten sie seit geraumer Zeit nicht zu Gesicht bekommen. Versuchen Sie es noch einmal...«
»Sie ist am Apparat«, sagte Monica ein paar Minuten später.
»Tweed hier. Wann sind Sie angekommen?«
»Darling, was für ein herrliches Gefühl, Ihre Stimme zu hören. So beruhigend. Ich bin allein hier. Gott, bin ich froh, wieder in die Zivilisation zurückgekehrt zu sein. Ich war nahe daran, in diesem schauderhaften Moor den Verstand zu verlieren.«
»Können wir uns heute sehen?« fragte Tweed und stoppte damit den Wortschwall.
»Sie fragten, wann ich angekommen bin. Gestern nachmittag. Gerade rechtzeitig zum Tee. Der Tee im Brown's ist märchenhaft. Warum nehmen wir ihn nicht zusammen ein?«
»Gute Idee. Ich könnte gegen halb vier dort sein. Würde Ihnen das passen?«
»Wunderbar. Ich zähle die Minuten. Aber kommen Sie nicht zu spät.

Sie haben hier eine wunderbare Erdbeertorte, und die ist immer sehr schnell alle. Oh«, setzte sie dann hinzu, als wäre es ihr gerade eingefallen. »Ich habe Ihnen etwas Interessantes zu erzählen. Aber nicht am Telefon, Darling.«

»Dann also bis halb vier. Auf Wiedersehen...«

Tweed legte den Hörer auf, als wäre er heiß. Er seufzte, zog sein Taschentuch und wischte sich in gespieltem Grausen die Stirn ab. »Nur gut, daß Sie dieses Gespräch nicht festgehalten haben.«

»Sie ist sehr attraktiv«, sagte Paula; ihre Stimme klang nachdenklich.

»Sie hängt sich an mich wie eine Klette.« Er sah zu Monica hinüber. »Aber Sie haben das Gespräch aufgezeichnet, das ich mit Nield geführt habe?«

»Ja. Ich habe gesehen, wie Sie zweimal nickten. Es ist für alle Zeiten bewahrt. Wollen Sie es abhören?«

»Später. Irgend etwas, das Nield sagte, war wichtig, und jetzt ist es wieder weg. Ich habe mich darauf konzentriert, sie aus Dunster fortzuschicken. Kann mich einfach nicht erinnern, was es war. Hören Sie es sich an, Paula. Vielleicht fällt Ihnen etwas auf. Monica, versuchen Sie noch einmal, nach Athen durchzukommen.«

»Chefinspektor Sarris? Hier London. Mr. Tweed von Special Branch würde gern mit Ihnen sprechen...«

Tweed vergeudete nicht viel Zeit mit Begrüßungsfloskeln. »Robert Newman, der Auslandskorrespondent, hat mir von seinem Gespräch mit Ihnen berichtet, Peter. Er genießt mein volles Vertrauen...«

»Arbeitet er neuerdings für Sie?«

»Nein, das tut er nicht. Aber wenn er hinter einer Story her ist und dabei auf etwas stößt, von dem er meint, daß es die nationale Sicherheit berührt, dann erstattet er mir Bericht.« Damit war Newman gedeckt. »Ich wollte Sie um einen großen Gefallen bitten. Unternehmen Sie vorerst nichts gegen diesen Stavros Florakis. Wenn Sie ihm genügend Seil geben, hängt er sich vielleicht selbst auf. Ich befinde mich noch im Anfangsstadium meiner Untersuchung.«

»Welcher Untersuchung, wenn ich fragen darf?«

»Sie dürfen. Ich untersuche den Tod eines meiner besten Leute – Harry Masterson. Einzelheiten kann ich Ihnen noch nicht mitteilen. Aber Florakis' Farm liegt ganz in der Nähe von Kap Sunion, wo Masterson unter verdächtigen Umständen zu Tode kam.«

»Offiziell war es ein Unfall.«

»Und inoffiziell? Ich spreche über Scrambler.«

»Ich auch«, erklärte Sarris. »Wir haben ein Scrambler-Telefon angeschafft, als Drogen zu einem unserer größten Probleme wurden. Inoffiziell? Das ist nur meine private Ansicht. Es gibt Leute in den höheren Etagen, die das nicht gern hören würden ...«
»Keine Sorge. Dieses Gespräch ist absolut vertraulich.«
»Masterson wurde ermordet. Ich bin selbst zum Kap hinuntergefahren, habe mir die Gegend angesehen. Kein Mann, der seine fünf Sinne beieinander hat, kann über den Rand stolpern. Und Masterson hatte sie beieinander – ich habe ihn einmal im Hilton gesehen. Sie wollen also, daß ich die Kavallerie zurückhalte?«
»Bitte. Wir befinden uns noch im Anfangsstadium. Ich weiß noch nicht, an welchem Ende der Schlüssel zu finden ist – an Ihrem oder an meinem. Noch etwas – haben Sie schon einmal etwas von einem Mäander gehört?«
Sarris zögerte. Nur ein oder zwei Sekunden, aber Tweed entging es nicht.
»Darunter kann ich mir nichts vorstellen. Haben Sie vor, hierher zu kommen?« fragte er dann.
»Kann ich noch nicht sagen. Wie geht es Kalos? Ich habe ihn auf dieser Sicherheitskonferenz in Genf kennengelernt und erinnere mich gut an ihn. Sie haben da einen überaus tüchtigen Assistenten.«
»In der Tat, aber in dieser Hinsicht sind Sie klüger als manche Leute hier in den oberen Etagen.« Sarris zögerte abermals, diesmal etwas länger. »Interessant, daß Sie Kalos erwähnen. Er hat eine wichtige Entdekkung gemacht. Wie Sie vermutlich wissen, hat Newman Florakis' Fingerabdrücke beschafft. Wir haben sie in den Computer eingegeben. Kalos ging – wie immer – seine eigenen Wege. Er hat eine Kartei überprüft, die bis in das Jahr 1946 zurückgeht.«
»Typisch Kalos«, bemerkte Tweed.
»Er hat einen Volltreffer gelandet. Vor einer Stunde haben wir die Abdrücke von Florakis mit denen eines anderen Mannes unter der Lupe verglichen. Sie stimmten überein.«
»Wer ist er in Wirklichkeit?« Tweed ließ sich seine Erregung nicht anmerken.
»Ein gewisser Oleg Sawinkow. Von Stalin ins Land geschickt, um die Anführer der EDES zu ermorden, der rechtsgerichteten Gruppe, die während des Bürgerkriegs gegen die Kommunisten kämpfte. Sind Sie im Bilde?«
»Ich habe darüber gelesen. Fahren Sie fort.«
»Sawinkow wurde Der Henker genannt, gelegentlich auch Der Russe. Was hat er unter falschem Namen hier in Griechenland zu suchen?

Jemand hat ihn aus der Versenkung geholt. Gorbatschow kann es nicht sein. Er macht in Entspannung. Wollen Sie immer noch, daß ich die Hunde zurückhalte?«
»Jetzt erst recht. Und ich komme nach Griechenland, sobald ich irgend kann...«

ACHTUNDZWANZIGSTES KAPITEL

Daß etwas passiert war, wußte Newman in dem Augenblick, in dem er auf Christinas Stockwerk aus dem Fahrstuhl trat. Nick saß in einem Sessel und hielt Wache. Er rauchte eine Zigarette, und der Aschenbecher auf der marmornen Tischplatte war mit Stummeln gefüllt.
Aber es war Nicks Reaktion beim Aufgehen der Fahrstuhltür, die Newman alarmierte. Nick erhob sich abrupt, und seine rechte Hand glitt in die Tasche, in der der Smith & Wesson-Revolver steckte, den Newman ihm zurückgegeben hatte. Als Nick sah, wer es war, wandelte er die Bewegung ab und kratzte sich statt dessen in der Achselhöhle.
»Ist mit ihr alles in Ordnung?« fragte Newman.
»Ja, aber wir haben ein Problem, eine Krise. Anton, einer ihrer Verwandten, ist eingetroffen. Er kam herauf in dieses Stockwerk, und als er mich sah, wanderte er den Flur entlang. Eine Weile später kam er zurück und fuhr wieder hinunter ins Foyer. Es ist möglich, daß er noch dort ist.«
»Ein günstiger Moment, um ein paar Worte mit Christina zu reden.«
»Ich weiß nicht recht. Sie ist sehr gereizt. Wie eine Bombe, die jeden Augenblick explodieren kann. Daran ist Anton schuld. Ich habe ihr Bescheid gesagt. Hatte das Gefühl, es tun zu müssen...«
»Das war völlig richtig.«
Newman ging zu ihrer Tür und klopfte in dem besonderen Rhythmus an, den sie vereinbart hatten. Sie öffnete die Tür, nachdem sie die Kette gelöst hatte, und Newman erkannte, daß sie in keiner guten Stimmung war. Ihre Augen wirkten größer denn je, sie lächelte nicht, sondern drehte ihm den Rücken zu und ging mit unter der Brust verschränkten Armen auf den Balkon zu.
»Anton ist hier. Sie haben mich gefunden«, fauchte sie, bevor er ein Wort sagen konnte.
»Von Anton haben Sie mir nichts erzählt. Reden Sie. Und bleiben Sie vom Balkon weg. Wenn er unten am Pool ist, könnte er Sie sehen.«
»Was ändert das schon? Er weiß, daß ich hier bin.«

»Darum kümmern wir uns.« Er ergriff ihre Schultern und drehte sie um, drückte sie auf die Bettkante. »Keine Panik.« Er griff nach dem halbleeren Glas auf dem Tisch, trank einen kleinen Schluck. »Champagner. Ein bißchen früh am Tage.«

»Ich brauchte etwas, um meine Nerven zu beruhigen. Die Flasche ist im Kühlschrank. Füllen Sie nach.«

»Die Dame bekommt alles, was die Dame wünscht.«

»Alles?« fragte sie, als er mit dem gefüllten Glas zurückkehrte und es ihr reichte. Sie hatte eine cremefarbene Bluse an; die oberen drei Knöpfe standen offen. Einen Büstenhalter trug sie nicht.

»Nicht jetzt«, sagte er. »Ich habe ein paar Fragen.«

»Ihre Augen waren anderer Meinung.«

Er entfernte sich von ihr und ließ sich in einem Sessel nieder. Ihr Faltenrock war sehr kurz, ihre Beine waren atemberaubend. Konzentriere dich auf wichtigere Dinge, wies er sich zurecht.

»Schluß damit«, sagte er. »Erzählen Sie mir von Anton. Das gesamte Curriculum vitae. Das heißt, sein Leben vom Tag seiner Geburt an.«

»Ich weiß. Ich bin nicht ungebildet – wie Dimitrios und Konstantin.« Sie trank einen Schluck Champagner. »Und Anton ist es auch nicht. Er ist Petros' Sohn von seiner zweiten Frau – die sich zu Tode schuften mußte wie die erste. Deshalb ist Anton, sechs Jahre jünger als ich, mein Onkel. Petros erkannte, daß er intelligent ist und steckte viel Geld in seine Erziehung – jede Drachme, die er erübrigen konnte.«

»Welche Art von Erziehung?«

»Eine gute Schule in Athen. Er war immer Klassenbester. Anschließend war er in einem Internat in der Schweiz. Er spricht fließend Deutsch und Englisch. Er ist sehr sprachbegabt. Ein hervorragender Reiter – er lernte in Deutschland reiten, anschließend nahm er in Wien Unterricht in Dressur. Petros wollte einen Herrn in der Familie haben, jemanden, der sich in jeder Gesellschaftsschicht sehen lassen kann. Außerdem ist er ein Meisterschütze.«

»Wo hat er das gelernt? Im Teufelstal?«

»Sie machen Witze. Als er zurückkehrte, konnten Dimitrios und Konstantin ihn nicht ausstehen. Es gab nur eines, womit sie ihn übertrumpfen konnten, und das war Schießen. Anton flog nach England und trat in einen Schützenclub ein. Als er wiederkam, brachte er es fertig, daß Dimitrios und Konstantin sich vorkamen wie schiere Anfänger.«

»Glückliche Familie. Wie alt ist er?«

»Achtunddreißig. Sieht zehn Jahre jünger aus. Immer elegant gekleidet. Ach ja, etwas habe ich ausgelassen. Als er aus Genf zurückkehrte, hat er eine Zeitlang Vorlesungen an der Athener Universität gehört.

Dort geriet er unter den Einfluß eines englischen Professors. Er besucht nach wie vor die Seminare, die der Professor abhält, wenn er nach Athen kommt.«
»Wissen Sie den Namen dieses Professors?«
Sie krümmte die dichten Brauen. »Es war ein Doppelname. Ich bin ihm einmal begegnet. Mochte ihn nicht. Er strotzt vor Einbildung und Selbstzufriedenheit. Aber er ist intelligent.«
»Versuchen Sie, sich an seinen Namen zu erinnern.«
»Jetzt habe ich's. Guy Seton-Charles.«

Newman sprach ein paar Worte mit Nick, der daraufhin mit dem Fahrstuhl ins Foyer hinunterfuhr. Als Newman in Christinas Zimmer zurückkehrte, saß sie vor der Frisierkommode und bürstete ihr Haar. Neben den Kosmetika standen eine Flasche Mineralwasser und ein Glas.
»Ich bin wieder völlig nüchtern«, verkündete sie. »Ich habe zwei Glas Wasser getrunken. Finden Sie wirklich, daß es eine gute Idee ist – daß ich mit Ihnen ins Foyer hinunterfahre, obwohl Anton vielleicht noch dort ist?«
»Das gehört zu unserem Plan. Ich möchte, daß er Sie sieht, wenn er noch dort herumhängt. Und ich will ihn sehen – damit ich ihn in Zukunft kenne.«
»Er ist von meinen Verwandten der gefährlichste. Weil ich auch eine gute Ausbildung gehabt habe, kann er mich nicht leiden. Und er hat massenhaft eigenes Geld. Geld ist Macht, pflegt er zu sagen.«
»Woher hat er das?«
»Er leitet eine Reihe von Läden in Athen und Saloniki, in denen teure Fernseh-, Video- und Funkgeräte verkauft werden. Importiert natürlich. Wir Griechen machen überhaupt nichts – außer Silberwaren. Anton ist auch technisch sehr begabt. Er ist imstande, das komplizierteste Hochleistungs-Funkgerät zu bauen.«
Interessant, dachte Newman. Als er das vereinbarte Klopfzeichen hörte, ging er zur Tür. Es war Nick.
»Anton ist noch da. Wandert im Foyer unterhalb der Fahrstühle herum. Wenn wir ein bißchen Glück haben, können wir ihn sehen, wenn wir hinunterschauen. Ohne daß er uns sieht.«
»Darum geht es nicht. Kommen Sie mit. Fertig, Christina?«
»Wenn es sein muß.«
Sie durchquerten die Halle im ersten Stock. Nick hatte auf den Fahrstuhlknopf gedrückt; die Tür öffnete sich, und sie traten hinein. Newman faßte Christinas Arm. Sie verzog den Mund und stellte sich sehr steif und aufrecht hin.

»Anton soll der Teufel holen«, sagte sie.
»So ist's richtig«, erwiderte Newman.
Sie traten in das Hauptfoyer. Unterhalb von ihnen, hinter einer hüfthohen Mauer, lag ein großer Empfangsbereich, den man auch über eine Treppe von einem weiteren Foyer mit Marmorfußboden aus erreichte, das auf die Straße führte. »Da drüben, links von Ihnen, hinter der Säule«, flüsterte Nick.
In dem tiefergelegenen Empfangsbereich saßen etliche Leute auf den geräumigen Sesseln und Couches. Ein Mann trat hinter einer der Säulen hervor, hob einen kleinen Gegenstand an die Augen, hielt ihn einen Moment dort, steckte ihn dann wieder in die Tasche.
Marler saß in einem der Sessel und hielt eine Zeitung vor sein Gesicht. Er ließ die Zeitung sinken, erhob sich, wanderte dorthin, wo Anton sich gerade eine Zigarette anzündete. Marler stieß ihn an, schaute dabei in eine andere Richtung.
»Entschuldigung«, sagte er auf Englisch und ging ein paar Schritte weiter. Er nahm die Kamera, die er Anton aus der Tasche gezogen hatte, hantierte damit, verschloß sie wieder und steckte sie dann in seinen Hosenbund.
Anton stand nach wie vor an der Säule. Ein kleiner, kompakter Mann in einem leichten blauen Anzug, der sehr teuer aussah; Marler vermutete, daß er aus Seide bestand. Dazu trug er ein blaugestreiftes Hemd und eine blaßblaue Krawatte. Sehr elegant, der Herr Anton. Sein blasses Gesicht war rundlich, das schwarze Haar über seine hohe Stirn zurückgebürstet. Kein Scheitel.
Als sich Marler ihm näherte, griff er in seine Jackentasche. Er sah auf, streckte eine Hand aus, um Marler festzuhalten, der hinter die Säule trat. »Einen Moment«, sagte Anton und folgte ihm. »Sie haben meine Kamera gestohlen.« Seine rechte Hand packte Marlers Arm, und in seinem Griff lag viel Kraft.
Marler riß sich los, musterte Anton mit eisiger Miene. »Tun Sie das nicht noch einmal.« Er schaute auf den Boden, zeigte mit dem Finger hinunter. »Dort liegt Ihre dämliche Kamera. Sie haben Sie fallen gelassen, Sie Dummkopf.«
Anton bückte sich behende, hob die Kamera auf. In dem Augenblick, in dem er sich wieder aufrichtete, versetzte ihm Marler mit der geballten Faust einen Kinnhaken. Keiner von den Leuten, die im Empfangsbereich saßen, konnte sehen, was hinter der Säule vor sich ging. Anton sackte zusammen, schlug mit dem Hinterkopf an die Säule. Dann lag er auf dem Boden.
Marler rannte die Treppe hinauf in das Foyer, wo Newman mit Christi-

na und Nick wartete. »Er ist außer Gefecht gesetzt. Wir müssen sie schnell wegbringen. Ich sage am Empfang Bescheid . . .«
»Nick, gehen Sie hinaus zum Wagen und halten Sie sich bereit, uns zum Grande Bretagne zu fahren.«
Newman ergriff Christinas Arm, führte sie in einen bereitstehenden Fahrstuhl, drückte auf den Knopf. Während sie hinauffuhren, fragte er: »Sie haben Ihren Koffer unausgepackt gelassen, wie ich Ihnen geraten habe?«
»Ja. Und meine Kosmetiksachen kann ich in eine Tasche stopfen. Das dauert nur zwei Minuten.«
»Sehen Sie zu, daß Sie es in einer schaffen . . .«
Im Hauptfoyer redete Marler mit dem Empfangschef. »Dort unten hinter der Säule ist ein Mann zusammengebrochen. Einfach umgekippt. Vielleicht eine Herzattacke.« Er wartete, bis der Empfangschef nach einem Arzt telefonierte, dann eilte er davon und bat um die Rechnung für Christinas Zimmer.
»Alles erledigt«, verkündete er, als Newman mit Christina, ihren Koffer in der Hand, aus dem Fahrstuhl trat. Hinter sich hörte er das Mädchen, das am Empfang Dienst tat, rufen: »Telefon für Sie, Mr. Newman.«
»Bringen Sie Christina zum Wagen«, wies Newman Marler an. »Ich komme in einer Minute nach. Habe keine Ahnung, wer das sein könnte.«
Das Mädchen hinter dem Tresen reichte ihm den Hörer.
»Tweed hier. Eine dringende Sache, Bob. Rufen Sie binnen einer Stunde von einem sicheren Apparat aus zurück. Keinesfalls später . . .«
»Besten Dank.« Newman senkte die Stimme. »Wir haben hier eine heikle Situation. Ich rufe zurück.« Er legte den Hörer auf.
Nick wartete draußen hinter einer Taxischlange. Er öffnete die hintere Tür, Christina glitt in den Wagen, wenig später auch Newman. Als Nick ihr Gepäck im Kofferraum verstaute, tauchte Marler am hinteren Fenster auf. »Folgen Sie uns zum Grande Betragne«, wies ihn Newman an. »Buchen Sie für Christina unter dem Namen Mrs. Charles ein Zimmer. Übernehmen Sie. Nick fährt mich dann weiter zur Botschaft.«
»Wird gemacht.«
Nick lenkte den Wagen in den Verkehr. Christina zog ein großes Seidentuch aus ihrer Handtasche und band es sich so um, daß ihr Haar völlig verdeckt war. Anschließend setzte sie eine große Sonnenbrille auf, dann sah sie Newman an.
»Wie finden Sie mich?«
»Nicht wiederzuerkennen.« Newman war erleichtert. Jeder trug seinen

Teil zu der schnellen Flucht bei. Nick fuhr auf einem Umweg zum Grande Bretagne. Christina schob ihren Arm unter den von Newman und kuschelte sich an ihn. Er warf einen Blick durchs Heckfenster. Marler war dicht hinter ihnen.

»Wie zum Teufel hat Anton mich gefunden?« fragte sich Christina.

»Wahrscheinlich, indem er einem Angestellten, der gerade ein bißchen Kleingeld brauchte, ein Foto von Ihnen zeigte ...«

»Aber ich hatte mich doch verkleidet, als wir im Hilton eintrafen.«

»Und sind dann auf dem Balkon herumspaziert. Da waren massenhaft Kellner, die den Sonnenanbetern unten am Pool Drinks servierten. Daran hätte ich denken müssen. Außerdem hätte ich daran denken müssen, Ihnen zu sagen, daß Sie Ihr Tuch und Ihre Sonnenbrille tragen sollten, als wir im Ta Nissia-Restaurant zu Abend aßen. Im Grande Bretagne werden wir vorsichtiger sein.«

»Und ich«, erklärte Nick über die Schulter hinweg, »sollte den Wagen vielleicht vor dem Astir Palace auf der anderen Straßenseite abstellen. Sie kennen inzwischen die Zulassungsnummer. Das bedeutet, daß ich ein Zimmer mieten muß ...«

»Tun Sie das. Unter einem falschen Namen. Kaufen Sie einen Koffer und ein paar Kleidungsstücke und außerdem eine von diesen Schirmmützen, wie sie die Deutschen so gern tragen. Wir müssen in der Versenkung verschwinden – und das betrifft auch Sie. Und schlafen Sie in dem Zimmer im Astir Palace, wenn's recht ist. Dann sind Sie schnell verfügbar, falls wir Sie brauchen sollten. Sofern Ihre Frau nichts dagegen hat.«

»Die ist froh, wenn ich ihr den Rücken zuwende.« Nick lächelte. »Tut mir leid, daß wir in einen Stau geraten sind, aber wenigstens kann uns niemand folgen.«

Sie hatten den Omonia-Platz erreicht, den Piccadilly Circus oder Times Square von Athen. Straßen mündeten aus allen Richtungen, der Verkehr stand. Der Platz war umgeben von zweitklassigen Hotels und Kaufhäusern. Sie warteten, und Nick klopfte mit der Hand aufs Lenkrad.

»Leute, die aus anderen Ländern geflüchtet sind, strömen in diese Gegend hier. Die Polizei hat nichts dagegen. Auf diese Weise weiß sie, wo sie nachschauen muß, wenn sie jemanden sucht. Es geschehen noch Zeichen und Wunder – es geht weiter ...«

Auf der Veranda seiner Farm tief im Innern des Teufelstals unterzog Petros seine Enkelsöhne einem peinlichen Verhör. Sie standen vor ihm, und er schwenkte eine schwere Fliegenklatsche.

»Und du, Dimitrios, willst mir weismachen, daß sich dort oben an der Mine mehrere Männer von hinten angeschlichen und dann euch beide niedergeschlagen haben? Bleibst du immer noch bei dieser Geschichte?«
»Genau so war es . . .«
»Lügner! Schwindler!« Petros bewegte sich schnell und heftig. Die Fliegenklatsche knallte auf Dimitrios Handrücken. Da sie mit Leder verstärkt war, hinterließ sie eine dicke Strieme. Und Petros saß nach wie vor in seinem Sessel. »Du lügst wie gedruckt«, knurrte er.
»Es war so . . .« begann Konstantin, brach aber schnell ab, als Petros sich ihm zuwendete. Er machte sich auf den Schlag gefaßt, aber Petros lehnte sich in seinem Sessel zurück, betrachtete die Fliegenklatsche, während er mit gelassener Stimme redete.
»Ihr habt beide in den Schacht hineingeschaut. Ihr habt die Beine eines Mannes unterhalb des Eimers gesehen. Hättet ihr ohne jedes Zögern auf ihn geschossen – wie ich es getan hätte –, dann hättet ihr euch umdrehen und den einzelnen Mann sehen können, der sich euch näherte, den Mann, den einer von euch wahrscheinlich gerade noch gesehen hat, bevor er euch beide k. o. schlug. Blöde Stümper.«
»Warum?« getraute sich Dimitrios zu fragen. Er beleckte seine verletzte Hand.
»Weil ich die Mine kenne und weiß, daß sie über Hunderte von Metern von losem Geröll umgeben ist. Ein Mann, der eine entsprechende Ausbildung erhalten hat, ein sehr tüchtiger Mann könnte es schaffen, sich völlig lautlos über dieses Geröllfeld zu bewegen. Ein Mann«, wiederholte er. »Aber ich halte es für ausgeschlossen, daß mehrere Männer es geschafft hätten. Ihr wollt nur eure Dämlichkeit verheimlichen. Es war eine Falle, begreift ihr das nicht?«
»Eine Falle?« Konstantins Stimme klang, als wäre er ehrlich überrascht.
»Natürlich. Ein Mann – der Mann im Schacht – läßt zu, daß ihr ihn seht. Er führt euch zur Mine. Dann schleicht sich sein Gefährte von hinten an euch an. Konstantin, du hast gesagt, du hättest einen Gewehrlauf gesehen, bevor er dich niederschlug. So hat er es gemacht.« Petros faßte die Fliegenklatsche in der Mitte des Griffes und schwang sie erst zur einen und dann zur anderen Seite. »Waren es die Engländer?« knurrte er. »Ihr habt gesehen, wie ein Mann den Pfad heraufkam?«
»Wir konnten ihn nicht deutlich sehen – er war zu weit weg«, erklärte Dimitrios schnell, bevor Konstantin die Frage beantworten konnte. Es war eine Erleichterung, einmal die Wahrheit sagen zu können.

»Und bei der Suche nach Christina habt ihr auch jämmerlich versagt.« Petros genoß es, über sie herzufallen, ihnen zu zeigen, wer der Boss war.
»Wir haben unser Bestes getan«, protestierte Dimitrios. »Aber es gibt so viele Hotels . . .«
»Euer Bestes, daß ich nicht lache. Euer Schlechtestes. Ihr marschiert ins Hilton und versucht, den Empfangschef zu bestechen! Er weiß genau, daß es sich nicht lohnt, sein dickes Gehalt zu riskieren, indem er euch Auskünfte gibt. Ich hätte mich an das einfache Personal herangemacht – an Leute wie uns. Ein Zimmermädchen, eine Putzfrau. Jemand, der Geld braucht, der in jedes Zimmer kommt. Aber jetzt ist Anton auf der Suche. Er wird sie finden.«
»Wir können nach Athen fahren und es noch einmal versuchen«, erbot sich Konstantin eifrig.
»Ihr seid nichts als ein paar Kriecher.« Petros spuckte auf die Veranda. Sie nahmen alle Beleidigungen widerspruchslos hin, dachte er. Das war ein Tribut, den sie der Kraft seiner Persönlichkeit zollten. Von seinem Körper ging eine Art Magnetismus aus. Er wies auf die von Gestrüpp überwucherten Berge.
»Macht, daß ihr hinauskommt in die Sonne. Hütet die Schafe. Paßt auf, daß die anderen Hirten nicht irgendwo hinter Felsbrocken liegen und schlafen. Wenn ihr einen dabei erwischt, verpaßt ihr ihm ein paar anständige Tritte.« Er hielt einen Moment inne. »Merkwürdig, daß ihr Florakis gesehen habt. Wieso steigt er mitten in der Nacht auf einen Berg? Behaltet ihn gleichfalls im Auge. Erstattet mir Bericht, wenn ihr herausgefunden habt, was er dort oben tut.« Petros konnte sich einen letzten Seitenhieb nicht verkneifen. »Und um Christina braucht ihr euch nicht mehr zu kümmern – Anton wird sie finden. Anton hat Verstand.«

Als Dimitrios und Konstantin die Farm verlassen hatten und einen Pfad hinaufstiegen, den zu bewältigen selbst einer Ziege schwergefallen wäre, Kalksteinstaub aufwirbelten, der ihnen in Mund und Nase drang, und in der Nachmittagssonne schwitzten, blieb Petros auf der Veranda sitzen. Der Löwenkopf war ihm auf die massige Brust gesunken, aber er war wach und dachte nach.
Immer diese verdammten Engländer. Newman und Marler – das waren die beiden Engländer, von denen Giorgios berichtet hatte, daß sie im Grande Bretagne erschienen waren. Giorgios, der in einem Weinfaß in der Plaka ertränkt worden war.
Obwohl er keinerlei Schulbildung genossen hatte, verfügte Petros doch

über eine angeborene Schlauheit, den verschlagenen Verstand eines Bauern, der manchmal weitaus Gebildetere überlisten konnte. Newman und Marler, die Christina dazu verführt hatten, sich ihnen anzuschließen. Sie waren von demjenigen der drei Männer geschickt worden, der vor so langer Zeit Andreas auf Siros ermordet hatte.
Von welchem? Colonel Barrymore, Captain Robson oder Company Sergeant Major Kearns? War es möglich, daß sie alle drei in diese bestialischen Morde verwickelt waren? Denn später – nach dem Krieg – war Petros nach Kairo gereist, um so viel wie möglich über den Mord an seinem anderen Sohn herauszufinden. Stefan, der sich dort unter dem Namen Ionides versteckt hielt. Ein Ägypter, der im Antikhana-Gebäude sauber machte, hatte ihm einiges erzählt. Die gleichen drei Männer waren dort stationiert gewesen. Irgendwie hatte einer von ihnen herausbekommen, daß Ionides in Wirklichkeit der Bruder von Andreas war.
Welcher von ihnen war es gewesen? Petros stellte sich die Frage, die er sich schon tausendmal gestellt hatte. Jetzt hatte Anton – der tüchtige Anton – sie in einer Gegend ausfindig gemacht, die Exmoor genannt wurde. Warum lebten sie so dicht beieinander?
Das spielte keine Rolle! Petros stemmte sich aus seinem Sessel, ging ins Haus, kehrte mit einer Schachtel zurück, die er drinnen versteckt hielt. Er öffnete sie. In ihr, in Zeitungspapier eingeschlagen, lag das Kommandomesser, das Messer, das er nur unter Aufbietung seiner ganzen Kraft aus Andreas' Rücken hatte herausziehen können. Das Messer, das er eines Tages benutzen würde, um den Mörder seiner beiden Söhne zu töten.

Elegant und selbstsicher trotz des Vorgefallenen dankte Anton dem Empfangschef und verließ das Hilton. Der Arzt, den sie geholt hatten, war lästig gewesen. Anton hatte ihm erklärt, er wäre ohnmächtig geworden und mit dem Kinn gegen die Säule geschlagen. Auch mit dem Empfangschef war er geschickt umgesprungen. Kurz bevor er ging, brachte er ganz beiläufig seine Bemerkung an.
»Es war die Hitze. Ich muß ohnmächtig geworden sein, kurz bevor meine Freunde das Hotel verließen ...« Er beschrieb Christina, Newman und Marler. »Haben sie gesagt, zu welchem Hotel sie fahren wollten? Vermutlich nicht – sie sind so schnell verschwunden.«
»Nein, das haben sie nicht. Wie Sie bereits sagten – sie hatten es eilig«, hatte der Empfangschef erwidert.
Was Antons Verdacht bestätigte. Er zuckte die Achseln, als er in die sengende Hitze hinaustrat, fast ohne den Temperaturunterschied zu

registrieren. Er hatte sie einmal gefunden, er würde sie wieder finden. Aber vorerst hatte er etwas Wichtigeres zu erledigen. Er schaute auf die Uhr – er würde zu spät zu seiner Verabredung kommen.
Sollte der Kerl doch warten. Er würde erleichtert sein, wenn er Anton kommen sah. Er verzichtete auf ein Taxi. Taxifahrer hatten ein gutes Gedächtnis. Er bahnte sich seinen Weg über die verkehrsreiche Kreuzung und ging auf dem Vassilissis-Sofias-Boulevard in Richtung Syntagma-Platz.
Anton mußte lächeln bei dem Gedanken, wie wütend Petros sein würde, wenn er wüßte, wo er hinwollte, wen er treffen würde und warum. Der alte Gauner lebte in der Vergangenheit. Hatte keine Ahnung, was heutzutage in der Welt vorging. Es würde eine schöne Überraschung für ihn sein, wenn er eines Tages hörte, daß Anton Minister geworden war. Innenminister wäre das beste. Da hatte man wirklich Macht.
Eine halbe Stunde später wanderte er durch das Straßen- und Gassen-Labyrinth der Plaka. Hatte man bereits angefangen, den Plan in die Tat umzusetzen? Früher oder später würde der Mann, zu dem er unterwegs war, ihm sagen müssen, was vor sich ging. Der Klops, der für Anton noch wichtig war. Fürs erste. Der Mann, der Doganis hieß. Der Chef des Mäander in Athen.

»Sie kommen spät«, begrüßte ihn Doganis. »Warum?«
Anton saß in dem Zimmer über der Taverne auf einem Stuhl mit einem Binsensitz und ließ sich mit dem Anzünden seiner Zigarette Zeit. Er konnte diesen ungeschlachten Kerl nicht ausstehen, war aber schlau genug, sich seinen Abscheu nicht anmerken zu lassen. Doganis, ein Mann in den Sechzigern, war ein massiger Brocken mit breiten Schultern und einem großen Kopf mit ergrauendem Haar. Er musterte Anton mit kalter Miene.
Sorgsam bemüht, sich nichts von der Verachtung anmerken zu lassen, die er empfand, betrachtete Anton seinen Chef. Die riesigen, wabbeligen Hände, die ein Ebenholzlineal hielten, die schlaffen Wangen, der vorgewölbte Bauch. Nicht mehr in Kondition, nicht mehr auf dem laufenden in der modernen Welt. Einer von der alten Garde. Ein fett gewordenes Überbleibsel aus der Zeit des Bürgerkriegs.
Doganis seinerseits schätzte den eleganten Anton ab. Ehrgeizig, skrupellos. Ein junger Emporkömmling, der in seine Schranken verwiesen werden mußte. Angezogen wie ein Gigolo. Doganis hatte Anweisung erhalten, ihn über die nächsten Schritte in dem Unternehmen zu informieren, was er persönlich für verfrüht hielt.
»Sie kehren bald nach England zurück«, teilte er ihm mit. »Sie über-

bringen Briefe an Captain Robson, Sergeant Major Kearns und Colonel Barrymore. Zwei der Briefe sind bedeutungslos. Was den dritten betrifft, so werden Sie die Ehre haben, ihn Jupiter auszuhändigen.«
»Jupiter? Wer ist das?«
»Der Mann, der die Organisation wieder in Funktion versetzt hat. Fragen Sie nicht, wer es ist.«
»Jupiter ist ein römischer Gott, kein griechischer«, bemerkte Anton, um sich vorzutasten.
»Was Verwirrung stiftet und hilft, seine Identität zu verheimlichen. Sie reisen in ein paar Wochen wieder nach England – nachdem wir einen wichtigen Gast aus dem Ausland hiergehabt haben.« Doganis verstummte. Wenigstens hatte man ihm nicht befohlen, Anton jetzt schon wissen zu lassen, daß es sich bei dem Gast um Oberst Wolkow handelte, General Lutscharskys Adjutanten. »Ich nehme an, Sie können wieder die gleiche geheime Route benutzen? Es darf keine Unterlagen über Ihre Einreise nach England geben.«
»Es hat einmal funktioniert, es wird wieder funktionieren«, erklärte ihm Anton kühn. »Sie tun Ihre Arbeit, ich tue meine . . .«
Plötzlich ein krachendes Geräusch. Anton fuhr zusammen. Doganis, der immer etwas in seinen rastlosen Händen hielt, hatte in seiner Wut das Ebenholzlineal mitten durchgebrochen.
Anton war verblüfft. Dieser groteske, verfettete Mann besaß eine unwahrscheinliche Kraft in den scheinbar so weichlichen Händen. Es waren die Hände eines Würgers. Doganis richtete eines der zerfetzten Enden des Lineals auf ihn. Seine leise Stimme verlieh dem, was er sagte, einen unheimlichen Nachdruck.
»Hören Sie zu, Gavalas. Wir haben eine ungeheure Verantwortung auf Ihre unreifen Schultern gelegt. Ich brauche nur zu berichten, daß ich kein Vertrauen mehr zu Ihnen habe, und vierundzwanzig Stunden später sind Sie tot. Sie haben Arroganz gezeigt. Ich empfinde das als beunruhigend.«
Anton schluckte. Der Raum war mit einer Öllampe auf einem Nebentisch nur schwach erhellt, und plötzlich schien Doganis' riesiger Schatten das ganze Zimmer zu füllen. Anton zwang sich zu einem respektvollen Ton. »Ich entschuldige mich, Genosse. Ich wollte Ihnen lediglich versichern, daß alles gut gehen wird.«
»Und denken Sie daran«, fuhr Doganis fort, ohne auf seine Entschuldigung einzugehen, »daß ich Sie vielleicht mit unserem Gast bekannt machen werde. Es kann sein, daß er Sie ins Bild setzen will. Behandeln Sie ihn mit Ehrerbietung.« Er wechselte völlig unvermittelt das Thema und beobachtete dabei den anderen Mann genau. »Ist unten am Kap

Sunion alles ruhig? Keine Anzeichen dafür, daß sich irgend jemand für Florakis interessiert?«
»Keinerlei Anzeichen«, versicherte Anton.
»Sie haben zu schnell geantwortet. Was ist mit Petros?«
»Er plant immer noch seine verrückte Rache an den englischen Mördern seiner beiden Söhne. Er denkt an nichts anderes.«
»Nützlich. Er lenkt die Aufmerksamkeit dieser beiden Engländer ab. Newman und Marler. Gehen Sie jetzt. Ihre Zukunft hängt von Ihrem Gehorsam gegenüber unserer Sache ab.«
Anton erhob sich schnell. Er war froh, aus der Gegenwart des Mannes verschwinden zu können, der ihm jetzt Angst einjagte. Er eilte die schmale Treppe hinunter und blieb dann einen Moment stehen, bevor er auf die leere Straße hinaustrat.
Den kleinen, untersetzten Mann mit stoppeligem braunem Haar, der auf der anderen Straßenseite im Schatten einer Toreinfahrt wartete, sah er nicht. Ganz einfach deshalb, weil Kalos nicht gesehen werden wollte. Kalos trug eine schmutzige alte Jacke und eine ausgebeulte Hose. Er hob die Kamera mit der Infrarotlinse und machte drei Aufnahmen. Anton wendete sich nach links und ging schnell davon.
Glück gehabt, dachte Kalos. Wer das auch gewesen sein mochte – er hatte das Gebäude verlassen, während die Touristen und die Einheimischen in der Taverne aßen und tranken. Er hatte bereits zwei Aufnahmen von Doganis in der Kamera. Den kannte er und wußte, daß er ein hochrangiges Mitglied des Mäander war.
Kalos hatte mehr als eine Stunde vor der Wohnung gewartet, die Doganis in der Plaka gemietet hatte, und war ihm dann zu diesem neuen Treffpunkt oberhalb einer Taverne gefolgt. Vielleicht würde Sarris den jüngeren Mann identifizieren können, der gerade gegangen war, nachdem er eine halbe Stunde mit Doganis verbracht hatte. Offensichtlich rekrutierte der Mäander jüngere Leute. Ein schlechtes Zeichen. Und Kalos fragte sich, durch wen, wie und wo sie zu neuen Männern kamen.

NEUNUNDZWANZIGSTES KAPITEL

»Was für eine heikle Situation, Bob?« fragte Tweed. »Von wo sprechen Sie?«
»Von der Botschaft. Über Scrambler. Hören Sie zu...« Newman berichtete mit knappen Worten, was passiert war. Er befand sich allein im Zimmer; Patterson hatte sich verzogen, nachdem er ihm die Tür aufgeschlossen hatte.

»Also besteht Ihre Hauptaufgabe darin«, sagte Tweed, »Christina zu schützen, sie vor Petros zu verstecken ...«

»Wir sind hier, um herauszufinden, wer Masterson ermordet hat. Und soweit wir bisher wissen, ist Christina der letzte Mensch, der ihn lebend gesehen hat. Es könnte bezeichnend sein, daß Petros – durch Anton – nichts unversucht läßt, um sie zu finden. Was ist Ihr Problem?«

»Inzwischen ist es Ihres«, erklärte Tweed. »Ich hatte Butler und Nield im Exmoor auf Professor Seton-Charles angesetzt. Vor einer Stunde hat mich Butler angerufen. Er war am Londoner Flughafen. Seton-Charles ist plötzlich davongeflogen. Hat seinen Bungalow mit einem Koffer verlassen, ist auf einem Schleichweg nach Heathrow gefahren ...«

»Auf einem Schleichweg?«

»Er nahm die Hauptroute nach London, dann bog er auf eine Nebenstraße ab. Nield folgte ihm, Butler fuhr auf der Autobahn weiter. Später sah Butler, wie Seton-Charles an einer Auffahrt auf die Autobahn zurückkehrte. Von da ab wechselten sich Butler und Nield so ab, daß Seton-Charles nicht erkennen konnte, daß er verfolgt wurde. In Heathrow stand Nield hinter Seton-Charles, der einen Flug erster Klasse nach Athen buchte. Er ist jetzt unterwegs. British Airways, Flug 456, Abflug London 14.35 Uhr, Ankunft Athen 20.00 Uhr. Beides Ortszeit. Können Sie ihn am Flughafen in Empfang nehmen und sich an ihn hängen? Sie erinnern sich an die Beschreibung, die ich Ihnen gegeben habe?«

»Durchaus. Und ich habe massenhaft Zeit.«

»Ich muß wissen, mit wem er sich trifft. Irgend etwas an diesem Professor kommt mir komisch vor.«

»Sie können ihn mir überlassen ...«

Der British Airways-Flug aus London traf pünktlich in Athen ein. Newman, der sich auf einer Bank nahe dem Ausgang niedergelassen hatte, erkannte ihn sofort. Der Professor, in einen hellen, vom Sitzen im Flugzeug zerknitterten leichten Leinenanzug gekleidet, nahm sich ein Taxi. Newman stieg in das nächste ein.

»Ich bin Detektiv«, erklärte er dem Fahrer. »Hängen Sie sich an das Taxi vor uns – Sie bekommen tausend Drachmen Trinkgeld, wenn Sie es nicht verlieren.«

»Was hat er angestellt?« fragte der Grieche.

»Gerade das versuche ich herauszufinden ...«

Newman zog sein Jackett aus, lehnte sich in seinem Sitz zurück und wischte sich den Schweiß von der Stirn. Das Innere des Taxis glich

einem Schwitzkasten. Er erinnerte sich an eine Schlagzeile, die ihm an einem Zeitungsstand aufgefallen war. *Griechenland unter Mords-Hitzewelle*. Der Typ, der das geschrieben hatte, dachte Newman, hatte den Nagel auf den Kopf getroffen.
Eine halbe Stunde später, nach einer Fahrt zwischen endlosen Reihen zweistöckiger Häuser mit weiß gekalkten Wänden hindurch, hinter denen trockene Hügelflanken aufragten, hatten sie die Innenstadt erreicht. Seton-Charles' Taxi war an seinem Bestimmungsort angekommen. Der Insasse stieg aus, bezahlte den Fahrer und betrat, ohne einen Blick zurückzuwerfen, mit seinem Koffer das Hilton.

Eine Stunde, bevor er zum Tee mit ihr in Brown's Hotel verabredet war, hatte Tweed Jill angerufen und ihr erklärt, ihm wäre etwas Dringendes dazwischengekommen, ein Notfall, der seine persönliche Anwesenheit erforderte. Ob sie ihm verzeihen könnte? Ob sie in einigen Tagen eine neue Verabredung zum Tee treffen könnten?
Jill hatte sich keine Spur von Verärgerung anmerken lassen, sondern gesagt, ihr wäre völlig klar, daß er einen schwierigen Job hätte. Sie würde sich nun, da sie ein paar Tage auf das Wiedersehen warten mußte, um so länger darauf freuen können. Er legte den Hörer auf und sah Monica an.
»Ihr liegt nach wie vor daran, mich zu sehen. In der Zwischenzeit werden wir feststellen, wo sie hingeht, wie sie ihre Zeit verbringt, mit wem sie zusammentrifft. Ich habe es veranlaßt, während Sie unterwegs waren.«
»Was haben Sie veranlaßt?«
»In diesem Augenblick sitzt Paula im Foyer des Brown's. Jill kann weder den Ausgang zur Albemarle Street noch den zur Dover Street benutzen, ohne daß Paula es bemerkt. Wenn sie das Hotel verläßt, folgt Paula ihr.«
»Paula wird sie erkennen?«
Tweed lehnte sich entspannt zurück, zufrieden mit der Art, wie sich die Dinge entwickelten. »Sie haben vergessen, daß Paula bei mir war, als wir Kearns in seinem gräßlichen alten Haus im Exmoor besuchten, nicht weit von dieser Bungalow-Siedlung entfernt, wo Seton-Charles wohnt. Jill befand sich während des Gesprächs mit Kearns im Zimmer – und ebenso Paula. Sie saßen keine zwei Meter voneinander entfernt.«
»Ist diese Jill intelligent?«
»Eine sehr attraktive Blondine in den Dreißigern und sehr intelligent.«

»Dann ist es durchaus möglich, daß sie bemerkt, daß Paula ihr folgt«, wendete Monica ein.

»Glauben Sie? Bevor Paula aufbrach, hat sie ihre Frisur geändert. Ich habe ihr eine Brille mit Fensterglas geliehen. Es ist erstaunlich, wie sehr eine Brille das Aussehen eines Menschen verändert. Außerdem ist sie zeitig genug aufgebrochen, um bei Simpsons am Piccadilly noch etwas einzukaufen.«

»Was einzukaufen? Wieder Ihre aufreizende Art, Leute auf die Folter zu spannen ...«

»Sie wollte einen weißen Regenmantel kaufen, einen mit einem großen Kragen, den man bis zum Hals zuknöpfen kann. Vielleicht ist Ihnen aufgefallen, daß es von Zeit zu Zeit nieselt. In dieser Aufmachung wird Jill sie bestimmt nicht erkennen.«

»Und was ist Ihr Motiv bei diesem hinterlistigen – typisch hinterlistigen, wenn ich das sagen darf ...«

»Sie haben es gerade gesagt.« Tweed lächelte.

»Bei diesem hinterlistigen Schachzug, wollte ich sagen, wenn ich auch einmal einen Satz vollenden darf.«

»Ich traue dieser hinreißenden Jill Kearns nicht. Es kann durchaus sein, daß sie auf Anweisung ihres Mannes handelt. Deshalb lasse ich ihr genügend Zeit – zwei Tage –, in denen sie sich selbst verraten kann.«

»Sie trauen wohl überhaupt niemandem?«

»Vor allem attraktiven Blondinen nicht, die mir schmeicheln und alles tun, mich glauben zu machen, ich wäre für sie das Gelbe vom Ei.«

»Vielleicht sind Sie das für sie.« Monica kritzelte auf ihrem Notizblock. »Vielleicht ist sie genau das, was Sie brauchen ...«

Sie brach ab, weil sie spürte, daß sie zu weit gegangen war. Tweeds Frau war vor einigen Jahren auf und davon gegangen, hatte ihn verlassen, um sich mit einem griechischen Reeder zusammenzutun. Das letzte Lebenszeichen war aus Rio gekommen. Nichts deutete darauf hin, daß Tweed ihre Bemerkung gehört hatte.

»Da wir gerade unter uns sind, sollten wir die Fakten, die wir bisher haben, noch einmal durchgehen. Wie Sie wissen, kann ich gut zuhören.«

Er setzte sich ganz entspannt mit halb geschlossenen Augen hin und verschränkte die Hände im Schoß. Monica begann, aus dem Gedächtnis, mit ihrem Referat über die Ereignisse der jüngsten Vergangenheit.

»Zweck der Übung – den Mörder von Harry Masterson aufzuspüren ...«

»Ich werde ihn erwischen«, sagte Tweed halb zu sich selbst.

Von dem Nachdruck in seiner Stimme überrascht, hielt Monica einen Moment inne, dann fuhr sie fort: »Harry geht in Urlaub, ihm graust schon beim Gedanken an die Langeweile. Er sieht die Annonce, die Christina Gavalas unter dem Namen Irene in der *Times* aufgegeben hat. Geheimnisvoller Hinweis auf den Mäander, der auch für uns noch ein Rätsel ist. Christina erzählt ihm die Geschichte der Morde an Andreas und Stefan während des Krieges. Harry ist interessiert, macht ihr weis, er wäre ein Detektiv. Sie fahren zusammen ins Exmoor. Soweit okay?«

»Weiter.«

»Harry besucht alle drei Männer. Die Familie Gavalas ist überzeugt, daß einer von ihnen der Mörder ist. Robson, Barrymore oder Kearns. Harry war vermutlich von allen Leuten, die wir je hatten, beim Verhör der Allergeschickteste – vielleicht hat er den faulen Apfel entdeckt. Und dann, Gott sei seiner Seele gnädig, stellt er eine Falle auf. Er läßt alle drei wissen, daß er nach Griechenland fliegt. Was er auch tut, mit Christina. Harry wird am Kap Sunion ermordet.«

»Und«, setzte Tweed hinzu, »als Paula und ich Harrys Spuren folgten und die drei Männer im Exmoor besuchten, waren sie alle drei gerade vom Urlaub zurück und braungebrannt. Was bedeutet, daß einer von ihnen zur gleichen Zeit wie Harry in Griechenland gewesen sein könnte.«

»Aber wer könnte Harry hereingelegt und über diese hundert Meter hohe Klippe gestoßen haben?« Monica zitterte. »Das ist die große Frage – wer könnte Harrys Vertrauen gewonnen haben?«

»Die naheliegendste Antwort wäre Christina. Und das Naheliegendste trifft oft zu.«

»Es gibt noch eine andere Möglichkeit«, überlegte Monica. »Jemand anders, den zu fürchten Masterson keine Veranlassung hatte, hat ihn überwältigt.«

Tweed öffnete die Augen. »Das ist ja ein ganz neuer Gedanke. Jemand, den er in Griechenland kennenlernte?«

»Unwahrscheinlich«, meinte Monica. »Nächster Punkt. Newman und Marler fliegen nach Griechenland, nehmen Verbindung mit Christina auf, die allem Anschein nach die Seiten gewechselt hat. Aber das könnte auch ein Schachzug sein, diesmal, um Newman in die Falle zu locken. Diese Frau beunruhigt mich. Ich habe das Gefühl, sie ist gerissen.«

»Nicht gerissen genug, um Newman hinters Licht zu führen«, versicherte ihr Tweed.

»Es kann sein, daß sie Harry auf dem Gewissen hat. Soweit ich verstanden habe, ist sie sehr attraktiv.«

»Harry«, erinnerte sich Tweed, »hatte eine Schwäche für das schöne Geschlecht. Nachdem sich seine Frau von ihm hatte scheiden lassen, weil er nicht jeden Abend zu Hause war. Harry ließ keine aus, die er kriegen konnte.«

»Bob Newman ist wieder ledig«, erinnerte ihn Monica. »Nachdem seine französische Frau im Baltikum so brutal ermordet worden ist.«

»Bob läßt sich von einer Frau nicht hinters Licht führen«, beharrte Tweed. »Er tut vielleicht so, als wäre er von einer Frau wie Christina völlig hingerissen – aber er führt sie hinters Licht. Fahren Sie mit Ihrer Zusammenfassung fort.«

»Newman und Marler sprechen mit Christina. Sie erfahren von dem alten Schurken Petros – besessen von der Idee, nach mehr als vierzig Jahren den Mörder seiner Söhne aufzuspüren. Ein unmögliches Vorhaben...«

»Theoretisch«, warf Tweed ein. »Aber sein Sohn Anton findet tatsächlich den Weg ins Exmoor – und macht die drei Männer ausfindig, die einst diesen Kommandotrupp bildeten. Petros muß ein Mann mit großer Bauernschläue sein. Besessen, da stimme ich Ihnen zu. Ein unmögliches Vorhaben? Vielleicht nicht. Und diese drei Männer im Exmoor haben vor irgend etwas Angst. Erinnern Sie sich, daß Paula und ich feststellten, daß sie in regelrechten Festungen leben? Wie ich damals zu Paula sagte – sie machen den Eindruck von Männern, die Nemesis fürchten.«

»Nächste Entwicklung«, fuhr Monica fort. »Wir bekommen all diese unheimlichen Fakten von Newman. Wirklich unheimlich – Andreas' Skelett, das in dieser alten Silbermine hängt. Makaber.«

»Kein Beweis dafür, daß es sich um Andreas handelt. Wahrscheinlich, aber nicht sicher.«

»Dazu die merkwürdigen Vorfälle auf Siros. Dimitrios und Konstantin haben – Christina zufolge – versucht, Newman zu erschießen. Und«, fuhr sie fort, »dann haben wir diese aberwitzige Stelle, an der der Kommandotrupp landete – direkt unterhalb des deutschen Ausgucks, der in dem Bergkloster über ihnen postiert war. Und in jüngster Zeit haben wir den Mord an Giorgios, der im Grande Bretagne arbeitete und Newman und Marler nachspionierte. Gleichfalls makaber – starb kopfunter in einem Weinfaß.«

»Ich glaube, die Lösung liegt in Griechenland.« Tweed, plötzlich hellwach, trat ans Fenster und blickte hinaus auf die Bäume im Regent's Park.

»Es hat den Anschein«, pflichtete Monica ihm bei. »Der noch bestätigt wird durch die plötzliche Abreise dieses merkwürdigen Typs Seton-

Charles nach Athen. Das hat vielleicht nichts zu besagen – einmal abgesehen von dem Schleichweg, auf dem er nach Heathrow gefahren ist. Harry und Pete haben das geschickt gemacht. Was sollen sie jetzt unternehmen?«

»Sie unternehmen bereits etwas. Während Sie unterwegs waren, hat Butler von Heathrow aus angerufen. Ich habe sie beide ins Exmoor zurückgeschickt. Robson, Barrymore und Kearns befinden sich nach wie vor dort. Wieder eine Änderung der Taktik. Butler und Nield sollen sich wieder um dieses seltsame Trio kümmern. Und demnächst werde ich nach Griechenland fliegen. Ich muß mir diesen Petros vorknöpfen.«

»Das könnte gefährlich sein. Newman wäre fast getötet worden, als er sich ins Teufelstal wagte.«

»Manchmal muß man ein Risiko eingehen.« Tweed wanderte rastlos auf und ab. »Harry wurde am Kap Sunion ermordet. Das ist nicht weit vom Teufelstal entfernt. Und irgendein Schwein hat Sam Partridge im Exmoor ermordet. Dieser Grieche, Anton, schwirrte in der Gegend umher, als es passierte. Das sind zwei Rechnungen, die ich einfordern muß. Irgend jemand wird sie bezahlen.«

Wieder war Monica überrascht von der Heftigkeit seiner Worte, seinem bitteren Ton. Sie sprach mit ruhiger Stimme.

»Seien Sie vorsichtig. Sie dürfen sich nicht in eine fixe Idee verrennen wie der alte Petros. Sie sind nahe daran, Ihre normale Objektivität zu verlieren. Sie haben immer gesagt, das wäre ein verhängnisvoller Fehler...«

»Hören Sie auf mit dem Gemecker.« Tweed funkelte sie an. »Ich weiß auch ohne Ihre Ratschläge, was ich zu tun habe...«

Er brach ab, bestürzt über Monicas Reaktion. Sie sah aus wie eine Frau, der man einen Schlag ins Gesicht versetzt hat. In all den Jahren, in denen sie zusammenarbeiteten, hatte er sie nie auf diese Weise angefahren.

»Es tut mir furchtbar leid«, entschuldigte er sich. »Ich verlasse mich auf Ihr Urteil – vielleicht mehr, als Ihnen bewußt ist. Ich komme mir vor wie ein Mann, der im Nebel herumtappt – ein erschöpfter Mann«, gab er zu. Er stopfte Tonbänder und Unterlagen in seinen Aktenkoffer. »Ich glaube, ich werde ein oder zwei Tage in meiner Wohnung bleiben, mich in einen Sessel setzen und nachdenken. Es muß irgend etwas passieren, das mir den Weg zeigt.«

»Und dazu kommt es gewöhnlich.« Monica lächelte. »Jetzt sind Sie zu ihrer normalen Methode zurückgekehrt. Machen Sie sich keine Sorgen. Sie stehen unter Druck, und es ist erstaunlich, daß Sie nicht schon früher explodiert sind. Und außerdem müssen Sie mit einer Menge persönlicher Gefühle fertig werden. Gehen Sie nach Hause, gönnen Sie sich ein bißchen Ruhe – oder möchten Sie vorher noch einen Kaffee?«

Tweed lehnte dankend ab, sagte, er wollte sich sofort auf den Weg machen. Er schlüpfte in seinen schäbigen Burberry, drückte ihre Schulter und verließ mit seiner Aktentasche das Zimmer. Monica stand auf und trat ans Fenster, um durch die Netzvorhänge hindurch zu beobachten, wie er den Park Crescent entlangging. Sie machte sich Sorgen. Tweed benahm sich wie ein Mann, der von seinen Problemen besessen war.

Er verließ das Gebäude. Auf der Vordertreppe blieb er stehen, um seinen Regenmantel zuzuknöpfen und sich in alle Richtungen umzuschauen, ob er von irgend jemandem beobachtet wurde. Dann strebte er dem Taxiplatz zu.

Auf dem Weg dorthin kam er an einem Zeitungsverkäufer vorbei; am Vorgartenzaun neben ihm lehnte ein Plakat. Tweed bemerkte es nicht einmal – er dachte an Monica. Darauf stand *Gipfeltreffen Reagan – Gorbatschow in Washington?*

DREISSIGSTES KAPITEL

»Ich habe fürchterliche Angst. Ich brauche jemanden, dem ich mich anvertrauen kann.« Jill Kearns legte eine Hand auf Tweeds Knie.

Tee in Brown's Hotel. Tweed schaute sich um, bewunderte die braune Täfelung, die mit Stuckornamenten verzierte Decke. Von dem Raum ging eine Atmosphäre der Intimität aus, vor allem, wenn man sich in Gesellschaft einer Frau befand.

Sie saßen an einem Tisch in einem gewölbten Alkoven im entlegensten Teil des Raumes. Hinter ihnen war ein Kamin, und sie waren von den anderen Gästen, die beim Tee saßen, völlig isoliert. Er drehte sich in seinem tiefen Sessel zur Seite, um Jill anzusehen. Es lohnte die Mühe.

Sie hatte ihr blondes Haar zu einer einzigen langen Flechte gedreht, die ihr über die Schulter hing. Und sie war für London angezogen. Eine eng anliegende Lederhose, die in Stiefeln steckte und ihre gutgeformten Beine zur Geltung brachte. Dazu trug sie eine lange Bluse aus irgendeinem schwarzen Material mit leuchtendbunten, orientalisch wirkenden Blüten. Tweed trank einen Schluck Tee, bevor er antwortete.

»Was ist es, was Ihnen Sorgen macht?«

»Stuart zum einen ...«
»Und zum anderen?«
Tweed nahm sich ein kleines Brötchen mit Rührei, biß die Hälfte davon ab. Auf dem Tisch vor ihnen stand eine vierstufige Etagere mit den köstlichsten Dingen, die er je gegessen hatte. Auf der unteren Stufe lagen delikate, rindenlose Sandwiches, auf der zweiten und dritten eine Auswahl an Brot- und Brötchensorten. Die oberste enthielt Gebäck, darunter Schokoladeneclairs. Man arbeitete sich von unten nach oben hinauf.
»Die Leute, mit denen er zusammen ist«, erwiderte Jill und drückte sein Bein. Zum Essen und Trinken benutzte sie die andere Hand. Der Raum war angefüllt mit Zweier- und Vierergruppen, in deren Konversation Jills Worte kaum zu vernehmen waren. »Diese beiden Männer. Captain – Doktor – Robson und Colonel Barrymore. Der Colonel ist mir unheimlich.«
»Warum?«
»Er scheint meinen Mann und Robson zu hypnotisieren. Nach der Art, wie er mit ihnen redet, könnte man denken, sie wären immer noch bei der Armee und Barrymore ihr Vorgesetzter. Sarkastischer, widerlicher Kerl.«
»Das hört sich an, als könnten Sie ihn nicht leiden ...«
»Machen Sie sich nicht über mich lustig.« Sie ergriff seine linke Hand, die auf der Sessellehne lag. »Sie helfen mir doch, Tweed, nicht wahr? Ich wollte, ich könnte Sie telefonisch erreichen. Geben Sie mir Ihre Nummer. Es wäre nett, wenn wir uns zum Abendessen verabreden könnten. Gemütlicher.«
Sie hatte es sehr eilig. Vermutlich macht sie mir gleich einen Antrag, dachte Tweed. Ich wollte, ich wüßte, was sie wirklich im Schilde führt. Er stellte eine Frage, um sie aus dem Gleichgewicht zu bringen.
»Woher wissen Sie das alles – wie Barrymore mit ihnen redet? Ich dachte, sie sind unter sich, wenn sie sich einmal die Woche zum Abendessen im Luttrell Arms treffen.«
»Manchmal kommen sie zu uns und reden dann die halbe Nacht im Arbeitszimmer. Ich lausche.«
»Ist das nicht etwas unfein?« Er lächelte, um seiner Bemerkung die Spitze zu nehmen.
»Sie haben ein reizendes Lächeln«, sagte sie.
»Sie haben etwas mit angehört, das Ihnen angst macht«, sondierte er.
Obwohl er sich nichts anmerken ließ, fühlte Tweed sich nicht sonderlich behaglich. Eine Frau war hereingekommen und hatte sich an einem kleinen Tisch niedergelassen. Sie hatte ihren Regenmantel zusammen-

gefaltet und auf den zweiten Stuhl gelegt und musterte sie kurz über den Rand ihrer Brille hinweg mit einem etwas zynischen Ausdruck. Paula. Tweed wußte, daß ihr nicht entgangen war, daß Jill seine Hand hielt.

»Stuart verstärkt die Verteidigungsanlagen, wie er sich ausdrückt. Jetzt hat er einige dieser gemeinen Stahlfallen sogar außerhalb der Mauern unseres Hauses verlegt. Barrymore hat ihm dazu geraten. Es ist fast, als erwarteten sie einen Überfall.«

»Vielleicht tun sie das. Aber von wem?«

Sie zögerte, schob zwei Finger unter seine Manschette. »Ich habe keine Ahnung. Ich komme mir vor wie eine Gefangene.«

»Fürs erste sind Sie entkommen. Sie sitzen hier, mitten in London. Nicht im Exmoor.« Er schenkte Tee ein, und sie beugte sich vor, um den Deckel der Teekanne festzuhalten; dabei wischten ihre Brüste über seinen Arm. »Sie wollen sich mir anvertrauen, wie Sie es ausdrückten, obwohl ich mir nicht vorstellen kann, warum.«

Sie zog ihre Hand zurück, ließ sich in ihrem Sessel zurücksinken und streckte die langen, lederumhüllten Beine aus. Paula schob die Brille auf ihrer Nase ein wenig höher, rückte ihre Baskenmütze zurecht und schaute in eine andere Richtung. Tweed wünschte, daß sie aufhörte, ihm Signale zu geben.

»Weil«, sagte Jill, »Sie die drei außer Fassung gebracht haben, als Sie kamen und sie verhörten. Ich hörte Stuart hinterher am Telefon mit Barrymore sprechen. Er war sehr aufgeregt. Er fing damit an, daß er sagte: ›Dieser Tweed ist ein gefährlicher Mann‹, und dann schlug er die Tür seines Arbeitszimmers zu, und ich konnte nichts mehr aufschnappen. Wenn Sie diese drei außer Fassung bringen können, dann sind Sie für mich genau der Richtige, mein Bundesgenosse.«

Trotz ihrer lässigen Haltung wirkte sie sehr elegant, und sie sprach mit einschmeichelnder Stimme.

»Wie ist es mit dem Essen heute abend? Sagen wir, um acht? Und Sie haben mir Ihre Telefonnummer noch nicht gegeben.«

»Das kann ich nicht – Ihnen meine Nummer geben. Sicherheitsvorschriften. Aber ich kann veranlassen, daß man Sie täglich anruft für den Fall, daß mir etwas ausgerichtet werden soll ...«

»Und das Abendessen?«

»Ich habe vermutlich bis Mitternacht zu arbeiten. Zum Abendessen gibt es Sandwiches an meinem Schreibtisch. Tut mir leid.«

»Wenn wir uns zum Abendessen hätten treffen können ...« Sie schlug die Beine übereinander und musterte ihn durch die Wimpern hindurch. »... dann hätte ich vielleicht noch mehr zu erzählen gehabt.«

»Ob ich Ihnen ein Bundesgenosse sein kann, vermag ich nicht zu versprechen«, warnte er. »Und wenn Sie mir wirklich noch mehr zu erzählen haben, dann tun Sie es jetzt.« Er beschloß, daß ein Eclair zu weit ginge, und griff nach einem weiteren Brötchen mit Rührei.
Sie holte eine Schachtel Zigaretten aus ihrer großen Handtasche, zog eine Zigarette heraus und zündete sie mit ihrem vergoldeten Feuerzeug an. In der sanften Beleuchtung kam ihr reizvolles Gesicht voll zur Geltung. Er war versucht, seine Meinung zu ändern, zu sagen, er könnte es doch einrichten, mit ihr zu essen. Sie ist ein Teufel, dachte er. Sie stieß eine Rauchwolke aus und lächelte.
»Ich kann Ihre Gedanken lesen, Tweed. Sie überlegen gerade, ob wir uns nicht doch zum Abendessen treffen können.«
Sie hatte etwas an sich, das ihn zu ihr hinzog. Sie war in den Dreißigern, und der Altersunterschied zwischen ihnen war nicht sonderlich groß, dachte er. Er trank eine halbe Tasse von dem starken Tee, um sich wieder in den Griff zu bekommen.
»Wie lange sind Sie und Stuart verheiratet?«
»Zehn lange Jahre. Oh, zu Anfang machte es Spaß. Er ist ein gut aussehender Mann. Ich lernte ihn kennen, kurz nachdem er aus der Armee ausgetreten war – bei einer Party in Taunton. Damals hatte er einen gewissen Sinn für Humor. Dann wurde er kalt – und verbrachte mehr Zeit mit Barrymore und Robson und begann, das Haus in den Tower of London zu verwandeln – wie die anderen beiden auch. Wenn mir der richtige Mann begegnete, könnte ich ihn jederzeit verlassen.«
»Das könnte traumatisch sein ...«
»Nicht traumatischer als die Art, wie wir jetzt leben. Viele Abende verbringt er damit, übers Moor zum Dunkery Beacon hinaufzureiten. Er kommt erst nach Mitternacht zurück.« Sie betrachtete ihn mit einem gewissen Ausdruck. »Also gebe ich vor, tief und fest zu schlafen, wenn mein Herr und Meister aufkreuzt.«
»Dunkery Beacon? Das ist der höchste Punkt im Exmoor. Und ziemlich unwegsames Gelände. Wie schafft er das im Dunkeln?«
»Das tut er nicht.« Sie beugte sich vor und richtete seine Krawatte. »Er reitet nur bei Mondlicht hinauf – fängt erst bei zunehmendem Halbmond damit an. Ich verbringe meine Abende vor dem Fernseher. Ein überaus aufregendes Leben.«
»Aber wenigstens ist er doch offenbar großzügig«, bemerkte Tweed. »Ihre Kleidung, dieses Feuerzeug ...«
»Bezahlt mit dem großen Haufen Geld, den mein Lieblingsonkel mir hinterlassen hat.«
Tweed sah auf die Uhr. »Es tut mir leid, aber ich muß jetzt gehen ...«

Sie setzte sich gerade auf und brachte ihr Gesicht nahe an seines heran. »Also gut, ich erzähle es Ihnen. Neulich abends haben die drei, als sie zusammensaßen, die Tür einen Spaltbreit offengelassen. Ich schlich die Treppe hinunter. Soll ich Ihnen sagen, was ich gehört habe?«

»Das liegt bei Ihnen.«

»Meine Belohnung dafür, daß ich es Ihnen sage, ist, daß wir bald zusammen essen. Versprechen Sie das?«

»Ich werde darüber nachdenken.«

»Das Problem ist, daß ich nur ein paar Worte hörte. Dann knackte eine der Treppenstufen. Barrymore kam an die Tür und knallte sie ins Schloß. Ich blieb mucksmäuschenstill stehen ...«

»Hat er Sie gesehen?« Tweed hielt die Besorgnis aus seiner Stimme heraus.

»Ich weiß es nicht. Bevor das passierte, sagte Robson, sie müßten auf der Hut sein. Er hielte es für möglich, daß der Mäander bald im Exmoor einträfe, er hätte gehört, Petros – ich glaube, das war der Name – wäre auf der Suche nach ihnen ...«

Tweed begann nervös zu werden. Es war schon nach sieben, und Paula hatte sich immer noch nicht gemeldet. Monica, die keine festen Arbeitszeiten kannte, sah, wie er auf die Uhr schaute.

»Es ist bestimmt alles in Ordnung. Paula kann auf sich aufpassen.«

Das Telefon läutete. Sie nahm den Hörer ab, sprach ein paar Worte, deutete mit einem Nicken auf Tweeds Apparat.

»Es ist Harry Butler. Sagt, es wäre dringend.«

Tweed griff zum Hörer. »Hallo, Harry. Von wo sprechen Sie?«

»Von einer öffentlichen Telefonzelle in Minehead. Wir wohnen jetzt in einem winzigen Nest, das Porlock Weir heißt, direkt an der Küste. Ganz am Ende der Straße – im wahrsten Sinne des Wortes. Wir meinten, wir brauchten eine neue Basis. Weder Dunster noch Taunton. Porlock Weir liegt völlig abseits. Hat einen Spielzeughafen. Weiter nach Westen kommt man nur, wenn man die steinige Küste entlangwandert. Nachts höre ich, wie die Flut hereinkommt. Gegen Mitternacht hat sie den höchsten Stand erreicht. Haben Sie einen Stift zur Hand? Gut. Wir wohnen im Anchor Hotel. Ich bin in Zimmer Drei, Pete hat Zimmer Zwei. Die Telefonnummer ist 0643-862753. Haben Sie das?«

»Ja. Es ist etwas passiert?«

»Der Kommandotrupp ist verschwunden. Alle drei Männer – Robson, Kearns und Barrymore – haben das Exmoor verlassen.«

»Woher wissen Sie das?« Tweed spürte, wie ein Schauder über seinen Rücken lief.

»Ich habe die Häuser von Barrymore und Robson überwacht – weil sie nahe beieinander liegen. Pete das von Kearns. Wir hielten über die Funkgeräte in unseren Wagen Kontakt – mit der nötigen Vorsicht. Keine Spur von ihnen. Ich entschied mich für den direkten Angriff.«
»Was haben Sie getan?«
»Habe bei jedem an der Tür geklingelt, nachdem ich mir eine neue Ausstattung gekauft hatte. Ganz ländlich. Pete hat seinen Schnurrbart abrasiert – es hat mich eine Menge Überredung gekostet, ihn dazu zu bringen. Ich trug einen Rollkragenpullover und eine Sonnenbrille. Nicht narrensicher, aber wenn einer von ihnen die Tür geöffnet hätte, wären wir zumindest sicher gewesen, daß sie zu Hause waren.«
»Und das Resultat?«
»In Quarme Manor erklärt mir diese alte Schreckschraube von einer Haushälterin, Mrs. Atyeo, der Colonel wäre nicht zu Hause. Könnte nicht sagen, wann er zurückkäme. Ich habe versucht, mich bei ihr einzuschmeicheln – ohne viel Erfolg. Daraufhin fuhr ich zu Robsons feinem Bungalow. Nach einigem Zureden sagte mir seine Schwester, ihr Bruder wäre nach London gefahren. Pete nahm sich Kearns' Haus vor. Als auf sein Klingeln niemand reagierte, ist er über das Tor gestiegen. Da ist der Hund auf ihn losgestürmt. Pete konnte sich nur retten, indem er dem Biest mit dem Gewehrlauf einen Hieb auf die Nase versetzte. Das mögen Hunde nicht. Pete hat sich auf dem Grundstück umgesehen. Es war bereits dunkel. Nirgendwo Licht. Niemand zu Hause. Das war's. Sie sind verschwunden. Vielleicht nach London. Kann natürlich auch sein, daß Robson seine Schwester angelogen hat. Aber eigentlich hätten wir die Abfahrt von mindestens einem bemerken müssen.«
»Nicht unbedingt. Harry, ihr bleibt beide im Anchor und hört euch an, was möglicherweise über diese drei Männer geredet wird. Meldet euch bei Monica, wenn sich etwas Neues ergibt. Ruft auf jeden Fall täglich an. Seid vorsichtig.«
Tweed starrte ins Leere, nachdem er den Hörer aufgelegt hatte. Monica musterte ihn, während sie die Kassette aus dem Gerät nahm, auf der Butlers Anruf aufgezeichnet war.
»Er hat etwas gesagt, das mich an irgend etwas erinnerte«, sagte Tweed nach ein paar Minuten. »Aber ich kann meinen Finger nicht darauf legen. Vielleicht komme ich darauf, wenn wir uns das Band später noch einmal anhören.«
Er trat an die Wand, an der drei Karten hingen – Karten, in die Fähnchen mit Namen eingesteckt waren. Eine Karte vom Exmoor. Eine Karte des Gebietes zwischen Athen und Kap Sunion. Und ein Stadtplan von Athen, den Monica besorgt hatte.

Auf der Exmoor-Karte bezeichneten die Fähnchen die Häuser von Barrymore, Robson und Kearns, die Bungalow-Siedlung, in der Professor Seton-Charles wohnte, mit Namen. Das Royal Oak in Winsford und das Lutrell Arms in Dunster – die beiden Orte, an denen die drei Männer allwöchentlich zusammentrafen. Ein in der Nähe von Winsford eingestecktes Fähnchen trug den Namen Partridge. Tweed griff sich zwei weitere Fähnchen von einem Tablett auf dem Tisch, schrieb die Namen Butler und Nield darauf und steckte sie über Porlock Weir ein.
Die Griechenlandkarte trug weniger Fähnchen. Eines für Petros im Teufelstal, ein weiteres nicht weit davon entfernt für Florakis. Ein drittes, dicht am Rand von Kap Sunion trug einen Namen, der praktisch ein Nachruf war. Harry Masterson.
Auf dem Stadtplan von Athen herrschte ein ziemliches Gedränge. An der Ecke des Syntagma-Platzes, an der das Grande Bretagne stand, drei Namen: Christina Gavalas, Newman, Marler. Am anderen Ende des Vassilissis-Sofias-Boulevards ein Fähnchen für Professor Seton-Charles im Hilton. Und schließlich das Polizeipräsidium am Alexandras-Boulevard mit Fähnchen für Peter Sarris und Kalos.
»Wer ist Kalos?« fragte Monica.
»Die Haselmaus.«
»Wie bitte? Habe ich richtig gehört?«
»Sie haben richtig gehört. Ich habe Kalos, Sarris' loyalen Assistenten, bei der Sicherheitskonferenz in Genf kennengelernt. Ein kleiner, dicklicher Mann mit stoppeligem hellbraunem Haar. Ich nenne ihn die Haselmaus – irgendwie sieht er aus wie dieses Tierchen. Wir sind sehr gut miteinander ausgekommen. Wenn ich nach Athen komme, wird er hoffentlich derjenige sein, der mir alles erzählt, was sie dort wissen. Sarris ist zurückhaltender. Ein weiterer Grund für die Hochachtung, die ich Kalos entgegenbringe, ist seine unwahrscheinliche Fähigkeit, einen Verdächtigen zu verfolgen, indem er völlig mit seinem Hintergrund verschmilzt. Das hat mir Sarris erzählt.«
»Vielleicht sollten Sie bald nach Athen fliegen«, meinte Monica.
»Alles zu seiner Zeit.« Er warf wieder einen Blick auf die Karten. »Zumindest haben wir unsere Streitkräfte gut verteilt – Newman und Marler in Griechenland, Butler und Nield im Exmoor. Aber ein Name fehlt?«
»Und der wäre?«
»Anton. Das Problem mit ihm ist, daß er ein Irrlicht ist. Zuerst war er daheim in Griechenland, dann schleicht er sich auf irgendeine uns unbekannte Weise hier ein und verschwindet dann ebenso unauffällig wieder. Ich möchte wissen, wie er das fertiggebracht hat.«

Nachdem er seinen Wagen vor dem Anchor geparkt hatte, unternahm Butler einen Spaziergang westwärts die Küste entlang. Es war bereits dunkel, und er kam an mehreren einzeln stehenden Häuschen vorüber, in denen Licht brannte. Zu seiner Rechten konnte er das Anbranden der auflaufenden Flut gegen die Felsen hören. Er machte sich auf den Rückweg zum Anchor und betrat dort die Bar. Nield unterhielt sich mit dem Barmann, einem jungen Burschen, der gerade dabei war, Gläser zu polieren.

»Hier gibt es ein Gespenst, das nachts an der Küste herumschleicht«, sagte Nield zu Harry, der sich ein Bier bestellte. »Das ist John. Er ist hier zu Hause.«

»Ein Gespenst war es eigentlich nicht«, erklärte John und reichte Butler sein Bier. »Mrs. Larcombe – eine alte Schachtel, die im letzten Häuschen lebt – hat geschworen, daß sie vor ein paar Wochen gesehen hat, wie draußen auf der See Lichter aufblitzten. Dann ein weiteres Licht ein Stück weiter westlich die Küste hinauf. Irgendwie kann ich das nicht glauben.«

»Hat wohl nicht alle Tassen im Schrank«, meinte Butler, der nur halb hingehört hatte.

»Im Gegenteil – der entgeht nichts. Steckt ihre Nase in alles und jedes. Das war etwa um die Zeit, als dieses portugiesische Schiff, die *Oporto*, in Watchet eintreffen sollte.«

Butler runzelte die Stirn. »Aber doch nicht in der Nacht – in den Hafen von Watchet kann man doch nur bei Tageslicht einlaufen.«

»Es heißt, es hätte die Flut verpaßt und deshalb die ganze Nacht vor der Küste liegen müssen.«

Butler nickte. Dann erklärte er, er hätte Hunger. Zeit fürs Abendessen.

Paula kam um neun Uhr zurück. Sie entledigte sich ihres Regenmantels, sackte auf dem Stuhl hinter ihrem Schreibtisch zusammen, schleuderte die Schuhe von den Füßen. Monica sagte, sie würde Kaffee machen. Paula lächelte müde. »Den kann ich brauchen.« Tweed lehnte sich auf seinem Stuhl zurück und musterte sie.

»Sie sehen ziemlich erledigt aus – und Sie tragen immer noch diese Brille.«

»Ich bin erledigt. Und die Brille habe ich völlig vergessen. Nur gut, daß ich Schuhe mit flachen Absätzen anhatte. Diese Jill Kearns hat ein geradezu unwahrscheinliches Stehvermögen.« Sie wartete, bis Monica das Zimmer verlassen hatte, dann warf sie Tweed einen spöttischen Blick zu. »Ich bin sicher, daß der Nachmittag im Bett hätte enden können. Sie ist hinreißend. Und sie hat es auf Sie abgesehen. Wissen Sie das?«

»Der Gedanke ist mir schon gekommen. Aber lassen wir das. Berichten Sie mir lieber, was sie unternommen hat.«

»Sie hat sich die Schaufenster angesehen. Drei volle Tage, ohne etwas zu kaufen. Kreuz und quer durch das ganze Westend...«

»Sie hat Sie nicht bemerkt?«

»Natürlich nicht. Ich trug die Baskenmütze, die ich auch in Brown's Hotel aufhatte; von Zeit zu Zeit nahm ich sie ab. Wendete meinen Regenmantel auf die andere Seite – sorgte für alle erdenklichen Variationen...«

»Hat sie irgendwann ein öffentliches Telefon benutzt?« fragte Tweed.

»Nein, ganz bestimmt nicht. Heute abend hat sie zeitig gegessen – im Hotel. Dann ging sie hinauf in ihr Zimmer, und ich fand, es wäre an der Zeit, zurückzukehren und meinem Herrn und Meister Bericht zu erstatten.«

»Und das war alles?« Tweeds Stimme klang enttäuscht.

»Wenn man davon absieht, daß ich erfahren habe, daß sie immer in Brown's Hotel wohnt, wenn sie in London ist.«

»Wie haben Sie das herausbekommen?«

»Ich habe den Chefportier becirct.« Sie schaute auf, als Monica mit einem Tablett hereinkam, trank eine halbe Tasse schwarzen Kaffee und wendete sich dann an Tweed. »Nun, und was haben Sie herausbekommen – abgesehen davon, daß Jill unternehmungslustige Finger hat?«

Tweed gab ihr einen kurzen Bericht über seine Unterhaltung mit Jill. »Kommt Ihnen an dem, was sie mir erzählt hat, irgend etwas bedeutsam vor?«

»Robsons Erwähnung des Mäander«, sagte Paula prompt. »Außerdem fiel mir auf, daß wir damit zum ersten Mal gehört haben, daß bei unserem Trio der Name Petros fiel – in Verbindung mit dem Mäander. Das ist doch gewiß bedeutsam.«

Tweed schürzte die Lippen. »Bedeutsam in welcher Hinsicht? Aber Robson scheint seine Meinung geändert zu haben. Auf Nields Band – der Aufzeichnung ihrer Unterhaltung beim Abendessen im Luttrell Arms – hat Robson über Barrymores Erwähnung des Mäander nur gespottet.«

»Und jetzt hat er Petros damit in Verbindung gebracht – und wir haben keine Ahnung, um was es sich handelt.«

»Also muß ich mir Petros vornehmen – ihn verhören – früher oder später.« Er bemerkte Monicas zweifelnden Blick und schaute woanders hin. »Ich habe etwas Dringendes zu erledigen. Monica, versuchen Sie, Jill an den Apparat zu bekommen. Sie könnte in großer Gefahr sein.«

»Wieso?«
»Sie haben mir gerade erzählt, daß sie immer in Brown's Hotel wohnt. Im Exmoor weiß man das, und ich habe gerade gehört, daß die drei Männer von dort verschwunden sind. Möglicherweise nach London...«
Er brach ab, als Monica ihm ein Zeichen gab, daß Jill am Apparat war. Er holte tief Luft und begann zu reden. Sie mußte sofort packen, ein Zimmer im Stafford Hotel am St. James's Place buchen, ihre Rechnung bezahlen und mit einem Taxi dorthin fahren. Ja, heute abend noch. Sofort. Er legte den Hörer auf und seufzte erleichtert.
»Dem Himmel sei Dank für eine Frau, die tut, was man ihr sagt, ohne Fragen zu stellen.«
»Das beweist, was ich vorhin sagte«, bemerkte Paula und zwinkerte Tweed zu.
Er wendete sich an Monica. »Können Sie das Band mit der Aufzeichnung des Anrufs von Butler aus Minehead noch einmal abspielen? Paula, hören Sie bitte aufmerksam zu.«
Paula stützte den Ellenbogen auf den Schreibtisch, legte das Kinn auf die Hand und konzentrierte sich. Butlers gelassene Stimme war laut und deutlich zu hören. Als das Band abgelaufen war, fragte Tweed: »Ist Ihnen irgend etwas aufgefallen, was interessant sein könnte – unter Berücksichtigung des Haufens von Hinweisen, die Masterson uns in dieser Zigarrenkiste aus Athen geschickt hat?«
»Nichts. Anscheinend bin ich schwer von Begriff. Außerdem bin ich müde und hungrig. Also was hätte mir auffallen sollen?«
»Wahrscheinlich nichts, wie Sie sagten. Ich hatte nur eine Spur von einer Ahnung und wollte sehen, ob Sie vielleicht darauf kämen. Und ich führe Sie zum Essen aus. Monica hat sich schon mit Sandwiches vollgestopft – glücklicherweise.«
»Das ist übertrieben«, protestierte Monica. »Aber ich habe gegessen. Doch wieso ›glücklicherweise‹?«
»Weil wir die drei Männer aufspüren müssen – Barrymore, Robson und Kearns. May, Robsons Schwester, hat verlauten lassen, sie wären nach London gefahren. Rufen Sie die Hotels an. Die drei sind bestimmt zusammen.«
»Was macht sie dessen so sicher?« fragte Paula. »Bevor ich im Badezimmer verschwinde, um mich ein bißchen frisch zu machen. Ich komme mir vor wie eine Ruine.«
»Weil die drei seit Jahren wie die Kletten aneinander hängen – zusammengekettet von der Vergangenheit und ihrer Angst, von ihr eingeholt zu werden. Sie sind Männer, die sich verfolgt fühlen.«

»Die beiden Morde vor über vierzig Jahren? Sie glauben, daß alle drei daran beteiligt waren?«

»Das bezweifle ich«, erwiderte Tweed. »Versetzen Sie sich in ihre Lage. Ich vermute, daß zwei von ihnen sich fragen, wer die Morde begangen hat. Außerdem vermute ich, daß der Schuldige die anderen beiden geschickt manipuliert. Hören Sie sich bei Gelegenheit noch einmal das Band aus dem Luttrell Arms an. Und nun beeilen Sie sich – ich habe auch fürchterlichen Hunger.«

Nachdem Paula ins Badezimmer gegangen war, nahm er seinen Burberry vom Haken und redete weiter.

»Wir werden noch ein oder zwei Wochen abwarten, bevor ich nach Griechenland fliege – vielleicht tut sich in der Zwischenzeit etwas. Newman und Marler tun dort, was in ihren Kräften steht. Vielleicht verleitet ihre Aktivität jemanden dazu, einen falschen Schritt zu tun, sich eine Blöße zu geben. Ich habe das Gefühl, daß da irgend etwas vorgeht, das uns bisher entgangen ist.«

»Sie sind kurz vor dem Abheben«, bemerkte Monica. »Ihre übliche Methode. Erst alle Fakten sammeln – was ewig dauern kann. Und dann geht es auf einmal richtig los. Ich fange gleich an. Was meinen Sie – welche Art Hotel käme für die drei Männer in Frage?«

»Nicht das Claridge oder das Ritz.« Tweed dachte mit halb geschlossenen Augen nach. »Einer von ihnen hat Diamanten im heutigen Wert von rund einer Million Pfund gestohlen, nachdem er Andreas ermordet hatte. Also wird er nicht damit herumwerfen und erkennen lassen, daß er eine dicke Brieftasche hat. Versuchen Sie es bei den Hotels der mittleren Preislage. Vielleicht irgendwo in Kensington.«

»Wissen Sie, was Sie damit verlangen?« Sie griff nach dem Branchenbuch, als Paula zurückkam. »Das kann eine Ewigkeit dauern.«

»Vielleicht haben Sie ja Glück. Wir müssen es zumindest versuchen«, sagte Tweed, als er Paula die Tür aufhielt. »Noch etwas. Von jetzt ab trägt der Mörder den Codenamen Winterton – nach dem Unsichtbaren, der diese Bungalows im Exmoor verkauft hat.«

EINUNDDREISSIGSTES KAPITEL

Moskau. General Lutscharsky machte mit seinem Adjutanten Oberst Wolkow wieder einen Spaziergang durch den Park. Beide Männer trugen Zivil, und Wolkow mußte seine Gangart beschleunigen, um bei Lutscharskys großen Schritten mithalten zu können. Die Sonne schien, und die Stämme der Birken warfen dünne Schatten. Mütter

schoben Kinderwagen über die Parkwege. Lutscharsky bog auf einen gewundenen Pfad ein, der bergauf zu einem dichten Wäldchen führte.
»Sie fliegen morgen nach Athen«, erinnerte er Wolkow.
»Es ist alles vorbereitet, Genosse General . . .«
»Das hoffe ich«, fauchte Lutscharsky, als sie das Wäldchen erreicht hatten. »Alles hängt davon ab, daß Sie die Befehle mündlich an Oberst Rykowsky, an Doganis und an den Griechen Anton weitergeben. Die Dinge kommen jetzt schnell ins Laufen. Ich habe gehört, daß Gorbatschow zu einem Gipfeltreffen mit Reagan nach Washington fliegen wird. Und was noch wichtiger ist – die britische Premierministerin hat den Generalsekretär eingeladen, auf dem Hin- oder Rückflug in England Station zu machen. Ein unwahrscheinlicher Glücksfall.«
»Wie stehen die Dinge gegenwärtig?« erkundigte sich Wolkow.
»Gorbatschow ist zu weit gegangen. In Washington wird er einen Vertrag über die Reduzierung der Mittelstreckenraketen in Europa unterzeichnen. Wenn wir das zulassen, wird er noch weitere Schritte zur Abrüstung unternehmen. Dadurch wird die Rote Armee immer mehr an Macht verlieren, anstatt dazuzugewinnen. Und wir haben ein paar mächtige Verbündete. Leute hoch oben im KGB sind beunruhigt. Sie sehnen sich nach Breschnews Zeiten zurück.«
»Also handelt es sich um etwas Drastisches?« vermutete Wolkow. Er schob Laub beiseite, das ihm in sein teigiges Gesicht zu schlagen drohte. Der Pfad, auf dem sie sich befanden, wurde nur selten benutzt und war fast zugewuchert.
»Gorbatschow wird ermordet werden«, verkündete Lutscharsky mit seiner gelassenen, knappen Stimme. »Diesen Beschluß hat die Troika gestern abend gefaßt.«
»Das dürfte schwierig sein, und wer wird dann übernehmen? Was ist die Troika?«
»Eine Menge Fragen, Genosse. Sie erinnern sich an das Dokument, das ich Ihnen gestern aushändigte? Ich habe Handschuhe getragen. Ein belastendes Dokument.«
»Ja.« Trotz der feuchten Hitze, die an diesem Tag in Moskau herrschte, spürte Wolkow, wie ihm ein Schauder über den Rücken lief.
»Nachdem Sie es gelesen hatten, habe ich es in Ihren Safe gelegt. Ich habe den Safe verschlossen und den Schlüssel an mich genommen. Sie erinnern sich?« fragte Lutscharsky in einem spöttischen Ton, mit dem er schon oft Untergebene am Boden vernichtet hatte. »Ich frage nur, weil Sie eine Menge Wodka getrunken hatten.«
»Auf Ihr Drängen hin . . .«
»Ich bin ein guter Gastgeber, obwohl ich selbst bei Mineralwasser blei-

be, seit ich festgestellt habe, wie sehr dem Generalsekretär das Konsumieren harter Getränke zuwider ist. Dieses Dokument, das da in Ihren eigenen Safe eingeschlossen ist, trägt nur Ihre Fingerabdrücke. Wenn das Politbüro es in die Finger bekäme, würden Sie binnen einer Woche an die Wand gestellt.«

»Warum drohen Sie mir, Genosse?«

»Nur für den Fall, daß Sie glauben sollten, eine schnelle Beförderung zu erlangen, indem Sie die Troika verraten – die offiziell überhaupt nicht existiert.« Lutscharsky blieb stehen und sah seinen Begleiter mit sibirischem Lächeln an. »Natürlich wissen wir, daß Sie nie auf den Gedanken kämen, uns zu verraten. Also, Sie haben mehrere Fragen gestellt. Wer wird nach Gorbatschow übernehmen? Antwort: Jegor Ligatschew, seine Nummer zwei im Politbüro. Er hat sich offen gegen *perestroika* und *glasnost* ausgesprochen. Er weiß nicht, was wir vorhaben, aber sobald der Stuhl leer ist, wird ihm nichts anderes übrigbleiben, als die Rolle des neuen Generalsekretärs zu spielen.«

»Und die Troika?«

»Eine Gruppe von drei hochrangigen Offizieren der Roten Armee, die beschlossen hat, daß Gorbatschow verschwinden muß. Ich bin ihr Verbindungsmann zu den Leuten, die die eigentliche Arbeit tun werden.«

Wolkow brauchte nicht zu wissen, daß Lutscharsky an der Spitze der drei Generäle stand, die die Troika bildeten.

»Aber wer wird den Anschlag ausführen?« drängte Wolkow, begierig darauf, zu erfahren, wie der Plan in die Tat umgesetzt werden sollte.

Lutscharsky verschränkte die Arme, machte auf dem Absatz kehrt, starrte in das Laub, von dem sie umgeben waren. Er konnte auf gar keinen Fall riskieren, daß sie beobachtet wurden. Und dem General war völlig klar, warum Wolkow nervös war. Fürs erste mußte er ihn beruhigen.

»Es wird den Anschein haben, als wäre der Anschlag von zwei moslemischen Terroristen ausgeführt worden. Diese Fanatiker sind zu jeder Schandtat fähig. Und die Beziehungen zwischen Moskau und dem Iran haben sich verschlechtert. Auf diese Weise entgehen wir der Gefahr einer Konfrontation mit den Amerikanern – für den Fall, daß es Gerüchte gibt, die CIA hätte ihre Hand im Spiel gehabt. Wir brauchen Zeit, Ligatschow in der Macht zu etablieren, die Uhr auf Lenins Zeit zurückzustellen, die Sowjetunion wieder zu einer großen Militärmacht zu machen.«

»Moslemische Terroristen? Das ist ein geschickter Schachzug«, pflichtete Wolkow bei.

»Sie fliegen also morgen mit den Befehlen in Ihrem Kopf nach Athen«, sagte Lutscharsky und setzte seinen Weg auf dem fast zugewachsenen Pfad fort. »Das Unternehmen wird von Doganis geleitet – obwohl er nicht weiß, um was es eigentlich geht.«

»Und was glaubt er, was dabei für ihn herausspringt?«

»Eine kluge Frage, Genosse. Wir haben angedeutet, daß wir einen neuen Kommunistenaufstand in Griechenland unterstützen würden. Doganis sieht sich selbst als künftigen Ministerpräsidenten. Natürlich wird es dazu nie kommen.«

»Aber ich spreche nicht Griechisch, Genosse«, wendete Wolkow ein.

»Genau deshalb haben wir Sie ausgesucht. Als Sie in der Londoner Botschaft arbeiteten, haben Sie Ihr Englisch aufpoliert. Doganis spricht gleichfalls Englisch.«

»Es ist wirklich an alles gedacht worden«, bemerkte Wolkow, beeindruckt von der Gründlichkeit der Planung. Dann kam ihm ein Gedanke. »Ich kann mir nur nicht vorstellen, wie wir am Britischen Geheimdienst vorbeikommen – der sehr tüchtig ist. Welche Waffen sollen verwendet werden?«

»Keine weiteren Fragen.« Lutscharsky beschleunigte sein Tempo. »Ich kann Ihnen nur so viel sagen, daß die für diesen Zweck erforderlichen Spezialwaffen bereits zu ihrem Bestimmungsort unterwegs sind. So, und jetzt trennen wir uns, wie beim letzten Mal. Sie begeben sich in die Wohnung Ihrer Geliebten. Das liefert Ihnen einen Grund dafür, daß Sie in Moskau herumschleichen, falls Sie erkannt werden. Geben Sie mir fünf Minuten, damit ich zu meinem Wagen zurückkehren kann.«

Bevor er das Wäldchen verließ, drehte er sich noch einmal zu Wolkow um und sah auf ihn herab. »Und vergessen Sie nicht das Dokument mit Ihren Fingerabdrücken, das in Ihrem eigenen Safe liegt. Der KGB würde Sie nicht mit Samthandschuhen anfassen – nicht, nachdem er das Dokument gelesen hat. *Bon voyage*, Genosse ...«

Lutscharsky trat vorsichtig aus dem Wäldchen heraus, stellte sich einen Moment hin wie ein Mann, der die Wärme des Sonnenscheins genießt. Dann eilte er zu dem in einer verlassenen Seitenstraße geparkten Wagen. Er stand vor einem Gebäude, in dem sich die Wohnung eines wohlbekannten Generals befand, von dem er wußte, daß er gerade am Schwarzen Meer Urlaub machte. Eine weitere Vorsichtsmaßnahme – für den Fall, daß eine KGB-Patrouille die Zulassungsnummer des Wagens notierte.

Sowie er sich in dem Tschaika niedergelassen hatte, zog Lutscharsky einen Beutel aus der Tasche und holte ein Spezialinstrument heraus. Es kostete ihn nur fünf Minuten, um den Zähler um fünfzig Kilometer

zurückzustellen. Sein Chauffeur führte über alle Fahrten Buch und trug den jeweiligen Kilometerstand ein. Jetzt gab es keinen Hinweis mehr darauf, daß er die Fahrt von der Kaserne hierher unternommen hatte.
Es ist wirklich an alles gedacht worden. Wolkow wußte nicht einmal über die Hälfte Bescheid. Lutscharsky hatte schon vor einiger Zeit beschlossen, daß nach der Ermordung von Gorbatschow seine sämtlichen Untergebenen, die daran beteiligt gewesen waren, denselben Weg gehen würden. Rykowsky und Wolkow würden bei einem Hubschrauberabsturz über dem Kaspischen Meer ums Leben kommen. Doganis würde den Befehl erhalten, Florakis und andere Mitglieder des Mäander zu beseitigen. Und dann würde Lutscharsky jemanden aus Moskau schikken, der Doganis liquidierte.
Ja, es war wirklich an alles gedacht worden.

Am Tag darauf nahm Kalos den Anruf entgegen; Sarris befand sich gerade nicht in seinem Büro im Polizeipräsidium. Er kam vom Sicherheitschef am Athener Flughafen.
»Sind Sie das, Kalos? Hier ist Stefanides. Ihr Mann ist gerade eingetroffen. Oberst Wolkow höchstpersönlich.«
»Halten Sie ihn fest, bis ich dort bin. Sagen Sie, Sie hätten Morddrohungen gegen Sowjetbürger erhalten. Daß Sie erst eine kugelsichere Limousine aus Athen kommen lassen müßten. Das veranlasse ich, bevor ich losfahre. Halten Sie ihn fest.«
»Wird gemacht. Bis später ...«
Kalos folgte der Limousine in einem nicht gekennzeichneten Polizeifahrzeug. Er brauchte vierzig Minuten, um den Flughafen zu erreichen. Verdammt heiß, dachte Kalos, als er es endlich geschafft hatte. Spätnachmittag, und eine Hitze wie in einem Backofen. Er beobachtete, wie Stefanides einen massigen Mann in einem leichten blaßgrauen Anzug zu der Limousine geleitete. Er hatte dichtes schwarzes Haar, war glattrasiert und trug eine randlose Brille, sehr ähnlich der, die Gorbatschow trug. In mancher Hinsicht wirkte er wie eine Taschenausgabe des Generalsekretärs. Und sein Gesicht war teigig und blaß – unverkennbar ein Neuankömmling und dazu ein Mann, dem man leicht auf der Spur bleiben konnte.
Kalos beobachtete, wie ein Gepäckträger zwei Koffer in der Limousine verstaute, und ließ seinen Motor an, als die Haube des Kofferraums zugeschlagen wurde. Die Limousine bog auf die Hauptstraße nach Athen ein. Kalos folgte ihr.

Ihr Ziel: die Sowjetische Botschaft. Wie Kalos vermutet hatte. Er parkte den Saab hinter einem anderen Wagen, blieb darin sitzen und wartete. Kalos war gut im Warten. Er beobachtete, wie Wolkow in dem Gebäude verschwand, gefolgt von dem Chauffeur mit seinen Koffern. Jetzt würde erst einmal eine Ewigkeit vergehen, während der Wolkow sich mit Oberst Rykowsky unterhielt.
Kalos ließ seinen Assistenten im Polizeipräsidium über Funk wissen, daß er mit einer Überwachung beschäftigt war, daß es die ganze Nacht dauern könnte. Es wurde von ihm kein Hinweis darauf verlangt, wo er sich befand. Überwachung war Geheimsache. Und er wollte nicht, daß Sarris erfuhr, womit er sich beschäftigte. Noch nicht.
Zwanzig Minuten später erlebte Kalos eine Überraschung. Zwei Männer kamen heraus, wechselten auf die andere Straßenseite und gingen dann auf ihn zu die Straße entlang. Wolkow trug nun einen Leinenanzug und einen Strohhut. Die Brille und die Gangart bestätigten Kalos, daß es sich um Wolkow handelte. Sie waren gerissener, als er angenommen hatte. Den Gegner niemals unterschätzen – Sarris' Maxime.
Der zweite Mann, gleichfalls nicht sehr groß, aber schlanker, trug einen ähnlichen Leinenanzug und eine Schirmmütze. Eine knochige Hakennase, darunter ein strichförmiger, säuberlich gestutzter Schnurrbart. Ein Mann, der beim Sprechen mit den Händen gestikulierte. Oberst Rykowsky.
Sie winkten ein vorbeifahrendes Taxi heran, stiegen ein. Kalos wartete, bis er im Seitenspiegel sah, daß sich das Taxi in Bewegung setzte, wendete vorschriftswidrig und hängte sich hinter das Taxi. Am Omonia-Platz stiegen sie aus, bezahlten den Fahrer, betrachteten die Auslagen im Schaufenster eines Kaufhauses. Kein normales Verhalten. Kalos verspürte eine gewisse Befriedigung, als er seinen Wagen in eine Parklücke lenkte, die eine Frau gerade freigemacht hatte.
Die beiden Russen gingen langsam den Gehsteig entlang, blieben stehen, betrachteten abermals ein Schaufenster. Rykowsky blickte über die Schulter, suchte die Straße ab. Kalos war hinter dem Steuer zusammengesunken, hielt die Augen fast geschlossen. Ein Taxi hielt an, entließ einen Fahrgast, und die beiden Russen setzten sich wieder in Bewegung.
Wolkow stieg hinten ein, Rykowsky gab dem Fahrer die nötigen Anweisungen und setzte sich dann neben seinen Begleiter. Das Taxi fädelte sich in den Verkehr ein. Kalos lächelte leise, als er seinen Wagen herauslenkte, nur durch ein anderes Fahrzeug von dem Taxi getrennt. Mit wem wollten sich die beiden in aller Heimlichkeit treffen? Das war die 60 000-Dollar-Frage.

Zehn Minuten später hatte das Taxi die Plaka erreicht, bahnte sich langsam seinen Weg durch das Labyrinth von Straßen und Gassen. Vor einer Taverne stiegen die beiden Russen aus. *Papadedes*. Das ergab Sinn, dachte Kalos, während er beobachtete, wie die beiden Männer eine Treppe neben der Taverne hinaufstiegen. Papadedes verschaffte sich durch die Vermietung dieses von der Taverne abgetrennten Zimmers im ersten Stock ein hübsches Nebeneinkommen.
Er vermietete es zu exorbitanten Preisen an Athener Geschäftsleute, die ihre Geliebten dorthin mitnahmen. Das Zimmer war hübsch möbliert und enthielt unter anderem eines jener Sofas, die man in ein Bett umwandeln konnte. Papadedes versorgte seine Kunden auch mit Getränken und verlangte dafür nur das Vierfache dessen, was sie in der Taverne kosteten.
Kalos lenkte seinen Wagen in eine Seitenstraße und parkte ihn halb auf dem schmalen Gehsteig und halb auf dem Kopfsteinpflaster. Er griff in die Tasche. Ja, er hatte seine Voigtländer-Kompaktkamera wie immer bei sich. Er holte sie heraus und bezog Position in einem Toreingang, von dem aus er die Treppe im Auge behalten konnte.
Da ging irgend etwas Bedeutsames vor sich. Warum konnten sie ihre Zusammenkunft nicht in der Sowjetischen Botschaft abhalten? Das gab Kalos zu denken. Und er war ganz sicher, daß Wolkow versucht hatte, sich zu verkleiden. Zugegeben, es war mächtig warm. Und der Russe war gerade aus Moskau eingetroffen. Aber er hatte den Strohhut sehr tief ins Gesicht gezogen – und sie hatten nur sehr wenig Zeit im Freien verbracht.
Er wollte sich gerade eine Zigarette anzünden, doch dann versteifte er sich und griff nach seiner Kamera, die noch nicht brennende Zigarette zwischen den Lippen. Ein großer, massig gebauter Mann näherte sich der Taverne. Der Dicke. Ein am Hals offenes Hemd, Hose und Jackett, die locker herabhingen. Doganis. Der Vorsitzende des Komitees, das den Mäander dirigierte.
Kalos hob die in seiner Hand verborgene Kamera und wartete. Doganis blieb plötzlich stehen, drehte sich um, eine Frau prallte gegen seine Körpermasse. Er kümmerte sich nicht weiter um sie, sondern blickte in die Richtung, aus der er gekommen war, die Straße entlang. Dann stapfte er in seinen riesigen Turnschuhen weiter, blieb vor dem Eingang zu der Treppe abermals stehen und schaute sich wieder um – wie ein Mann, der nicht recht weiß, wo er sich befindet. Während der Grieche seinen gewaltigen Kopf drehte, machte Kalos schnell drei Fotos. Das ganze Gesicht, das Profil – und hinter ihm der Name über der Taverne. Dann war Doganis verschwunden. Er war die Treppe zu dem Zimmer

hinaufgeeilt, in dem sich die Russen befinden mußten. Für einen so massigen Mann bewegte er sich erstaunlich behende.
Kalos steckte die Kamera wieder in die Tasche und runzelte die Stirn. Es hatte den Anschein, als ginge es um noch schwerwiegendere Dinge, als er vermutet hatte.

In dem kostspielig möblierten Zimmer stand Doganis vor den beiden Russen, die an einem runden, auf Hochglanz polierten antiken Tisch saßen, auf dem ein Tablett lag – heraufgebracht von einem Kellner, bevor sie eingetroffen waren. Zwei Flaschen Wodka, drei geschliffene Gläser. Beide Männer hatten ein Glas vor sich stehen.
Doganis nickte in Gedanken. Die beiden Männer nutzten die Gelegenheit – hier brauchten sie sich keine der von Gorbatschow verfügten Beschränkungen aufzuerlegen. Der schlanke, hochnäsige Oberst Rykowsky erhob sich und stellte sie einander vor. Doganis ergriff Wolkows Hand und drückte sie wie ein Schraubstock. Der Druck war so stark, daß der Russe Mühe hatte, nicht das Gesicht zu verziehen.
»Wodka?« bot Rykowsky an.
Doganis schüttelte den Kopf, senkte seine Masse auf den dritten Stuhl am Tisch. Er brauchte einen klaren Kopf für das Gespräch mit diesen verdammten Russen, die Griechenland während des Bürgerkriegs im Stich gelassen hatten – sie hatten ihnen nicht die Waffen geliefert, die sie so dringend brauchten. Dafür hatte der amerikanische Präsident Truman Truppen geschickt und tonnenweise Kriegsmaterial. Deshalb hatten sie den Krieg verloren.
Rykowsky blieb stehen, kippte das ganze Glas Wodka hinunter und erklärte: »Ich lasse Sie jetzt mit Oberst Wolkow allein. Er hat eine lange Botschaft für Sie. Sie muß heute nacht von Florakis an Jupiter weitergegeben werden. Sie ist so lang, daß sie in drei Abschnitte aufgeteilt werden muß – die in drei aufeinanderfolgenden Nächten gesendet werden. Sie haben ein gutes Gedächtnis?«
»Das ist Ihnen bekannt«, knurrte Doganis; seine riesigen Pranken lagen ineinander verschränkt auf dem Tisch. »Weiter.«
»Wolkow wird Ihnen sagen, wo ein Abschnitt endet und der nächste beginnt. Wenn er Ihnen die komplette Botschaft mitgeteilt hat, geht er. Sie lassen ihm fünf Minuten Zeit. Dann fahren Sie hinunter nach Kap Sunion. Florakis erwartet Sie. Ich habe ihn bereits angerufen. Ich kehre jetzt in die Botschaft zurück und bestätige, daß Sie kommen werden. Er wird Sie dort erwarten, wo der neue Hotelkomplex gebaut wird. Sie kennen die Stelle?«
»Ja.«

»Vorerst wird dort nicht weitergebaut. Wie ich gehört habe, wartet man auf das Eintreffen von Material.« Rykowsky schwenkte seine schlanke Hand. »Der entscheidende Punkt ist, daß die Baustelle verlassen ist. Wenn Sie wieder in Athen sind, rufen Sie mich in der Botschaft an. Unter Ihrem üblichen Codenamen. Teilen Sie mir lediglich mit, daß es Ihnen gelungen ist, einen weiteren Lieferanten für Mineralwasser ausfindig zu machen – trotz der durch diese infernalische Hitzewelle bewirkten Knappheit. Denken Sie daran, daß alle Gespräche abgehört und aufgezeichnet werden.«
»Das weiß ich.«
»Und fahren Sie so bald wie möglich nach Kap Sunion hinunter. Florakis braucht Zeit, um die Botschaft zu verschlüsseln. Verstanden?«
»Ja.«
Rykowsky sagte zu Wolkow, sie würden sich später in der Botschaft sehen. An der Tür drehte er sich noch einmal um.
»Wie kommen Sie nach Kap Sunion, Doganis?«
»Mein Wagen parkt ein paar hundert Meter von hier entfernt. Ich weiß, was ich tue.«
Rykowsky nickte, biß sich auf die Lippen, entschied sich dafür, nichts mehr zu sagen. Die Griechen waren sehr empfindlich. Er war froh, das Zimmer verlassen zu können, und Doganis war froh, daß er verschwand. Er wendete sich Wolkow zu. »Ich höre.«
Wolkow kippte ein weiteres Glas Wodka hinunter, bemerkte den Ausdruck des Griechen und unterließ es, sein Glas von neuem zu füllen.
»Das ist die Nachricht. Ich werde sie langsam rezitieren. Sie müssen sich eine Menge merken. Im ersten Abschnitt geht es um Möbelwagen ...«

Kalos machte zwei Aufnahmen von Rykowsky, als dieser am Fuße der Treppe stehenblieb und nach rechts und nach links schaute. Dann wanderte der Russe schnellen Schrittes nach links davon, zweifellos auf der Suche nach einem Taxi. In seinem Notizbuch hielt Kalos die genaue Zeit fest, wie er es auch beim Eintreffen von Doganis getan hatte.
Seine Verwunderung nahm zu. Jetzt befand sich das fette Schwein Doganis mit Wolkow, dem Neuankömmling aus Moskau, oben in dem Zimmer. Höchst merkwürdig. Es dauerte eine halbe Stunde, bis eine zweite Gestalt erschien. Wolkow. Er ging in der gleichen Richtung wie Rykowsky die Straße entlang; den Strohhut hatte er so tief herabgezogen, daß er die obere Hälfte seines Gesichtes verdeckte. Plötzlich blieb er stehen, lüftete den Hut und schaute sich um. Kalos machte zwei weitere Aufnahmen, wartete, bis Wolkow verschwunden

war, hielt die Uhrzeit fest. Er war genau dreißig Minuten mit Doganis zusammengewesen. Überaus mysteriös.
Es sei denn, er hätte Doganis detaillierte Instruktionen gegeben – aber weshalb war Rykowsky dabei nicht zugegen gewesen? Großer Gott, dachte Kalos, vielleicht traut Moskau nicht einmal Rykowsky, und er darf nicht wissen, was Wolkow zu sagen hat. Das Zellensystem – in einem solchen Ausmaß angewendet! Die Instruktionen mußten unvorstellbar geheim sein.
Genau fünf Minuten später stand Doganis am Fuß der Treppe, lehnte sich an einen Pfosten, zündete sich eine Zigarette an, ließ den Blick über die Straße schweifen. Ein regelrechter Profi, dieser fette Brocken. Kalos riskierte es, eine weitere Aufnahme zu machen. Ohne einen Blick in die Richtung. Doganis machte sich auf den Weg.
Kalos merkte sich die Zeit, lief zu seinem Wagen, setzte rückwärts in die Hauptstraße, hängte sich an Doganis. Das war eine schwierige Entscheidung gewesen, die Kalos hatte treffen müssen. Wem sollte er folgen? Er war zu der Schlußfolgerung gelangt, daß die Russen nach diesem verstohlenen Treffen vermutlich in die Botschaft zurückkehren würden. Also bist du an der Reihe, dachte er, als er Doganis verfolgte.
Kalos stellte fest, daß er Abstand halten konnte. Unter den Touristen und Einheimischen, die sich auf den Straßen der Plaka drängten, ragte der Kopf von Doganis wie der eines vorantappenden Bären heraus. Er hatte seinen zerbeulten alten Renault auf einem leeren Grundstück geparkt. Kalos wartete, bis er seine Masse hinter das Steuer gezwängt hatte und der Wagen sich in Bewegung setzte. Dann folgte er ihm.

»Wiederholen Sie die ganze Botschaft. Geben Sie an, wo ein Abschnitt aufhört und der nächste beginnt«, sagte Doganis.
»Quatsch. Ich habe jedes Wort im Kopf«, fauchte Florakis.
»Beweisen Sie es.«
»Ich sagte Quatsch . . .«
Die beiden Männer saßen auf den Vordersitzen von Doganis' Renault, der in dem Schatten parkte, den das Stahlskelett des Hotelneubaus warf. Florakis warf einen verächtlichen Blick auf den aufgeschwemmten Fettkloß neben sich und griff nach der Türklinke.
»Ich sagte, beweisen Sie es«, sagte Doganis ruhig. »Das kommt von ganz oben, und ich muß wissen, daß Sie tatsächlich jedes Wort mitbekommen haben.«
»Lecken Sie mich am Arsch, Sie überreife Melone . . .«
Doganis packte Florakis' Arm unterhalb des Ellenbogens und drückte zu. Florakis fluchte und versuchte, freizukommen. Es gab ein kurzes

Gerangel, dann verzog Florakis schmerzgepeinigt das Gesicht. Er war fassungslos über die Kraft dieses fetten Mannes, von dem er geglaubt hatte, er wäre weich wie ein Wackelpudding. Mit ausdruckslosem Gesicht begann Doganis, den Arm zu biegen. Florakis unterdrückte einen Schmerzensschrei.
»Und nun versuchen wir es noch einmal, ja?« schlug Doganis vor und gab Florakis' Arm frei.
»Sie Idiot«, jammerte Florakis. »Ich habe überhaupt kein Gefühl mehr in meinem Arm. Und ich muß Ihre verdammte Nachricht übermitteln...«
»Sie sind Rechtshänder«, sagte Doganis sanft und schaute aus dem Fenster auf eine Stelle, an der das Stahlskelett das leuchtende Blau des Meeres einrahmte. »Ich habe daran gedacht und deshalb Ihren linken Arm genommen. Aber in der Nacht, wenn Sie Ihre Arbeit tun, ist sowieso wieder alles in Ordnung. Wollen Sie jetzt die Botschaft wiederholen? Wort für Wort?«
»Ja, zum Teufel...« Florakis nahm sich zusammen, ließ seine Wut verrauchen, dann begann er zu rezitieren.
»Recht gut«, sagte Doganis fünfzehn Minuten später. »Noch etwas, bevor Sie wieder auf Ihren Esel steigen und zu dieser Jauchegrube zurückreiten, die Sie als Farm bezeichnen.«
»Und das wäre?« fragte Florakis verdrossen.
»Vergessen Sie in Zukunft nicht noch einmal, daß ich der Boß bin. Ich gebe Ihnen zehn Minuten Vorsprung, bevor ich mich auf die Rückfahrt nach Athen mache...«
Ein Stück weiter oben hockte Kalos hinter einem Felsbrocken an der kahlen Hügelflanke unter der sengenden Sonne und beobachtete die beiden Männer durch einen Feldstecher, den er aus dem Handschuhfach seines Wagens herausgeholt hatte. Er war Doganis die ganze Strecke von Athen her gefolgt. Sobald ihm klar geworden war, daß dieser die Küstenstraße benutzte, hatte er reichlich Abstand gehalten.
Er war gerade auf der Kuppe eines Hügels angekommen, von dem man einen ungehinderten Blick auf den Poseidontempel von Kap Sunion hatte, als er sah, wie der Renault von der Straße abbog und hinter die Baustelle fuhr. Daraufhin hatte er selbst die Straße sofort verlassen und war über das unebene Gelände in eine der vielen Rinnen geholpert, die zur Küstenstraße hinabführen. Er hatte seinen Wagen tief in der Rinne geparkt und war dann so hoch hinaufgeklettert, daß er auf die Baustelle herunterschauen konnte.
Mit seinem Feldstecher hatte er die beiden Männer auf den Vordersitzen des Renault deutlich erkennen können. Kalos hatte Florakis er-

kannt, und er erinnerte sich daran, wie er die Fingerabdrücke gefunden hatte, die Florakis' wahre Identität verraten hatten. Oleg Sawinkow. Der Russe. Der Mann, der im Bürgerkrieg einen Haufen Leute liquidiert hatte.

Er wartete, bis Doganis auf der Heimfahrt hinter der Kuppe des Hügels verschwunden war, und fuhr ihm dann nach. Er rechnete nicht mit irgendwelchen neuen Unternehmungen, aber er folgte Doganis den ganzen Weg bis zurück in die Stadt. Seine Augen verengten sich, als ihm klar wurde, daß Doganis in die Plaka zurückkehrte. Noch überraschter war er, als Doganis seinen Wagen auf derselben Stelle wie zuvor parkte und ausstieg, dann auf die Uhr schaute, sich eine Zigarette anzündete und wartete. Kalos parkte vorschriftswidrig in einer Einbahnstraße und wartete gleichfalls.

Dreißig Minuten vergingen, bevor sich Doganis zu Fuß in die gleiche Straße begab, in der er früher am Tage gewesen war. Kalos vermutete, daß sein Ziel das Zimmer über der Taverne von Papadedes war, und beobachtete, wie er die Treppe hinaufging und verschwand.

Kalos bezog in der Toreinfahrt Position, in der er vorher gestanden hatte. Fünf Minuten später sah er Oberst Wolkow kommen. Er hielt die Uhrzeit fest, wie er es auch bei Doganis' Betreten des Hauses getan hatte.

Äußerst merkwürdig. Diese Begegnung fand ohne Rykowskys Beisein statt. Er blinzelte und hatte gerade seine Kamera herausgeholt, als eine dritte Person die Straße entlangkam, am Fuß der Treppe stehenblieb, sich gründlich umschaute und dann im Haus verschwand.

Er notierte die Ankunftszeit von Anton Gavalas. Was zum Teufel ging da vor sich?

ZWEIUNDDREISSIGSTES KAPITEL

»Das ist politisches Dynamit«, fuhr Sarris seinen Assistenten an. Er schwenkte die Akte mit Kalos' Bericht. »Wir müssen sie in der Versenkung verschwinden lassen. Oder wollen Sie, daß wir beide unseren Job verlieren?«

Kalos fuhr sich mit der Hand über sein stoppeliges Haar, vom Ausbruch seines Chefs nicht im mindesten beeindruckt. Er verschränkte die Hände, schaute aus dem Fenster hinaus in die Dunkelheit, die sich über den Lykabettos senkte, und wählte seine Worte sehr bedächtig.

»Punkt eins. Wir wissen, daß Doganis der mächtigste Mann in dem sogenannten Komitee an der Spitze des Mäander ist. Einer Organisation fanatischer Kommunisten, die lange Zeit inaktiv gewesen ist. In der Akte hier finden sich Beweise in Form von Fotos, daß Doganis mit Oberst Rykowsky zusammengetroffen ist und mit dem Besucher aus Moskau, Oberst Wolkow...«

»Genau das meine ich ja«, wendete Sarris ein. »Unsere Regierung hofft auf bessere Beziehungen zur Sowjetunion, nachdem Gorbatschow jetzt seine neue Politik proklamiert hat...«

»Diese Leute haben mit neuer Politik nichts im Sinne«, fuhr Kalos in dem gleichen gelassenen Tonfall fort. »Sie sind Vertreter des harten Kurses – Gorbatschows Gegner. Das hat mir dieser Kroate Pavelitsch erzählt, als ich in Belgrad war. Er ließ auch den Namen von General Lutscharsky fallen – der uns im vorigen Jahr als Oberst Gerasimow vom GRU besuchte. Ich habe sein Foto aus Pavelitschs Akte gestohlen, als dieser völlig betrunken war. Ich bin ihm ins Hilton gefolgt, wo er mit Florakis zusammentraf.«

»Und jetzt taucht Lutscharsky in Ihrem Bericht auf! Ich war noch nicht fertig, als Sie mich unterbrachen. Ich bin nicht für die Politik unserer Regierung verantwortlich. Ich finde, sie macht sich vielleicht etwas übertriebene Hoffnungen...«

»Bis an die Grenze des Schwachsinns«, bemerkte Kalos.

»Seien Sie still. Unsere Regierung hofft auf mehr Handel mit Moskau. Vielleicht sogar hochmodernes militärisches Gerät, mit dem unsere Armee der der Türken überlegen wäre...«

»Da kann sie lange warten. Lassen Sie mich weiterreden«, beharrte Kalos. »Punkt zwei. Rykowsky läßt Wolkow mit Doganis allein – was darauf hindeutet, daß nicht einmal er eine überaus geheime Botschaft aus Moskau hören darf – von Lutscharsky vielleicht? Punkt drei. Nach dieser Zusammenkunft folge ich Doganis. Wohin? Zu einem weiteren subversiven Treffen – diesmal mit Oleg Sawinkow alias Florakis. Peter, es ist eine Verschwörung, der ich auf der Spur bin...«

»Eine Vermutung...«

»Und da ist noch mehr – gleichfalls mit Fotos in dieser Akte belegt. Doganis fährt nach Athen zurück, zum gleichen Treffpunkt in der Plaka. Was passiert nun? Oberst Wolkow erscheint, allein – Rykowsky ist abermals von dieser heimlichen Zusammenkunft ausgeschlossen. Wer kommt außerdem? Anton Gavalas. Wie paßt er ins Bild? Von ihm wird erwartet, daß er seinem verrückten Vater hilft, den Mann ausfindig zu machen, der vor über vierzig Jahren zwei Morde beging. Ich wiederhole, es ist eine mörderische Verschwörung.«

»Und ich wiederhole, daß ich das dem Minister nicht zeigen kann. Er würde in die Luft gehen.« Sarris milderte seinen Tonfall. »Sie wissen, daß ich recht habe, Kalos. Wenn ich glaubte, es bestünde auch nur die geringste Aussicht, daß der Minister uns erlauben würde, der Sache nachzugehen, würde ich ihm die Akte geben.«

»Sie sind der Boss.«

Kalos saß reglos da und schaute nach wie vor aus dem Fenster. Er wußte, daß Sarris die Lage völlig richtig beurteilte. Er war bitter enttäuscht. Sarris stand auf, nahm den Bericht aus der Akte, suchte die Fotos heraus.

»Kalos, das tut mir wirklich leid. Aber ich tue es, um Sie ebenso zu schützen wie mich selbst.«

Er ging hinüber zum Aktenvernichter. Kalos schaute mit unbewegter Miene zu, wie Sarris zuerst die Fotos hineinsteckte, dann die Blätter mit dem Text, den Kalos auf seiner eigenen Maschine geschrieben hatte. Ein Haufen Schnitzel fiel in den unter dem Gerät hängenden Plastiksack. Danach kehrte Sarris an seinen Schreibtisch zurück.

»Ich hatte keine andere Wahl. Verzeihen Sie.«

»Sie befehlen mir, meine Nachforschungen einzustellen?«

Sarris biß sich auf die Unterlippe. »Ich kann mich nicht erinnern, dergleichen gesagt zu haben. Und Sie haben ein hervorragendes Gedächtnis. Aber seien Sie um Gottes willen vorsichtig. In unser beider Interesse ...«

Kalos nickte, verließ Sarris' Büro und kehrte in sein eigenes Zimmer zurück. Er verschloß die Tür, ging zu seinem Schreibtisch, schloß eine Schublade auf und holte ein Doppel der Akte heraus, die Sarris vernichtet hatte. In ihr lagen auch Kopien der Fotos; Kalos hatte sie in seiner eigenen Dunkelkammer in seiner Wohnung am Rande der Plaka entwickelt.

Mit der Akte unter dem Arm hockte er sich nieder und stellte die Zahlenkombination an der Tür seines Safes ein. Er öffnete ihn und benutzte einen Schraubenzieher, um das schmale Geheimfach auf dem Boden des Safes aufzuhebeln. Er ließ die Akte hineingleiten, machte das Geheimfach wieder zu, verschloß den Safe und verstellte die Kombination.

Als er sich aufrichtete, fiel ihm ein, wie verwunderlich es war, daß Sarris nicht nach den Negativen gefragt hatte – Sarris, der sonst nie etwas außer acht ließ.

Nachdem er Zeuge des Zusammentreffens zwischen Doganis und Anton Gavalas geworden war, hatte Kalos wieder vor einer schwerwiegenden Entscheidung gestanden. Welchem der beiden Männer sollte er folgen? Sie hatten das Gebäude einzeln verlassen; Doganis war als erster herausgekommen. Kalos ließ ihn gehen.

Zehn Minuten später war Anton erschienen, und Kalos war ihm gefolgt. Er war überrascht, als dieser ein Taxi nahm, das ihn vor dem Astir Palace Hotel am Vassilissis-Sofias-Boulevard absetzte, nicht weit vom Grande Bretagne entfernt.
Da er nun nichts mehr unternehmen konnte, kehrte er ins Präsidium zurück, um Sarris seinen Bericht vorzulegen.
In seinem Zimmer angekommen, setzte sich Anton aufs Bett und wählte die Nummer von Petros' Farm im Teufelstal. Es dauerte eine Weile, bis die Verbindung mit dieser abgelegenen Gegend zustandegekommen war.
»Hier ist Anton . . .«
»Hast du Christina gefunden?« knurrte Petros.
»Gefunden und wieder verloren . . .« Anton erstattete einen kurzen Bericht über das, was ihm früher am Tage im Hilton widerfahren war. Er war auf einen Wutanfall gefaßt. Statt dessen sagte der alte Mann, er müsse eine Minute nachdenken. Anton nutzte rasch die Gelegenheit.
»Wäre es nicht an der Zeit, daß ich nach England zurückkehre? Wir sollten wissen, was diese Killer im Exmoor tun. Diesmal gelingt es mir vielleicht herauszufinden, ob alle drei schuldig sind – oder ob es nur einer von ihnen war.« Er redete schnell weiter. »Ich habe eine Idee, wie ich sie nervös machen kann. Ich habe dir erzählt, daß sie sich ohnehin schon fürchten. Sie haben sich in ihren Häusern verbarrikadiert wie Männer, die vor Angst nicht aus noch ein wissen.«
»Aber wir müssen Christina finden . . .«
»Schick diese faulen Hunde Dimitrios und Konstantin wieder nach Athen. Sie muß hier irgendwo stecken. Diese beiden Idioten brauchen nichts anderes zu tun, als Putzfrauen zu bestechen und ihnen ihr Foto zu zeigen. Und sich nicht an den Empfangschef heranzumachen, wie es dieser Schwachkopf Dimitrios getan hat. Was ist wichtiger?« drängte er, »Christina aufspüren oder den Mörder deiner Söhne finden? Ich könnte in ein paar Tagen in England sein. Diesmal werde ich aggressiver vorgehen.«
Das Wort »aggressiv« gab den Ausschlag. Es gefiel Petros. Es entsprach seiner Art, Probleme zu lösen.
»Also gut«, sagte er. »Wann reist du ab? Hast du genug anzuziehen?«
»Wahrscheinlich morgen. Und ich habe einen Koffer gepackt, bevor ich nach Athen kam. Außerdem habe ich genügend Geld. Behalte Dimitrios und Konstantin noch zwei Tage bei dir, dann versetze ihnen einen Tritt in den Hintern und erkläre ihnen, sie sollten sich erst wieder blikken lassen, wenn sie sie gefunden haben.«

Ausgezeichnet, dachte Petros. Anton wurde ihm von Tag zu Tag ähnlicher. Äußerst aggressiv.
»Du kannst wieder die geheime Route nach England benutzen, von der du gesprochen hast?«
»Ganz bestimmt.« Anton war inzwischen aufgestanden; in seiner Stimme schwang Selbstsicherheit. »Mach dir keine Sorgen, wenn ich diesmal länger fortbleibe. Diesmal muß ganze Arbeit geleistet werden...«
Anton legte den Hörer auf und stellte fest, daß er heftig schwitzte. Es lag nicht an der Hitze – obwohl er sich vorkam wie in einem Backofen. Er hatte es geschafft, Petros, den alten Narren, zu überreden. Jetzt konnte er die Befehle ausführen, die ihm Wolkow übermittelt hatte.
Anton war hocherfreut über die große Verantwortung, die man ihm übertragen hatte. Das verhieß Gutes für die Zukunft. Er sah einen hohen Ministerposten in einer kommunistischen Regierung Griechenlands in Reichweite. Und wer weiß – vielleicht würde er eines Tages sogar Ministerpräsident sein.
Er holte einen Flugplan der Swissair aus seinem Koffer, setzte sich hin, studierte ihn. Flug SR 303 verließ Athen um 17 Uhr, traf um 18.45 Uhr Ortszeit in Zürich ein. Er brauchte einen späten Flug – er hatte in Athen am Vormittag noch einiges zu erledigen. Er blätterte weiter.
Ein weiterer Nonstop-Flug, SR 690, ging 12.10 Uhr von Zürich ab und war 13.55 Uhr in Lissabon. Wieder Ortszeit. Das bedeutete, daß er nur eine Nacht in Zürich verbringen mußte. Er übernachtete immer in erstklassigen Hotels; mit einigem Glück würde er eine verheiratete Frau finden, die willens war, die Nacht mit ihm zu verbringen.
Mit Frauen war Anton immer vorsichtig. Am sichersten waren die Verheirateten, von ihren Ehemännern getrennt und auf ein Abenteuer aus. Es waren einmalige Begegnungen, ohne das Risiko einer lästigen Bindung. Er überprüfte die Daten in seinem Notizbuch. Sein Gedächtnis hatte ihn nicht im Stich gelassen.
Der Frachter *Oporto* sollte erst in etlichen Tagen auslaufen. Dann würde er Portugal verlassen, den Laderaum voll Kork, für den Hafen Watchet in Somerset bestimmt. Später würde er mit einer Fracht Altpapier die Rückreise antreten.
Massenhaft Zeit, um mit Gomez, dem Kapitän, Kontakt aufzunehmen. Ihn wissen zu lassen, daß er nicht nur ihn, sondern auch eine ganz spezielle Fracht würde befördern müssen. Und zur vereinbarten Zeit Jupiter anzurufen, damit er dafür sorgte, daß ihn jemand auf See in Empfang nahm. Die Telefonnummer, da war er ganz sicher, war die einer öffentlichen Zelle. Und was am wichtigsten war – Zeit genug, den

Waffenhändler in Lissabon aufzusuchen und von ihm die Dinge abzuholen, die mit ihm an Bord der *Oporto* gehen würden.
Anton wählte die Nummer des Zimmerservice. »Schicken Sie mir einen doppelten Scotch herauf. Kein Eis. Keine Zitrone. Und eine Flasche Mineralwasser.«
Er setzte sich hin, leicht erschöpft von der Konzentration. Jetzt hatte er nichts mehr zu tun, als morgen vormittag mit Professor Seton-Charles im Hilton Kontakt aufzunehmen. Er würde als Student dort auftauchen. Und die Befehle Wolkows an den Professor weitergeben.

DREIUNDDREISSIGSTES KAPITEL

Im Verlauf zweier Wochen hatte Seton-Charles drei Seminare für griechische Studenten abgehalten. Newman und Marler hatten sich mit seiner Überwachung abgewechselt. Die Seminare fanden in einem Konferenzraum im Hilton statt. Auf einer Tafel in dem riesigen Foyer war das gesamte Programm des zweiwöchigen Kursus angezeigt. Das Thema: Der griechische Bürgerkrieg 1946–1949.
Die Spannungen zwischen Newman und Marler nahmen zu. Christinas wegen wurden alle nur erdenklichen Vorsichtsmaßnahmen ergriffen – sie hatten aus ihrer Erfahrung im Hilton gelernt. Mit einem Tuch, das ihr Haar verdeckte, und einer übergroßen Sonnenbrille verkleidet hatte sie sich im Hilton als Mrs. Irene Charles eingetragen.
Einmal in ihrer Suite angekommen, blieb sie darin. Alle Mahlzeiten wurden vom Zimmerservice heraufgebracht. Newman versorgte sie mit Büchern und Zeitschriften. »Das ist herrlich, Bob«, erklärte sie ihm eines Tages. »Zum ersten Mal seit Jahren habe ich wirklich Ruhe und kann nach Herzenslust lesen ...«
Weil sie außerdem noch Seton-Charles überwachen mußten, kamen Newman und Marler kaum zum Schlafen. Sie wechselten sich bei ihrer Arbeit ab; einer blieb bei Christina, der andere aß und hielt im Hilton die Augen offen. Nach ein paar Tagen beklagte sich Marler.
»Ich komme mir regelrecht eingesperrt vor. Ich wollte, ich könnte unterwegs sein, versuchen, mehr über den Mord an Harry Masterson herauszufinden. Vielleicht nach Kap Sunion hinunterfahren, zusehen, was dort vor sich geht.«
»Macht Ihnen die Hitze zu schaffen?« Newman grinste und wischte sich mit einem durchweichten Taschentuch den Schweiß aus dem Genick.
»Nein. Sie sind derjenige, der sie nicht erträgt. Mich stört sie nicht.«

»Dafür ertrage ich das Warten besser als Sie«, erklärte ihm Newman. »Wir tun, was Tweed verlangt hat. Überwachen Seton-Charles und beschützen Christina.«
»Und so weit uns bekannt ist, hat der Professor das Hotel noch kein einziges Mal verlassen. Was ich ziemlich merkwürdig finde. Vielleicht benutzt er das Telefon in seinem Zimmer.«
»Aber nicht für die Art von Anrufen, die uns interessieren könnten. Er weiß, daß sie über die Hotelvermittlung gehen.«
»Dann schleicht er sich vielleicht in der Nacht hinaus.«
»Ich nehme an, wenn er Botschaften erhält, dann werden sie von jemandem überbracht, der an diesen Seminaren teilnimmt. Wahrscheinlich mag er die Hitze nicht. Es sieht jedenfalls so aus. Ich habe einmal beobachtet, wie er hinausging und sofort wieder hereinkam – offensichtlich froh, wieder in den Genuß der Klimaanlage zu kommen. Geduld, Marler.«
»Die können Sie sich an den Hut stecken. Und was das Warten betrifft – Sie haben als Auslandskorrespondent ihr ganzes Leben mit Warten verbracht. Vorwiegend auf Barhockern, nach allem, was ich gehört habe.«
»Was beweist, daß Sie keine Ahnung haben«, fauchte Newman. »Ich war ständig unterwegs, immer auf der Suche nach neuen Kontakten. Es wird Zeit, daß Sie ins Hilton zurückkehren. Schlafen Sie nicht ein...«
»Wie der Herr befehlen.«
Sie hatten in der Bar des Grande Bretagne Mineralwasser getrunken. Es war elf Uhr abends. Newman war eine Weile zuvor zurückgekehrt, nachdem sich Seton-Charles in sein Zimmer zurückgezogen hatte. Als Marler gegangen war, wischte er sich die schweißfeuchten Hände ab. Die Nacht würde wieder unerträglich werden.
Sie hatten im Hilton zwei Zimmer gemietet. Wer gerade Dienst hatte, blieb auf, bis er davon ausgehen konnte, daß Seton-Charles sich für die Nacht zurückgezogen hatte. Dann wartete er noch zwei Stunden im Foyer – nur für den unwahrscheinlichen Fall, daß Seton-Charles wieder auftauchen sollte. Dann ging er in sein Zimmer, wo er den Wecker auf fünf Uhr stellte, duschte und die Kleidung zurechtlegte, die er am nächsten Morgen tragen wollte. Was bedeutete, daß der diensttuende Mann gegen zwei Uhr nachts ins Bett fiel und drei Stunden Schlaf bekam. Kein Wunder, daß das Verhältnis zwischen Newman und Marler – das ohnehin nie das beste gewesen war – ständig gespannter wurde.
Es war Newman, der elf Tage später unter den Teilnehmern am letzten der Seminare Anton Gavalas entdeckte.

Christina hatte ihm ein Gruppenbild gezeigt. Die ganze Familie mit Petros in der Mitte auf der Veranda der Farm.
»Sitzt da wie Gott der Allmächtige«, hatte Christina bitter bemerkt. »Das sind Dimitrios und Konstantin – sie stehen rechts und links von ihm. Wie Sie sehen, wurde ich an den Rand geschoben – die angemessene Position für eine Frau. Und das ...« Sie hatte auf einen schlanken Mann mit einer Hand auf Petros' Schulter gedeutet. »... ist Anton. Petros' Liebling. Dieser aalglatte Bastard.«
Newman hatte das Foto ausgeliehen. Bei der ersten Gelegenheit zeigte er es Marler, wies ihn auf Anton hin.
»Eingebildeter Fatzke«, war Marlers einzige Bemerkung.

Elf Tage später tat Newman im Hilton Dienst. Er hatte im Erdgeschoß-Restaurant gefrühstückt, vier Tische von Seton-Charles entfernt, der aussah, als machte ihm die Hitzewelle schwer zu schaffen.
Jetzt saß er im Foyer auf einer Couch nicht weit von der Tür des Konferenzraums entfernt, in dem in einer halben Stunde das dritte und letzte Seminar stattfinden sollte. Newman trug ein am Hals offenes, kurzärmeliges Hemd und eine bunt karierte Hose. Er rauchte eine Zigarre und las die *New York Times*. Er sah aus wie einer der vielen im Hotel wohnenden amerikanischen Touristen.
Studenten und Studentinnen begannen einzutreffen, standen herum, unterhielten sich. Im Alter zwischen sechzehn und fünfundzwanzig, schätzte Newman. Einige hatten Aktentaschen bei sich, andere trugen Hefte unter dem Arm. Newman schlug die Beine übereinander. Er trug grüne Socken mit weißen Rauten und Tennisschuhe.
Seton-Charles erschien in Hemdsärmeln und einer taubenblauen Hose ohne Bügelfalten. Newman paffte an seiner Zigarre und blickte hoch, während er die Zeitung umblätterte. Einen Augenblick lang ruhte sein Blick auf dem Professor, der auf ihn herabschaute. Die Augen hinter der randlosen Brille, die den sitzenden Mann musterten, waren so hart wie Diamanten. Sie wirkten auf Newman wie ein Schock.
Dies war das erste Mal, daß sie einander ansahen. Das erste Mal, daß Newman diese Augen bemerkte. Ein eiskalter Hund, dachte Newman.
Dann führte Seton-Charles die Studenten in den Konferenzraum. Wie ein Hirte, der Lämmer zur Schlachtbank führt. Newman fragte sich, wie er auf diesen Gedanken gekommen war. Er setzte sich wieder bequem hin, blickte jedoch auf, als noch jemand eintraf und sich eilends in den Konferenzraum begab. Newman erstarrte innerlich, als der elegant gekleidete Mann an ihm vorübereilte. Anton Gavalas.

Er stand auf und wanderte zu einem Sessel am entgegengesetzten Ende des Foyers. Obwohl von Antons Auftauchen überrascht, hatte Newman durchaus wahrgenommen, was sonst noch vor sich ging.
Kurz nachdem der Grieche verschwunden war, bemerkte er, wie ein Mann, der sich eine Weile am Eingang aufgehalten hatte, das Foyer betrat. Ein kleiner, untersetzter Mann, der ihn an eine Haselmaus erinnerte. Der Neuankömmling ließ sich mit dem Rücken an einer Wand nieder, schlug die stämmigen Beine übereinander und vertiefte sich in eine griechische Zeitung.
Newman vergaß ihn schnell wieder. Er wäre nur allzu gern ein unsichtbarer Zeuge dessen gewesen, was in dem Konferenzraum vor sich ging.

Als Anton den Raum betrat, ließen sich die Studenten gerade auf den Stühlen nieder, die in Reihen vor dem Podest standen, auf dem der Professor hinter einem Tisch stand und Papiere in säuberliche Stapel sortierte. Er blieb stehen. Seton-Charles blickte auf. Anton durchquerte den Raum und stieg auf das Podest.
»Guten Morgen«, flüsterte er. »Jupiter schickt mich mit Informationen ...«
Er hatte eigentlich »Befehle« sagen wollen, aber dann blickte er in die Augen hinter der randlosen Brille. Kein Zeichen des Erkennens. Eiskalt, und sie schienen ihn mit einem Blick abzuschätzen. Anton begann sich zu fragen, wie hoch im Machtgefüge dieser Mann stehen mochte.
»Setzen Sie sich in die hinterste Reihe. Machen Sie sich ein paar Notizen in dieses Heft. Bleiben Sie, bis alle anderen gegangen sind.«
Die hinterste Reihe war leer. Anton setzte sich, legte das Heft, das ihm in die Hand gedrückt worden war, auf die Knie, zog seinen goldenen Parker-Füllfederhalter aus der Tasche und hörte zu, wie Seton-Charles mit seiner Vorlesung begann.
Seton-Charles war der geborene Redner; er erinnerte Anton an Wochenschau-Aufnahmen von Hitler, die er gesehen hatte. Er begann gelassen und steigerte sich allmählich in einen armeschwenkenden Fanatismus hinein. Als er fertig war, applaudierten die Studenten begeistert und verließen dann den Raum. Anton tat, als machte er sich noch Notizen, bis sie allein waren.
Er stand auf und näherte sich Seton-Charles, der seine Papiere zusammenraffte und in eine Tasche stopfte. Abermals bestieg Anton das Podest. Das Haar des Professors war von seinem vehementen Vortrag zerzaust, und er schwitzte heftig vor Anstrengung und Hitze.
»Ja?« sagte er, ohne aufzuschauen.

Anton hatte das Gefühl, daß es wichtig war, diesem Mann respektvoll gegenüberzutreten. »Sie werden gebeten, noch heute mit Swissair-Flug 303 nach Zürich zu fliegen. Abflug 17 Uhr. Morgen fliegen Sie nach London weiter und kehren ins Exmoor zurück. Das ist die Botschaft.«
»Das bedeutet, daß sie es geschafft haben«, sagte Seton-Charles halb zu sich selbst.
Er schaute auf und musterte Anton, als wollte er sein Aussehen wie ein Foto seinem Gedächtnis einprägen. Anton wagte nicht zu fragen, was sie geschafft hatten, wer »sie« waren.
»Damit Sie nicht überrascht sind – ich werde dieselbe Maschine nehmen«, erklärte er.
»Ich werde Sie überhaupt nicht bemerken. Sollten Sie jetzt nicht lieber gehen? Und zwar sofort ...«
Der Ton, in dem diese abrupte Entlassung ausgesprochen wurde, ließ Anton erröten. Ohne ein weiteres Wort verließ er den Raum. Seine Gefühle waren eine Mischung aus Wut und Angst.

Im Foyer beobachtete Newman Antons Fortgehen. Er wünschte, er könnte ihm folgen. Aber seine Aufgabe war es, Seton-Charles zu überwachen. Tweed hatte sich klar und deutlich ausgedrückt. Newman beobachtete, wie Anton mit kurzen, schnellen Schritten den Marmorfußboden überquerte und das Hotel verließ.
Er hatte den Blick gerade wieder auf seine Zeitung gesenkt, als er aus dem Augenwinkel heraus eine Bewegung wahrnahm. Der haselmausähnliche Mann hatte seine Zeitung zusammengefaltet und sie in die Tasche gestopft. Er verließ gleichfalls das Foyer. Es sah fast so aus, als ob er gleichfalls Seton-Charles überwachte.
Vor dem Hilton stieg Anton in ein Taxi und schlug die Tür zu. Kalos lief zu seinem ein paar Meter entfernt geparkten Saab und glitt hinter das Lenkrad, nachdem er geschickt und in Windeseile die Tür aufgeschlossen hatte.
Er folgte dem Taxi in den Verkehr, und seine kleinen Knopfaugen funkelten interessiert. Die Route führte den Vassilissis-Sofias-Boulevard zurück, an der Britischen Botschaft vorbei und um den Syntagma-Platz herum. Dann bog das Taxi in der anderen Richtung wieder in den Sofias-Boulevard ein. Anton bezahlte den Fahrer und verschwand im Astir Palace Hotel. Von hier aus war Kalos Anton gefolgt, als er dem Hilton seinen Besuch abstattete.
Einige Tage zuvor war Kalos aufgegangen, daß in seinem Bericht noch etwas fehlte. Er hatte alle großen Hotels angerufen, bis er herausgefun-

den hatte, daß Anton im Astir Palace wohnte. Er konnte kaum einen falschen Namen angeben – dazu war er in Athen zu gut bekannt.
Von da ab hatte Kalos geduldig Wache gehalten. Anton hatte das Hotel Tag und Nacht nicht verlassen – bis heute morgen. Jetzt war ein neues Glied in der Kette entstanden – wenn man es so nennen konnte. Anton stand mit einem der Studenten, die das Seminar besuchten, in Verbindung, vielleicht sogar mit diesem merkwürdigen Professor Seton-Charles selbst. Letzteres war allerdings unwahrscheinlich.
Kalos parkte seinen Wagen und betrat das Vestibül des allzu modern wirkenden Hotels, eines schwarzen Glasblocks, der nicht recht zu den traditionelleren Gebäuden der Umgebung paßte. Kalos erschien gerade noch rechtzeitig, um zu hören, wie Anton dem Mann an der Rezeption Anweisungen erteilte.
»Sofort nach dem Mittagessen möchte ich meine Rechnung haben. Für 15.30 Uhr bestellen Sie einen Wagen, der mich zum Flughafen bringt. Der Wagen darf nicht zu spät kommen ...«
»Natürlich nicht, Herr Gavalas«, sagte der Mann. »Ich werde mich selbst darum kümmern, daß ...«
Er brach ab, denn sein Gast war bereits gegangen und strebte auf den Fahrstuhl zu. Kalos schürzte die Lippen, fragte sich, wohin Anton fliegen wollte. Nun, er würde rechtzeitig am Flughafen sein, um das herauszufinden.
Oben angekommen, rief Anton den Zimmerservice an und bestellte einen großen Scotch. Die Maschine ging erst um 17 Uhr, aber er wollte schon sehr frühzeitig am Flughafen eintreffen. Er hatte nicht die geringste Lust, auf Seton-Charles zu stoßen.
Anton, ein harter, skrupelloser Mann, hatte während seiner jugendlichen Wanderjahre etliche zähe Burschen kennengelernt. Aber an dem Professor war etwas, das ihn verstörte. Der Mann erinnerte ihn an eine Kobra.

Am Nachmittag fuhr Newman in einem Mietwagen zum Flughafen. Am späten Vormittag hatte er beobachtet, wie Seton-Charles an der Rezeption ein Flugticket abholte. Der Professor war in sein Zimmer zurückgekehrt und zum Mittagessen mit einem Koffer heruntergekommen, den er an der Rezeption deponierte.
Newman hatte Marler angerufen; da er das Hoteltelefon benutzte, war er in der Wahl seiner Worte sehr vorsichtig gewesen. »Ich kann hier nicht weg. Eine dringende Sache, die sich plötzlich ergeben hat. Wir sehen uns heute abend. Können Sie bis dahin allein weitermachen?«
»Mit dem größten Vergnügen ...«

Am Flughafen parkte Newman zwei Fahrzeuge hinter dem Taxi, mit dem Seton-Charles gefahren war. Beim Einchecken stand er hinter ihm in der Schlange und hörte, daß der Professor für den Swissair-Flug 303 nach Zürich gebucht war. Er verließ die Schlange. Das mußte Tweed sofort erfahren.

Kalos lehnte beobachtend an der Wand und warf einen raschen Blick auf Newman. Eine Weile zuvor, als Anton eintraf, hatte er ebenso gehandelt. Anton flog nach Zürich. Warum? Er wartete, bis sich die Schlange aufgelöst hatte, dann wendete er sich an das diensttuende Mädchen.

»Dieser Engländer mit dem gelichteten braunen Haar und der randlosen Brille – wo fliegt er hin?«

»Tut mir leid – wir dürfen keine Auskünfte geben.«

Kalos legte seinen Polizeiausweis vor sie hin, wartete.

»Unter diesen Umständen ...« Sie zögerte. »Fliegt erster Klasse mit Swissair-Flug 303. Abflug 17 Uhr, Ankunft Zürich 18.45 Uhr.«

»Danke«, sagte Kalos.

Auf der Rückfahrt zum Polizeipräsidium dachte er über das nach, was er herausgefunden hatte. Anton war eine Dreiviertelstunde vor Seton-Charles eingetroffen. Ein Trick. Jetzt war sich Kalos sicher, daß die beiden Männer zusammenarbeiteten; sie hatten so getan, als kennten sie einander nicht. Um die Täuschung aufrechtzuerhalten, würden sie in verschiedenen Abschnitten des Flugzeugs sitzen.

Während er vor einer roten Ampel wartete, trommelte er mit den Fingern aufs Lenkrad. Wie zum Teufel konnte er herausfinden, wo sie hinwollten? Dann kam ihm eine Idee ...

In seinem Büro angekommen, verschloß Kalos die Tür, bevor er in Bern anrief, der Hauptstadt der Schweiz und Sitz des Präsidiums der Bundespolizei. Er hatte Glück. Arthur Beck, der Chef dieser Organisation, war in seinem Büro.

Kalos berichtete ihm mit knappen Worten auf Englisch, was sich ereignet hatte, gab ihm die Flugnummer. Er beschrieb Anton und Seton-Charles. Ob Beck ihm weiterhelfen könnte?

»Geht es um Drogen?« erkundigte sich Beck.

»Möglicherweise«, erwiderte Kalos unverbindlich.

»Ich kümmere mich selbst darum«, erklärte Beck. »Peter Sarris helfe ich gern. Zeit genug, hier in Belp einen Hubschrauber zu nehmen und nach Kloten zu fliegen. Ich werde dort sein und die Passagiere beim Aussteigen beobachten. Welcher ist der wichtigere von beiden?«

»Anton«, sagte Kalos nach kurzem Nachdenken. »Wenn Sie zurückrufen, dann bitte bei mir. Sarris steckt bis über beide Ohren in Arbeit.«

»Wird gemacht«, erwiderte Beck und unterbrach die Verbindung.
Kalos legte den Hörer auf. Sarris hatte keine Ahnung von dem, was er da in die Wege geleitet hatte, und Kalos hatte auch nicht die Absicht, ihn darüber zu informieren. Wenn ihm die Fetzen um die Ohren flogen, konnte Sarris guten Gewissens behaupten, von dem, was sein Assistent unternommen hatte, nicht das Geringste zu wissen. Als er sich daranmachte, die neuesten Details in seiner Geheimakte festzuhalten, fragte sich Kalos besorgt, ob es richtig gewesen war, Beck zu bitten, daß er Anton den Vorrang gab.

VIERUNDDREISSIGSTES KAPITEL

»Newman hier. Ich spreche von der Botschaft aus über Scrambler. Können Sie mich verstehen?«
»Klar und deutlich, Bob«, versicherte ihm Tweed. »Was ist passiert?«
»Seton-Charles ist auf dem Rückflug nach England. Ich vermute es jedenfalls...« Er lieferte einen Bericht über die jüngsten Ereignisse einschließlich des Auftauchens von Anton.
»Sie haben wahrscheinlich recht«, pflichtete Tweed ihm bei. »Er ist ein gerissener Bursche. Sie erinnern sich, daß er auch auf der Fahrt nach Heathrow versucht hat, etwaige Verfolger abzuschütteln. Ich nehme an, daß er in Zürich auf eine andere Maschine umsteigen und morgen hierher zurückfliegen wird. Das bedeutet, daß Sie nur noch Christina zu beschützen brauchen, und einer von Ihnen kann sich wieder umhören. Wie kommen Sie und Marler miteinander aus?«
»Wie Brüder, die sich nach langer Zeit wiedergefunden haben.« Beinahe hätte er hinzugesetzt »und sich nicht ausstehen können«, aber er hielt den Mund. »Als erstes werde ich mir von Christina einiges über Anton erzählen lassen. Ist es wirklich erforderlich, daß wir beide weiterhin in diesem Inferno aushalten?«
»Ja. Wenn Sie die Hitze ertragen können.« Tweed hielt einen Moment inne. »Wenn der rechte Moment gekommen ist, fliege ich selbst nach Athen. Dann brauche ich vielleicht Rückendeckung. Ich muß mir diesen Schurken Petros vornehmen.«
»Ein ziemliches Risiko. Er läßt die ganze Gegend von bewaffneten Hirten bewachen.«
»Mit denen werden wir schon fertig. Bis demnächst...«
Tweed lehnte sich zurück und sah zu Monica und Paula hinüber. »Neuigkeiten von Newman. Anton scheint sich nach wie vor in Athen aufzuhalten. Der Gedanke, daß dieser Grieche sich hier herumtreibt, behagt

mir ganz und gar nicht. Und Seton-Charles ist vermutlich auf dem Weg heim ins Exmoor. Irgendwie habe ich das Gefühl, als käme diese ganze Sache jetzt auf Touren. Monica, informieren Sie Butler in Porlock Weir über die voraussichtliche Rückkehr des Professors. Vielleicht kommen wir nun endlich voran.«
Am folgenden Tag erreichte sie die schreckliche Nachricht.

In ihrem Zimmer im Stafford Hotel warf Jill Kearns einen Blick in den Spiegel. Der Wecker auf ihrem Nachttisch zeigte 6.25 Uhr an. Sie musterte sich kritisch, befingerte ihre goldblonde Flechte. Sie sah halbwegs passabel aus. Und wie viele Leute waren um diese Zeit schon unterwegs? Darum geht es nicht, dachte sie – man muß immer das Beste aus sich machen, bevor man sich unter Leute begibt. Sie trug einen eng anliegenden grünen Pullover, einen weißen Faltenrock und Schuhe mit flachen Absätzen. Genau die richtige Kleidung für einen Spaziergang vor dem Frühstück.
Sie war eine Frau mit festen Gewohnheiten; auch zu Hause machte sie jeden Morgen vor dem Frühstück einen Spaziergang über das Moor. Verließ das Haus immer genau um 6.30 Uhr. Aus irgendeinem ihr unbekannten Grund mißfiel Stuart diese Gewohnheit. »Du hättest in die verdammte Armee gepaßt«, hatte er ihr erklärt. Er begleitete sie nie; zumindest hatte er es in den letzten Jahren nicht getan.
Sie sagte »Guten Morgen« zu dem Portier im Foyer, trat aus dem Hotel und bog links in den St. James's Place ein. Außer ihr war niemand unterwegs. Es war ein frischer Morgen, und es würde einer jener seltenen Tage werden, an denen die Sonne scheint und man ihre Wärme im Gesicht spürt.
Sie erreichte das Ende der menschenleeren Straße und kam an die St. James's Street. Auch hier war kein Mensch zu sehen. Nur ein Jaguar parkte ein paar Dutzend Meter weiter die Straße hinab; der Kühler zeigte in ihre Richtung, der Motor tuckerte. Sie holte tief Luft und strebte auf den Fußgängerüberweg zu.
Sie hatte die Straße halb überquert, als sie den Jaguar kommen hörte. Er war in dem Augenblick angefahren, in dem sie vom Gehsteig heruntertrat. Sie warf einen Blick nach rechts, dann packte sie das Entsetzen. Der Wagen hielt direkt auf sie zu.
Sie begann zu rennen, versuchte, die breite Straße diagonal zu überqueren. Als sie einen Punkt erreicht hatte, der der Einmündung einer vom St. James's Square kommenden Nebenstraße genau gegenüberlag, schaute sie rasch über die Schulter und konnte durch die getönten Scheiben einen Blick auf den Fahrer erhaschen.

Er trug eine Chauffeursmütze, die er tief ins Gesicht gezogen hatte, und eine Schutzbrille von der Art, wie man sie oft an Motorradfahrern sieht. Sie lief schneller, heilfroh, daß sie Schuhe mit flachen Absätzen trug. Der Jaguar wendete jetzt, kam mit Höchstgeschwindigkeit auf sie zu.
Der Kühler prallte gegen sie, schleuderte sie in die Luft und warf sie gegen das eiserne Geländer vor einem Souterrain-Eingang auf der gegenüberliegenden Straßenseite. Ihr Körper verkrümmte sich unter der Wucht des Aufpralls, dann lag er leblos am Fuße des Geländers. Blut aus ihrem zerschmetterten Kiefer rann über den grünen Pullover, breitete sich aus wie ein See.
Der Jaguar beschleunigte abermals, bog in den St. James's Square ein und war dann verschwunden. Plötzlich war es sehr still.

FÜNFUNDDREISSIGSTES KAPITEL

»Das wird Ihnen nicht gefallen.« Monica, die in Tweeds Büro hereingestürmt war, rang nach Atem. In der Hand hielt sie ein Exemplar des *Evening Standard*.
»Sie sind ja zeitig vom Lunch zurück«, sagte Tweed, als Paulas Kopf von der Akte hochfuhr, in der sie gerade gelesen hatte.
»Es ist schrecklich«, fuhr Monica fort und ließ sich auf ihren Stuhl sinken. »Ich weiß, wie sehr Sie sie mochten.«
»Was ist passiert?« fragte Tweed, plötzlich hellwach.
»Es steht unter den letzten Meldungen. Eine Mrs. Stuart Kearns, die im Stafford Hotel wohnte, ist heute früh überfahren worden. Ein Fall von Fahrerflucht.«
»Lassen Sie sehen.« Tweeds Stimme war tonlos. Er las die Meldung, schaute Monica an. »Damit wir die Dinge in die richtige Reihenfolge bringen. In welchem Hotel haben Sie die drei Männer aufgespürt?«
»Barrymore, Kearns und Robson wohnen im Lyceum Hotel. Ein bescheidenes Haus in einer Nebenstraße des Strand, nicht weit vom Trafalgar Square.«
»Und hier steht, dieser sogenannte Unfall hätte sich in der St. James's Street ereignet. Nicht sehr weit vom Lyceum entfernt. Rufen Sie an. Ich will wissen, ob sie noch dort sind.«
Er stand auf, schob die Hände in die Jackentasche, begann, mit gerunzelter Stirn im Zimmer umherzuwandern.
»Sie sind ausgezogen«, teilte ihm Monica mit, nachdem sie den Hörer aufgelegt hatte. »Alle drei, am späten Vormittag. Haben keine Nachsendeadresse hinterlassen.«

»Rufen Sie Chief Superintendent Walton vom Special Branch an. Sofort.«
»Warum sagten Sie ›dieser sogenannte Unfall‹?«
»Weil ich nicht glaube, daß es ein Unfall war. Jill Kearns hatte ihre fünf Sinne beieinander. Und hier heißt es, es wäre vor sieben Uhr morgens passiert. Wie dicht ist der Verkehr um diese Tageszeit?« Er brach ab, um sein Gespräch zu führen. »Sind Sie das, Bill? Hier ist Tweed.«
»Sie sprechen über Scrambler? Gut.« Waltons Stimme klang munter wie stets. »Fälschen Sie immer noch meine Special Branch-Ausweise in Ihrem Keller? Ich weiß wirklich nicht, warum ich Ihnen das durchgehen lasse.«
»Sie haben mir ein Original zum Kopieren überlassen«, erinnerte ihn Tweed. »Wir waren uns einig, daß absolute Geheimhaltung nur auf diese Weise möglich ist. Und daß jeder, der rückfragen will, an Sie verwiesen wird.«
»Es hat jemand rückgefragt«, teilte Walton ihm mit. »Erst vor kurzem. Ein Colonel Barrymore. Ich habe ihm gesagt, Sie gehörten zu unserer Abteilung, und er täte gut daran, alle Fragen zu beantworten, die Sie ihm stellten. Ziemlich hochnäsiger und herablassender Typ. Und was kann ich für Sie tun?«
»Heute am frühen Morgen wurde eine Mrs. Stuart Kearns, wohnhaft im Stafford Hotel, von jemandem überfahren, der anschließend Fahrerflucht beging. Es steht unter den letzten Meldungen im *Standard*. Ich glaube, daß es Mord war. Ich gebe Ihnen Hinweise auf drei möglicherweise Verdächtige. Sie haben die letzte Nacht im Lyceum Hotel in der Nähe des Strand verbracht. Ich möchte, daß Sie Chefinspektor Davies vom Morddezernat im Yard anrufen. Informieren Sie ihn, aber erwähnen Sie mich nicht.«
»Warum nicht?« fragte Walton. »Sie und Bernard waren während Ihrer Zeit im Yard doch gute Freunde.«
»Weil ich in Deckung bleiben muß. Hier sind die Details und die Adressen der drei Männer. Sie sind übrigens heute vormittag abgereist.« Tweed las vor, wo Barrymore, Robson und Kearns im Exmoor wohnten. Walton sagte, er würde den Yard informieren und erklären, er hätte einen Tip aus einer sehr verläßlichen Quelle erhalten. Und sie müßten sich bald einmal zum Essen treffen.
»Worauf wollen Sie hinaus?« fragte Paula, als Tweed sein Gespräch beendet hatte.
»Druck. Ich will die drei Männer unter so viel Druck wie möglich setzen. Es ist denkbar, daß einer von ihnen zusammenbricht – oder alle. Obwohl ich es bezweifle.«

»Sie glauben wirklich, daß jemand die arme Jill absichtlich überfahren hat?«
Tweed begann, mit einem Taschentuch seine Brillengläser zu putzen. »Kann das Zufall sein? An dem Morgen, an dem Jill ermordet wird, befinden sich alle drei in einem nahegelegenen Hotel.«
»Aber Sie haben doch veranlaßt, daß Sie ins Stafford umzieht – und die drei wußten nur, daß sie immer in Brown's Hotel wohnt. Wie hätte einer von ihnen sie finden können?«
»Da habe ich einen Schnitzer gemacht. Vielleicht bin ich sogar für ihren Tod verantwortlich. Zumindest deshalb, weil ich mir einen Fehler geleistet habe. Ich vermute, sie wurde an dem Nachmittag, an dem ich zum Tee in Browns' Hotel war, überwacht. Jemand bekam es mit der Angst zu tun wegen dem, was sie mir erzählt haben mochte. Ich vermute, daß mir jemand auf der Albemarle Street gefolgt ist, ohne daß ich es bemerkte.«
»Das ist doch lächerlich«, protestierte Monica. »Sie vergewissern sich doch immer . . .«
»Andererseits«, sagte Paula leise, »bin ich ihr drei Tage lang gefolgt. Es kann sein, daß jemand mich erkannt hat. Schließlich habe ich Tweed begleitet, als wir die drei Männer im Exmoor aufsuchten.«
»Pure Vermutung.«
Tweed tat den Gedanken mit einer Handbewegung ab, doch insgeheim war er sicher, daß sie recht hatte. Aber er wollte nicht, daß sich Paulas Gewissen damit herumplagte.
»Dann«, fuhr Paula fort, »hätten sie beobachten können, wie sie ins Stafford umzog. Und ich bin ganz sicher, daß dies eine Gewohnheit von ihr war. Ein frühmorgendlicher Spaziergang über das Moor. Immer um die gleiche Zeit.«
»Lassen wir das!« fauchte Tweed. »Wir müssen entscheiden, was wir als nächstes unternehmen.«
»Was schlagen Sie vor?« fragte Monica.
Sie glaubte eine Atmosphäre von Depression im Zimmer zu spüren. Schlimmer noch, von Schuldgefühlen – einer ihrer Kollegen oder beide warfen sich vor, am Tod von Jill Kearns mitverantwortlich zu sein. Paula war in trübsinniges Schweigen verfallen, das gar nicht zu ihrem sonst so munteren Wesen paßte. Es war Tweed, der die Stimmung brach.
»Monica, rufen Sie im Anchor in Porlock Weir an. Butler oder Nield sollen so bald wie möglich zurückrufen. Sie wissen, was das bedeutet. Daß sie eine öffentliche Telefonzelle benutzen sollen. Ich will wissen, ob Barrymore und Co. ins Exmoor zurückgekehrt sind. Und dann sind wir an der Reihe.«

»Wie?« fragte Paula und hob den Kopf.
»Wir beide fahren sofort dorthin. Partridge wurde im Exmoor ermordet, während die drei dort waren. Jill wurde in London ermordet – während die drei hier waren. Ich habe vor, allen dreien eine Menge harter Fragen zu stellen.«
Monica wählte bereits die Nummer des Anchor. Sie sprach ein paar Worte, dann legte sie den Hörer auf. »Sie sind beide unterwegs«, teilte sie Tweed mit.
»Versuchen Sie es immer wieder, bis Sie einen von ihnen erreicht haben. Ich möchte ihnen an die Kehle gehen, bevor sie Zeit hatten, sich wieder häuslich einzurichten.«
Monica nickte. Wieder mißfiel ihr der Nachdruck, mit dem Tweed gesprochen hatte. Wenn er noch Chief Superintendent beim Morddezernat gewesen wäre, hätte man ihn von dem Fall abgezogen. Zu starkes persönliches Engagement.

Zürich. Wenn man Arthur Beck auf der Straße begegnete, hätte man ihm jeden Beruf zugetraut, nur nicht den eines Chefs der Bundespolizei. Er trug einen hellblauen Straßenanzug, ein cremefarbenes Hemd und eine blaue Krawatte mit einem eingewebten Muster aus Eisvögeln. Das Auffälligste an seinem rundlichen Gesicht waren die hellwachen grauen Augen unter dichten, dunklen Brauen. Sie hatten dieselbe Farbe wie sein Haar.
Er saß allein in einem Büro des Polizeipräsidiums von Zürich an einem Fenster mit Blick auf die Limmat und die Universität, die auf dem Gipfel eines am anderen Ufer aufragenden Hügels thronte. Er nahm den Hörer ab und wählte Kalos' Nummer. Der Grieche meldete sich sofort.
»Hier ist Beck. Ich habe einiges über Ihren Anton Gavalas.«
»Das ging aber schnell. Schließlich habe ich erst gestern angerufen. Legen Sie los.«
»Anton verließ die aus Athen kommende Maschine und fuhr mit einem Taxi zum Hotel Schweizerhof am Hauptbahnhof. Er aß zeitig zu Abend, dann wanderte er die Bahnhofstraße hinab zum See. Dort setzte er sich auf eine Bank und schaute zu, wie die Boote kamen und gingen. Niemand sprach ihn an. Er führte keine Telefongespräche vom Hotel aus – das habe ich überprüft, nachdem er abgereist war.«
»Wohin abgereist?«
»Lassen Sie mich auf meine Art berichten«, sagte Beck. »Nachdem er von seinem Spaziergang zurückgekehrt war, habe ich mit dem Empfangschef gesprochen. Er ging gleich zu Bett. Am nächsten Morgen frühstückte er in aller Ruhe. Wieder wurde er von niemandem ange-

sprochen. Dann fuhr er mit einem Taxi zum Flughafen Kloten. Das Muster des braven Bürgers, dieser Herr Gavalas. Immer gut gekleidet. Als er die Bahnhofstraße entlangging, hätte man ihn für einen Schweizer halten können – von seinem braungebrannten Gesicht einmal abgesehen.«
»Und was passierte dann?« fragte Kalos.
»Er zog ein Ticket erster Klasse aus der Tasche und gab sein Gepäck für den Flug SR 690 nach Lissabon auf.«
»Lissabon?« Kalos' Stimme klang überrascht.
»Lissabon in Portugal«, fuhr Beck liebenswürdig fort. »Die 12.10-Uhr-Maschine, die 13.55 Uhr in Lissabon eintrifft. Ortszeit – was bedeutet, daß Ihnen Zeit genug bleibt, jemanden in Lissabon auf ihn anzusetzen, wenn Sie das wollen. Ende des Berichtes.«
»Ich bin Ihnen sehr dankbar.« Kalos hielt einen Augenblick inne. »Das hört sich fast an, als wären Sie ihm überallhin gefolgt.«
»Genau das habe ich getan. Mein lieber Kalos, wenn man die meiste Zeit hinter seinem Schreibtisch in Bern sitzt und Akten durcharbeiten muß, ist man froh, wieder einmal auf die Straße hinauszukommen. Nur so kann man verhindern, daß man einrostet – daß der Verstand aufhört zu funktionieren«, setzte er hinzu für den Fall, daß Kalos' Englisch für Redensarten nicht ausreichte.
»Ich bin Ihnen wirklich sehr dankbar«, wiederholte Kalos. »Dafür bin ich Ihnen einen Gefallen schuldig.«
»Das sind Sie. Irgendwann in der Zukunft. Waidmannsheil...«
In seinem Athener Büro legte Kalos den Hörer auf und wischte sich die Stirn. Die Hitzewelle wurde immer unerträglicher. Mineralwasser war kaum noch zu bekommen.
Lissabon? Kalos war verblüfft. Er machte einen entsprechenden Vermerk in seiner Geheimakte. Welche Zusammenhänge konnten da bestehen? Und er hatte keine Möglichkeit, der Sache nachzugehen, keinen Verbindungsmann in Portugal, den er um Mithilfe bitten konnte ohne sich mit Sarris zu verständigen.

SECHSUNDDREISSIGSTES KAPITEL

Anton landete auf dem Flughafen Portela, wechselte eine große Summe Schweizer Franken in Escudos. Er verwendete nie Reiseschecks, wenn er insgeheim unterwegs war – sie hinterließen eine Spur, die verfolgt werden konnte. Im Taxi öffnete er seinen Koffer und hielt ihn so, daß der aufgeklappte Deckel den Fahrer daran hinderte zu sehen, was er tat.

In dem Koffer befand sich ein mit Schweizer Banknoten vollgestopfter Aktenkoffer. Er hatte ihn von einer Frau erhalten, die ihn in seinem Zimmer im Schweizerhof besucht hatte. Diesen Besuch hatte Arthur Beck nicht registrieren können – die Frau hatte sich für diese Nacht gleichfalls ein Zimmer im Hotel genommen.
Anton zählte Escudos im Wert von 5000 englischen Pfund ab, stopfte das Bündel in einen Briefumschlag und steckte ihn in die Tasche. Dann tat er dasselbe mit Schweizer Banknoten im Wert von 10 000 Pfund, schob sie in einen zweiten Umschlag und steckte sie in eine andere Tasche. Als er den Deckel schloß, enthielt der Aktenkoffer Schweizer Banknoten im Wert von 100 000 Pfund. Er schaute aus dem Fenster. Lissabon war ein Gewirr aus Häusern, die alle in Pastelltönen gestrichen waren – rosa, blau und grün. Die Nebenstraßen waren eng und gewunden. Vor dem Ritz stieg er aus und bezahlte den Fahrer.
Fließend Englisch sprechend, trug er sich unter dem Namen Hunter ein und legte den gefälschten Paß vor, den ihm Doganis für seine letzte Reise besorgt hatte. Die Portugiesen verlangten immer die Vorlage eines Passes. In seinem Zimmer warf er einen Blick auf die Uhr und bestellte dann beim Zimmerservice Mineralwasser. Für sein Geschäft mit dem Waffenhändler würde er einen klaren Kopf brauchen.

Im Restaurant nahm er ein schnelles Abendessen zu sich und schaute dabei immer wieder auf die Uhr. Es war noch hell, als er ein Taxi bestieg, das ihn nach Cascais bringen sollte, einem Badeort an der Küste. Die Luft war schwül, aber das war nichts im Vergleich zu der sengenden Hitze in Griechenland. Er entlohnte den Fahrer an der Promenade, fand ein billiges Konfektionsgeschäft und kaufte einen weiten Pullover von der Art, wie die Fischer ihn trugen, und eine Hose. Seine Füße steckten in bequemen Turnschuhen. Schuhwerk war wichtig – man konnte nie wissen, wann man sich schnell bewegen mußte.
Nachdem er wieder auf die Uhr gesehen hatte, wanderte er die Uferstraße entlang, das Paket mit den Kleidungsstücken unter dem Arm. In der anderen Hand trug er den Aktenkoffer, der stark abgenutzt war und ausgesprochen schäbig wirkte. Er fand ein Café, ging hinein, ließ sich an einem Tisch nieder und bestellte ein Glas Wein, das er gleich bezahlte.
Er trank die Hälfte des Weins, fragte den Kellner nach dem Waschraum, verschwand darin. Er verschloß die Toilettentür, öffnete das Paket. Binnen einer Minute hatte er die Hose über seiner eigenen angezogen und war in den Rollkragenpullover geschlüpft. Er betätigte die Spülung, stopfte das Packpapier dahinter und verließ mit seinem Aktenkoffer in der Hand den Waschraum.

Er kehrte an seinen Tisch zurück und trank im Stehen seinen Wein aus. Leute schoben sich an ihm vorbei. Das Café war erfüllt von Stimmengewirr vor dem Hintergrund trauriger *fado*-Musik. Anton war *bouzouki* lieber. Er schaute abermals auf die Uhr.
Als er seinen Weg die Uferstraße entlang fortsetzte, war es dunkel geworden. Lichter funkelten in der klaren Luft, der Atlantik ließ sanfte Wellen über den Strand rollen. Carlos, ein knorriger Fischer, wartete auf ihn; sein Boot lag vor Anker, in dem winzigen Ruderhaus brannte Licht.
»Mr. Hunter«, begrüßte er ihn, »meine Frau hat Ihre Nachricht erhalten und an mich weitergegeben.« Er kam an Land und streckte den Arm aus. »Wenn Sie etwas brauchen, steht es bereit.«
Sein Arm deutete auf einen zur Hälfte mit Heu gefüllten Karren, an dessen Deichsel ein Esel angespannt war. Anton runzelte die Stirn, legte seine freie Hand auf die Schulter des Tieres. Der Esel drehte den Kopf.
»Der Karren muß eine schwere Last tragen«, bemerkte er. »Und das Tier muß eine Weile warten.«
»Das tut es. Nehmen Sie den Karren. Sehen Sie sich die Räder an. Sie sind stabil. Wenn Sie wieder da sind, bringe ich Sie mit der Fracht zur *Oporto*.«
»Das Schiff liegt im Hafen? Gomez erwartet mich?«
»Es ist alles bereit, Mr. Hunter. Wir übernehmen die Fracht in der Nacht. Die *Oporto* sticht bei Sonnenaufgang in See. Übermorgen. Nach England.«
»Das ist für Sie, Carlos. Wir sehen uns später.« Anton reichte ihm den Umschlag mit den Escudos. »Öffnen Sie den Umschlag erst, wenn Sie wieder im Ruderhaus sind. Und löschen Sie das Licht.«
»Das werde ich tun. Ich habe so viel Zeit, wie Gott uns gibt. Ich hätte Sie beinahe nicht erkannt in dieser Kleidung ...«
Anton lenkte den Eselskarren den Weg zurück, den er gekommen war. Es fiel ihm nicht schwer, mit dem Tier fertig zu werden – er hatte auf Petros' Farm genügend Erfahrungen im Umgang mit Eseln gesammelt. Hauptsache, das Tier war fügsam.
Aus den Cafés, die er passierte, drangen noch mehr *fado*-Musik und die Stimmen von Männern und Frauen, die reichliche Mengen von Wein konsumiert hatten. Es war keiner der Abende, an denen sich die Leute dafür interessierten, was auf der menschenleeren Uferstraße vor sich ging.
Als er eine enge Nebenstraße erreicht hatte, lenkte er den Esel über die Straße und stellte den Karren vor einem Geschäft ab, in dem Badeanzü-

ge verkauft wurden und das jetzt geschlossen war. Unmittelbar dahinter lag der Eingang zu der schwach beleuchteten Rua Garrett. Das war die Adresse, die Wolkow ihm genannt hatte.
Er verließ das helle Licht, drang in die Düsternis ein und suchte sich seinen Weg über das holprige Kopfsteinpflaster der Rua Garrett. An einem Gebäude stand ein großes Tor noch offen. Er ging daran vorbei, warf im Vorübergehen einen Blick hinein. Ein großer Raum mit einem rissigen Betonfußboden – eine Autowerkstatt auf der einen, ein Schiffsausrüster auf der anderen Seite.
Er blickte in eine düstere, von Öllampen erhellte Höhle. Auf der Werkstattseite stand über einer Grube ein Wagen auf einer Hebebühne. Nachdem er sich vergewissert hatte, daß sich nur ein Mann drinnen befand, trat er ein.
»Mr. Gallagher?«
»Der bin ich. Was wollen Sie?«
»Ich komme, um die Ware abzuholen. Die Stinger.«
»Also Sie sind derjenige. Haben Sie das Geld?«
»Natürlich.«
Gallagher war einsachtzig groß und breitschultrig. Er sprach mit amerikanischem Akzent, war Ende Dreißig, ein lässiger Typ, der sich lautlos bewegte. Wie eine Großkatze. Anton musterte den unverschämten Ausdruck, die rastlosen Augen. Der Waffenhändler war kein Mann, der Anton gefiel. Aber er war nicht unvorbereitet.
Gallagher streckte eine große Hand aus und rieb mit einer internationalen Geste Daumen und Zeigefinger aneinander.
»Vorher würde ich gern sehen, welche Farbe Ihr Geld hat.«
»Das ist verständlich.«
»Warten Sie! Bevor wir unser Geschäft abwickeln, sollten wir die Öffentlichkeit ausschließen.«
Er ging hinüber zur Wand, legte einen Schalter um, und das große Tor schloß sich automatisch. Der Laden war nicht so heruntergewirtschaftet, wie Anton gedacht hatte. Der Öl- und Benzingestank wurde stärker, sobald sie in der Höhle eingeschlossen waren. Anton legte seinen Aktenkoffer auf den Tisch, schloß ihn auf, öffnete den Deckel und trat zurück. Während Gallagher herankam und aufs Geratewohl ein paar Bündel in die Hand nahm, schob Anton seinen Pullover etwas hoch.
»Wieviel ist da drin?« wollte Gallagher wissen.
Er hatte die abgeflachte Nase eines ehemaligen Boxers, eine wirre Masse von Haar in der Farbe reifen Weizens, einen harten Kiefer. Seine hellen Augen ruhten auf Anton, während er auf Antwort wartete.
»Hunderttausend Pfund in Schweizer Franken. Die vereinbarte Sum-

me in der vereinbarten Währung. Für drei Stinger-Werfer plus sechs Raketen.«

»Der Preis ist gerade hochgegangen«, teilte Gallagher ihm mit. »Gesetz von Angebot und Nachfrage. Stinger sind im Augenblick sehr gefragt – IRA, angolanische Rebellen, iranische Spinner und andere Leute von der Art. 145 000 Pfund ist der gegenwärtige Preis. Sie können kaufen oder es lassen.«

»Aber der Preis war vereinbart«, protestierte Anton. Wolkow hatte daran keinen Zweifel gelassen. »Ihr Ruf hängt davon ab, daß Sie sich an einmal getroffene Vereinbarungen halten.«

»Es wird Zeit, daß Sie erwachsen werden. Ich sagte, die Nachfrage bestimmt den Preis. Sie können die Summe nicht aufbringen? Dann hauen sie ab.«

»Ich habe nicht gesagt, daß ich nicht so viel habe«, erwiderte Anton. »Wenn Sie darauf bestehen, zahle ich Ihren Preis. Aber erst will ich die Ware sehen.«

»Müssen Sie erst zur Bank?« erkundigte sich Gallagher mit verschränkten Armen. »Oder ist es da drin?« Er deutete mit einem Nicken auf den Aktenkoffer, den Anton wieder zugeklappt und verschlossen hatte. »Sie waren auf die schlechte Neuigkeit vorbereitet?«

»Ich habe vorhin weiteres Geld in der Rua Garrett versteckt«, erklärte ihm Anton. »Sie werden es nie finden – aber es ist keine hundert Meter von der Stelle entfernt, an der Sie jetzt stehen. Und nun zeigen Sie mir die Waffen.«

»Es ist ein Vergnügen, mit einem Gentleman Geschäfte zu machen.« Gallagher grinste und kehrte zu der Schalttafel an der Wand zurück. Er drückte auf einen Knopf, und die Hebebühne, auf der der Wagen stand, hob sich um einen weiteren Meter. Der Waffenhändler stieg in die Grube und betätigte einen Lichtschalter. An einer Wand lag ein großes Segeltuchbündel. Er löste die Riemen, die es zusammenhielten, schlug das Segeltuch zurück und legte drei Stinger und sechs Raketen frei. Dann schaute er auf.

»Zufrieden?«

»Bringen Sie eine herauf, und eine Rakete. Nein – nehmen Sie von beiden eine mittlere.«

»Ganz schön mißtrauisch.«

Gallagher legte eine Stinger und eine Rakete auf den Werkstattboden, stemmte sich selbst aus der Grube. »Ich zeige Ihnen, wie das Ding funktioniert.« Er grinste wieder. »Hier bekommen Sie etwas für Ihr Geld. Der Werfer wird von einem Mann von der Schulter aus abgefeuert. Wiegt nur fünfzehn Kilo. Trefferquote hundert Prozent – in erster Linie wegen der Infrarot-Sensoren und der großartigen Zielvorrichtung. Sie schießen die Rakete in Richtung auf das Flugzeug ab, alles übrige erledigt sie selber – sie sucht sich ihr Ziel. Gott weiß, wie viele sowjetische Jäger sie in Afghanistan vom Himmel geholt hat. Nehmen Sie.«

Anton balancierte das Gewicht in beiden Händen, überrascht über die Leichtigkeit der Waffe. Sie sah aus wie ein tragbares Teleskop mit einer breiten Mündung, die sich zu einem schlankeren Lauf verjüngte, der an der Schulter angelegt wurde. So, wie er die Waffe hielt, befand sich an der rechten Seite eine große, rechteckige Platte. Er blickte durch die Zielvorrichtung.

»Und so wird das Ding geladen«, sagte Gallagher und schob eine Rakete ein. »Drücken Sie nicht auf den Auslöser – sonst sind wir beide nur noch Gulasch.«

»Ich brauche eine Demonstration«, erklärte Anton, als er ihm die Waffe zurückgab. »Keine Widerrede. Bei 145 000 Pfund habe ich ein Recht darauf, mich zu vergewissern, ob das Ding funktioniert...«

Gallagher hatte sie in seinem Volvo Kombi in die Berge gefahren. Beim Verlassen der Rua Garrett hatte Anton festgestellt, daß der Esel immer noch geduldig mit dem Karren dort stand, wo er ihn abgestellt hatte; es sah aus, als würde er auch die ganze Nacht dort stehenbleiben.

Gallagher machte an einem einsamen Ort mit Blick auf die See halt und stieg mit der Stinger und einer Rakete aus, die unter einer Decke verborgen im Wagen gelegen hatten. Sie suchten sich ihren Weg an einer Gruppe von Opuntien entlang und gelangten schließlich an den Rand einer Klippe. Draußen auf dem Meer war ein einsames Fischerboot mit blinkenden Positionslichtern auf dem Rückweg zu seinem Hafen. Gallagher reichte Anton den Werfer und die Rakete.

»Da haben Sie Ihr Ziel. Es sind immer welche da, die erst spätabends zurückgekrochen kommen.«

»Ich verstehe nicht...«

»Dieses Fischerboot dort draußen. Machen Sie schon. Es ist ungefähr zwei Meilen entfernt. Wie groß wird die Entfernung zu Ihrem Ziel in der Luft sein?«

»Weniger als zwei Meilen. Aber ich verstehe immer noch nicht...«

»Herr im Himmel! Die Rakete steuert den wärmsten Punkt an. Im Maschinenraum dieses Bootes ist ein Kessel. Zielen Sie direkt darauf.«

»Wird man keine Nachforschungen anstellen?« Anton schob die Rakete ein, hob die Stinger an die Schulter. »Die Polizei könnte der Sache nachgehen – wenn sie herausfindet, wie es passiert ist.«

»Damit ist nicht zu rechnen. Vor ungefähr einem Monat ist ein ähnliches Boot in die Luft geflogen – die Kessel auf diesen Kästen sind so alt wie die Berge hier. Das Ganze wird als ein Fall von technischen Mängeln zu den Akten gelegt. Über dergleichen regt sich hier niemand auf.«
Anton zielte auf einen Punkt unterhalb des Ruderhauses. Er drückte auf den Abzug, die Rakete verließ den Werfer und beschrieb über den Atlantik eine flache Kurve – mit einer derartigen Geschwindigkeit, daß er sie nicht verfolgen konnte. Ein dumpfes Dröhnen widerhallte in der schwülen Nacht. Nach einem kurzen Aufblitzen verwandelte sich das Boot in eine Flammensäule. Wenig später waren die Flammen erloschen.
Anton ließ den Werfer sinken und blickte hinaus auf die glatte See. Das Fischerboot war verschwunden. Er hob die Stinger wieder, schaute durch die Zielvorrichtung. Er konnte keine Wrackteile entdecken.
»Zufrieden?« fragte Gallagher. »Wenn ja, sollten wir in die Werkstatt zurückkehren.«
»Wie viele Männer waren an Bord?«
»Ungefähr ein halbes Dutzend. Wo die herkommen, gibt es noch massenhaft mehr ...«

»Setzen Sie mich am Eingang zur Rua Garrett ab«, wies Anton den Waffenhändler an, als sie die Uferstraße entlangfuhren. »Ich muß mein Fuhrwerk holen.«
»Ist das das Fuhrwerk?« fragte Gallagher, als Anton mit seinem Aktenkoffer in der Hand neben dem Eselskarren ausstieg. »Damit dürften Sie ganz schön weit kommen. Und ich wette, ich weiß, wo Sie das restliche Geld versteckt haben. An diesem wüsten Abhang am Ende der Straße.«
»Und Sie könnten jahrelang suchen und würden es doch nicht finden. Wir sehen uns in der Werkstatt. Verpacken Sie die Ware nicht, bevor ich wieder da bin.«
»Ganz wie der Herr wünschen ...«
Ich glaube, der ist überhaupt kein Amerikaner, dachte Anton, während er dem Volvo folgte und den Eselskarren in die Nebenstraße lenkte. Unter dem Akzent, dem reichlichen Gebrauch amerikanischer Slangausdrücke hatte er Spuren einer mitteleuropäischen Sprache entdeckt, die er nicht identifizieren konnte.
Er ließ den Karren vor dem nun wieder geöffneten Werkstattor stehen. Gallagher hatte den Wagen auf der Hebebühne wieder über die Grube gesenkt. Ein umsichtiger Mann, dieser Mr. Gallagher. Anton setzte seinen Weg durch den dunklen Tunnel der engen Gasse fort.

Als er das erste Mal angekommen war, hatte er festgestellt, daß die Straße an einer Stelle endete, an der sich ein steiler, mit Gestrüpp und Bäumen bewachsener Hügel erhob. Er fand einen schmalen, gewundenen Pfad und stieg ihn ein Stück weit hinauf. Dann hockte er sich nieder, schloß den Aktenkoffer auf und hob den Deckel.
Er nahm etliche Banknotenbündel heraus und stopfte sie in seine Taschen, bis sein Pullover deutlich ausgebeult war. Das würde aussehen wie das zusätzliche Geld. Er verschloß den Koffer, kletterte den gewundenen Pfad wieder hinunter, kehrte in die Werkstatt zurück.
»Sieht aus, als bekämen Sie ein Kind«, bemerkte Gallagher.
Er stand vor der Schalttafel, betätigte einen Schalter, beobachtete, wie das Tor langsam zuglitt, dann einen weiteren, und die Hebebühne über der Grube hob sich. Anton legte seinen Koffer auf den Tisch und zog seinen Pullover ein paar Zentimeter hoch, während er beiläufig eine Frage stellte.
»Falls ich morgen noch einmal vorbeikommen sollte, weil ich noch Fragen wegen der Handhabung der Stinger habe – werden Sie dann hier sein?«
»Nein. Wenn Sie fragen wollen, dann fragen Sie jetzt.« Er kletterte in die Grube. »Ich fahre für eine Woche in ein anderes Land. Ein neues Geschäft.«
»Und Ihre regulären Werkstattkunden?«
»Die kennen mich. Das Tor ist geschlossen, also bin ich nicht da. Fassen Sie mit an. Nehmen Sie das Zeug, legen Sie es auf den großen Tisch, den mit der Segeltuchplane.«
Als die drei Werfer und die fünf Raketen auf dem Tisch lagen, stieg Gallagher aus der Grube. Die nächsten zehn Minuten verbrachte er damit, jeden Werfer und jede Rakete in Plastikfolie einzuwickeln; dann packte er sie auf die bereits ausgebreitete Plane. Er rollte das Segeltuch darum, dann holte er ein paar Riemen und schnallte sie um das Bündel.
»So, und jetzt können Sie anfangen, die Knete herauszurücken«, erklärte Gallagher.
Anton zog die Banknotenbündel aus seinen Taschen und legte sie in Stapeln auf den Tisch. Gallagher verschnallte gerade den letzten Riemen, als der Grieche zurücktrat, um nach dem unter dem Tisch stehenden Aktenkoffer zu greifen. Gallagher wendete ihm den Rücken zu, stand über das Segeltuchbündel gebückt da.
Anton zog ein Taschentuch, putzte sich die Nase, behielt das Taschentuch in der Hand, packte den Griff des Kommandomessers, das in einer am Gürtel unter seinem Pullover befestigten Schneide steckte. Er zog es

heraus, trat vor und rammte es mit aller Kraft direkt unter dem linken Schulterblatt in Gallaghers Rücken. Gallagher keuchte, gab ein dumpfes Gurgeln von sich und fiel über den Tisch.
»Das kommt davon, wenn man sich nicht an den vereinbarten Preis hält«, sagte Anton.

Anton benutzte zwei der Riemen als provisorische Griffe, an denen er das Bündel zu seinem Eselskarren tragen konnte. Er schwankte unter dem Gewicht, das an die zwei Zentner betrug.
Er ließ das Bündel in den Karren fallen und ging daran, es zu verbergen. Er zerrte große Batzen Heu rings um das Bündel heraus, wodurch es tiefer einsank, dann packte er weiteres Heu obenauf. Er brauchte gut fünf Minuten, um sein Werk zu vollenden. Dann kehrte er in die Werkstatt zurück, stopfte die Banknotenbündel wieder in seinen Koffer, verschloß ihn und vergrub ihn im Heu.
Eine halbe Stunde später lenkte er den Karren die menschenleere Uferstraße entlang. In den Cafés und Diskotheken herrschte Hochbetrieb. Aus geöffneten Fenstern drifteten Gitarrenklänge, die Stimmen von Mädchen, die *fado* sangen. Zumindest eine gewisse Garantie dafür, daß niemand auf die Straße heraustrat.
Hinter dem geschlossenen Werkstattor hatte Anton schnell gehandelt. Er hatte Gallaghers Leiche in die Grube gezerrt und sie mit einer ölfleckigen Plane zugedeckt, die er in einer Ecke gefunden hatte. Dann hatte er die Hebebühne gesenkt. Er hatte die drei Öllampen gelöscht. Zum Glück befand sich die Schalttafel in der Nähe des Tores; er hatte den Schalter betätigt und war in die Gasse hinausgeschossen, bevor es zugeglitten war.
Carlos sprang auf den Anleger, als er ankam. Gemeinsam schleppten sie die Waffen auf sein Boot. Der Portugiese versteckte sie unter einem Haufen Netze. Dann wischte er sich die Hände an der Hose ab und schaute Anton an.
»Was ist mit dem Esel und dem Karren?« fragte Anton.
»Wir lassen sie hier, bis ich von der *Oporto* zurück bin. Dann gehe ich nach Hause. Ich habe gesehen, wie draußen ein Fischerboot unterging.«
»Wie bitte?«
»Flog einfach in die Luft. Rums! Die Leute passen nicht auf ihre Kessel auf. Ich bin sehr vorsichtig. Ich lebe davon...«
»Ist die Küstenwache hinausgefahren?«
Das war eine wichtige Frage. Anton mußte wissen, ob die Gefahr bestand, daß sie Polizeibooten begegneten.

»Nein.« Carlos breitete die Hände. »Sie hat es nicht eilig. Vielleicht bei Sonnenaufgang. Können wir jetzt zur *Oporto?*«
»Je schneller, desto besser ...«
Anton war erleichtert, als er die Küste zurückweichen sah. Es würde eine Woche vergehen, bevor sich irgend jemand Gedanken über Gallaghers geschlossene Werkstatt machte. Das war ein glücklicher Zufall gewesen. Als das Boot langsam auf den Haupthafen zutuckerte, wischte sich Anton die Stirn. Sie waren draußen.

Gomez, der dickliche, untersetzte Kapitän der *Oporto*, hatte alle Vorbereitungen getroffen. Er half mit, das Segeltuchbündel eine Gangway hinaufzutragen, die er an der dem Anleger abgewandten Seite des Schiffes heruntergelassen hatte. Anton wartete, bis Carlos mit seinem Fischerboot auf dem Rückweg nach Cascais war, dann händigte er Gomez den Umschlag mit den 10 000 Pfund in Schweizer Banknoten aus.
»Die gleiche Summe wie beim letzten Mal. Wo ist die Besatzung?«
»Unter Deck. Als ich Carlos kommen sah, habe ich mir Arbeit für sie einfallen lassen. Was sie nicht sehen, wissen sie nicht. Das da sollte ich wohl an einem sicheren Ort verstecken?«
»An einem sehr sicheren.« Er wußte, daß Gomez annahm, er wäre ein Drogenschmuggler. »Wann legen Sie ab? Ich habe einiges zu erledigen.«
»Übermorgen bei Tagesanbruch.« Er warf einen Blick auf die Uhr. »Halb zwölf. Ja, nicht morgen, sondern übermorgen. Ist Ihnen das recht?«
»Durchaus.« Anton entschied sich dafür, seinen Aktenkoffer bei sich zu behalten. Er mußte ins Ritz zurückkehren, sich ganz normal verhalten, dort schlafen, frühstücken, seine Rechnung bezahlen. »Es wäre mir lieb, wenn ich morgen an Bord kommen und in Deckung gehen könnte, bis Sie in See stechen.«
»Um welche Zeit? Ihre Kabine ist bereit.«
»Wahrscheinlich gegen Mittag. Können Sie es einrichten, daß wir um die gleiche Zeit eintreffen wie beim vorigen Mal? Gegen Mitternacht? Es wird wieder jemand warten, der mich an Land bringt.«
»Da ist nur ein Problem.« Gomez, dessen wettergegerbtes Gesicht ihn eher wie sechzig als wie vierzig aussehen ließ, kratzte sich den Kopf. »Beim vorigen Mal habe ich dem Hafenmeister in Watchet erzählt, wir hätten Maschinenschaden gehabt. Ah, ich hab's. Wenn Sie von Bord gegangen sind, werden wir diesmal im Bristolkanal wieder ein Stück zurückfahren, wenden und dann am Morgen in Watchet eintreffen.«

»Ich muß mich auf Sie verlassen können.«
»Natürlich. Sie werden genau wie beim letzten Mal in Porlock Weir ausgebootet.«

SIEBENUNDDREISSIGSTES KAPITEL

»Einen Ort wie diesen habe ich noch nie gesehen«, sagte Tweed, als sie aus dem Anchor heraustraten. Auf der einen Seite wurde er von Paula flankiert, auf der anderen von Butler. »Er ist faszinierend – eine winzige Welt für sich.«
Tweed war mit Paula nach Porlock Weir gefahren, nachdem er Butler auf ihre Ankunft vorbereitet hatte. »Buchen Sie für uns zwei Zimmer im Anchor«, hatte er Butler gebeten. »Ich möchte diesmal nicht im Luttrell Arms in Dunster auftauchen. Auf diese Weise kann ich Barrymore und Co. überraschen. Sie sind alle drei ins Exmoor zurückgekehrt?«
Butler hatte bestätigt, daß sie am Vortag wieder eingetroffen waren. Als sie nach einem zufriedenstellenden Lunch den Anchor verließen, lieferte er weitere Einzelheiten.
»Nield und ich haben uns jeder einen Wagen gemietet. Wir sind ständig in der Gegend herumgefahren und haben auf Lebenszeichen in ihren Behausungen geachtet. Außerdem haben wir uns beide in den Lokalen herumgetrieben, um etwaigen Klatsch aufzuschnappen. Jedermann wußte, daß die drei Männer verreist waren. Hier kann man nicht einmal auf die Toilette gehen, ohne daß es allgemein bekannt wird. Nield ist gerade auf einer weiteren Erkundungstour unterwegs.«
Sie überquerten eine schmale, mit einem Drahtzaun gesicherte Fußgängerbrücke über fünf Meter hohen Schleusentoren. Ein Schild warnte: *Bei Springflut geschlossen.* Tweed blieb einen Moment stehen und blickte auf den austernförmigen Hafen hinter den Schleusentoren. Ebbe. Der Hafen war ein mit nassem Schlick angefülltes Becken. Ein kleines Rinnsal sickerte unter der Fußgängerbrücke hindurch in das Bekken. Teure, an Bojen verankerte Motorjachten hatten sich zur Seite geneigt, als wären sie betrunken.
Kein Mensch war unterwegs, als sie einem Fußweg folgten, der an einer kleinen Reihe von terrassenförmigen Häusern vorbeiführte; alle waren alt, eines hatte ein Strohdach. Dahinter fiel ein Geröllstrand steil zu der stillen, grauen See ab. Tweed blieb stehen, um die Atmosphäre in sich aufzunehmen.
Sie blickten zurück auf das gegiebelte Gebäude, in dem sich außer dem

Hotel auch der Ship Inn befand. Möwen kreisten unter dem bedeckten Himmel und stießen klagende Schreie aus. Hinter der Küste erhoben sich dicht bewaldete Berge. Westlich von ihnen erstreckte sich der Geröllstrand; von der ganzen Gegend ging eine Atmosphäre der Einsamkeit und Verlassenheit aus.
»Ein stilles Versteck«, bemerkte Tweed. »Man kommt sich vor wie am Ende der Welt.«
»Das erinnert mich an etwas.« Paulas Stimme klang erregt, als sie in ihre Handtasche griff. »Das habe ich in der Seitentasche meines Koffers gefunden, als ich für die Fahrt hierher packte. Eine Broschüre, die ich im Luttrell Arms fand.«
Sie reichte ihm eine Broschüre mit dem Titel *Fahren Sie mit der West Somerset-Eisenbahn nach Minehead.* Darunter befand sich das Foto eines altmodischen Zuges mit einer Dampflokomotive. Er schlug sie auf und betrachtete die Karte; Butler schaute ihm über die Schulter.
Der Dampfzug startete in Minehead, fuhr die Küste entlang, durch Watchet hindurch und dann durch die Quantock Hills bis nach Taunton. Die Fahrten begannen am 29. März und endeten vor Einbruch des Winters am 29. Oktober.
»*Endstation*«, sagte Paula. »Erinnern Sie sich an den Hinweis, den Masterson uns in der Zigarrenkiste aus Athen lieferte? Er wollte Ihre Aufmerksamkeit auf diese Privatbahn lenken.«
»Und was soll mit *Endstation* gemeint sein?« fragte Tweed. »Minehead oder Taunton?«
»Keine Ahnung. Meinen Sie nicht, daß ich recht haben könnte?«
»Vielleicht.« Tweed klappte die Broschüre zu, gab sie ihr zurück. »Bewahren Sie sie auf. Ich habe gesehen, daß der Zug durch Watchet fährt – den Hafen, in dem Anton vermutlich von diesem portugiesischen Frachter aus an Land gekommen ist.«
»Nein, ist er nicht«, sagte Butler. »Ich habe das überprüft. Da ist ein zweistöckiges Gebäude, von dem aus man den ganzen Hafen überblikken kann; drinnen sitzen der Zoll und der Hafenmeister. Ich bin ihm in ein Lokal gefolgt und habe mich mit ihm unterhalten. Erzählte ihm ein Märchen von einem Bekannten, der sich gerühmt hätte, er wäre von diesem Frachter aus an Land gegangen, ohne daß ihn jemand entdeckte. Der Hafenmeister sagte, das wäre Quatsch. Sie halten immer Ausschau nach verdächtigen Typen, die versuchen, sich an Land zu schleichen. Wegen des Drogenproblems. Er war früher Seemann, ein ganz solider Typ. Sagte, es wäre unmöglich, und ich glaube ihm.«
»Womit wieder eine Theorie den Bach hinuntergeht. Wandern wir ein Stück weiter die Küste entlang. Sieht mächtig einsam aus.«

Sie kehrten über die Fußgängerbrücke zurück und gingen eine kurze Strecke auf der Straße weiter, die dann abrupt endete. Danach mußten sie sich ihren Weg über eine Oberfläche aus Geröll und kleinen Felsbrocken suchen.
»Hier draußen kann man wirklich glauben, man wäre am Ende der Welt«, bemerkte Tweed.
»Vielleicht hat Masterson das gemeint, als er das Wort *Endstation* notierte«, meinte Butler. Er trug einen dicken Wollpullover als Schutz vor dem herandriftenden Seenebel und hatte beide Hände in die Hosentaschen gesteckt. »In einem der Häuschen dort hinten wohnt eine alte Frau, die behauptet, sie hätte Gespenster gesehen – und Lichter, die spät abends aufblitzten. Das hat mir der Barmann erzählt, deshalb habe ich sie aufgesucht. Eine Mrs. Larcombe. Ende Siebzig, aber noch voll auf Draht.«
»Ich glaube nicht, daß Sie recht haben«, widersprach Paula. »Meiner Meinung nach ist mit *Endstation* einer der beiden Ausgangspunkte dieser Bahn gemeint – Taunton oder Minehead.«
»Was ist denn in ihn gefahren?« fragte Butler Paula.
Tweed schritt voraus, hielt den Blick auf den Boden gesenkt; sein Burberry war bis zum Hals zugeknöpft. Er schien völlig in seine Gedanken versunken.
Paula erzählte Butler vom Tod von Jill Kearns und von Monicas Befürchtungen, Tweed könnte sich in Besessenheit verrennen. »Und nun kreist sein ganzes Denken um die drei Morde. Den an Masterson natürlich, und dann den an Partridge und an Jill.«
»Ich sehe nicht, welcher Zusammenhang da bestehen sollte. Einer in Griechenland, einer im Exmoor und einer in London.«
»Genau das versucht er – herauszufinden, wie sie zusammenhängen. Schluß damit – er kommt zurück.«
»Ich habe Spuren eines Fahrzeugs gefunden«, verkündete Tweed. »An einer Stelle, wo Sand obenauf liegt.«
»Kein Fahrzeug würde sich auf dieses Gelände wagen«, bemerkte Tweed.
»Und können wir auf dem Rückweg Mrs. Larcombe besuchen, falls sie zu Hause ist? Ich würde mich gern mit ihr unterhalten ...«

Das Häuschen war aus Stein erbaut und hatte ein Dach aus roten Ziegeln, die im Laufe der Jahre verblichen waren. An den Fenstern hingen geraffte Spitzenvorhänge. Der Vorgarten war nur knapp einen Meter breit, aber die Lavendelsträucher waren säuberlich beschnitten, und nirgendwo war ein Unkraut zu sehen.

Als sie sich dem Häuschen näherten, stellte Tweed fest, daß ein Fenster nach Westen ging – in die Richtung, aus der sie kamen. Butler hob den auf Hochglanz polierten Messingklopfer, der die Form eines Delphins hatte, und ließ ihn zweimal anschlagen. Eine Tafel an der Gitterpforte trug den Namen *Dolphin Cottage*.
Eine hochgewachsene Frau mit scharfen Zügen öffnete die Tür. Sie hatte eine weit vorspringende Nase, langgezogene Kiefer, hellwache Augen und eine Masse von grauem, ordentlich frisiertem Haar. Butler sprach ein paar Worte mit ihr, dann forderte er Tweed und Paula mit einer Handbewegung zum Eintreten auf. Mrs. Larcombe führte sie in das, was sie ihre »gute Stube« nannte, bat sie, Platz zu nehmen, und Butler übernahm die Vorstellung.
»Was kann ich für Sie tun, Mr. Tweed?« fragte sie, nachdem sie sich auf einem mit Chintz bezogenen Sessel niedergelassen hatte.
»Ich arbeite für eine Versicherung. Nein, ich habe nicht vor, Ihnen eine Police zu verkaufen. Meine Aufgabe ist es, bei Inanspruchnahme der Firma Nachforschungen anzustellen. Vor ein paar Wochen ist hier ein Urlauber namens Burns verschwunden. Wurde zuletzt gesehen, als er spätabends diesen Weg entlangwanderte.« Er drehte sich auf seinem Stuhl und zeigte nach Westen. »Jetzt sollen wir aufgrund seines vermeintlichen Todes zahlen. Aber da keine Leiche gefunden wurde, muß ich der Sache nachgehen.«
»Hier gehen seltsame Dinge vor sich.« Ihre Augen funkelten wie die eines Vogels. »Niemand glaubt mir. Die Leute denken, ich sehe Gespenster. Aber ich weiß, was ich gesehen und gehört habe.« Sie setzte sich aufrechter hin.
»Könnten Sie mir ein bißchen mehr erzählen?« bat Tweed ganz ruhig.
»Es ist ein paar Wochen her – könnte um die Zeit gewesen sein, als Ihr Mr. Burns verschwand. Kann mich nicht mehr an den genauen Zeitpunkt erinnern. Doch – ich kann. Es war um die Zeit, als der Zoll in Watchet diesen portugiesischen Frachter praktisch in seine Einzelteile zerlegte. Fand nichts außer einer Unmenge Kork. Es gab Gerüchte, daß Drogen an Bord wären.«
»Und was haben Sie gesehen und gehört?«
»Es war kurz vor Mitternacht. Ich kann nicht gut schlafen. Ich schaute aus dem Schlafzimmerfenster, das in die Richtung geht, in die Sie zeigten. Ich sah draußen auf See ein Licht aufblitzen. Als ob jemand ein Signal gäbe. Dann ein weiteres Licht am Ufer. Auf See lag ein Schiff, ziemlich weit draußen.«
»Hatten Sie in Ihrem Schlafzimmer Licht an?« fragte Tweed.

»Nein, hatte ich nicht. Ich stieg im Dunkeln aus dem Bett und zog meinen Morgenrock an. Ich weiß, wo die Möbel stehen. Das Fenster stand offen. Es war eine schwüle Nacht.«
»Das Schiff, das Sie sahen – brannten die Positionslichter? Haben Sie es deshalb gesehen?«
»Nein. Aber meine Augen sind gut. Auch ohne Brille, wie Sie sehen. Ich bemerkte nur eine vage Silhouette. Das kam mir merkwürdig vor. Wie Sie eben sagten. Keine Positionslichter.«
»Und das war alles?«
Sie versteifte sich. Sie trug ein altmodisches schwarzes Kleid mit einem Spitzenkragen, auf dem eine Brosche saß. »Sie glauben mir nicht?«
»Doch, ich glaube Ihnen. Da Sie kein Licht gemacht hatten, muß Ihr Nachtsichtvermögen gut gewesen sein. War sonst noch etwas?«
»Ich kehrte ins Bett zurück. Das Fenster ließ ich offen, damit frische Luft hereinkommen konnte. Ich schlief schnell ein. Dann wurde ich von einem Geräusch geweckt. Ich war schlaftrunken, aber ich stand wieder auf. Es war das Motorengeräusch eines Autos, das sich näherte – aus der gleichen Richtung. Was ich merkwürdig fand. Über dieses Geröll fahren sonst keine Autos. Als ich ans Fenster trat, fuhr es gerade an meiner Pforte vorbei. Ohne Licht. Ich lief ans Vorderfenster, weil das Geräusch verstummte. Ich war beunruhigt – es hörte sich an, als hätte das Auto vor meinem Haus angehalten. Das Vorderfenster quietschte, als ich es öffnete – das Ding klemmt. Als ich hinaussah, wurde der Motor wieder gestartet, und das Auto verschwand in Richtung Porlock.«
»Ohne Licht?«
»Nein. Als es am Hafen vorbeifuhr, wurde das Licht eingeschaltet. Die roten Rücklichter und abgeblendete Scheinwerfer vorn. Dann war es außer Sicht.« Sie beugte sich vor; ihre Augen blickten nachdenklich. »Könnte das Ihr Mr. Burns gewesen sein?«
»Möglich«, sagte Tweed. »Genaueres läßt sich jetzt noch nicht sagen. Könnten Sie das Auto beschreiben? Obwohl es ohne Licht fuhr?«
»Es sah irgendwie merkwürdig aus.« Sie runzelte vor Konzentration die Stirn. »Hoch über dem Boden. Hinter der Fahrerkabine ein eckiger Aufbau. Mit Segeltuch umkleidet, könnte ich mir vorstellen.«
»Farbe?«
»Konnte ich nicht erkennen.«
»Weiß oder cremefarben?« schlug Tweed vor.
»Keinesfalls. Dann hätte ich es deutlicher gesehen. Eine dunkle Farbe. Wer es fuhr, konnte ich nicht erkennen – ich schaute von oben darauf herunter.«

Tweed stand auf, zog sein Brillenetui aus der Tasche, hantierte damit, ließ es auf den dunklen, mit Blüten gemusterten Teppich fallen. Im Zimmer war es düster. Er streckte verstohlen die Hand nach hinten aus, um Paula davon abzuhalten, nach dem Etui zu suchen. Dabei hätte er beinahe eine Vase mit Trockenblumen umgestoßen. Mrs. Larcombe trat vor, hob das Etui auf und reichte es ihm.

»Das werden Sie bestimmt noch brauchen.«

»Danke. Und danke, daß Sie uns Ihre Zeit geopfert haben. Sie haben uns sehr geholfen.«

»*Sie* glauben mir also?« fragte Mrs. Larcombe, als sie sie zur Tür begleitete.

»Oh ja, ich glaube Ihnen.«

»Ich bin froh, daß es wenigstens einen Menschen gibt, der nicht denkt, ich hätte nicht mehr alle Tassen im Schrank...«

Paula stellte ihre Frage erst, als sie auf dem Rückweg zum Anchor waren. »Was sollte das Spiel mit Ihrem Brillenetui? Sie hatten doch keine Veranlassung, es aus der Tasche zu holen.«

»Ein letzter Test ihres Sehvermögens. Das Etui ist dunkel, und selbst ich konnte nicht sehen, wo es lag – es verschmolz mit dem Teppich. Mrs. Larcombes Augen sind ganz außergewöhnlich gut.«

»Und was, meinen Sie, hat sie gesehen?«

»Eine Art überdachten Jeep oder einen Geländewagen mit Allradantrieb, der ohne weiteres auch über dieses Geröll hätte fahren können. So, und jetzt werde ich Colonel Barrymore anrufen. Er ist der erste auf meiner Verhörliste. Und seine Reaktion auf meinen Anruf dürfte aufschlußreich sein.«

In seinem Zimmer im Anchor sah Paula aus dem Fenster, während Tweed seinen Anruf erledigte. Sie konnte die Straße überblicken, die ein kurzes Stück weiter westwärts endete, und den Hafen mit einer ausgetrockneten Rinne, in die bald die See einfluten würde.

Tweeds Gespräch mit Barrymore war kurz. Es endete damit, daß er knapp sagte: »Dann rufe ich in einer Stunde noch einmal an.«

»Er sagt, er müßte eine Verabredung rückgängig machen«, erklärte Tweed Paula. »Ich glaube, er führt etwas im Schilde. In der Zwischenzeit könnten wir uns Kaffee kommen lassen und noch einmal durchsprechen, was wir herausgefunden haben. Butler genießt seine wohlverdiente Ruhe...«

Genau eine Stunde später rief er noch einmal an. Diesmal dauerte das Gespräch länger, und Tweed gab sich noch schroffer. Zuletzt sagte er: »Also, gut, wenn Sie darauf bestehen. Es spart mir Zeit.«

Er schaute grimmig drein, als er den Hörer auflegte. »Ich hatte recht –

er führte etwas im Schilde. Er hat Robson und Kearns angerufen und sie gebeten, nach Quarme Manor zu kommen. Wir werden es also mit allen dreien gleichzeitig zu tun haben.«
»Auch Kearns? Der dürfte so kurz nach dem Tod seiner Frau doch kaum ansprechbar sein.«
»Das wird sich zeigen.«

ACHTUNDDREISSIGSTES KAPITEL

Colonel Barrymore machte sich nicht die Mühe, sie in Empfang zu nehmen. Als sie in Quarme Manor eintrafen, war es Mrs. Atyeo, die die Kette löste und die Tür öffnete. Sie führte sie in die Diele und deutete dann auf die Tür zum Arbeitszimmer.
»Da drin warten sie auf Sie.«
»Danke«, sagte Tweed umgänglich. Er öffnete die Tür, ohne anzuklopfen; Paula folgte ihm. Sie saßen an einem großen Eichentisch im Erker. Barrymore, Robson und Kearns. Der Colonel saß mit dem Rücken zum Fenster, flankiert von Robson zu seiner Linken und Kearns zu seiner Rechten. Tweed war sofort klar, daß diese Sitzordnung ihn und Paula zwang, ins Licht zu sehen, während die Gesichter der drei Männer im Schatten lagen. Eine alte Taktik. Barrymore blieb sitzen und startete seine Attacke, sobald sie den Raum betreten hatten.
»Ich sehe, Sie haben wieder diese Frau mitgebracht. Diesmal werden keine Notizen gemacht. Sie setzen sich dort und dort hin.«
»Paula Grey ist meine Assistentin«, erklärte Tweed barsch. »Sie wird das gesamte Verhör festhalten.« Er setzte sich und ließ dann seine Bombe fallen. »Inzwischen haben wir vier Morde zu untersuchen, die möglicherweise alle mit der nationalen Sicherheit zusammenhängen.«
»Vier? Was zum Teufel wollen Sie damit sagen?« fragte Barrymore mit seiner anmaßendsten Stimme.
»Erstens: Ionides im Antikhana-Gebäude während des Krieges.« Tweed hielt einen Moment inne für den Fall, daß einer ihn korrigierte und »Gavalas« sagte. Drei ausdruckslose Gesichter starrten ihn an. »Zweitens: Andreas Gavalas auf Siros, wohin Ihr Kommandounternehmen Sie führte. Drittens: Ex-Chefinspektor Partridge hier im Exmoor.« Er hielt wieder inne.
Paula beobachtete Kearns. Er saß sehr steif und reglos da, und sein Gesicht war ohne jede Farbe, kalkweiß. Tweed wendete sich an ihn.
»Viertens: Ihre Frau Jill. Mein Beileid.«
»Das war ein Unfall mit anschließender Fahrerflucht«, protestierte Bar-

rymore. »Und ich finde es ungehörig, daß Sie überhaupt darauf zu sprechen kommen – hier von Mord zu reden, ist völliger Unsinn.«
»Und warum stellt Scotland Yard über diesen angeblichen Unfall eine Morduntersuchung an?«
»Woher wissen Sie das?« fauchte Barrymore.
»Ich habe Kontakte. Special Branch. Das wissen Sie genau. Sie haben telefonisch bei Walton, meinem Chef, rückgefragt.«
Robson, der ein locker sitzendes braunes Hemd, eine einfache braune Krawatte mit gelockertem Knoten und ein altes, kariertes Sportjackett trug, regte sich. Er wendete sich Barrymore zu.
»Davon haben Sie mir nichts gesagt.«
»Muß ich vergessen haben«, erwiderte der Colonel knapp.
Robson zupfte an seinem struppigen Schnurrbart, richtete seine Aufmerksamkeit wieder auf Tweed und musterte ihn einen Augenblick mit seinen blaßblauen Augen.
»Was veranlaßt Sie zu der Annahme, Jill wäre ermordet worden?«
»Eine Putzfrau in einem der Clubs in der St. James's Street sah einen Jaguar, der mit laufendem Motor am Bordstein hielt. In dem Augenblick, in dem Jill die Straße zu überqueren begann, jagte der Mann am Steuer direkt auf sie zu. Kaltblütiger Mord.«
Tweed wartete abermals. Bevor er aus London abgefahren war, hatte er seine Meinung geändert und den für den Fall zuständigen Chefinspektor Davies angerufen. Keine Beschreibung des Fahrers, die auch nur einen Pfifferling wert gewesen wäre. Die Stille im Raum wurde bedrückend.
Paula musterte Kearns. Er saß da wie eine Statue. Nicht einmal ein Blinzeln als Reaktion auf Tweeds Behauptung. Jahrelange eiserne Selbstdisziplin bei der Armee, dachte sie. Niemals seine Gefühle zeigen, so haarig die Situation auch sein mag. Sie hatte den Eindruck, daß Tweed wenig Rücksicht auf ihn nahm.
»Und weshalb sind Sie gekommen?« fragte Robson. Er beugte sich vor und fixierte Tweed, als müßte er eine Diagnose stellen.
»Weil Sie alle verdächtig sind, natürlich ...«
»So eine Unverschämtheit!« fuhr Barrymore auf. »Beschuldigen Sie etwa uns? Und welche Beweise haben Sie für eine derart verleumderische Behauptung? Ich verlange eine Antwort.«
»Die sollen Sie haben. Sie bildeten einen Kommandotrupp, der auf Siros landete. Andreas Gavalas wurde ermordet. Ein Vermögen an Diamanten, für die griechischen Widerstandskämpfer bestimmt, wurde gestohlen. Sie waren im Antikhana-Gebäude in Kairo stationiert und gerade von Ihrem Unternehmen zurückgekehrt. Ionides wurde ermor-

det. Vor einigen Wochen hielten Sie sich im Exmoor auf. Partridge wurde ermordet. Sie befanden sich in London und wohnten im Lyceum Hotel – nur ein paar hundert Meter von der St. James's Street entfernt. Jill Kearns wurde ermordet. Verlangen Sie etwa, daß ich all das als puren Zufall schlucke?«
Robson legte Barrymore beruhigend die Hand auf den Arm. Er stellte seine Frage auf die Art eines Arztes, der sich nach den Symptomen eines Patienten erkundigt.
»Warum glauben Sie, daß Jill ermordet wurde?«
»Weil jemand, der wußte, daß sie immer in Brown's Hotel wohnt, sah, daß wir Tee miteinander tranken. Und der Betreffende, wer immer es war, befürchtete, sie könnte mir zu viel erzählen.«
»Ist das nicht ein bißchen weit hergeholt?«
»Kann sein. Aber nicht mehr, wenn ich die Tatsache in Betracht ziehe, daß Sie alle wußten, daß sie immer in Brown's Hotel wohnte und daß sie die Gewohnheit hatte, an jedem einzelnen Tag ihres Lebens immer um genau die gleiche Zeit einen Spaziergang zu machen. Der Mörder folgte ihr zum Stafford Hotel, in das umzuziehen ich ihr geraten hatte, weil ich hoffte, sie damit in Sicherheit zu bringen. Wo befanden Sie sich um 6.30 Uhr am Morgen ihres Todes?«
Barrymore öffnete den Mund, um zu protestieren. »So eine Unverschämtheit. Sie können in der Hölle schmoren, bevor...«
»Wir sollten lieber antworten«, unterbrach ihn Robson. »Wir standen alle früh auf – eine Gewohnheit, die auf unsere Zeit bei der Armee zurückgeht. Mit früh meine ich etwa 5.30 Uhr. Keiner von uns ging zum Frühstück hinunter. In unseren Zimmern war alles vorhanden, was man zum Teemachen braucht. Ich verbrachte meine Zeit damit, zu packen und anschließend in einigen medizinischen Zeitschriften zu lesen. Niemand, der das bezeugen könnte.« Sein Lächeln war frostig. »Barrymore war unterwegs auf einem Spaziergang – das weiß ich, weil ich zu seinem Zimmer ging und niemand antwortete. Kearns war gleichfalls unterwegs. Es war ein schöner Tag. Hilft Ihnen nicht viel weiter, nicht wahr?«
»Überhaupt nicht«, erklärte Tweed. »Sie haben einen Spaziergang unternommen, Barrymore?«
»Sie haben doch gehört, was Captain Robson sagte. Allmählich habe ich die Nase voll von Ihnen...«
»Und ich habe die Nase voll von der Tatsache, daß mein alter Freund Sam Partridge brutal ermordet wurde«, fuhr ihn Tweed an. »Und ich werde Himmel und Hölle in Bewegung setzen, um herauszufinden, wer das getan hat.«

Paula warf einen überraschten Blick auf Tweed. Einen derartigen Ausbruch während eines Verhörs hatte sie noch nie erlebt. Dann bemerkte sie Barrymores arrogantes und befriedigtes Lächeln. Es war ihm gelungen, Tweed zu reizen. Doch dann sah sie, wie Tweed begann, mit einem Taschentuch seine Brille zu putzen, und begriff, daß Tweed nur eine Schau abgezogen hatte. Sie spannte sich – sie war Zeugin eines Duells zwischen Tweed und den drei Männern. Nun ergriff Kearns zum ersten Mal das Wort.

»Diese Putzfrau. Konnte sie eine Beschreibung des Fahrers liefern? Und was ist mit dem Jaguar? Hat man seinen Besitzer ausfindig gemacht?«

»Er wurde vor einem Nachtclub in der Nähe des Lyceum Hotels gestohlen, in dem Sie wohnten. Irgendein Schnösel hatte sich betrunken und ließ den Zündschlüssel stecken, nachdem man ihn überredet hatte, lieber zu Fuß in seine Wohnung zurückzukehren.«

Tweed stand auf, und Paula klappte ihr Notizbuch zu, in dem sie die gesamte Unterhaltung festgehalten hatte. Barrymore blieb sitzen und erklärte mit zynischer Stimme:

»Sie wissen, wo die Tür ist. Mrs. Atyeo wird hinter Ihnen abschließen, sobald Sie das Haus verlassen haben. Kommen Sie nicht wieder.«

Tweed saß am Steuer des Mercedes in einer etwa zwanzig Meter von Quarme Manor entfernten Ausweichbucht, in der er den Wagen geparkt hatte. Butler, der ihnen von Porlock Weir aus gefolgt war und auf sie gewartet hatte, hatte seinen Wagen hinter den Mercedes gesetzt. Jetzt erschien er an Tweeds Fenster.

»Nächster Schritt?« fragte er.

»Ich möchte Robson noch etwas fragen. Sein Saab steht auf dem Hof. Hoffen wir, daß er bald herauskommt. Sie warten hier. Falls Barrymore auftaucht, folgen Sie ihm.«

»Es gibt eine bessere Stelle, an der ich warten kann. Ich setze den Wagen ein Stück zurück und fahre auf ein Feld. Dort fällt er weniger auf, falls er in diese Richtung fahren sollte.« Butler schwieg einen Augenblick. »Halten Sie es für richtig, daß ich Sie allein lasse? Schließlich bin ich der Mann mit der Kanone.«

»Noch ist hellichter Tag. Machen Sie sich keine Sorgen. Setzen Sie Ihren Wagen zurück – und wo ist Nield?«

»Keine Ahnung. Irgendwann werden wir ihn im Anchor wiedersehen. Weiß Barrymore, wo Sie wohnen?«

»Nein. Als er erklärte, er würde mich anrufen, sagte ich, ich riefe zurück.«

Paula reckte die Arme, um die Spannung loszuwerden, die sich aufgestaut hatte. Als Butler fort war, fragte sie: »Haben Sie bei diesem Verhör irgend etwas erfahren? Es war zeitweise ein bißchen hektisch.«
»Zweierlei, was Ihnen vielleicht aufgefallen ist. Die Tatsache, daß einer von ihnen es unterließ, eine Frage zu stellen. Und die, daß jemand anderes etwas sagte.«
»Und jetzt lassen Sie mich wieder im Ungewissen. Deshalb frage ich noch einmal. Glauben Sie, daß sie alle unter einer Decke stecken? Oder ist es nur einer von ihnen?«
»Nur einer.«
»Ich bin klug genug, nicht zu fragen, welcher von ihnen. Himmel, es wird dunkler.«
Während ihrer Fahrt nach Quarme Manor hatte dunstiges Sonnenlicht über dem Land gelegen. Jetzt zogen schwere Wolken auf und verdunkelten die Kämme und die höhergelegenen Flanken des Moores. Regen begann auf die Windschutzscheibe zu tröpfeln. Dann erschien der Saab, bog in die entgegengesetzte Richtung ein und fuhr davon.
»Wir haben ihn«, sagte Tweed und folgte dem Saab, sobald dieser um eine Kurve herum verschwunden war. Er fuhr langsam, und als sie *Endpoint* erreicht hatten, war Robson nicht mehr zu sehen. Der Saab parkte direkt unterhalb der Terrasse, und Tweed ließ den Blick in Richtung auf das Doone Valley schweifen. Dann stieg er aus, streckte die Beine, ging ein paar Schritte auf und ab.
»So, und jetzt wagen wir uns in die Höhle des Löwen«, bemerkte er, als sie die steile Auffahrt hinaufgingen. Es war sehr still – eine Stille, die Tweed als bedrückend empfand. Dann blieb er plötzlich stehen. Die Auffahrt führte um die rechte Seite des Bungalows herum. Dicht am Haus parkte ein dunkler Geländewagen mit einem Segeltuchkasten.

Robsons Schwester May öffnete ihnen die Tür, forderte sie zum Eintreten auf, führte sie ins Wohnzimmer und bat sie, Platz zu nehmen.
»Oliver ist oben im Kommandoturm und schreibt seine Krankenberichte. Ich hole ihn.«
»Kommandoturm?« fragte Tweed.
»Eigentlich sieht er ja mehr wie ein Leuchtturm aus – dieser Turm am Ende des Hauses. Aber Oliver nennt ihn den Kommandoturm. Bin gleich wieder da.«
Bei Tage wirkte ihr dichtes Haar noch grauer. Ein geblümtes Kleid umgab ihre füllige Figur. Jetzt, bei diesem zweiten Besuch, fiel Tweed auf, daß sie die gleichen blaßblauen Augen hatte wie ihr Bruder, Augen, die irgendwie abwesend wirkten.

Robson erschien schnell, bedachte sie mit seinem schüchternen Lächeln. Er holte seine Pfeife hervor, setzte sich und begann, sie mit Tabak aus einem alten Lederbeutel zu stopfen.
»Ist noch etwas?« erkundigte er sich.
»Ja. Entschuldigen Sie, daß wir Sie noch einmal belästigen – aber es war Barrymores Idee, daß ich Sie alle drei in seinem Haus treffen sollte. Um auf diesen Morgen im Lyceum Hotel zurückzukommen. Sie sagten, Sie wären zum Zimmer des Colonels gegangen, und er wäre unterwegs gewesen. Woher wußten Sie, daß er nicht da war?«
»Erstens hing da das *Nicht stören*-Schild an seiner Tür. Das hängt er immer hin, wenn er ausgeht – stets auf Sicherheit bedacht, unser Colonel. Wenn ein Einbrecher erscheint, muß er annehmen, daß im Zimmer jemand schläft. Ich mache mir diese Mühe nicht.«
»Sie sagten ›erstens‹. Was war sonst noch?« beharrte Tweed.
»Ich wollte ihn etwas fragen. Deshalb klopfte ich laut an seine Tür. Er hat einen leichten Schlaf, wie die meisten Leute, die einmal in der Armee waren. Er war ganz bestimmt nicht da. Sie hören sich an wie ein Detektiv.« Er lächelte, um seiner Bemerkung die Spitze zu nehmen.
»Ich war früher Detektiv.« Tweed schwieg einen Moment. »Beim Morddezernat im Yard.« Robson nickte und paffte an seiner Pfeife, während Tweed fortfuhr: »Was haben Sie am Abend zuvor getan – nach Ihrer Ankunft im Lyceum?«
»Barrymore hatte einige geschäftliche Dinge zu erledigen. Kearns und ich gingen zum Dinner ins Rules. Der Colonel kam später dazu.«
»Und nach dem Essen – was taten Sie da?«
»Kearns und ich kehrten ins Hotel zurück. Barrymore machte einen Spaziergang. Sagte, er brauchte frische Luft. Er ist einer von den Burschen, die immer darauf bedacht sind, sich in Form zu halten.«
Tweed erhob sich. »Ich danke Ihnen. Entschuldigen Sie, daß wir Sie bei der Arbeit gestört haben.«
»Schon gut. Ist es Ihnen recht, wenn May Sie zur Tür bringt? Auf meinem Schreibtisch wartet noch eine Menge Arbeit. Hier grassiert irgendein Virus, und ich war dauernd unterwegs. Nach dem Besuch bei einem Patienten mache ich mir schnell ein paar Notizen, und wenn ich dann Zeit dazu habe, schreibe ich den regulären Bericht. Ah, hier ist May.«
»Ich wollte fragen, ob Sie vielleicht eine Tasse Kaffee möchten«, sagte sie.
»Sie wollen gerade gehen. Bringst du sie hinaus?«
Sie begleitete sie bis zur Haustür. Tweed sagte »Auf Wiedersehen«, und sie machte die Tür zu.

Tweed stieg die Terrassenstufen hinunter und schritt auf das Ende des Bungalows zu. Paula folgte ihm, und gemeinsam betrachteten sie den Geländewagen. An der Seite, an der sich der Beifahrersitz befand, war ein Wort auf die Karosserie gemalt. *Renegade.*

»Kann sich nicht um den gleichen Wagen handeln«, flüsterte Paula. »Dieses Wort wäre Mrs. Larcombe aufgefallen. Die Buchstaben sind groß und weiß.«

»Nein, sie konnte es nicht sehen«, bemerkte Tweed. »Es befindet sich an der Seite, die ihr abgewandt war, als sie aus dem Fenster schaute.«

»Kann ich Ihnen helfen?«

Es war May, die hinter ihnen stand. Beide hatten ihr Herankommen auf der geteerten Auffahrt nicht gehört. Tweed lächelte und deutete auf den Wagen. »Wir haben gerade den Wagen bewundert. Bei schlechtem Wetter muß er eine Art Gottesgeschenk sein.«

»Oh, der gehört uns nicht. Oliver hat ihn von Mr. Kearns geliehen.«

NEUNUNDDREISSIGSTES KAPITEL

In der einsam dastehenden Telefonzelle in der Nähe von Simonsbath zupfte Seton-Charles mit Daumen und Zeigefinger an seiner Unterlippe. Er wartete darauf, daß das Telefon läutete; er wartete bereits seit gut zehn Minuten. Jupiter bestand darauf, daß er frühzeitig zur Stelle war.

Sein Wagen parkte abseits der Straße in einer Baumgruppe, denn ein leerer Wagen in der Mitte von Nirgendwo konnte Aufsehen erregen. Er ließ den Blick zum fünften Mal über die Umgebung schweifen. Die leere Straße wand sich spiralförmig auf das Moor hinauf. Über die Kämme wogte Nebel herab. Wenn der Anruf nicht bald kam, würde die Rückfahrt zu seinem Bungalow schwierig werden.

Er zitterte. Die Telefonzelle kam ihm eisig vor. Nach seinem Aufenthalt in Athen spürte er die Kälte besonders stark. Beim ersten Läuten griff er nach dem Hörer.

»Hier Clement«, sagte er. »Ich spreche von ...« Er nannte die Nummer der Zelle, drehte aber die letzten beiden Ziffern um.

Die Stimme begann sofort zu sprechen – eine barsche, arrogante Stimme. Sie vergeudete keine Zeit mit Begrüßungsfloskeln, sondern kam gleich zur Sache.

»Wir brauchen zwei Möbelwagen. In Norwich gibt es eine Firma, die Camelford Removals heißt. Gerade pleite gegangen. Stößt alles ab. Kaufen Sie zwei Wagen, große. Zahlen Sie in bar. Stellen Sie sie in der

Scheune von Cherry Farm in Hampshire ab. Achten Sie darauf, daß die Türen mit doppelten Vorhängeschlössern gesichert sind. Zwei Sätze Schlüssel. Sie fahren heute abend nach Einbruch der Dunkelheit los und übernachten in einem Hotel in Norwich.«
»Ich kann nicht allein zwei Möbelwagen fahren . . .«
»Gebrauchen Sie Ihren Verstand, Mann. Morgen früh stellen Sie einen der Wagen in einer Garage in der Umgebung von Norwich unter. Mit dem anderen fahren Sie zur Cherry Farm. Mit einem Motorrad hinten drin. Mit dem Motorrad kehren Sie nach Norwich zurück und bringen dann den zweiten Wagen zur Farm. Das Motorrad lassen Sie irgendwo stehen. Beide Möbelwagen müssen übermorgen auf der Farm sein. Die Adresse von Camelford Removals ist . . . Haben Sie?«
»Ja«, sagte Seton-Charles. »Sind Sie sicher, daß die Möbelwagen noch zu haben sind? Daß sie nicht bereits verkauft wurden?«
»In der Anzeige hieß es, daß sie sechs davon loswerden wollen. Da sollten mindestens zwei noch vorhanden sein, vorausgesetzt, daß Sie gleich morgen früh in Norwich auf der Matte stehen. Das war's . . .«
Die Verbindung wurde unterbrochen. Seton-Charles eilte zu seinem Volvo Kombi, setzte ihn auf die Straße zurück und machte sich auf die Rückfahrt zu seinem Bungalow.
Er hatte keine Ahnung, wer der Mann war, der ihn angerufen hatte. Den Codenamen Jupiter empfand er als ziemlich anmaßend, aber ihm war klar, daß Jupiter ein hervorragender Organisator war. Er würde also am späten Abend nach Norwich fahren, sich ein Hotel suchen, seinen Volvo in einer Einzelgarage unterbringen, ein gebrauchtes Motorrad kaufen.
Wenn er die beiden Möbelwagen gekauft hatte, würde er das Motorrad in einen davon einladen und zur Cherry Farm fahren, einem unbewohnten Bauernhof, mit dessen Lage er sich schon früher vertraut gemacht hatte. Dann mit dem Motorrad zurück nach Norwich, den zweiten Möbelwagen abholen und zur Farm bringen. Anschließend konnte er das Motorrad dazu benutzen, abermals nach Norwich zu fahren und seinen Volvo abzuholen. Für das Motorrad würde sich irgendwo ein Wäldchen finden, in dem er es liegenlassen konnte. Auftrag erledigt.
Aber wozu brauchte Jupiter zwei Möbelwagen? Das konnte er nicht einmal vermuten. Aber das Unternehmen – was immer es sein mochte – war in Gang. Und die Art, wie er seine Instruktionen erhalten hatte, ließ auf Dringlichkeit schließen.

»Gehen Sie sanft um mit Kearns«, sagte Paula, als Tweed den Mercedes kurz vor *Woodside House* zum Stehen brachte. »Denken Sie daran – er

hat gerade seine Frau verloren.« Sie schaute auf. »Himmel – da ist ja Pete.«
Nield beugte sich zu Tweeds Fenster herab. Er wirkte sehr erschöpft. Er nickte Paula zu und wandte sich dann an Tweed.
»Die Welt ist klein, wie man zu sagen pflegt. Seton-Charles ist aus Griechenland zurück. Ich bin ihm seit Tagen auf der Spur. Er ist gerade in seinen Bungalow am Ende dieser Sackgasse zurückgekehrt, nachdem er heimlich ein Telefongespräch geführt hat.«
»Heimlich?«
»Ich sah, daß sein Volvo vor seinem Bungalow stand, also wartete ich. Wie Sie wissen, hat er selbst Telefon. Und was tut er? Fährt zu einer öffentlichen Telefonzelle in der Nähe von Simonsbath.«
»Ein langes Gespräch?« fragte Tweed.
»Lassen Sie mich auf meine Art berichten. Er versteckt den Volvo hinter ein paar Bäumen, betritt die Zelle, wartet mindestens zehn Minuten.«
»Das klingt nach einer Abmachung, daß er zu einer bestimmten Zeit in einer bestimmten Zelle sein soll. Fahren Sie fort.«
»Das Telefon läutet. Er greift nach dem Hörer. Dauer des Gesprächs genau neunzig Sekunden. Dann fährt er wieder nach Hause. Bringt den Wagen in die Garage. Was halten Sie davon?«
»Er muß weiter beobachtet werden.« Tweed musterte Nield. »Ich habe den Eindruck, Sie haben einen langen Tag hinter sich.«
»Bin ein bißchen kaputt und hätte nichts dagegen, wenn ich mich eine Weile hinsetzen und ein Bier trinken könnte.«
»Dann fahren Sie jetzt zum Anchor zurück. Wenn Seton-Charles seinen Wagen in die Garage gebracht hat, wird er wohl heute abend nichts mehr unternehmen. Wir sehen uns beim Abendessen. Ruhen Sie sich inzwischen ein bißchen aus.«
»Danke. Sie haben noch etwas vor?«
»Ein paar Worte mit unserem Freund Kearns. Wenn er zu Hause ist.«
»Ist er. Ich habe ihn vor einer Weile gesehen, wie er heimgeritten ist. Bis später . . .«

»Gleich wird dieser bissige Hund erscheinen«, sagte Paula, als Tweed auf den Klingelknopf neben dem Tor drückte.
Auf der Terrasse des Hauses ging ein Licht an. Kearns kam langsam heraus. Er hatte einen schweren Stock bei sich und eine Taschenlampe, deren starker Strahl das Tor erreichte und Paula blendete. Tweed schloß schnell die Augen.
»Kein Hund«, flüsterte Paula. »Merkwürdig.«

»Ach, Sie sind es«, begrüßte sie Kearns. »Dann kommen Sie wohl besser herein. Aber machen Sie es bitte kurz, was immer Sie wollen.«
»Natürlich«, entgegnete Tweed.
Sie folgten ihm, wobei sie sich vorsichtig auf der Mitte des Weges hielten, um nicht in die Nähe des ungemähten Rasens und der Fallen zu geraten, die darin verborgen waren. Kearns führte sie in die trüb beleuchtete Diele. Draußen war die Dämmerung hereingebrochen; das Moor lag im Zwielicht, Paula ließ ihre Handtasche fallen, tastete auf dem Fußboden herum und hob sie auf.
Tweed bemerkte es kaum; ihn beschäftigte der Gedanke, daß Kearns seine Sicherheitsvorkehrungen vernachlässigte. Das schwere Holztor hatte offengestanden, nur das Gittertor war geschlossen gewesen. Und wo war der Hund?
Als Kearns an einer geschlossenen Tür vorbeiging, ertönte hinter ihr plötzlich ein wütendes Knurren und dann ein dumpfer Schlag, als hätte sich das Tier mit seinem ganzen Gewicht dagegengeworfen. Kearns hämmerte mit der geballten Faust an die Tür.
»Sei still!« fauchte er.
Es war das erste Mal, daß er Anspannung – überhaupt ein Gefühl – erkennen ließ. Er führte sie wie zuvor in das Eßzimmer mit dem Eichentisch und den getäfelten Wänden. Wieder war die Beleuchtung düster. Mit weißem Gesicht ließ sich Kearns an einem Ende des Tisches nieder und bedeutete ihnen, am anderen Ende Platz zu nehmen.
»Was wollen Sie?« fragte er.
»Ich weiß, wie Ihnen zumute sein muß«, sagte Tweed, »aber wir brauchen alle Informationen über den Mord an Ihrer Frau, die wir nur bekommen können. Und die Erinnerung verblaßt schnell ...«
»Sie sind überzeugt, daß es Mord war?« fragte Kearns. Er ballte die großen Hände so heftig, daß die Knöchel weiß hervortraten. Seine ausdruckslosen braunen Augen starrten Tweed an.
»Ja, das bin ich. Das ist kein großer Trost – aber da der Yard gleichfalls davon überzeugt ist, wird man dort alles Menschenmögliche tun, um den Mörder zu fassen. Vielleicht wäre der Gedanke an einen rücksichtslosen Fahrer, der dann die Flucht ergriffen hat und der wahrscheinlich nie gefaßt wird, noch schwerer zu ertragen.« Er schaute sich um. »Alles sieht so sauber und ordentlich aus. Haben Sie eine Hilfe?«
»Ich habe selbst saubergemacht.« Kearns versteifte seinen Rücken. »Jetzt, wo Jill nicht mehr da ist, will ich keine andere Frau im Haus haben.«
»Ich verstehe. Übrigens – in Quarme Manor wurde erwähnt, daß Sie an dem Tag, an dem Sie das Lyceum Hotel verließen, am frühen Morgen

einen Spaziergang machten. Das gleiche tat Barrymore. Haben Sie ihn zufällig gesehen, als Sie unterwegs waren?«
»Seltsamerweise nicht.«
»Wieso ›seltsamerweise‹?«
»Weil«, erklärte Kearns, »er immer im St. James's Park spazierengeht, wenn wir in der Stadt sind. Und ich bin auch dorthin gegangen. Um diese Zeit war sonst niemand unterwegs. Und ich habe keine Spur von ihm gesehen.«
»Noch eine Frage, dann lassen wir Sie in Ruhe. Auf der Fahrt hierher war ich kurz bei Dr. Robson. Neben seinem Bungalow parkte ein Geländewagen. Auf der Beifahrerseite war das Wort *Renegade* aufgemalt. Er behauptete, er hätte sich den Wagen von Ihnen geliehen.«
»Das stimmt. Aber er gehört mir nicht. Ich habe ihn gleichfalls geliehen, von einem Mann namens Foster. Dem Typ nach ein Börsenmakler. Wohnt in dem der Hauptstraße am nächsten gelegenen Bungalow. Das ist hier im Exmoor gang und gäbe – daß man sich dies und jenes ausleiht. Spart viel Geld.«
»Wie alt mag dieser Foster sein?« fragte Tweed.
Die Frage schien Kearns zu überraschen, aber er beantwortete sie. »Um die Vierzig, würde ich sagen. Wie die meisten Leute in dieser Siedlung.«
»Und wann sind sie alle eingezogen?«
»Vor fünfzehn Jahren.«
Tweed stand auf. »Danke für Ihre Geduld. Haben Sie Freunde, mit denen Sie reden können? Ich weiß selbst, wie das ist – in einem Haus herumsitzen zu müssen, wenn die Frau nicht mehr da ist.«
Paula warf ihm einen schnellen Blick zu. Ihr war bewußt, daß Tweed sich an die Zeit erinnerte, als seine Frau mit einem griechischen Reeder auf und davon gegangen war.
»Ja, in Winsford«, erwiderte Kearns. »Ich werde es überleben. Und jetzt bringe ich Sie hinaus.«
Als sie die Diele durchquerten, hörten sie wieder den Hund. Jetzt winselte er hinter der geschlossenen Tür. Tweed fand, es hörte sich an wie Jammer über den Tod seiner Herrin.
Es war inzwischen ganz dunkel geworden, und Kearns benutzte seine Taschenlampe, um sie zum Tor zu geleiten. Er sagte »Gute Nacht«, verschloß das Gittertor und wanderte langsam zum Haus zurück. Tweed und Paula begaben sich zu ihrem Wagen. Tweed setzte sich hinter das Lenkrad, holte ein Päckchen aus dem Handschuhfach und rauchte eine Zigarette, was er nur selten tat. Paula verhielt sich ein paar Minuten ganz still, bevor sie wieder sprach.

»Sie denken nach.«
»Zum Nachdenken gibt es mehr als genug. Dieser Geländewagen. *Renegade.* Erst scheint er Robson zu gehören, dann Kearns und nun diesem Foster. Die Frage ist, wer hat ihn um Mitternacht an der Küste in der Nähe von Porlock Weir gefahren? Wir haben keine Möglichkeit, das herauszufinden.«
»Also können wir in dieser Richtung nicht weiterforschen – vorausgesetzt, daß da überhaupt etwas ist, das das Forschen lohnt.«
»Dann ist da diese merkwürdige psychische Spannung, die zwischen diesen drei Männern herrscht – Robson, Barrymore und Kearns. Das muß eine ungeheure Belastung sein.«
»Da kann ich Ihnen nicht folgen.«
»Überlegen Sie doch. Drei Männer waren vor vielen Jahren an einem Kommandounternehmen auf Siros beteiligt. Andreas Gavalas wurde mit einem Kommandomesser ermordet. Einer von ihnen hat es getan...«
»Aber Barrymore hat doch ihre Waffen überprüft, nachdem die Leiche gefunden worden war.«
»Also hatte der Mörder ein zusätzliches Messer bei sich, weil er schon im voraus wußte, was er tun würde. Diamanten im Wert von hunderttausend Pfund – heute eine Million Pfund wert – verschwanden. Als Barrymore und Kearns aus der Armee ausschieden, ließen sie sich im Exmoor nieder, in der Nähe von Robson – der die Häuser für sie ausfindig machte. Ich glaube nicht, daß alle drei den Mord gemeinsam begingen. Das hat nur einer von ihnen getan.«
»Bin ich schwer von Begriff? Wieso die psychische Spannung?«
»Es ist teuflisch; er könnte aus einem Drama von Tennessee Williams stammen. Niemand weiß, wer es getan hat. Aber zwei von den dreien wissen, daß sie es nicht waren. Also müssen sich die zwei, die unschuldig sind, all die Jahre gefragt haben, wer von ihnen ein Mörder ist. Das bewirkt eine fast unerträgliche Spannung.«
»Aber wieso bleiben sie dann zusammen?«
»Das ist das Teuflischste an der ganzen Sache. Es gibt noch einen weiteren Faktor, der sie zusammenhält – die Angst, daß Petros und der Gavalas-Clan im Exmoor auftauchen, um Rache zu nehmen. Sie versuchen, sich gegenseitig zu schützen.«
»Sie haben recht. Es ist wirklich ein makabres Verhältnis.«
»Wir sollten losfahren.« Tweed schüttelte seine Gedanken ab und war wieder hellwach. »Ich möchte rasch noch einen Blick auf diese Bungalowsiedlung werfen.«

Er hielt mit laufendem Motor am unteren Ende des Hügels an. Im Dunkeln hatte er einen guten Blick auf die sechs Bungalows mit ihren weißgekalkten Wänden, drei an jeder Seite der Sackgasse. Die Vorhänge waren zugezogen, dahinter leuchtete Licht heraus. Alle Kutschenlaternen auf den Veranden brannten. Sonst keinerlei Anzeichen irgendwelchen Lebens.

Vor jedem Gebäude verlief eine niedrige Mauer, gleichfalls weiß gekalkt, dahinter lag ein Stück Rasen. In allen Gärten war das Gras gemäht. Weder auf der Straße noch auf einer Auffahrt parkte ein Wagen. Alle waren ordentlich in den zu den Bungalows gehörenden Garagen verstaut worden. Von fünf der sechs Dächer ragten ganz normale Fernsehantennen empor. Nur Seton-Charles hatte wesentlich aufwendigere Einrichtungen einschließlich einer Satellitenantenne.

»Ich habe nach wie vor den Eindruck«, sagte Paula, »daß es irgendwie unwirklich aussieht. Ich wäre kaum überrascht, wenn eine Tür aufginge und ein Roboter herausmarschiert käme.«

»Wir sollten zum Anchor zurückkehren . . .«

Er hatte den Gang eingelegt und löste gerade die Handbremse, als sie seinen Arm berührte. Er zog die Bremse wieder an und wendete sich ihr zu.

»Was ist?«

»Das hier.« Sie hielt ein weißes Stäbchen in der Hand, das sie aus ihrer Handtasche geholt hatte. »Erinnern Sie sich – als wir bei Kearns ankamen, tat ich so, als wäre ich ungeschickt, und ließ meine Handtasche fallen. Ich hatte das hier auf dem Boden gesehen.«

»Was ist das?«

»Ich bin ziemlich sicher, daß es Schneiderkreide ist. Das läßt sich leicht nachprüfen.« Sie rieb mit dem Stäbchen über die Manschette ihrer Baumwollbluse. Ein weißer Strich erschien. Sie wischte mit dem Finger darüber, und er verschwand. Dann öffnete sie das Handschuhfach, benutzte die Klappe als provisorischen Tisch und rieb mit dem Stäbchen darüber. Die Substanz nahm die Form körnigen Pulvers an. Sie beugte sich darüber, roch daran. »Kein Geruch.« Sie feuchtete ihren Zeigefinger an, betupfte damit das Pulver, leckte daran. »Kein Geschmack. Es ist Schneiderkreide.«

»Ich kann darin keinen Sinn entdecken.«

»Wie Sie wissen, nähe ich mir manche meiner Kleidungsstücke selbst. Dabei brauche ich sie zum Anzeichnen. Und es gibt noch einen anderen Zweck, für den man Schneiderkreide verwenden kann.«

»Jetzt spannen Sie mich auf die Folter.«

»Kearns Gesicht – das normalerweise eine rötliche Farbe hat – ist weiß.

Wir führen das auf seinen Kummer zurück. Ich glaube, er benutzte dieses Stück Schneiderkreide, um seine Gesichtsfarbe zu ändern, um Trauer vorzutäuschen. Es muß ihm aus der Tasche gefallen sein. Ich glaube, er hat es benutzt, um sich zurechtzumachen, bevor er an der Tür erschien. In der Halle ist ein Spiegel. Und ich bemerkte Spuren eines weißen Pulvers auf den Aufschlägen seines Jacketts.«
»Großer Gott!« sagte Tweed. »Und Howard ist immer noch der Ansicht, es wäre falsch, Frauen als Mitarbeiterinnen einzustellen.«

VIERZIGSTES KAPITEL

Sie kamen zum Anchor zurück und trafen Butler und Nield bei einem Drink in der Bar. Nield saß mit halb geschlossenen Augen an einem Ecktisch und lehnte den Kopf an die Wand. Es war noch früh am Abend; sie hatten das Lokal für sich allein.
»Bleiben Sie sitzen«, sagte Paula, als Nield Anstalten machte, aufzustehen. »Sie sehen aus, als wären Sie ziemlich erledigt.«
»Hingabe an die Arbeit.« Nield lächelte. »Ihr Boss erwartet pausenlosen Einsatz«, sagte er, als Tweed mit den Getränken kam, einem Glas Mineralwasser für sich selbst, einem Glas Weißwein für Paula. »Ich bin im Moor herumgefahren, bis ich das Gefühl hatte, es drehte sich um mich.«
»Hingabe«, schnaubte Butler und trank einen Schluck Bier. »Dazu sind wir schließlich hier.« Er senkte die Stimme und wendete sich an Tweed, der neben ihm saß. »Kurz nachdem Sie fort waren, hat Barrymore Quarme Manor verlassen und ist nach Minehead gefahren. Telefonierte von einer Zelle aus. Äußerst merkwürdig – er hat selbst Telefon.«
»Wie lange dauerte das Gespräch?«
»Zwischen ein und zwei Minuten. Ich wollte es abstoppen, aber meine Uhr war stehengeblieben. Dann ist er direkt nach Quarme Manor zurückgefahren.«
»Wirklich merkwürdig«, pflichtete Tweed ihm bei. Er ließ seinen Blick um den Tisch wandern. »Weiß einer von euch, ob Jill Kearns bei ihren Morgenspaziergängen auf dem Moor den Hund mitgenommen hat?«
»Ja, ich«, sagte Nield. »Die Antwort lautet ja. Habe es erfahren, als ich mich mit dem Barmann dort drüben unterhielt. Es war allseits bekannt, daß sie diese Spaziergänge unternahm. Brach jeden Morgen punkt halb sieben auf, und der Hund hat sie immer begleitet. Zu ihrem Schutz ebenso wie als Gesellschaft. Eine einsame Gegend, das Moor.«

»Das bedeutet, daß der Hund winselte, weil er sie vermißte«, bemerkte Tweed. »Und weshalb mache ich mir Sorgen um Mrs. Larcombe? Da war etwas, was sie uns erzählte. Es wird mir schon wieder einfallen. Was ist?«

Paula zog an seinem Ärmel. »Da draußen.« Er drehte sich um, schaute aus dem Fenster. Zwei Männer und zwei Frauen in Jeans und Anoraks stiegen gerade aus einem Landrover mit einem mit Segeltuch überzogenen Kasten. Dann wanderten sie in Richtung Hafen. »Schon wieder so ein Wagen.«

Butler nickte. »Geländewagen? Die sind hier keine Seltenheit – Butler und ich haben eine Menge von ihnen gesehen, während wir hier herumfuhren.«

»Und damit«, sagte Tweed, »ist wieder eine Theorie im Eimer. Jedesmal, wenn ich denke, wir haben etwas, erweist es sich als Sackgasse.«

»Wie Porlock Weir«, bemerkte Paula und trank einen Schluck Wein.

»Ich möchte«, sagte Tweed zu Nield, »daß Sie sich etwas eingehender mit den Bewohnern der Bungalowsiedlung in der Nähe von Kearns' Haus befassen und versuchen, so viel wie möglich herauszubekommen.«

»Das Nächstliegende ist die Wählerliste«, erwiderte Nield. »Das Weitere ergibt sich dann.«

»Warum das Interesse?« fragte Paula.

»Wegen zwei Bemerkungen, die Sie machten. Daß die Siedlung irgendwie unwirklich aussieht. Und daß Sie fast erwarteten, daß Roboter zum Vorschein kämen. Übrigens – der Pathologe in Taunton hat mir gesagt, daß Partridge von jemandem getötet wurde, der genau wußte, wo er das Messer ansetzen mußte. Noch etwas, Pete«, fuhr er fort. »Ich muß wissen, ob Kearns nach wie vor seine nächtlichen Ritte zum Dunkery Beacon unternimmt.«

»Zur Zeit ganz bestimmt nicht. Das tut er nur, wenn der Mond hell genug scheint. Selbst für einen Mann, der sich in der Gegend gut auskennt, ist es gefährlich, im Dunkeln im Moor herumzureiten.« Er trank noch einen Schluck Bier. »Damit dürften meine nächsten Tage ausgefüllt sein.«

»Ich habe noch mehr für Sie.« Tweed lächelte, als er Nields Ausdruck bemerkte. »Sie schaffen das schon. Ich möchte, daß Sie bei Gelegenheit – und bei Tage – auf den Gipfel des Dunkery Beacon steigen und sich dort umsehen. Mit Butlers Hilfe dürfte das kein Problem sein. Außerdem müssen Sie natürlich die anderen beiden Männer im Auge behalten. Ich möchte nicht, daß Sie sich langweilen und nicht wissen, was Sie mit Ihrer Zeit anfangen sollen.« Er trank den Rest seines Mineralwas-

sers und stand auf. »Mir ist nach ein bißchen frischer Luft. Kommen Sie mit, Paula?«
»Gute Idee. Danach schmeckt das Essen besser. Das, was Sie über die Bemerkung des Pathologen sagten, deutet wieder auf die drei Männer des Kommandotrupps hin.«
»Etwas Neues aus Griechenland?« fragte Tweed Butler, während er seinen Burberry anzog. »Sie rufen regelmäßig an?«
»Wie Sie angeordnet haben. Kein einziges Wort. Monica schien nicht beunruhigt. Sie sagte, Newman würde nur anrufen, wenn er etwas Handfestes zu bieten hätte. Ebenso Marler.«
»Bis später dann.« Tweed nickte dem Barmann zu, öffnete die Tür, blieb stehen. »Ein frisches Lüftchen.« Er nahm seinen alten wasserdichten Hut vom Haken und rammte ihn fest auf den Kopf. Paula band sich ein Tuch um.
»Sturmwarnung für die ganze Küste«, rief der Barmann.
»Das bedeutet eine schlaflose Nacht«, sagte Tweed zu Paula. »Unsere Fenster liegen an der der See zugewandten Seite.«
»Für Harry und Pete kein Problem – ihre Fenster gehen nach hinten hinaus. So, wir können . . .«
Sie spürten die Gewalt des Windes, als sie westwärts die Straße entlanggingen und dann den Pfad entlang, der noch feucht war von der Morgenflut. Zu ihrer Rechten hörten sie das Anbranden der See gegen die steinige Küste. Der Wind riß Gischt von den Wellenkämmen, und sie spürten sie auf ihren Gesichtern, als sie sich gegen den Sturm vorankämpften.
»Bleiben wir lange hier?« fragte Paula; sie mußte ihren Mund dicht an sein Ohr heranbringen, damit er sie verstehen konnte.
»Das weiß ich noch nicht. Es kann sein, daß wir morgen oder übermorgen nach London zurückfahren. Ich habe diese drei Männer wieder aufgestört. Vielleicht verleitet das einen von ihnen zu einem falschen Schritt. Ich sitze fest, Paula. Und dies scheint mir nicht der rechte Ort für irgendwelche dubiosen Vorgänge. Dieser Geländewagen, den Mrs. Larcombe sah, hätte erst durch Porlock Weir hindurchfahren müssen, bevor er auf Porlock Hill abbiegen konnte. Das Risiko, gesehen zu werden, wäre zu groß gewesen.«
»Das stimmt nicht. Harry hat mir von der Mautstraße erzählt.«
»Was ist das?«
»Eine sehr einsame Straße, die kurz vor Porlock Weir den Berg hinaufführt. Soweit ich weiß, trifft sie irgendwo oben auf die Hauptstraße nach Culbone. An einer Seite fällt das Gelände steil ab. Harry behauptete, es wäre der kürzeste Weg nach Quarme Manor und nach

Endpoint – sogar zum Haus unseres Mr. Kearns. Dazu biegt man an der ersten Abzweigung nach links von der Hauptstraße ab – wie wir es bei unserem ersten Besuch dort taten. Niemand würde einen bemerken, wenn man spät nachts diese Strecke führe.«
»Mir reicht es«, sagte Tweed. »Wir kehren um.«
Der Wind peitschte sie, machte das Gehen über die glitschigen Steine riskant. Sie erreichten den Pfad und strebten auf den Anchor zu, als Tweed plötzlich Paulas Arm ergriff.
»Lassen Sie uns schnell noch einen Blick auf das Büro des Hafenmeisters werfen. Hinter der Scheibe hängt etwas.«
Er zog eine Stablampe aus der Tasche und trat dicht an das verlassene Gebäude heran. Der Strahl der Lampe fiel auf eine Pappuhr mit verstellbaren Zeigern. *Hochwasser 22.50 Uhr.* Schon jetzt brandete die See in den Kanal, der den Hafen speiste.
»Ich hoffe, Sie entschließen sich zur Rückkehr nach London«, sagte Paula. »Wenn es so bleibt, wie es jetzt ist.«
Wieder in der Bar angekommen, entledigten sie sich ihrer Kopfbedekkungen und hängten ihre Regenmäntel auf. Butler und Nield saßen noch am gleichen Tisch. Tweed bot ihnen Getränke an.
»Nicht für mich«, sagte Butler. »Ich bleibe bei dem einen Bier – für den Fall, daß Sie mich irgendwohin losschicken wollen.«
»Ich nehme noch eines«, entschied Nield. »Ich gehe heute nirgendwo mehr hin. Außer nach einem guten Abendessen ins Bett.«
»Harry«, sagte Tweed, nachdem er dem Barmann die Bestellung zugerufen und sich hingesetzt hatte, »haben Sie dem Barmann hier Mastersons Foto gezeigt?«
»Nein. Sie haben uns angewiesen, den Mund zu halten – sofern sich nicht eine Spur auftut. Und das war nicht der Fall.«
Tweed zog einen Umschlag aus seiner Brusttasche und entnahm ihr einen Abzug des Fotos. Als der Barmann mit Nields Bier erschien, tippte er auf den Abzug.
»Erkennen Sie ihn wieder? Ein Freund von mir. Sagte, er würde vielleicht für ein paar Tage hierher kommen. Ich schulde ihm zwanzig Pfund, die er mir geliehen hat, als ich meine Brieftasche vergessen hatte, und weiß nicht, wo er jetzt steckt.«
Der Barmann nahm das Foto in die Hand, betrachtete es mit halb geschlossenen Augen. Er schürzte die Lippen. »Sie könnten wohl nicht eine Sonnenbrille hinzufügen? Und eine Seglermütze – eins von diesen Dingern mit Schirm und Goldkordel?«
Tweed nahm ihm das Foto ab, reichte es Paula. »Sie sind hier die Künstlerin.« Sie öffnete ihre Handtasche und wühlte darin. Dann kam ihre

Hand mit einem Filzstift wieder zum Vorschein. Sei runzelte einen Moment die Stirn, dann machte sie sich an die Arbeit und bereicherte das Bild um eine Sonnenbrille und eine Seglermütze. Tweed war verblüfft – es war genau die Ausstattung, die Masterson gewählt haben würde. Er gab dem Barmann das Foto zurück.
»Ja, das ist er. War ungefähr ein halbdutzendmal hier. Kam mir irgendwie bekannt vor, als Sie mir das Foto zum ersten Mal zeigten. Jetzt bin ich sicher. Hatte eine tolle Frau bei sich. Langes, dunkles Haar und Augen, in denen ein Mann ertrinken könnte. Sprach gut Englisch, sah aber irgendwie ausländisch aus.«
»Wie lange ist das her?« fragte Tweed ganz ruhig.
»Kommt mir vor wie Monate. Zumindest etliche Wochen. Jetzt erinnere ich mich wieder. War ein netter Mann. Ich entsinne mich, daß er sich nach dem Colonel erkundigte. Ob er hierher käme? Ich sagte, hin und wieder. Meistens abends.« Er gab Tweed das Foto zurück.
»Der Colonel?«
»Ja. Colonel Barrymore. Wohnt in Quarme Manor in der Nähe des Doone Valley. Düsterer alter Kasten.«
»Ich danke Ihnen«, sagte Tweed und gab ihm eine Ein-Pfund-Münze.
Paula schlug die Beine übereinander, schwang einen Fuß auf und ab und betrachtete den Schlamm an ihrem Schuh.
»Bedeutet das, daß wir hier bleiben?«
»Ich werde darüber schlafen.«

Die *Oporto* wurde von einer riesigen Welle emporgehoben; das Deck neigte sich in einem steilen Winkel. Anton, der sich an die Reling klammerte, konnte selbst im Dunkeln ihren gischtsprühenden Kamm erkennen. Er wußte, was kommen würde, und packte die Reling noch fester. Der Frachter verhielt kurz auf dem Kamm, dann stürzte er hinab in den Abgrund. Er war von meterhohen Wasserwänden umgeben, die aussahen, als würden sie das Schiff unter sich begraben. Der Sturz in die Tiefe dauerte an, und Anton kam es vor, als strebte der Frachter krängend und rollend dem Meeresgrund entgegen.
Der Sturm zerrte an seinem klatschnassen Anorak, drohte, ihn von seinem Körper zu reißen, heulte ihm in den Ohren. Er war gerade von einem gefährlichen Ausflug in den mit Korkballen vollgestopften Laderaum zurückgekehrt. Zweimal täglich sah er nach den in Segeltuch eingeschlagenen Waffen, die Gomez dicht am Schott verstaut hatte.
Anton hatte vorsichtshalber einen aus einem Hemd herausgezogenen Baumwollfaden unter einen der Riemen geschoben. Wenn sich irgend

jemand an seiner kostbaren Fracht zu schaffen machte, würde er es wissen. Bei seiner letzten Überprüfung war der Faden noch an Ort und Stelle gewesen. Als die *Oporto* das Wellental erreicht und ihr Gleichgewicht wiedergefunden hatte, rannte Anton auf die Brücke hinauf, bevor sie von einer weiteren Welle hochgehoben wurde.

Er öffnete die Tür des Ruderhauses, und der Wind riß sie ihm aus der Hand. Er mußte seine ganze Kraft aufbieten, um die Tür hinter sich zu schließen. Gomez, der am Ruder stand, drehte den Kopf; trotz des Sturms war seine Miene so gelassen wie immer. Anton hielt sich an einem Handlauf fest und ignorierte den Maat, der kein Englisch verstand.

»Wo sind wir?« fragte er.

»Auf der Höhe der französischen Stadt Ushant. Östlich von uns.« Gomez machte eine schnelle Handbewegung nach rechts, dann hielt er wieder das Ruder fest.

Der Frachter war abermals auf dem Weg in die Tiefe; die kochende See flutete über seinen Bug. Anton dankte Gott, daß Gomez ein guter Kapitän war. Aber die Aussicht von der Brücke war beängstigend. Ein ganzes Heer von meterhohen Wellen bewegte sich von allen Seiten her auf sie zu.

»Können wir die Zeit einhalten?« fragte er besorgt. »Ich meine, angesichts dieses Sturms?«

»Wir werden übermorgen vor Porlock Weir liegen. Ganz planmäßig.« Gomez lächelte sarkastisch und ließ das Gold in seinen Zähnen sehen. »Wenn wir es überleben ...«

Seton-Charles sah aus wie jemand, der alles mögliche sein konnte, nur kein Professor für Griechenlandkunde, als er kurz vor Mitternacht in seine Pension zurückkehrte. Er trug einen Overall, der für Gartenarbeit gedacht war. Kurz vor dem Verlassen seines Bungalows hatte er ihn mit einer Mischung aus Öl und Fett verschmiert.

Er hatte sich dafür entschieden, frühzeitig nach Norwich aufzubrechen, und war schon zehn Minuten, nachdem Tweed und Paula die Rückfahrt von Kearns' Haus nach Porlock Weir angetreten hatten, losgefahren. Auf diese Weise würde er so rechtzeitig in Norwich sein, daß er Camelford Removals gleich am frühen Morgen seinen Besuch abstatten konnte.

Unterwegs auf der A 303 hatte er ein Fernfahrerlokal gesehen und seinen Wagen neben einem riesigen Laster geparkt. Drinnen hatte er sich an einem Tisch nahe dem Ausgang niedergelassen und einen Becher heißen Tee bestellt. Das Lokal war voll von Fernfahrern; einige unter-

hielten sich, andere saßen allein vor ihren Bechern. Aus einem Automaten drang Popmusik, und blauer Rauch erfüllte den ganzen Raum.
Nachdem er die Hälfte des Tees getrunken hatte, war Seton-Charles gegangen. Auf dem Weg nach draußen blieb er einen Moment stehen, um seinen Overall bis zum Hals zuzuknöpfen. Dabei betrachtete er die Mützen, die an hölzernen Haken hingen. Er griff sich eine Mütze mit einem Plastikschirm und verließ das Lokal.
Er probierte sie erst auf, als er eine Ausweichbucht erreicht hatte, die ein gutes Stück von dem Lokal entfernt war. Sie paßte recht gut. Und die randlose Brille, die er normalerweise trug, hatte er gegen seine Reservebrille mit Horngestell ausgetauscht.
Nachdem er in der Pension für die Nacht ein Zimmer gemietet hatte, hatte er ein billiges Restaurant aufgesucht und eine Portion Fisch und Chips und einen weiteren Becher Tee bestellt. Während des Essens studierte er den Stadtplan, den er in einem Zeitungsladen gekauft hatte. Er beschloß, einen Blick auf Camelford Removals zu werfen. Er stellte den Volvo in einer Nebenstraße ab, nachdem er zu seiner Überraschung festgestellt hatte, daß in dem Lagerhaus noch Licht brannte. Hinter einem schmutzigen Fenster zeichnete sich die Silhouette eines Mannes ab.
»Ich bin gekommen, um einen Blick auf Ihre Möbelwagen zu werfen«, teilte er dem untersetzten Mann in mittleren Jahren mit, der sich als Mr. Latimer, Besitzer des bankrotten Unternehmens, vorgestellt hatte. »Kann sein, daß sie nicht das sind, was ich brauche, aber ansehen kostet ja nichts . . .«
Er sprach mit einer verschliffenen Stimme, die sich anhörte wie die eines einfachen Arbeiters. Latimer zeigte ihm die vier Möbelwagen, die noch zum Verkauf standen. Seton-Charles entschied sich für die beiden größten und begann dann, um den Preis zu feilschen, was von ihm erwartet wurde. Er handelte bedachtsam – bot nicht zu wenig, weigerte sich aber, den Preis zu akzeptieren, den Latimer zuerst genannt hatte.
Sie einigten sich, und Seton-Charles zog ein Bündel abgenutzter Fünfzig-Pfund-Noten aus einer Tasche seines fleckigen Overalls. Er leistete die Anzahlung, auf die sie sich geeinigt hatten, und Latimer hielt ein paar der Noten gegen das Licht der nackten Glühbirne, die über dem abgenutzten Tisch hing.
»Abgemacht«, sagte er. »Sie holen sie bald ab? Und bezahlen den Rest, bevor Sie damit abfahren?«
»Die einzige Art, Geschäfte zu machen. Gute Nacht . . .«
Seton-Charles war mit sich zufrieden, als er am späten Abend zwischen die schmuddeligen Laken kroch. Übermorgen würden beide Möbelwa-

gen gut versteckt in der Scheune von Cherry Farm stehen. Obwohl er keine Ahnung hatte, wozu Jupiter sie brauchte.

Einundvierzigstes Kapitel

Im Grande Bretagne hatte Newman begriffen, welches Spiel Christina spielte. Sie hielt weitere Informationen zurück, damit er sie auch weiterhin vor Petros und ihren Cousins beschützte. Er war nahe daran, sie zu verlassen und damit zum Reden zu bringen, als etwas geschah, das ihn veranlaßte, noch etwas länger Geduld zu üben.

Die Hitzewelle war vorüber. Die Temperatur war auf 25 Grad gesunken. Marler erschien um 9 Uhr morgens in Newmans Zimmer, setzte sich auf eine Couch, streckte die Beine von sich und zündete sich eine Zigarette an.

»Reden Sie«, sagte Newman. »Was ist passiert?«

»Geduld, alter Junge. Sie wissen, daß ich häufig unten bei Kap Sunion war. Zweck der Übung: ein Auge auf Florakis zu haben, wenn er sich nachts mit seinem Funkgerät in die Berge hinaufschleicht.«

»Sind Sie sicher, daß es sich um ein Funkgerät handelt?«

»Ganz sicher. Ich hatte ein gutes Nachtglas bei mir. Habe ihn Nacht für Nacht beobachtet. Jetzt ist Schluß.«

»Womit?«

»Florakis unternimmt keine Ausflüge mehr mit seinem Gerät. Letzte Nacht ist mir etwas klargeworden – aus heiterem Himmel sozusagen. Es liegt am Neumond.«

»Sie meinen, er sendet nur, wenn der Mond scheint? Das ergibt doch keinen Sinn.«

»Er sendet etwa zwei Wochen lang – während der Halbmond zu- und abnimmt. Die einzige mögliche Erklärung? Der Mond ist wichtig für den Mann, der seine Nachrichten empfängt. Und noch etwas ist passiert. Ebenso wichtig. Tweed will doch unseren Freund Petros verhören?«

»Ja. Sobald er herkommen kann ...«

»Dann sollte er bald kommen. Dieser Halunke Dimitrios hat mich entdeckt, als ich am Strand Ausschau hielt. Hat sich an mich herangeschlichen. Glaubte wohl, ich wäre taub und blind. Legte sein Gewehr hin, kam von hinten heran und packte mich. Hatte vor, mich zu erdrosseln, der blöde Hammel.«

»Vielleicht erzählen Sie mir, wie es weiterging«, bat Newman mit resignierter Stimme.

»Hatte ich gerade vor. Kurz darauf lag er der Länge nach auf der Erde; seine Arme waren festgenagelt, mein Knie in seinen Leisten. Er bot mir eine prachtvolle Gelegenheit, ihn zum Reden zu bringen. Er redete.«
»Und wie haben Sie dieses Kunststück fertiggebracht?«
»Ich sagte es bereits – wir waren am Strand. Der fällt dort steil ab. Hielt seinen Kopf dreimal unter Wasser. Er dachte, ich würde ihn ertränken. Was ich getan hätte, wenn er den Mund nicht aufgemacht hätte.«
»Weiter«, fauchte Newman. »Was haben Sie erfahren?«
»In zwei Wochen verläßt Petros das Teufelstal. Er hat noch eine Rinderfarm im Norden von Makedonien. Tweed würde Mühe haben, ihn dort zu finden. In zwei Wochen«, wiederholte Marler. »Tweed muß sich beeilen, meinen Sie nicht?«
»Ich rufe ihn von der Botschaft aus an. Aber vorher unterhalte ich mich mit Christina. Sie haben Dimitrios zum Reden gebracht. Ich werde dasselbe mit Christina tun, um mehr über Anton zu erfahren.« Er streckte die Hand nach dem Türgriff aus, als ihm ein Gedanke kam. »Sie haben die Katze aus dem Sack gelassen. Dimitrios wird doch bestimmt schnurstracks zu Petros gehen und ihm berichten, was passiert ist.«
»Das bezweifle ich. Ich habe ihn gewarnt. Wenn ich erführe, daß er auch nur ein Wort gesagt hat, würde unsere nächste Begegnung die letzte sein. Für ihn. Und er wird noch aus einem anderen Grund den Mund halten. Wenn er Petros erzählt, daß er gesungen hat, bringt der Alte ihn um. Ich vermute, ich soll auf Christina aufpassen, wenn Sie zur Botschaft fahren?«
»So ist es. Bleiben Sie in ihrer Nähe.«
»Dann beeilen Sie sich ein bißchen. Ich muß Schlaf nachholen.«

Christina hatte gerade ihr Haar gewaschen und getrocknet, als Newman das Zimmer betrat. Sie warf es über die Schulter zurück.
»Wie sehe ich aus?«
»Das interessiert mich jetzt nicht.« Seine Stimme war barsch. »Marler und ich reisen ab, wenn Sie mir nicht alles erzählen, was Sie über Anton wissen. Dann können Sie selbst zusehen, wie Sie zurechtkommen.«
»Nein!« Sie war erschrocken. »Petros wird mich finden. Er wird mich umbringen.«
»Das ist Ihr Problem. Eine kleine Mißhelligkeit in der Familie ...«
»Mißhelligkeit! Begreifen Sie denn nicht, was für ein Mann er ist?«
»Dann erzählen Sie es mir.« Newman setzte sich auf die Bettkante. Er verschränkte die Arme, schaute aus dem Fenster und sah sie nicht an, als sie sich auf einen Stuhl sinken ließ.
»Ich habe Angst. Und ich habe Ihnen schon so viel über sie erzählt.

Wenn Anton das erführe, erginge es mir noch übler als bei Petros. Anton ist grausam.«
»Ich warte immer noch.« Er warf einen Blick auf seine Armbanduhr. »Aber nicht mehr lange.«
»Sie sind ein Mistkerl.«
»Das kann ich Ihnen auch schriftlich geben. Rücken Sie endlich mit der Sprache heraus.«
Sie machte es sich in einem großen Sessel bequem, kuschelte sich hinein wie eine Katze, stellte ihre langen Beine zur Schau. Newman blickte betont in eine andere Richtung, als sie zu reden begann.
»Anton ist einer von diesen Männern, die praktisch alles können. Ein erfahrener Taucher. Kann mit Booten umgehen, mit Geräten aller Art. Er kann einen Computer entwerfen und bauen, einen Videorecorder, ein Funkgerät. Und sie reparieren, wenn sie defekt sind. Auch Hydraulik ist für ihn kein Problem. Er holte ein Angebot für einen Fahrstuhl in seinem Lagerhaus in Piräus ein, fand es zu teuer – und baute das verdammte Ding selbst. Er ist ein hervorragender Reiter – aber das habe ich Ihnen ja schon erzählt...« Nachdem sie nun einmal angefangen hatte, konnt sie nicht wieder aufhören. »Er ist ein Experte im Umgang mit Handfeuerwaffen und Gewehren und ein Meisterschütze. Hat einmal in Bisley in England irgendeine Medaille gewonnen. Reicht Ihnen das? Und die Frauen fliegen auf ihn. Ich glaube, das habe ich schon früher erwähnt.«
»Ein sehr vielseitiger Mann«, meinte Newman.
»Er ist außerdem ein guter Tischler. Ein sehr guter.«
»Ein Tischler?«
»Er hat alle Möbel in seinem Zimmer auf der Farm im Teufelstal selbst gebaut. Das ist der einzige anständig möblierte Raum in dem ganzen Bau. Der Rest ist ein elendes Loch.«
»Warum haben Sie mir das nicht schon früher erzählt? Es dürfte doch genügend Leute geben, die seine vielfältigen Talente kennen.«
»Nein, nicht viele. Er ist sehr verschwiegen. Ihm gefällt es, wenn man ihn für einen Playboy hält. Es macht ihm Spaß, Leute hinters Licht zu führen. Noch etwas. Er kann alle Arten von kleinen Flugzeugen fliegen. Cessnas, Pipers, und so weiter. Er hat einem Fliegerclub angehört, ist aber wieder ausgetreten, nachdem er das Fliegen gelernt hatte. Sagte, es langweilte ihn. Ich glaube, er ist immer auf der Suche nach etwas Aufregendem, nach neuen Welten, die er erobern kann. Und er ist überaus ehrgeizig – er möchte einer der wichtigsten Männer in Griechenland werden. Ich glaube, damit habe ich Ihnen wirklich alles erzählt.« Sie musterte ihn. »Werde ich weiter beschützt?«

»Das werden Sie. Solange wir es einrichten können. Ich muß jetzt für eine Weile fort. Marler wird auf Sie aufpassen.«
»Er soll mir bloß nicht zu nahe kommen«, erklärte sie und griff nach einer Haarbürste, »sonst schlage ich ihm damit den Schädel ein.«
»Das können Sie ihm beibringen, während ich weg bin.« Newman grinste. »Aber ich glaube, er will nichts als schlafen – allein.«

Tweed legte in seinem Büro den Hörer auf, nachdem er Newman gebeten hatte, ihn täglich anzurufen. Er saß ein paar Minuten nachdenklich da; Paula und Monica verhielten sich ganz still und widmeten sich ihrer Arbeit.
»Paula«, verkündete er schließlich, »wir müssen nach Griechenland – und zwar bald. Im Verlauf der nächsten beiden Wochen. Monica, buchen Sie zwei Hin- und Rückflüge erster Klasse über Zürich. Mit offenem Datum. Bob hat mir gerade mitgeteilt, daß Petros das Teufelstal verlassen und auf eine andere Farm irgendwo in Makedonien umziehen will. Diese Gegend da oben kennt niemand, aber Marler und Newman kennen das Teufelstal. Ich muß mir diesen alten Schurken vornehmen. Er hat über seinem Verlangen nach Rache den Verstand verloren. Ich muß wissen, ob er hinter dem Mord an Masterson gesteckt hat.«
»Wie wollen Sie das anstellen?« fragte Paula.
»Ich werde jemanden, der Griechisch spricht, als Dolmetscher ins Teufelstal mitnehmen. Ich werde ihn auf seiner Farm zur Rede stellen – woanders bekomme ich ihn nicht zu fassen. Er kommt nie nach Athen – oder jedenfalls nur ganz selten, wie ich von Newman erfahren habe.«
»Das könnte gefährlich sein«, protestierte Paula. »Nach allem, was wir gehört haben, ist er völlig übergeschnappt. Und Newman hat uns berichtet, daß es in der Gegend von bewaffneten Hirten wimmelt.«
»Mit diesem Problem werden wir uns beschäftigen, wenn es sich stellt.«
»Das gefällt mir nicht«, beharrte Paula.
»Ihre Meinung ist unwesentlich.« Er bedauerte seine Worte, sobald er sie ausgesprochen hatte. »Entschuldigen Sie, das war gemein. Diese ganze Geschichte bringt mich völlig durcheinander. Es scheint überhaupt kein Sinn und Verstand darin zu stecken. Es sei denn, es handelt sich wirklich nur um Petros.«
»Sie könnten Peter Sarris um Hilfe bitten«, schlug Paula vor.
Tweed schüttelte den Kopf. »Keine Polizei, bevor wir wissen, worauf wir uns einlassen. Wir müssen uns auf unsere eigenen Hilfstruppen verlassen.« Er warf einen Blick auf Monica, die gerade ihr Telefongespräch beendet hatte. »Alles geregelt?«

»Zwei Hin- und Rückflüge über Zürich mit offenem Datum sind gebucht.«
»Sind wir deshalb so rasch aus Porlock Weir zurückgekommen?« erkundigte sich Paula.
»Ja. Ich hatte das Gefühl, die Lage der Dinge in Griechenland nicht mehr im Griff zu haben. Butler und Nield können aufpassen, ob sich im Exmoor etwas tut. Ihr Koffer ist gepackt, Paula? Gut. Es kann sein, daß ich mich ganz plötzlich zum Abflug nach Athen entschließe.«
»Warum wollen Sie über Zürich fliegen?« fragte Monica. »Anstatt auf der direkten Route?«
»Ich möchte mich mit Arthur Beck in Verbindung setzen. Wir rufen ihn an, bevor wir abfliegen. Er weiß oft, was vor sich geht. Und es gibt Direktflüge von Zürich nach Athen.« Er hielt inne. »Und natürlich auch von Athen nach Zürich.«
»Himmel!« stöhnte Monica. »Jetzt spielt er wieder den Geheimnisvollen.«

Mitternacht. Der Sturm war abgeflaut, als die *Oporto* die Spitze von Cornwall umrundete. Jetzt, wo der Frachter westlich von Porlock Weir beidrehte, war die See nur noch etwas rauh. Anton stand an der Steuerbordseite mit der Signallampe in der Hand an Deck, richtete ihren Strahl auf die ferne Küste und gab das verabredete Zeichen. Dann wartete er.
Gomez stand neben ihm dicht an der Gangway, die er über die Seite herabgelassen hatte. An ihrem unteren Ende schwappten Wellen über die metallene Plattform. Die in Segeltuch eingeschlagenen Waffen waren aus dem Laderaum heraufgeholt worden und lagen jetzt neben Antons Füßen. Er trug einen wasserdichten Anorak, eine dicke, in Gummistiefeln steckende Matrosenhose und darüber dunkelgrünes Ölzeug. Seinen Koffer schützte ein weiteres, mit Seilen verschnürtes Stück Öltuch.
»Sie werden Glück brauchen, wenn es auch diesmal klappen soll«, bemerkte Gomez.
»Die Besatzung ist unter Deck?« fragte Anton.
»Wie abgemacht – bis auf einen Ausguck, der vertrauenswürdig ist.« Er lächelte im Dunkeln. »Er wurde mit Geld vertrauenswürdig gemacht... Sehen Sie. Dort drüben.«
Anton hatte bereits gesehen, daß sein Signal von der Küste aus erwidert wurde. Er zählte, wie oft das Licht aufblitzte, dann bestätigte er mit einem weiteren Signal und steckte die Lampe in eine Tasche seines Ölzeugs.

»Jetzt müssen wir warten. Aber wahrscheinlich nicht sehr lange ...«
Er hatte recht. Schon nach relativ kurzer Zeit registrierte sein scharfes Gehör das Geräusch eines näherkommenden Motors. Der Frachter schaukelte leicht auf der rauhen See. Obwohl die Nacht mondlos war, konnten sie beide bald das weiße Kielwasser des kleinen Bootes erkennen. Anton bückte sich und hob mit beiden Händen das schwere Segeltuchbündel hoch. Gomez ergriff mit einer Hand den Koffer; mit der anderen hob er ein Nachtglas an die Augen und suchte mit ihm, an die Reling gelehnt, die Küste ab, von der sie etwa zwei Meilen entfernt waren. Im Osten konnte er die Lichter von Porlock Weir erkennen. Er ließ das Glas sinken.
»Passen Sie gut auf, wenn Sie die Gangway hinuntersteigen. Die Stufen werden glitschig sein, und Sie haben ein schweres Gewicht zu tragen.«
»Das schaffe ich schon. Und wenn ich fort bin, machen Sie kehrt und fahren wieder so weit hinaus, daß Sie morgen in Watchet eintreffen?«
»Keine Sorge. Niemand wird wissen, daß wir schon früher vor der englischen Küste gelegen haben.«
Das kleine, graue Boot mit einem Außenbordmotor am Heck war nahe herangekommen. Gomez konnte die Gestalt des Mannes ausmachen, der darin saß. Wie beim vorigen Mal trug er unter seinem Ölzeug eine Sturmhaube – eine Wollmütze, die Kopf und Hals bedeckte. Er stellte den Motor ab, das Boot glitt vorwärts, stieß an die Plattform. Der Mann warf ein Tau aus. Gomez fing es mit seiner freien Hand auf – das Nachtglas hing an einer Schnur um seinen Hals – und machte es an der Reling fest.
Anton stand auf der oberen Plattform und stieg langsam, Schritt für Schritt, hinunter. Das Bündel ruhte auf den Geländern zu beiden Seiten der Gangway; sie trugen das Gewicht, und er ließ es auf ihnen herabgleiten. Das festgemachte Boot rieb sich knirschend am Rumpf der *Oporto*. Anton hatte die halbe Strecke zurückgelegt, als eine Welle den Frachter anhob und ihn dann wieder fallenließ. Anton verlor seinen Halt, das Bündel polterte die restlichen Stufen hinunter, landete auf der Plattform. Er fluchte auf Griechisch, griff nach dem Geländer, um sein Gleichgewicht wiederzufinden.
Der Mann lehnte sich vor, bekam das Bündel zu fassen, stemmte es hoch und verstaute es schnell in seinem Boot. Anton stieg von der Plattform herunter und folgte ihm. Gomez rief ein paar Worte herunter, ließ das Tau fallen, das er inzwischen losgemacht hatte, und der Mann zog es ein. An dem klatschnassen Tau hing Antons Koffer.

Anton setzte sich. Der Mann startete den Außenbordmotor, ergriff die Ruderstange und steuerte das Boot von der *Oporto* weg. Gerade noch rechtzeitig. Eine große Welle hob das Boot und hätte es gegen den Frachter geschleudert, wenn es nicht bereits gewendet worden wäre. Der Mann steuerte auf die ferne Küste zu.

Das Motorboot näherte sich der mit Geröll übersäten Küste. Hinter ihr ragten steile Klippen auf, die verhinderten, daß man sie vom Festland aus sehen konnte. Anton zwang sich, nicht in die Augen zu starren, die ihn durch die Schlitze in der Sturmhaube musterten.

Er hatte keine Ahnung von der Identität dieses Mannes. Als er das erste Mal im Exmoor an Land gegangen war, hatte ihn der gleiche Mann in der gleichen Aufmachung in Empfang genommen. Das locker herabhängende Ölzeug machte es Anton unmöglich, seine Größe, seinen Körperbau oder sein Alter abzuschätzen. Nur die Stimme war eindeutig. Barsch und arrogant. Und er sprach nur sehr wenig.

Als sich das Boot schwankend und schaukelnd der Küste näherte, stellte der Mann den Motor ab und steuerte das Boot auf eine Stelle zu, an der die Küste stark abfiel. Ein mahlendes Geräusch, als der Kiel über Felsbrocken und Geröll glitt und dann steckenblieb.

»Nehmen Sie die Waffen, packen Sie sie in den Wagen.«

Anton hievte das Bündel hoch, stieg aus dem Boot und wankte unter der Last zu dem mit Segeltuch gedeckten Geländewagen, der dicht am Ufer abgestellt worden war. Er benutzte seine Schultern, um die hintere Klappe anzuheben, stemmte das Bündel hoch und ließ es auf einen Haufen zusammengerollten Tauwerks sinken. Der Wind riß an seinem Ölzeug und peitschte es gegen seine Beine, als er die Klappe sinken ließ und zurückging, um seinen Koffer zu holen.

Der Mann mit der Sturmhaube hatte sich eine an der Seite des Wagens befestigte Axt gegriffen und begonnen, damit auf das Boot einzuschlagen. Die Axt war schwer, ihre Schneide rasiermesserscharf geschliffen. Holzsplitter flogen herum, und er schützte seine Augen, indem er einen Arm davorhielt. Als Anton nach seinem Koffer greifen wollte, schaute er auf.

»Das Meer fällt hier dreißig Meter tief ab. Wir müssen das Boot verschwinden lassen. Anstatt mir zuzusehen, sollten Sie lieber die Küste im Auge behalten.«

Die Axt begann wieder niederzufahren. Es dauerte nur wenige Minuten, bis das Boot ein Loch hatte. Der Mann arbeitete weiter, vergrößerte das Loch und gab sich erst zufrieden, als es ungefähr dreißig Zentimeter breit war. Dann warf er die Axt ins Wasser und kehrte zu dem Gelände-

wagen zurück. Er stieg auf die Ladefläche, verstaute die Waffen und bedeckte sie mit dem Haufen Tauwerk. Er sprang herunter, ging zu dem Boot und winkte Anton heran.
»Wir müssen das Boot ins Wasser schieben. Fassen Sie mit an.«
Sie stellten sich beiderseits des Bugs hin und schoben mit aller Kraft. Das Boot glitt langsam rückwärts; der Außenbordmotor hing über dem Wasser. Sie richteten sich auf, reckten die angespannten Arme, packten wieder das Boot. Noch ein kräftiger Schub, und das Boot schwamm. Es driftete dicht an der Küste und füllte sich rasch mit Wasser. Dann versank das Heck; der Bug hielt sich noch einen Moment an der Oberfläche, dann war auch er verschwunden.
Der Mann mit der Sturmhaube ging zu seinem Wagen und setzte sich ans Steuer; Anton stieg neben ihm ein. Sie fuhren ohne Licht landeinwärts davon. Der Wagen hüpfte und holperte über den geröllübersäten Strand.

Als sie den an den Häusern vorbeiführenden Weg erreicht hatten, schaltete der Fahrer das Licht ein. Er verschwendete keinen Blick auf das im Dunkeln dastehende Gebäude, in dem sich Mrs. Larcombe mit Tweed unterhalten hatte. Auf der Straße angekommen, beschleunigte er und setzte die Fahrt in Richtung Porlock Weir fort, bis er die Mautstraße erreicht hatte.
Er bog ab und lenkte den Wagen die steile, gewundene Straße hinauf. Oben angekommen, bog er nach rechts auf die Küstenstraße ab, und hinter Culbone verließ er die Hauptstraße und fuhr auf eine kurvenreiche Landstraße, die ins Doone Valley führte. Erst dann brach er sein Schweigen.
»Hier ist der Schlüssel zu dem kleinen Haus, in dem Sie die Nacht verbringen werden. Es ist unbewohnt. Und hier ist eine Stablampe, damit Sie sich orientieren können. Der Strom ist abgeschaltet. Sie finden dort eine Dose Fleisch, einen Dosenöffner, einen Laib Brot, Butter, ein Messer und zwei Flaschen Mineralwasser in einer braunen Tüte in einem der Zimmer im Erdgeschoß. Außerdem einen Schlafsack. Das Haus ist nicht möbliert. Der Wagen kommt in eine Garage neben dem Haus, aber die Waffen nehmen Sie mit hinein. Sie liegen neben Ihnen, während Sie schlafen. Und hier ist ein Messer – aber nur für den Notfall.«
Anton nahm die Waffe, die in einer Scheide steckte. »Das ist ein Kommandomesser«, bemerkte er. »Ich habe selbst ein paar davon mitgebracht...«
»Zuhören!« Der Mann konzentrierte sich auf die Straße, die sich zwi-

schen hohen Hecken bergab wand. »Behalten Sie das Messer. Morgen bringen Sie die Waffen zur Cherry Farm. Sie wissen noch, wie man dorthin kommt?«
»Ja. Sie liegt in der Nähe von Liphook in Hampshire.«
Der Mann brachte den Wagen an einer Stelle zum Halten, an der er freien Blick in beide Richtungen hatte, und zog eine Landkarte aus dem Türfach. »Schalten Sie Ihre Lampe ein und zeigen Sie mir den Weg zur Cherry Farm. Ein Teil der Strecke ist mit Bleistift markiert. Dort fahren Sie auf Nebenstraßen. Auf diese Weise dürften Sie allen Streifenwagen der Polizei entgehen.«
Anton entfaltete die Karte, betrachtete sie mit Hilfe seiner Lampe. Er zeigte auf eine Stelle. »Ungefähr hier muß ich zur Farm abbiegen.«
»Gut. Behalten Sie die Karte. Wenn Sie angekommen sind, verbrennen Sie sie. Sie werden Gesellschaft haben. Ihr Kennwort lautet Strandläufer.«
»Und womit antwortet er?«
»Überhaupt nicht.« Der Mann kicherte; es war ein harter, zynischer Laut. »Sie kennen ihn. Sie fahren zuerst mit diesem Wagen nach Taunton.« Er holte einen Stadtplan aus demselben Fach. »Hier habe ich mit einem dünnen Bleistiftkreuz den Parkplatz eingezeichnet, auf dem Sie morgen früh gegen zehn den Wagen abstellen. Sie parken ganz hinten an einer dichten Hecke. In ihr verstecken Sie Ihre Fracht, während Sie unterwegs sind, um bei Barton – mit einem Bleistiftkreis markiert – einen Wagen zu mieten. Und hier ist ein Führerschein auf den Namen Partridge; den müssen Sie vorlegen. Sie fahren zum Parkplatz, holen die Fracht ab und machen sich auf den Weg zur Cherry Farm. Sie lassen den Geländewagen auf dem Parkplatz stehen. Um elf müssen Sie wieder unterwegs sein. Ich sorge dafür, daß er später abgeholt wird. Alles verstanden?«
»Einen Moment.« Anton studierte den Stadtplan von Taunton mit Hilfe seiner Taschenlampe. »Alles klar. Aber weshalb kann ich nicht gleich jetzt zur Cherry Farm weiterfahren? Oder soll ich Sie irgendwo absetzen?«
»Natürlich nicht. Auf mich wartet ein Wagen nicht weit von dem Haus entfernt, in dem Sie die Nacht verbringen werden. Und das Fahren bei Nacht ist gefährlich. Sie könnten von einem Streifenwagen angehalten und kontrolliert werden. Darauf hätten Sie selbst kommen müssen.«
»Sie haben recht«, pflichtete Anton ihm rasch bei. Im Wesen dieses Mannes, in seiner verächtlichen Stimme war etwas, das Anton Angst einjagte.
»Ich brauche Ihnen wohl nicht zu sagen, daß Sie den Stadtplan verbren-

nen müssen, sobald Sie aus Taunton heraus sind. Und nun hören Sie mir gut zu. Ich sagte bereits, daß auf der Cherry Farm eine Menge Arbeit auf Sie wartet. Etwas, bei dem Sie Ihre Fähigkeiten als Tischler und Hydraulikfachmann unter Beweis stellen müssen. Also passen Sie gut auf. Auf der Farm befinden sich zwei Möbelwagen. Und das haben Sie zu tun . . . !«

Am frühen Nachmittag war Anton mit seinem gemieteten Austin Metro in der Nähe von Liphook in Hampshire angekommen. Die Werfer und die Raketen lagen im Kofferraum unter einem Haufen Proviant versteckt, den er in Glastonbury eingekauft hatte.
Beiderseits der von niedrigen Hecken gesäumten Landstraße erstreckten sich flache Felder. Die Sonne schien, und ihm war schon seit geraumer Zeit kein Fahrzeug entgegengekommen. Er fuhr um eine Kurve und verringerte dann die Geschwindigkeit; er wußte, daß es nicht mehr weit sein konnte. Anton hatte ein hervorragendes Gedächtnis für Strecken und geographische Gegebenheiten. Frisch gefallene Blätter lagen auf der Straße. Es wurde Herbst, der September näherte sich seinem Ende, der Oktober war nicht mehr fern.
Er brachte den Wagen vor einem geschlossenen Tor mit einem Kiesweg dahinter zum Stehen und saß dann ein paar Minuten still da und lauschte, ob sich irgendwo ein Fahrzeug näherte. Nichts. Er stieg aus und öffnete das Tor; daran hing ein Schild mit der Aufschrift *Cherry Farm* in weißen Buchstaben. Er fuhr ein paar Meter weit den Weg entlang, dann hielt er wieder an, stieg aus, ging zurück und schloß das Tor. Auf jedes Detail achten.
Neben dem Kiesweg wuchs schwammiges Gras. Ein Stück weiter kam er an großen Pfützen vorüber, Überbleibsel des Regens, der drei Tage zuvor gefallen war. Schlechter Boden. Er folgte der Biegung des Weges, und Cherry Farm kam in Sicht.
Es war ein langes, zweigeschossiges Backsteingebäude mit ziegelgedecktem Dach und zwei klobigen Schornsteinen; rechts davon stand eine Scheune. Die Farm machte einen verlassenen Eindruck, und er fuhr ganz langsam und suchte das ganze Gelände nach einem Lebenszeichen ab.
Hinter der großen Scheune standen zwei lange Schuppen mit Wellblechdächern. Bei beiden waren die Türen geschlossen. Als er näher herankam, stellte er fest, daß die Farm tatsächlich verlassen zu sein schien. Der kleine Garten vor dem Haus war von Unkraut überwuchert. Efeu hatte wie ein riesiges Spinnennetz die Mauern überzogen, rankte sich über die geschlossenen Läden.

War etwas schiefgegangen? Wo war der Mann, den er hier antreffen sollte? Er fuhr weiter bis hinter die Rückseite des Hauses, hielt auf einem schlammigen Hof an, schaltete den Motor aus und lauschte abermals. Es gibt keine Stille, die so unheimlich ist wie die in einer menschenleeren Gegend auf dem Lande.
Anton blieb hinter dem Steuer sitzen, vergewisserte sich, daß das Messer in der Scheide an seinem Gürtel steckte. Keine Rinder, keine Schafe. Überhaupt keine Tiere. Weitere Pfützen auf dem schlammigen Feld hinter dem Haus. Keine Vögel, die an dem klaren blauen Himmel herumschwirrten oder zwitscherten. Dann ging die Hintertür auf, und Seton-Charles trat heraus. Anton ließ sich sein Erstaunen nicht anmerken.
»Strandläufer«, sagte er.
»Sie haben die Waffen? Gut. Wir bringen sie in ihr Versteck im Haus. Dann fahren Sie Ihren Wagen in den ersten Schuppen hinter der Scheune. Die Tür ist an dieser Seite ...«

Seton-Charles stand in der Küche und sah durch seine randlose Brille hindurch zu, wie der Grieche Schinkenbrote verzehrte und Mineralwasser trank. Anton, der am Tisch saß, ignorierte den Professor. Beide Männer fühlten sich nicht recht wohl in ihrer Haut. Das war in Athen anders gewesen, wo er Seton-Charles' Vorlesungen gehört hatte. Anton beendete seine Mahlzeit und beschloß, seine Autorität von Anfang an zu behaupten.
»Ich leite hier die Operationen. Sie wissen das?«
»Es wurde mir mitgeteilt.« Seton-Charles' Stimme ließ jede Begeisterung für dieses Arrangement vermissen. Er lehnte sich gegen den Küchenschrank, verschränkte die Arme. »Welche Rolle spielen Sie hier?«
»Sie verlassen von Zeit zu Zeit die Farm?« erkundigte sich Anton vorsichtshalber.
»Nicht ohne Ihre Genehmigung. Von nun an bereite ich die Mahlzeiten zu. Helfe Ihnen, soweit erforderlich, bei Ihrer Arbeit. Was für eine Arbeit ist das?«
»Kommunikation?« fragte Anton weiter. »Wie nehmen wir mit Jupiter Verbindung auf?«
»Überhaupt nicht. In der Diele ist ein Telefon. Er ruft uns an. Wir selbst führen keine Gespräche, haben keinen Kontakt zur Außenwelt. Wenn wir frische Vorräte brauchen, fahren Sie nach Liphook und kaufen ein.«
»Ist zu erwarten, daß jemand hier herumschnüffelt?«

»Nein. Haben Sie nicht gesehen, in welchem Zustand die Farm ist? Das Land ist wertlos, steht die halbe Zeit unter Wasser. Die nächste Farm ist meilenweit entfernt. Und nun wüßte ich gern, wobei ich Ihnen eigentlich helfen soll, wenn's recht ist. Die beiden Möbelwagen stehen hintereinander in der großen Scheune.«
Mit den Sicherheitsvorkehrungen zufrieden, tupfte sich Anton mit einem seidenen Taschentuch den Mund ab. Dann drehte er sich auf seinem Stuhl um und fixierte den Professor.
»Sie haben die kurzen Planken gesehen, die noch im Kofferraum liegen? Ich habe sie unterwegs bei einer Holzhandlung gekauft. Und die beiden Kisten, die hier auf dem Boden stehen?«
»Ja.« Seton-Charles blickte auf die beiden Behälter, die aus kräftigem Holz gezimmert waren und aussahen wie Werkzeugkisten. Bei beiden standen die Deckel offen. Der eine enthielt eine Kollektion von Drähten, Reglern und anderen Elektroartikeln. Der zweite war bis zum Rand vollgestopft mit Hobeln, Sägen, Schraubenziehern und anderem Werkzeug. »Was haben Sie vor?« fragte er.
»Eine ganze Menge. Bei beiden Möbelwagen muß im Dach eine große Schiebetür eingebaut werden – mit elektrischer Steuerung. Die Hydraulik dürfte schwierig werden. Und in jedem Wagen werde ich eine Plattform mit Stufen bauen. Die Plattform wird sich ungefähr einen Meter unter dem Dach befinden; darauf wird ein Stuhl festgeschraubt.« Anton grinste. »Raten Sie mal, was das werden soll?«
»Zu Ratespielen bin ich nicht aufgelegt«, erklärte der Professor kalt.
»Wir sind im Begriff, zwei mobile Raketen-Abschußrampen zu bauen.«

DRITTES BUCH

Der Mäander

ZWEIUNDVIERZIGSTES KAPITEL

»Landeanflug«, sagte Paula und griff nach Tweeds Arm. »Das habe ich noch nie ausstehen können.«

»Genießen Sie den Ausblick aus dem Steuerbordfenster«, schlug er vor und drückte ihre Hand.

Sie waren an Bord der Swissair-Maschine mit der Flugnummer 801, im Anflug auf Kloten, den Flughafen von Zürich. Das Flugzeug neigte sich ein wenig, und Paula sah im Rahmen eines Fensters die großartige Kontur des Berner Oberlandes mit schneebedeckten Gipfeln. Das Bild der Berge vor dem Hintergrund eines wolkenlos blauen Himmels verschlug ihr beinahe den Atem.

Tweed hatte eine seiner unberechenbaren Entscheidungen getroffen. Um 9.30 Uhr waren sie von Heathrow gestartet, um 12.05 Uhr würden sie landen. Tweed hatte mit seinem alten Freund Arthur Beck telefoniert, dem Chef der Bundespolizei. Beck würde sie in Kloten erwarten. Tweed machte sich Sorgen um den Anschlußflug nach Athen, der kurz nach der Landung der Swissair-Maschine an den Start gehen sollte.

Flug 302 nach Athen startete in Kloten um 12.30 Uhr. Folglich blieb keine Zeit zum Einchecken, geschweige denn für ein notwendiges Gespräch mit Beck. Während das Flugzeug die Landebahn ansteuerte, bedeckte er Paulas Hand mit der seinen; sie sah ihn lächelnd an.

»Ich bin jetzt okay. Nur ein bißchen nervös. Ob Monica Newman erreicht hat, damit er weiß, daß wir kommen?«

»Das hängt wohl eher von *seinem* täglichen Anruf bei ihr ab. Aber wir wissen ja, wo er zu finden ist. Im Grande Bretagne ...«

Als die Maschine über die Landebahn rollte, hatte Paula kaum gemerkt, daß sie gelandet war. Beck wartete an der Paßkontrolle. Er war in Zivil und trug einen Tirolerhut mit einer kleinen Feder im Hutband – wie ein Ferienreisender. Als er Paula erblickte, leuchteten seine grauen Augen unter den buschigen Brauen auf. Er nahm ihren Arm.

»Willkommen in Zürich, Paula.« Er küßte ihre Wange. »Die Kontrollen werden wir mal umgehen.« Er warf Tweed über die Schulter einen Blick zu, während er sie zu einer Seitentür führte. »Kommen Sie nur mit, Tweed. Wir haben Zeit, zu reden.«

Tweed lächelte vor sich hin. Beck hatte eine Schwäche für Paula entwickelt, als sie sich in Genf getroffen hatten. Und jetzt hatte er ihre Ankunft so organisiert, daß niemand etwas davon bemerkt haben konnte. Er folgte Paula über einen Flur in einen schlicht möblierten Raum mit Karten an den Wänden.
»Danke«, sagte Paula, als Beck einen Stuhl für sie unter dem Tisch hervorzog. »Aber was ist mit unseren Koffern? Sollte ich nicht zur Gepäckausgabe gehen?«
»Dafür ist längst gesorgt. Ich habe mit Jim Corcoran telefoniert, dem Sicherheitschef von Heathrow. Seit Sie dort eingecheckt haben, klebt ein ganz besonderes kleines rotes Schildchen an Ihrem Gepäck. Und jetzt sind zwei meiner Leute beim Karussell und kümmern sich um Ihre Sachen.«
»Darf ich mich anschließen?« fragte Tweed ironisch.
»Als ganz besonderes Vorrecht, mein Lieber. Dies ist das Büro des Sicherheitschefs von Kloten, von mir angemietet. Wie Sie sehen, gibt es hier Kaffee und Sandwiches. Möchten Sie etwas zu sich nehmen, Paula?«
Auf dem Tisch stand ein elektrischer Kaffeewärmer mit einer gläsernen Kanne; dazu Sandwiches, in Folie eingeschlagen. Und ein Telefon mit rotem Knopf. Tweed setzte sich und starrte auf das Instrument. Beck schenkte Kaffee ein und sagte:
»Monica hat von London aus angerufen und eine Nachricht für Sie hinterlassen. Sie bittet dringend um Rückruf.«
Tweed warf einen Blick auf eine Uhr mit rotem Sekundenzeiger, die an der Wand hing. »Wir werden unseren Anschlußflug nach Athen verpassen. Die Maschine startet um 12.30 Uhr.«
»Ach ...« Beck wedelte mit der Hand. »Der Start ist verschoben worden. Eine Bombendrohung. Die Fluggäste müssen auf dem Vorfeld ihr Gepäck identifizieren, bevor sie an Bord gehen. Das braucht seine Zeit.« Er lächelte. »Das sind so Vorrechte, die man als Polizeichef genießt.« Er wandte sich an Tweed. »Also – telefonieren Sie. Dann können wir reden.«
Ich hätte voraussehen sollen, daß er alles für uns vorbereiten würde, dachte Tweed. Dann griff er zum Telefon, drückte den Scrambler-Knopf, wählte Park Crescent. Beck und Paula flüsterten miteinander, während er mit Monica sprach. Paula mochte den Schweizer mit seinem ironischen Sinn für Humor. Sie preßte die Hand auf den Mund, um ein Lachen zu unterdrücken; dann fiel ihr die Miene auf, mit der Tweed den Hörer auflegte.
»Ist etwas nicht in Ordnung?«

»Später«, sagte er und sah Beck an. »Griechenland. Gibt es irgend etwas Ungewöhnliches aus der Gerüchteküche?«
»Nein – es sei denn, dies wäre als ungewöhnlich zu betrachten . . .« In den nächsten fünf Minuten berichtete er über seine beiden Gespräche mit Kalos und darüber, wie er Anton verfolgt und ihn beobachtet hatte, daß er eine Nacht im Schweizerhof verbracht und am nächsten Tag einen Flug nach Lissabon gebucht hatte.
»Lissabon?« Tweeds Miene war grimmig. »Sind Sie sicher, Arthur?«
»Natürlich bin ich sicher. Ich bin ihm selber zum Flughafen gefolgt. Später habe ich mich beim Piloten erkundigt, ob er an Bord war. Er war.«
»Tut mir leid. Das war eine dumme Frage. Wie lange ist das her?«
»Zehn Tage.«
»Oh verdammt.« Tweed stand auf, begann im Raum umherzuwandern. »Und ich gratulierte mir schon dazu, ihn sicher in Athen zu wissen. Irgendwie läuft alles schief.« Er sah Paula an. »Ich sagte, die Lösung läge in Griechenland, nicht im Exmoor. Vielleicht ist es gerade umgekehrt.«
»Aber wir fliegen weiter?« fragte Paula.
»Ja. Und zwar so schnell es geht.«
»Es wird das beste sein«, stimmte Beck zu. »Die Gepäckkontrolle müßte gerade vorbei sein. Sie müssen noch Ihre eigenen Koffer identifizieren – wahrscheinlich die letzten, die noch auf dem Vorfeld stehen . . .«
Er umarmte Paula, schüttelte Tweed die Hand. »Wenn ich noch irgendwie behilflich sein kann – Anruf genügt.«
»Sie haben uns schon eine Menge geholfen«, versicherte Tweed; dann folgten sie dem Schweizer zum Flugzeug.

Sie hatten ihren Lunch verzehrt. Das Flugzeug befand sich in dreißigtausend Fuß Höhe bereits über der südlichen Adria, als Paula die Frage aussprach.
»Monica hatte eine schlechte Nachricht am Telefon?«
»Es wird immer schlimmer. Wie bei der Klein-Affäre im letzten Jahr steigt die Zahl der Leichen. Monica hatte einen Anruf von Butler. Erinnern Sie sich noch an die nette alte Dame, Mrs. Larcombe, die wir in Porlock Weir besuchten? Eine Nachbarin entdeckte in der Frühe, daß sie ihre Milch nicht ins Haus geholt hatte. Sie machte sich Gedanken, rief die Polizei. Sie fanden die Haustür unverschlossen und Mrs. Larcombe buchstäblich zu Tode geprügelt.«
»Wie scheußlich! Sie war noch bemerkenswert rege für ihr Alter. Für jedes Alter. Was vermutet die Polizei?«

»Die Polizei vermutet, daß ein paar betrunkene Jugendliche bei ihr geklingelt und, als sie kam, die Tür aufgestoßen und sie erschlagen haben, um dann mit den fünfzig Pfund, die sie immer in bar unter ihrer Matratze hatte, zu verschwinden. Im Vorgarten lagen zwei leere Bierdosen. Keine Fingerabdrücke.«
»Sie betonten das Wort ›Polizei‹. Was ist Ihre eigene Meinung?«
»Ein Täuschungsmanöver. Betrunkene Jugendliche denken nicht daran, Fingerabdrücke von Bierdosen zu wischen. Irgend etwas von dem, was sie uns sagte, war mir merkwürdig vorgekommen; ich wußte nur nicht mehr, was. Jetzt weiß ich es wieder.«
»Und was war das?«
»Als das Fahrzeug mit Allradantrieb um Mitternacht vor ihrem Haus hielt, hat sie das zur Straße hinausgehende Fenster geöffnet. Sie sagte, das Fenster habe gequietscht. Ich vermute, daß der Fahrer dieses Quietschen gehört hat. Und als sie sagte, sie hätte an der Küste und draußen auf See Blinklichter beobachtet, hat ihr keiner geglaubt. Sie hat die Lichter gesehen.«
»Ich kann immer noch nicht folgen«, sagte Paula.
»Das war der erste Akt: an der Küste irgend etwas – oder irgend jemanden – an Land zu bringen. Und in der letzten Nacht muß der zweite Akt gelaufen sein – ein wichtiger Akt. Sie konnten es nicht riskieren, dabei von ihr beobachtet zu werden. Also klingelten sie bei ihr, sie öffnete die Tür, und das war es dann. Übrigens ist wichtig, daß sie die Tür selbst aufgemacht hat.«
»Jemand, den sie kannte?«
»Ich möchte es annehmen. Sie war klug und vorsichtig. Mir fiel auf, daß sie einen Spion in der Haustür hatte. Bevor sie die Tür öffnete, konnte sie sehen, wer draußen stand. Jemand, den sie kannte. Ein achtbarer Bürger.«
»Wie widerlich.« Paula überlief es. »Eine alte Frau zu erschlagen, nur weil sie im falschen Moment aus dem Fenster gesehen hat.«
»Wir haben es mit einem rücksichtslosen Killer zu tun. Erst Sam Partridge, dann Jill Kearns und nun Mrs. Larcombe. Es muß um eine verdammt große Sache gehen.«
Er spähte aus dem Fenster. Die Luft war kristallklar und wolkenlos. Unter ihnen dehnte sich das Blau der Adria. Ein winziger, weißer Fleck verriet das Kielwasser eines Schiffes auf Südkurs. Das Schiff selbst war nicht zu sehen.
»Wenn wir in Athen sind«, sagte er, »muß jemand zur Botschaft gehen und Monica anrufen. Sie soll sich mit Roberts von Lloyds of London in Verbindung setzen; er kann das Schiffsregister nachprüfen.«

»Warum?«
»Denken Sie daran, was Beck uns über Anton gesagt hat. Er ist von Zürich nach Lissabon geflogen. Roberts kann die Bewegungen jedes Schiffes verfolgen, das vor ungefähr zehn Tagen von Lissabon ausgelaufen ist – und zwar mit dem Zielhafen Watchet an der Küste von Somerset. Der Mord an Mrs. Larcombe bestätigt etwas, das für mich bisher nur eine vage Theorie war: daß Anton unkontrolliert ins Land kam, indem er sich nachts von einem Schiff zur Küste bringen ließ. Daher die Lichtsignale, die Mrs. Larcombe beobachtet hat.« Er grunzte. »Und nun ist er vielleicht wieder im Exmoor. Gefällt mir gar nicht. Monica muß Butler warnen.«
»Und Sie glauben, daß Jill ermordet wurde, weil sie zuviel wußte?«
»Das dürfte einen anderen Grund gehabt haben. Sie wurde überfahren, um unsere Aufmerksamkeit vom Exmoor nach London abzulenken.«
»Das wäre allzu schrecklich«, protestierte Paula.
»Ich sagte es: Wir haben es mit einem rücksichtslosen Killer zu tun.« Er sah sich im Innern des Flugzeugs um. Sie flogen erster Klasse, und die Kabine war zu drei Vierteln leer: nur deshalb konnten sie frei miteinander reden. Er spähte noch einmal aus dem Fenster, sah auf die Uhr, lehnte sich in seinem Sitz zurück. »Noch eine knappe Stunde bis Athen. Ich habe das Gefühl, daß wir ein Hornissennest aufstören.«

Die Hitze traf Tweed wie ein Hammer, als er aus dem Flugzeug auf die herangerollte Gangway trat. Er stieg die Stufen hinunter und steuerte, Paula an seiner Seite, auf das Hauptgebäude zu.
»Du lieber Gott!« sagte Paula. »Wo Sie diese Backofenhitze doch nicht vertragen können ...«
»Wie gut, daß Sie mich daran erinnert haben, die Safarijacke mitzunehmen. So, und nun auf ins Gefecht ...«
Newman erwartete sie in der Empfangshalle. Er kam grinsend auf sie zu, schüttelte Tweed die Hand, umarmte Paula, nahm ihren Koffer.
»Ich sprach in der Frühe mit Monica, sie sagte mir Ihre Flugnummer. Ich habe einen Wagen draußen. Gleich zum Grande Bretagne? Marler ist dort und bewacht Christina.«
»Gleich zum Grande Bretagne«, erwiderte Tweed. »Sarris braucht nicht zu wissen, daß ich in der Stadt bin. Wir werden einen Ausflug ins Teufelstal organisieren. Ich muß Petros kennenlernen und ins Kreuzverhör nehmen.«
»Das sollte mit einiger Umsicht geplant werden«, sagte Newman und setzte sich ans Steuer, nachdem er das Gepäck im Kofferraum verstaut

hatte. Er spürte die Spannung, unter der Tweed stand, und daß er in Eile war.

Vierzig Minuten später saßen sie in dem Hotelzimmer, das Newman für Tweed gebucht hatte. Newman berichtete ihm alle Angaben über Anton, die er von Christina erhalten hatte. Tweed hörte zu, in Hemdsärmeln, und trank Mineralwasser. Seine Miene wurde immer ernster.

»Ein vielseitig begabter Mann«, kommentierte er, als Newman seinen Bericht beendet hatte. »Ich glaube, daß er inzwischen nach England zurückgekehrt ist.« Er informierte Newman über die Neuigkeiten, die Beck und Monica ihm in Zürich gegeben hatten. »Das Ganze gefällt mir gar nicht. Und wann können wir ins Teufelstal fahren? Morgen?«

»Das wäre übereilt. Sie brauchen Schutz – und einen Dolmetscher. Petros spricht kein Englisch, Sie sprechen kein Griechisch. Aber ich glaube, wir haben schon den richtigen Mann. Unseren Fahrer Nick. Ich habe ihn auf Eis gelegt. Er logiert im Astir Palace, an der anderen Seite des Platzes. Er hat sogar die Extrabezahlung abgelehnt, die ich ihm angeboten habe; er sagte, er täte nichts dafür. Und wollen Sie mit Christina reden?«

»Ja.« Er musterte Paula.

Sie schüttelte den Kopf und lächelte verstohlen. »Mit ihr sprechen Sie besser allein. Wenn ich dabei bin, verkrampft sich Ihr Stil. Ich wette, sie frißt Ihnen aus der Hand.«

»Was ich bezweifle.« Tweed leerte sein zweites Glas Mineralwasser. »Aber es stimmt, daß Gespräche unter vier Augen besser laufen.«

»Besonders zwischen Ihnen und einer attraktiven Frau«, stichelte Paula.

»Ach, hören Sie auf!« Tweed schlüpfte in sein Jackett. »Ich verschwinde mal eben. Bin gleich wieder da ...«

Paula wartete, bis er an der Tür war; dann rief sie: »Und vergessen Sie nicht, sich einen frischen Scheitel zu ziehen!« Tweed starrte sie an; dann verschwand er.

»Sie ärgern ihn absichtlich«, stellte Newman fest.

Sie wurde ernst. »Ich versuche zu erreichen, daß er sich entspannt. Ich mache mir Sorgen um ihn. Die Geschichte wächst ihm über den Kopf. Er ist wie besessen davon.«

»Können Sie das mit ein paar Worten erläutern? Ich bringe ihn bald mit Christina zusammen.«

»Mit Mastersons Tod fing es an. Man kann nicht einen von Tweeds Sektorenchefs umbringen und erwarten, daß er das hinnimmt, wie Howard es vielleicht tun würde. Dann Jill Kearns. Er mochte sie. Sie wurde in London überfahren. Davor wurde sein alter Freund Sam Partridge im Exmoor umgebracht. Und nun wurde eine alte Dame in den Siebzigern, mit der er gesprochen hatte, in ihrem Haus in Porlock Weir erschlagen. Das brachte das Faß zum Überlaufen, vermute ich. All diese Morde stehen miteinander in Verbindung. Wenn er zu der Überzeugung kommt, daß Petros irgendwie dafür verantwortlich ist, weiß ich nicht, was er tun wird. Ich habe eine Heidenangst vor diesem Besuch im Teufelstal. Tweed hat nicht mehr genug Abstand zu den Dingen.«

»Gut, daß Sie mir das sagen. Ich denke daran. Und nun muß ich telefonieren.«

Newman griff zum Telefon, wählte eine Nummer, setzte sich auf die Bettkante. »Nick, sind Sie's? Können Sie herüberkommen? In fünf Minuten? Gut. In mein Zimmer. Bis gleich...«

Als er auflegte, kam Tweed wieder herein. »Während Sie mit Christina reden, beraten wir über die Fahrt ins Teufelstal«, sagte Newman. »Nick, Marler und ich.«

»Je eher, desto besser. Und ich rede jetzt mit Christina. Was machen Sie, Paula? Einen Schaufensterbummel?«

»Sie bleibt bei uns«, bestimmte Newman; er schien, wie es Paula zu ihrer Erleichterung vorkam, die Situation zu beherrschen.

Newman begleitete Tweed zu einem anderen Zimmer auf dem gleichen Flur. Auf ein bestimmtes Klopfzeichen hin öffnete Marler die Tür. Er starrte zuerst Tweed an, dann Newman.

»Sie hätten mir sagen können, daß er kommt. Und zwar rechtzeitig«, sagte er. »Es ist gut, Sie an Bord zu wissen. Hier muß sich bald etwas bewegen.«

»Sie werden früh genug zu tun bekommen«, versprach Newman. »Und verschwinden Sie bitte in meinem Zimmer. Hier ist der Schlüssel. Tweed möchte mit Christina sprechen.«

Nachdem Marler gegangen war, trat Newman ins Zimmer und stellte Tweed Christina vor. »Mein Chefredakteur...«

Christina saß auf einem Sofa, den Rücken gegen das Seitenpolster gelehnt, die langen Beine ausgestreckt. Sie trug ein schulterfreies, smaragdgrünes Kleid, im Rücken bis zur Taille ausgeschnitten. Als Newman den Raum verließ, legte sie das Buch, in dem sie gelesen hatte, beiseite und starrte Tweed großäugig an, wie um ihn einzuschätzen. Dann schwang sie die Beine vom Sofa und kreuzte sie, einen Arm auf der Rücklehne.

»Nehmen Sie Platz. Nehmen Sie den Stuhl, hier, ganz nahe bei mir. Sie sehen aus wie ein Mann, der für sich selber sorgen kann.«

»Bisher habe ich's geschafft.« Tweed rückte einen Stuhl und setzte sich zu ihr, daß ihre Knie sich nahezu berührten. Sie war eine Frau, der es um Nähe ging und darum, den Mann, der die erste Prüfung bestanden hatte, zu berühren. Und Tweed hatte das Gefühl, bestanden zu haben. Nun mußte er sie zum Reden bringen. Ob er einen Drink haben wollte, fragte sie. Mineralwasser wäre gerade das Richtige. Sie langte nach einem Tisch neben dem Sofa, schenkte ihm ein Glas voll und nahm selbst ein Glas Weißwein. Sie hob das Glas.

»Auf uns...«

»Auf uns...«

»Und Sie sind kein Redakteur.« Sie blickte ihn über den Rand ihres Glases an und nahm einen Schluck Wein. »Sie haben die Augen eines Polizisten. Nette Augen.«

»Ich war einmal Polizist.« Er hatte entschieden, daß Offenheit – bis zu einem bestimmten Grad – dieser gescheiten, bestrickenden Person gegenüber die beste Taktik war. »Was können Sie mir über den Mäander sagen? Ich brauche Ihre Hilfe. Ich bin auf sie angewiesen. Hier und in England sind schon zu viele Menschen gestorben, und ich fürchte, es sterben noch mehr, wenn ich nicht herausfinde, um was es geht.« Er nahm die Brille ab, legte sie auf den Tisch. »Ich brauche alle Hilfe, die ich bekommen kann.«

»Kommen Marler oder Newman gleich zurück?« Sie musterte ihn mit halbgeschlossenen Augen.

»Nur wenn ich sie rufe. Ich hatte nicht vor, das zu tun.«

Es fiel ihm schwer, die Augen von ihren wohlgerundeten Schultern abzuwenden. Ihr Kleid war eng; darunter zeichneten sich ihre Brüste deutlich ab. Sie beugte sich vor und küßte ihn voll auf den Mund.

»Das für den Anfang, Tweed.«

»Und der Mäander?«

»Eine Gruppe der gefährlichsten Leute in Griechenland. Schattenmänner, die im Dunkeln operieren. Die Polizei wird sie nicht aufspüren. Ihr Leben ist geheim. Klingt das melodramatisch?«

»Ja. Aber es klingt, als wäre es das, wonach ich suche. Erzählen Sie mir mehr.«

»Sie brauchen Ihre Brille nicht wirklich zum Sehen?«

»Nur auf größere Entfernung. Beim Fahren zum Beispiel. Dann vergesse ich, daß ich sie aufhabe. – Erzählen Sie mir mehr.«

»Ich habe Ihnen schon zu viel erzählt. Wollen Sie, daß ich auch umgebracht werde?«

»Nein. Ich kann einiges unternehmen, um das zu verhindern. Ist Anton Mitglied?«

Sie blinzelte, senkte den Blick. Er hätte schwören mögen, daß die Frage sie tief erschreckte und daß sie in diesem Moment an Vorfälle dachte, die sie beobachtet hatte. Daß sie versuchte, diese Vorfälle mit seiner Frage zu verknüpfen.

»Ich habe nie darüber nachgedacht.« Sie öffnete die vollen roten Lippen und ließ die Zungenspitze über die Unterlippe wandern. »Kann ich Ihnen vertrauen?«

»Das müssen Sie selbst entscheiden.«

»Als meine Mutter mich auf die Universität schickte – sie ist tot, Petros hat dafür gesorgt, daß sie sich auf der Farm zu Tode arbeitete –, gab es dort einen englischen Professor, Guy Seton-Charles.«

»Und was war mit ihm?« fragte Tweed im gleichen ruhigen Ton.

»Es gab Gerüchte. Er kam jedes Jahr zu Vorlesungen aus England. Hinter seinem Rücken nannten sie ihn den Werber.«

»Wer nannte ihn so?« Seine Stimme klang jetzt sehr sanft und vorsichtig, um ihre Stimmung nicht zu stören.

»Sie werden mich schützen?« Sie beugte sich wieder zu ihm, ihre Augen waren riesig. Sie nahm langsam ihre Ohrclips ab und legte sie auf den Tisch.

»Ja«, sagte er. »Vorausgesetzt, Sie tun, wenn die Zeit dazu kommt, genau das, was ich Ihnen sage.«

»Sie sind sehr freundlich. Einige der Studenten, die Seton-Charles' Vorlesungen besuchten, kamen nicht wieder. Ich sagte es schon, sie nannten ihn den Werber.«

»Für wen hat er geworben?«

»Für den Mäander.« Ihr Gesicht berührte nahezu das seine, und er spürte ihr Parfum. Etwas in ihm blies zum Rückzug, doch zugleich fürchtete er, den Zauber zu brechen. »Ich habe gefragt, was das war, aber man wollte es mir nicht sagen. Sie wollten wissen, ob Anton Mitglied ist. Er ging zu den Vorlesungen und besuchte die Seminare. Danach war er ein anderer Mann.«

»In welcher Hinsicht?«

»Vorher hatte er eine Frau nach der anderen. Hinterher behielt er zwar das Image des Playboys äußerlich bei – aber er wirkte kälter, zielbewußter, einer Sache ergeben. Ja, das ist es. *Ergeben.*«

»Wem oder was?«

»Ich weiß es nicht. Wirklich nicht. Es war, als hätte er den Sinn seines Lebens gefunden. Wie ein religiöses Bekenntnis. Dabei ist er Agnostiker. Das ist alles, was ich dazu sagen kann.«

Tweed schob seinen Stuhl zurück und stand auf. Auch Christina stand auf, trat auf ihn zu. Er sah seine Brille auf dem Tisch, griff danach. Bevor er sie aufsetzen konnte, umfaßte sie ihn.

»Tun wir es. Jetzt.«
Er seufzte und schüttelte den Kopf. »Christina, ich habe Ihnen versprochen, Sie zu schützen. Das werde ich tun. Aber ich kann es nur, solange wir uns nicht miteinander einlassen. Ich muß jetzt gehen. Packen Sie Ihre Sachen – es kann sein, daß Sie schnell abreisen müssen.«
»Ich muß Ihnen danken.«
Sie preßte sich an ihn, küßte ihn noch einmal.
»Morgen sind Sie nicht mehr hier«, sagte er.
»Es sei denn, Dimitrios oder Konstantin oder Anton finden mich heute nacht.«
»Welchen von ihnen fürchten Sie am meisten?«
»Anton natürlich . . .«
»Er ist nicht mehr in Griechenland. Und Sie werden bis zu Ihrer Abreise nicht mehr ohne Gesellschaft sein. Möglicherweise in der einer Frau.«
»Was soll sie mir nützen? Im Notfall?«
»Sie ist gefährlicher als manche Männer. Ich muß jetzt gehen. Schließen Sie die Tür zu und öffnen Sie nur auf das bekannte Klopfzeichen. Vertrauen Sie mir?«
»Voll und ganz.« Sie fuhr sich mit den Händen durchs Haar. »Sehen wir uns wieder?«
»Das hängt davon ab, wie sich die Dinge entwickeln . . .«
Er wartete vor der geschlossenen Tür, bis er hörte, wie sich der Schlüssel im Schloß drehte. Seine Hände waren feucht. Und nicht von der Hitze.

Vier Leute saßen um den Tisch in Newmans Zimmer. Newman selbst, Nick, Paula und Marler. Auf dem Tisch standen zwei Literflaschen Mineralwasser und vier Gläser. Die Flaschen waren beinahe leer. Tweed wurde Nick vorgestellt, der seine Hand mit festem Griff drückte. Er gefiel Tweed.
»Bob«, sagte er, »bringen Sie Paula zu Christina hinüber und machen Sie die beiden miteinander bekannt. Ich möchte, daß Sie bei ihr bleiben, Paula. Öffnen Sie die Tür nur auf das Klopfzeichen, das Bob Ihnen vormacht.«
Paula stand auf und strich ihren Rock glatt. Sie wirkte belustigt, trat zu ihm und flüsterte: »Gehen Sie lieber ins Bad, kämmen Sie sich und wischen Sie sich über den Mund.«
Newman und Paula waren schon an der Tür, als Tweed sie noch einmal zurückrief. »Augenblick.« Er wandte sich an Nick. »Ich habe gehört, Sie können Waffen beschaffen. Wenn wir ins Teufelstal fahren, ist hier

niemand mehr. Paula sollte etwas haben, womit sie sich wehren kann. Eine kleine Pistole. Können Sie eine besorgen?«
Nick streifte das linke Hosenbein hoch und ließ das Holster an seinem Bein sehen. Er zog eine 32er Browning Automatic heraus und reichte sie Paula.
»Kennen Sie das System?«
»Ja. Ein Browning. Ich habe damit trainiert. Das ist genau richtig.«
»Und Reservemagazine.« Nick gab ihr die Waffe und zog die Magazine aus der Tasche.
Paula ließ die Magazine in ihre Handtasche fallen. Sie prüfte die Waffe, zog das Magazin aus dem Griff, vergewisserte sich, daß keine Patrone im Lauf war, und hielt die Pistole die ganze Zeit gegen die Wand gerichtet. Dann schob sie das Magazin wieder ein und verstaute die Waffe in ihrer Handtasche. Nick sah zufrieden zu.
»Sie können damit umgehen«, sagte er.
Tweed legte eine Hand auf ihre Schulter. »Nur zum Gebrauch im äußersten Notfall – also wenn Christinas oder Ihr Leben in Gefahr ist. Sie haben keine Genehmigung, in Griechenland davon Gebrauch zu machen. Wenn es dazu kommen sollte, regle ich das mit Peter Sarris. Also, Vorsicht!«
»Seien Sie auch vorsichtig«, sagte sie eindringlich. »Diese ganze Geheimexpedition ins Teufelstal ist heller Wahnsinn . . .«
»Nun gehen Sie schon mit Bob und freunden Sie sich mit Christina an.«
Als sie den Raum verlassen hatten, entschuldigte auch er sich. Dann stand er im Badezimmer vorm Spiegel – etwas, das er hätte tun sollen, nachdem er Christina verlassen hatte. Sein Haar war zerzaust, sein Mund zeigte Spuren von Lippenstift. Christina hatte ihn absichtlich so gehen lassen – sie wußte, daß eine andere Frau ihn begleitete. Diese Frauen! Wie gut, daß er sich beherrschen konnte.
Er spritzte sich Wasser ins Gesicht, wischte sich den Mund mit einem Wegwerfhandtuch, kämmte sich und ging dann ins Zimmer zurück.
»So, wie geht's weiter?« fragte er und setzte sich an den Tisch.
»Ja, Christina hat's in sich«, bemerkte Marler zynisch.
»Fangen Sie nicht damit an.« Tweed fixierte Marler. »Ich fragte, wie es weitergeht.«
»Wir fahren morgen vor Sonnenaufgang ab«, erklärte Marler. »Und zwar bis zum Eingang ins Tal bei Kap Sunion. Von dort gehen Sie mit Nick zu Fuß weiter. Er ist der Dolmetscher, und er kennt den Weg. Unterdessen bauen wir die Rückendeckung auf . . .«
Marler erklärte die Einzelheiten, und Tweed hörte schweigend zu. Als

Marler fertig war, nickte er. »Sie sind schon einige Zeit hier und wissen, was Sie tun. Ich hoffe es jedenfalls. Der Plan ist in Ordnung.«
»Aber das Timing ist schwierig«, warf Nick ein. »Und gefährlich.« Er blickte zu Tweed. »Was für eine Waffe werden Sie brauchen? Ich kann die meisten . . .«
»Ich habe nie eine Waffe bei mir.« Tweed stand auf. »Ich muß noch etwas erledigen.« Newman kam wieder herein. »Ich muß noch einmal in die Botschaft«, instruierte Tweed ihn. »Mit Monica telefonieren. Sie soll sich mit Roberts bei Lloyds in Verbindung setzen. Und Butler warnen; wahrscheinlich ist Anton wieder in seinem Bereich.«
»Ich komme mit Ihnen«, sagte Nick. »Das Astir Palace liegt am Weg zur Botschaft. Und unter meinem Wagen in der Garage klebt noch ein Browning.«
»Ich gehe lieber allein. Den Weg kenne ich. Den Stadtplan von Athen habe ich schon in London studiert. Außerdem kennt mich hier niemand.«
»Ich begleite Sie«, beharrte Nick. »Petros könnte dieses Hotel bewachen lassen. Dann hätte man Sie mit Newman ankommen sehen und wüßte, wer Sie sind.«
»Das ist richtig. Danke.«
Tweed fluchte innerlich, nicht daran gedacht zu haben. Vielleicht war es die Hitze, die ihm zusetzte. Sie überquerten gerade die Straße zum Astir Palace, als Nick die Bemerkung fallenließ.
»Ich glaube, kein Mensch weiß, ob wir das Teufelstal überleben.«

DREIUNDVIERZIGSTES KAPITEL

Frühdunst lag über dem Poseidontempel, als die beiden Wagen von der Küstenstraße nahe der Hotel-Baustelle abbogen. Nick steuerte den Mercedes mit Tweed neben sich; hinter ihnen lenkte Newman einen gemieteten Peugeot mit Marler auf dem Beifahrersitz.
»Ich fahre«, hatte er zu Marler gesagt, als sie noch in der Nacht in Athen aufbrachen. »Wir möchten nämlich heil und ganz ankommen.«
»Ich bin mal Rennfahrer gewesen«, erklärte Marler.
»Das weiß ich. Eine ständige Gefahr für die Mitbewerber. Jedenfalls habe ich keine Lust, in der See zu enden . . .«
Tweed stieg aus dem Mercedes und streckte sich. Er trug ein Paar Bergsteigerstiefel, in Kolonaki gekauft. Schon am Vortag hatte er sie getragen, um sich daran zu gewöhnen.

Nick lüpfte die Wolldecke auf dem Rücksitz und zog eine doppelläufige Schrotflinte darunter hervor. In seinem Beinholster steckte ein neuer Browning, und an der Hüfte trug er einen 38er Smith & Wesson Revolver unter der offenen Jacke.
»Ein wandelndes Arsenal«, hatte Tweed gespottet.
»Wir werden es brauchen«, hatte Nick mit ernster Miene geantwortet.
Während Nick die Waffen prüfte und den Wagen zuschloß, betrachtete Tweed die phantastischen Farben von Himmel und See. Ein Spektrum von Blaßrot, Rosa, Kobalt und Saphir – ein unglaublicher Anblick, den es nur hier gab, sonst nirgends in der Welt.
»Fertig?« fragte Nick.
»Bei einer Geschichte wie dieser zählt die Bewegung. Kein Palaver.«
Nick führte sie auf den Weg hinter dem Baugelände, in eine Wildnis von Kalksteinfelsen, die über gewundenen, aufsteigenden Eselspfaden in die Höhe ragten. Seit sie die Schreie der Möwen über der See, die bald aus dem Blickfeld verschwunden war, hinter sich gelassen hatten, war es ringsum still. Nick trat vorsichtig auf Grasbüschel, um den Schall seiner Fußtritte zu dämpfen. Tweed folgte ihm, auf jedes Zeichen achtend, das die Nähe von Menschen verraten konnte.
Er trug einen breitrandigen Strohhut und sein Safarijackett; die Hosenbeine steckten in den Stiefelschäften. Er hatte keinerlei Mühe, mit Nick Schritt zu halten. In London hatte er sich angewöhnt, früh aufzustehen und täglich zwei Meilen durch die leeren Straßen zu laufen. An den Wochenenden fuhr er nach Surrey, ließ den Cortina irgendwo stehen und kletterte in den North Downs herum. Er war besser in Form als Jahre zuvor.
Sie durchquerten den Paß und stiegen dann ins Teufelstal hinab. Der Pfad wand sich, steil abfallend, um die Kalkfelsen. Beide, Nick und Tweed, trugen Wasserflaschen über der Schulter. Nick, die Schrotflinte in der Linken, verhielt vor jedem mannshohen Felsklotz, spähte vorsichtig dahinter, winkte Tweed und wanderte dann weiter.
Die Sonne stieg in einen klaren, türkisblauen Himmel. Schon jetzt war es sehr heiß; die Hitze des Vortages war in der Nacht nicht verflogen. Während sie sich der Talsohle näherten, beobachtete Tweed immer wieder die Hügelkämme, die das Tal in Ost und West einschlossen. Doch nichts bewegte sich, abgesehen von einigen Schafen, die das trockene Gras abweideten.
Vor dem Hügelkamm im Osten fiel Tweed ein merkwürdiges, plumpes Bauwerk auf. Er vermutete, daß es die aufgegebene Silbermine war, in der Newman sein Alptraumerlebnis gehabt hatte. Dann waren sie auf

der Talsohle angelangt; der Pfad wand sich noch immer nach rechts und links. Nick blieb stehen, trank aus seiner Wasserflasche. Tweed band sich ein großes Taschentuch um den Hals.
»Was ist das da?« fragte Tweed und wies auf ein verfallenes, hohes Gebäude, in das eine Anzahl rostiger Rutschen hinein- und herausführte; es stand am Ende eines Seitenpfades, der sich an der östlichen Talseite hinaufwand.
»Das ist die alte Erzbrecher-Anlage, in der das Silber gewonnen wurde«, erklärte Nick. »Ist seit Jahren außer Betrieb. Das Erz wurde mit Packeseln herangeschafft. Ist Ihnen schon aufgefallen, wie still es hier ist? Als gäbe es keinen Menschen weit und breit.«
Das war der erste Gedankenaustausch, seit sie ins Tal aufgebrochen waren. Auf der Herfahrt hatten sie vereinbart, beim Abstieg ins Tal nicht zu sprechen. Der Schall von Stimmen trug weit, hatte Nick erklärt.
»Ist das nicht unser Glück?« fragte Tweed und trank aus seiner eigenen Flasche.
»Es ist zu still. Und ich habe noch keinen einzigen Hirten gesehen. Das gefällt mir nicht.«
»Warum nicht?«
»Es sieht fast so aus, als wüßten sie, daß wir kommen. Noch eine Viertelstunde auf dem Pfad, der da nach links führt, und wir sehen Petros' Farmhaus vor uns...«

Es war gespenstisch. Trotz der Sonnenglut fand Tweed die Stille bedrückend. Der Pfad führte jetzt durch ein Bett von Steinen und Felsbrocken, und er begriff, daß sie durch ein Bachbett wanderten. Im Winter würde hier das Wasser entlangrauschen.
Tweed blieb stehen und sah sich um. Dantes Inferno. Das tiefe Tal, die bedrängenden Bergketten ringsum, die Hitze, gestaut in der weiten Senke, die sie durchquerten. Besonders die Unfruchtbarkeit der Hänge fiel ihm auf. Trockenes Gesträuch, nichts sonst.
Seine Stiefel und Kleider waren mit feinem Kalkstaub überzogen; Kalkstaub bedeckte sein schweißfeuchtes Gesicht. Nick, der vorausgegangen war, machte kehrt und kam zu ihm zurück. Er spähte zu den Hängen hinauf und schüttelte den Kopf.
»Vielleicht sollten wir umkehren«, schlug er vor.
»Warum?« fragte Tweed.
»Sehen Sie die Schafherde, die da oben am Berg grast? Kein Hirte. Es sollte aber einer dort sein. Irgendwas stimmt hier nicht.«
»Wie viele Hirten hat Petros?«

»Zwischen zwölf und fünfzehn. Es ist eine große Farm. Und die Männer sind sämtlich bewaffnet.«
»Ich kehre nicht um. Ich muß mit Petros sprechen. Gehen wir weiter.«
Nick zuckte die Achseln. »Also gut. Petros' Haus liegt hinter der nächsten Wegbiegung. Wir müssen sehr vorsichtig sein ...«
Und dann lag das langgestreckte, baufällig aussehende Farmhaus vor ihnen. Nick blieb stehen. Die Wüstenatmosphäre war wie weggeblasen. Tweed betrachtete den Olivengarten am Hang hinter dem Haus, kleine, verkrüppelte Bäume mit krummwüchsigen Stämmen. Auf der leeren Veranda stand ein großer Stuhl aus Korbgeflecht. Tweed fiel auf, daß die Polster verdrückt waren, als hätte noch eben jemand darauf gesessen. Die Stille war bedrückender denn je.
»Ich bin für Ihre Sicherheit verantwortlich«, sagte Nick. »Und ich meine, wir sollten auf der Stelle umkehren. Wir laufen in eine Falle.«

Als Newman am Vortage Paula und Christina miteinander bekannt gemacht hatte, war die Atmosphäre kühl gewesen. Christina hatte Paula von oben bis unten gemustert, sich eine Zigarette angezündet und beiläufig gefragt:
»Sie sind Tweeds Freundin?«
Paula war zusammengefahren. »Nicht so, wie Sie meinen.« Sie beschloß, die Dinge ein für allemal klarzustellen. »Hören Sie, hier geht es um folgendes: Ich bin hier, um Sie zu schützen. Wie Marler und Newman. Und wir sind in diesem Zimmer zusammen eingesperrt. Sogar nachts – ich schlafe nämlich im zweiten Bett. Mahlzeiten werden hier serviert, inklusive Frühstück. Zwei Frauen, die so beieinanderhocken – das ist das perfekte Rezept für eine Explosion. Aber es wird keine geben. Ist das klar?«
Am nächsten Morgen plauderten sie schon wie alte Freundinnen. Es war Christina, die, nachdem der Zimmerkellner das Frühstücksgeschirr abgeräumt hatte, die Frage aufwarf: »Sind sie ins Teufelstal gegangen?«
»Soweit ich weiß, sind sie irgendwo in Athen, um irgend etwas nachzuprüfen.«
Christina legte eine Hand auf Paulas Arm. »Ich weiß, daß Sie Tweed gern mögen. Ich mag ihn selber. Wenn er ins Teufelstal geht, wird er umgebracht. Petros haßt die Engländer. Er glaubt, daß ein Engländer im Krieg seine beiden Söhne umgebracht hat.«
»Tweed kann auf sich selbst aufpassen ...«
»Dann ist er also dorthin gegangen?«

Paula biß sich auf die Lippe. Sie hatte sich verplappert, und Christina hatte begriffen. Daß auch sie sich Sorgen machte, verstärkte Paulas Besorgnis. Christina faßte ihren Arm fester.
»Ich kenne diese Gegend. Petros und seine Leute kennen jeden Zoll dieser gottverlassenen Wildnis. Selbst wenn sie alle dort sind – Tweed, Newman und Marler –, werden sie nicht lebend herauskommen. Ihre Freunde begehen Selbstmord. Ihre Leichen werden nie gefunden werden. Sie verschwinden im Schacht der alten Silbermine . . .«
»Hören Sie auf!« Paula begann sich schlecht zu fühlen. Christina hatte ein allzu lebendiges Bild entworfen. »Ich habe nicht gesagt, daß sie dorthin gegangen sind.«
»Aber sie sind es, nicht wahr? Sie sagten, Tweed könnte auf sich selbst aufpassen. Aber Petros ist verrückt. Er lebt nur für seine Rache. Verstehen Sie? Er ist besessen davon.«
Besessen. Paula war erschüttert. Auch Tweed war besessen. Was würde geschehen, wenn die beiden Männer einander gegenüberstanden? Sie erhob sich, begann im Zimmer umherzuwandern. Genau wie Tweed, dachte sie plötzlich.
»Sie müssen etwas tun«, beharrte Christina. »Jetzt.«
Paula trat zum Telefon und lächelte. »Ich glaube, ich tue jetzt etwas, das mich um meinen Job bringt.«
»Macht Ihnen das etwas aus? Wenn es um Tweed geht – und die anderen?«
Paula blätterte im Telefonbuch, hob den Hörer ab, wählte die Nummer der Polizei, fragte nach Peter Sarris.

Langsam, Schritt für Schritt, näherte Tweed sich dem Farmhaus, das unter einem Kalksteinüberhang lag. Nick ging neben ihm, die Schrotflinte in beiden Fäusten.
»Sie dolmetschen«, sagte Tweed. »Ich versuche es mit einer Art Schnellverhör.«
»Mit wem?«
»Ich spüre Leute – überall um uns . . .«
Er verstummte, als ein hochgewachsener Mann aus dem Farmhaus trat. Er hatte eine Hakennase, buschige Brauen und ein faltenzerfurchtes Gesicht. Für einen Achtzigjährigen bewegte er sich ungemein kraftvoll. Auch er trug, wie Nick, eine doppelläufige Schrotflinte; zwei jüngere Männer folgten ihm. Nach Newmans Beschreibung konnte es sich nur um Dimitrios und Konstantin handeln. Beide trugen Flinten.
»Ich bin Petros«, verkündete der alte Mann, als er die Stufen hinabstieg. »Bring mir meinen Stuhl, Dimitrios.«

Nick übersetzte, während Dimitrios den Korbsessel in die Sonne stellte. Petros setzte sich, kreuzte die Beine, hielt die Flinte im Arm, die Mündung auf Tweeds Bauch gerichtet. Die Waffe war entsichert. Wie er dasaß, erinnerte er Tweed an einen der Patriarchen des Alten Testaments. Autorität und Herrschsucht gingen von ihm aus.
Dimitrios trat rechts neben ihn, Konstantin bezog zu seiner Linken Stellung – in so weitem Abstand, daß Nick nicht beide zugleich in Schach halten konnte. Er zielte mit seiner Flinte direkt auf die Brust des alten Mannes.
»Wir haben Sie erwartet«, sagte Petros grinsend.
»Mein Name ist Tweed. Ich arbeite in der British Special Branch – in der Geheimpolizei. Ich versuche, den Tod von Stefan und Andreas Gavalas aufzuklären – und einiger anderer Leute.«
»Hört ihn an!« Petros warf den Kopf in den Nacken und lachte schallend. »Denkt er etwa, ich glaube ihm seine Lügen?« Seine Miene wurde drohend. »Es genügt, daß Sie Engländer sind. Ich hasse alle Engländer. Daß Sie hier hergekommen sind, war ein großer Fehler. Ein tödlicher Fehler.«
»Sind Sie blind, alter Mann? Sehen Sie nicht, daß mein Freund hier eine Waffe auf Sie gerichtet hat?«
»Bei der ersten Bewegung sind Sie beide tot. *Sie* müssen blind sein. Sehen Sie Dimitrios und Konstantin nicht?«
Tweed sah die beiden sehr wohl. Sie standen da, die Beine leicht gespreizt, Dimitrios hatte seine Flinte auf Tweed gerichtet, Konstantin zielte auf Nick. Das Taschentuch, das Tweed sich um den Hals geschlungen hatte, war schweißnaß. Dennoch erwiderte er eiskalt den Blick des alten Mannes.
»Ich habe noch mehr Morde aufzuklären. Einer meiner Männer, Harry Masterson, war hier. Er starb am Fuß von Kap Sunion. Erzählen Sie mir nicht, Sie wüßten nichts davon. Es stand in den Zeitungen. Haben Sie ihn umbringen lassen?«
Petros' Augen glitzerten. Er beklopfte seine Flinte, wie um sich zu vergewissern, daß sie noch da war. In seinen dunklen Augen glomm purer Haß.
»Nein«, sagte er schließlich. »Ich weiß nichts davon. Es muß der Mann gewesen sein, der vor Wochen nachts ins Teufelstal gekommen ist. Wir konnten ihn nicht finden. Sie hätten Florakis fragen müssen.« Seine Hand wies zu den Hügeln im Westen. »Er hat ein bißchen Land da drüben, zweihundert Hektar ungefähr.«
»Das nennen Sie ein bißchen Land?« Tweed versuchte, ihn zum Reden zu bringen.

»Ich besitze hier zweitausend Hektar.« Petros machte eine große Geste. »Und weitere tausend in Makedonien. Wenn ich Ihren Mann umgebracht hätte, würde ich es Ihnen sagen. Warum nicht? Sie kommen hier nicht lebend heraus . . .«
»Sind Sie ein Mitglied des Mäander?«
Petros zog die buschigen Brauen zusammen. »Sie wissen zuviel, Mister Tweed. Ja, während des Bürgerkriegs war ich Mitglied. Doch als ich dann erfuhr, daß der Mäander von Moskau kontrolliert wurde, trat ich aus. Glauben Sie, ich ließe mir von irgendeinem Kommissar sagen, was ich zu tun habe?«
»Dann würde es Ihnen auch nicht gefallen, daß Anton Mitglied ist?«
»Sie lügen!« Petros' Gesicht war wutverzerrt, er richtete sich auf, der Lauf seiner Flinte hob sich zum Himmel. »Das wagen Sie mir zu sagen, Engländer? Jetzt ist es aus mit Ihnen. Ich höre mir Ihre dreckigen Anschuldigungen nicht mehr an. Ihr Leben ist zu Ende . . .«
Tweed sagte das erste, das ihm einfiel, nur um den wütenden Alten abzulenken. »Was wissen Sie von den Diamanten, die auf Siros von Andreas' Leiche geraubt wurden? Ein Vermögen.«
Er hob die Hand, nahm den Hut ab, kratzte sich am Kopf, glättete sein Haar. »Sagen Sie Ihren Enkeln, sie sollen sich nicht bewegen.« Nick übersetzte hastig.
Der erste Schuß fuhr zwischen Petros' Füßen in den staubigen Boden, der zweite verfehlte Dimitrios um eine Fingerbreite, der dritte schlug knapp hinter Konstantin ein. Petros' verrunzelte Hände umkrampften die Lehnen des Korbstuhls. Er saß bewegungslos.
Auf dem Kamm der östlichen Anhöhe blickte Marler durch sein Zielfernrohr, das Fadenkreuz wies auf Dimitrios' Brust. Vom westlichen Hügelkamm zielte Newman auf Konstantin; das Zielfernrohr brachte ihn nahezu in Griffnähe.
Tweed setzte den Hut wieder auf, ein trockenes Lächeln im Gesicht. »Haben Sie wirklich geglaubt, ich wanderte ohne Schutz hier herein? Meine Leute sind Scharfschützen, das werden Sie gemerkt haben. Sie hätten Ihre beiden Enkel töten können. Und wenn Sie sich bewegt hätten, hätte Nick Sie erschossen. Wer hätte sich dann um Ihre Rache gekümmert? Wer sich bewegt, wird erschossen. Also, können wir weiterreden?«
»Sie sind ein mutiger Mann«, sagte Petros langsam und spähte zu den Anhöhen hinüber. »Und Sie sind ein kluger Mann. Also gut. Reden wir.«
»Reden wir über Anton. Er kam vor etlichen Wochen auf einem geheimen Weg nach England. Von Ihnen geschickt, vermute ich. Sein Auf-

trag? Drei Männer aufzuspüren: Colonel Barrymore, Captain Robson und Company Sergeant Major Kearns. Die drei Männer, die Andreas bei dem mißlungenen Unternehmen auf Siros begleiteten. Habe ich recht?«

Petros fuhr sich mit der Hand über den grauen Stoppelbart und starrte Tweed an. Eine lange Minute verging, bevor er antwortete. Tweed spürte die Ofenhitze, die vom Boden aufstieg.

»Sie haben recht«, sagte Petros. »Das war der erste Teil meines Plans, den Schuldigen zu töten.«

»Sie wissen also, wer von den dreien Andreas ermordete? Hat Anton diese Männer gefunden?«

»Wir wissen nicht, welcher es war. Aber Anton hat die drei Männer aufgespürt. Ich fand es seltsam, daß sie so nahe beieinander wohnen.«

»Dann kam Anton zurück und berichtete von seinen Ermittlungen. Aber das brachte sie nur wenige Schritte weiter. Sie wissen immer noch nicht, wer Andreas auf Siros erstach, die Diamanten stahl, dann nach Kairo zurückkehrte und Stefan ermordete, der dort als Ionides auftrat. Der Mörder muß herausgefunden haben, wer er in Wirklichkeit war. Und das beunruhigte ihn derart, daß er beschloß, auch Stefan umzubringen. Ist es so? Warum lebte Stefan in Kairo unter falschem Namen?«

Tweed wartete, während Nick übersetzte. Er versuchte, seine Fragen kurz zu formulieren und Petros zu ermutigen, das Gespräch fortzusetzen. Er mußte die ganze Geschichte aus ihm herauslocken.

»Sie haben recht«, wiederholte Petros. »Was Antons erste Reise nach England angeht. Und das übrige. Der Mäander hatte Stefan als Spion nach Kairo geschickt – mit falschen Papieren unter dem Namen Ionides.«

»Vielleicht waren es die Leute vom Mäander, die Andreas umbrachten«, vermutete Tweed beharrlich.

»Nein. Sie hatten zwar ihr Hauptquartier auf Siros, unter der Nase des deutschen Generals Geiger. Gewiß, sie wollten die Diamanten. Aber sie hätten nie einen der Ihren getötet.«

»Und die Deutschen? Vielleicht war einer von ihnen der Mörder, fand die Diamanten und nahm sie mit?«

»Ich habe auch daran gedacht.« Petros hielt inne. »Es klingt merkwürdig, aber ich hatte mit General Geiger einen Waffenstillstand vereinbart. Er war einverstanden. Auch ihm ging es darum, ein Blutbad zu vermeiden. Ein Grieche, der im Kampf fällt, ist eine Sache. Aber ein Grieche, der von einem deutschen Soldaten ermordet und ausgeraubt wird, ist eine andere. Also schwenkten wir die weiße Flagge. Es war ein vernünftiger Mann. Er wußte, welche Patrouillen in jener Nacht in dem betreffenden Gebiet unterwegs waren, und er ließ sich persönlich Meldung erstatten. Ich wußte, ich konnte ihm trauen. Er schickte mir später eine Nachricht. Nur eine Patrouille war in der Nähe der Stelle gewesen, an der wir Andreas fanden, aber sie hatte nicht einmal die Leiche entdeckt.«

»Bleiben also nur die drei Männer vom Kommandotrupp?«

»Richtig. Aber ich glaube, wir beenden nun dieses ...«

»Moment! Anton ist jetzt wieder in England. In Ihrem Auftrag? Oder auf eigene Faust? Hat er Sie überredet?«

Zum ersten Mal bemerkte Tweed etwas wie Unsicherheit in Petros' Miene. Der alte Mann bewegte sich unbehaglich, löste den Blick von Tweeds Augen, sah zum Farmhaus hinüber.

»Er fuhr auf eigene Faust«, sagte er langsam. »Er hat sich sehr um mein Einverständnis bemühen müssen. Mister Tweed, nehmen Sie Ihren Hut nicht noch einmal ab. Geben Sie das Zeichen nicht ein zweites Mal. Schauen Sie hinter das Haus ...«

Tweed wandte den Kopf. Und dann wußte er, weshalb sie auf ihrem Weg ins Tal keine Hirten getroffen hatten. Am Hang oberhalb des Hauses standen ungefähr ein Dutzend Männer, wie Schafhirten gekleidet, vom Überhang des Felsens gedeckt, so daß weder Newman noch Marler sie sehen konnten. Man hatte ihn ausmanövriert.

»Ich habe Ihnen das alles nur erzählt, weil ich wußte, daß Sie diesen Ort nicht lebend verlassen würden«, sagte Petros. »Wie Sie sehen, sind sie alle bewaffnet.« Er zeigte mit dem Finger auf Nick. »Sie sind als erster dran. Wenn Sie fallen, springe ich sehr schnell auf – was ich durchaus noch kann – und verschwinde im Haus. Ihre Scharfschützen reagieren nur auf Signal. Und dazu ist es dann zu spät. Sehen Sie, Mister Tweed, Sie hätten nie hierher kommen sollen ...«

»Halten Sie ihn nur noch eine Minute am Reden«, flüsterte Nick auf englisch.

Tweed fragte nicht, warum. »Sie haben nicht nach Christina gefragt. Ich weiß, wo sie ist. Sie ist in meiner Gewalt. Und nicht in Griechenland.«

Die Wut kehrte zurück. Die Hände umkrampften die Stuhllehnen. »Sie haben sie als Geisel genommen? Das glaube ich nicht. Ich könnte so etwas tun, aber Sie sind nicht der Mann ...«

»Und noch etwas«, sagte Tweed. »Warum haben Sie eigentlich so viele Jahre vergehen lassen, bevor Sie anfingen, nach den drei Männern zu suchen? Das gibt doch keinen Sinn.«

Petros' Augen wurden starr, seine Rechte umklammerte den Stuhl. Etwas von Wahnsinn glitzerte in seinem Blick. Ein Besessener, dachte Tweed – ich stehe einem Besessenen gegenüber ...
»Zuerst war hier Bürgerkrieg ... dann die Jahre der Arbeit, um Geld zusammenzubringen und die Farm aufzubauen ... Um Menschen zu jagen, braucht man Geld. Und ich mußte meine Familie ernähren. Die Jahre gingen schnell vorbei, zu schnell. Aber der Gedanke blieb – die ganze Zeit. Ich muß den Mörder meiner Söhne finden. Damit lebe ich, Tag für Tag. Das ist es, was mich am Leben hält. *Rache*. Und nun ist Ihre Zeit zu Ende ...«

Marler war schon ein gutes Stück Weges unterhalb der östlichen Anhöhe, von der aus er geschossen hatte. Er wußte, es war ein verzweifeltes Spiel, eine Flanke ungeschützt zu lassen. Doch er hatte gehört, daß Steine einen Hang hinabrollten – was nur heißen konnte, daß sich hinter dem Felsüberhang, der das Farmhaus deckte, jemand bewegte.
Er wußte, daß er die Örtlichkeit richtig einschätzte: Newman, hoch auf dem westlichen Hügelkamm, konnte gleichfalls nicht sehen, was hinter dem Überhang ablief. Und nun stürmte Marler talwärts, das Gewehr übergehängt; seine kleine, schlanke Figur, dazu der Umstand, daß er sich in einem sandigen Bachbett geräuschlos bewegen konnte, erwiesen sich als Vorteil.
Er vermied, selbst den kleinsten Kiesel, der ihn verraten konnte, ins Rollen zu bringen. Dann verlangsamte er seinen Lauf, spähte um die Ecke des steilen Felsens. Unter ihm lag das Dach des Farmhauses. Und im Schutz des Felsens wartete eine Gruppe von Hirten, jeder mit einem Gewehr oder einer Flinte bewaffnet. Marler nahm seine eigene Waffe von der Schulter.

Auch Tweed hörte jetzt das Geräusch, das Nicks scharfem Ohr nicht entgangen war: das Knattern von Hubschraubern, das schnell näherkam. Dann tauchten beide Maschinen gleichzeitig auf; eine Alouette kam über die westliche Anhöhe, die andere über die östliche. Polizeihubschrauber.
Petros starrte zu ihnen hinauf. Der Hubschrauber, der von Westen kam, setzte bereits zur Landung an. Sarris saß hinter einem schwenkbaren Maschinengewehr an der offenen Kabinentür. Neben ihm benutzte ein Polizist den Lautsprecher.
»Waffen fallen lassen, oder wir schießen ...«
Einer der Hirten, von einem Felsblock gedeckt, hob die Flinte und zielte auf die Pilotenkanzel. Dann fiel ein Schuß. In den Rücken getroffen,

knickte der Hirte zusammen. Marler suchte sich ein anderes Ziel. Die Hirten gerieten in Panik, legten ihre Gewehre an, um auf den Hubschrauber zu feuern. Doch nun begann Sarris' Maschinengewehr zu knattern. Die Männer warfen die Hände in die Höhe, stürzten zu Boden.

»Laufen Sie, Tweed . . .«

Nick schoß nach vorn, rammte die Mündung seiner Flinte unter Petros' Kinn, schrie ihn an, ins Haus zu gehen. Der alte Mann sprang auf, flüchtete auf die Veranda. Auch Tweed rannte auf das Haus zu. Newman, noch auf dem westlichen Hügelkamm, sah, daß einer der Hirten über das Hausdach hinweg auf die rennende Gestalt zielte. Er drückte ab. Der Hirte ließ seine Waffe fallen, stolperte noch zwei Schritte vorwärts, fiel dann flach aufs Gesicht.

Die beiden Hubschrauber waren gelandet. Uniformierte Polizisten, mit Gewehren bewaffnet, sprangen heraus, duckten sich unter den wirbelnden Rotorflügeln, umstellten das Farmhaus. Sarris stieg die Stufen hinauf, betrat das Haus. Tweed schwang eine Axt, die an der Küchenwand gehangen hatte.

»Besser spät als überhaupt nicht«, sagte Sarris.

VIERUNDVIERZIGSTES KAPITEL

Sie fuhren den Alexandras-Boulevard hinauf und hielten vor dem Polizeipräsidium. Sarris hatte Tweed von dem Helipad, auf dem der Hubschrauber, von Kap Sunion kommend, gelandet war, in die Stadt mitgenommen; Marler und Newman saßen auf dem Rücksitz. Nick fuhr seinen Mercedes selbst zurück; ein uniformierter Polizist steuerte den gemieteten Peugeot. Sarris stellte den Motor ab, zündete sich eine Zigarette an.

»Was war das für eine Geschichte mit den verschwundenen Kommandomessern in Petros' Haus?« fragte Tweed.

»Es waren sechs«, sagte Sarris. »Beutestücke der Deutschen – von britischen Kommandotrupps, die bei Unternehmungen auf den Kykladen in Gefangenschaft gerieten. General Geiger scheint sie als Trophäen aufbewahrt zu haben. Eines Nachts brachen Petros und einige *Andartes* in seine Villa ein und nahmen sie mit. Petros hatte sie in seinem Farmhaus in einer Vitrine.«

»Ich hörte, wie Sie sich mit ihm auf griechisch unterhielten«, sagte Newman. »Der alte Narr betrachtete sie jeden Abend vor dem Zubettgehen, um sich an seine Rächerpflicht zu erinnern. Vermutlich stammten nur fünf – und nicht sechs – aus Geigers Villa. Das sechste könnte das Messer gewesen sein, mit dem Andreas ermordet worden war. Schließlich waren es Petros' Leute, die den Leichnam fanden – und das Messer steckte noch in Andreas' Rücken.«

»Und woher wußten Sie von dieser makabren Sammlung?« fragte Tweed.

»Einer seiner Hirten wurde von mir bezahlt – der Mann übrigens, der sich hinwarf und meinen Feuerstoß überlebte. Ich mußte Petros hart ins Verhör nehmen, um herauszufinden, weshalb die Vitrine leer war.«

»Und weshalb war sie leer?« drängte Tweed. »Ich habe einen guten Grund zu dieser Frage.«

»Petros gab schließlich zu, daß die Messer schon seit einigen Wochen verschwunden waren – um die Zeit, als Anton zum ersten Mal nach England reiste.«

»Was *vielleicht* erklärt, wer Sam Partridge umgebracht hat«, sagte Tweed.

»Wieso ›vielleicht‹?« fragte Marler.

»Weil die drei Männer vom Exmoor gleichfalls über diese Waffen verfügten, als sie noch in der Armee Dienst taten. Wir wissen immer noch nicht, wer der Mörder ist. Und was geschieht mit Petros?« fragte er Sarris.

»Der endet hinter Gittern. Oder in einer Gummizelle. – Aber wie steht es eigentlich – hat sich Ihr verrückter Ausflug gelohnt?«

»Ja. Ich weiß jetzt, daß Petros mit dem Mord an Masterson nichts zu tun hatte. Um das zu klären, war ich gekommen. Und ich glaube auch, daß Petros nur von seinem Rachetraum lebte und ihn vielleicht nie in die Tat umgesetzt hätte – der Traum hätte sich in Luft aufgelöst.«

Sarris öffnete die Tür. »Gehen wir in mein Büro und genehmigen wir uns einen Drink. Ich bin wie ausgedörrt.« Er sah Tweed an, als er aus dem Wagen stieg. »Dort wartet übrigens jemand auf Sie – jemand, der es verdient, daß Sie sich bei ihm bedanken.«

Tweed fragte plötzlich, in der Hoffnung, daß Sarris nicht darauf vorbereitet war: »Was ist der Mäander?«

»Ein antikes Symbol. Sie kennen es. Es taucht auf Gewandstickereien auf und auf Tempelfriesen.«

»Und deshalb erstarren alle Leute, sobald dieses Wort fällt.«

Tweed folgte Sarris ins Gebäude und fuhr mit ihm im Fahrstuhl bis zu Sarris' Büro hinauf. Als sie eintraten, ließ Paula die Zeitschrift, in der sie geblättert hatte, fallen und fiel Tweed um den Hals.

»Sie sind wirklich verrückt!« explodierte sie. »Dabei habe ich Sie gewarnt. Sarris schickte einen Funkbericht vom Hubschrauber aus. Sie sind in einen Hinterhalt gelaufen.« Sie ließ ihn los, trat zurück, ihre Stimme klang sachlich. »Und ich weiß, daß ich Ihre Instruktionen nicht befolgt habe. Bin ich entlassen?«

»Was für ein Unfug. Ich verdanke Ihnen, daß ich noch lebe.« Tweed ließ sich in einen Sessel fallen, während Sarris über seine Gegensprechanlage Kaffee und Mineralwasser bestellte. »Aber wo ist Christina? Haben Sie sie unbewacht gelassen?«

»Natürlich nicht!« fuhr Sarris auf. »Paula hat mich angerufen. Bevor ich zum Helipad fuhr, habe ich Anweisung gegeben, daß ein Beamter in Zivil zum Grande Bretagne geht und Christina bewacht, damit Paula herkommen konnte.«

In diesem Moment betraten Newman und Marler den Raum. Sarris winkte ihnen, sich zu setzen, und sagte: »Offiziell waren Sie an dieser Sache nicht beteiligt. Übrigens habe ich deshalb auch Ihre Gewehre beschlagnahmt. Sie werden verschwinden. Ich frage auch nicht, wo Sie die Waffen herhaben.«

»Wie großzügig!« sagte Newman. »Wenn man bedenkt, daß Marler damit einen Hirten erledigt hat, der gerade auf die Kanzel des Hubschraubers zielte, mit dem Sie eingeflogen sind. Ohne ihn lägen Sie jetzt womöglich im Leichenschauhaus.«

Sarris grinste und sah Tweed an. »Ist er immer so eigenwillig und aggressiv?«

»Ist er«, bestätigte Marler. »Es ist schon schlimm mit ihm. Aber bis Sie kamen, hatten wir die Situation in der Hand.«

»Ich glaube, ihr wart alle verrückt«, sagte Paula und nahm einen Schluck von dem Kaffee, den ein uniformierter Polizist serviert hatte. Sie beobachtete Tweed: sein Verhalten, seine Stimmung schienen verändert. Er wirkte nicht mehr so gereizt und angespannt wie bisher.

Ein Mann trat ein. Tweed schaute auf. Die Haselmaus. Tweed stand auf, lächelte, schüttelte ihm die Hand. »Schön, Sie wiederzusehen.«

»Ich schlage vor«, sagte Sarris, »daß Kalos Sie auf eine Spazierfahrt mitnimmt. Sie können ihm dann die Frage stellen, die Sie mir vorhin gestellt haben. Die anderen beiden Gentlemen bitte ich hier zu bleiben; wir müssen einen offiziellen Bericht zustande bringen, an dem auch meine Vorgesetzten ihre Freude haben können. Die Wahrheit, versteht sich – aber besser nicht die ganze Wahrheit ...«

Die Haselmaus fuhr Tweed zur Plaka und bat ihn, sein Transportmittel zu entschuldigen, einen verbeulten, alten Saab. »Darauf achtet niemand; deshalb fahre ich ihn gern. – Und nun die Frage.«

»Was ist der Mäander?«
»Das sage ich Ihnen in meiner Wohnung – das und noch mehr. Es ist eine politisch brisante Frage; deshalb auch Sarris' Vorschlag, nicht im Polizeipräsidium darüber zu reden.« Er manövrierte den Wagen vorsichtig durch enge Straßen, stoppte dann mit laufendem Motor vor einer Taverne. »Sehen Sie dort – Papadedes. Sehen Sie die Seitentür zum Treppenaufgang? Papadedes vermietet das Zimmer im Oberstock gelegentlich an Männer, die eine Frau mitbringen. Aber es gibt noch andere Benutzer. Ich erzähle es Ihnen in meiner Wohnung.«
Er parkte den Wagen in einer schmalen Gasse, die steil zu einem Hügel hinaufführte. Seine Wohnung lag über einem Laden, in dem Körbe und Ledertaschen an Touristen verkauft wurden. Tweed wusch sich in einem winzigen Badezimmer und ließ sich dann in einem Sessel nieder. Die Mischung von Schweiß und Staub losgeworden zu sein, war wie eine Rückkehr in die zivilisierte Welt.
Kalos spielte den Gastgeber, braute Kaffee, stellte die Tasse auf einen kleinen, runden Tisch neben Tweeds Sessel, brachte einen Zinnkrug und zwei Gläser. *»Retsina«*, erklärte er. »Wenn Sie ihn nicht mögen, brauchen Sie ihn nicht zu trinken. Hier ist Mineralwasser, und hier Brot und Käse – aus Kuhmilch. Ziegenkäse, glaube ich, ist nicht jedermanns Sache.«
»Vielen Dank, Kalos.« Tweed probierte den Retsina; er schmeckte wie ein trockener Weißwein. »Schmeckt vorzüglich. – Nun, können wir reden?«
»Der Mäander«, fing Kalos an und ließ sich in einen anderen Sessel sinken, »ist eine hochgeheime Untergrundorganisation hartgesottener Kommunisten. Die Führung liegt offiziell bei einem Komitee, aber der Mann, der zählt, heißt Doganis. Ein Mann in den Sechzigern ...«
»Aha«, sagte Tweed, »wieder ein Mann in den Sechzigern, der den Zweiten Weltkrieg miterlebt hat.«
»Richtig.« Kalos lehnte sich vor und legte die Hand auf Tweeds Knie. »Das ist eine Gruppe harter Männer. Sie sind verbittert, weil sie im Bürgerkrieg nicht an die Macht gekommen sind. Der amerikanische Präsident Truman hat uns davor bewahrt. Er schickte Truppen und Tonnen von Waffen. Aber nun kommen sie wieder an die Oberfläche. Sie sind gegen Gorbatschow.«
Tweed stellte sein Glas ab. »Dann beschränken sich ihre Aktivitäten nicht auf Griechenland?«
»Wahrscheinlich nicht. Nur der Vollständigkeit halber: während des Krieges hieß es, der eigentliche Anführer des Mäander wäre ein Engländer in Kairo. Und jetzt zeige ich Ihnen, was ich bisher herausgefun-

den habe.« Er zog einen Schnellhefter aus einer Aktentasche. »Das ist mein Geheimbericht. Sie können ihn später lesen. Fangen wir an mit dem geheimgehaltenen Besuch von General Lutscharsky in Athen ...«
Tweed aß Brot und Käse und hörte zu, wie die Haselmaus beschrieb, was sie herausgefunden hatte. Lutscharsky ... Oberst Rykowsky. Später die Ankunft von Lutscharskys Adjutanten, Oberst Wolkow ... die Verbindung zu Doganis ... Florakis, alias Oleg Sawinkow, ›der Henker‹ ... der Kroate Pavelitsch, der Kalos in betrunkenem Zustand mit Geheiminformationen versorgt hatte ...
»Dieser Pavelitsch«, fragte Tweed, »hat er Kontakte in Moskau?«
»Er prahlte damit, er habe Untergrundbeziehungen zu den Anhängern des harten Kurses in Rußland, die Gorbatschows Reformen hassen und fürchten und die glauben, daß Gorbatschow es nicht mehr lange macht.«
Tweed erinnerte sich, daß Marler beobachtet hatte, wie Florakis ein hochmodernes Funkgerät auf den höchsten Punkt seines Landbesitzes schleppte. Die Haselmaus lauschte mit funkelnden Knopfaugen.
»Und mit wem nimmt er Verbindung auf?« Tweed berichtete ihm von den drei Männern im Exmoor; von den Morden in Kairo und auf Siros; von der Ermordung von Sam Partridge, der als sehr junger Mann in Kairo gewesen war; von den Morden an Jill Kearns und Mrs. Larcombe und von der Geschichte, die ihm die alte Dame erzählt hatte.
Kalos nickte. »Wir sind einer wichtigen Verschwörung auf der Spur, die vom harten Kern der Anti-Gorbatschow-Partei in Moskau gelenkt wird. Ich weiß nur noch nicht, was sie im Schilde führt.« Er reichte Tweed seinen Bericht. »Ich möchte, daß Sie das hier lesen – es enthält die wichtigsten Daten und einige Fotos der Verschwörer ...«
Tweed las den Bericht und merkte sich jede Einzelheit. Er betrachtete die Fotos. Kalos, die Hände im Schoß gefaltet, wartete geduldig. Nach Beendigung seiner Lektüre gab Tweed ihm den Hefter zurück.
»Mein Gott, das sieht viel schlimmer aus, als ich je befürchtet habe. Kann ich Abzüge von diesen Fotos haben?« Kalos griff in seinen Schrank, förderte einen großen Umschlag zutage und reichte ihn Tweed.
»Ich habe diese Frage erwartet und in meiner eigenen Dunkelkammer Kopien angefertigt. Die Daten sind auf den Rückseiten notiert. Jedes Foto trägt meinen Namen und das Dienstsiegel der Polizeibehörde. Sarris weiß nichts davon. Er hat den Originalbericht in meinem Beisein vernichtet.«
»Ist Sarris in die Sache verwickelt?« fragte Tweed.

Kalos schüttelte den Kopf. »Ich bin sicher, er vermutete, daß ich schon ein Duplikat angefertigt hatte. Bezeichnenderweise hat er nie nach den Negativen gefragt. Das ist etwas, das Sarris nie vergessen würde, wenn er es nicht vergessen will. Wir verstehen einander. Und Sie wissen jetzt, weshalb wir dieses Gespräch nicht im Polizeipräsidium führen konnten.«

»Natürlich«, lächelte Tweed. »Ich habe mir nur angewöhnt, niemandem zu trauen.«

»Eine löbliche Angewohnheit. Und was werden Sie jetzt tun? Glauben Sie, daß einer der drei Männer, die damals den Kommandotrupp bildeten, an der Spitze des Mäander steht?«

»Im Augenblick glaube ich das.«

»Aber welcher? Sie haben mit jedem zweimal gesprochen. Hat keiner von ihnen etwas verraten? Sie sind bekannt für Ihre Verhörmethoden.«

»Ich glaube in der Tat zu wissen, wer es ist.« Tweed hielt inne. »Aber zum Teufel – ich habe keinen Beweis.«

»Und dieser Professor Seton-Charles, den Sie erwähnten? Der Werber, wie Christina ihn nannte? Steckt er auch mit drin?«

»Bis zum Hals, wenn Sie mich fragen. Aber wieder: kein Beweis. Sie fragten mich, was ich jetzt tun werde. Ich bin Ihnen sehr dankbar, Kalos. Was Sie im Alleingang ausgegraben haben, füllt eine Menge Lükken. Ich fliege so schnell wie möglich nach England zurück. Dort muß die Lösung zu finden sein.«

»Dann rufe ich Sarris an und frage ihn, wo Ihre Leute sind.« Er griff zum Telefon, wählte, sprach griechisch, wartete, sprach abermals griechisch, legte dann den Hörer auf. »Sarris sagt, sie seien alle im Grande Bretagne und warteten dort auf Sie. Ich deutete an, daß Sie abreisen würden. Nach Ihren Erlebnissen im Teufelstal hielt er das für eine gute Idee. Er freut sich aufs nächste Wiedersehen.«

Tweed stand auf. »Nochmals Dank für alles. Wir sehen uns sicher wieder.«

»Das ist nicht zu vermeiden in unserem Gewerbe. Ich fahre Sie ins Hotel.« Die Haselmaus lächelte schüchtern. »Es war ein Vergnügen, mit Ihnen zu arbeiten. Vermutlich wissen Sie, daß Sie nicht mehr viel Zeit haben, zu vereiteln, was diese Leute möglicherweise vorhaben? Ihre Vorbereitungen laufen schon über ein Jahr ...«

»Das ist es, was mir Sorgen macht. Ich glaube auch, daß wir nicht mehr viel Zeit haben. Noch etwas: Könnten Sie Florakis in Ruhe lassen? Offenbar ist er so etwas wie der Befehlsübermittler. Ich möchte, daß es dabei bleibt.«

»Ich denke, ich kann Sarris dazu überreden. Und nun – Sie sagen selbst, Sie haben nicht mehr viel Zeit...«

Sie warteten in Newmans Hotelzimmer: Newman selber, Marler und Nick. Newman sagte Tweed, Paula bewache Christina wieder in ihrem Zimmer.

»Hören Sie«, meldete Nick sich zum Wort. »Mir fiel auf der Farm auf, daß Dimitrios und Konstantin verschwunden waren. Unter den Toten waren sie nicht. Ich vermute, daß sie hier in Athen sind, um nach Christina zu suchen. Bis sie erfahren, daß Petros in Haft sitzt, können Tage vergehen. Sarris hat dafür gesorgt, daß nichts in die Zeitungen kommt.«

»Wir verlassen alle die Stadt, morgen, mit der Swissair«, sagte Tweed. »Die Maschine startet um 17 Uhr und landet 18.45 Uhr in Zürich. Die Tickets für alle habe ich eben besorgt.« Er warf einen Umschlag auf den Tisch. »Nehmen Sie sie bitte an sich.«

»Warum zuerst nach Zürich?« fragte Newman. »Warum nicht nonstop nach Hause?«

»Weil wir Christina mitnehmen. Ich habe ihr Schutz zugesagt. Sie bleibt bei unserem Freund in der Schweiz, bis alles vorüber ist.«

»Darf ich etwas vorschlagen?« fragte Nick.

»Heraus damit.«

»Bis Griechenland endgültig hinter Ihnen liegt, haben Sie Rückendekkung nötig. Wenn Sie mit Christina und Paula in einem Taxi zum Flughafen fahren, könnten Newman und Marler Ihnen in dem gemieteten Peugeot dichtauf folgen. Die Polizei hat den Wagen freigegeben.«

»Ein guter Gedanke«, sagte Tweed.

»Aber im Notfall ist keiner von Ihnen bewaffnet. Ihre Gewehre und meine Schrotflinte hat Sarris eingezogen. Aber ich wurde nicht durchsucht – vielleicht mit Absicht.« Er knöpfte sein Jackett auf, zog die 38er Smith & Wesson aus dem Holster und legte sie auf den Tisch. Dann zog er das Hosenbein hoch, löste das Beinholster, zog die kleine Browning Automatic heraus und legte sie daneben. Schließlich kramte er eine Handvoll Ersatzmagazine aus den Jackentaschen und blickte Marler und Newman an.

»Treffen Sie Ihre Wahl.«

»Aber damit kommen wir nie durch die Flughafenkontrolle«, gab Newman zu bedenken.

»Sie kommen durch. Weil ich nämlich vor Ihnen zum Flughafen fahre und dafür sorge. Wenn ich an meinen Wagen gelehnt dastehe, sobald Tweeds Taxi eintrifft, ist alles in Ordnung. Ich gehe dann auf die Her-

rentoilette, Marler und Newman folgen mir und geben mir die Waffen zurück.«
»Ausgezeichnet«, stimmte Tweed zu.
Marler griff nach dem Browning, bevor Newman etwas dagegen einwenden konnte, und sagte, er wäre zu klein, um die schwere Smith & Wesson zu schleppen. Newman verzog das Gesicht.
»Eins ist sicher – er weiß, wie man sich das Leben leichter macht.« Er sah zu Nick hinüber. »Sie sagten, Sie hätten nur noch wenig Benzin im Tank.«
Nick sprang auf. »Dann fahre ich jetzt zum Auftanken. ›Tu's gleich‹ war schon immer mein Wahlspruch. Ich bin bald wieder da.«
Newman wartete, bis er gegangen war. »Tweed, sollte nicht jemand von uns zur Botschaft gehen und Beck anrufen, damit er weiß, daß wir kommen?«
»Das wollte ich eigentlich selber tun . . .«
»Mir ist nach Laufen zumute. Geben Sie mir seine Nummer, dann erledige ich das.«
Tweed zog den Schreibblock mit dem Plastikblatt, das verhinderte, daß von dem, was er schrieb, auf dem darunterliegenden Blatt ein Abdruck entstand, notierte Becks Nummer aus dem Gedächtnis und gab sie Newman. Der betrachtete sie ein paar Sekunden lang, hielt das Blatt dann über den Aschbecher und zündete es an.
»Bin schon unterwegs . . .«
Tweed blieb mit Marler allein zurück. Marler fuhr sich mit der Hand durch das Haar, bevor er die Frage stellte.
»War das wirklich Andreas' Skelett, das da in der Silbermine hing?«
»Es war Andreas. Sarris erzählte mir, er hätte Petros danach gefragt, bevor wir von der Farm abzogen. Petros hätte zugegeben, daß er das Skelett aufbewahren wollte, bis dem Mörder seiner Söhne Gerechtigkeit – so sein Ausdruck – widerfahren sei. Sarris hat ein paar Leute hingeschickt, nach dem Skelett zu suchen; wahrscheinlich werden sie es begraben. Das Ganze zeigt noch einmal, wie tief Petros' Besessenheit ging.«
»Und mit dem Mord an Masterson sind Sie nicht weiter vorangekommen?«
»Doch. Kurz bevor die Hubschrauber auftauchten, habe ich Petros danach gefragt. Ich glaube nicht, daß er log. Er hat mit Mastersons Tod nichts zu tun. Wir müssen also weitersuchen – und deshalb bin ich hier.«
»In bestimmter Absicht?«
Selbst nach dem Abenteuer im Teufelstal wirkte Marler frisch und zu

allem bereit. Nach einem kurzen Aufenthalt im Badezimmer war er ein neuer Mensch.

»In der Tat«, sagte Tweed. »Ich habe einen Haufen neuer Informationen. Der springende Punkt ist, daß ich sie nachprüfen muß und nicht weiß, wieviel Zeit wir noch dazu haben. Wir werden in London eine Menge Arbeit haben. Aber zuerst kommt Zürich. Vermutlich wird auch das mehr sein als eine bloße Zwischenlandung...«

Am nächsten Abend erwartete Beck sie in Zürich; sie fuhren vom Flughafen Kloten in zwei unauffälligen Limousinen zum Hotel Schweizerhof. Im zweiten Wagen saß Christina, von einem Polizisten in Zivil begleitet.

»Wir schicken sie in die Berge«, erklärte Beck, als sie in Tweeds Eckzimmer, von dessen Fenstern aus man die Bahnhofstraße und den Hauptbahnhof überblicken konnte, zusammensaßen. »In ein Haus in der Nähe von Santis. Gibt es jemanden, vor dem wir sie besonders schützen müssen? Auf dem Weg vom Flughafen hierher ist uns jedenfalls niemand gefolgt.«

»Nein. Paßt nur auf, daß ihr nichts passiert«, erwiderte Tweed. »Ich rufe an, wenn ich sicher bin, daß die Luft rein ist. Die Kosten übernehmen wir.«

»Wir schicken eine Rechnung.« Beck lächelte und setzte sich, nachdem Tweed auf einen Stuhl gewiesen hatte. »Ich habe Neuigkeiten. Dürfen nur Sie davon erfahren?«

»Hier wissen alle, was Sache ist.«

Tweed deutete mit einer Handbewegung auf Newman, Paula und Marler. Nach ihrer Ankunft hatte Christina gesagt, sie nähme ein Bad. Sie war begeistert gewesen, als sie erfuhr, daß ihr Bewacher in ihrem Zimmer blieb und dort Kaffee trank.

»Ich wußte, daß Anton Gavalas für Sie wichtig ist«, fing Beck an. »Also habe ich bei Interpol in Paris nachgefragt, ob in Lissabon irgend etwas Ungewöhnliches passiert wäre. Es ist was passiert.« Seine Stimme wurde ernst. »Und zwar zu der Zeit, zu der Anton sich dort aufhielt. Ein Mord.«

»Mein Gott! Und wer war es diesmal?« fragte Tweed.

»Ein unappetitlicher kleiner Waffenschieber, der sich Gallagher nannte und seine Geschäfte unter dem Deckmantel einer Autowerkstatt abwickelte. Er war auf Reisen kreuz und quer durch Europa observiert worden. Ohne Ergebnis. Man fand ihn erstochen in der Montiergrube seiner Werkstatt. Ist ein Zusammenhang mit Anton denkbar?«

»Weiß man, mit was für einem Messer er erstochen wurde?«

»Ja. Es steckte noch in der Leiche. Offenbar gibt es immer noch Leute, die nicht wissen, wie schwierig es ist, ein Messer, das tief eingerammt wurde, herauszuziehen. Das war hier auch der Fall. Ein britisches Kommandomesser.«
»Das klingt nach Anton.«
»Es gibt noch mehr. Zumindest Vermutungen ...« Beck wedelte mit der Hand. »Aber die Daten stimmen. Anton logierte eine Nacht im Ritz. Am nächsten Tag lief ein portugiesischer Frachter mit einer Ladung Kork nach England aus. Die *Oporto*. Ein paar Tage später legte das Schiff im Hafen von Watchet an der Küste von Somerset an; es löschte die Korkladung und nahm Altpapier an Bord. Kann das mit unserer Sache zusammenhängen?«
»Mehr, als Sie sich träumen lassen«, bestätigte Tweed grimmig.
»Die *Oporto* wurde von einem französischen Flugzeug beschattet. Die *Direction de la Surveillance du Territoire* hatte herausgefunden, daß die *Oporto* vor ihrer Liegezeit in Lissabon in Tripolis in Libyen gewesen war. Das Flugzeug verlor das Schiff im Sturm und fand es erst wieder, nachdem es England verlassen hatte und offenbar wieder nach Lissabon zurückdampfte. Ein weiterer Sturm verschlug es in die Nähe von Brest. Die Franzosen schickten Kutter aus und gingen in französischen Hoheitsgewässern an Bord. Ist die Story noch interessant?«
»Faszinierend«, sagte Paula. »Ich bin gespannt, worauf es hinausläuft.«
»Ein bißchen Drama macht mir Spaß – wie Tweed auch, gelegentlich. Man fand im Laderaum ein Arsenal von Sam-Raketenwerfern und Geschossen, Hunderte von Gewehren und vierzigtausend Schuß Munition. Zur gleichen Zeit kreuzte ein irisches Fischerboot vor Brest. Die Ladung war für die IRA bestimmt, da ist sich Paris ganz sicher.«
»Die Sache gefällt mir gar nicht«, sagte Tweed.
»Dann wird Ihnen das, was nun kommt, noch weniger gefallen. Gomez, der Kapitän der *Oporto*, wurde von der DST verhört. Er schwieg sich aus. Statt dessen redete ein Mann seiner Besatzung, den er beleidigt hatte. Er sagte, bevor das Schiff in Watchet eingelaufen sei, habe es beigedreht, und ein Mann, der ein großes Bündel bei sich hatte, sei in ein wartendes Motorboot umgestiegen, das ihn dann an die britische Küste gebracht hätte.«
»Hat der Mann irgendwen im Motorboot erkannt – ich meine, jemanden gesehen, den er beschreiben könnte?«
»Nein. Er hatte sich hinter der Brücke versteckt und fürchtete, entdeckt zu werden. Ende der Geschichte.«
»Oder ihr Anfang«, sagte Tweed. »Sam-Raketenwerfer. Das macht mir

angst. Was wurde an diesem gottverlassenen Küstenstrich von Somerset an Land geschafft? Und warum? Zu welchem Zweck? Das sind Fragen, die wir beantworten müssen. Und die Antwort liegt in England.«

FÜNFUNDVIERZIGSTES KAPITEL

London. Sobald Tweed wieder am Park Crescent eingetroffen war, stürzte er sich auf dieses Problem. Er versammelte seine Mitarbeiter in seinem Büro und erteilte ihnen ganze Serien von Anweisungen.

Newman, Marler, Paula und Monica waren da; jeder von ihnen mußte wissen, was die anderen taten. Howard, ihr Chef, gerade aus einem langen Urlaub zurückgekehrt, saß in einem Sessel und hörte zu. Er klopfte imaginäre Stäubchen von seinem makellosen dunkelblauen Anzug und ließ dann eine bezeichnende Bemerkung hören.

»Das alles kostet mal wieder ein Vermögen. Allein Ihre Reise nach Athen ...«

»Sind Sie der Ansicht, daß wir unsere Zeit vergeuden?« fragte Tweed.

Paula saß hinter ihrem Schreibtisch und beobachtete Tweed. Er machte nicht mehr den Eindruck eines Besessenen: die Begegnung mit Petros hatte ihn kuriert. Er war wieder der normale Tweed – gelassen, knapp, kontrolliert. Paula fühlte sich ungemein erleichtert.

»Nein«, erwiderte Howard. »Nicht, nachdem ich die Details weiß. Die Geschichte, die Kalos Ihnen über General Lutscharsky und die Obersten Rykowsky und Wolkow erzählt hat, gefällt mir gar nicht – vor allem die Beziehung zu Doganis. Das hört sich an, als hätten die Anhänger des harten Kurses in Rußland – die Anti-Gorbatschow-Gruppe – es geschafft, sich außerhalb der Sowjetunion eine Machtbasis aufzubauen.«

»Und diese Basis ist hier bei uns. Wir müssen sie nur finden.«

»Wie Sie das sagen, klingt es ganz einfach«, sagte Howard.

»Ich finde bedenklich«, sagte Paula, »daß sie das direkt vor unserer Nase tun konnten.« Sie zog die Stirn kraus. »Es sei denn, diese Basis bestand schon seit langem und wurde erst jetzt aktiviert.«

»Monica«, ordnete Tweed an, »setzen Sie sich mit Roberts, unserem Mann bei Lloyds, in Verbindung. Ich brauche alle Details über die Fahrten des portugiesischen Dampfers *Oporto*. Paula, Sie fahren mit Newman ins Exmoor. Finden Sie heraus, ob Butler und Nield in dieser Gegend Neues entdeckt haben. Vor allem über Anton und Seton-Charles,

der von der Erdoberfläche verschwunden zu sein scheint. Marler, Interpol hat Lissabon veranlaßt, mir das Messer zu schicken, mit dem Gallagher erstochen wurde. Es kommt mit dieser Maschine in Heathrow an.« Er schob Marler einen Zettel zu. »Der Pilot hat es in Verwahrung. Bringen Sie es her. Ich will wissen, ob es wirklich ein Kommandomesser ist.«
»Wir quartieren uns im Anchor in Porlock Weir ein?« schlug Paula vor und holte ihr kleines Bereitschaftsköfferchen für unvorhergesehene Reisen aus dem Schrank.
»Es liegt ein wenig abseits, ein guter Platz für verdeckte Arbeit. Außerdem können Sie sich um den Mord an Mrs. Larcombe kümmern. Bob, Sie könnten kurz vor dem Hotel aus dem Wagen steigen und sich eintragen, als kennten Sie Paula nicht. Solche kleinen Geheimhaltungstricks können sich als nützlich erweisen.«
»Und ich bekomme meinen Mercedes zurück, vielen Dank.«
»Und ich darf ihn fahren«, freute sich Paula. »Mit hundertfünfzig Sachen über die Autobahn . . .«
Tweed blickte ihr nach, als sie mit Newman den Raum verließ. Marler stemmte sich langsam aus dem Sessel. »Ich mache mich auf den Weg zum Flughafen, bevor Ihnen noch etwas anderes einfällt . . .«
»Wie in alten Zeiten«, sagte Monica, als Marler gegangen war. »Es tut sich was – so habe ich es gern.« Sie griff zum Telefon, um Lloyds anzurufen. »Glauben Sie wirklich, daß Anton wieder im Lande ist?«
»Irgendwo ist er hier. Aber ich wüßte gern, was er treibt«, erwiderte Tweed nachdenklich.

Bei der Cherry Farm in Hampshire goß es in Strömen. Anton hörte den Regen auf das Dach der großen Scheune prasseln. Das Wetter war günstig: es hielt mögliche Schnüffler fern. Anton arbeitete im Innern des zweiten Möbelwagens, der hinter dem anderen Fahrzeug parkte. Als Seton-Charles erschien und über das herabgelassene Heckbrett in den Wagen kletterte, drehte er sich um.
»Wie geht's voran?« fragte der Professor.
»Ich zeige es Ihnen. Wir sind schon ziemlich weit.«
Anton rückte auf dem mit Stroh bestreuten Wagenboden eine Werkzeugkiste beiseite, hob mit einem Schraubenzieher die mit Scharnieren befestigten Bodenbretter an; darunter befand sich das geheime Fach für die Stinger-Raketenwerfer und die Geschosse.
Seton-Charles sah sich im Innern des geräumigen Fahrzeugs um. Vorn, gleich hinter der Fahrerkabine, hatte Anton eine hölzerne Plattform errichtet, zu der mehrere Stufen hinaufführten. Auf dem Boden der

Plattform war ein hölzerner Stuhl mit verstellbarer Rücklehne angeschraubt.
Anton schob eine der Raketen in den Werfer, trug die Waffe auf die Plattform und setzte sich auf den Stuhl. Dann griff er unter sich und betätigte einen Schalter. Man hörte das feine Summen eines anlaufenden Elektromotors. Im Dach des Wagens öffnete sich ein breiter Spalt; zwei Meter darüber war das Dach der Scheune zu sehen.
Er setzte sich auf den Stuhl, hob den Werfer und ließ ihn in eine bogenförmige Halterung einrasten.
»Stellen Sie sich jetzt den blauen Himmel vor und ein Flugzeug in zehntausend Metern Höhe. Ich drücke ab, und das hitzeempfindliche Geschoß sucht sich sein Ziel. *Rums!* Kein Flugzeug mehr da. Zufrieden?«
Ob sein Mitverschwörer tatsächlich zufrieden war, interessierte ihn keinen Deut – Hauptsache, er selber wußte, daß es funktionieren würde. Er stieg die Stufen hinab, zog das Geschoß aus dem Werfer, hüllte es in ein plastikbeschichtetes Tuch, versorgte auch den Werfer, verstaute beides im Versteck, schloß die Bodenbretter und tarnte Fugen und Scharniere mit Stroh.
»Dieselbe Einrichtung muß ich nun noch in den zweiten Wagen einbauen. Das kostet Zeit.«
»Vielleicht könnte ich helfen«, schlug Seton-Charles vor. »Ich könnte nach Liphook fahren und unsere Lebensmittelvorräte ergänzen.«
Dem Professor begann die Decke auf den Kopf zu fallen. Anton hatte ihn seit seiner Ankunft nicht aus dem Haus gelassen. Er schüttelte den Kopf. Er hatte sich einen dicken Schnurrbart stehen lassen, trug einen fettfleckigen Overall und eine Mütze, wie normale Farmarbeiter sie bevorzugen. Seine Stiefel waren mit Dreck verschmiert.
»Lebensmittel hole ich«, stellte Anton fest. »Sie sagten Liphook. Ist Ihnen nicht aufgefallen, daß ich jedesmal in einer anderen Stadt einkaufe? Haben Sie keinen Sinn für Sicherheitsmaßnahmen?«
»Tut mir leid. Das war ein dummer Fehler ...«
»Der schlimme Folgen haben könnte. Gehen wir ins Haus – ich will die beiden Räume noch einmal überprüfen, die wir für die Gefangenen eingerichtet haben. Sie werden im Lauf der nächsten Wochen hergebracht ...«
Sie betraten das Haus durch die Hintertür; Anton bestand darauf, daß der Vordereingang nicht benutzt wurde und ständig verschlossen blieb. Er führte Seton-Charles die alte Treppe hinauf und über den Flur zu den beiden Zimmern im hinteren Teil des Hauses; zwischen ihnen lag das Badezimmer.

An jeder Tür hatte Anton zwei Schlösser und einen Riegel angebracht; in jeder Tür war ein Spion so installiert, daß er von außen mit einer Kappe verschlossen werden konnte. Man konnte von außen hineinsehen, aber nicht von drinnen heraus. Anton öffnete die erste Tür und trat in den sparsam möblierten Raum.
Auf einer am Fußboden festgeschraubten eisernen Bettstatt lagen ein Strohsack und zwei Wolldecken. In der Ecke stand ein Toiletteneimer für körperliche Bedürfnisse. Anton forderte Seton-Charles auf, den Lichtschalter auf dem Flur zu betätigen. Dann trat er zu den doppelt verglasten Fenstern. An ein Ausbrechen war nicht zu denken – zumal die Läden geschlossen und von außen gesichert waren.
»Wer sind eigentlich diese Gefangenen?« fragte Seton-Charles.
»Zwei Männer.« Anton fuhr fort, als spräche er mit sich selbst. »Ich muß daran denken – kein Schweinefleisch. Sie dürfen nur Hammel und Huhn essen. Und ich muß irgendwo türkischen Kaffee auftreiben. Vielleicht im Supermarkt in Winchester ...« Er sah sich um. »Ja, es ist alles bereit für unsere Gäste.«
»Ich wüßte gern, was hier gespielt wird«, protestierte Seton-Charles.
»Geduld. Vorerst können Sie, solange Sie mir nicht bei der Arbeit helfen, Ihre Nase in Ihre griechischen Bücher stecken. Jupiter hat bei seinem letzten Anruf ausdrücklich angeordnet, daß Sie hierbleiben.« Anton grinste boshaft. »Glauben Sie etwa, daß Sie gut schlafen würden, wenn Sie unseren wichtigsten Faktor Jupiter verärgern?«

Paula und Newman blieben einige Wochen im Anchor. Bei einem der Telefongespräche, die Newman von einer Telefonzelle aus führte, hatte Tweed angeordnet, daß sie beide bis auf Abruf bleiben sollten. Sie sollten die ganze Gegend erforschen, auf den Klatsch in den Pubs achtgeben und, wenn möglich, herausfinden, auf welchem Weg Anton das Land *verlassen* hatte.
»Ich glaube nicht, daß er ein Schiff benutzt hat, wie bei der Einreise«, sagte Tweed. »Wir waren hier sehr fleißig und haben jeden Flugplatz im Lande überprüft. Nach den Passagierlisten kommt ein regulärer Flug nicht in Frage. Aber wie Christina Ihnen sagte, war er selber Pilot und hat Erfahrung mit Sportmaschinen ...«
Als Tweed auflegte, hatte Monica Einwände gegen seine Entscheidung.
»Sie haben eine Menge Leute in einem einzigen Bereich – Paula, Newman, Butler und Nield. Ist das nicht zuviel?«
»Ich konzentriere mich mit Absicht auf diesen Distrikt. Die Lösung liegt im Exmoor. Davon bin ich fest überzeugt.«

»Interessante Meldungen von Bob? Ich weiß, ich könnte das Band abhören, aber wenn Sie es erzählen, ist es informativer.«
»Alles scheint normal. Dr. Robson besucht seine Patienten – hoch zu Roß. Er hat reichlich zu tun. Barrymore telefoniert gelegentlich vom Münzfernsprecher in Minehead.«
»Ist das nicht merkwürdig? Sie sagten doch, daß er in Quarme Manor einen eigenen Telefonanschluß hat.«
»Der scheint oft gestört zu sein. Hängt damit zusammen, daß der Wind die Freileitungen zerreißt. In der Gegend stürmt es um diese Jahreszeit. Windstärke zehn und darüber.«
»Und was ist mit Kearns?«
»Der führt ein seltsames Leben. Wenn der Mond scheint, reitet er zum Dunkery Beacon hinauf und bleibt dort eine Weile. Butler hat ihn mit dem Nachtglas beobachtet. Er sitzt auf seinem Pferd, unbeweglich wie ein Standbild. Dann verschwindet er eine Zeitlang, bevor er wieder nach Hause reitet.«
»Das kann ich verstehen«, sagte Monica. »Der arme Mann hat seine Frau verloren. Er will allein sein. Er bewahrt sich den gesunden Menschenverstand, indem er sich an alte Gewohnheiten klammert.«
»Dem widerspricht eine andere Geschichte, von der Paula in den Pubs im Exmoor hörte. Kearns trifft sich nicht mehr mit seinen Genossen Barrymore und Robson. Kein Samstagabendessen im Luttrell Arms, kein Mittwochslunch im Royal Oak in Winsford. Er scheint sich völlig von ihnen getrennt zu haben.«
»Wer weiß, was trauernde Hinterbliebene manchmal tun.«
»Aber hier haben sich Beziehungen geändert«, erklärte Tweed. »Jahrelang haben die drei sich benommen, als gehörten sie noch zu derselben Einheit. Wenn Kearns jetzt ausbricht, beeinflußt das auch die beiden anderen, Robson und Barrymore. Psychologisch, meine ich. Eine Entwicklung, die wir beobachten müssen.«
»Was Sie sicher tun werden«, sagte Monica.
Tweed nahm das Kommandomesser, mit dem Gallagher in Lissabon erstochen worden war, aus einer Schublade. Es zu beschaffen, war schwierig gewesen. Der Chef der portugiesischen Polizei hatte sich im letzten Moment geweigert, die Waffe direkt nach London zu schicken. Marler war, wie vereinbart, zum Flughafen gefahren, nur um zu erfahren, daß der Pilot nichts für ihn hatte.
Schließlich war das Messer an Interpol in Paris gegangen – das korrekte Verfahren. Tweeds Freund Pierre Loriot war umgehend damit nach London geflogen; doch das alles hatte Zeit gekostet. Und dann war da der Bericht von Lloyds of London über die *Oporto*.

Das Dokument hatte Tweeds Ermittlungen bestätigt. Der geheime Aufenthalt des Schiffes in Tripolis, seine Rückkehr von Tripolis nach Lissabon, zeitlich zusammenfallend mit Antons Flug von Zürich in die portugiesische Hauptstadt. Die Beschattung des Schiffes durch ein französisches Flugzeug und seine Aufbringung vor Brest. Die Entdekkung der umfangreichen Waffenladung, die – Paris war davon überzeugt – für die IRA bestimmt war. Auch dies war eine Entwicklung, die Tweed nicht weiterbrachte.
Inzwischen war es November geworden. Draußen regnete es stetig. Tweed legte die Waffe wieder in die Schublade zurück.
»Es fehlt etwas«, sagte er. »Es liegt vor meiner Nase, aber ich sehe es nicht. Holen Sie all diese aufgezeichneten Telefongespräche. Ich muß mir die Bänder noch einmal anhören – mit einem frischen Ohr.«

Die Datscha lag in den Hügeln nordöstlich von Moskau – in der Nähe einer Kolonie solcher Häuser, in der führende Männer im Sommer ausspannten, und doch erkennbar von ihr abgesetzt. Sie diente zu hochgeheimen militärischen Konferenzen in der heißen Jahreszeit.
General Lutscharsky parkte den Tschaika einige hundert Meter von dem Gebäude entfernt, dessen Fensterläden geschlossen waren. Er stellte den Motor ab und ging den Rest des Weges zu Fuß. Seine blanken Stiefel knirschten im frischen Schnee, der in der Nacht gefallen war. Die Temperatur lag um acht Grad unter Null; der General schlug den Kragen seines pelzgefütterten Mantels hoch. Die Luft war erfrischend.
Die Datscha war ein Holzbau. Zu der Veranda unter dem vorkragenden Dach führten Stufen hinauf. Das Haus war von Birken umgeben, die Schneekristalle glitzerten im Sonnenlicht. Lutscharsky stieg die Stufen hinauf, blieb vor der Eingangstür stehen, sah sich um. Er lauschte vorsichtig, hörte aber nichts in der lastenden Stille. Niemand war ihm gefolgt. Er klopfte viermal an der Tür. Als die Tür aufging, erschienen zwei Männer, gleichfalls in Generalsuniform. Lutscharsky legte einen Finger auf die Lippen. Mit einer Handbewegung forderte er die beiden auf, ihm zu folgen. Er führte sie die Stufen hinab und in den Wald. Sein Arm streifte einen Zweig, Schnee überstäubte ihn.
»Warum nicht in der Datscha?« fragte der eine der beiden, ein kleiner, stämmiger Mann mit kurzen Beinen und struppigen Brauen – General Budjenny.
»Weil man darin belauscht werden kann«, erklärte Lutscharsky. Er war größer als seine beiden Partner. »Hier draußen hört uns niemand.«
In einer von Bäumen umstandenen Senke blieb er stehen. Die Troika

war versammelt. Lutscharsky schüttelte den Schnee von seinen Stiefeln. Der dritte General, ein Panzerfachmann, sah ihn fragend an.
»Der Plan läuft«, erklärte Lutcharsky. »Nach meinen Informationen wird Gorbatschow auf Einladung der britischen Premierministerin in England landen. Wir haben ihn.«
»Auf dem Hinflug zum Gipfeltreffen in Washington oder auf dem Rückflug?« fragte Budjenny.
»Auf dem Hinflug. Aber seine Maschine wird nicht landen. Die Raketen stehen bereit.«
»Haben Sie erfahren, wo er landen wird? Auf dem Flughafen von London?« beharrte Budjenny.
»Das wissen wir noch nicht.« Lutscharsky wedelte mit der behandschuhten Rechten. »Aber es macht keinen Unterschied. Die Raketen sind in der Mitte zwischen mehreren Flugplätzen stationiert – darunter auch Stützpunkten der Royal Air Force. Sie sind beweglich und können in das günstigste Gebiet verlegt werden, sobald wir die genauen Daten haben.«
»Woher wissen Sie das alles?«
Lutscharsky seufzte. »Wir stehen in direktem Funkverkehr mit dem Mann, der das Unternehmen leitet. Das ist ein wenig kompliziert. Einer unserer Leute auf dem Schwarzmeer-Flottenstützpunkt Noworossisk empfängt codierte Meldungen und gibt sie mir in regelmäßigen Abständen nach Moskau weiter.«
»Routine ist gefährlich«, gab Budjenny zu bedenken. »Schließlich geht es um unsere Köpfe.«
Lutscharsky seufzte abermals. »Unsere Flottenbasis ist so wichtig, daß ein Kurier häufig von dort nach Moskau fliegt, um über ihren Ausbau Meldung zu erstatten. Dieser Kurier ist unser Mann. Und bevor Sie jetzt einwenden, daß er durchsucht werden könnte: er hat seine Mitteilungen auswendiggelernt im Kopf.« Sein Ton wurde spöttisch. »Sind Ihre Bedenken damit so weit ausgeräumt, daß ich fortfahren kann? Unser Plan hat nämlich noch weitere Dimensionen angenommen.«
»Und die wären?«
»Wenn alles klappt, wird Ligatschew, der zweite Mann im Politbüro – der bekanntlich offen gegen Gorbatschows sogenannte Reformen opponiert –, automatisch Generalsekretär. Natürlich weiß er nichts von unseren Plänen.«
»Und die neuen Dimensionen?« wiederholte Budjenny seine Frage.
»Sobald der neue Mann im Amt ist, übernehmen die Leute, die Gorbatschow noch nicht ausgebootet hat, die Macht im Politbüro. Und im nächsten Jahr starten wir den begrenzten Angriff.«

»Angriff?« Budjennys Augen funkelten.
»Wir provozieren einen Grenzzwischenfall – wie Hitler 1939 vor seinem Angriff auf Polen. Unsere Truppen werden nachts, wenn die amerikanischen Satelliten blind sind, an der Grenze zusammengezogen und marschieren in Westdeutschland ein. Was die Zahl unserer Panzer betrifft, sind wir der NATO haushoch überlegen. Das gleiche gilt für Artillerie und Luftwaffe. In drei Tagen stehen wir am Rhein.«
»Das wäre der Dritte Weltkrieg«, gab Budjenny zu bedenken.
»Nein. Wir bleiben am Rhein stehen und geben bekannt, daß wir nicht weiter vorrücken. Die Amerikaner stecken dann mitten in ihrer Präsidentenwahl, in Washington herrscht das schiere Chaos. Glauben Sie etwa, daß ihnen daran liegt, einen *begrenzten* Krieg mit konventionellen Waffen – eine Sache von drei Tagen – in einen Atomkrieg zu verwandeln? Zu riskieren, daß New York, Chicago und Los Angeles in Schutt und Asche sinken? Und wir haben dann das Ruhrgebiet in der Hand, das Zentrum der deutschen Waffenproduktion. Wir wären die erste Macht der Welt.«
»Und wer wird Gorbatschows Flugzeug über England abschießen?«
»Ich sagte es schon.« Lutscharsky klappte lautlos seine Handschuhe zusammen. »Schiitische Moslems. Das ist das Ende von Gorbatschows antileninistischer Idiotie ...«

SECHSUNDVIERZIGSTES KAPITEL

Auf der Cherry Farm stand Anton im zweiten Möbelwagen und betrachtete das Ergebnis seiner Arbeit. Er trug Overall und Mütze: ein Kostüm, das er nur ablegte, wenn er ins Bett ging. In den wenigen freien Stunden hatte er gelegentlich weit entfernte Pubs besucht, Bier getrunken und dem lokalen Gerede zugehört; er selbst sprach jetzt mit dem Akzent eines englischen Arbeiters. Eine Bohrmaschine in der Rechten, wandte er sich an Seton-Charles.
»So, das war die zweite Demonstration. Das Dach öffnete sich genau so glatt wie im anderen Wagen.«
Die beiden Männer standen dicht beieinander; es war eng im Wagen. Anton hatte auch hier hinter der Fahrerkabine eine Plattform mit Stufen und einem verstellbaren, am Boden verankerten Stuhl unter dem Schiebedach gebaut.
Der hintere Teil des Wagens jedoch war fast bis zum Dach mit alten Möbeln vollgestopft, genau wie der zweite Wagen. Um ihn zu verlassen, mußten sie sich zwischen Tischbeinen, einem riesigen Schrank und

allerlei anderen Dingen hindurchwinden. Es war eine Vorsichtsmaßnahme, auf der Jupiter bestanden hatte, als er Anton nach seiner Landung an der Küste über seine Aufgabe instruierte.

»Wenn Sie angehalten werden«, hatte er gesagt, »dann sieht die Polizei nur einen Wagen voller Möbel, die die Abschußrampe völlig verdekken . . .«

Bevor er mit dem Ausbau des zweiten Wagens anfing, hatte Anton mehrere Möbelauktionen besucht und den Kram, den er kaufte, im ersten Wagen verstaut. Seton-Charles hatte Stapel von Lokalzeitungen aus ganz Hampshire durchgeblättert und die Auktionen notiert. Ihre Zahl hatte ihn überrascht.

»Machen Sie das Schiebedach noch einmal auf«, schlug Seton-Charles vor. »Ich wäre gern sicher, daß es zuverlässig funktioniert.«

Anton schüttelte den Kopf. »Der Generator macht ein Geräusch. Ich habe ihn, als Sie im Haus waren, mehrfach getestet und dabei nach Schnüfflern Ausschau gehalten. Wir brauchen ihn nicht noch einmal auszuprobieren.«

»Weshalb hat eigentlich jeder Wagen einen eigenen Generator für das Schiebedach?« fragte Seton-Charles, der von technischen Dingen überhaupt nichts verstand. »Man könnte den Strom doch auch vom Motor des Wagens erzeugen lassen?«

»Sie verstehen nichts davon. Einmal steht der Wagen mit abgeschaltetem Motor, wenn wir die Raketen abschießen. Sobald das Flugzeug in Sichtweite kommt, meldet der Fahrer es über sein Funksprechgerät. Erst dann öffnen wir das Schiebedach.«

»Das scheint alles vorzüglich organisiert zu sein«, stimmte Seton-Charles zu. »Aber der Farbgeruch dreht mir den Magen um. War es wirklich nötig, den Firmennamen an den Wagen zu ändern?«

»Auch das war Jupiters Anordnung. Wir dürfen nicht mit Camelford Removals in Verbindung gebracht werden, dieser Pleitefirma in Norwich, bei der Sie die Wagen gekauft haben. Jetzt heißen wir Smith's Removals. Aus Birmingham. Dort gibt es zwei Firmen dieses Namens.«

Anton hatte Stunden damit verbracht, die alten Namen zu übermalen und durch die neuen zu ersetzen. Doch Seton-Charles hatte recht: Bei geschlossenen Toren war die Luft in der Scheune kaum noch atembar.

»Heute abend, wenn es dunkel ist, machen wir das hintere Scheunentor auf und lassen den Gestank abziehen«, entschied Anton. »Wir stehen abwechselnd Wache, solange das Tor offen ist. Und später wische ich Dreck über die frische Farbe . . .«

Der Telefonanschluß, den er vom Farmhaus herübergelegt hatte, be-

gann zu klingeln. Er schickte Seton-Charles ins Haus und nahm den Hörer ab.
»Hier Alfred Moss.«
»Sind die beiden Container fertig?«
Wieder diese hochmütige Stimme, dieser arrogante Ton, den Anton haßte. Wie ein Kommandeur, der seinen Untergebenen Befehle erteilt. Anton holte tief Luft.
»Ja. Sie sind bereit zur Verschiffung.«
»Ihre beiden Gäste kommen heute. Um zwölf Uhr mittags am vereinbarten Treffpunkt. Foster und Saunders begleiten sie. Ich muß jetzt gehen. In meinem Garten wimmelt es von Elstern und Raben. Am liebsten würde ich ihn ganz absperren. Kommen Sie nicht zu spät...«
Anton legte auf und fluchte auf griechisch. Dieser arrogante Kerl! Aber gerissen war er. Mit wenigen Worten – die außerdem gefahrlos abgehört werden konnten – hatte er ihm eine Menge mitgeteilt.
Die beiden Männer, die die Gefangenen zu der einsamen Straßenkreuzung bringen würden, nannten sich also Foster und Saunders. Sie würden sich mit dem Codewort »Elster« ausweisen. Anton würde mit »Rabe« antworten. Er rannte aus der Scheune, verschloß das Tor von außen, stürmte ins Farmhaus. In der Küche wartete Seton-Charles auf Neuigkeiten.
»Ich muß schnell weg. Ich komme mit den Gefangenen zurück. Denken Sie an die Scheunentore...«
»Ist es klug, den Austin Metro zu benutzen, den Sie in Taunton gemietet haben? Wir haben ihn seit Wochen, und Bartons Rechnung steht noch offen...«
»Jupiter zahlt das in bar. Mit meinem Führerschein ist es riskant, den Wagen zu wechseln. Aber nun muß ich los...«

Anton fuhr mit mäßiger Geschwindigkeit über eine kurvenreiche Landstraße und dachte über seine Vergangenheit nach. Immer wieder sah er auf die Uhr. Er wollte nicht zu früh kommen. Warten, selbst in dieser gottverlassenen Gegend, war gefährlich. Es konnte das Interesse einer Polizeistreife wecken.
Er dachte an Petros und seine Rachsucht. Die einseitige Lebensanschauung seines Vaters hatte er nie geteilt. Er hatte sie ertragen, jahrelang, und im Grunde nur, um sicher zu sein, daß er das Geld für seine Ausbildung bekam. Er hatte dem alten Mann nach dem Munde geredet; später hatte er Geld von ihm geliehen, um seine Kette von Radio-, Fernseh- und Videoläden aufzubauen. Und dann war er dem Mann begegnet, der sein Leben verändert hatte: Professor Guy Seton-Charles.

Seine erste Vorlesung an der Athener Universität hatte Anton aus reiner Neugier besucht. Er war intelligenter – und zynischer – als die anderen Studenten, und so hatte es nicht lange gedauert, bis er den Professor durchschaute. Was hier unter der Maske griechischer Geschichte angeboten wurde, entpuppte sich für Anton bald als ein Kurs in politischer Indoktrination, als Einführung in die Glaubenswelt des Kommunismus.

Auf der anderen Seite entdeckte Seton-Charles in Anton bald den gescheitesten, kaltblütigsten und ehrgeizigsten seiner Studenten – genau das, wonach er suchte. Was sie schlossen, war eher ein Bündnis als Freundschaft. Anton hatte erkannt, daß der Westen auf dem absteigenden Ast war. Die Zukunft gehörte Rußland.

Seine Hinwendung zum Kommunismus wirkte so überzeugend, daß man ihn aufforderte, sich dem Mäander anzuschließen – wozu natürlich beitrug, daß sein Vater im Krieg den Mäander unterstützt hatte. Anton sah darin den kürzesten Weg zur Macht in Griechenland – bis Breschnew durch Gorbatschow ersetzt wurde. *Glasnost? Perestroika?* Das war nicht der Weg zu einer kommunistischen Machtergreifung in Griechenland.

In den inneren Kreis vorgedrungen, nachdem er seine Ablehnung Gorbatschows hatte laut werden lassen, galt er als vertrauenswürdiges Mitglied der Verschwörung. Dazu kam ein Detail: Petros' Sammlung britischer Kommandomesser. Es war Doganis, der, als er davon erfuhr, vorschlug, was man damit anfangen konnte.

»Stehlen Sie sie«, wies er Anton vor seiner ersten Englandreise an. »Irgendwann werden Sie jemanden töten müssen. Können Sie das? Gut. Verwenden Sie dabei eins dieser Messer. Das verwirrt jede Untersuchung. Die Engländer haben bis heute nicht herausbekommen, wer Andreas Gavalas liquidiert hat. Benutzen Sie ein solches Messer, und sie denken an die Zeit vor vierzig Jahren und vergessen die Gegenwart. Eine perfekte Vernebelungstaktik.«

Anton sah wieder auf die Uhr, fuhr schneller. Als er an der Kreuzung ankam, wartete dort ein Ford Caravan unter einigen Bäumen. Ein Mann in marineblauem Nadelstreifenanzug erschien. Er trug Lederhandschuhe; Anton sah, daß sie schmutzig waren und nicht zur Eleganz seiner Erscheinung paßten. Er hielt an, stellte den Motor ab, sah sich um und lauschte. Das Knirschen der Schritte des Mannes auf dem Kiesweg, auf dem der Ford parkte, war das einzige Geräusch.

»Entschuldigung«, sagte der Mann und trat an Antons offenes Wagenfenster, »ich suche das Gasthaus Zur Elster.«

»Ich kenne hier nur ein Gasthaus Zum Raben.«

»Gott sei Dank. Mein Name ist Foster. Wir haben sie hinten im Wagen, die Hände hinterm Rücken gefesselt, die Knöchel zusammengeschnürt, den Mund verklebt, die Augen verbunden. Saunders ist drüben und kann helfen. Wie wollen Sie die Ware befördern?«
»Unter Wolldecken im Kofferraum. Aufeinander gestapelt...«

Als Anton wieder auf der Cherry Farm anlangte, kam Seton-Charles herausgestürmt. Anton lüftete den Zipfel einer Wolldecke und zeigte ihm die beiden gefangenen Schiiten in Zuchthauskleidung. Sie lösten die Fußfesseln des einen Mannes und wuchteten ihn aus dem Wagen; dann führten sie ihn ins Haus, die Treppe hinauf und in den vorbereiteten Raum.
»Legen Sie ihn aufs Bett«, ordnete Anton an. »Hier ist er sicher, bis wir den zweiten hereingeholt haben...«
Fünf Minuten später waren beide Männer in ihren getrennten Räumen untergebracht. Anton drohte dem einen mit einer Luger-Pistole, während Seton-Charles ihm das Klebeband vom Mund riß und die Binde von den Augen nahm. Der Schiit blinzelte im ungewohnten Tageslicht. Anton wies auf den Leinensack, den er die Treppe heraufgeschleift hatte. Aus dem Sack ragte der Kopf eines geschlachteten Schweines aus der Tiefkühltruhe in einem der Nebengebäude.
»Wenn Sie Schwierigkeiten machen, bringe ich Sie um, und Sie werden mit diesem Schwein zusammen begraben.«
»Nein! Nein! Nein...!«
Anton beobachtete das Entsetzen des Mannes. Das hatte gewirkt. Es war das einzige Mittel, einen Schiiten einzuschüchtern. Für seine Religion war das Schwein das unreinste und verabscheuungswürdigste aller Tiere. Seton-Charles löste die Handfesseln des Mannes; der Schiit rieb sich die Handgelenke, um die Blutzirkulation wieder in Gang zu bringen, und starrte dabei unablässig wie hypnotisiert auf den Kopf des Schweins.
Anton wartete, bis Seton-Charles den Raum verlassen hatte. Dann warf er dem Gefangenen ein Bündel Kleider zu: drei Anzüge in verschiedenen Größen, Unterwäsche, Hemden, Socken und Schuhe.
»Ziehen Sie das Gefängniszeug aus, suchen Sie sich aus, was Ihnen am besten paßt, und machen Sie aus dem Rest wieder ein Bündel. Wir holen es ab, wenn wir Ihnen das Essen bringen.« Er zielte mit der Luger auf den Kopf des Mannes. »Wenn Sie zu fliehen versuchen, erschieße ich Sie. Dann teilen Sie die Ewigkeit mit einem Schwein.«
Seton-Charles schloß die Tür und schob den Riegel vor. »Hoffen wir, daß ihm einer der Anzüge paßt.«

»Einer wird schon halbwegs passen. Ausbrecher aus dem Gefängnis sind nicht immer perfekt gekleidet. Bringen Sie bitte den Sack mit dem Schwein in den anderen Raum, damit wir das Theater wiederholen können.«

Er sah zu, wie Seton-Charles den schweren Sack über den Flur schleifte. Zwar hatte er sich gehütet, etwas dazu zu sagen, aber er war überrascht, wie nützlich ihm der Professor in letzter Zeit gewesen war. Er war kräftiger, als Anton vermutet hatte, und er hatte sich beim Umbau der Möbelwagen als brauchbarer Handlanger erwiesen, der stets das richtige Werkzeug zureichte und die richtigen Schrauben fand. Das Verhältnis der beiden Männer zueinander hatte sich verändert.

Seton-Charles akzeptierte Anton jetzt als den Mann, der zu bestimmen hatte. Und er kochte für ihn. Ich hätte es voraussehen müssen, dachte Anton: der Professor war Junggeselle, lebte allein und sorgte im Rahmen seiner bescheidenen Ansprüche für sich selber. Sie standen vor der zweiten verstärkten Tür.

»Nach dem letzten Anruf von Jupiter«, sagte Anton, »heißt das Stichwort jetzt *Kurzschluß*.«

»Was bedeutet das?«

»Wir lassen uns möglichst nicht mehr sehen und verlassen die Farm nur, wenn es unumgänglich ist.«

»Dann läuft die Operation bald an?«

»Ja«, versicherte Anton. »Sehr bald.«

SIEBENUNDVIERZIGSTES KAPITEL

Tweed hatte »das Schweigen gebrochen«. Er hatte die Chefs der Spionageabwehr in ganz Europa und die Organisation seiner persönlichen Informanten alarmiert. Der Text war immer der gleiche:

Alle Daten über vergangenen und gegenwärtigen Aufenthalt von Anton Gavalas, griechischer Staatsbürger, vermutlich Mitglied der kommunistischen Organisation Mäander. Gleiche Daten über Professor Guy Seton-Charles, britischer Staatsbürger, Professor für Griechischkunde an der Universität von Bristol, England, und der Universität von Athen, Griechenland. Daten äußerst dringend erbeten. Tweed.

Kopien eines Fotos von Anton – hergestellt nach dem Abzug aus der Mappe, die Kalos Tweed übergeben hatte – lagen der Umfrage bei. Von Seton-Charles gab es nur eine Beschreibung. Tweed wußte recht gut, daß es eine schwerwiegende Unterlassungssünde war, ihn nicht fotografiert zu haben.

Eine Woche, nachdem die Umfrage verschickt worden war, kam Howard in Tweeds Büro gewandert. Es war sein Blauer-Nadelstreifen-Tag. Er ließ sich auf der Kante von Tweeds Schreibtisch nieder, richtete seine Krawatte, gönnte der vor so viel Freundlichkeit fassungslosen Monica ein Lächeln.
»Gibt es Fortschritte nach Ihrer Umfrage?«
»Nichts, was uns auf irgendeine Spur bringt. Am späten Nachmittag bin ich zum Vortrag bei der Premierministerin. Ich finde, sie sollte über diese Geschichte auf dem laufenden sein.«
Tweed erwartete einen Zornausbruch. Er blieb aus. Howard fuhr sich mit den Fingern über das rötliche Gesicht und nickte zustimmend. »Ich komme gerade, um vorzuschlagen, daß wir sie einweihen sollten. Übrigens frage ich mich, weshalb Sie nicht schon früher um ein Gespräch nachgesucht haben.«
»Es lagen keine Fakten vor. Seit dem Mord an Masterson ist es, als sähen wir nur Schattenfiguren im Nebel vom Exmoor; man weiß nicht, ob man wirklich etwas gesehen hat oder nicht. Das Gespräch wird schwierig sein. Sie schätzt Fakten. Übrigens ist Paula auf dem Weg von Somerset hierher. Ich hoffe, sie trifft ein, bevor ich nach Downing Street gehe.«
»Und warum kommt die schöne Paula nach London? Hätte sie nicht von dem öffentlichen Fernsprecher in Minehead aus anrufen können?«
»Sie sagt, sie hätte Informationen, die sie mir nur persönlich mitteilen kann.«
»Das klingt spannend. Könnten Sie ihren Bericht aufzeichnen, damit ich ihn später abhören kann?«
»Aber gern.«
Howard betrachtete den Recorder auf Tweeds Schreibtisch und den säuberlich aufgeschichteten Kassettenstapel. »Haben Sie sich das Zeug noch einmal angehört? Butlers Telefonberichte und das Band, das Nield beim Essen im Luttrell Arms aufgenommen hat? Glauben Sie noch immer zu wissen, wer von den dreien der Mörder ist?«
»Ja.« Tweed stand auf und begann langsam zu wandern. »Aber ich habe keinen Beweis. Für den Fall, daß mir etwas zustößt, habe ich einen Geheimbericht ausgefertigt. Er liegt in einem versiegelten Umschlag im Safe.«
Howard stand auf. »Mir wäre auch lieber, ich könnte mit dem Finger auf einen von ihnen zeigen. Weiß der Himmel, ich habe mir die Bänder oft genug angehört. Warum also diese Zurückhaltung?«
»Weil ich mich irren könnte. Das Problem ist im Augenblick, daß zwei Personen verschwunden sind. Einmal Anton Gavalas. Nach Sarris' An-

gabe gibt es kein Anzeichen dafür, daß er nach Griechenland zurückgekehrt wäre. Und zum anderen ist Guy Seton-Charles von der Erdoberfläche verschwunden. Er hat eine Menge Urlaubstage gesammelt, so die Universität von Bristol. Und er hat gesagt, er ginge ins Ausland. Aber es gibt keine Spur von ihm in den Passagierlisten der Fluggesellschaften. Dabei reist er fast ausschließlich per Flugzeug – wieder laut Bristol.«
»Nicht sehr befriedigend. Viel Glück mit der Premierministerin.«
Mit dieser ermutigenden Bemerkung verließ Howard das Büro. Monica blickte von ihrer Akte auf. »Er macht sich Sorgen. Wie Sie. Ich kann Howard auch nicht ausstehen, aber sein Instinkt ist manchmal sehr gesund. Ich wollte, Sie hätten das nicht gesagt – ich meine, für den Fall, daß Ihnen etwas zustößt. Das heißt das Schicksal herausfordern.«
»Seien Sie nicht so abergläubisch«, spöttelte Tweed.
Monica feuerte ihren Bleistift auf die Tischplatte. »Haben wir denn nach all der Arbeit keinen Ansatzpunkt, von dem aus es weitergehen könnte?«
»Doch. Zwei. Bei unserem Gespräch sagte mir der alte Petros, einem Gerücht zufolge sei der Mäander während des Zweiten Weltkriegs von einem Engländer in Kairo geführt worden.«
»Und Seton-Charles war in Kairo ...«
»Und ebenso die drei Männer, die den Kommandotrupp bildeten. Und der zweite Hinweis kam gleichfalls aus Griechenland. Nach dem Bericht von Kalos hat ein Amateurfunker – ein Freund von Sarris – eine verschlüsselte Mitteilung aufgefangen. Sie schloß mit einer Anweisung auf Englisch. *Rufsignal ab sofort geändert in Colonel Winter.* Von solchen Zufällen kann Geschichte abhängen.«

Paula kam, als Tweed und Monica am Fenster standen und Tee tranken. Sie saß am Steuer von Newmans Mercedes. Als sie den Wagen am Straßenrand einparkte, sah Tweed, wie die automatische Radio-Antenne eingezogen wurde. Er runzelte die Stirn.
»Was ist?« fragte Monica.
»Nichts. Nur so ein Gedanke.«
»Sie ist schnell gefahren. Und sie scheint es eilig zu haben – sie rennt geradezu. Und wie sie angezogen ist!«
Paula trug enge Bluejeans und einen Anorak – ein Aufzug, in dem man sie noch nie gesehen hatte. Ihr Stil waren klassische Schneiderkostüme. Sie verschwand im Eingang des Hauses.
»Ich mache ihr Kaffee«, entschied Monica. »Sie hat eine lange Fahrt hinter sich. Bin gleich wieder da. Und ich glaube, irgendwas stimmt nicht mit ihr.«

Tweed stand mit dem Rücken zum Fenster, als es an der Tür klopfte. Er rief »Herein«, und Paula trat ein, in der einen Hand ihre Aktenmappe, in der anderen ihr Reiseköfferchen.
»Was ist denn?« fragte er und trat ihr entgegen.
»Muß denn immer etwas sein?« fragte sie, ging zu ihrem Schreibtisch und setzte die beiden Gepäckstücke ab. Ihre Stimme klang kühl – zu kühl. Sie drehte sich um, gegen den Schreibtisch gelehnt, und lächelte ein wenig gezwungen, als er sie umarmte und auf die Wange küßte. Sie wirkte etwas zu beherrscht.
Sie zog langsam die Handschuhe aus, legte sie säuberlich aufeinander. Dann verschränkte sie die Arme und warf ihm einen Blick zu, den er gut kannte. Sie war blaß und hatte dunkle Ringe unter den Augen.
»Ich bin gefahren wie ein Buschteufel.« Sie lächelte über seine Miene. »Aber immer unter der Höchstgeschwindigkeit.«
»Also, was ist?« wiederholte er.
»Sie sind der scharfsinnigste Mann, den ich kenne.« Sie hielt inne. »Es ist gut, wieder hier zu sein.« Wieder eine Pause. »Ich habe gerade zwei Männer niedergeschossen.«

Tweed unterdrückte den Schock. »Setzen wir uns, und erzählen Sie mir davon. Monica macht gerade Kaffee. Also war die Browning Automatic, die ich dem Kurier mitgegeben habe, für Sie bestimmt? Nicht für Newman oder Marler, wie ich glaubte?«
»Die beiden haben mir schon den Kopf gewaschen.« Sie setzte sich, schlug die Beine übereinander. »Aber ich bin ihnen nichts schuldig geblieben. Bin ich ein ausgewachsenes Mitglied dieser Mannschaft, oder bin ich es nicht?«
»Sehr ausgewachsen.« Er lächelte und zog sich einen Stuhl zu ihr heran. »Jedenfalls habe ich es immer so gesehen, oder etwa nicht?«
»Doch. *Sie* haben. Wollen Sie nun etwas hören über meine Zielübungen – mit lebendem Ziel?«
Ihre Stimme klang gelassen, aber Tweed spürte die Spannung unter der Oberfläche. Er holte eine Flasche Kognak und ein Glas aus dem Schrank und schenkte ein. »Trinken Sie das erst einmal.«
»Danke.« Sie hielt den Schwenker mit beiden Händen, damit er nicht sah, daß sie zitterte. »Das hilft.« Ihre normale Farbe kehrte zurück. »Ich weiß kaum, wo ich anfangen soll. Ich glaube, Marler hat mir das Leben gerettet. Er ist kurz nach mir dort eingetroffen.«
»Weil ich annahm, daß wir alles, was Beine hat, dort brauchen würden. Exmoor ist ein ziemlich weites Gebiet. Und warum fangen Sie nicht einfach von vorne an? Als Sie mit Newman in Porlock Weir eintrafen . . .?«

Monica hatte angerufen, und so waren zwei Zimmer reserviert, als Newman und Paula ihre Koffer in den Anchor trugen. Sie waren am frühen Abend in Porlock Weir angekommen, in dichtem Nebel, der von der See aus über die Straße driftete. Vom Moor war nichts zu sehen.

Beim Essen konferierten sie mit Butler und Nield und verteilten ihre Aufgaben. Der Speiseraum war nahezu leer, sie konnten ungehindert reden.

»Wir haben drei Leute zu überwachen«, sagte Newman. »Robson, Barrymore und Kearns. Nield, Sie übernehmen Robson. Ich werfe ein Auge auf Barrymore. Butler übernimmt Kearns ...«

»Geht nicht«, widersprach Butler. »Tweed hat mich beauftragt, die Leute zu überwachen, die in den Bungalows in der Nähe von Kearns' Haus wohnen.«

»Und ich würde Harry gern dabei helfen, wenn er nichts dagegen hat«, sagte Paula. »Die Idee, daß mit den Bungalows etwas faul sein könnte, stammt nämlich von mir.«

»Natürlich habe ich nichts dagegen«, erwiderte Butler begeistert. »Ich habe Nield geholfen, die drei Kommandotypen zu überwachen. Die Wählerliste in Taunton liefert nur die ersten Anhaltspunkte.«

»Dann muß ich Barrymore und Kearns übernehmen«, entschied Newman. Er lächelte Paula an. »Sie sind genau so eigensinnig wie Marler ...«

»Kann schon sein«, erwiderte Paula. »Werde ich deshalb gefeuert?«

»Diesmal noch nicht. Denken Sie an Ihr Essen, es wird sonst kalt.«

Das Problem löste sich von selbst, als Marler am nächsten Tag im Anchor auftauchte. Newman hatte die Abmachungen am Vorabend insgeheim begrüßt: es war sicherer, wenn Paula mit Butler zusammenarbeitete.

Während Paula und Butler nach Taunton fuhren, teilte Newman Marler die Aufgabe zu, Kearns zu beschatten. Außer Newman fuhren sie alle in Mietwagen. Nach einer Woche hatten Butler und Paula eine Liste sämtlicher Bungalowbesitzer. Danach wurde Paula zur ständigen Besucherin des Royal Oak in Winsford und freundete sich dort mit dem stämmigen Barkeeper an. Sie kam zum Lunch, bevor das Lokal sich füllte – und sie kam immer allein.

Ganz allmählich informierte sie Jack, den Barmann, über sich selbst. »Ich bin längere Zeit krank gewesen – bei der Versicherungsfirma, für die ich arbeite, nennen sie das Erholungsurlaub. Als Kind war ich öfters in Taunton – wir hatten da Verwandte ...«

Paula wußte, was sie tat: auf dem Lande wissen die Leute gern, mit wem sie reden. Nach und nach holte sie aus Jack heraus, was er über die

Bewohner der Bungalows wußte. Nur Mittwochs blieb sie fort: Barrymore und Robson hatten beim Lunch an ihrem gewohnten Tisch gesessen. Sie hielten also an ihrem rituellen Treffen fest. Nur Kearns war nicht dabei. Sie stellte seine Abwesenheit zweimal fest; dann mied sie das Lokal am Mittwoch.

»Denken Sie daran, einen von diesen Bungalows zu kaufen, wenn einer frei wird?« fragte Jack sie eines Tages. »Da müßten Sie viel Glück haben. Merkwürdige Leute, die da wohnen.«

»Wieso merkwürdig?« fragte sie.

»Haben Sie schon mal von einem Bungalowkomplex gehört, der vor fünfzehn Jahren gebaut wurde, und aus dem noch keiner der Erstbesitzer ausgezogen ist? Sechs Bungalows. Sechs Männer. Man sollte meinen, wenigstens einer wäre weggezogen – neuer Job, oder was auch immer. Aber nichts davon; sie sind alle noch da. Und sie lassen niemanden an sich herankommen.«

»Meinen Sie, daß Sie keinen von ihnen kennen?«

»Das habe ich nicht gesagt, Miss. Einer von ihnen war hier, kurz nachdem sie eingezogen waren. Nannte sich Foster. Man wurde nicht warm mit ihm. Trank Gin und Tonic und redete.«

»Und wovon redete er? Das klingt ja wie ein Krimi, und ich liebe Krimis«, bohrte Paula.

»Sagte, er wäre Anlageberater, was immer das ist. Arbeitet in Bristol. Seine Frau hat irgendeinen tollen Job im Ausland – ich habe sie nie gesehen. Sagte, sein Freund Saunders hätte auch eine Frau im Ausland. Sie hätte einen Job bei den Vereinten Nationen in New York. Merkwürdiges Eheleben, wenn man seine Frau nur ein- oder zweimal im Jahr zu sehen bekommt. Wäre nichts für mich.«

»Sie meinen, die Frauen kommen nie hierher?«

»Genau das meine ich. Und dann ist da noch so ein Kauz – Professor Guy Seton-Charles. Junggeselle, hat was mit der Universität von Bristol zu tun. Im Sommer mähen sie ihre Rasen am Wochenende. Das ist fast alles, was man von ihnen zu sehen bekommt. Eine muffige Gesellschaft, wenn Sie mich fragen.«

Paula schluckte einen Bissen von ihrer Pastete aus Huhn und Pilzen – der Spezialität des Tages – und nippte an ihrem Weinglas. Jack polierte gerade ein anderes Glas, bis es funkelte wie Bergkristall.

»Ich habe gehört, in einem der Bungalows wohnte ein Mr. Simon Morle«, sagte sie beiläufig.

»Kann sein. Nicht, daß ich es wüßte. Sie wohnen da, aber man kennt sie nicht.« Das Lokal begann sich zu füllen; er wendete sich einem anderen Gast zu. »Was kann ich Ihnen geben, Sir?«

Das war der Tag, an dem sie abends im Anchor einen erbitterten Streit hatten.

Sie saßen zum Dinner an ihrem gewohnten Tisch, Paula zwischen Newman und Marler, Butler und Nield ihnen gegenüber. Ohne es zu wollen, lieferte Nield den Zündfunken.

»Heute habe ich Sie gesehen, Paula. Ich folgte Robson, als er versuchte, Kearns aufzusuchen. Übrigens vergeblich; Kearns war nicht da. Robson drückte mehrmals auf den Klingelknopf, aber niemand kam, und so ging er wieder. Ich fragte mich, ob Kearns vielleicht krank ist.«

»Das möchte ich annehmen«, erwiderte Paula. »Ich sah auch, wie Robson kam und dann wieder wegfuhr. Ein paar Minuten später erschien Dr. Underwood – wir haben ihn in der Bar kennengelernt. Kearns kam aus dem Haus und ließ ihn ein.«

»Was soll das heißen, Pete?« fragte Marler. »Sie haben Paula gesehen? Ist sie an Ihnen vorbeigefahren?«

»Nein. Sie saß in ihrem Renault in einer Einfahrt, von der aus man die Bungalows überblicken kann – und Kearns' Haus.«

Marler starrte Paula an. »Was zum Teufel hatten Sie dort zu suchen?«

»Ich observierte die Bungalowsiedlung. Sie ist von dort aus gut zu sehen. Merkwürdig – es scheint für alle nur eine Zugehfrau zu geben. Ganz unauffällig.«

»Wieso unauffällig?« fragte Nield.

»Sie kommt immer durch die Hintertüren und hat einen Schlüssel zu allen Häusern. Ich habe sie bei Dunkelheit mit dem Nachtglas beobachtet ...«

»*Bei Dunkelheit?*« Marlers Stimme klang ungläubig. »Und wie lange betreiben Sie dieses Spiel schon?«

»Seit ungefähr zwei Wochen.«

»Sie wissen, es ist nur eine Frage der Zeit, bis man Sie dabei erwischt.« Marlers Stimme klang schroff. »Das ist doch blanker Irrsinn!«

»Das habe ich auch schon begriffen.« Sein Ton gefiel ihr nicht. »Und heute ist mir die Lösung eingefallen. Bei Dunster gibt es einen Reitstall, der Pferde ausleiht. Von nun an reite ich. Dann kann ich auch ins Moor und den Komplex von allen Seiten beobachten.«

»Den Teufel werden Sie tun ...«

»Partridge hatte auch ein Pferd«, gab sie zurück. »Aus dem gleichen Grund, wie ich vermute. Von einem Pferd aus sieht man mehr.«

»Sie wissen, wohin ihn das gebracht hat.« Marler brachte sein langes, blasses Gesicht – die griechische Bräune war längst verblichen – nahe an

das ihre. »Unter den Rasen, mit einem Messer im Rücken. Sie sollten bewaffnet sein. Oder diese Eskapaden überhaupt unterlassen.«
»Wer sollte mich daran hindern?« sagte sie eisig und starrte Marler an. »Wenn das Ihre Meinung ist, besorgen Sie mir eine Waffe . . .«
Es war Newman, der die Atmosphäre entspannte. Er wußte, daß Paula unter dem unausgesprochenen Verdacht litt, nicht auf sich selber achtgeben zu können. Und er dachte daran, daß Tweed sie schon mehrfach an die vorderste Linie geschickt hatte, damit sie sich vor sich selbst bewähren konnte. Er stand auf und sagte, er führe nach Minehead und werde Tweed telefonisch bitten, dem Motorradkurier eine Browning Automatic mit Reservemagazinen mitzugeben. Nachdem er gegangen war, aßen die anderen schweigend.
Tags darauf klopfte Newman nach dem Frühstück an Paulas Tür und gab ihr die Waffe und die Magazine.
»Ich sehe, ich werde erwachsen«, sagte sie trocken.
»Wie werden Sie das Ding beim Reiten tragen – so, daß Sie im Notfall danach greifen können?«
Sie zeigte ihm ein selbstgefertigtes Holster aus Jeansstoff, das sich von ihrer Kleidung – enge Jeans, Reitstiefel und ein gefütterter Anorak – kaum abhob. Er sah zu, wie sie die Waffe hineinsteckte und es anlegte.
»Ich sitze auf einem Pferd. Würden Sie es sehen?«
»Nein. Es fällt überhaupt nicht auf. Wie haben Sie das gemacht?«
»Ich bin die halbe Nacht aufgeblieben und habe genäht.« Sie zog ihn zu sich heran und küßte ihn auf die Wange. »Ich hatte erwartet, daß Sie aus der Haut fahren wie Marler. Danke für den Vertrauensbeweis.«
Newman zuckte die Achseln und grinste. »Sie gehören zur Mannschaft. Und Marler neigt zu Frühzündungen. Wie sah die Putzfrau aus, die Sie in der Siedlung beobachtet haben?«
»Mittleres Alter. Mittlere Größe. Ungefähr siebzig Kilo. Grau mit einem Knoten im Nacken. Ich habe mehrere Fotos von ihr, aufgenommen mit einem Teleobjektiv. Sollen wir Tweed den Film schicken?«
»Geben Sie ihn mir. Vielleicht fährt einer von uns in den nächsten Tagen nach London. Ist der Film voll?«
Sie gab ihm die Spule. »Ja. Ich habe einen neuen in der Kamera. Auf dem, den Sie da haben, sind Aufnahmen aller Männer, die in der Siedlung wohnen. Und Aufnahmen der Bungalows. Auch dem von Seton-Charles mit diesem Drahtverhau von Fernsehantennen am Schornstein.«
Sie versteckte Pistole, Holster und Magazine im Kleiderschrank und packte mehrere Paar Schuhe darüber. Dann stand sie auf und blickte Newman an.

»Nach diesem Streit gestern abend ist mir nach einem Strandspaziergang. Ich bin nicht viel zum Schlafen gekommen.«
»Also gut, gehen wir...«
Sie gingen auf dem Feldweg westwärts. Der Sturm war zu einer steifen Brise abgeflaut. Paula sah zu dem Haus hinüber, in dem Mrs. Larcombe gewohnt hatte. Newman enthielt sich jeden Kommentars.
»Was machen die anderen jetzt?« fragte sie.
»Wir überwachen noch immer die drei Männer. Kearns scheint es besser zu gehen, er hinkt ein wenig. Vielleicht hat er sich den Knöchel verstaucht. Butler ist einem der Leute aus den Bungalows gefolgt; der Mann fuhr zur Somerset and Cornwall Bank in Bristol und ließ sich ungefähr tausend Pfund in Fünfzigernoten auszahlen. Tweed versucht jetzt diskret zu ermitteln, wo dieses Guthaben herkommt.«
»Und die drei Männer?«
»Nichts Neues, hol's der Henker. Robson reitet noch immer zu seinen Patienten. Unter anderem zu einer alten Schachtel, die das Telefon am Bett hat und sich einen Spaß daraus macht, ihn mitten in der Nacht herauszuscheuchen. Sie wohnt in einem baufälligen Herrenhaus in der Nähe von Dulverton. Barrymore führt noch immer Telefongespräche von der Zelle in Minehead. Kearns hat keine Haushaltshilfe und besorgt seinen Haushalt selber. Er kocht sogar, vermutlich nach Armeerezepten...«
Er verstummte – Paula griff nach seinem Arm. Sie befanden sich ein gutes Stück westlich von Porlock Weir, am Fuß hoch aufragender Klippen. »Ich höre da etwas, so ein merkwürdiges Geräusch«, flüsterte Paula.
Dann hörte Newman es auch. Ein Rumpeln und Knirschen, wie wenn Felsen aneinanderreiben. Er schaute hoch, packte Paulas Hand, schrie sie an, zu laufen. Sie stürmten zum Strand hinab. Hinter ihnen verstärkte sich das Geräusch zu einem rumpelnden Donnern. Unten am Wasser machte Newman kehrt, auch Paula drehte sich um. Beide starrten atemlos in die Höhe.
Im Licht des aufgehenden Mondes sahen sie ein gigantisches Stück der Klippe vom Gipfel abwärts gleiten, sahen, wie es in kleinere Stücke zerbrach, die zum Strand hinabrutschten. Mächtige Felsbrocken rollten fast bis zu der Stelle, an der sie standen, hinter sich nur die offene See. Sie verloren an Wucht, blieben einige Meter vor ihnen liegen. Dann war es plötzlich still. Paula zitterte und preßte sich an Newman.
»Okay«, sagte er. »Das war's.«
»Mein Gott! Wenn wir nicht gelaufen wären, lägen wir jetzt da drunter...«

Sie zeigte auf die dunkle Felsenmasse, die sich bis zur Höhe eines zweistöckigen Hauses vor ihnen auftürmte. Dann machten sie sich am Strand entlang auf den Rückweg. Plötzlich zeigte Paula abermals mit dem Finger.
»Wer mag das sein?«
Weit vor ihnen entfernte sich ein Reiter. Er saß gebeugt im Sattel – unmöglich, seine Silhouette, seine Körpergröße auszumachen. Dann erreichte er den Feldweg, und das Pferd ging zum Galopp über. Als sie im Anchor ankamen, war keine Spur eines Reiters zu entdecken; sie eilten ins Haus, um von dem Steinschlag zu berichten.
Der Gewaltakt ereignete sich am nächsten Tag.

ACHTUNDVIERZIGSTES KAPITEL

Graue Nebelschwaden hingen zwischen den Bäumen, als Paula über die Anhöhe hinter der Bungalowsiedlung ritt. Sie lag ungefähr hundert Meter unter ihr; aus diesem Blickwinkel waren Dinge zu beobachten, die sie bisher noch nicht entdeckt hatte.
Vom Ende der Sackgasse führte ein Pfad in eine Senke hinab, die von der Straße aus nicht zu sehen gewesen war. In der Senke duckte sich ein scheunenähnliches Gebäude mit Halbtüren, deren obere Hälften offen waren. Die Köpfe zweier Pferde schauten heraus. Sie begriff erstmals, daß auch die Bewohner der Bungalows in der Lage waren, übers Moor zu reiten.
Dann bewegte sich etwas. An der Rückfront von Seton-Charles' Bungalow öffnete sich eine Tür. Sie hob den Feldstecher an die Augen. Es war die grauhaarige Putzfrau mit Mop und Plastikeimer. Paula hielt ihr Pferd unbeweglich: Leute schauen nur selten *aufwärts*.
Die Frau öffnete die Pforte im Zaun des Hintergartens und ging in den angrenzenden Garten hinüber. Sie legte Mop und Eimer ab, hantierte mit einem Schlüsselbund, schloß die Hintertür des Bungalows auf und verschwand mit ihrem Putzzeug im Hause.
Paula setzte das Glas ab und ritt weiter, langsam die Siedlung umkreisend. Keinerlei Autos, wie üblich. Die Wagen, die sie gesehen hatte, kamen erst am Abend zurück – Jaguars und Fords. Kein Mercedes oder Rolls-Royce; aber die Wagen, die hier gefahren wurden, kosteten auch Geld. Und davon schien es genug zu geben. Sie hatte beobachtet, wie die Männer am Wochenende den Rasen mähten – mit großen Motormähern, die schnell arbeiteten.
Es war Ende November, und sie fror ein wenig. Die feuchte Kälte des Nebels, der die Abhänge herabtrieb, machte sich bemerkbar.

Sie ritt langsam, als ginge es nur darum, ihr Pferd ein wenig zu bewegen. Eine Zeitlang versperrte ihr ein mit Ginster bestandener Hügel die Sicht auf die Bungalows. Sie lenkte das Tier den Abhang hinauf und verhielt auf einer schmalen, felsigen Kuppe, von der aus man das Ganze in der Vogelschau betrachten konnte. Die beiden Reiter waren plötzlich wie aus dem Nichts aufgetaucht.
Im einen Moment war sie allein auf der Kuppe, im nächsten waren sie aus einem verdeckten Hohlweg hervorgekommen und standen vor ihr. Sie hielten keine zehn Schritte von ihr entfernt und starrten sie an. Während sie die Hand unauffällig in die Nähe des Holsters brachte, fiel ihr Verschiedenes an ihnen auf.
Sie waren erfahrene Reiter: keiner von ihnen hatte die Füße in den Steigbügeln. Vielleicht waren sie in höchster Eile auf die Pferde gesprungen. Und es waren die Tiere, deren Köpfe aus den Halbtüren des Stalls herausgeschaut hatten. Der eine der Männer war groß, mit einem hageren Gesicht und pechschwarzem Haar. Der andere war häßlich, klein und stämmig; er hatte ein rundes Gesicht und einen gemeinen Mund.
Beide waren, schätzte sie, in den Vierzigern. Beide trugen Windjacken und hatten die Hosenbeine in ihre Reitstiefel gestopft. Der Schmalgesichtige öffnete den Reißverschluß seiner Jacke und ließ sie offen. Der Häßliche lenkte sein Pferd auf ihre rechte Seite. Sie nahm ihr Tier zurück.
»Fremden sehe ich gern ins Gesicht«, sagte sie lächelnd.
»Weshalb spionieren Sie hier herum?« fragte der Schmalgesichtige.
»Normalerweise stellt man sich zunächst einmal vor«, erwiderte sie. »Ich bin Paula ...«
»Und ich heiße Norton. Ich frage nochmals. Weshalb spionieren Sie hier herum?«
Seine rechte Hand glitt in die Jacke, kam mit einer Pistole wieder heraus. Einer 9 mm Walther, soweit Paula das sehen konnte. Sie erstarrte. Die Waffe war unmißverständlich auf sie gerichtet. Paula warf einen Blick nach links: Der Ort war von der Straße aus nicht einzusehen. Vor dort war keine Hilfe zu erwarten – selbst wenn Nield gerade vorbeigefahren wäre.
»Dies ist öffentliches Land«, sagte sie. »Glauben Sie, das Exmoor wäre Ihr Privatbesitz?«
»Sie haben eine ziemlich große Klappe«, kommentierte Norton. »Beantworten Sie meine Frage.«
»Ich reite, wo es mir paßt. Und ich weiß nicht, wovon Sie reden. Es ist gesetzwidrig, jemanden mit einer Waffe zu bedrohen.«

»Sie sagt, es ist gesetzwidrig, Morle«, sagte Norton zu seinem Kumpan, ohne Paula aus den Augen zu lassen. »Sie sagt, sie weiß nicht, wovon ich rede.«

Seine Stimme klang kultiviert, mit einer Spur von Affektiertheit – nahezu eine Karikatur von Marlers Art, zu reden; aber mit einem Anflug von Menschenverachtung. Norton und Morle. Paula kannte die Namen aus der Wählerliste, die sie mit Butler überprüft hatte; sie hatte alle sechs Namen im Kopf.

»Wenn sie nicht weiß, wovon ich rede«, fuhr Norton fort, »warum sitzt sie dann Tag für Tag in einem geparkten Wagen auf der Straße und beobachtet die Häuser durch ein Fernglas?« Er hielt die Pistole unbeirrt auf sie gerichtet. »Ich glaube, wir werden diese Unterhaltung in meinem Bungalow fortsetzen – bei einem gemütlichen Plausch.«

Paula war verängstigt gewesen, als die beiden Männer vor ihr auftauchten. Nun fiel ihr ein, was sie von Newman an einer einsamen Stelle der North Downs gelernt hatte. Newman hatte einen Kursus beim Special Air Service mitgemacht, um darüber schreiben zu können. *Wenn man einem Mann mit einer Waffe gegenübersteht und selbst bewaffnet ist, muß man zunächst versuchen, ihn abzulenken.* Sie wußte zwar nicht, ob sie die Situation überleben würde. Aber sie war kalt wie Eis.

»Sie müssen mich verwechseln«, sagte sie. »In einem geparkten Wagen, du lieber Gott. Ich reite hier, wie Sie sehen – der Unterschied zwischen einem Wagen und einem Pferd ist Ihnen wohl nicht geläufig? Nicht sehr ermutigend – nachdem Foster mich gefragt hat, ob ich Lust hätte, beim Saubermachen der Bungalows mitzuhelfen.«

»Was hat er Sie gefragt?« Norton war offenbar verblüfft. Er drehte sich zu Morle um. »Weißt du etwas davon? Er muß völlig...«

Während er sprach, senkte sich die Pistole, der Lauf wies auf den Boden. In der nächsten Sekunde hatte Paula den Browning aus dem Holster gezogen, den Griff mit beiden Händen gefaßt, gezielt. Norton sah die Bewegung aus dem Augenwinkel und versuchte, die eigene Waffe wieder zu heben. Paula schoß zweimal. Norton sackte zusammen, glitt vom Pferd. Morle riß den Verschluß seiner Jacke auf, schob die Hand hinein. Paula schwenkte den Browning, das Pferd mit den Knien haltend. Sie feuerte noch zweimal.

Morle faßte mit einer Hand den Sattel, fiel dann vornüber. Ein lauter Knall – Paula glaubte schon, getroffen zu sein. Dann begriff sie, daß Norton im Fallen in einer Reflexbewegung abgedrückt hatte; das Geschoß pfiff übers Moor.

Die Pferde der beiden Männer galoppierten in Panik davon. Paulas Tier versuchte zu steigen; sie klopfte ihm den Hals, sprach ihm

beruhigend zu, saß ab und beugte sich zu Norton hinab, den Browning noch in der Hand. Er war bewußtlos, die Pistole war ihm aus der Hand geglitten. Sie legte den Finger auf seine Schlagader. Sein Puls schlug stetig. Aus seiner rechten Schulter sickerte Blut.
Sie richtete sich auf, trat zu Morle. Auch er war bewußtlos. Auf seiner Hose breitete sich ein roter Fleck an der linken Hüfte. Sie fühlte nach seinem Puls; er schlug gleichfalls regelmäßig. Gott sei Dank, dachte sie und stand auf.
Zwei Minuten später galoppierte sie auf dem Feldweg nach Exford. Sie brachte das Pferd zu dem Reitstall, wo sie es gemietet hatte. Bezahlt hatte sie vorher. Dann ging sie zu Fuß über die Straße zu dem Feld, auf dem ihr Renault stand, und setzte sich hinters Steuer.
Sie bog auf die A 396 ein und kam eine halbe Stunde später über Minehead in Porlock Weir an. Zu ihrer Erleichterung waren auch Newman und Marler gerade in den Anchor zurückgekommen.

Tweed trank drei Tassen Tee, während Paula in seinem Büro am Park Crescent ihre Geschichte erzählte. Sie erzählte knapp, kein Wort zu viel. Auf seinem Schreibtisch lag eine handgeschriebene Liste: die Namen der Bewohner der sechs Bungalows. Er kannte sie aus dem Bericht, den Butler ihm telefonisch übermittelt hatte. Als Paula fertig war, stand er auf und trat hinter seinen Schreibtisch.
»Newman und Marler haben also aufgeräumt«, sagte er.
»Sie waren fabelhaft. Ich habe mich gefragt, ob sie es mir als Fehler ankreiden würden, daß ich auf dem Weg nach Porlock Weir an der ersten Telefonzelle anhielt, die Polizei anrief und, ohne meinen Namen zu nennen, sagte, es habe bei der Bungalowsiedlung in der Nähe von Simonsbath einen Jagdunfall gegeben, und sie sollten einen Krankenwagen schicken. Ich konnte die beiden nicht einfach liegenlassen. Marler sagte zwar, genau das hätte er getan ...«
»Er hätte«, kommentierte Tweed trocken.
»Aber Bob sagte, ich hätte richtig gehandelt. Er hat den Browning samt Munition und Holster in der See verschwinden lassen. Er sagte auch, es wäre gut, daß Nortons Pistole unabsichtlich losgegangen sei. Das verwirrte die Untersuchung der Polizei.«
»Essen Sie Ihr Schinkenbrot«, sagte Monica. »Sie müssen etwas in den Magen bekommen.«
»Jetzt, da Sie es sagen – ich bin ausgehungert.« Sie aß ein Sandwich; Tweed wartete und sah auf die Uhr. »Halte ich Sie auf?« fragte sie.
»Nein. Ich warte auf unseren Buchprüfer. Butler berichtete, er wäre Foster zweimal in die Somerset and Cornwall Bank in Bristol gefolgt.

Beide Male hat er rund tausend Pfund in bar abgehoben. Der Kassierer hat ihn als Mr. Foster angeredet. Perry weiß die Einzelheiten; er ist jetzt im Keller und telefoniert in der Welt herum, um herauszufinden, wo das Geld herkommt. Manchmal verrät auch das Geld, um was für eine Art Leute es sich handelt.«

»Daß mit dieser Bungalowsiedlung etwas nicht in Ordnung ist, wußte ich, als wir sie zum ersten Mal sahen«, erklärte Paula entschieden.

Tweed nickte. Er verstand, daß ihr Erlebnis eine Reaktion auslösen mußte – je eher, desto besser.

»Es ist das erste Mal, daß ich auf jemanden geschossen habe«, fuhr sie fort und biß in ein frisches Sandwich.

»Sie sind ja nur verletzt«, versicherte Tweed. »Nachdem Sie abfuhren, ist Newman noch einmal zur Siedlung gefahren. Als er ankam, luden sie die beiden Halunken gerade in einen Krankenwagen. Er zeigte seinen alten Presseausweis, und sie erkannten ihn. Später hat er mit der Klinik telefoniert.«

Tweed verschwieg ihr, daß Norton im Koma lag und Morle noch nicht aus der Bewußtlosigkeit aufgewacht war. Polizisten warteten an ihren Betten, um ihre Aussagen aufzunehmen.

»Es gibt etwas noch Merkwürdigeres«, wechselte er das Thema. »Auch Marler ist zu der Siedlung gefahren. Als er dort mit seinem falschen Special Branch-Ausweis wedelte, ließ die Polizei ihn ein. Die Bungalows sind sämtlich leer. Die Wagen sind verschwunden. Und das Gespenstischste: es gibt nicht einen einzigen Fingerabdruck. Alles ist sauber abgewischt. Sie hatten recht, was diese Bungalows angeht.«

»Was heißt das – keine Fingerabdrücke?« fragte Paula.

»Ich glaube, Sie haben die geheime Basis entdeckt, die vor fünfzehn Jahren von dem Engländer, der den Mäander leitete, eingerichtet wurde. Eine Basis, die erst vor kurzem reaktiviert und nun aufgegeben wurde. Wir haben im Keller Kopien Ihrer Fotos machen und an jedes Polizeirevier im Lande verteilen lassen. Außerdem haben wir die Namen.« Er warf einen Blick auf die Liste, die vor ihm lag. Foster, Saunders, Norton, Morle, Sully und Seton-Charles.

»Noch etwas?«

»Ja. Bevor ich die europaweite Fahndung herausgehen ließ, habe ich die Zulassungsnummer von Seton-Charles' Volvo zirkulieren lassen. Außerdem war Newman mit einem Polizeizeichner in der Universität von Bristol. Mit Hilfe einiger Studenten haben sie ein Phantombild des Professors zustande gebracht, das auch verteilt wurde.«

»Wird man es beachten?«

»Ich denke schon«, sagte Tweed grimmig. »Ich habe ihn als mutmaßlichen Planer von Terrorakten bezeichnen lassen. Und als höchst gefährlich.«

»Zum Stichwort Terror«, fiel Monica ein, »ich habe da aus der *Times* einen interessanten Artikel ausgeschnitten. Zwei schiitische Moslems wurden mit einem Hubschrauber aus dem Gefängnishof von Gartree entführt. Ein tolles Stück. Sie hatten einen irakischen Diplomaten ermordet.«

Tweed hatte nicht zugehört, und Paula dachte an einen anderen Zwischenfall.

»Da war ein mächtiger Steinschlag, als Bob und ich vom Anchor aus am Strand spazierengingen.« Sie beschrieb den Vorfall. »Sie haben jetzt ein großes Schild aufgestellt. *Achtung! Steinschlaggefahr!*«

Das Telefon klingelte. Monica meldete sich, blickte dann zu Tweed. »Perry ist fertig und kann über das Bankkonto Foster berichten.«

»Er soll heraufkommen.«

Perry war ein kleiner, schmaler, korrekt gekleideter Mann mit einem Kneifer. Monica fand ihn lächerlich, aber er war ein verläßlicher Experte in Finanzdingen. Eine blaue Mappe an sich gepreßt, saß er Tweed auf der Stuhlkante gegenüber. Er schaute auf Monica und Paula.

»Dies ist höchst vertraulich.«

Tweeds Mund wurde zu einem schmalen Strich. »Sie sollten allmählich wissen, daß Monica und Paula von dem, was hier vorgeht, mehr wissen, als Sie jemals erfahren werden.«

»Dann fange ich an.«

Er schlug seine Mappe auf, aber Tweed sah auf die Uhr. Er würde bald zu seiner Verabredung mit der Premierministerin aufbrechen müssen. Paula hatte Informationen mitgebracht, die dem Gespräch nur nützen konnten.

»Sagen Sie mir bitte in wenigen Worten, was Sie herausgefunden haben.«

»Gut. Aber Sie sollten den Vorgang später lesen. Die Untersuchung dauerte länger, als vorauszusehen war. Ich mußte Walton, den Chef des Special Branch, bitten, für mich zu bürgen, bevor der Bankmanager in Bristol sich zum Reden bereitfand. Dann mußte ich mich an Ihre Kollegen in Europa wenden ...«

»Ich weiß. Chefinspektor Kuhlmann hat mich aus Wiesbaden angerufen. Und Beck aus Zürich. Fahren Sie fort.«

»Foster hatte ursprünglich zwanzigtausend Pfund auf seinem Konto in Bristol. Jetzt hat er es aufgelöst. Das Geld wurde von der Deutschen Bank in Frankfurt überwiesen. Und die hatte es von der Zürcher Kreditbank in Zürich. Ende der Spur.«

»Was heißt das?«
»Zürcher Kredit hatte das Guthaben aus Liechtenstein. Das ist ein eisernes Tor, das niemand öffnen kann. Ich habe Ihnen nicht sehr helfen können, nicht wahr?«
»Im Gegenteil, es fügt sich ins Gesamtbild. Danke, Perry. Und lassen Sie Ihre Akte bitte hier.«
Er wartete, bis sie allein waren. »Da wurde also vor fünfzehn Jahren – zu Breschnews Zeiten – mit dieser Bungalowsiedlung ein geheimer sowjetischer Stützpunkt eingerichtet. Und wir merken es erst jetzt. Die fünf Männer in den Vierzigern müssen um die fünfundzwanzig gewesen sein, als sie ins Land geschleust wurden. Ihre Identitäten stammen aus der Dokumentenabteilung der Moskauer Zentrale. Ein Oberst Winterton – den niemand je gesehen hat – kaufte ein Grundstück mit einem alten Haus darauf; das hat Marler in irgendeinem Pub erfahren. Er ließ das Haus abreißen und die sechs Bungalows hinstellen. Die *Spetsnaz*-Einheit brauchte nur noch einzuziehen...«
»*Spetsnaz?*« fragte Monica.
»Eine sowjetische Eliteeinheit, das Gegenstück zu unserer SAS. Speziell ausgebildet in der Anpassung an ein fremdes Milieu. Ihre Aufgabe dürfte zuerst darin bestanden haben, Schlüsselfiguren unserer Verteidigung zu ermorden. Sie standen unter dem Befehl des Chefs vom Mäander, eines Engländers, der im Exmoor residiert.«
»Ich weiß, was *Spetsnaz* ist«, protestierte Monica, »aber was Sie da erzählen, das sind doch durchweg Vermutungen...«
»Nein. Ich folgere die Lösung aus Prämissen, die wir zweifelsfrei in der Hand haben. Sie haben sich immer abseits gehalten. Foster war einmal im Royal Oak und sprach mit dem Barkeeper; Barkeeper haben gottlob ein gutes Gedächtnis. Foster legt also Wert auf die Feststellung, daß zwei ihrer Frauen Berufe im Ausland ausüben – das läßt die Sache natürlicher aussehen als die Vorstellung von sechs Junggesellen, einschließlich Seton-Charles. Nachdem er dem Barkeeper diese Information – von der er wußte, daß sie die Runde machen würde – eingetrichtert hat, läßt sich Foster nie mehr im Royal Oak sehen. Dann ermittelt Paula, daß eine einzige Frau in allen sechs Bungalows saubermacht...«
»Eine Frau, gleichfalls in den Vierzigern«, warf Paula ein.
»Das ist doch auch sehr merkwürdig«, fuhrt Tweed fort. »Sechs Männer, die sich, als sie ihre Bungalows bezogen, angeblich nicht kannten, beschäftigen dieselbe Putzfrau. Weiter: Perry sagt, daß Foster große Summen von einem Konto abhebt, das ursprünglich in Liechtenstein lag, so daß wir nicht erfahren können, woher das Geld kommt. Und

endlich hören wir, daß sie alle verschwunden sind, ohne einen einzigen Fingerabdruck zu hinterlassen. Alles, was diese Leute taten, hat einen undurchsichtigen Hintergrund. Das riecht förmlich nach *Spetsnaz.*«

»Und es war keine Reaktion auf die Schießerei, in die Paula verwickelt war«, stellte Monica fest. »Woher ich das weiß? Weil mir bekannt ist, wieviel Zeit es braucht, in meiner Wohnung sauberzumachen. In sechs Bungalows sämtliche Fingerabdrücke verschwinden zu lassen, muß die Frau Tage penibelster Kleinarbeit gekostet haben. Sie wollten also ohnehin ausziehen. Heißt das nun, daß eine größere Operation bevorsteht?«

»Es heißt, daß wir sehr wenig Zeit haben, ihre Spur aufzunehmen«, sagte Tweed verdrießlich. »Und ich habe kaum noch Zeit, meinen Termin bei der Premierministerin einzuhalten.«

»Können wir noch etwas tun?« fragte Monica, als er seinen Burberry anzog. Draußen herrschte typisches Novemberwetter, ein naßkaltes Nieseln.

»Warten. Und hoffen. Wir haben, was wir wissen, öffentlich bekanntgegeben. Bis später.«

»Eins noch, bevor ich es vergesse. Nield hat davon in einem Pub gehört. Kearns' Hund hat nicht aufgehört, nach Jill zu suchen und zu winseln. Er hat ihn erschossen und im Garten hinter seinem Haus begraben. Da steht jetzt ein Holzkreuz mit der Inschrift: *In liebender Erinnerung an Jill.*«

»Verdammt!« Tweed hörte sie kaum, weil im gleichen Moment das Telefon klingelte; Monica griff zum Hörer. »Ich kann jetzt mit niemandem mehr sprechen ...«

»Es ist Marler. Er sagt, es wäre sehr wichtig.«

Tweed übernahm und sagte: »Fassen Sie sich kurz.«

»Newman war in der Klinik, nachdem er gehört hatte, daß Morle wach sei. Er fand ihn fiebernd, mit hoher Temperatur. Der diensttuende Polizist sagte ihm, was Morle vor sich hingeredet hätte – ein einziges Wort, immer und immer wieder. Und dann hörte Bob es auch selber. *Stinger.* Haben Sie das mitbekommen?«

»Ja.« Tweed ertappte sich dabei, wie er den Hörer umkrampfte. Dann bedankte er sich und legte auf.

»Schlechte Nachrichten?« fragte Paula.

»Die schlechtesten. Wir wissen jetzt, was Anton an Land gebracht hat. Stinger-Raketen. Gott helfe uns.«

Er stürmte die Treppe zum Erdgeschoß hinunter, zwang sich, am Ausgang innezuhalten und sich umzublicken. Auf der anderen Straßenseite stand ein Zeitungsverkäufer. Tweed kaufte den *Evening Standard;* dabei fiel sein Blick auf das Plakat mit den wichtigsten Nachrichten.

Gorbatschow trifft Thatcher in Brize Norton auf dem Weg nach Washington.

NEUNUNDVIERZIGSTES KAPITEL

In seinem Haus in Exmoor lag Jupiter sehr still im Bett. In seinem Kopf lief noch einmal die Liste der Aufgaben ab, die inzwischen erledigt waren. Nun war alles an seinem Platz. Es war der 30. November; am Montag, dem 7. Dezember würde Gorbatschow in Brize Norton landen.

Landen? Er würde in der Luft zerfetzt werden. Das Treffen mit der britischen Premierministerin würde nie stattfinden. In wenigen Tagen würde Jegor Ligatschow, die bisherige Nummer zwei im Politbüro, Generalsekretär sein. Ein Mann, der für *glasnost* und *perestroika* weder Zeit noch Verständnis hatte. Das hatte er öffentlich erklärt.

Jupiter war in seiner Jugend durch eine harte Schule gegangen. Die Welt mußte für Lenins marxistische Prinzipien vorbereitet werden. Nur die Rote Armee konnte den endlichen Sieg erringen. Und ich, dachte er, werde zu diesem Sieg einen wichtigen Teil beigetragen haben. Obwohl ich ihn nicht miterleben werde. Die rote Fahne auf dem Buckingham-Palast, auf dem Weißen Haus. Nein – das wird mehr Jahre brauchen, als mir noch beschieden sind.

Er lächelte bei dem Gedanken an die letzte Botschaft, die er nach Griechenland durchgegeben hatte. Er hatte das Szenarium verändert. Das schwache Glied in der Kette war Florakis. Es war reine Ironie – wenn Florakis die Botschaft morgen an Doganis weitergab, unterschrieb er damit sein eigenes Todesurteil. *Kurzschluß.*

Lange vor Sonnenaufgang fuhr Doganis auf der Küstenstraße nach Kap Sunion, seine gewaltige und – wie es schien – kraftlose Körpermasse über das Steuer gebeugt. Er war gern früh aufgestanden; er hatte ohnehin schlecht geschlafen, und als er aufwachte, brannte sein Hirn vor Erregung. Alles war nach Plan gelaufen. Daß er Petros' manische Rachsucht als Nebelwand nutzen konnte, hatte den Gegner total verwirrt. Nahe der Hotelbaustelle hielt er an und ließ den Motor laufen.

»Ich habe eine neue Botschaft«, sagte der schmalgesichtige Florakis und glitt auf den Beifahrersitz. »Aber wozu brauche ich das Funkgerät?«

»Packen Sie es in den Kofferraum«, befahl Doganis. Er beantwortete Florakis' Frage erst, als sie die kurvenreiche Autostraße erreicht hatten. Florakis beobachtete Doganis, der unbewegt geradeaus blickte; er

mochte ihn nicht, diesen aus allen Fugen geratenen Fleischberg. Er hätte sich fit halten sollen, wie Florakis, der auf seine Kondition stolz war.
»Wir wechseln den Standort, von dem aus Sie senden«, erklärte Doganis. »Es ist gefährlich, zu lange denselben Ort zu benutzen. Sie sagten, die Mitteilung sei nur kurz gewesen. Ein Wort. Wie hat es gelautet?«
»Kurzschluß. Das war alles. Bis auf das Schlußzeichen.«
Also hatte ich recht, dachte Doganis. Das Unternehmen wird bald anlaufen. Er wußte, was Florakis unbekannt war: dies war die letzte Botschaft. Während sie sich Kap Sunion näherten, redete er weiter.
»Von nun an senden sie vom Gipfel von Kap Sunion. Um die Mittagszeit ist dort kein Mensch. Ich habe da einen idealen Platz gefunden – eine Bodensenke gleich hinter dem Tempel.«
Er bremste den Wagen an der Abzweigung des Weges, der von der Straße aus hinaufführte, und wies Florakis an, das Funkgerät mitzunehmen. Innerlich verachtete Florakis ihn deshalb: der schwammige Kerl hatte nicht einmal die Kraft, das Gerät bergauf zu schleppen.
Schweigend passierten sie das Restaurant und das Hotel, in denen noch kein Licht brannte. Dann erreichten sie den Poseidontempel, dessen Säulen sich von dem dunklen Himmel abhoben.
Doganis führte Florakis daran vorbei, den Abhang hinab bis zur Kante der Klippe. Der Boden war mit verkümmertem Gras bedeckt; Doganis blieb am Rand einer runden Bodenvertiefung stehen und wies mit einem fetten Finger darauf.
»Das ist die Stelle. Von hier aus senden Sie in Zukunft . . .«
»Ich verstehe. Aber warum haben wir das Gerät mitgebracht? Ich brauche es jetzt nicht.«
»Sie werden es überhaupt nicht mehr brauchen.«
Doganis hob die plumpen Hände und umklammerte Florakis' Hals. Florakis war überrascht, aber er fürchtete ihn nicht. Doganis mußte verrückt geworden sein, wenn er glaubte, es mit einem Mann von Florakis' Kräften aufnehmen zu können. Er versuchte, Doganis mit dem Knie zu stoßen, doch der Angreifer drehte sich zur Seite, und der Stoß traf nur seinen Schenkel. Zum ersten Mal fühlte Florakis Angst. Es war, als stieße man das Bein eines Elefanten. Der Druck auf seinen Kehlkopf verstärkte sich. Vor seinen Augen tanzten Funken. Doganis' Gesicht schien riesig, als er begann, Florakis' Körper nach hinten zu biegen. Wenn er damit fortfuhr, würde er ihm das Rückgrat brechen. Panik ergriff ihn. Er stieß vergeblich mit dem rechten Fuß nach Doganis' Bein. Es war, als träfe man auf Holz. Dann sackte er zusammen und verlor das Bewußtsein, bis Doganis ihn erwürgte.

Zufrieden mit dem Ergebnis seiner Arbeit ließ Doganis ihn zu Boden gleiten. Sie befanden sich am oberen Rand des Abhangs. Doganis stieß die Leiche mit dem Fuß an. Sie begann hinabzurollen, erst langsam, dann immer schneller. Wie eine zerbrochene Lumpenpuppe verschwand Florakis hinter der Kante der Klippe. Doganis grunzte zufrieden und rieb sich die Hände.
»Ich verhafte Sie wegen kaltblütigen Mordes«, sagte eine gelassene Stimme hinter ihm.

Die Haselmaus stand ungefähr acht Meter von ihm entfernt an der Stelle, an der die Anhöhe sich landeinwärts bog. Stand da, eine winzige Gestalt, die Hände hinter dem Rücken, und starrte Doganis an – ihn und das Meer, das sich hinter ihm dehnte wie eine Fläche aus schwarzem Stahl. Stand da, als wollte er eine Rede halten.
»Sind Sie allein?«
Doganis konnte es kaum glauben. Er sah sich nach Verstärkung um. Die kleine, plumpe Gestalt wirkte so absurd. Und es schien niemand in seiner Nähe zu sein.
»Ja«, sagte Kalos. »Ich habe Ihre Wohnung in der Plaka überwacht – Tag und Nacht. Ich bin Ihnen in meinem Saab gefolgt, mit abgeblendeten Scheinwerfern. Sie waren so besessen von Ihrem mörderischen Plan, daß es Ihnen nicht im Traum eingefallen wäre, daß Sie verfolgt würden.«
»Und nun glauben Sie, *mich* verhaften zu können?«
Doganis begann, sich langsam auf Kalos zuzubewegen. Der blieb stehen, die Hände auf dem Rücken, während Doganis am Rand der Anhöhe schweigend auf ihn zustapfte.
»Haben Sie den Engländer Harry Masterson auch auf diese Weise umgebracht?«
»Ja. Sie können es ruhig wissen, weil Sie ohnehin als Fischfutter enden werden. Masterson täuschte sich wie Florakis – beide hielten mich für einen kraftlosen Fettsack. Ich sagte ihm, ich könnte ihm zeigen, wo der Anführer des Mäander lebte. Er stellte entschieden zu viele Fragen. Und er glaubte, mit mir fertig zu werden. Er war stärker als Florakis.«
»Bleiben Sie stehen«, befahl Kalos. »Gehen Sie keinen Schritt weiter. Ich habe Handschellen hinter dem Rücken. Die ich Ihnen anlegen werde.«
Doganis bewegte sich weiter – wie ein großer Affe. Aus seinem Inneren kam ein Geräusch, ein rumpelnder Ton: seine Version eines Lachens. Er hob beide Hände, bereit, dieses Püppchen bei der Kehle zu packen, hochzuheben und . . .

Kalos brachte beide Hände hinter dem Rücken hervor – und mit ihnen eine 9 mm Walther aus dem Holster, das er mitten auf dem Rücken trug. Er feuerte einmal, in der Absicht, seinen Gegner außer Gefecht zu setzen. Das Geschoß traf Doganis' linke Schulter. Er hielt inne, bewegte sich dann weiter. Kalos feuerte wieder, traf den Schenkel. Immer noch bewegte sich Doganis vorwärts wie ein wütender Elefantenbulle. Kalos zielte zum dritten Mal, schoß ihn ins Herz.
Doganis sackte langsam zu Boden, auf der Seeseite der Anhöhe, am Abhang. Wie Florakis' Leiche geriet auch sein massiger Körper ins Rollen. Dabei streifte er einen mittelgroßen Felsbrocken, der gleichfalls zu rollen begann. Kalos beobachtete unbewegt, wie Doganis' Leiche an einer steileren Stelle des Abhangs schneller rollte; dann schoß der massige Körper über die Kante hinaus und verschwand, von dem Felsbrokken gefolgt, um hundert Meter in die Tiefe zu stürzen.
Kalos ging zu der Stelle hinüber, von der aus Doganis das Funkgerät über die Klippe werfen wollte. Er hob es mit beiden Händen hoch, um Florakis' Fingerabdrücke am Griff nicht zu verwischen, und kehrte damit zu seinem Saab zurück.

FÜNFZIGSTES KAPITEL

Drei Männer stapften über einen verschneiten Kasernenhof südwestlich von Moskau: General Lutscharsky, flankiert von den beiden anderen Mitgliedern der Troika. Der gefrorene Schnee knirschte unter ihren Stiefeln, und sie hatten den Platz für sich allein – Offiziere und Mannschaften befanden sich auf dem Transport zu den alljährlichen Manövern in der Ukraine, die Lutscharsky befehligen würde.
Der Zeitplan entsprach Lutscharskys Plänen. Wenn die Krise ausbrach, war er außerhalb des Schußfeldes. Seine Begleiter warteten darauf, daß er spräche. Er ließ sie warten. Eine Bestätigung seiner Autorität. Ein bitterer Wind peitschte sein weißes, knochiges Gesicht.
»Alles ist bereit«, sagte er schließlich. »Das Unternehmen ist weit genug fortgeschritten, um die Funkverbindungen abzubrechen. Die Schwachstellen im Mäander werden liquidiert. Alles hängt nun von Jupiter in England ab.«
»Gorbatschow hat uns in die Hände gespielt«, kommentierte General Budjenny. »Er landet in England. Aber der britische Sicherheitsdienst ist sehr gut. Ist Jupiter besser?«
»Der Mann, der die reaktivierte *Spetsnaz*-Einheit leitet, war Soldat in der britischen Armee. Ein ausgezeichneter Mann, der keine Fehler be-

geht. Übrigens, General Budjenny, bleibt Ihre Panzerdivision hier. Sie schließt Moskau ein, falls sich eine Krise ergeben sollte.« Er blieb stehen, starrte den breitschultrigen General an. »Aber Sie handeln nur auf direkten, schriftlichen Befehl des Genossen Ligatschew.«

»In Ordnung, Genosse General. Meine Division hat diese Aufgabe schon mehrfach erfüllt – zuletzt unter Breschnew.«

Lutscharsky nahm seine Wanderung wieder auf. Auf dem weiten Exerzierplatz konnte man nicht belauscht werden. »Der einzige General, von dem ich Widerstand erwarte, weil er ein begeisterter Verfechter der *perestroika* ist, wird an den Manövern in der Ukraine teilnehmen. Wenn er sich rührt, lasse ich ihn festnehmen. Was sollte da noch danebengehen?«

»Sie waren eine Zeitlang besorgt, als unser KGB-Mann meldete, der britische Agent Tweed befände sich in Griechenland.«

»Ich war besorgt, bis ich erfuhr, daß er sich auf diesen alten Idioten Petros konzentrierte. Da wußte ich, er hatte den Köder geschluckt und war auf der Fährte, die ich mit der Liquidation seines Sektorenchefs Masterson gelegt hatte. Sie können Tweed vergessen. Er ist verwirrt und dreht sich wie ein Schiff ohne Steuerruder im Kreis ...«

Es hatte wieder zu schneien begonnen, schwere Flocken drifteten aus dem zinngrauen Himmel. Lutscharsky blieb stehen, bückte sich, schaufelte Schnee in seine behandschuhte Rechte und rieb ihn sich übers Gesicht.

»Das hilft, das Gehirn zu wecken, Genossen. Der erste Schnee im Winter – dem Winter, in dem sich *perestroika* zu Tode frieren wird.«

1. Dezember. Tweed war am Vortag nicht in sein Büro zurückgekehrt. Er hatte in Downing Street auf die Premierministerin warten müssen; und dann hatte das Gespräch länger gedauert, als er vorausgesehen hatte.

Nun wanderte er mit Paula durch den Regent's Park. Der Wind war schneidend, und er trug seinen warmen Überzieher. Paula raffte ihren Mantelkragen am Hals zusammen, während sie über die weiten, menschenleeren Plätze gingen.

»Fangen wir noch einmal von vorn an«, sagte Tweed. »Ich habe das beunruhigende Gefühl, irgend etwas übersehen zu haben.«

»Sie haben getan, was Sie tun konnten«, versicherte sie. »Jetzt können wir nur noch abwarten, daß sich etwas ereignet.«

»Aber wir haben kaum noch Zeit. Gorbatschow landet am Montag in Brize Norton – das ist der 7. Dezember. Wir haben nur noch sechs Tage. Gehen wir das Ganze noch einmal von vorn bis hinten durch ...«

Paula begann mit den frühesten Ereignissen. Tweed hörte schweigend zu. »Und dann«, fuhr sie fort, »kam die Ermordnung von Sam Partridge im Exmoor. Sie mußten ihn für diesen Ortspolizisten identifizieren . . .«

Sie hielt inne, als er abrupt stehenblieb und ihren Arm faßte. »Das ist es. Weshalb mußte ich ihn identifizieren?«

»Weil seine Brieftasche verschwunden war und erst später wieder auftauchte, mit einer runden Summe in bar – gefunden von einem Hund, der im Doone Valley wilderte.«

»Also konnte es kein Raubmord gewesen sein.«

»Die Banknoten waren neu«, erinnerte Paula ihn, »und hatten fortlaufende Seriennummern. Kein Dieb, der seine fünf Sinne beisammen hat, wäre auf die Idee gekommen, sie auszugeben.«

»Zurück ins Büro.« Tweeds Stimme klang entschlossen. »Ich will die Liste der Dinge noch einmal sehen, die sich in der Brieftasche befanden. Marler hat sie zusammengestellt. *Irgend etwas* fehlte.«

»Sams Führerschein.« Tweed saß hinter seinem Schreibtisch und studierte die Liste. In seiner Stimme lag ein Unterton von Triumph. »Der war nicht in der Brieftasche. Und zwar obwohl er mit seinem Wagen nach Somerset gefahren war. Er erzählte mir, er hätte ihn in Dunster auf der Straße geparkt.«

»Aber wieso hat denn niemand gemeldet, daß er die ganze Zeit dort gestanden hat?« gab Monica zu bedenken.

»Weil irgendwer – vielleicht Winterton selber – ihn weggefahren und an einer versteckten Stelle im Exmoor abgestellt hat. In einem verlassenen Gebäude etwa. Sie wollten nicht den Wagen, sie wollten den Führerschein. Was heißt, daß sie wahrscheinlich unter Vorlage von Partridges Führerschein einen Wagen gemietet haben.« Er kritzelte etwas auf seinen Block, riß das Blatt ab. »Paula, hier ist seine Adresse. Rufen Sie sofort die Leute von der Zulassungsstelle in Swansea an und beschaffen Sie uns die Nummer des Wagens.«

»Das kann lange dauern«, warnte Paula. »Die bewegen sich nicht allzu schnell.«

»Sagen Sie ihnen, Sie gehörten zum Special Branch. Und sagen Sie, ich brauchte die Antwort binnen einer Stunde. Wir fahndeten nach einem flüchtigen Terroristen. Die Leute arbeiten mit Computern, verdammt nochmal. Binnen einer Stunde . . .«

Eine Stunde und zehn Minuten später gab die Zulassungsstelle die Nummer durch. Tweed rief den Commissioner der Polizei an, identifizierte sich, gab ihm die Nummer. Er hatte kaum aufgelegt, als das Tele-

fon schon wieder klingelte. Newman berichtete vom Exmoor. Keine Änderung der Lage.
Tweed erklärte ihm, um was es ginge, sagte ihm die Nummer, gab dringende Instruktionen. »Ich möchte, daß ihr euch sofort daranmacht. Alle vier. Teilt das Gebiet in Sektoren auf. Fahrt jede Stelle an, wo man einen Wagen mieten kann. Zeigt den Leuten die Nummer. Wenn jemand den Führerschein benutzt hat, um einen Wagen zu mieten, dann muß das in den Unterlagen des Vermieters stehen. Ich brauche jede Information in dieser Sache binnen vierundzwanzig Stunden.«
»So viel Zeit haben wir?« fragte Newman ironisch.
»Es kann auch früher sein.«

In der Cherry Farm hatten sich die Machtverhältnisse verändert – sehr zu Antons Mißvergnügen. Mit einem Anruf von Jupiter hatte es angefangen. Anton wurde auf die gewohnte hochfahrende Art darüber aufgeklärt, daß noch drei Gäste kämen – Foster, Saunders und Sully.
Zur vereinbarten Zeit fuhr Anton mit dem grauen Austin Metro, den er Wochen zuvor in Taunton gemietet hatte, zu derselben Kreuzung, an der er die schiitischen Gefangenen übernommen hatte. Ein Ford Sierra und ein Vauxhall Cavalier parkten hintereinander am Straßenrand. Der schmalgesichtige elegante Foster, den er bereits kannte, kam auf ihn zu.
»Waldkauz«, begrüßte Foster ihn.
»Bussard«, gab Anton zurück und fragte sich im stillen, weshalb Jupiter es für nötig gehalten hatte, zwischen zwei Männern Parolen zu vereinbaren, die sich längst kannten. Die beiden Männer im Vauxhall warteten, bis Anton sich an die Spitze des Convois setzte und sie zur Cherry Farm führte. Er mochte die Männer nicht. Sie wirkten wie hartgesottene Profis, als wären sie militärisch geschult.
Nachdem die beiden Wagen in dem zweiten Schuppen untergebracht waren, stellte Foster seine Begleiter vor. In der großen Küche musterte Seton-Charles die Neuankömmlinge durch seine randlose Brille. Kein Wimpernzucken verriet, daß er die drei Männer kannte. Foster verlor keine Zeit und kein überflüssiges Wort.
»Das ist Saunders, mein Stellvertreter. Er führt das Kommando, wenn ich nicht da bin. Und das ist Sully. Er kocht für uns drei. Wir haben unsere eigene Verpflegung mitgebracht.«
»Bisher hat Seton-Charles hier gekocht«, unterbrach Anton. »Das kann er auch für uns alle tun.«
»Ich sagte, Sully kocht für uns. Ihr beide sorgt für euch selber. So – und wo sind die Stinger und die Abschußrampen?«

Anton führte sie die Treppe hinauf in seinen Schlafraum und öffnete einen Schrank. Über dem linken Arm trug er einen Spazierstock. Mit beiden Händen räumte er seine Sachen, die an der Stange hingen, zur Seite. Foster grunzte.
»Wir brauchen ein sicheres Versteck für den Fall, daß eine Polizeistreife hier herumschnüffelt.«
»Ach, wirklich?« entgegnete Anton. »Dann suchen Sie doch mal selber.«
Foster kniete nieder, kroch in den Schrank, betastete die Bodenbretter. Anton warf Seton-Charles einen Blick zu und hob die Augenbrauen. »Schlaumeier« war aus seiner Geste abzulesen. Sully, schmal und sehnig und mindestens ebenso trainiert wie die anderen, begriff, was gemeint war.
»Die Ironie ist überflüssig«, knurrte er.
Foster klopfte mit den Knöcheln an der Rückwand des Schranks; er erwartete ein hohles Geräusch. Er knirschte mit den Zähnen – fast hätte er sich an dem massiven Holz die Knöchel verletzt. Er kroch aus dem Schrank und stand auf.
»Okay, ich finde sie nicht«, sagte er. Sein Ton war schon ein wenig höflicher.
Anton stieg in den Schrank und drückte mit der Zwinge des Stocks kräftig auf ein Astloch in der hinteren Ecke. Es klickte, und die Rückwand öffnete sich um einige Zentimeter. Anton stieß sie weit auf, hielt sie fest und zeigte in das offene Fach dahinter, in dem ein längliches Segeltuchbündel lag.
»Man muß die Rückwand festhalten«, erklärte er. »Sonst schnappt sie automatisch wieder zu. Nehmen Sie das einmal heraus ...«

Sie standen im vorderen Möbelwagen, nachdem sie sich durch das Verhau der von Anton ersteigerten alten Möbel hindurchgezwängt hatten. Seton-Charles hatte Anweisung, im Haus zu bleiben und Wache zu halten. Den Werfer mit einer der Raketen unter dem Arm, bestieg Anton die Plattform, gefolgt von Foster und seinen beiden Begleitern.
Anton ließ sich auf dem Sitz nieder, betätigte den Schalter, und das Schiebedach öffnete sich. Foster starrte es an und warf dann Sully und Saunders einen Blick zu. »Wer hat das gebaut?« fragte er.
»Ich«, sagte Anton.
»Tatsächlich? Ich bin beeindruckt. Das gleiche im anderen Wagen?«
»Genau das gleiche ...«
Dann stritten sie darum, wer die beiden Möbelwagen fahren und wer die Raketenwerfer bedienen würde. Anton gab nicht nach. »Ich bin

vom Verkäufer über den Gebrauch dieser Waffen instruiert worden. Ich übernehme einen der Werfer. Wer fährt, das ist Ihr Problem.«
Foster bequemte sich zu einem Kompromiß. Er selbst und Anton würden die Raketen abfeuern; fahren würden Saunders und Sully. Er fragte nach der Sprechverbindung, und Anton zog das Funksprechgerät aus der Lederhülle, die an der Plattform befestigt war. »Der Fahrer hat sein eigenes Gerät und meldet, wenn das Ziel in Sichtweite ist. Sonst noch etwas?«
Foster fragte nach den schiitischen Gefangenen, deren Leichen man in den Wagen zurücklassen würde, nachdem man ihre Hände auf die Raketenwerfer gedrückt hatte, um Fingerabdrücke darauf zu hinterlassen. Anton berichtete von dem toten Schwein, mit dem er die Männer in Schach hielt. Foster nickte. »Solange es nicht gebraucht wird, liegt es in einer Tiefkühltruhe in der Scheune«, fuhr Anton fort. »Für die Truhe habe ich einen eigenen Generator aufgestellt.« Foster nickte abermals und kam dann auf den heikelsten Punkt.
»Sie haben Anweisung von Jupiter, daß hier, wenn wir den Platz verlassen, nichts zurückbleiben darf, das auf unsere Anwesenheit hindeutet?«
»Ja. Nach dem Telefongespräch habe ich Seton-Charles angewiesen, hinter dem Haus ein Grab für das Schwein auszuheben.«
»Und Sie wissen, was in diesem Grab liegen wird?« fragte Foster gelassen.
»Ich habe es doch gerade gesagt.« Anton starrte Foster an, der mit unbewegter Miene zurückstarrte. Begriff er, fragte sich Anton, was ihm da beigebracht werden sollte? Oder war dieser Mann mit dem kalten Blick einfach nicht intelligent genug? »Das Schwein wird darin liegen«, wiederholte er.
»Zusammen mit Seton-Charles. Er ist entbehrlich.«

2. Dezember. In Tweeds Büro am Park Crescent stieg die Spannung. Die Liste von Fragen, die hinausgeschickt worden war, hatte keine Reaktion hervorgerufen. Auf das Foto von Anton oder das Phantombild von Seton-Charles hatte sich trotz weiter Verbreitung niemand gemeldet.
Auch von den vier Männern, die das Exmoor-Gebiet durchstreiften, war kein Anruf eingegangen. Monica und Paula verbrachten ihre Zeit noch einmal mit den Bandaufnahmen früherer Gespräche. Sie lasen die Akten, darunter den Bericht, den Newman über die Reise nach Griechenland diktiert hatte. Sie suchten fieberhaft nach etwas, das man möglicherweise übersehen hatte. Spät am Abend brachte Monica noch einmal Kaffee und stellte noch einmal die gleiche Frage.

»Können Sie uns irgend etwas über Ihr Gespräch mit der Premierministerin sagen?«

»Zu einem bestimmten Zeitpunkt – knapp vor dem 7. Dezember, an dem Gorbatschow in Brize Norton landen wird – ziehe ich Newman, Marler, Butler und Nield aus dem Exmoor ab. Bis dahin bleiben sie dort, weil ich hoffe, Antwort auf zwei Fragen zu bekommen: ob Sam Partridges Führerschein dazu verwendet wurde, einen Wagen anzumieten, und auf welchem Weg Anton unbemerkt das Land verlassen konnte. Wenn sie zurückkommen, haben wir eine Konferenz. Und dann werden Sie erfahren, was beschlossen wurde.« Er hielt inne. »Im Moment kann ich nur soviel sagen: Die Premierministerin glaubt, daß wir auf dem richtigen Weg sind; wir haben ihre Genehmigung, alle Waffen anzufordern, die wir brauchen. Außerdem stehen uns zwei Westland-Hubschrauber zur Verfügung. Ich habe vorgeschlagen, daß sie mit schwenkbaren Maschinengewehren ausgerüstet werden und am Rumpf die Aufschrift ›Verkehrskontrolle‹ tragen. Stationiert sind sie auf einem Privatflugplatz bei Woking in Surrey.«

»Und wozu dienen sie?« fragte Paula.

»Das war ein Vorschlag von Newman. Er rief mich mitten in der Nacht an, und ich schilderte ihm die Situation. Er weiß, was auf uns zukommt. Marler weiß es auch.«

Paula warf einen Blick auf das Feldbett in der Ecke.

»Dann war es also nichts mit Ihrer ungestörten Nachtruhe.«

»Davon wird für uns alle in den nächsten fünf Tagen nicht die Rede sein ...«

Er verstummte, als Howard eintrat und sich in den Sessel fallen ließ. Er hatte eine Handvoll Fotos bei sich.

»Keine Fortschritte, vermute ich? Die Lage ist gespannt?«

»Nichts«, erwiderte Tweed. »Und in diesem Stadium ist die Lage immer gespannt.«

»Wie Sie wissen«, bemerkte Howard, »verstehe ich ein bißchen von Autos. Außerdem fiel mir ein, daß diese *Spetsnaz*-Einheit, die Paula hat auffliegen lassen, eine neue, vorbereitete Basis bezogen haben muß.«

»Richtig.« Tweed fragte sich, worauf er hinauswollte.

»Wir wissen, daß Foster einen Ford Kombi fährt, Saunders einen Vauxhall Cavalier, Seton-Charles einen Volvo Kombi – wenn die Angaben der Zulassungsstelle in Swansea zutreffen. Sully hat seinen Jaguar in der Bungalow-Garage stehen gelassen, den können wir also vergessen. Aber ich glaube nicht, daß sie es wagen werden, neue Autos zu mieten; sie müßten dazu ihre Führerscheine vorzeigen. Richtig, so weit?«

»Richtig.«
»Das heißt also, daß sie weiterhin dieselben Wagen benutzen müssen. Aber sie können sie zur Tarnung umgespritzt haben.«
»Sehr wahrscheinlich«, stimmte Tweed zu.
»Also habe ich Fotos dieser drei Wagentypen auf ein neutrales Grau umretuschieren und dann Abzüge davon machen lassen. Wenn wir vom Hubschrauber aus nach den Wagen Ausschau halten und zum Vergleich diese Abzüge benutzen, kann uns ein möglicher Wechsel der Farbe nicht täuschen. Wir können uns auf die Form konzentrieren.«
Er beugte sich vor, legte die Fotos auf Tweeds Schreibtisch und richtete sich wieder auf. Tweed betrachtete die Abzüge.
»Ich glaube, das ist ein gescheiter Einfall«, entschied er. »Jeder, der an der Suche beteiligt ist, bekommt einen Abzug.«
»Dann brauche ich auch einen«, sagte Howard und nahm einen der Abzüge wieder an sich.
»Wozu?« fragte Tweed.
»Weil ich in einem der Hubschrauber sitzen werde. Und Sie im anderen.« Er hob die Hand, als Tweed zu protestieren versuchte. »Keine Widerrede! Ich bin ganz gut im Erkennen von Autos. Und wenn Sie mich bei der Premierministerin verraten, spreche ich nie wieder ein Wort mit Ihnen.« Er stand auf. »Das wäre also klar. Mir hängt dieser Schreibtischkrieg mit Papierpfeilen zum Halse heraus.« Beim Hinausgehen fiel ihm Monicas fassungslose Miene auf. »Und geben Sie Monica einen Brandy. Sieht aus, als hätte sie ihn nötig.«
»Du lieber Gott!« brach es aus ihr heraus, als Howard draußen war. »Wer hätte das geglaubt!«
»Sie haben Howard immer unterschätzt«, sagte Tweed, und dann läutete das Telefon. Monica griff zum Hörer, sah Tweed an. »Für Sie. Peter Sarris aus Athen.«
Tweed grüßte den griechischen Polizeichef, hörte dann minutenlang schweigend zu, preßte den Hörer immer fester ans Ohr. Nachdem er aufgelegt hatte, starrte er eine Zeitlang blicklos ins Leere, bevor er sprach.
»Jetzt wird es ernst«, sagte er. »Doganis hat Florakis auf Kap Sunion erwürgt und den Leichnam über die Klippe gestürzt. Er wußte nicht, daß er von Kalos beschattet wurde. Den Mord an Harry Masterson hat er gestanden. Offenbar hatte er Kräfte wie ein Ochse. Kalos hat ihn erschießen müssen.«
»Und was bedeutet das?«
»Es bedeutet, daß die alten Männer in Rußland – wahrscheinlich unter General Lutscharsky – ihre Spuren verwischen. Sie liquidieren jeden,

der sie verraten kann. Am 7. Dezember läuft der Countdown endgültig aus. Hoffen wir, daß sich bald etwas tut.«

EINUNDFÜNFZIGSTES KAPITEL

Freitag, 4. Dezember. In der Cherry Farm war die Atmosphäre gespannt. Fünf Männer hockten im Haus nahezu aufeinander. Es war kalt, und ein schneidender Wind fegte über die nassen Felder und rüttelte an den geschlossenen Fensterläden.

Die schiitischen Moslems hatten sich über die Kälte beklagt. Sie hatten eine Extragarnitur Unterwäsche bekommen und mußten im übrigen sehen, wie sie zurechtkamen. Die Bedingungen, unter denen ihre fünf Bewacher lebten, waren kaum besser. Neben dem großen Kamin im Wohnraum türmte sich ein verlockender Stapel Brennholz. Aber es durfte nicht geheizt werden: Rauch aus dem Schornstein hätte jedem Vorbeikommenden verraten, daß das Haus bewohnt war.

Es gab weder elektrischen Strom, noch Gas, noch Wasser. Die angeblich aufgegebene Farm war von jeder Versorgung abgeschnitten. Seton-Charles bereitete sein Essen auf einem Kocher, der an eine Gasflasche angeschlossen war – er hatte sie auf dem Rückweg von Norwich mitgebracht. Aber die Flasche war fast leer.

Im Wohnraum beugten sich Anton und Foster über zwei Meßtischblätter, damit beschäftigt, die Route in den Raum von Brize Norton festzulegen. Saunders und Sully standen hinter ihnen. Sie alle trugen mitgebrachte Winterkleidung: Wollpullover und doppelte Socken.

»Das Transportproblem«, sagte Anton plötzlich. »Wir haben darüber geredet, ohne zu einer Entscheidung zu kommen. Ich nehme den Austin Metro und stelle ihn so ab, daß wir hinterher damit wegkommen können; dann steige ich in den Möbelwagen um.«

»Das ist riskant«, sagte Foster. »Und ich nehme den Ford Sierra – das ist ebenso riskant. Aber nicht so riskant wie das Mieten anderer Fahrzeuge. Dabei müßten wir unsere Führerscheine vorlegen. – Der Vauxhall kann hierbleiben.«

»Und wie steht es um unseren Fluchtweg?« fragte Anton und verschränkte die Arme. »Sie sind mir bisher die Antwort schuldig geblieben. Aber jetzt will ich es wissen – bevor wir über weitere Fahrtrouten reden.«

Foster preßte die Lippen zusammen. »Also gut. Was wir zu tun haben, steht unmittelbar bevor. Danach lassen wir die Möbelwagen stehen und fahren ins Exmoor zurück. Wir verlassen das Land, wie Sie es betreten haben – mit einem Motorboot von der Küste bei Porlock Weir. Außerhalb der Dreimeilenzone wartet ein Schiff auf uns – ein DDR-Frachter. Die Leute in der DDR halten von *perestroika* längst nicht so viel wie Gorbatschow.«

»Und noch etwas – das ich mit Ihnen allein besprechen möchte.«

»Ach?« Fosters kalte, graue Augen verengten sich. »Gut, gehen wir an die frische Luft.«

Die Luft hinter dem Farmhaus war mehr als frisch – sie war eisig. Foster schob die Hände in die Jackentaschen. Bis zu seinem fünfundzwanzigsten Lebensjahr war er den rasiermesserscharfen Wind der sibirischen Taiga gewohnt gewesen; aber nach fünfzehn Jahren in England spürte er die Kälte.

»Um was geht's?« fragte er.

»Ich habe mich entschieden, daß ich nicht der Mann bin, Seton-Charles abzuknallen. Den Waffenhändler in Lissabon zu töten, war ein Kinderspiel. Ich kannte ihn nicht. Aber Seton-Charles hat mir neue Möglichkeiten des Lebens eröffnet. Ich mag ihn nicht – aber er ist ein Teil von mir.«

Foster richtete sich auf und starrte Anton an, als müsse er ihn von neuem einschätzen. Anton versuchte den Blick zu erwidern; innerlich war er nervös. Er spürte plötzlich die Kraft, die von dem *Spetsnaz*-Mann ausging.

»Dann müssen wir den Plan ändern«, erklärte Foster. »Ich habe Seton-Charles beobachtet. Zuerst hielt ich ihn nur für einen Theoretiker. Aber er ist fanatisch – fanatischer, als Sie je sein werden. Er fährt einen der Möbelwagen, Sully den anderen. Saunders und ich bedienen die Werfer.«

»Aber das kann ich doch auch«, protestierte Anton. »Was soll ich denn statt dessen tun?«

»Sie fahren den Fluchtwagen. Als wir uns zum zweiten Mal an der Kreuzung trafen, überholte uns ein Postwagen. Sully hat festgestellt, daß er jeden Tag dort vorbeikommt; zum ersten Mal in aller Frühe.«

»Das stimmt. Seton-Charles hat mir davon erzählt. Und was hat das mit uns zu tun?«

»Am Montag, dem 7. Dezember, halten wir den Fahrer an und nehmen ihm den Wagen ab. Ein normales Postfahrzeug fällt niemandem auf.«

»Und was tun wir mit dem Fahrer?« fragte Anton.

»Wir töten ihn und packen die Leiche in das Grab, das Seton-Charles ausgehoben hat. Ich übernehme das.« Foster verzog den Mund. »Sie sind wahrscheinlich nicht der richtige Mann dafür.«

»Aber ich kann eine von den Raketen abfeuern ...«
»Was Sie nicht tun werden. Sie haben es uns ja gezeigt. Die Stinger ist einfach zu bedienen. Und jetzt können Sie hier draußen bleiben, bis Ihnen die Eier abfrieren – vorausgesetzt, Sie haben welche. Ich gehe ins Haus und beschäftige mich mit den Karten. Saunders und ich müssen die Straße nach Brize Norton kennenlernen.«
Er ging ins Haus und schloß lautlos die Tür hinter sich. Anton zitterte im Wind. Fosters Augen, seine Art zu reden, hatten ihm Furcht eingeflößt. Dennoch mußte er zugeben, daß Foster ein vorzüglicher Planer war. Sie hatten sogar drei Overalls mitgebracht, wie Möbelpacker sie tragen, und hatten sie zerknüllt und mit Flecken versehen, damit sie nicht neu aussahen.
Anton ging hinein und fand Foster und Saunders über die Karten gebeugt. Foster trug gerade mit dem Bleistift eine Route ein. Er sah auf, als Anton zu ihnen trat.
»Für die Erkundungsfahrt nehmen wir Ihren Austin Metro. Den kennt wenigstens keiner.«

Freitag, 4. Dezember. Es war am späten Nachmittag, als Newmans Anruf am Park Crescent durchkam. Monica stellte ihn auf Tweeds Apparat und setzte die Bandaufnahme in Gang.
»Ich habe herausgefunden, daß Sam Partridges Führerschein tatsächlich zum Mieten eines Wagens benutzt wurde. Schon vor Wochen. Und der Wagen ist immer noch vermietet. Ein Mann, dessen Stimme ziemlich arrogant geklungen haben soll, hat bei Barton – dem Autoverleiher – angerufen; das Geld für die Mietverlängerung wurde ihm nachts in einem Umschlag in den Briefkasten geworfen. Die Firma ist in Taunton ansässig, und der Wagen ist ein blauer Austin Metro ... Natürlich habe ich eine ganze Serie von Autoverleihern angerufen, bis ich den richtigen gefunden habe.«
»Gute Arbeit, Bob. Wir geben die Daten des Wagens sofort heraus. Können Sie sich – möglichst gleich – mit den anderen in Verbindung setzen? Ich möchte sie alle noch heute abend hier haben. Es ist dringend.«
»Ich spreche von der Telefonzelle in Minehead; in Taunton habe ich keine unbesetzte gefunden. Butler und Nield sind gerade im Anchor. In einer halben Stunde sind wir unterwegs. Moment, hängen Sie nicht auf! Marler hat noch eine Nachricht für Sie. Hier ist er ...«
»Ich weiß jetzt, wie Anton aus dem Land geschlüpft ist. Und entdecke gerade, daß Newman dieses Telefon besetzt hält. Also: Anton ist ein erfahrener Pilot für Kleinflugzeuge. Erinnern Sie sich – Christina hat

Newman davon erzählt. Dunkeswell Airport, ein kleiner Privatflugplatz südöstlich von Tiverton. Er ist in einer Cessna ausgeflogen.«
»Sind Sie sicher? Gibt es Belege dafür?«
»Das zwar nicht. Aber ich habe mich einem der Piloten gegenüber ausgewiesen; ich zeigte ihm Antons Foto und sagte ihm, Anton wäre ein führender Terrorist. Der Mann wurde weiß wie die Wand. Ich mußte ein wenig Druck ausüben – wie, das brauchen Sie im Augenblick nicht zu wissen. Jedenfalls zahlte Anton ihm eine beträchtliche Summe in bar ...«
»Damit er ihn nach Lissabon flöge?«
»Nicht ganz. Anton bestand darauf, die Cessna selbst zu steuern. Der Pilot kam als Passagier mit und flog dann die Maschine nach Dunkeswell zurück. Der Kontrolleur des Flugplatzes war nicht da und weiß nicht, was passiert ist.«
»Wieder eine Frage beantwortet. Kommen Sie nach London. Hier braut sich ein Desaster zusammen.«
»Werden Waffen ausgegeben?« fragte Marler. »Mir wäre ein Gewehr mit Zielfernrohr lieb. Bis dann ...«
Auf dem zweiten Apparat hatte Monica inzwischen dem Commissioner der Polizei die Beschreibung und die Nummer des Austin Metro durchgegeben. Sie legte gerade auf; ihre Augen funkelten vor Erregung.
»Jetzt kommt alles auf einmal. Wie so oft.«
»Eigentlich heißt es ja, alle guten Dinge sind drei«, sagte Paula.
Um sieben Uhr kam der Anruf aus Norwich.

Tweed, der auf Newman und seine drei Mitarbeiter wartete, aß gerade mit Paula und Monica ein Schinkenbrot; im Nebenraum seines Büros waren Feldbetten aufgeschlagen, auf denen die beiden Frauen die Nacht verbracht hatten. Sie fingen gerade an, eine leise Sehnsucht nach dem eigenen Zuhause zu verspüren, da läutete das Telefon.
Monica hob ab, lauschte, runzelte die Stirn, stellte einige Fragen, legte dann die Hand über das Mikrofon. »Polizeihauptquartier Norwich. Ein Constable Fox. Er weiß etwas zu Ihrer Umfrage betreffend Seton-Charles' Volvo – Beschreibung und Nummer. Scheint aber nicht ganz sicher zu sein. Der Anruf kommt über unsere Decknummer der General & Cumbria Versicherung.«
Tweed griff nach seinem Telefon und fragte, ob und wie er behilflich sein könne.
»Constable Fox am Apparat, Sir. Es geht um Ihre Umfrage nach dem Volvo Kombi.« Eine sehr jugendliche Stimme, ein wenig zögernd. »Mein Inspektor war nicht sicher, ob ich anrufen sollte. Ich halte näm-

lich selbst nebensächliche Vorkommnisse in meinem Notizbuch fest. Man weiß nie, ob die Information nicht einmal gebraucht wird.«

»Sehr vernünftig.« Tweed ermutigte ihn. »Fahren Sie fort.«

»Es war im Oktober, spätabends. Das Datum war – Moment bitte, ich habe mein Notizbuch in der Uniformtasche. Wie gesagt, ich war im Dienst und sah diesen Volvo an einer Ecke anhalten. Ein Mann stieg aus und ging um die Ecke zu einer Möbeltransportfirma, die ihre Konkursmasse verkaufte. Das fiel mir auf, weil es schon elf Uhr abends war – und weil er ebensogut direkt vor dem Lagerhaus hätte parken können. Verschwende ich Ihre Zeit, Sir?«

»Bitte sprechen Sie weiter.«

»Im Lagerhaus brannte Licht, und ich dachte, ich sollte das nachprüfen. Der Mann ging hinein, nachdem Latimer ihm aufgemacht hatte.«

»Latimer?«

»Der Inhaber der Firma, die ihre Möbelwagen verkaufte – Camelford Removals. Als ich sah, daß er selbst an die Tür gekommen war, glaubte ich, die Sache wäre okay, und ging weiter. Am nächsten Morgen war ich wieder in der gleichen Gegend; da fuhr der Volvofahrer an mir vorbei, am Steuer von einem der Möbelwagen. Aber seine Personenbeschreibung stimmt nicht mit Ihrem Phantombild überein. Er trug eine Hornbrille und eine alte Mütze.«

»Aber der Volvo hatte die Nummer, die wir in unserer Umfrage angegeben haben?«

»Zweifelsohne, Sir. Habe ich in meinem Notizbuch festgehalten.«

»Könnten Sie zu diesem Latimer gehen und ihn bitten, zu warten, bis ich komme? Wir ersetzen ihm den Zeitausfall. Und könnten Sie selber am Bahnhof auf mich warten? Kurz nach zehn?«

»Ich habe wieder Nachtdienst – Stallwache im Revier. Latimer wohnt praktisch in diesem Lagerhaus. Ich kann ihn anrufen.«

»Ich heiße Tweed. Ich komme. Ihr Festhalten nebensächlicher Vorkommnisse könnte zu einer Beförderung führen. Ich fahre gleich aus London ab ...«

Wie Tweed vermutet hatte, war Constable Fox ein Mann Anfang Zwanzig, schmal, blaß und ernsthaft; er errötete, als er Paula vorgestellt wurde. Tweed zeigte ihm seinen Special Branch-Ausweis; Fox nahm ihn, verglich das Foto sorgfältig mit Tweeds Gesichtszügen und gab ihn dann zurück. Das Phantombild von Seton-Charles hatte er in einem Umschlag bei sich.

»Latimer wartet auf uns, Sir. Ich habe ihm nicht gesagt, wer ihn sprechen möchte.«

»Sehr vernünftig«, sagte Tweed und konzentrierte sich auf Fox' Wegbeschreibung. In wenigen Minuten erreichten sie das Lagerhaus. Ein kleiner Mann in mittleren Jahren öffnete die Tür, als sie anhielten. »Das ist Latimer«, flüsterte Fox.
Tweed stellte sich und Paula vor, zeigte seinen Ausweis; Latimer warf nur einen flüchtigen Blick darauf und ließ sie ein. Dann saßen sie an einem Tisch mit abgenutzter Platte; Latimer trank Tee aus einem Zinnbecher. Tweed nahm Fox den Umschlag ab, zog das Phantombild heraus und legte es vor ihm auf den Tisch. »Ist das der Mann, der Ihnen einen Möbelwagen abgekauft hat?«
»Zwei Möbelwagen. Aber so sah er nicht aus. Er trug eine Hornbrille, nicht diese randlose, und eine Fahrermütze.«
Tweed sah Paula an und schob das Phantombild zu ihr hinüber. »Sie sind die Künstlerin. Mr. Latimer, beschreiben Sie doch bitte, so genau Sie können, den Typ der Brille und die Mütze. Miss Grey wird nach Ihren Angaben das Bild verändern...«
Sie wechselten die Plätze, so daß Paula neben Latimer saß. Sie zog einen Filzstift aus ihrer geräumigen Schultertasche und korrigierte das Bild nach Latimers Anweisungen. Dann legte sie es ihm wieder vor.
»Das ist er! Das ist Zauberei – wie Sie das gemacht haben. Ich habe ein gutes Gedächtnis für Gesichter. Das ist er, ganz ohne Zweifel.«
»Sie sagten, er hätte zwei Wagen gekauft. Hatte er noch jemanden bei sich?« fragte Tweed.
»Nein. Er hat sie beide abgeholt, hintereinander und am gleichen Tag. Ungefähr acht Stunden nachdem er mit dem ersten weggefahren war, kam er wieder und holte den zweiten. Beide vom gleichen Baumuster. Ich habe nur noch einen davon.«
»Sprach er wie ein gebildeter Mensch?« fragte Paula.
»Nein. Wie ein Arbeiter.« Latimer kratzte sich am Kopf. »Aber ganz natürlich klang es bei ihm nicht.«
»Er zahlte mit einem Scheck?« fragte Tweed.
»Nein. In bar. Mit Fünfzigern. Ich habe sie noch ins Licht gehalten, man kann nicht vorsichtig genug sein heutzutage. Ein merkwürdiger Kerl. Die Mütze paßte ihm auch nicht sonderlich gut.«
»Sie sagten, Sie hätten nur noch einen Wagen«, erinnerte Tweed, »und zwar vom gleichen Typ?«
»Stimmt. Wollen Sie ihn sehen?«
»Ja, bitte.« Tweed blickte zu Paula. »Haben Sie vielleicht Ihre Kamera bei sich?«
»Wie immer. Mit Blitzlicht...«
Sie verbrachten eine halbe Stunde damit, daß Paula den Wagen von

verschiedenen Seiten fotografierte. Dann bat Tweed Latimer, den Wagen auf die zu dieser Tageszeit menschenleere Straße hinauszufahren; Paula erschien mit der Kamera an einem der obersten Fenster des Lagerhauses, und Tweed sah von der Straße aus dreimal das Blitzlicht aufflammen. Dann winkte sie mit der Hand, und Latimer setzte den Wagen zurück und stoppte ihn an der nächsten Abzweigung in einem anderen Blickwinkel. Wieder blitzte es dreimal, und Tweed sagte zu Latimer, er könne den Wagen ins Lagerhaus zurückfahren.

»Um was dreht sich's eigentlich?« fragte Latimer beim Aussteigen.

»Um eine gefährliche Bande von Terroristen. Aber Sie haben mit uns Zeit verloren. Die bezahlen wir Ihnen natürlich.«

»Kommt nicht in Frage. Wenn's um Terroristen geht, arbeite ich gern umsonst. Und wenn Sie sie erwischen: Rübe ab!«

»Ich werde daran denken. Und schönen Dank für Ihre Mitarbeit.« Inzwischen waren Paula und Fox wieder erschienen. »So, wir müssen weiter. Constable Fox – wenn diese Geschichte vorbei ist, werde ich Ihren Inspektor wissen lassen, was für gute Arbeit Sie geleistet haben. . . .«

Es war zwei Uhr nachts, als Tweed und Paula wieder am Park Crescent eintrafen. Im Haus brannten alle Lichter hinter geschlossenen Fensterläden. Sie stiegen in den Keller hinab, wo die Techniker schon warteten. Paula übergab ihren Film, und Tweed ordnete an, ihn sofort zu entwickeln und zwei Dutzend Abzüge herzustellen.

Sein Büro war voller Leute, als er eintrat. Man hatte einen großen Tisch hineingestellt. An ihm saßen Howard, Newman, Butler und Nield. Monica schenkte Kaffee ein. Marler rauchte eine seiner King-size-Zigaretten.

»Erfreuliches?« fragte er.

Paula setzte sich an den Tisch, und Tweed berichtete, was sie erfahren hatten. Die meisten seiner Zuhörer wirkten abgespannt; nur Howard und Marler waren frisch und munter.

»Wozu in aller Welt brauchen sie zwei Möbelwagen?« fragte Howard.

»Denken Sie an die Stinger«, erklärte Marler. »Ein Hinweis, den wir Morles Fieberdelirien verdanken. Diese Möbelwagen sind bewegliche Abschußrampen. Wem fällt schon ein Möbelwagen auf? Er hält an, sie lassen das Heckbrett herunter und schießen die Raketen aus der Hecköffnung ab.«

»Du lieber Gott!« Howard war entsetzt. »Sollten wir nicht besser die Premierministerin verständigen?«

»Und den SAS alarmieren?« schlug Newman vor.
»Wir müssen schon allein damit fertig werden«, sagte Tweed ruhig. »Die SAS-Teams bewachen den Umkreis von Brize Norton. Und die Premierministerin hält uns für ihre Privatversicherung. Bevor ich es vergesse: jeder von euch muß ab jetzt einen solchen Ausweis bei sich haben. Wir laufen bei ihr unter der Chiffre ›Force Z‹.« Er ließ einen Stapel brandneuer Ausweise, die gerade aus dem Keller heraufgebracht worden waren, auf den Tisch fallen. »Jeder sucht sich bitte seinen heraus – auf jedem ist ein Foto. Auch für Sie ist einer dabei, Howard – falls Sie darauf bestehen, mitzukommen.«
»Ich bestehe darauf.«
»Alle Sicherheitskräfte in und um Brize Norton sind über Force Z informiert. Wenn Ihr ihnen begegnet: schnell reden und den Ausweis vorzeigen.«
»Und wie zum Teufel geht es jetzt weiter?« fragte Howard.
Tweed trat vor eine Wandkarte, die er hatte aufhängen lassen. Sie umfaßte Oxfordshire, Wiltshire, Berkshire, Hampshire und London Airport. Liphook, ein kleines Dorf, lag gerade noch innerhalb des Kreises, den er mit einem Filzschreiber darauf zog.
»Wir müssen uns in Winterton hineindenken.« Er sah zu Howard hinüber. »Der Codename des Engländers, der das Unternehmen leitet.«
»Und bei dem es sich um Robson, Barrymore oder Kearns handelt – ist das noch Ihre Meinung?« fragte Paula.
»Ja. Basierend auf der Tatsache, daß der Mäander im Zweiten Weltkrieg von einem Engländer in Kairo kontrolliert wurde. Auf der Tatsache, daß der Matrose der *Oporto*, der zur Aussage bereit war, gesehen hat, wie Anton in der Nähe von Porlock Weir von einem mit einer Sturmhaube vermummten Mann an Land gebracht wurde. Auf den Tatsachen, die sich aus der von Nield im Luttrell Arms gemachten Bandaufnahme ihres Gesprächs ergaben. Auf der Tatsache, daß der geheime *Spetsnaz*-Stützpunkt im Exmoor eingerichtet wurde. Auf der Tatsache, daß diese drei Männer in der Nähe waren, als Andreas und Stefan Gavalas ermordet wurden. Auf der Tatsache, daß Partridge und Mrs. Larcombe im Exmoor ermordet wurden. Auf der Tatsache endlich, daß diese drei Männer, als Jill Kearns in London überfahren wurde, in einem Hotel wohnten, das keine Meile vom Tatort entfernt lag.«
»Das leuchtet ein«, stimmte Paula zu. »Aber jetzt haben Sie alle Ihre Mitarbeiter aus dem Exmoor zurückgezogen. Sollte nun, da der Höhepunkt des Unternehmens so nahe vor uns liegt, nicht wenigstens einer von uns auf diese Männer achtgeben?«
»Ja. Und zwar Sie.«

Es gab Proteste gegen diese Entscheidung. Von Howard. Von Paula. »Ich möchte im letzten Stadium dabei sein«, gab sie zu bedenken. »Schließlich habe ich zur Ermittlung beigetragen ...«
»Zugegeben«, sagte Tweed. »Sie waren die erste, die herausfand, daß mit der Bungalowsiedlung etwas nicht stimmte – um nur dies zu erwähnen. Aber nach allem, was Newman mir am Telefon berichtete, sind alle drei Männer noch immer im Exmoor ...«
»Es ist zu gefährlich«, wandte Newman ein. »Paula hat bei der Begegnung mit Norton und Morle genug Schießpulver gerochen. Außerdem kann Winterton das Gebiet längst verlassen haben.«
»Hat er nicht.« Tweed war offenbar sicher. »Ich habe Ihnen noch nicht gesagt, daß der Chefinspektor der Polizei von Taunton auf allen Straßen, die ostwärts aus diesem Gebiet herausführen, Straßensperren eingerichtet hat. Barrymore, Robson und unser Freund Kearns sind dort wohlbekannt. Wenn einer von ihnen – Winterton – Exmoor verläßt, weiß ich binnen Minuten davon.«
»Deshalb also sind wir bei Glastonbury von der Polizei angehalten worden«, bemerkte Newman.
»Und Paula wird auch wieder bewaffnet sein.« Tweed förderte einen Browning mit Munition aus einem Schreibtischfach zutage und legte ihn vor ihr auf den Tisch. »Besser?« fragte er sie. »Ihre Aufgabe ist, festzustellen, wer von den dreien sich zuerst bewegt.«
»Gut. Das mache ich.«
»Schön. Dann können wir fortfahren. Ich habe versucht, mich in Winterton hineinzudenken. Er mußte vorher wissen, daß eine gute Chance bestand: Gorbatschow würde in England landen, um Mrs. Thatcher zu treffen. Diese Information hatte er aus Moskau, da bin ich sicher. Dort sitzt der harte Kern der Gorbatschow-Gegner. Gorbatschow kommt also, aber wo wird er landen? Heathrow? Möglich, aber unwahrscheinlich. Lyneham Air Force Base in Wiltshire? Die Idee hat etwas für sich. Brize Norton in Oxfordshire? Hat auch etwas für sich. Hier würde ein Sicherheitssystem leichter aufzubauen sein als in Heathrow. Macht das Sinn?«
»Ja«, sagte Marler. »Und wie geht er weiter vor?«
»Er richtet eine vorläufige Basis ein.« Tweed trat zur Wandkarte und wies mit der Hand auf den eingezeichneten Kreis. »Irgendwo in dieser Gegend. Eine Basis, von der er schnell in die Nähe des Landeorts gelangen kann, sobald dieser feststeht. Hier werden auch die Möbelwagen versteckt. Ich glaube nicht, daß wir sie aus der Luft ausmachen können, bevor Gorbatschows Flugzeug am kommenden Montag über Brize Norton zur Landung ansetzt. Jetzt ist schon nahezu Samstag ...«

»Wenn es hell wird«, warf Howard ein, »könnten wir das Gebiet doch mit den Hubschraubern überfliegen. Vielleicht sehen wir etwas.«
»Geht leider nicht«, informierte Monica ihn. »Ich habe mit Fairoaks Airfield gesprochen, wo die Maschinen ausgerüstet und neu gestrichen werden. Frühestens am Sonntagvormittag stehen sie zur Verfügung.«
»Also warten wir bis Sonntag«, verkündete Tweed. »Jedenfalls sehen die meisten von Ihnen so aus, als könnten sie ein wenig Ruhe vertragen. Ich möchte, daß alle hellwach sind, wenn wir in die Hubschrauber steigen. Noch etwas?«
»Bob«, fragte Paula, »könnte ich Ihren Mercedes haben? Ich fahre ab, sobald diese Konferenz zu Ende ist. Dann kann ich mir noch ein paar Stunden Schlaf im Luttrell Arms leisten, bevor ich mit der Arbeit anfange. Ich kenne das Exmoor langsam auswendig.«
»Ausnahmsweise.« Newman unterdrückte ein Gähnen. »Ja.«
»Ich meine, wir sollten nicht alle fliegen«, meldete Butler sich erstmals zu Wort. »Nield und ich haben darüber gesprochen, nachdem Monica uns erzählte, was sie von unserem Plan weiß. Wir sind beide gute Motorradfahrer und könnten über Funksprechgeräte mit den Hubschraubern Kontakt halten.«
»Ich denke darüber nach.« Tweed sah auf seine Uhr. »Also, wenn nichts mehr anliegt . . .«
»Waffen«, sagte Marler. »Was ist verfügbar? Wie ich das sehe, brauchen wir eine ganze Menge davon.«
»Was Sie wollen. Die Premierministerin hat mir *carte blanche* gegeben. Ein gepanzerter Wagen liefert uns ein Arsenal zum Aussuchen und wartet dann in Fairoaks. Sie bekommen Ihr Gewehr mit Zielfernrohr. Aber auch Pistolen und Handgranaten. Zum Aussuchen, wie gesagt.«
»Ein letzter Punkt«, sagte Paula. »Glauben Sie immer noch zu wissen, wer Winterton ist?«
»Ja. Aber ich habe keinen Beweis. Und ich erwarte, daß er sich, wenn das Unternehmen läuft, im Hintergrund hält. Im Exmoor. Vielleicht finden Sie heraus, wer es ist.«
Paula sagte nichts. Sie öffnete die Hand, und ein Stück Schneiderkreide rollte auf den Tisch.

Samstag, 5. Dezember. Es war schon nach Mitternacht, als Foster auf der Cherry Farm Anton in seinen Schlafraum mitnahm und die Tür schloß. Die Gesichter beider Männer waren von Müdigkeit gezeichnet; beide waren reizbar.

»Diese schiitischen Gefangenen werden unruhig«, fing Foster an. »Was haben Sie ihnen als Grund dafür genannt, daß sie hier sind?«

»Daß sie Geiseln sind und gegen zwei Männer ausgetauscht werden sollen, die in Beirut entführt wurden. Verhandlungen wären im Gange, aber sie brauchten Zeit. Sie halten uns für Agenten der britischen Regierung. Am besten überlassen Sie das mir.«

»Mit Vergnügen. Ich habe genug zu tun. Waffenübungen zum Beispiel. Es ist Samstag, und wir alle spüren die Anspannung. Heute regen wir uns nicht. Morgen und am Montag müssen wir bestens in Form sein.«

»Morgen ist Sonntag. Was passiert da?«

»Eine Generalprobe. Saunders und ich haben zwei Stellen gefunden, an denen sich die Möbelwagen geradezu ideal verstecken lassen – gerade in der richtigen Entfernung von Brize Norton. Übrigens sind Sie dran, die Toiletteneimer zu leeren. Tun Sie's, bevor Sie zu Bett gehen ...« Er hielt inne. Im Untergeschoß läutete das Telefon. Automatisch wandte sich Anton zur Tür. Foster schob ihn zur Seite. »Ab jetzt nehme nur ich Telefongespräche entgegen.«

Er eilte über die knarrende Holztreppe in die Halle hinab, in der das Telefon auf einem Tisch stand, nahm den Hörer ab und nannte die verabredete falsche Nummer. Wieder die gewohnte arrogante Stimme.

»Ist für die Konferenz am Montag alles vorbereitet? Sind alle Delegierten voll informiert?«

»Ja. Wir haben den Konferenzort überprüft. Morgen, am Sonntag, prüfe ich ihn noch einmal, um sicher zu sein, daß nichts übersehen wurde.«

»Das will ich hoffen – in diesem Stadium. Sie berichten mir, wenn wir uns treffen? Das ist alles.«

Foster legte auf. Er wußte, dies war der letzte Anruf von Jupiter. Der Hinweis »wenn wir uns treffen« deutete darauf hin, daß man sich auf dem DDR-Frachter *Stralsund* treffen würde, der an der Mündung des Bristolkanals auf sie wartete. Erst jetzt, nach all diesen Jahren, dachte Foster, erfahre ich, wer uns hier im Exmoor befehligt hat.

»Eine Krise?« fragte Anton; er stand am Fuß der Treppe. Die Frage bestätigte Foster, daß er recht damit gehabt hatte, Anton von der Bedie-

nung der kostbaren Raketen auszuschließen. Er wurde von Stunde zu Stunde nervöser. Foster blickte auf das Telefon.
»Auf welche Weise ist die Gebührenrechnung für dieses Telefon bezahlt worden? Sie haben einmal gesagt, Sie riefen zu bestimmten Zeiten bei einer Telefonzelle an.«
»Das hat Jupiter geregelt. Ein Anwalt in Taunton bekommt die Rechnungen und bezahlt sie aus einem Fonds, den Jupiter ihm nach telefonischer Vereinbarung in bar zur Verfügung gestellt hat.«
Foster war zufrieden. Es waren solch winzige Einzelheiten, die all ihre Pläne in Frage stellen konnten. Doch Jupiter übersah offenbar nichts. Anton stand noch immer an der Treppe.
»Was ist?« fuhr Foster ihn an. »Es wird Zeit, daß wir schlafen.«
»Dieser Postwagen...«
»Machen Sie sich nicht die Hose voll. Den Fahrer übernehme ich. Sie begraben ihn. Und die Toiletteneimer packen Sie auf die Leiche. Dieses Haus ist sauber und aufgeräumt, wenn wir es verlassen. Und vergessen Sie nicht Ihre Handschuhe – keine Fingerabdrücke!«
»Der Postwagen«, fing Anton von vorn an. »Wenn Sie zugehört hätten, wüßten Sie jetzt, was ich sagen wollte. Es ist eine ziemliche Strecke bis Porlock Weir. Wir werden den Wagen auftanken müssen...«
»Wir haben noch genug Benzin in Reservekanistern im Kofferraum der beiden Wagen, in denen wir gekommen sind. Werfen Sie auch unsere Schlafsäcke in das Grab. Und nun verschwinden Sie...«
Als Anton die Treppe hinaufstieg, rief er ihm nach: »Wieviel Mineralwasser haben wir noch?«
»Ein Dutzend Literflaschen. Ich habe auf die Vorräte geachtet«, gab Anton zurück.
»Gut für Sie.« Fosters Gedanken kreisten schon um andere Einzelheiten. Die Ölöfen und die Lampen, die sie benutzt hatten, würden sie mitnehmen und auf dem Weg nach Brize Norton hier und da im Gebüsch verschwinden lassen. Er stieg die Treppe hinauf und nickte Saunders zu, der in einem Korbsessel vor den Räumen saß, in denen die gefangenen Schiiten untergebracht waren. Saunders hatte eine Luger im Schoß. Wenn die Gefangenen Ärger machten, würde er ihnen mit dem Griff der Luger den Schädel einschlagen. Das war ohnehin, was ihnen bevorstand.
Nach dem Wachplan hatte Foster vom Vorderfenster aus die Zufahrt zum Haus zu beobachten. Später in der Nacht würden Sully und Seton-Charles ihn ablösen. Ruhe tat not. Der Sonntag würde anstrengend werden: die Probefahrt nach Brize Norton.

Um drei Uhr nachts hatte sich in Tweeds Büro alles zur Ruhe begeben – außer Monica, Tweed und Butler. Newman hatte bemerkt, Butler habe länger geschlafen als alle anderen und könne deshalb noch aus dem Exmoor berichten. Eine Tasse schwarzen Kaffees vor sich, sprach Butler kurz und bündig.
»Man könnte fast annehmen, es ginge ihnen darum, völlig normal zu erscheinen. Dr. Robson reitet zu jeder Tageszeit übers Moor und besucht seine Patienten. Eine alte, halb invalide Dame in Dulverton bestellt ihn gewöhnlich mitten in der Nacht in ihr baufälliges Haus. Und er fährt hin ...«
»Wissen Sie, auf welche Weise sie ihn zu sich bestellt?«
»Telefonisch. Sie hat einen Nebenanschluß an ihrem Bett im Oberstock. Barrymore fährt nach Einbruch der Dunkelheit nach Minehead, um von der Telefonzelle, die wir auch benutzen, mit irgendwem zu sprechen. Im Pub heißt es, seine Haushälterin, Mrs. Atyeo, habe ihm mit Kündigung gedroht. Warum, weiß kein Mensch – sie ist seit Jahren bei ihm. Kearns reitet noch immer nachts herum. Als Nield einmal im Dunkeln über die Straße zum Doone Valley fuhr, fand er Kearns' Pferd unter einigen Bäumen angebunden – an einer einsamen Stelle mitten zwischen Quarme Manor und Endpoint.«
»Er könnte also ebensogut Barrymore aufgesucht haben wie Robson?«
»Auf die Idee war Pete auch gekommen; er ist weitergefahren, um nicht gesehen zu werden. Barrymore und Robson treffen sich noch immer jeden Mittwoch zum Lunch im Royal Oak und jeden Samstag zum Dinner im Luttrell Arms. Ach ja – eines Nachts versuchte Marler Kearns, der nach Dunkery Beacon hinaufritt, zu folgen. In der Nähe des Gipfels hörte Marler eine laute Explosion, ungefähr wie die Detonation einer Handgranate. Um was es sich handelte, hat er nicht herausfinden können.«
»Vielleicht hat Kearns etwas vernichtet«, vermutete Tweed. »Aber ich glaube, Harry, Sie gehen jetzt auch besser schlafen. Ihr Feldbett steht hinter der zweiten Tür rechts, wenn Sie hier rausgehen ...«
Die folgende halbe Stunde verbrachte Tweed am Telefon. Er sprach mit Frankfurt, wo Marlers Vertreter die Stelle seines abwesenden Sektorenchefs hielt; er sprach mit Mastersons Vertreter in Wien und ließ sich über die Lage auf dem Balkan Bericht erstatten; mit Guy Dalby in Bern sprach er über den Mittelmeerraum; endlich sprach er mit Erich Lindemann, dem Sektorenchef für Skandinavien.
»Überall Ruhe«, sagte er, nachdem er den Hörer aufgelegt hatte. »Nur in Wien werden ausgedehnte Manöver in der Ukraine gemeldet – unter

dem Befehl von General Lutscharsky. Aber die finden immer um diese Jahreszeit statt.«

Er streckte die Arme, stand auf und wanderte umher. Monica bewunderte wieder einmal sein Stehvermögen und sein Gedächtnis, das nichts ausließ.

Der Stab, der für die europäischen Sektoren zuständig war, residierte in einem anderen Gebäude am Park Crescent – zusammen mit dem technischen Dienst der Nachrichtenübermittlung, einschließlich den Empfängern für die Beobachtungssatelliten, die im All kreisten. Tweed kehrte plötzlich zu seinem Schreibtischsessel zurück.

»Ich habe etwas Wichtiges übersehen. Stellen Sie sich die Situation dieser *Spetsnaz*-Gruppe vor. Sie haben ihre Exmoor-Basis verloren. Nachdem sie ihre Aufgabe erfüllt haben – wie sie hoffen –, brauchen sie einen *Fluchtweg*. Rufen Sie Roberts bei Lloyds an. Fragen Sie nach allen Ostblock-Schiffen in der Nähe unserer Küste.«

»Tut mir leid, Roberts ist übers Wochenende in Urlaub gefahren. Ich weiß nicht, wohin. Ich könnte jemand anderen fragen ...«

»Nein. Roberts weiß, was Geheimhaltung bedeutet. Montag muß genügen.« Er nahm die Krawatte ab, lockerte den Kragen. »Dann gehe ich schlafen.«

Monica faltete bereits die Decken auf seinem Feldbett in der Ecke und schüttelte sein Kopfkissen. Er zog die Schuhe aus, hielt dann inne.

»Ich wüßte gern, was aus der Putzfrau geworden ist, die Paula in dieser Bungalowsiedlung beobachtet hat ...«

»Ins Bett«, sagte Monica streng. Dann fluchte sie. Das Telefon läutete. Sie lauschte einen Moment, blickte dann zu Tweed hinüber. »Es ist Paula. Von Somerset. Ich kann ihr sagen, Sie schliefen ...«

»Geben Sie her.« Tweed, in Socken, übernahm den Hörer. »Stimmt was nicht? Sie sollten im Bett sein.«

»Sie auch. Ich hatte Pech. Ich spreche aus der Telefonzelle in Minehead. Hab mich im Dunkeln verfahren. Keine Sorge – ich habe den Anchor angerufen, der Nachtportier läßt mich ein. Gut, daß ich da schon einmal übernachtet habe. Aber die Hauptsache: ich bin nicht von der Polizei angehalten worden. Das gibt mir zu denken.«

»Das liegt daran, daß Sie nach Somerset *hinein*gefahren sind. Die Straßensperren sind verdeckt angelegt. Kontrolliert wird jeder, der *hinaus* will. Aber ich bin froh über Ihren Anruf. Setzen Sie sich morgen früh mit Inspektor Farthing in Minehead in Verbindung. Er ist verläßlich – der Mann, der auftauchte, als Partridges Leiche vom Exmoor nach Winsford gebracht wurde. Sie können mit ihm offen über die drei Männer sprechen, die Sie überwachen. Sie werden Hilfe brauchen.«

»Okay. Das mache ich. Und nun – angenehme Ruhe ...«
»Ins Bett«, wiederholte Monica. »Denken abschalten! Sonntag wird noch einmal ein harter Tag.« Er legte den Kopf aufs Kissen. Seine Gedanken verebbten. Dann schlief er.

Sonntag, 6. Dezember. Trotz seiner nächtlichen Wache war Foster auf der Cherry Farm früh aufgestanden. Während sie eilig frühstückten, entwickelte er seinen Plan. »Ich fahre mit Seton-Charles und Saunders die Route ab. Wir nehmen Antons Austin Metro – das ist das sicherste Fahrzeug. Ich suche mehrere Stellen, an denen wir die Möbelwagen versteckt aufstellen können – und zwar östlich von Brize Norton, weil Gorbatschow aus dieser Richtung einfliegt. Und ein gutes Stück vom Umkreis des Flugplatzes entfernt. Die Sicherheitsmaßnahmen dort sind schon jetzt ungeheuerlich.«
»Und was mache ich?« fragte Anton verärgert.
»Sie helfen Sully, dieses Haus aufzuräumen. Wir müssen es morgen ohne Verzögerung verlassen können – sobald wir uns den Postwagen gegriffen und den Fahrer erledigt haben. Stapelt alle Toiletteneimer bis auf einen an der Hintertür. – Was ist das?«
Er sprang auf, rannte hinters Haus. Am Tisch konnten sie alle hören, was Fosters feines Gehör zuerst bemerkt hatte: das stetige Geräusch eines Hubschraubermotors. Sie erstarrten, als Foster aus der Hintertür, die er einen Spaltbreit geöffnet hatte, hinausspähte.
»Nur ein Chopper von der Verkehrskontrolle«, sagte er, als er zurückkam. »Wir fahren jetzt mit dem Metro ab.«

Im Inneren des Westland-Hubschraubers – der geräumig genug war, um zehn Männer aufzunehmen – spähte Tweed von seinem Sitz aus durch das Fenster. Newman saß vor ihm an der Tür, wo das schwenkbare Maschinengewehr angebracht war. Neben ihm saß ein Mann von der regulären Fliegertruppe, die Mütze schief über dem Ohr. Er hatte sich davon überzeugt, daß Newman mit der Waffe umgehen konnte. Sie hatten es ausprobiert, als der Hubschrauber noch über Fairoaks Airport hing. Das Ziel, ein Stapel Kisten, war bei Newmans erstem Feuerstoß auseinandergeflogen. Am Tor des Flugplatzgeländes hatte ein Schild gehangen. *Wegen Reparaturarbeiten geschlossen.*
Marler und Nield flogen im zweiten Hubschrauber, der außer Sichtweite blieb. Nur der Funker hielt ständige Verbindung mit seinem Kollegen. Ihr geschwinder Dialog beeindruckte Tweed. Beide Maschinen trugen die Aufschrift »Verkehrskontrolle« in großen Lettern. Butler war am Boden unterwegs, mit einem der beiden bereitgestellten BMW-

Motorräder. Nield hatte verzichtet; nur Butler hatte sein Motorrad in den zweiten Hubschrauber verladen lassen.
Diese Maschine war dann auf einer menschenleeren Straße gelandet, um Butler mit seiner BMW in der Nähe von Brize Norton abzusetzen. Während der Hubschrauber wieder startete, war er davongerast.
Tweed starrte aus ungefähr siebzig Metern Höhe auf die Cherry Farm hinab; er beobachtete das Anwesen sorgfältig durch den Feldstecher, den er um den Hals trug. Kein Zeichen irgendwelchen Lebens. Er ließ das Glas sinken und sprach in sein Mikrofon.
»Nichts da unten, Bob. Der Bau ist seit mindestens zehn Jahren unbewohnt.«
Der Flieger, Harper, wechselte zu einem Sitz auf der Steuerbordseite hinüber und hob sein eigenes Fernglas. Auf den Straßen war kaum Verkehr um diese Zeit. Der Wind wehte kräftig, und Tweed war froh, vor dem Start Dramamin genommen zu haben: die Maschine schwankte wie ein Boot im Sturm.
Howard war zu seinem größten Ärger in letzter Minute verboten worden, mit ihnen zu fliegen. Die Premierministerin hatte angerufen. »Irgendwer muß sich doch um den Laden kümmern ...«
Doch jedes Mitglied der Suchmannschaft verfügte über Abzüge der Autotypenbilder, die Howard hatte anfertigen lassen, und über Paulas Aufnahmen des Möbelwagens. Alle – auch Butler, der mit seinem Motorrad über die Landstraßen stob – konzentrierten sich auf diese Möbelwagen. Außer Tweed, der sich mit den Wagentypen beschäftigte.
Fast eine Stunde kreuzten sie am Rand des gesperrten Luftraums über Brize Norton, ohne etwas zu finden. Über den Sender der zweiten Maschine meldete Marler in regelmäßigen Zeitabständen: »Nichts von Belang.«
Und dann entdeckte Tweed den Austin Metro.

Am Steuer des Metro fuhr Foster über eine gewundene Landstraße östlich von Brize Norton, nahe dem Dorf Ducklington. Er sah den Hubschrauber, der, ungefähr eine halbe Meile entfernt, unmittelbar vor ihm über einem Hügelkamm auftauchte. Neben ihm beugte Saunders sich vor; auf dem Rücksitz spähte Seton-Charles aus dem Fenster.
»Das ist wieder diese verdammte Verkehrskontrolle«, knurrte Foster. »Merkwürdig. Hier gibt es doch keinen Verkehr ...«
Als ein dichtes Wäldchen sie vor dem Hubschrauber verbarg, verlangsamte er die Fahrt. Das Wäldchen lag jenseits einer Kurve. Zur Linken entdeckte Foster eine verfallene Feldscheune mit intaktem Dach, an beiden Enden offen. Er warf einen Blick in den Rückspiegel; die Straße war

leer, hinter und vor ihnen. Er stieg mit aller Wucht auf die Bremse. Saunders wurde nach vorn geschleudert; nur sein Sicherheitsgurt verhinderte, daß er durch die Scheibe flog.
»Was zum Teufel«, krächzte er.
Foster antwortete nicht. Er schwenkte den Metro um neunzig Grad, fuhr von der Straße und direkt auf das alte Tor der Farm zu. Als der Wagen dagegenprallte, fiel es auseinander und kippte nach hinten um. Foster fuhr darüber hinweg, dann quer übers Feld, und hielt erst in der Scheune.
»Soll das verdammte Ding uns hier drin finden.« Er stellte den Motor ab. »Schließlich haben wir vier Stellen gefunden, an denen wir morgen die Möbelwagen in Stellung bringen können.«
»Der Hubschrauber kommt zurück«, warnte Seton-Charles.

»Das müssen Sie sich eingebildet haben«, warnte Newman. »Ich habe keinen Wagen gesehen.«
»Halten Sie sich bitte über der Landstraße da unten«, wies Tweed den Piloten an. Er hob wieder sein Fernglas und sagte zu Newman: »Ich habe einen Austin Metro gesehen. Genau wie auf dem Bild. Die Farbe war dunkel – möglicherweise blau.«
»Dann finden wir ihn ...«
»Genau das werden wir versuchen.«
Sie flogen in einer Höhe von knapp vierhundert Metern – der gerade noch erlaubten Mindesthöhe in der unmittelbaren Nähe des gesperrten Luftraums um Brize Norton. Der Pilot folgte den Kurven der Straße. Tweed preßte sein Fernglas an die Augen und suchte nach jedem möglichen Versteck. Ein Wäldchen rückte in sein Sehfeld, bei dem die Straße abbog. Er wies den Piloten an, darüber zu kreisen, damit er es von allen Seiten beobachten konnte. Wo zum Teufel war der Metro geblieben? Der Pilot zog einen Kreis, begann einen zweiten.
Dann sah Tweed nicht weit von der Straße eine vereinzelte Scheune. Angestrengt musterte er das unbeschädigte Dach. Nichts.
»Fliegen Sie eine Meile oder zwei von hier weg, hinter den Hügel, über den wir kamen. Wenden Sie dann bitte und kommen Sie hierher zurück«, befahl er.

Für die drei im Metro klang der Hubschrauber wie eine riesige Biene, die über ihnen Kreise zog. Saunders schwitzte, betupfte seine Stirn. Foster saß gelassen da, seine behandschuhte Rechte beklopfte das Lenkrad. Saunders erstarrte, kurbelte sein Fenster herunter. Ein Schwall eisiger Luft drang in den Wagen.

»Wir können die Wärme ebensogut drinlassen«, bemerkte Foster.
»Der Hubschrauber fliegt weg. Ich höre es, das Geräusch entfernt sich. Wir haben es geschafft. Wir können zurückfahren.«
»Noch nicht. Es könnte ein Trick sein. Wegfliegen und dann zurückkommen. Und uns im Freien finden.«
»Was hieße, daß sie nach uns suchen.«
»Eben das. Warten wir's ab.«
Wenige Minuten später hörten sie den Hubschrauber zurückkommen. Foster schwieg. Zu sagen »Habe ich's nicht gewußt?« war nicht seine Art. Nachdem der Hubschrauber zum zweiten Mal abgedreht hatte, wartete er noch eine halbe Stunde. Dann ließ er den Motor an, stieß rückwärts auf die Straße und fuhr auf demselben Weg zurück, auf dem sie gekommen waren.
Der Hubschrauber kreuzte noch drei Stunden am Rand der Sicherheitszone von Brize Norton in der erlaubten Flughöhe. Tweeds Augen brannten vom ständigen Gebrauch des Fernglases. Als sie über Fairoaks zur Landung ansetzten, bemerkte Newman: »Schön, es war also nichts mit dem Metro. Und wir haben nichts gefunden. Marler meldet von seiner Maschine das gleiche.«
Tweed hatte eine Karte des Gebiets um Brize Norton auf den Knien. An der Stelle, an der er sicher war, den Metro gesehen zu haben, hatte er ein Kreuz eingezeichnet. Und um dieses Kreuz zog er jetzt einen Kreis von sechs Meilen Durchmesser. Dann reichte er Newman die Karte.
»Das ist das Gebiet, auf das wir uns morgen konzentrieren.«
»Warum? Wir haben Ihren Metro nicht gefunden.«
»Eben deshalb. Ich kann mich geirrt haben – der Wagen kann irgendwem gehören. Aber wie er verschwand – das kann nur ein Trick gewesen sein. Wir haben die Gegend abgesucht, ohne ihn zu finden. Ich glaube, er hat sich versteckt. Und das ist höchst verdächtig. Seither habe ich jede Straße beobachtet. Keine Spur davon.«
»Sie müssen es wissen.«
»Außerdem«, setzte Tweed hinzu, als die Maschine landete, »ändere ich die Pläne von Force Z für morgen. Wir brauchen mehr Leute auf dem Boden.«

Sie fuhren nach London zurück, um die Nacht am Park Crescent zu verbringen und um zu sehen, ob neue Informationen eingegangen waren. Butler hatte sein Motorrad in Fairoaks gelassen. »Gesehen habe ich nichts«, berichtete er auf der Rückfahrt. »Aber ich habe noch ein paar Straßen zu überprüfen – östlich vom Flughafen.«
»Da also, wo – wie ich vermute – Wintertons Leute die Abschußrampen

für ihre Raketen aufstellen werden«, bemerkte Tweed. »Weil das die Richtung ist, aus der Gorbatschows Maschine hereinkommt. Und ich muß vom Büro aus die Premierministerin anrufen. Sie bestand darauf, wenn ich auch nicht ahne, weshalb ...«
Sie waren gerade im Park Crescent angekommen, als Paula aus Somerset anrief. »Ich spreche wieder von Minehead aus«, sagte sie. »Dieser Tag hatte es in sich. Die Polizei hat in den Somerset Levels – dieser finsteren Gegend, durch die wir bei unserem ersten Ausflug hierher gekommen sind – die Leiche einer Frau gefunden.«
»Ich erinnere mich. Klingt ein bißchen grausig.«
»Ist es auch. Ein Torfstecher stieß bei der Arbeit auf eine Hand, die aus dem Boden ragte. Als Inspektor Farthing davon erzählte, fiel mir etwas ein. Ich bat darum, die Leiche zu sehen. Es war die Zugehfrau aus der Bungalowsiedlung. Ich zeigte Farthing das Foto, das ich von ihr gemacht hatte. Sie war mit einem Genickschuß umgebracht worden.«
»Die Herren haben saubergemacht, bevor sie verschwunden sind. – Der makabre Witz war nicht beabsichtigt.«
»Farthing war sehr entgegenkommend. Er hat zwei Leute in Zivil abgestellt, die mir helfen, die drei Männer zu überwachen. Sie sind alle drei noch hier. Das ist alles.«
»Danke. Ich habe ein wichtiges Telefongespräch vor mir.«
Monica und die vier Männer im Büro verfolgten gespannt, wie Tweed über Scrambler mit der Premierministerin sprach. Er hörte eine Weile zu, versicherte dann, er habe verstanden, und legte auf. Dann musterte er nacheinander Newman, Marler, Butler und Nield.
»Sie hat gerade aus Moskau gehört, daß Gorbatschow mit *vier* Iljuschin 62 hier ankommen wird.«
»Vier?« fragte Newman. »Ich weiß, daß man ihn für eigenwillig hält. Aber was verspricht er sich davon?«
»Ich halte es für eine gescheite Sicherheitsmaßnahme. Niemand weiß, welche der vier Maschinen Gorbatschow und seine Frau an Bord hat. Vielleicht hat Mrs. Thatcher verlauten lassen, daß etwas passieren könnte – ich weiß es nicht. So, wenn wir jetzt noch etwas gegessen haben, gehen wir schlafen. Morgen ist der entscheidende Tag.«

DREIUNDFÜNFZIGSTES KAPITEL

Montag, 7. Dezember. Sieben Uhr früh. Nahe der Einfahrt zur Cherry Farm lag Sully auf der Straße, blutverschmiert. Das Blut war echt: gegen Antons Protest hatte Foster sich mit einem Messer eine

Wunde am Unterarm beigebracht und das Blut über Sullys Gesicht und Hals geschmiert. Drinnen im Haus versorgte Seton-Charles gerade die unbedeutende Wunde mit Heftpflaster.
In Sullys Nähe stand der Austin Metro mit dem Kühler vor einem Baumstamm fast quer auf der Straße, die Fahrertür weit offen. George Hobart, der Fahrer des Postwagens, bremste, als er den vorgeblich Verletzten auf der Straße sah, hielt dann an und sprang aus dem Wagen. Er war erst zweiundzwanzig Jahre alt und trug eine Postmütze – im Gegensatz zu älteren Kollegen, die lieber barhäuptig fuhren.
»Scheußlicher Unfall«, sagte Foster, hinter einem Baum auftauchend. »Ist gerade eben erst passiert. Könnten Sie ihn ins Krankenhaus bringen? Wir haben keinen Wagen hier.«
»Natürlich helfe ich.« Hobart näherte sich dem »Verletzten« und schluckte. »Sieht ja schlimm aus.«
»Hier – etwas für Ihre Hilfe ...«
Foster griff in seine Brusttasche, zog seine Brieftasche heraus und ließ sie vor Hobarts Füßen auf die Straße fallen. Hobart beugte sich nach vorn, um sie aufzuheben. Foster preßte den Lauf seiner Luger in Hobarts Genick und drückte ab. Die alte Exekutionsmethode, wie sie in seiner Heimat praktiziert wurde, als er noch jung war. Hobart sackte zusammen.
Saunders kam mit einer großen Schubkarre. Foster hob den Toten auf; dabei fiel ihm die Mütze vom Kopf. Nachdem er die Leiche auf die Schubkarre geworfen hatte und Saunders sie zum Haus hinübertransportierte, hob Foster die Mütze auf. Dann stieg er in die Fahrerkabine des Postwagens und fuhr ihn auf einen Waldweg, der gegenüber vom Farmeingang von der Straße abzweigte. Er sah auf die Uhr. Es war besser, wenn sie alle Anton beim Zuschütten des Grabes halfen. Er stieg in den Metro, setzte ihn zurück und fuhr ihn zur Scheune. In einer Viertelstunde würden sie unterwegs sein.

Tweed trug einen dicken Wollpullover, ein Sportjackett, einen Wollschal um den Hals, und eine Cordhose; dazu Stiefel mit rutschfesten Gummisohlen. Der Westland-Hubschrauber flog wieder in vierhundert Metern Höhe; Tweed saß auf dem gleichen Platz, die Karte im Schoß, das Fernglas umgehängt. Vor ihm hielt Newman den Griff des schwenkbaren Maschinengewehrs hinter der geschlossenen Tür. An der Steuerbordseite spähte der Militärflieger, die Mütze im gleichen Winkel auf dem Kopf wie am Tag zuvor, durch sein Fernglas aus dem Fenster.
Seit die Maschine in Fairoaks gestartet war, hatten sie wenig gespro-

chen. Die Spannung im Hubschrauber stieg. Dann gab der Pilot die Nachricht über Kopfhörer an Tweed weiter.
»Marler und Butler sind gelandet.«
»Danke«, sagte Tweed.
Marler würde nun den Landrover fahren, der am vereinbarten Treffpunkt, einer Kreuzung in der Nähe des Dorfes Ducklington, auf ihn gewartet hatte, und Butler würde sich auf seine BMW schwingen, die mit einem Laster zur Kreuzung befördert worden war. All das hatte Tweed noch in der Nacht telefonisch veranlaßt. Nield war in Fairoaks geblieben, zuständig für die Funkkontrolle, die dort in einem der Verwaltungsbüros eingerichtet worden war.
Tweed beobachtete die Gegend, die er am Vortag mit einem Kreis auf seiner Karte gekennzeichnet hatte. Er setzte alles darauf, daß der Angriff von dieser Gegend aus geführt werden würde. Es war logisch. Und Winterton hatte bewiesen, daß er logisch dachte – in allem, was er unternahm.
Der zweite Hubschrauber mußte nach Fairoaks zurückkehren. Die Sicherheitskontrolle in Brize Norton hatte im letzten Moment nur einen Hubschrauber zugelassen, nicht zwei. Tweed schloß daraus, daß man Force Z dort nicht übertrieben ernst nahm. Als sie das Vale of White Horse überquerten, hob er den Feldstecher. Sie waren jetzt im Gefahrenbereich.

Der von Foster gesteuerte Möbelwagen mit Saunders auf dem Beifahrersitz bog von der Straße in den aufgelassenen Kreidesteinbruch ein. Die Kreide war in einem Halbkreis abgebaut worden, aus einer Klippe, die den Tagebau von Norden, Westen und Süden umgab. Foster fuhr den Wagen rückwärts in die Grube, bis er genau nach Osten ausgerichtet und das Heck nur wenige Zentimeter von der Klippe entfernt war. Dann stellte er den Motor ab.
Sie sprangen aus dem Fahrerhaus, öffneten die Heckklappe und stiegen hinein – Foster zwängte sich als erster durch das Gewirr von alten Möbeln. Er kletterte auf die Plattform, setzte sich auf den Stuhl und betätigte den Schalter. Das Schiebedach öffnete sich. Foster brachte den Stinger-Werfer in Stellung, schob eine der Raketen hinein.
Er griff nach dem Funksprechgerät, das Anton zum Gebrauch über größere Entfernungen verstärkt hatte, hielt es mit der Linken an den Mund und sprach hinein. »Küstenwache Nummer eins in Position.«
Ein Störgeräusch. Dann hörte er deutlich Sullys Stimme.
»Küstenwache Nummer zwei in Position . . .«

Marler fuhr den Landrover mit einiger Geschwindigkeit über die schmale Landstraße. Er bewegte sich in offenem Gelände, konnte nichts übersehen. Die Straßen waren am Vortag noch nicht von Butler erkundet worden, lagen aber innerhalb von Tweeds Kreis. Eine halbe Meile hinter ihm folgte Butler auf dem Motorrad.

Er kam zu einer Kreuzung und fuhr geradeaus. Nach der nächsten Kurve hatte er eine Straßenbaumaschine vor sich, die die ganze Breite der Straße einnahm. Ein Arbeiter kam auf ihn zu.

»Haben Sie das Umleitungsschild nicht gesehen?«

»Nein. Da war keins.«

»Sie müssen blind sein. Aber Sie können hier nicht vorbei.«

Marler fluchte, wendete den Landrover und kehrte zur Kreuzung zurück. Gerade als er nach rechts abbog, tauchte Butler auf einer Anhöhe auf. Marler fuhr langsamer weiter; zu beiden Seiten verdichteten sich Baumgruppen zu bewaldetem Gelände. Hinter einer Kurve sah er in einiger Entfernung ein Schild. *Umleitung*. Es stand an einer Stelle, an der die Straße sich gabelte, und zeigte nach rechts. Marler runzelte die Stirn, hielt dann mit dem Wagen auf das Schild zu, ließ es ins Gebüsch fliegen und fuhr auf der linken Straße weiter.

Das Gewehr mit dem Zielfernrohr lag auf dem Wagenboden. Außerdem hatte man ein kleines Funkgerät mit Mikrofon in den Wagen eingebaut. Es war auf die gleiche Frequenz eingestellt wie Nields Kontrollgerät in Fairoaks. Marler steuerte den Wagen um eine weitere Kurve der Straße. Dann bremste er und hielt an.

Vom Fuß der Kreideklippe aus sah Foster die vier Iljuschin 62, die sich von Osten her näherten. Er griff zum Mikrofon. »Küstenwache eins. Vier Amseln in Sicht. Wiederhole: *vier* Amseln. Übernehme drei und vier. Sie übernehmen eins und zwei. Over.«

»Vier Amseln in Sicht«, bestätigte Sully. »Übernehme Amsel eins und zwei. Over and out.«

An der Stelle, an der Marler anhielt, stand ein geräumiger Möbelwagen zur Hälfte in einem Wäldchen, in dem ein Sturm etliche Bäume gefällt hatte. Nur das Heck war zu sehen. Auf dem Heckbrett saß Seton-Charles und aß ein Sandwich. Auf seinem Schoß lag eine Decke. Er schlug die Decke zur Seite und richtete eine Uzi-Maschinenpistole auf Marler. Irgendwo hinter dem Möbelverhau sah Marler Anzeichen von Bewegung. Hinter ihm näherte sich das Knattern eines Motorrads.

»Keine Bewegung. Ich will Ihre Hände sehen«, krächzte Seton-Charles. »Bleiben Sie so, bis das Motorrad vorbei ist.«

Marler streckte beide Hände hoch in die Luft. »Hände runter!« kreischte der Professor. Marler nahm bedächtig die Hände herunter. Die BMW war jetzt sehr nahe. Marler hoffte, daß Butler die Geste gesehen hatte. Die BMW verlangsamte die Fahrt und wich aus, um an Marlers stehendem Landrover vorbeizufahren.
Während er langsam vorbeikreuzte, warf Butler die Handgranate, die er aus der Satteltasche gezogen hatte, Seton-Charles in den Schoß. Marler duckte sich, glitt auf den Boden seines Wagens. Dann ein ohrenzerreißender Knall. Marlers Windschutzscheibe zersplitterte.
Er schaute hoch, griff nach seinem Gewehr. Seton-Charles war über die Möbel zerspritzt, Blut und Fleischfetzen überall. Dann sah Marler eine Bewegung hoch oben im vorderen Teil des Wagens. Der Berg von alten Möbeln hatte Sully gerettet, doch sein Kopf ragte darüber hinaus. Marler schoß ihn in die Stirn.
Er sprang heraus, rannte zur linken Seite des Wagens; Butler rannte zur rechten. Sie trafen sich zu beiden Seiten des Fahrerhauses. Leer. Irgendwo hinter den Bäumen startete ein Motor. Das Geräusch entfernte sich. Marler stürmte zum Heck, zwängte sich ins Innere, sprang die Stufen hinauf. Sully hing über die Lehne des Stuhls – dem Sterben nahe, aber noch nicht tot. Als Marler sich über ihn beugte, blickte er ihm in die Augen. Marlers Geschoß hatte offenbar das Gehirn verfehlt; seine Augen waren glasig, aber in ihnen lag ein Anflug von Haß.
»Anton«, flüsterte er. »Das Schwein ist getürmt. Im Postwagen. Ex...« Dann starb er.

Foster richtete seinen Stinger-Werfer auf die dritte Iljuschin – das Flugzeug, in dem er Gorbatschow vermutete. Er wartete darauf, daß die ersten beiden Maschinen in der Luft zerplatzten. Dann entschied er sich, nicht länger zu warten. In seiner Konzentration überhörte er das Geräusch des Hubschraubers.
An Bord der Westland-Maschine beobachtete Tweed die Landschaft, die unter ihm dahinglitt. Er schwenkte sein Fernglas über einen Kreidesteinbruch, führte es dann zurück. Der Möbelwagen erschien deutlich im Sehfeld des Glases, so deutlich, daß er das offene Schiebedach erkennen konnte – und den Mann, der darunter saß, einen länglichen Gegenstand in die Schulter gestemmt.
»Der Steinbruch«, schrie er ins Mikrofon. »Da steht er...«
Der Fliegersoldat ließ seine Tür aufschwingen. Eisige Luft füllte das Innere des Hubschraubers. Newman zielte, zog durch, deckte das offene Wagendach mit Geschossen ein. Foster versuchte noch immer, die komplizierte Zielvorrichtung der Stinger auf die dritte Iljuschin zu

richten. Schon vorher hatte der Hubschrauberpilot auf Tweeds Anweisung seine Vorschriften mißachtet und war auf ungefähr fünfzig Meter heruntergegangen. Newman hielt die Öffnung im Wagendach unter Dauerfeuer. Die Geschosse durchsiebten Fosters Rücken. Blutflecken erschienen auf seinem Overall. Er sackte auf dem Stuhl zusammen. Mit einer letzten Reflexbewegung feuerte er die Rakete ab.
Doch als er zusammenbrach, senkte sich auch seine Waffe – das Geschoß zielte ins Innere des Wagens. Aufheulend fuhr es aus dem Werfer; sein hitzeempfindliches Zielsuchgerät reagierte auf die Wärme, die noch immer vom Motor ausstrahlte.

»Steigen!« schrie Newman.
Der Pilot reagierte sofort und riß die Maschine senkrecht in die Höhe. Tweed starrte in den Steinbruch hinab. Die Rakete detonierte mit einem blendenden Blitz, dem ein rollender Donner folgte. Der Hubschrauber schwankte wie in einem Orkan, als die Druckwelle ihn erreichte. Dann wurde er wieder stabil. Tweed und Newman spähten nach unten.
Der Möbelwagen war verschwunden, in eine Million Teile zersprengt. Eine Wolke weißen Kreidestaubs stieg aus dem Steinbruch auf. Tweed suchte vergeblich nach Teilen des Wagens. Seine Hände waren feucht; er trocknete sie mit seinem Taschentuch. Der Fliegersoldat schloß die Tür. Der rauhe Wind hatte das Innere der Maschine in eine Kühlbox verwandelt.
»Fairoaks meldet«, sagte der Pilot gelassen, »Marler hat Fahrzeug eins ausgeschaltet.«
»Gott sei Dank! Sagen Sie Fairoaks: Fahrzeug zwei ist auch ausgeschaltet. Direkt an Marler«, sagte Tweed.
Über ihnen setzten die vier Iljuschins zur Landung in Brize Norton an. Tweed steckte sein Taschentuch ein, streifte ein Paar Handschuhe über. Dann sagte er zu dem Piloten: »Bitte zurück nach Fairoaks. Wir haben noch eine Menge zu tun.«

VIERUNDFÜNFZIGSTES KAPITEL

Montag, 7. Dezember. »Ich fahre hinunter, um Colonel Winterton zu verhören«, sagte Tweed zu Monica, Newman, Butler und Nield in seinem Büro am Park Crescent. »Bevor er das Land verläßt.«
»Ins Exmoor?« fragte Butler. »Sie wissen, wer es ist?«
»Ja. Monica hat von Roberts erfahren, daß zur Zeit nur ein Schiff aus

dem Ostblock vor unserer Küste gemeldet ist: der DDR-Frachter *Stralsund*. Er löscht im Augenblick Bauholz in Swansea, wird aber noch heute nach Rostock auslaufen. Das heißt, daß er nach Einbruch der Dunkelheit an der Mündung des Bristolkanals eintreffen könnte, um Winterton an Bord zu nehmen.«
»Und Sie wissen wirklich, wer er ist?« fragte Monica. »Einer der drei ehemaligen Kommandokämpfer?«
»Ja zu beiden Fragen.« Er wandte sich zu Butler. »Wir haben Fairoaks schnell verlassen. Sie sprachen mit Marler. Weshalb ist er geblieben, anstatt mit uns zu kommen?«
»Offenbar hat Sully, bevor er starb, ihm noch gesagt, daß Anton in einem Postwagen geflüchtet wäre. Er muß meine Handgranate gehört haben und den Schuß, den Marler abgefeuert hat. Und hat sich dann aus dem Staub gemacht. In Richtung Exmoor, laut Marler. Er verfolgt ihn. Dummerweise hatte der Hubschrauber, den wir nicht benutzt haben, einen Motorschaden, und der Pilot unserer Maschine bestand auf einer kompletten technischen Durchsicht, bevor er Marler irgendwohin fliegen würde. Die Druckwelle aus dem Steinbruch hat uns ziemlich hart getroffen.«
»Das ist dann Marlers Sache. Sie haben zugehört, wie ich mit Paula sprach. Sie wartet mit dem Mercedes vor der Telefonzelle in Minehead auf uns. Newman, Sie kommen mit mir. Butler und Nield bleiben hier. Wenn noch etwas schiefgeht, sind wir zum Verzweifeln unterbesetzt.«
Das Telefon läutete. Monica sagte, es sei das von Tweed angemeldete Gespräch mit Arthur Beck im Präsidium der Bundespolizei in Bern. Tweed nahm den Hörer.
»Arthur, verständigen Sie sich bitte mit Sarris. Ich glaube, wir können es uns leisten, Christina nach Athen zurückzuschicken. Die Rechnung bitte an mich.«
»Keine Rechnung«, kicherte Beck. »Aber ich habe von nun an bei Ihnen eine Gefälligkeit gut. Glauben Sie nicht, daß ich die nicht einfordern werde, wenn es mir paßt. Auf Wiedersehen.«
Newman stand auf. »Wenn Sie abfahren wollen – ich bin soweit. Wir kommen ohnehin nicht mehr ins Exmoor, bevor es dunkel ist. Winterton kann schon an Bord der *Stralsund* sein, wenn wir uns nicht beeilen. Ich fahre den Cortina.«
»Wir brauchen Waffen.« Tweed öffnete eine Schublade und holte eine 38er Smith & Wesson mit kurzem Lauf heraus, dazu ein Schulterholster. »Hat unser Waffenexperte mir empfohlen. Einverstanden?«
»Normalerweise tragen Sie keine Waffe. Aber Sie können unterwegs

an einer stillen Stelle ein wenig üben. Sonst ist das Ding okay. Ein Hüftholster wäre vielleicht besser gewesen. Aber der kurze Lauf verhakt sich nicht, wenn Sie schnell ziehen müssen. Ich behalte die 45er Magnum.«

»Mit der Sie ein Loch von der Größe einer Höhle durch Ihr Ziel pusten.«

»Das nennt man Mannstoppeffekt.«

Newman war härter geworden, dachte Tweed, seit er ihn kennengelernt hatte. Seine Erfahrungen in der DDR. Newman schien seine Gedanken zu lesen.

»Weshalb benutzt Winterton wohl ein DDR-Schiff?«

»Weil man in Ostdeutschland nicht gerade für *perestroika* schwärmt. Ich glaube auch nicht, daß er wahrheitsgemäß berichten wird, in was er verwickelt war. Machen wir uns auf den Weg...«

»Geben Sie uns noch einen Anhaltspunkt«, bettelte Monica, »wer dieser Winterton sein mag.«

»Er muß mit den *Spetsnaz*-Leuten Kontakt gehalten haben, nachdem sie ihre Basis in die Nähe von Brize Norton verlegten – wo immer das war. Also brauchte er ein Telefon. Sein eigenes durfte er nicht benutzen – für den Fall, daß wir es angezapft hätten. Was ich nicht riskieren würde. Ein Telefon, Monica...«

Noch vor dem Dunkelwerden näherte sich der Westland-Hubschrauber dem Flugplatz von Dunkeswell, südlich vom Exmoor. Marler, das Gewehr mit dem Zielfernrohr auf den Knien, spähte aus dem Fenster.

»Können Sie irgendwo in der Nähe von Dunkeswell landen, aber nicht auf dem Flugplatz?« fragte er den Piloten.

»Müßte zu machen sein. Sie fragen rechtzeitig, es ist noch hell genug. Wie weit wollen Sie laufen?«

»Nicht mehr als fünf Minuten. Ich bin in Eile.«

»Wer wäre das nicht? Da ist Dunkeswell.«

Marler sah aus dem Fenster und runzelte die Stirn. Zwei Startbahnen, fast im rechten Winkel zueinander – eine davon auf beiden Seiten beleuchtet. Für ein Flugzeug, das gerade starten wollte? Der Hubschrauber näherte sich einer verlassenen Landstraße. Marler griff nach seiner Waffe.

»Setzen Sie mich auf der Straße ab. Und fliegen Sie gleich weiter – zurück nach Fairoaks...«

Er nahm den Helm ab, ging zur Tür. Die Maschine schwankte ein wenig. Dann spürte er, wie sie aufsetzte, öffnete die Tür und sprang auf den Boden. Mit eingezogenem Kopf, um nicht von den Rotorblättern getroffen zu werden, rannte er auf das Hauptgebäude des Flugplatzes zu. Das Tor am Haupteingang stand offen. Als er es erreichte, kam aus der anderen Richtung ein Mann in mittleren Jahren in einem alten Rover, der offenbar vorhatte, auf das Flugplatzgelände zu fahren. Er hielt an, kurbelte das Seitenfenster herunter und lehnte sich heraus.

»Wer sind Sie?« fragte er und starrte auf das Gewehr in Marlers Hand.

»Fahren Sie nicht rein«, warnte Marler, zog mit der Linken seinen Special Branch-Ausweis aus der Tasche und hielt ihn dem Mann vors Gesicht. »Und wer sind Sie?«

»Ich bin für diesen Flugplatz verantwortlich. Dieses Tor sollte geschlossen sein. Weiß Gott, wie oft ich Abbott das gesagt habe . . .«

»Wer ist Abbott? Schnell! Da drinnen ist wahrscheinlich ein bewaffneter Terrorist.«

»Unser Mechaniker. Mann für alles. Hält den Platz in Ordnung . . .«

»Wo finde ich ihn?«

»In dem Büro drüben, in dem Licht brennt . . .«

»Fahren Sie. Zur Straße rüber. Wenn Sie nicht unter Beschuß geraten wollen.«

Marler passierte den Eingang, rannte tief gebeugt, das Gewehr in beiden Händen. Er kümmerte sich nicht um die Tür zum Büro; sie war geschlossen. Vorsichtig den Kopf hebend, blickte er durch das Fenster hinein. Dann sprang er zur Tür zurück, drückte die Klinke, riß sie auf. Er hatte Abbott gefunden.

Der Mechaniker hing über einem Schreibtisch. Aus einem Loch in seiner Schläfe sickerte halb geronnenes Blut. Marler tastete nach seiner Halsschlagader. Kein Puls. Dann hörte er draußen den Motor eines kleinen Flugzeugs starten. Er stürzte hinaus, hielt sich dicht an der Hauswand, spähte um die Ecke.

Eine Cessna rollte langsam zur Startbahn hinüber, erreichte sie, wendete. Der Motor heulte auf. Marler legte sein Gewehr an und blickte durchs Zielfernrohr. Im Cockpit wendete sich ihm ein Gesicht unter einem Pilotenhelm zu. Anton Gavalas. Auf der Startbahn, die parallel zum Gebäude verlief, nahm die Maschine Fahrt auf. Ein bewegliches Ziel. Marler hielt den Kopf des Griechen im Fadenkreuz. Er zog den Abzug bis zum Druckpunkt, wartete, bis das leichte Flugzeug an ihm vorbeirollte, und drückte dann in schneller Folge dreimal ab.

Er sah, wie die Scheibe des Kabinendachs splitterte. Das Flugzeug rollte auf der Startbahn weiter. Marler glaubte schon, vorbeigeschossen zu haben. Die Maschine hob ab, gewann an Höhe. Doch dann kippte sie vornüber und stürzte auf die Startbahn, das Leitwerk fast senkrecht in der Luft. Die Tanks explodierten. Feuer hüllte die Cessna ein, ein Flammenmeer, aus dem eine Wolke tiefschwarzen Rauchs aufstieg. Und plötzlich war es still in Dunkeswell.

»Gott, bin ich froh, Sie zu sehen.«
Paula sprang aus dem Mercedes, der vor der Telefonzelle in Minehead stand, als der Cortina, von Newman gesteuert, vorfuhr. Es war dunkel. Tweed stieg aus, und sie umarmte ihn. »Hier gehen die Leute früh zu Bett«, bemerkte er nach einem Blick über die menschenleere Straße. Erst als auch Newman ausstieg, ließ er sie los.
»Sehen Sie, was ich von Inspektor Farthing bekommen habe.« Sie nahm beide beim Arm, führte sie zum Mercedes und zeigte auf das Armaturenbrett, an dem ein neues Autotelefon angebracht war. Tweed setzte sich hinters Steuer und betätigte den Antennenschalter. Im Rückspiegel beobachtete er, wie die ausgefahrene Antenne in der Karosserie verschwand.
»Nein, lassen Sie sie draußen«, protestierte Paula, setzte sich neben ihn und nahm ihre Schultertasche auf die Knie. »Farthing hat vor jedem der drei Häuser einen Polizisten mit Funksprechgerät eingesetzt – bei Barrymore, Robson und Kearns. Wir sind im Dauerkontakt. Sie melden ihre Beobachtungen einem Funkstreifenwagen, und ich höre über dieses Telefon mit. Übrigens sind sie alle drei zu Hause. Farthing hat das großartig organisiert.«
»Ich muß weiter«, sagte Tweed und ließ die Antenne wieder ausfahren. »Bob, Sie nehmen Paula mit. Fahren Sie zum Anchor. Und halten Sie die Augen offen.«
»Wozu?« fragte Newman.
»Für den Fall, daß er mir entwischt. Wahrscheinlich in einem Geländewagen mit Allradantrieb – am Anchor vorbei und über den Geröllstrand westwärts. Stoppen Sie ihn mit der Magnum. Der Mann ist gefährlich. Hinaus mit Ihnen, Paula.«
»Ich komme mit Ihnen.« Sie sprach gelassen und zog den Browning aus ihrer Tasche. »Ich kann mich selber schützen. Wie bei Norton und Morle.«
Ihre kontrollierte Art zu sprechen ließ ihn auf Gegenargumente verzichten. Er zuckte die Achseln und sah zur Telefonzelle hinüber. »Hat Barrymore das Telefon heute abend schon benutzt?«
»Bisher noch nicht.«
»Dann verschwinden wir hier besser.« Er winkte Newman zu, fuhr dann durch Minehead und nach Porlock Hill hinauf. Schnurrend bewältigte der Mercedes die Steigung. Oben passierten sie Culbone Inn, fuhren auf der Küstenstraße weiter, bogen dann nach links ab.

»Ins Doone Valley also«, sagte Paula ruhig, als sie die steile, kurvenreiche Straße hinabrollten, unten eine Furt durchquerten und dann nach rechts abbogen. Ins Doone Valley.
»Wir haben die beiden Möbelwagen aufgespürt, die als bewegliche Abschußrampen dienen sollten«, berichtete Tweed. »Gerade noch rechtzeitig. Einer davon flog in tausend Fetzen auseinander. In dem anderen hat Marler einen Araber gefunden – einen Schiiten vermutlich, den man als Sündenbock zurücklassen wollte. Monica ist auf eine Zeitungsnachricht über zwei Araber gestoßen, die aus dem Gefängnis von Gartree entführt wurden. Schiiten.« Er hielt an, fuhr den Wagen rückwärts durch eine Lücke in der Hecke auf ein Feld und schaltete die Scheinwerfer aus. »Hier sieht Sie niemand. Behalten Sie den Browning in der Hand, bis ich zurückkomme.«
»Wir stehen genau in der Mitte zwischen Quarme Manor und Endpoint.«
»Verriegeln Sie alle Türen«, sagte Tweed. Dann war er fort.

Er drückte auf den Klingelknopf. Der Mann, der die Tür öffnete, trug eine offene Lederjacke, Reithosen, Stiefel und einen Wollschal um den Hals. Die Luft in der Halle war ebenso kalt wie der schneidende Wind, der über das Moor wehte.
»Haben Sie ein paar Minuten Zeit für mich, Dr. Robson?« fragte Tweed.
»Treten Sie ein, mein Freund. Viel Zeit habe ich allerdings nicht; ich erwarte den Anruf eines Patienten. Die Leute rufen zu jeder Tages- und Nachtzeit an . . .«
Robson schloß die Tür und führte Tweed ins Wohnzimmer. Die Fenstervorhänge waren nicht ganz geschlossen. Einer Geste Robsons folgend, nahm Tweed an einem polierten Tisch Platz; der Doktor setzte sich ihm gegenüber, nachdem er eine altmodische Arzttasche neben sich auf den Fußboden befördert hatte, ohne sie zuzumachen.
»Ich bin hier, um Sie festzunehmen«, sagte Tweed. »Wegen Mordes. Genauer gesagt, wegen mehrfachen Mordes. Sie haben wahrscheinlich in den Nachrichten gehört, daß Ihr Unternehmen ein Fehlschlag war. Gorbatschow ist jetzt in Washington.«
Robsons Gesicht verzog sich zu einem Lächeln. Er zupfte an seinem struppigen Schnurrbart. Seine fahlblauen Augen musterten Tweed.
»Ich glaube, ich kann Ihnen nicht ganz folgen . . .«
»Das erste, das auf Sie verwies, war das Gespräch beim Dinner im Luttrell Arms. Barrymore erwähnte den Mäander. Sie taten den Gedanken ab. Was kaum glaubwürdig war angesichts der Tatsache, daß Sie alle

Häuser haben wie Festungen; besonders dieses. Ich fragte meinen Mitarbeiter Nield, der das Gespräch aufnahm, wer ihm *gegenüber*gesessen hätte. Das war Barrymore. Aber auch Sie. Die Bandaufnahme klang, als hätte jemand das Krawattennadel-Mikrofon entdeckt, mit dem Nield spielte, um es im richtigen Winkel zu halten. Und Sie begingen den Fehler, Barrymore zu fragen, ob Nield, als er ihm im Moor begegnete, ein Hörgerät getragen hätte. Das hätte nur ein Profi gemerkt. Sie merkten es. Daher Ihre eigenartige Bemerkung – eigenartig, weil Sie alle den Eindruck erwecken mußten, als wüßten Sie kaum aus noch ein vor Angst, es könnte jemand aus Griechenland auftauchen, um den Mord an Ionides zu rächen ...«

»Gavalas ...« Robson hielt inne. Sein Ausdruck änderte sich. Seine Augen waren jetzt klar und kalt.

»Ich habe Ihnen nie gesagt, daß Ionides in Wirklichkeit Gavalas hieß«, sagte Tweed.

Robson saß unbewegt. Die Beleuchtung bestand aus einer einzigen Lampe mit Plastikschirm, die tief über dem Tisch hing. Robson griff in seine Arzttasche und richtete die Luger auf Tweed, der gerade noch mit der Hand in sein Jackett greifen konnte.

»Nehmen Sie ihre Hand nicht heraus, wenn sie mehr darin haben als fünf Finger. Ich finde Ihre Argumentation bis jetzt recht dürftig.«

»Winterton – unser Codename für den Mörder – brauchte ein sicheres Telefon. Den Anschluß hier im Hause konnten Sie nicht benutzen. Ihre Schwester May hätte Sie belauschen können. Wo ist sie übrigens?«

»Ich habe sie für ein paar Tage zu meinem Bruder nach Norfolk geschickt ...«

»Sie brauchten ein sicheres Telefon«, fuhr Tweed fort, »um die Verbindung mit der *Spetsnaz*-Gruppe aufrechtzuerhalten, die Sie in dieser Bungalowsiedlung einquartiert hatten, und um ihnen Befehle zu erteilen, als die Gruppe einen neuen Stützpunkt bezog. Deshalb besuchten Sie diese bettlägerige alte Dame drunten in Dulverton zu jeder Tages- und Nachtzeit. Sie hat einen Nebenanschluß in ihrem Zimmer im Oberstock. Der Hauptanschluß ist unten – und den benutzten Sie.«

»Pure Vermutung. Sie sind verrückt ...«

»Das erste, das meine Aufmerksamkeit auf *Sie* lenkte, war der Umstand, daß Sie es waren, der hier im Exmoor Häuser für Barrymore und Kearns beschaffte. Ich vermutete – wie Sie es ausdrücken würden – zwei Gründe dafür. Der erste: Tarnung, falls sich ein Verdacht in dieser Gegend verdichten sollte. Drei Verdächtige, von denen Barrymore den Hauptverdächtigen spielen sollte. Ich hörte in Griechenland das Rufzeichen auf Englisch über Florakis' Funkgerät. Sehr arrogant und herablassend. Sehr Barrymore. Sie haben ihn nachgeahmt. Und der zweite Grund dafür, daß sie Ihre beiden Freunde hier ansiedelten, war echte Angst vor dem rachsüchtigen Petros.«

»Weshalb sollte ich mich vor ihm fürchten?« Robson machte eine Geste mit der linken Hand, die verriet, daß ihm seine Pfeife fehlte.

»Weil Sie Andreas Gavalas auf Siros ermordet haben. Auch das eine Vermutung. Sie hatten ein überzähliges Messer bei sich.«

»Und nun werden Sie mich beschuldigen, die Diamanten gestohlen zu haben.«

»Natürlich. Deshalb mußte Andreas ja umgebracht werden. Seine Absicht war, sie den rechtsgerichteten EDES-Leuten zu übergeben. Wahrscheinlich hatten Sie Anweisung aus Kairo, die Diamanten für eine spätere Verwendung aufzuheben . . .«

»Daher der Luxus, in dem ich hier lebe«, spottete Robson.

»Nicht für Sie persönlich. Aber Colonel Winterton – auch das ein Hinweis auf Barrymore – brauchte einen ganzen Haufen Geld, um für die *Spetsnaz*-Gruppe, die hier etabliert werden sollte, die Bungalows hinzustellen. Und den Leuten geeignete Stellungen zu verschaffen, wenn sie aus Rußland eintrafen. Und bei dem Waffenhändler Gallagher in Lissabon die Stinger-Raketen zu kaufen. Um die Zeit waren die Diamanten schon viel mehr wert als die ursprünglichen hunderttausend Pfund.«

»Und die anderen Morde, die ich begangen haben soll?« fragte Robson sarkastisch.

»Erstens Stefan Ionides im Antikhana-Gebäude. Da war eine Menge Blut. Ich vermute – wieder –, daß Sie einen bis zum Hals zugeknöpften Armeeregenmantel trugen, um Ihre Uniform sauberzuhalten.«

»Ach, wirklich? Kleiner Ausflug ins Reich der Phantasie, ja? Sie haben sicher auch eine Vermutung, wie ich entkommen konnte, obwohl es nicht einmal eine bequeme Feuerleiter gab?«

»Das hat Sam Partridge herausbekommen. Oberhalb der Mauer auf dem Dach war ein kräftiges Geländer. Sie hatten in der Aktentasche – oder wo auch immer – ein geknotetes Seil bei sich. Nachdem Sie sich im Waschraum das Blut von den Händen gespült hatten, kehrten Sie aufs Dach zurück und warfen das Seil auf der Seite des Einheimischenviertels über das Geländer – so, daß beide Enden gleich lang herabhingen. Dann hangelten Sie sich an beiden Seilenden von Knoten zu Knoten an der Wand hinab. Von der leeren Straße aus zogen Sie einfach das Seil am einen Ende herunter und rollten es auf. Es in jenem Viertel verschwinden zu lassen, war dann kein Problem mehr.«

»Und wozu die ganze Akrobatik? Wozu der Mord an Ionides?«

»Die Angehörigen von Kommandotrupps sind bestens durchtrainiert. Und Ionides, der in Wirklichkeit Stefan Gavalas hieß, hatte Verdacht geschöpft, was die Ermordung seines Bruders Andreas betraf. Sie sorgten für Ordnung.«

»Zwei Morde bis jetzt. Gibt es noch mehr?«

»Dies ist kein Spaß. Der Tod von Mrs. Larcombe war ein deutlicher Hinweis. Sie war eine vorsichtige Person. Wen würde sie wohl in der Nacht unbesorgt in ihr Haus gelassen haben, wenn nicht den ortsansässigen Doktor? Haben Sie ihr gesagt, Sie brauchten ihr Telefon für einen Notfall?«

Robson fuhr sich mit der Zunge über die Lippen. Im trüben Licht wirkte seine Stirn schweißfeucht, doch die Mündung der Luger, die auf Tweed zielte, zitterte nicht.

»Eine Sache, die mich fast abgelenkt hätte«, fuhr Tweed fort – er mußte mit Robson im Gespräch bleiben. »Barrymore führte immer wieder heimliche Telefongespräche aus einer öffentlichen Zelle in Minehead. Weshalb benutzte er nicht den eigenen Anschluß in Quarme Manor?«

Ein häßliches Lächeln. »Ein Hauch von Romantik, Tweed. Barrymore hat sich in eine Dame in London verliebt und hofft, daß sie ihn heiraten wird. Er ist sich aber nicht ganz sicher. Wenn sie es nicht tut, ist er nach wie vor darauf angewiesen, daß Mrs. Atyeo ihm in Quarme Manor den Haushalt führt. Also tut er alles Mögliche, damit sie nichts erfährt; sie wäre imstande, zu kündigen.«

»Erstaunlich.« Tweed war für einen Augenblick aus dem Konzept geraten. »Ein häusliches Detail, von dem ich mir nie hätte träumen lassen.«

»Wie Ihre Theorien. Stückwerk...«

»Das sich zu einem Gesamtbild zusammenfügt. Und das wahre Gesicht des Dr. Robson erkennen läßt. Der Mord an Sam Partridge ist ein weiterer Hinweis. Das Messer steckte in genau dem richtigen Winkel in seinem Körper, wie mir der Pathologe sagte. Nur ein Arzt weiß, wie man das macht – viel besser als ein ehemaliger Kommandokämpfer, der im Lauf der Zeit eingerostet ist. Einen weiteren Hinweis schickte mir Harry Masterson, der Sie besucht hat. *Endstation*. Ein kluger Hinweis. Er zeigte in zwei Richtungen: einmal auf Ihr Haus hier, *Endpoint*, und zum andern beschrieb er die Atmosphäre drüben in Porlock Weir, am Ende der Welt. Harry war ein gescheiter Mann – ich glaube, er vermutete, wer Sie sind. Und er hoffte, die Bestätigung dadurch zu erhalten, daß er Ihnen allen erzählte, er flöge nach Griechenland – um dann zu sehen, wer von Ihnen bei seiner Ankunft auftauchen würde.«

»Ich bin nicht dort aufgetaucht.« Robson faßte den Griff der Luger fester. »Und ich richte diese Waffe auf Sie, weil ich einem Verrückten gegenübersitze, der selbst eine Pistole unter der Achsel trägt.« Er sah auf die Uhr.
»Nein. Sie sind nicht dort aufgetaucht. Sie wiesen Doganis an, die miese Arbeit für Sie zu tun.« Tweed hatte den Blick auf die Uhr wohl bemerkt; für Robson mußte die Zeit knapp werden. Doch wie jeden echten Profi interessierte ihn, wodurch er Tweed auf seine Spur gebracht hatte. »Außerdem«, fuhr Tweed fort, »haben Sie auf meinen Wagen geschossen – das heißt, absichtlich daran vorbei; den Aufruhr, den meine Ermordung erregt hätte, konnten Sie sich damals nicht leisten. Ihr Ziel war, den Verdacht auf Kearns zu lenken, in dessen Haus ich gerade gewesen war.«
»Sie haben keinen einzigen Beweis für diese blödsinnigen Anschuldigungen.«
»Dann begleiten Sie mich doch in den Turm hinauf, in dem Sie nachts so viel Zeit verbringen. Diesen merkwürdigen Bau, der angeblich nur ein Wachtturm sein soll. Dann kann ich mich selbst davon überzeugen, daß dort kein Funkgerät steht. Mit einer Antenne, die automatisch ausgefahren wird, wenn Sie mit Florakis in Griechenland in Funkverkehr treten. Auf diese Idee hat mich die automatische Antenne an einem Mercedes gebracht.«
Die Luger schwankte, beruhigte sich dann wieder. Robsons Augen wurden noch kälter. Kein Lächeln. Die Arzt-am-Krankenbett-Attitüde war gänzlich verschwunden. Sein Gesicht war nur noch eine eisige Maske; es erinnerte Tweed an Abbildungen der Statuen auf der Osterinsel.
»Sie sind klug, zugegeben. Doch das alles geschah im Dienst einer großen Sache. Der Sache Lenins, der ich mich als junger Mann verschrieben habe. Einer Sache, die Gorbatschow jetzt mit seinem schwachsinnigen *perestroika*-Konzept zu verderben versucht.«
»Sie ermordeten Partridge, weil er der Wahrheit zu nahe gekommen war«, fuhr Tweed fort. »Sie ermordeten Mrs. Larcombe, weil ihr Fenster quietschte und Sie es in jener ersten Nacht hörten, in der Sie Anton Gavalas von der *Oporto* an Land brachten. Das Risiko, noch einmal von ihr gesehen zu werden, wenn Sie die Stinger-Raketen zur Küste brachten, konnten Sie sich nicht leisten.«
»Allerhand!« Robsons Mund wurde zu einem schmalen Strich. »Sie haben tatsächlich alles herausgebracht.«
»Und Sie töteten Jill Kearns in London. Warum?«
»Nur um Ihre Aufmerksamkeit vom Exmoor auf London abzulenken. Sie war eine dumme Gans . . .«

Aus dem Augenwinkel bemerkte Tweed eine Bewegung hinter dem Spalt der Fenstervorhänge. Dann ein gewaltiger Schlag, Glas, das unter einem Hammerschlag zersplitterte. Er glaubte einen Gewehrkolben gesehen zu haben. Robson sah zum Fenster hinüber, schwenkte die Luger. Tweed griff nach oben, packte den Plastikschirm der Lampe, riß ihn über die Glühbirne. Ein kurzes Aufblitzen, dann versank der Raum in Dunkelheit. Tweed ließ sich zur Seite fallen, als die Luger knallte. Durcheinander. Bewegungen, eilige Fußtritte. Eine Tür fiel ins Schloß. Dann das Aufheulen eines Motors; ein Wagen schoß mit Vollgas die Anfahrt hinunter, bog schleudernd in die Landstraße ein.

Tweed tastete sich an der Wand entlang in die Halle und öffnete die Haustür. Er hörte das Geräusch eines zweiten Wagens, der auf der Straße in Richtung Quarme Manor fuhr. Er rannte den Abhang hinab, rannte den ganzen Weg bis zu der Stelle, an der der Mercedes parkte, sprang hinters Lenkrad. Paula hatte, als sie ihn kommen sah, die Türschlösser entriegelt.

»Zwei Wagen kamen eben auf der Straße vorbei«, sagte sie. »Zuerst ein Geländewagen mit Allradantrieb, wie wir ihn an Robsons Haus parken sahen. Dann ein gewöhnlicher Wagen – Typ war nicht zu erkennen.«

»Wir müssen uns beeilen.« Tweed fuhr durch das Tor, bog auf die Straße ein, ließ mit aufgeblendeten Scheinwerfern das Doone Valley hinter sich. Im Rückspiegel sah er, wie hinter ihnen ein Streifenwagen der Polizei aufholte. Tweed fuhr an Quarme Manor vorbei, erreichte die Furt, in der das Wasser aufschäumte, und durchquerte sie. Hinter ihm blieb der Streifenwagen mitten in der Furt stehen. Tweed fuhr den Hügel hinauf, schwenkte nach rechts auf die Küstenstraße, zurück nach Minehead.

»Die Mautstraße«, rief Paula.

Er war schon fast daran vorbei, wirbelte das Steuer herum, fuhr bergab und verlangsamte die Fahrt erst, als er den Wagen beinahe über die Klippe gesteuert hätte.

Sie kamen vor dem Anchor an, als Newman gerade in den Cortina steigen wollte. Er ließ den Wagen stehen, als Tweed näherkam, und glitt auf den Rücksitz des Mercedes.

»Zwei Fahrzeuge in Richtung Geröllstrand«, meldete er.

»Ich weiß. In dem einen sitzt Robson ...«

»Robson?« Paula hielt den Atem an. »Ich dachte, es wäre Kearns.«

Sie waren dem Feldweg gefolgt und begannen, über den mit Geröll übersäten Strand zu holpern. Irgend etwas wurde unter dem Mercedes hochgeschleudert und krachte gegen das Bodenblech. Der Wagen hielt.

Tweed sprang heraus, rannte über die Steine – vorsichtig, um nicht zu stolpern.
Weit vor ihm hatte das Gelände auch die beiden anderen Wagen zum Halten gezwungen; er sah zwei rennende Gestalten, in ungefähr hundert Metern Abstand voneinander. Hinter ihm stürmte Newman, ständig bereit, Paulas Arm zu ergreifen, falls sie ausglitt. Dann flammte der Strahl des Suchscheinwerfers auf und beleuchtete den Fuß der ragenden Klippen. Das Licht kam vom Ufer her.
Newman brauchte einige Sekunden, bis er begriff, daß der Scheinwerfer am Bug eines Motorboots angebracht war, das man auf den Strand hatte auflaufen lassen. Tweed rannte an einem Schild vorbei, auf dem stand: *Achtung! Steinschlaggefahr!* Dann passierte er einen leeren Renault und danach den Geländewagen.
Robson, der am Fuß der Klippe entlanglief, geriet in den Lichtstrahl des Schweinwerfers. Ein Schuß knallte; das Geschoß pfiff an Newmans Kopf vorbei. Paula griff nach ihrem Browning. Newman entdeckte im Motorboot eine kompakte Gestalt, wie ein Seemann gekleidet, die Pistole schußbereit. Er hob die Magnum mit beiden Händen und feuerte zweimal. Der Seemann wurde zurückgeschleudert, versuchte sein Gleichgewicht zu halten, kippte aber nach hinten und stürzte über das Heck des Bootes. Sein Körper driftete mit der ablaufenden Flut.
Robson, mit wirrem Haar, hob die Hand, um seine Augen vor dem blendenden Licht abzuschirmen, das ihn zum Boot führen sollte. Und dann sah Tweed, wie die zweite, hochgewachsene Gestalt, hundert Meter von Robson entfernt, in einen Beutel griff, den rechten Arm mit der Geste eines Cricketspielers schwang und einen rundlichen Gegenstand zur Oberkante der Klippe hinaufschleuderte.
Dann tauchte seine Hand abermals in den Beutel und schleuderte einen zweiten Gegenstand zur Klippe hinauf. Von dort, unmittelbar über Robson, kam ein ohrenbetäubendes Krachen. Tweed blieb stehen und packte Paulas Arm. Sie stand atemlos neben ihm, als die zweite Handgranate detonierte.
Hoch vom Rand der Klippe hörten sie ein dumpfes Rumpeln wie das Vorspiel eines Erdbebens. Ein riesiger Gesteinsbrocken löste sich und rutschte erst langsam, dann schneller abwärts. Robson starrte hinauf und riß den Mund auf. Eine Kaskade von Steinbrocken stürzte auf ihn zu. Er versuchte zu flüchten, doch der Steinschlag erreichte ihn wie eine Woge, die ihn bis zur Mitte seines Körpers umspülte. Im Scheinwerferlicht war er bereits zur Hälfte lebendig begraben. Er schrie und schrie und schwenkte die Arme. Dann donnerte ein Niagara von Felsbrocken abwärts, springend, voneinander abprallend. Einer davon traf

seinen Kopf, und es sah aus, als stampfte er ihn tief in seinen Körper hinein. Paula schluckte.
Eine weitere Woge massiger, springender, tanzender Felsbrocken donnerte zu Tal und ließ auch Robsons Kopf verschwinden. Die Brocken häuften sich über seinem Körper zu einem grausigen Grabhügel. Dann ließ das Donnern langsam nach, der Felsrutsch kam zur Ruhe, und eine gewaltige Staubwolke senkte sich wie ein dichter Nebel über die ganze unheimliche Szene.
Kearns kam auf Tweed zu und streckte ihm die Hände entgegen, als erwartete er, Handschellen angelegt zu bekommen.
»Er hat Jill umgebracht«, sagte er mit gepreßter Stimme. »Einer von beiden mußte es gewesen sein. Ich war immer davon überzeugt, daß entweder Barrymore oder Robson im Krieg die beiden Griechen getötet hatten. Aber wir fürchteten uns vor Petros und blieben deshalb zusammen. Als Sie das letzte Mal hierher kamen, folgte ich Ihnen und sah den Steinschlag. Bei meinem Ausscheiden aus der Armee hatte ich ein paar Mills-Handgranaten behalten; eine davon testete ich kürzlich in der Nacht, droben bei Dunkery Beacon, um sicherzugehen, daß sie noch funktionierten. Ich bin bereit, mit Ihnen zu gehen.«
»Zwei Fragen«, erwiderte Tweed, öffnete die Hand und zeigte ihm das Stück Schneiderkreide, das er aus der Tasche gezogen hatte. »Dies fand Paula in Ihrem Haus. Sie benutzten es, um Ihr Gesicht blaß erscheinen zu lassen – um Kummer vorzutäuschen. Weshalb?«
Kearns verlangsamte den Schritt, bis die anderen ihn nicht mehr hören konnten. »Als Barrymore anrief und mich aufforderte, zu kommen und mit Ihnen in seinem Haus zusammenzutreffen, hatte ich gerade geheult wie ein Kind – wegen Jill. Irgendwie mußte ich mein Gesicht in Ordnung bringen. Ich benutzte dazu das Stück Schneiderkreide. Jill hatte es gelegentlich gebraucht, wenn sie sich etwas nähte.«
»Ah, ja.« Tweed wechselte das Thema. »Warum landeten Sie bei dem Unternehmen auf Siros genau unter einem deutschen Ausguckposten?«
»Großtuerei. Barrymores Großtuerei. Und weil man des Ausgucks wegen an dieser Stelle kaum auf deutsche Patrouillen stieß. Das hatte, taktisch gesehen, etwas für sich. Außerdem lag Nebel über der See; wir verließen uns darauf, daß er uns deckte. Was er weitgehend tat. – Gehen wir nun?«
»Sie gehen«, sagte Tweed. »Ich erinnere mich nicht, Ihnen hier begegnet zu sein. Verlassen Sie das Exmoor. Petros ist im Gefängnis. Gehen Sie. Und bauen Sie sich ein neues Leben.«
»Danke ...«

»Ich sagte: Gehen Sie!«
Während Kearns langsam davonging, starrte Tweed nach Porlock Weir hinüber. Nichts regte sich. Der Ort war zu weit entfernt, als daß man das Donnern der zusammenbrechenden Klippe dort hätte hören können. »Armer Teufel«, sagte Tweed leise und betrachtete den Hügel von Felsbrocken, über dem der Staub sich langsam senkte. »Es wird Monate dauern, bis sie herausfinden, was daruntersteckt. Wenn überhaupt. Nun müssen wir noch das Boot loswerden...«
Zu beiden Seiten des Motorboots stehend, strengten Tweed und Newman all ihre Kräfte an. Sie kippten es auf die Seite und schleiften es über das Geröll, bis es schwamm und, zur Hälfte vollgelaufen, auf die offene See hinaustrieb.
Während sie damit beschäftigt waren, hatte Kearns seinen Renault gestartet und verschwand damit in der Ferne. Der Zündschlüssel des Geländewagens steckte noch im Schloß. Binnen weniger Minuten hatte Newman ihn ins Wasser gefahren; ein letzter Schub bewirkte, daß er vom Rand der Geröllschicht abkippte und versank.
»Zurück zum Anchor«, ordnete Tweed an und legte den Arm um Paula, die noch immer zitterte. »Sie brauchen einen guten, steifen Drink. Alles ist vorbei. Die Entspannung ist gerettet – zum Guten wie zum Bösen. Und über Lutscharsky und seine Genossen werde ich der Premierministerin vertraulich berichten. Was sie daraus macht, ist ihre Sache.«